तोड़ो, कारा तोड़ो

(औपन्यासिक जीवनी)

3

परिव्राजक

TM
किताबघर प्रकाशन
नयी दिल्ली

3

परिव्राजक

नरेन्द्र कोहली

प्रकाशक
किताबघर प्रकाशन
4855-56/24, अंसारी रोड, दरियागंज, नई दिल्ली-110002
फ़ोन : 011-23266207, 41584421
E-mail : kitabgharprakashan@gmail.com
website : www.bookshindi.com

चौदहवां पेपरबैक संस्करण : 2024

आवरण : के.जी.पी.

मूल्य : पांच सौ रुपये

मुद्रक : राष्ट्रीय प्रिंटर्स
नवीन शाहदरा, दिल्ली-110032

TORO KARA TORO : 3 *(Parivrajak) (Novel in Hindi)*
by Narendra Kohli
Price : ₹ 500 (Paperback Edition)

ISBN—978-81-940921-8-6

डॉ० सुषम बेदी, प्रो० राहुल बेदी
डॉ० अनिलप्रभा, श्री सुरेन्द्र कुमार
डॉ० इंदुमती आनन्द तथा डॉ० योगेन्द्र आनन्द
के लिए,
उनके सहयोग के प्रति
कृतज्ञ होकर।

परिव्राजक

"मास्टर मोशाय आए हैं माँ !" दस वर्षीय भूपेन्द्र ने आकर भुवनेश्वरी को सूचना दी।

"तू यहाँ दादा के पास बैठ। मैं उनसे बात कर अभी आती हूँ।" भुवनेश्वरी कुछ असमंजस में थीं, "जाने क्या कहने आए हैं। नरेन्द्र तो अब यहाँ है भी नहीं कि उससे दो बातें करने आए हों।"

भुवनेश्वरी कमरे से बाहर आ गईं। द्वार से निकलते हुए उन्होंने देखा कि महेन्द्रनाथ गुप्त बरामदे में बिछे तख्तपोश पर बैठे कोई पुस्तक देख रहे थे। संभवतः वे भूपेन्द्र और महेन्द्र की ही पुस्तकें होंगी, जो वे उनके आने से पहले पढ़ रहे थे और अब उन्हें वहीं छोड़ गए थे।

"नमस्कार !"

महेन्द्रनाथ गुप्त ने भुवनेश्वरी को आते देखा तो बहुत सम्मानपूर्वक उठ खड़े हुए।

"नमस्कार।" वे बोलीं, "कैसे हैं आप ?"

"ठाकुर की कृपा है।" महेन्द्रनाथ गुप्त बोले, "आप लोग सब सकुशल हैं न ?"

"मास्टर मोशाय ! मैं यह तो नहीं कहूँगी कि भगवान् की हम पर कृपा नहीं है। कृतघ्न नहीं हूँ मैं।" भुवनेश्वरी बोलीं, "उसने मुझे बहुत कुछ दिया है। नरेन्द्र जैसा पुत्र दिया है। किंतु यह आपसे भी छिपा नहीं है कि हमारी स्थिति कैसी है। जिस स्त्री के पति का देहांत हो गया हो; पिता के पश्चात् जिसे परिवार का बोझ उठाना था, वह बड़ा पुत्र संन्यासी हो गया हो; और सारे सगे-संबंधी वैरी हो गए हों, वह स्त्री अपने छोटे-छोटे बच्चों के साथ कैसी हो सकती है। हाँ ! इतनी तो भगवान् की कृपा रही कि अपने पति के देहांत से पहले मेरी पुत्रियाँ अपनी-अपनी ससुराल चली गईं।... छोड़िए।" भुवनेश्वरी ने विषय बदल दिया, "कहिए, नरेन्द्र कैसा है ? आप उससे मिलते ही होंगे। उसने कोई संदेश भेजा है क्या ?"

"नहीं। इधर कुछ दिनों से उससे मेरी भेंट नहीं हुई है।" वे बोले, "वैसे आशा करनी चाहिए कि स्वस्थ और प्रसन्न ही होगा।"

भुवनेश्वरी को लगा कि मास्टर मोशाय के स्वर में न तो सामान्य सहजता है और न ही आत्मबल। इसका अर्थ है कि जो कुछ वे कह रहे हैं, उसमें तो कुछ झूठ नहीं है; किंतु जो सत्य भुवनेश्वरी को अप्रिय हो सकता था, उसे वे कह नहीं रहे।...नहीं कह रहे हैं तो न सही...भुवनेश्वरी ने मन में सोचा...उन्हें भी किसी रहस्य का उद्‌घाटन तो करवाना नहीं है। जो कुछ महेन्द्रनाथ गुप्त कहने आए हैं, उसे कहे बिना तो नहीं ही लौटेंगे।...

"कोई विशेष बात कहने आए हैं या हमारा हालचाल जानने...?" वे बोलीं, "चाय पिएँगे आप ?"

महेन्द्रनाथ गुप्त को कुछ बल मिला, "नहीं, चाय नहीं पियूँगा। किंतु मैं आपके पास एक याचना लेकर आया हूँ।"

भुवनेश्वरी कुछ चकित हुईं, "कैसी याचना ?" उन्होंने स्वयं को सँभाला, "कहिए !

आपकी याचना से मुझे बल मिलेगा कि मैं अब भी किसी का कोई काम करने में समर्थ हूँ।'' उनके चेहरे पर उभरी मुस्कान में निहित कटुता का तत्त्व कोई भी स्पष्ट पहचान सकता था।

''मैं श्रीमाँ के दर्शनों के लिए गया था।'' महेन्द्रनाथ गुप्त बोले, ''उन्होंने मुझसे कहा कि मैं कहीं से नरेन्द्र का एक चित्र उन्हें उपलब्ध करा दूँ।...''

''क्यों, चित्र का वे क्या करेंगी ?'' भुवनेश्वरी ने कहा, ''जब स्वयं नरेन्द्र उन्हीं के पास है तो वे चित्र का क्या करेंगी ?''

''वे अपने उस प्रिय पुत्र का चित्र अपने पास रखना चाहती हैं।'' महेन्द्रनाथ गुप्त जैसे साँस लेकर बोले, ''सब समय तो पुत्र निकट नहीं होता न !''

''नरेन्द्र उनके पास है, वे उसके जितने चित्र चाहें तैयार करवा लें।''

''नरेन्द्र उनके पास नहीं है।'' महेन्द्रनाथ गुप्त को अंततः कहना ही पड़ा; किंतु उनका स्वर जैसे कुछ सहम गया था।

''हाँ ! हाँ ! उनके पास नहीं है, मठ में है।'' भुवनेश्वरी ने महेन्द्रनाथ गुप्त के स्वर तथा मुद्रा-परिवर्तन पर तनिक भी ध्यान नहीं दिया, ''पर उनको प्रणाम करने जाता होगा। अपनी गुरुपत्नी के पालन-पोषण का प्रबंध करने जाता होगा। वे स्वयं भी मठ में जा सकती हैं। मेरे समान मठ में जाने पर उनके लिए कोई प्रतिबंध तो नहीं है। मैं तो स्त्री मात्र हूँ, वे गुरुपत्नी हैं। मैं कोई नहीं हूँ, वे श्रीमाँ हैं। स्वयं न जाना चाहें तो वे मठ में संदेश भेज सकती हैं।...''

''बात यह है दीदी !'' महेन्द्रनाथ गुप्त बोले, ''नरेन्द्र परिव्राजक के रूप में देश-भ्रमण के लिए चला गया है।''

''तो आ जाएगा, पहले भी कई बार जा चुका है।''

''नहीं। इस बार वह अज्ञात काल के लिए गया है। जाने कब लौटे...यदि कहीं उसने किसी कारण से वापस न लौटने का संकल्प कर लिया तो नहीं भी लौट सकता...''

भुवनेश्वरी का मुख जैसे आश्चर्य से खुल गया...यह मास्टर मोशाय क्या कह रहे हैं, उनको पता भी है !

''यह सब आप किस आधार पर कह रहे हैं ?'' भुवनेश्वरी का स्वर कुछ उत्तेजित था।

''नरेन्द्र अपने प्रस्थान से पहले आशीर्वाद लेने श्रीमाँ के पास गया था। उसी ने कुछ इस प्रकार के संकेत दिए थे, जिनसे श्रीमाँ आशंकित हैं।''

''वे उसे समझा नहीं सकती थीं कि ऐसी मूर्खता वह न करे !'' भुवनेश्वरी बोलीं, ''मेरी बात तो वह सुनता ही नहीं है; किंतु अपनी गुरुपत्नी के आदेश को टालने का साहस वह नहीं कर सकता।''

''आप ठीक कह रही हैं।'' महेन्द्रनाथ गुप्त ने कहा, ''श्रीमाँ ने उसे समझाया था और उससे वचन लिया था कि वह ऐसा संकल्प नहीं करेगा। उसने भी हँसकर शीघ्र लौटने का वचन दिया है।...''

''तो अब वे उसका चित्र क्यों चाहती हैं ?''

''जब तक वह लौटकर नहीं आता, तब तक के लिए भी कोई आधार होना चाहिए।''

भुवनेश्वरी चुपचाप कुछ सोचती रहीं। फिर धीरे से बोलीं, ''वह जाने से पहले मुझसे अनुमति या आशीर्वाद लेने क्यों नहीं आया ? मेरे आशीर्वाद की अब उसे आवश्यकता नहीं है ?

मुझे सूचना क्यों नहीं भिजवाई ?''

महेन्द्रनाथ गुप्त सिर झुकाए बैठे रहे, फिर धीरे से बोले, ''श्रीमाँ ने उससे पूछा था कि क्या वह आपसे आशीर्वाद लेने नहीं जाएगा ? तो उसने कहा...''

''क्या कहा ?''

''कहा कि अब श्रीमाँ के अतिरिक्त उसकी और कोई माँ नहीं है।''

''मैं उसकी कोई नहीं हूँ ? जिसने उसे काशीनाथ वीरेश्वर महादेव से आँचल फैलाकर माँगा, जिसने उसे जन्म दिया, पालन-पोषण किया, मैं अब उसकी कोई नहीं हूँ ?'' उनके स्वर में आक्रोश था, ''तुम्हारी उस श्रीमाँ ने नरेन्द्र के लिए क्या किया है कि वे ही अब उसकी सब कुछ हो गईं ?''

महेन्द्रनाथ गुप्त ने सिर झुकाए हुए ही कहा, ''आपके इन सारे प्रश्नों के उत्तर तो मैं नहीं दे सकता। केवल इतना ही कह सकता हूँ कि आप जानती ही हैं कि संन्यासी का अपने परिवार के साथ कोई संबंध नहीं रह जाता। वह अपने सारे रिश्ते-नाते तोड़कर केवल ईश्वर के मार्ग पर चलने वाले साधकों से अपना संबंध मानता है। साधना की यात्रा में गुरु और गुरुपत्नी का महत्त्व तो आप जानती ही हैं।''

''गुरु का महत्त्व जानती हूँ। गुरुपत्नी का क्या मइत्त्व है ? उसने साधना में क्या सहायता की है ?''

''गुरुपत्नी वैसे तो गुरु की उत्तराधिकारिणी होती ही है; किंतु हमारे लिए तो ठाकुर के बाद अब श्रीमाँ उनकी प्रतिमूर्ति ही हैं।''

''मेरे श्वसुर भी संन्यासी हो गए थे। उन्होंने भी अपने परिवार, यहाँ तक कि अपनी निर्दोष किंतु दुखी पत्नी तक से संबंध तोड़ लिया था।'' भुवनेश्वरी ने महेन्द्रनाथ गुप्त की ओर देखा, ''किंतु मास्टर मोशाय ! मेरी समझ में एक बात नहीं आती।''

''क्या दीदी ?''

''जब किसी से संबंध रखना ही है, तो उन्हीं से क्यों न रखा जाए, जिनसे भगवान् ने हमारा संबंध बनाया है ? एक माँ आपको चाहिए ही तो उसी माँ को माँ क्यों न माना जाए, जिसने हमें जन्म दिया है ?'' भुवनेश्वरी बोलीं, ''नैसर्गिक संबंधों को तोड़कर कृत्रिम संबंध बनाने की क्या सार्थकता है ? अपनी माँ को तड़पने के लिए छोड़ दिया जाए और किसी और स्त्री को माँ कहकर उसकी सेवा की जाए...''

''देखिए, मैं बहुत ज्ञानी व्यक्ति नहीं हूँ। मैं तो इन संन्यासियों के साथ रहकर उनको देख-देखकर कुछ सीखने का प्रयत्न कर रहा हूँ।'' महेन्द्रनाथ गुप्त बोले, ''किंतु इतना कह सकता हूँ कि देह-संबंधों में मोह होता है, जबकि साधक के संबंध में केवल श्रद्धा या स्नेह होता है।''

''देह-संबंध...''

''आपने नरेन्द्र को ही नहीं, महेन्द्र और भूपेन्द्र को भी जन्म दिया है। वे आपकी देह से उत्पन्न हुए हैं। आपका उन सबसे मोहजनित स्नेह है। सबको होता है। हमको अपना स्नेह दिखाई देता है, उसमें छिपा मोह नहीं। ठाकुर अथवा श्रीमाँ को नरेन्द्र ही प्रिय है, महेन्द्र या भूपेन्द्र से उनका कोई संबंध नहीं है। यह ईश्वरीय या साधनात्मक संबंध है। देह का संबंध तो सांसारिक संबंध है। उसमें कुछ भी अलौकिक नहीं है। नरेन्द्र एक भजन गाया करता था तुलसीदास का—'जाको प्रिय न राम वैदेही ! तजिए ताहि कोटि वैरी सम, जदपि परम स्नेही।' आप मुझसे अधिक जानती ही हैं

दीदी ! संसार जिसे ग्रहण करने को कहता है, अध्यात्म उसे त्यागने को कहता है। और मैं समझता हूँ कि नरेन्द्र को और उसके कारण आप लोगों को जो कष्ट सहने पड़े हैं, वे भगवान् की ओर से नरेन्द्र की परीक्षा थी। अपने माँ-बाप को सुखी और संपन्न देखकर, उनको त्यागने में उतना कष्ट नहीं होता; किंतु दुःख की ऐसी घड़ी में उन्हें छोड़कर ईश्वर को प्राप्त करने के मार्ग पर चल पड़ना साधारण साहस का काम नहीं है।''

''जानती हूँ।'' भुवनेश्वरी ने कुछ सोचते हुए बहुत धीरे से कहा।

''जिस युग में एक सर्वथा अपढ़-अशिक्षित भी अपनी आजीविका कमा लेता है, उस युग में नरेन्द्र जैसे विद्वान् को आजीविका नहीं मिली। जिस देश में लूले-लँगड़े का भी विवाह हो जाता है, वहाँ नरेन्द्र जैसे सुदर्शन, बलवान और मेधावी युवक का विवाह नहीं हुआ।'' महेन्द्रनाथ गुप्त ने कहा, ''ये सब ईश्वरीय संदेश नहीं हैं कि नरेन्द्र को संन्यासी ही बनना था।''

''संन्यासी बनने के लिए ही जन्मा था वह।''

''तो उसकी परीक्षा भी होनी ही थी और वह परीक्षा उसने दी। सबसे मोह तोड़कर चला गया।'' महेन्द्रनाथ गुप्त ने कुछ रुककर कहा, ''दीदी ! आप यह न समझें कि वह केवल घरवालों के प्रति ही निर्मम हुआ है। वह तो अपने गुरुभाइयों से भी अपना संबंध तोड़ रहा है। वह कहता है कि वह एक परिवार से मोह तोड़कर दूसरे परिवार के प्रति नया मोह नहीं पालना चाहता।''

''ठीक कहता है।''

''हाँ, कहता तो ठीक ही है।'' महेन्द्रनाथ गुप्त ने कहा, ''मठ में भी सब लोग आशंकित हैं। श्रीमाँ ने गंगाधर को नरेन्द्र के साथ भेजा है कि कहीं नरेन्द्र संपर्क के सारे सूत्र छिन्न-भिन्न न कर डाले।''

''नरेन्द्र सबको छोड़ सकता है तो क्या एक गंगाधर को नहीं छोड़ सकता ?'' भुवनेश्वरी बोलीं, ''राम सारे अयोध्यावासियों को शृंगवेरपुर में सोते छोड़कर चले गए थे। महात्मा बुद्ध अपनी पत्नी और पुत्र को सोते छोड़ गए थे। नरेन्द्र गंगाधर को छोड़ना चाहेगा तो किसी भी युक्ति से उसे छोड़ जाएगा।'' भुवनेश्वरी ने रुककर महेन्द्रनाथ गुप्त की ओर देखा, ''मेरी एक बात ध्यान से सुन लीजिए मास्टर मोशाय !''

महेन्द्रनाथ गुप्त की प्रश्नवाचक दृष्टि उनकी ओर उठी।

''नरेन्द्र ने संन्यास लिया है, मैंने नहीं। वह मुझे अपनी माँ माने न माने, मैं उसको अपना पुत्र ही मानती हूँ। सबसे बड़ा पुत्र है मेरा; और अपने गुणों के कारण वह मुझे सबसे अधिक प्रिय भी है। शारदा उसे अपना पुत्र मानती हैं, यह प्रसन्नता का विषय है। वे उसकी माँ बनना चाहती हैं, बनें। कोई मेरे पुत्र को प्रेम करता है, तो वह मुझे बुरा क्यों लगेगा ? किंतु यह कभी न भूलें कि मैं नरेन्द्र की जननी हूँ। मैंने उसे जन्म दिया है। कोई योगी हो, संन्यासी हो, किंतु भगवान् के बनाए इस संबंध से इंकार नहीं कर सकता। शंकराचार्य को भी अंत में अपनी माँ के पास लौटना पड़ा था।''' यदि उन्हें उसका कोई समाचार मिले, कोई संदेश मिले तो मुझे उसकी सूचना अवश्य दें।''

''अवश्य दीदी ! मैं उनसे कह दूँगा। मठ के संन्यासियों को भी कह दूँगा और स्वयं भी ध्यान रखूँगा।'' वे रुके, ''वैसे मैं जानता हूँ कि नरेन्द्र न आपकी उपेक्षा करेगा, न आपकी ओर से असावधान रहेगा।''

''कैसे कह सकते हैं आप ?''

"मुझे बताया गया है कि जब तक ठाकुर ने उसे उसके परिवार के लिए मोटे अन्न और वस्त्र की ओर से निश्चिंत नहीं कर दिया, उसने संन्यास ग्रहण नहीं किया।"

"सुना है मैंने भी।"

दोनों कुछ देर मौन रहे, फिर महेन्द्रनाथ गुप्त ही बोले, "दीदी ! वह चित्र ?"

"देती हूँ।" भुवनेश्वरी उठकर भीतर चली गईं, "जाने वह इस समय कहाँ होगा और क्या कर रहा होगा !"

2

1890 ई० के अगस्त का पहला सप्ताह था। प्रातः अच्छी वर्षा हुई थी और अब बादलों का छँट जाना अच्छा लग रहा था।

मन्मथनाथ चौधरी दोपहर के भोजन के पश्चात् अपने बँगले के खुले बरामदे में रखी कुर्सियों में से एक पर बैठे थे। यहाँ से गंगा की धारा भली प्रकार दिखाई देती थी। बंगाली होते हुए भी मन्मथ बाबू की सदा से यह मान्यता रही थी कि भागलपुर में गंगा का जल और दृश्य—दोनों ही कलकत्ता की गंगा से अधिक सुंदर हैं।...किंतु इस समय उनका ध्यान गंगा की ओर न होकर, अपने सामने बैठे दो संन्यासियों पर टिका था और वे बुरी तरह खीजे हुए थे।...

ब्राह्म धर्म क्यों स्वीकार किया था उन्होंने ? इसलिए कि इन पाखंडी हिंदू साधुओं का सत्कार करते रहें। इन्हीं का सत्कार करना था तो हिंदू धर्म त्यागने का क्या अर्थ ? और फिर साधु भी कैसे ? भगवा धारण कर भिक्षा माँगने वाले। अनपढ़ लट्ठ भिखारियों को वे साधुओं का सम्मान कैसे दे सकते थे ? कैसे मान लें कि वे संत हैं ?...

...प्रातः राजा शिवचंद्र के पुत्र कुमार नित्यानन्द सिंह इन साधुओं को मन्मथ बाबू को यह कहकर सौंप गए थे कि उनसे कुमार की भेंट प्रातः गंगातट पर हुई थी और कुमार उन दोनों की असाधारणता से बहुत प्रभावित हुए थे।...

अब कुमार का मन्मथ बाबू क्या करते ? सुबह ही सुबह आकर इन दो भिखमंगों को उनकी छाती पर बैठा गए। श्रावण का महीना है। वर्षा होती ही रहती है। बाहर खुले में कहाँ रहेंगे ये लोग ? कुमार को जाने किस व्यक्ति में क्या गुण दिखाई दे जाए ? कह गए—'ये दोनों बहुत गुणी साधु हैं। मैं चाहता हूँ कि आप इनकी देखभाल करें।...'

मन्मथ बाबू के मन में तत्काल विरोध उभरा था। पूछना चाहते थे कि गुणी साधु हैं तो कुमार उन्हें अपने ही महल में क्यों ठहरा नहीं लेते ? किंतु अपनी शालीनता में वे पूछ नहीं पाए।...पर शायद कुमार ने उनका आशय भाँप लिया था...या संभव है कि उनके अपने मन में ही आया हो, इसलिए बता दिया...'मैं इन्हें अपने ही घर ले जाता; किंतु जब जाना कि बंगाली हैं, तो सोचा, कदाचित् आपके यहाँ अधिक सुखी रहेंगे। आपकी भाषा-बोली एक है। खान-पान भी...। मछली-वछली...वैसे कोई कठिनाई हो तो मुझसे कहें।...'

कुमार ने जब इतना कुछ कह दिया था तो मन्मथ बाबू के पास कहने को कुछ विशेष नहीं था।...फिर भी एक वाक्य मन में आया भी...भागलपुर में वे ही तो अकेले बंगाली नहीं थे। ढेर बंगाली

बसे हुए थे यहाँ।...और 'बंगाली' के नाम पर उनके मन में बेहद कटुता जागी...वे स्वयं ही आज तक इस द्वंद्व से निकल नहीं पाए थे : ब्राह्म हो जाने के कारण वे मांसाहार छोड़ दें या बंगाली होने के नाते मछली खाते रहें।...और ये साधु भी बनेंगे और मछली का स्वाद भी लेंगे।...

पर कुछ कह नहीं पाए। बाध्यता में इन अनचाहे अतिथियों को स्वीकार कर लिया।...उद्दंड हो आए विद्रोही मन को समझा दिया...इतना बड़ा घर है, कहीं पड़े रहेंगे। जहाँ इतने लोग खाते हैं, इन दोनों के भात का भी प्रबंध हो ही जाएगा।...पर वे इन्हें अधिक दिन टिकने नहीं देंगे...यह निश्चय वे पहले ही कर चुके थे।...

कुमार के जाने के पश्चात् अपने ढंग से उन्होंने संन्यासियों के सम्मुख अपना विरोध जता दिया था, "शायद आप लोग हिंदू हैं। सनातनी हिंदू।"

"सुविधा के लिए यही मान लीजिए।" उनमें से एक ने कहा था।

"किंतु मैं ब्राह्म हूँ।" मन्मथ बाबू ने कुछ कठोर होने का प्रयत्न किया था, "आप जानते हैं कि ब्राह्म लोग हिंदू नहीं होते। मुझे हिंदू शास्त्रों पर तनिक भी श्रद्धा नहीं है।"

संन्यासियों ने मुस्कराकर वह सूचना स्वीकार कर ली थी। किसी प्रकार की कोई टिप्पणी उन्होंने नहीं की। मन्मथ बाबू को लगा, उनकी नीति सफल नहीं हुई। उन्हें कुछ अधिक प्रहारक होना चाहिए था।

"मेरे घर में भोजन से आपका धर्म भ्रष्ट तो नहीं होगा ?" अपनी वाणी की वक्रता से वे स्वयं ही सहम गए थे।

"हमारी मान्यता ऐसी नहीं है।" पहले संन्यासी ने ही पुनः कहा, "वैसे यह आचार-विचार गृहस्थों का है। संन्यासी सामाजिक बंधनों से मुक्त होता है।"

"हाँ।" मन्मथ बाबू सोच रहे थे, 'फोकट में भोजन पाना हो तो इस प्रकार के आदर्श बघारने चाहिए।' बोले, "किंतु धार्मिक बंधनों से तो मुक्त नहीं होता संन्यासी।"

"नहीं।"

"तो विधर्मी के घर भोजन से आपका धर्म रोकता नहीं आपको ?"

"धर्म, जाति-पाँति तथा विभिन्न संप्रदायों का भेद नहीं मानता।" वही संन्यासी पुनः बोला, "यह व्यवस्था समाज की है। सच पूछिए तो समाज की भी नहीं है, व्यवसायों की है। विभिन्न व्यवसाय करने वालों ने अपनी-अपनी बिरादरी बना ली और समाज ने उनके सामर्थ्य और साधन-संपन्नता इत्यादि के अनुसार उनमें एक प्रकार की व्यवस्था स्थापित कर दी। धर्म का इनसे कुछ लेना-देना नहीं है।"

मन्मथ बाबू संन्यासी की बात की कोई तर्कसंगत काट नहीं खोज पाए; किंतु संन्यासी के तर्क को स्वीकार करने का उनका तनिक भी मन नहीं हुआ।...मान लिया कि यह संन्यासी की चतुराई मात्र थी। यदि वह इस व्यवस्था को धर्मसंगत मान लेता, तो उसे अपने भोजन की व्यवस्था कहीं और करनी पड़ती...

"कहाँ की यात्रा कर रहे हैं आप ?" मन्मथ बाबू ने पूछा।

"हिमालय क्षेत्र की यात्रा करना चाहते हैं।"

"क्यों ?"

"तपस्या के विचार से।"

"क्यों, कलकत्ता में तपस्या नहीं हो सकती ?"

संन्यासी की आँखों में जो भाव आया, उसकी ध्वनि स्पष्ट थी कि वह उनका अभिप्राय समझ रहा है। बोला, "अब तक जो कुछ किया है, कलकत्ता में ही किया है; किंतु कलकत्ता में घर-परिवार, मित्र-बंधु, गुरुभाई बहुत निकट हैं। वहाँ साधक का मोह नहीं छूटता। संन्यासी का मोहमुक्त होना बहुत आवश्यक है। उसके लिए आवश्यक है कि साधक एकांतवास करे, या कम से कम अपने प्रियजनों से तो दूर ही रहे।"

मन्मथ बाबू को जैसे अपने मतलब का सूत्र मिल गया, "किस परिवार के हैं आप ? आपके माता-पिता कौन हैं ? कहाँ रहते हैं ?"

संन्यासी बहुत सधे हुए ढंग से मुस्कराया, "संन्यासी से उसके पूर्व आश्रम और अतीत के विषय में कुछ नहीं पूछना चाहिए।"

संन्यासी ने अपने एक ही वाक्य से उन्हें निरस्त कर दिया था, किंतु मन्मथ बाबू उससे प्रभावित नहीं, आहत हुए थे। मान लिया कि यह भिखमंगा बहुत चतुर है। शब्द-चातुरी में पारंगत है। अपने व्यवसाय के सारे मंत्र जानता है। इससे और वार्तालाप का कोई लाभ नहीं था।...

मन्मथ बाबू ने उन्हें भोजन करवा दिया था, किंतु संन्यासियों का इस प्रकार उनके सामने बैठे रहना उन्हें तनिक भी अच्छा नहीं लग रहा था।...उनका मन जल रहा था...आश्रय दिया है तो इसका यह अर्थ तो नहीं है कि वे लोग उनके परिवार के सम्मानित अतिथि हो गए ! उनके घर में जब चाहें, जहाँ चाहें, आ-जा सकते हैं। उनके अतिथियों के साथ बैठ सकते हैं। उनके साथ समानता का व्यवहार कर सकते हैं। उनके एकांत में घुसपैठ कर सकते हैं...भगवा धारण कर लेने पर भिखमंगा, भिखमंगा नहीं रहता क्या ?...मन्मथ बाबू को लग रहा था कि वे उनके सामने कुर्सियों पर नहीं, उनके वक्ष पर ही जमे बैठे हैं।...कुमार नित्यानन्द सिंह की यह जबर्दस्ती वे जीवन-भर नहीं भुला पाएँगे।...

मन्मथ बाबू ने एक उचटती-सी दृष्टि उन पर डाली और अनमने-से बैठ गए। उन्हें टालने का एक ही मार्ग था कि उनकी ओर ध्यान ही न दिया जाए। वे समझ रहे थे कि आगंतुकों के प्रति उनका व्यवहार बहुत शिष्ट नहीं था; किंतु वे क्या करते ? जो लोग उन्हें प्रिय नहीं लगते, उनसे बात करने के लिए उनके मन में कोई भाव ही नहीं उगता। और ये लोग तो बलात् उनके घर में घुस आए थे और अब उनके सामने आ बैठे थे।...इतने ही साधु हैं तो जाएँ और अपने कमरे में ध्यान करें।...

मन्मथ बाबू ने पास रखी एक पुस्तक उठा ली...वे पढ़ते रहेंगे तो ये लोग अपनी उपेक्षा मानकर स्वयं ही उठ जाएँगे। रूठकर उनके घर से ही चले जाएँ तो और भी अच्छा है।...

"आप यह कौन-सी पुस्तक पढ़ रहे हैं ?" सहसा पहले साधु ने सीधे मन्मथ बाबू से ही पूछ लिया।

मन्मथ बाबू के मन में एक मिश्रित-सी प्रतिक्रिया हुई...जब वे उससे बात नहीं कर रहे तो वह ही क्यों उनसे हठात् बात करना चाहता है ?...किंतु यही अवसर था कि वे उसे उसका स्थान दिखा सकते थे...

"बौद्ध धर्म पर लिखी गई एक पुस्तक का अंग्रेजी में अनुवाद है।" मन्मथ बाबू के स्वर में स्पष्ट व्यंग्य था, "कुछ पढ़े-लिखे भी हैं ? अंग्रेजी आती है ?"

"थोड़ी-थोड़ी।" साधु मुस्कराकर बाँग्ला में ही बोला, "अंग्रेजी जानने से ही कोई पढ़ा-लिखा हो जाता है ?"

"क्यों ? पढ़-लिखकर ही तो अंग्रेजी आती है।" मन्मथ बाबू ने कुछ आवेश में कहा।

"नहीं। ऐसे बहुत सारे अंग्रेज और अमरीकी हैं जो तनिक भी पढ़े-लिखे नहीं हैं, किंतु उनको अंग्रेजी आती है।" साधु ने कहा।

मन्मथ बाबू ने ध्यान से साधु की ओर देखा : वह वैसा मूर्ख भिखारी नहीं था, जैसा मन्मथ बाबू समझे बैठे थे। फिर भी उसके पढ़े-लिखे होने की संभावना से मन्मथ बाबू को किसी प्रकार की प्रसन्नता नहीं हुई। उलटे उनकी खीज की आग को और हवा दे गई।...यह कैसे संभव है ?...संन्यासी होकर कोई अंग्रेजी नहीं पढ़ता; और अंग्रेजी पढ़कर कोई संन्यासी नहीं होता।...

"ठीक है, पर भारत में ऐसा नहीं होता।" मन्मथ बाबू ने स्वयं को सँभाला, "मैं मान लेता हूँ कि आप पढ़े-लिखे हैं।...तो महात्मा बुद्ध के विषय में भी कुछ जानते होंगे ? नाम तो सुना ही होगा ?" उन्होंने प्रश्न अंग्रेजी में ही किया था। अभी इस पाखंडी की पोल खुल जाती है।

"कौन हिंदू उनके विषय में नहीं जानता।" साधु ने अपनी ओर से कोई टिप्पणी नहीं की।

"आपका उनके विषय में क्या विचार है ?" मन्मथ बाबू साधु को घेर लेना चाहते थे।

"सर्वभूतों के प्रति और विशेषकर अज्ञानी और दीन जनों के प्रति अद्भुत सहानुभूति में ही तथागत का महान् गौरव सन्निहित है।" संन्यासी ने परिष्कृत अंग्रेजी में कहा, "बुद्ध के धर्मोपदेश के समय संस्कृत भारत की जनभाषा नहीं रह गई थी। वह उस समय केवल पंडितों के ग्रंथों की ही भाषा थी। बुद्धदेव के कुछ ब्राह्मण शिष्यों ने उनके उपदेशों का अनुवाद संस्कृत में करना चाहा था, पर बुद्धदेव उनसे सदा यही कहते, 'मैं दरिद्र और साधारण जनों के लिए आया हूँ, अतः मुझे जनभाषा में ही बोलने दो।' और इसी कारण से उनके अधिकांश उपदेश अब तक भारत की तत्कालीन भाषा में ही पाए जाते हैं।"

मन्मथ बाबू का मुख आश्चर्य से खुल गया : उन्हें एक भिखारी से इस विचार की अपेक्षा नहीं थी, न ही इस भाषा की। कुछ सँभलकर अंग्रेजी में बोले, "क्या आप यह मानते हैं कि बुद्ध के दर्शन के पश्चात् ईश्वर की आवश्यकता ही नहीं रह गई है ?"

संन्यासी मुस्कराया, "दर्शनशास्त्र और तत्त्वज्ञान का स्थान जो भी हो, पर जब तक इस लोक में मृत्यु नाम की घटना है, जब तक मानव-हृदय में दुर्बलता जैसा भाव है, जब तक मनुष्य के अंतःकरण से दुर्बलताजनित करुण क्रंदन बाहर निकलता है, तब तक इस संसार में ईश्वर में विश्वास बना रहेगा।"

मन्मथ बाबू के मन में परीक्षण के स्थान पर जैसे जिज्ञासा जन्म ले चुकी थी। उन्होंने इस बार बाँग्ला में पूछा, "क्या आपको लगता है कि बौद्ध दर्शन ने वेदों का महत्त्व समाप्त कर दिया है ?"

"जहाँ तक दर्शन की बात है, तथागत के शिष्यों ने वेदों की सनातन शिलाओं पर बहुत हाथ-पैर पटके," संन्यासी ने बाँग्ला में उत्तर दिया, "किंतु वे उसे तोड़ न सके; और दूसरी ओर उन्होंने जनता के बीच से उस सनातन परमेश्वर को उठा लिया, जिसमें हर नारी-नर इतने अनुराग से आश्रय लेता है। फल यह हुआ कि भारतवर्ष में बौद्ध धर्म की स्वाभाविक मृत्यु हो गई।"

"पर क्या बुद्ध स्वयं नास्तिक थे ?" मन्मथ बाबू पूछे बिना नहीं रह सके।

"यद्यपि अनेक लोगों की ऐसी मान्यता है, किंतु मुझे ऐसा नहीं लगता।" संन्यासी ने उत्तर दिया।

"तो ईश्वर की चर्चा आते ही वे मौन कैसे हो जाते थे ?"

"मैं यह मानता हूँ कि ऊपर से भयंकर तार्किक होते हुए भी मन से वे अत्यंत भावुक भक्त थे।" संन्यासी का स्वर अत्यंत मधुर हो गया, "ईश्वर की चर्चा आते ही वे इतने विह्वल हो जाते थे कि कुछ बोल नहीं पाते थे और मौन रह जाते थे।"

"क्या ऐसा संभव है ?" मन्मथ बाबू चकित थे।

"क्या आपने ऐसा कोई संवेदनशील व्यक्ति नहीं देखा, जो आनंद की बात आने पर विह्वल होकर अश्रुपूर्ण आँखों और गद्‌गद वाणी के कारण तनिक भी बोल नहीं पाता ?"

मन्मथ बाबू ने चर्चा की दिशा बदल दी, "आप भगवान् को मानते हैं ?"

"केवल भगवान् को ही मानता हूँ।"

"श्रीकृष्ण को भगवान् मानते हैं ?" लगा, मन्मथ बाबू अपने मन में चिरसंचित कोई प्रश्न पूछ रहे हों।

"हाँ। श्रीकृष्ण को भगवान् नहीं मानूँगा तो और किसे मानूँगा ?" संन्यासी की आँखों में अद्‌भुत चमक थी।

"तो उन्होंने गोपियों से प्रेम कर उनसे विवाह क्यों नहीं किया ?"

"श्रीकृष्ण तो मुझसे भी प्रेम करते हैं, तो क्या वे मुझसे विवाह कर लें ?" संन्यासी पूर्णतः गंभीर था।

"आप परिहास कर रहे हैं।"

"नहीं, मैं पूर्ण गंभीरता से कह रहा हूँ।" संन्यासी ने कहा, "यदि आप श्रीकृष्ण से यह अपेक्षा करते हैं कि वे सारी गोपियों से विवाह कर लेते, तो आप न उनके प्रेम को समझते हैं, न गोपियों के प्रेम को। वह कामविहीन प्रेम था—अलौकिक प्रेम। उसकी परिणति विवाह नहीं, भगवद्‌प्राप्ति थी। काम-संबंध तो उस दिव्य प्रेम को लौकिक धरातल पर ले आता। वृंदावन में श्रीकृष्ण की अवस्था ही क्या थी ? निरे बालक ही तो थे।"

"श्रीकृष्ण ने रुक्मिणी से विवाह क्यों किया ?"

"रुक्मिणी ने श्रीकृष्ण से नारी के रूप में प्रेम किया था, राधा ने भक्त के रूप में।" संन्यासी ने उत्तर दिया, "इसीलिए रुक्मिणी को श्रीकृष्ण पुरुष के रूप में मिले और राधा को भगवान् के रूप में।" संन्यासी ने रुककर मन्मथ बाबू की ओर देखा, "श्रीकृष्ण का प्रेम अपार है। आप जिस रूप में उन्हें भजेंगे, वे उसी रूप में आपको मिलेंगे।"

मन्मथ बाबू को स्वयं आश्चर्य हुआ : उनके भीतर का ब्राह्म जाने कहाँ सो गया था और वर्षों से सोया उनका वैष्णव पुनः जाग उठा था, "मुझे भी मिलेंगे ?"

इस प्रश्न ने संन्यासी को जाने कैसा तो कर दिया...उनकी छवि कुछ और ही हो गई... मन्मथ बाबू को लगा, उनके सम्मुख कोई अज्ञात संन्यासी नहीं, स्वयं चैतन्य महाप्रभु बैठे हैं, प्रेम बाँटने वाले निमाई।...उनकी आँखों में अश्रु थे, मुख पर तेज था और अधरों पर सम्मोहिनी मुस्कान थी।

"वे तो कब से आपसे मिलने को अधीर हो रहे हैं।" संन्यासी ने कहा, "आपने ही उन्हें रोक रखा है।"

मन्मथ बाबू ने भौचक उनकी ओर देखा : यह कैसी बात ?

"आपके ये संशय, ये अविश्वास, ये कुतर्क, यह चिंतन—ये सब ही तो रोके हुए हैं श्रीकृष्ण को।" संन्यासी ने कहा, "नहीं तो आप कब से उनकी बाँसुरी की तान अपने मन में सुन रहे होते।..."

तभी नौकर विघ्नस्वरूप उपस्थित हुआ, "मालिक ! दानापुर से वकील साहब आए हैं।"

नौकर के पीछे-पीछे वकील साहब भी आ पहुँचे।

मथुरानाथ सिन्हा उनके पुराने परिचित थे। दानापुर में वकालत करते थे। छुट्टियाँ बिताने के लिए उनके पास आए थे।

मथुरा बाबू ने एक उचटती-सी दृष्टि संन्यासियों पर डाली और बैठ गए।

"अच्छा स्वामी जी ! यह बताइए कि भगवान् राम ने सीता की अग्निपरीक्षा क्यों ली ? किसी व्यक्ति की परीक्षा लेने के लिए उसे अग्नि में प्रविष्ट कराना तो कोई मानवता नहीं है।" मन्मथ बाबू, अपने मित्र मथुरा बाबू को प्रायः भूल ही चुके थे।

"भगवान् राम ने सीता माता को अग्नि में प्रविष्ट कराया, क्योंकि वे भगवान् थे। अग्नि में प्रविष्ट कराकर भी वे उनकी रक्षा कर सकते थे।" संन्यासी मुस्करा रहे थे।

"यह तो कोई उत्तर न हुआ !" मन्मथ बाबू बोले, "अवतार बनकर मानवलीला कर रहे थे, तो मानव के समान ही आचरण करना चाहिए न !"

"ठीक कह रहे हैं आप।" संन्यासी पुनः उनसे सहमत हो गए, "पर आप यह बताइए कि यदि कोई मनुष्य—आप या मैं—अग्नि में प्रवेश कर यह कहे, 'हे अग्निदेव ! मैं सच्चा हूँ, इसलिए मुझे जलाना मत।' तो क्या वह जलने से बच जाएगा ?"

"नहीं।" मन्मथ बाबू बोले, "प्रकृति के नियम नहीं बदल सकते।"

"तो फिर आपने अपने प्रश्न का उत्तर स्वयं दे दिया।" संन्यासी मुस्कराकर रह गए।

"मैं समझा नहीं !"

"एक ओर हो जाइए।" संन्यासी बोले, "या तो मान लीजिए कि वे भगवान् थे और लीला कर रहे थे; या फिर यह मान लीजिए कि मनुष्य के लिए न तो यह संभव है कि वह अग्नि में प्रवेश कर जीवित ही नहीं, सुरक्षित निकल आए; न यह संभव है कि वह किसी और को अग्नि में प्रवेश कराए और उसे वहाँ से जीवित निकाल लाए। इसलिए न वह परीक्षा ली गई, न वह परीक्षा दी गई—यह तो कवि की सुंदर कल्पना मात्र है।"

संन्यासी की बात मथुरानाथ सिन्हा ध्यान से सुन ही नहीं रहे थे, उन्हें ध्यान से देख भी रहे थे। उन्हें पहले क्षण से ही वह संन्यासी कुछ पहचाना-सा लग रहा था; किंतु वह कौन है...और उसे कहाँ देखा है ?...

सहसा उनके मन में कुछ धुँधले-से चित्र उभरे...कॉलेज के दिनों में जब वे साधारण ब्राह्म समाज की सभाओं में जाया करते थे, तो यही लड़का तो उनकी गायन मंडली का नेतृत्व किया करता था...हाँ, यही तो था।...मैंने अब तक पहचाना क्यों नहीं !...

"आपका चेहरा कुछ पहचाना हुआ लगता है !"

संन्यासी मधुर ढंग से मुस्कराया, "प्रभु की लीला है कि ऐसा ही कोई चेहरा उन्होंने दानापुर में भी बना रखा है।"

"नहीं, दानापुर में नहीं।" और सहसा मथुरा बाबू के स्वर में कुछ वेग आया, "कलकत्ता में आप साधारण ब्राह्म समाज की संगीत मंडली का नेतृत्व किया करते थे ?"

संन्यासी पुनः मुस्कराया, "तो उन दिनों आप कलकत्ता आए हुए थे ?"

"नहीं, मैं कलकत्ता में कॉलेज की पढ़ाई कर रहा था।" मथुरा बाबू ने कुछ उत्साह से पूछा, "आप वही हैं न ?"

"वे ही हैं।" उत्तर दूसरे संन्यासी ने दिया।

तो यह गाकर भीख माँगा करता था !...मन्मथ बाबू ने सोचा...अब भी गाता है, या छोड़ दिया ?...

मन्मथ बाबू को लग रहा था, उनकी रुचि कुछ जाग रही है; किंतु उनकी खीज उनकी उत्सुकता पर नागिन के समान कुंडली मारकर बैठी हुई थी।

"तो यह संन्यासी वेश ?"

दूसरा संन्यासी कुछ कहने को हुआ, किंतु अपने साथी की दृष्टि का भाव समझकर चुप हो गया।

"हरि इच्छा।" पहले साधु ने कहा।

मन्मथ बाबू के मन में खीज का जैसे विस्फोट हो गया...यदि ब्राह्म समाज की संगीत मंडली में था तो इसे ब्राह्म ही होना चाहिए। फिर यह भगवा धारण कर हिंदुओं के समान क्यों पाखंड कर रहा है !...यह ब्राह्म के रूप में आता, अपना परिचय देता तो मन्मथ बाबू को प्रसन्नता होती...

"आप नरेन्द्रनाथ दत्त हैं ?" मथुरानाथ ने अकस्मात् ही जैसे हथगोला फेंक दिया था।

संन्यासी ने उन्हें देखा, "मैं एक संन्यासी हूँ। यदि आप मेरा नाम जानने का ही आग्रह करेंगे तो मैं विविदिशानन्द हूँ। स्वामी विविदिशानन्द। पूर्व आश्रम में मेरा नाम क्या था, मैं क्या था–इन सब बातों से अब मेरा कोई संबंध नहीं है।..."

"ठीक कह रहे हैं आप।" मथुरानाथ बोले, "किंतु मेरी स्मरण-शक्ति ने तो संन्यास नहीं लिया न ! मैं आपका वह गायन कैसे भूल सकता हूँ !...संगीत का वह स्वर्गीय आनंद ! इसीलिए नाम भी स्मरण है।"

मन्मथ बाबू चकित होकर कभी संन्यासी की ओर देख रहे थे और कभी मथुरानाथ की ओर। उनके मन की विचित्र स्थिति हो रही थी। वे समझ नहीं पा रहे थे कि इन सारी सूचनाओं से वे प्रसन्न हैं या खिन्न ? जिस व्यक्ति की प्रातः ही से वे घोर उपेक्षा कर रहे थे, उसमें इतने सारे गुण...

"आपको संगीत का भी ज्ञान है ?" मन्मथ बाबू ने अपने स्वर को यथासंभव कोमल बनाया।

"बहुत थोड़ा-सा।" संन्यासी ने कहा।

"तो कोई भजन सुनाइए।" मन्मथ बाबू के स्वर में आग्रह था और मन में एक संशय–कहीं वे इस भिखारी को अनावश्यक महत्त्व तो नहीं दे रहे ?

"तानपूरा या हारमोनियम मिल जाएगा ?" संन्यासी ने पूछा।

"दोनों हैं।"

मन्मथ बाबू ने पीछे खड़े नौकर की ओर देखा। वह घर के भीतर चला गया और थोड़ी

ही देर में दोनों यंत्र ले आया।

संन्यासी ने तानपूरा हाथ में लेकर उसे बाँधा और संस्कृत के कुछ प्रसिद्ध श्लोक गाने आरंभ किए। उपनिषदों में से कुछ मंत्र गाकर उन्होंने विवेकचूड़ामणि के कुछ छंद सुनाए।

मन्मथ बाबू सिर झुकाए चुपचाप सब कुछ सुनते रहे।...उन्होंने ऐसा संगीत सचमुच कभी नहीं सुना था...किंतु इस संगीत के धोखे में वे ब्राह्म होते हुए एक हिंदू को सच्चा साधु कैसे मान सकते थे...

3

अगले दिन प्रातः स्वामी ध्यान से उठे ही थे कि मन्मथ बाबू ने उन्हें आ पकड़ा। उनके साथ मथुरा बाबू भी थे।

"स्वामी जी ! पहले दिन वाली भगवान् बुद्ध संबंधी चर्चा बीच में ही छूट गई थी।" मन्मथ बाबू बोले, "मैं स्पष्ट शब्दों में उनके विषय में आपका मूल्यांकन सुनना चाहता हूँ।"

"आपका पूर्व वैष्णव फिर कहीं बौद्धों से जा टकराया है क्या ?" संन्यासी हँसे।

"नहीं, पर मेरे मन में कुछ गुंजलक और जाले हैं, जिनके कारण मैं प्रायः अपना मत बदलता रहता हूँ।" वे बोले, "एक बार संशय दूर हो जाएँ तो कदाचित् मैं दृढ़ होकर अपना साधना-पथ चुन सकूँ।"

"जहाँ तक मेरा विचार है," संन्यासी बोले, "एक सहस्र वर्ष तक जिस विशाल तरंग ने समग्र भारत को निमज्जित कर रखा था, उसके सर्वोच्च शिखर पर शाक्य मुनि गौतम हैं। हम उनको ईश्वर का अवतार मानकर उनकी पूजा करते हैं। नैतिकता का इतना बड़ा निर्भीक प्रचारक संसार में दूसरा नहीं हुआ। कर्मयोगियों में सर्वश्रेष्ठ स्वयं श्रीकृष्ण ही मानो अपने उपदेशों को कार्यरूप में परिणत करने के लिए मुनि गौतम के रूप में पुनः संसार में आए थे।"

"कृष्ण और बुद्ध की क्या तुलना ?" मन्मथ बाबू कुछ चौंककर बोले, "वे दोनों तो दो विरोधी विचारधाराओं के प्रवर्तक थे !"

"किसने कह दिया आपको ?" स्वामी की वाणी कुछ तीखी हो गई, "बुद्ध के शब्दों में पुनः वही वाणी सुनाई दी, जिसने गीता में शिक्षा दी थी, 'स्वल्पमप्यस्य धर्मस्य त्रायते महतो भयात्।' —धर्म का थोड़ा-सा अनुष्ठान करने पर भी महाभय से रक्षा होती है।"

"इतनी संस्कृत आती है इन्हें।" मथुरा बाबू ने मन्मथ बाबू की स्थिति स्पष्ट की।

"संस्कृत का अनुवाद किसी के अज्ञान के कारण नहीं, अपने अभ्यासवश किया है मैंने।" संन्यासी ने मधुर स्वर में कहा, "दोनों ने ही धर्म का महत्त्व स्वीकार किया है।"

"हाँ, धर्म की बात तो दोनों ने की है," मन्मथ बाबू बोले, "किंतु महात्मा बुद्ध की मानव मात्र की समता कृष्ण में कहाँ है ?"

वे सोच रहे थे, अभी संन्यासी पूछेंगे कि उन्होंने कभी गीता पढ़ी है ?...किंतु संन्यासी ने ऐसा कुछ नहीं किया। वे तो जैसे अपने कथन का स्वयं ही आनंद ले रहे थे।

" 'स्त्रियो वैश्यास्तथा शूद्रास्ते अपि यांति परां गतिम्।'—स्त्री, वैश्य और शूद्र तक परम गति को प्राप्त होते हैं। गीता के वाक्य, श्रीकृष्ण की वज्र के समान गंभीर और महती वाणी सबके

बंधन, सबकी शृंखला तोड़ देती है; और सभी को उस परम पद को पाने का अधिकारी घोषित कर देती है। 'इहैव तैर्जितः सर्गो येषां साम्ये स्थितं मनः। निर्दोषं हि समं ब्रह्म तस्माद् ब्रह्मणि ते स्थिताः।।' 'समं पश्यन् हि सर्वत्र समवस्थितमीश्वरम्। न हिनस्त्यात्मनात्मानं ततो याति परां गतिम्।।'—जिनका मन साम्य भाव में अवस्थित है, उन्होंने यहीं सारे संसार को जीत लिया है। ब्रह्म सम स्वभाव और निर्दोष है, इसलिए वे ब्रह्म में ही अवस्थित हैं।" संन्यासी ने मन्मथ बाबू की ओर देखा, "और कौन-सा साम्य चाहिए आपको ?" किंतु वह उनके उत्तर को सुनने के लिए रुके नहीं, "गीता के उपदेशों के जीते-जागते उदाहरणस्वरूप, गीता के उपदेशक दूसरे रूप में पुनः इस मर्त्यलोक में पधारे। ये ही शाक्य मुनि हैं। वे दीन-दुखियों को उपदेश देने लगे। सर्वसाधारण के हृदय तक पहुँचने के लिए, देवभाषा संस्कृत को छोड़ लोकभाषा में उपदेश देने लगे। राजसिंहासन को त्यागकर दुखी, गरीब, पतित, भिखमंगों के साथ रहने लगे। उन्होंने दूसरे श्रीराम के समान चांडाल को भी छाती से लगा लिया।"

मन्मथ बाबू के पास संन्यासी के तर्कों का कोई उत्तर नहीं था; किंतु उनका मन था कि संन्यासी से सहमत होना ही नहीं चाहता था। जिस हिंदू धर्म को संसार का सबसे निकृष्ट धर्म मानकर वे त्याग आए थे, संन्यासी उसी को सर्वश्रेष्ठ सिद्ध करने पर तुले हुए थे और मन्मथ बाबू कुछ कर नहीं पा रहे थे। अपनी असमर्थता पर खीजकर कुछ कटु स्वर में बोले, "बुद्ध यदि कृष्ण की ही वाणी बोल रहे थे, तो हिंदुओं ने उनको कृष्ण के ही समान अंगीकार क्यों नहीं कर लिया ?"

"भारी त्रुटि थी उनमें, जिसके लिए हम आज तक दुःख भोग रहे हैं।" दूसरे साधु ने कुछ उत्तेजित स्वर में कहा।

पहले संन्यासी ने दूसरे को रोक दिया और धैर्यपूर्ण स्वर में कहा, "भगवान् बुद्ध का कोई दोष नहीं है। उनका चरित्र परम पावन, विशुद्ध और उज्ज्वल है। बौद्ध धर्म के अति उदार प्रचार से जो विभिन्न असभ्य और अशिक्षित जातियाँ धर्म में घुसने लगीं, वे बुद्धदेव के उच्च आदर्शों का ठीक अनुसरण नहीं कर सकीं। इन जातियों में नाना प्रकार के कुसंस्कार और बीभत्स उपासना-पद्धतियाँ थीं। उनके झुंड के झुंड आर्यों के समाज में घुसने लगे। कुछ समय के लिए ऐसा प्रतीत हुआ कि वे सभ्य बन गए, किंतु एक ही शताब्दी में उन्होंने अपने सर्प, भूत-प्रेत आदि निकाल लिए, जिनकी उपासना उनके पूर्वज किया करते थे और इस प्रकार सारा भारत कुसंस्कारों का लीलाक्षेत्र बनकर घोर अवनति को पहुँचा। पहले बौद्ध प्राणी-हिंसा की निंदा करते हुए वैदिक यज्ञों के घोर विरोधी हो गए थे।…"

"यज्ञों में हिंसा तो होती ही थी न !" मन्मथ बाबू कुछ आवेश में बोले।

"हाँ, कुछ तो होती थी," स्वामी ने कहा, "किंतु उस समय घर-घर में यज्ञों का अनुष्ठान होता था। हर एक घर में यज्ञ के लिए आग जलती थी—बस। उपासना के लिए और कुछ ठाट-बाट न था। बौद्ध धर्म के प्रचार से इन सादे यज्ञों का लोप हो गया। उनकी जगह बड़े-बड़े ऐश्वर्ययुक्त मंदिर, भड़कीली अनुष्ठान-पद्धतियाँ, शानदार पुरोहित तथा वर्तमान काल में भारत में और जो कुछ दिखाई देता है, सबका आविर्भाव हुआ।"

"किंतु मैंने तो पढ़ा है कि बौद्धों ने ब्राह्मणों द्वारा की जा रही मूर्ति-पूजा समाप्त कर दी थी।" मन्मथ बाबू ने विरोध किया।

"मैंने भी पढ़ी हैं वे पुस्तकें।" संन्यासी ने अपने स्वर में आ गई कटुता को सँभाला और पूर्णतः निरपेक्ष भाव से बोला, "कितने ही आधुनिक ज्ञानी पंडितों के ग्रंथों को पढ़ने से यह विदित

होता है कि बुद्ध ने ब्राह्मणों की मूर्ति-पूजा उठा दी थी। मुझे यह पढ़कर हँसी आ जाती है। वे नहीं जानते थे कि बौद्ध धर्म ही ने भारत में ब्राह्मण धर्म और मूर्ति-पूजा की सृष्टि की थी।'' संन्यासी मुस्कराए, ''दो-एक वर्ष हुए, एक प्रतिष्ठित रूसी विद्वान् ने एक पुस्तक प्रकाशित की है। उसने लिखा है कि ईसा धर्म-शिक्षार्थ ब्राह्मणों के पास जगन्नाथ जी के मंदिर में गए थे, किंतु ब्राह्मणों की संकीर्णता और मूर्ति-पूजा से तंग आकर वे वहाँ से तिब्बत के लामाओं के पास गए और वहाँ से सिद्ध होकर स्वदेश लौटे।'' संन्यासी ने मन्मथ बाबू की ओर देखा, ''जिन्हें भारत के इतिहास का थोड़ा-सा भी ज्ञान है, वे इसी विवरण से जान सकते हैं कि पुस्तक में आद्योपांत कैसा छल-प्रपंच भरा हुआ है।''

''आप यह कैसे कह सकते हैं ?'' मथुरा बाबू ने उन्हें टोक दिया।

''क्योंकि जगन्नाथ जी का मंदिर तो एक प्राचीन बौद्ध मंदिर है। हमने इसको एवं अन्यान्य बौद्ध मंदिरों को हिंदू मंदिर बना दिया। यही जगन्नाथ का इतिहास है और उस समय वहाँ एक भी ब्राह्मण नहीं था।''

''किंतु बौद्ध धर्म का अवसान क्यों हुआ ?'' मथुरा बाबू ने निर्दोष जिज्ञासा की।

''प्राणी-मात्र के प्रति दया की शिक्षा, अपूर्व आचारनिष्ठ धर्म और नित्य आत्मा के अस्तित्व या अनस्तित्व संबंधी, बाल की खाल निकालने वाले विचारों के होते हुए भी, समग्र बौद्ध धर्मरूपी प्रासाद चूर-चूर होकर गिर गया। उसका खँडहर भी बड़ा ही बीभत्स है।'' स्वामी ने कहा, ''बौद्ध धर्म की अवनति से जिन घृणित आचारों का आविर्भाव हुआ, उनका वर्णन करने के लिए मेरे पास न समय है, न इच्छा। अति कुत्सित अनुष्ठान पद्धतियाँ, अत्यंत भयानक और अश्लील ग्रंथ—जो अब तक न तो मनुष्य द्वारा लिखे गए थे, न उनकी कल्पना की गई थी। अत्यंत भीषण पाशव अनुष्ठान-पद्धतियाँ, जो कभी धर्म नहीं मानी गईं—ये सभी बौद्ध धर्म की पतितावस्था की सृष्टि हैं।''

मथुरा बाबू शांत मन से संन्यासी की ओर देखते रहे। शायद वे उनकी बातों पर मनन कर रहे थे; किंतु मन्मथ बाबू के मन में अभी भी अनेक आक्षेप और आरोप थे।

''आपने भगवान् बुद्ध के चरित्र को परम पवित्र और उज्ज्वल कहा है और उनकी तुलना आप कृष्ण से कर रहे हैं, जिनके चरित्र पर इतने प्रकार के लांछन हैं।'' मन्मथ बाबू अपनी वाणी में जितने क्रूर हो सकते थे, हो गए।

''लांछन ! कैसे लांछन ?'' संन्यासी ने उनकी ओर देखा, ''आप स्वयं अपनी बुद्धि से उनके चरित्र की परीक्षा कीजिए। उस अद्‌भुत चरित्र को देखिए, जिसमें कितने ही विविध भावों का समावेश है। वे एक ही स्वरूप में अपूर्व संन्यासी और अद्‌भुत गृहस्थ थे। उनमें अद्‌भुत रजोगुण तथा शक्ति का विकास भी था और वे असाधारण त्याग का जीवन भी बिताते थे।''

''क्या त्यागा उन्होंने ?'' मन्मथ बाबू कुछ आक्रामक होकर बोले, ''रुक्मिणी को त्याग दिया, सत्यभामा को त्याग दिया या जांबवती को त्याग दिया ? सब कुछ तो ग्रहण किया उन्होंने।''

''बिना गीता का अध्ययन किए कृष्ण-चरित्र कभी समझ में नहीं आ सकता। अपने उपदेशों के वे साकार रूप थे।''

अंततः संन्यासी ने वह कह ही दिया था, जिसके लिए मन्मथ बाबू आशंकित थे। पढ़ी थी उन्होंने गीता भी।...

संन्यासी ने उनकी ओर देखा और बोला, ''प्रत्येक अवतार कुछ सिद्धांतों को प्रचारित करने के लिए उनका जीवित उदाहरण बनकर अवतरित हुआ है। गीता के प्रचारक कृष्ण अनासक्ति के

उज्ज्वल उदाहरण थे। उन्होंने अपना सिंहासन त्याग दिया और कभी उसकी चिंता नहीं की। जिनके कहने-भर से राजा अपने सिंहासन त्याग देते थे, समग्र भारत के उस नेता श्रीकृष्ण ने स्वयं कभी राजा होना नहीं चाहा। आप उनके चरित्र में दोष बता रहे हैं ?"

"मेरा तात्पर्य गोपियों से उनके गर्हित संबंध को लेकर है।" मन्मथ बाबू बोले; और सहसा ही उनका स्वर हिंस्र हो उठा, "जिसे आप जानबूझकर भुला रहे हैं।"

"उसमें भुलाने को क्या है; और उसमें गर्हित भी क्या है ?" संन्यासी उनके क्रूर प्रहार से तनिक भी हतप्रभ नहीं हुआ था, "श्रीकृष्ण ने बाल्यकाल में जिस सरल भाव से गोपियों के साथ क्रीड़ा की, जीवन-भर उनका वह सरल स्वभाव नहीं छूटा। ब्रज में उनका जीवन चिरस्मरणीय है।"

"चिरस्मरणीय ?" मन्मथ बाबू को बहुत आपत्ति थी इसमें।

"चिरस्मरणीय। प्रातःस्मरणीय।" संन्यासी ने कहा, "हाँ ! उसका समझना अत्यंत कठिन है।"

"लीलाधर हैं श्रीकृष्ण तो।" दूसरे संन्यासी अखंडानन्द ने कहा।

मन्मथ बाबू ने अखंडानन्द को जलती आँखों से देखा, जैसे व्यर्थ ही बीच में बोल पड़ने के लिए उनका तिरस्कार कर रहे हों।

"क्यों कठिन है उसका समझना ? मुझमें बुद्धि नहीं है क्या ?"

"गंदे हाथों से चरणामृत नहीं पीना चाहिए।" संन्यासी ने कहा, "पूर्ण ब्रह्मचारी और पवित्र स्वभाव का बने बिना श्रीकृष्ण को समझने की चेष्टा करना उचित नहीं। वृंदावन की मधुर लीला में रूपक भाव से वर्णित प्रेम के उस अत्यंत अद्भुत विकास को वही समझ सकता है, जो प्रेमरूपी मदिरा को पीकर उन्मत्त हुआ हो। और कोई नहीं। गोपियों के प्रेम से उत्पन्न उस विरह-यंत्रणा को अपनी सांसारिक बुद्धि से कौन समझ सकता है ! वह आदर्श प्रेम है, जो प्रेम के अतिरिक्त और कुछ नहीं चाहता—न स्वर्ग, न इहलोक और न परलोक की कोई और वस्तु।"

"तो उन संबंधों को गर्हित मानने के पीछे हमारे अपने ही मन का मैल है ?" मथुरा बाबू ने शांत मन से पूछा।

"यह बात यह कैसे कहेंगे ! आप स्वयं ही अपने मन से पूछें।" अखंडानन्द ने कुछ मुस्कराकर कहा।

संन्यासी के चेहरे पर एक निश्छल हँसी बिखर गई, जैसे सागर-तट की बालुका पर दूर तक लहरों ने झाग के मोती बिखेर दिए हों, "इसी गोपी-प्रेम के माध्यम से सगुण और निर्गुण ईश्वरवाद के संघर्ष का एकमात्र समाधान मिल सकता है।"

"यह मिल जाए तो हिंदुओं को ब्राह्म क्यों बनना पड़े ?" मथुरा बाबू ने कहा।

मन्मथ बाबू देख रहे थे कि उनकी कटुता संन्यासी के व्यवहार और वाणी में तनिक भी कटुता उत्पन्न करने में असमर्थ रही थी। उनकी बातों के उत्तर तो वे दे रहे थे, किंतु उनसे उनके मन में कोई उत्तेजना उत्पन्न नहीं हो रही थी। वे संन्यासी को विष-बुझे बाणों से आहत कर रहे थे और स्वामी थे कि मोतियों जैसी हँसी बिखेर रहे थे।...ठीक ही कह रहे थे कुमार नित्यानन्द सिंह कि यह व्यक्ति साधारण नहीं था।...

"यह समस्त संसार जिसकी अभिव्यक्ति है, उस जगद्व्यापी निर्गुण ईश्वर में विश्वास ही दार्शनिक दृष्टि से स्वाभाविक है।..."

"यही तो कहते हैं हम ब्राह्म लोग।" मथुरा बाबू बोले।

"ब्राह्म ही नहीं, और भी बहुत लोग कहते और मानते हैं।" संन्यासी ने कहा, "पर साथ ही हम साकार वस्तु की कामना भी करते हैं। ऐसी वस्तु चाहते हैं, जिसे हम देख सकें, छू सकें, जिसके चरणों पर अपने हृदय को उत्सर्ग कर सकें। वस्तुतः सगुण ईश्वर ही मनुष्य स्वभाव की उच्चतम धारणा है।"

"किंतु युक्ति इसको स्वीकार नहीं करती।" मन्मथ बाबू ने कहा।

"यह वही अति प्राचीन, प्राचीनतम समस्या है, जिसका ब्रह्मसूत्रों में विचार किया गया है। वनवास के समय युधिष्ठिर के साथ द्रौपदी ने इस पर विचार किया है।...."

"क्या ?"

"यदि एक सगुण, संपूर्ण दयामय सर्वशक्तिमान ईश्वर है, तो इस नारकीय संसार का अस्तित्व क्यों है ? उसने उसकी सृष्टि क्यों की ? उस ईश्वर को महापक्षपाती कहना ही उचित है।... इसकी किसी प्रकार मीमांसा नहीं होती।" संन्यासी ने उन सबकी ओर देखा, "इसकी मीमांसा गोपियों के प्रेम से ही हो सकती है।"

"कैसे ?" मथुरा बाबू ने पूछा।

"गोपियाँ कृष्ण के लिए प्रयुक्त किसी भी विशेषण से घृणा करती हैं। उन्हें इसकी कोई चिंता नहीं है कि वे सृष्टिकर्ता हैं, वे सर्वशक्तिमान हैं, वे सर्वसमर्थ हैं। गोपियाँ केवल यही जानती हैं कि कृष्ण प्रेममय हैं। यही उनके लिए यथेष्ट है। वे उन्हें केवल वृंदावन का कृष्ण समझती हैं। असंख्य सेनाओं के नेता, राजाधिराज कृष्ण उनके निकट सदा गोप ही थे। 'न धनं, न जनं, न च सुंदरीं कवितां वा जगदीश कामये। मम जन्मनि जन्मनीश्वरे भवताद्भक्तिरहैतुकी त्वयि।।'—हे जगदीश ! मैं धन, जन, कविता अथवा सुंदरी—कुछ भी नहीं चाहता। हे ईश्वर ! आपके प्रति जन्म-जन्मांतरों में मेरी अहैतुकी भक्ति हो।...."

"अहैतुकी भक्ति ?...."

"जब तक मेरा मन तर्क करता रहा, युक्तियाँ खोजता रहा, मूर्ति-पूजा का औचित्य खोजता रहा, संशय करता रहा, तब तक मैं सागर के किनारे ही बैठा रहा।" संन्यासी जाने कहाँ खो गए थे, "एक बार सब कुछ भुलाकर स्वयं को उनके चरणों में डाल दिया। उस प्रेम की गहराई में डुबकी लगाई, तो जैसे सब कुछ पा लिया।...."

"नरेन !" अखंडानन्द ने जैसे उसे चेताया।

"मैं तो अपने गुरु की बात कर रहा था।" संन्यासी ने अपनी आँखों में आए अश्रु पोंछ लिए, "हाँ, यह अहैतुकी भक्ति, यह निष्काम कर्म, यह निरपेक्ष कर्तव्यनिष्ठा का आदर्श धर्म के इतिहास में एक नया अध्याय है। मानव-इतिहास में पहली बार भारतभूमि पर सर्वश्रेष्ठ अवतार श्रीकृष्ण के मुँह से पहले-पहल यह तत्त्व निकला था।" संन्यासी ने कहा, "भय और प्रलोभनों के धर्म सदा के लिए विदा हो गए। मनुष्य के हृदय में नरक के भय और स्वर्ग के सुख के भोग का प्रलोभन होते हुए भी इस सर्वोत्तम आदर्श का अभ्युदय हुआ। प्रेम प्रेम के निमित्त, कर्तव्य कर्तव्य के निमित्त, कर्म कर्म के निमित्त।"

"आप जिसे आदर्श बता रहे हैं, वह प्रेम कुछ लोगों को बेहद आपत्तिजनक लगता है।" मन्मथ बाबू ने उन्हें फिर से कोंचा।

"जानता हूँ।" संन्यासी ने कहा, "हमारे बीच ऐसे मूर्खों का अभाव नहीं है, जो श्रीकृष्ण के जीवन के उस अपूर्व अंश के अद्भुत तात्पर्य को समझने में असमर्थ हैं। हमारे अपने रक्त से उत्पन्न अनेक अपवित्र मूर्ख हैं, जो गोपी-प्रेम का नाम सुनते ही उसे अपावन समझकर भय से भाग जाते हैं। वे पहले अपने मन को शुद्ध करें। हमें स्मरण रखना चाहिए कि जिस इतिहासकार ने गोपियों के इस अद्भुत प्रेम का वर्णन किया है, वे आजन्म पवित्र, नित्य शुद्ध, व्यासपुत्र शुकदेव हैं।"

"कोई हो, उससे क्या होता है !" मन्मथ बाबू बोले, "तथ्य तो तथ्य ही रहेगा।"

"तथ्य तो तथ्य ही रहेगा मन्मथ बाबू !" संन्यासी ने कहा, "और तथ्य यह है कि जब तक हृदय में स्वार्थ रहेगा, तब तक भगवद्प्रेम असंभव है।"

"यह बीच में स्वार्थ कहाँ से आ गया ?" मन्मथ बाबू जैसे संन्यासी का उपहास कर रहे थे।

"जो धर्म प्रेम के लिए प्रेम को नहीं मानता, वह केवल दुकानदारी है।" संन्यासी ने कहा, "भक्त कहे, मैं आपको कुछ देता हूँ भगवान् ! आप भी मुझको कुछ दीजिए; और भगवान् कहें, यदि तुम ऐसा नहीं करोगे, तो तुम्हारे मरने पर मैं तुमको देख लूँगा—चिरकाल तक तुम्हें जलाकर मारूँगा।" संन्यासी ने अपनी बड़ी-बड़ी आँखें मन्मथ बाबू पर टिका दीं, "सकाम व्यक्ति की ईश्वर-धारणा ऐसी ही होती है। जब तक मस्तिष्क में ऐसे भाव रहेंगे, तब तक गोपियों की प्रेमजनित विरह की उन्मत्तता कोई कैसे समझेगा—एक बार, यदि एक ही बार उन मधुर अधरों का चुंबन प्राप्त हो।..."

"आखिर बात तो अधरों के चुंबन की ही निकली !" मन्मथ बाबू जैसे विजयी हो गए।

संन्यासी ने मानो उनकी बात सुनी ही नहीं, सुनी तो उसका उत्तर देना आवश्यक नहीं समझा। वे अपने प्रवाह में कहते गए, "हे प्रभु ! जिसका तुमने एक बार चुंबन किया है, चिरकाल तक तुम्हारे लिए उसकी पिपासा बढ़ती जाती है। उससे सकल दुःख नष्ट हो जाते हैं। तब अन्यान्य विषयों की आसक्ति दूर हो जाती है। केवल तुम्हीं उस समय प्रेम की वस्तु हो जाते हो। सुरतवर्धनं शोकनाशनं स्वरितवेणुना सुष्ठु चुंबितम्। इतररागविस्मारणं नृणां वितर वीर नस्तेअधरामृतम्।। यह क्या प्राकृतजन के चुंबन जैसा चुंबन है ?"

मन्मथ बाबू अनुभव कर रहे थे कि वे संन्यासी की वाणी के साथ बह रहे हैं; और यह उनके ब्राह्म संस्कारों को एकदम अच्छा नहीं लग रहा था। जिस धर्म का त्याग किया था, वे फिर उसी के जाल में फँसने जा रहे थे...

"पहले कंचन, यश और इस क्षुद्र मिथ्या संसार को त्यागना होगा। तभी, केवल तभी, गोपियों का प्रेम समझा जा सकेगा। यह इतना विशुद्ध है कि बिना सब कुछ छोड़े इसको समझने की चेष्टा करना ही अनुचित है। इसको समझने के लिए अंतःकरण पूर्णरूपेण पवित्र होना चाहिए। जिनके मन में काम, धन, यशोलिप्सा के कीट प्रतिक्षण कुलबुलाते रहते हैं, ऐसे लोग गोपी-प्रेम की आलोचना करने का मूर्ख साहस करते हैं।" स्वामी ने कहा, "कृष्णावतार का मुख्य उद्देश्य इसी गोपी-प्रेम की शिक्षा है। यहाँ तक कि गीता का महान् दर्शन भी उस प्रेमोन्मत्तता की बराबरी नहीं कर सकता।"

"यह आप कैसी बात कह रहे हैं ?" मथुरा बाबू ने संन्यासी को टोक दिया, "आप गोपियों के प्रेम का पक्ष लें, यह और बात है; किंतु वह गीता से भी बढ़कर है।..."

"गीता में साधक को धीरे-धीरे उस चरम लक्ष्य—मुक्ति—को साधने का उपदेश दिया गया है। इस प्रेम में रसास्वाद की उन्मत्तता, प्रेम की मदोन्मत्तता है, जो मनुष्य को तत्काल मुक्त कर देती है। यहाँ गुरु और शिष्य, शास्त्र और उपदेश, ईश्वर और स्वर्ग सब एकाकार हैं। भय के भाव का

लेशमात्र भी नहीं है। सब कुछ बह गया है। शेष रह गई है केवल प्रेमोन्मत्तता। उस समय संसार का कुछ भी स्मरण नहीं रहता। भक्त उस समय संसार में कृष्ण, एकमात्र श्रीकृष्ण के अतिरिक्त और कुछ नहीं देखता। उस समय वह अपने प्राणों में केवल श्रीकृष्ण के ही दर्शन करता है। उसका चेहरा भी उस समय श्रीकृष्ण के समान ही दीखता है। उसकी आत्मा उस समय कृष्णमयी हो जाती है। यह है श्रीकृष्ण की महिमा।''

''किंतु श्रीकृष्ण के जीवन में अनेक अंतर्विरोध हैं...।'' मथुरा बाबू बोले।

''छोटी-छोटी बातों में व्यर्थ समय मत गँवाइए। उनके जीवन की जो मुख्य शिक्षाएँ हैं, जो तात्त्विक अंश हैं, उन्हीं को ग्रहण करना चाहिए।'' संन्यासी ने बहुत शांत स्वर में कहा।

''किंतु कृष्ण के जीवन-चरित्र में बहुत-से ऐतिहासिक अंतर्विरोध हैं।'' मन्मथ बाबू ने बलपूर्वक मथुरा बाबू की बात दुहरा दी। उन्हें लगा कि संन्यासी थक रहा है। इस समय उसे चित किया जा सकता है।

''वे सत्य भी हो सकते हैं और प्रक्षिप्त भी। किंतु उस समय समाज में जो एक अपूर्व नवीन भाव उदित हुआ, उसका आधार अवश्य था। वह प्रक्षिप्त नहीं है।'' स्वामी ने कहा, ''अन्य सारे महापुरुष और पैगंबर अपने पूर्ववर्ती भावों का विकास मात्र हैं। उन्होंने अपने देश और काल में प्रचलित शिक्षा का ही प्रचार किया। इसलिए उनमें से किसी महापुरुष के अस्तित्व पर संदेह भी हो सकता है।...''

''क्यों ?'' मन्मथ बाबू को लगा कि संन्यासी ब्राह्म नेताओं पर आरोप लगा रहे हैं।

''वे विचार तो पहले से ही समाज में थे। उस महापुरुष का जन्म न भी होता तो उन विचारों का अस्तित्व रहता ही। ऐसे में क्या कहा जा सकता है कि वे महापुरुष हुए या नहीं हुए।'' संन्यासी ने कहा, ''किंतु कोई प्रमाणित कर दे कि श्रीकृष्ण के निष्काम कर्म, निरपेक्ष कर्तव्यनिष्ठा और निष्काम प्रेम तत्त्व के ये उपदेश संसार में मौलिक आविष्कार नहीं हैं। श्रीकृष्ण के जन्म से पहले सर्वसाधारण में इन तत्त्वों का प्रचार नहीं था। भगवान् श्रीकृष्ण ही इनके प्रथम प्रचारक हैं। उनके बाद वेदव्यास ने पूर्वोक्त तत्त्वों का साधारण जन में प्रचार किया। ऐसा श्रेष्ठ आदर्श अन्यत्र कहीं कभी चित्रित नहीं हुआ।'' संन्यासी ने उनकी ओर देखा, ''हम भागवत में गोपीजनवल्लभ वृंदावनविहारी से उच्चतर और कोई आदर्श नहीं पाते। जब हमारे हृदय में उस उन्मत्तता का प्रवेश होगा, हम भाग्यवती गोपियों के भाव को समझेंगे, तभी हम जानेंगे कि प्रेम क्या है। जब समस्त संसार हमारी दृष्टि से अंतर्धान हो जाएगा, जब हमारे हृदय में और कोई कामना नहीं रहेगी, जब हमारा चित्त पूर्णरूपेण शुद्ध हो जाएगा, अन्य कोई लक्ष्य न होगा, यहाँ तक कि जब हममें सत्यानुसंधान की वासना भी नहीं रहेगी, तभी हमारे हृदय में उस प्रेमोन्मत्तता का आविर्भाव होगा, तभी हम गोपियों की अनंत अहैतुकी प्रेम-भक्ति की महिमा समझेंगे। वह प्रेम मिला तो सब कुछ मिल गया।''

सहसा मन्मथ बाबू को लगा कि उन्होंने संन्यासी का विरोध करना छोड़ दिया है। वे तो जैसे उनसे अपनी शंकाओं का समाधान करवा रहे हैं। उन्होंने अपने हृदय में संन्यासी को कोई उच्च स्थान दे दिया है। पर इस विचार से वे रुके नहीं। बोले, ''हममें से बहुतों की धारणा है कि कृष्ण की गोपियों के साथ प्रेमलीला अनुचित और अमर्यादित है। यूरोप के लोग भी इसे पसंद नहीं करते।''

''कुछ पंडित गोपी-प्रेम को नहीं समझते, अतएव हम गोपियों को यमुना में बहा दें ?'' संन्यासी ने कुछ आवेश में कहा, ''यूरोप के साहबों के अनुमोदन के बिना श्रीकृष्ण कैसे टिक सकते

हैं ? यूरोप के साहब लोग जिसको नहीं चाहते, वह सब फेंक देना चाहिए ?''

कुछ रुककर संन्यासी स्वयं ही बोले, ''महाभारत में दो-एक सामान्य-से स्थानों को छोड़कर गोपियों की चर्चा कहीं है ही नहीं। द्रौपदी की प्रार्थना में और शिशुपाल-वध के समय शिशुपाल की वक्तृता में वृंदावन का वर्णन आया है। यूरोप के तथाकथित विद्वान् इन्हें प्रक्षिप्त अंश मानते हैं। गोपियों का वर्णन, यहाँ तक कि श्रीकृष्ण का वर्णन भी प्रक्षिप्त मानते हैं। तो हम भी वही मानें ?''

''पर वे लोग ऐसा क्यों मानते हैं ? कोई कारण तो होगा ?'' मथुरा बाबू ने जिज्ञासा की।

''घोर वाणिज्य वृत्ति के वे लोग धर्म का आदर्श भी व्यवसाय से ही ग्रहण करते हैं। वे 'निष्काम' शब्द का अर्थ ही नहीं समझते। न उनके मन में वह भाव है और न उनके शब्दकोश में वह शब्द। व्यवसायी तो सूद दर सूद लाभ चाहता है। वे यहाँ कुछ ऐसा पुण्य संचय करना चाहते हैं, जिसके फल से स्वर्ग में जाकर सुखभोग कर सकें। तो फिर वे प्रेम के उस निष्काम स्वरूप को कैसे समझेंगे ? उनके धर्म में गोपियों के लिए कोई स्थान नहीं है।''

''अच्छा महाराज !'' मथुरा बाबू के मुख से पहली बार संन्यासी के लिए एक सम्मानजनक संबोधन उच्चरित हुआ, ''यदि भागवत में प्रेम चित्रित है तो महाभारत में क्या है ?''

''महाभारत में काव्य है, इतिहास है और अध्यात्म है।'' स्वामी ने कहा, ''उसमें गीता है।''

''और गीता में क्या है ?''

''गीता, वेदों का भाष्य है। उसके समान वेदों का अन्य कोई भाष्य नहीं है और न होगा ही।'' स्वामी ने कहा, ''नाना भाष्यकारों ने अपने-अपने मतानुसार श्रुतियों और उपनिषदों की व्याख्या करने की चेष्टा में उन्हें और भी उलझा दिया है। अंत में श्रुति के प्रेरक स्वयं भगवान् ने आविर्भूत होकर गीता के रूप में श्रुति का अर्थ समझाया। आज भारत तथा सारे संसार में उसकी व्याख्या की जैसी आवश्यकता है, वैसी किसी और वस्तु की नहीं।''

''जब भगवान् ने स्वयं अर्थ समझा ही दिया तो'''।''

''गीता को भी तो समझना होगा।'' संन्यासी ने कहा, ''बाद के शास्त्र-व्याख्याता बहुधा भगवान् के वाक्यों का अर्थ और भावप्रवाह नहीं समझ सके। गीता में क्या है और आधुनिक भाष्यकारों में हम क्या देखते हैं ?''

स्वामी ने रुककर उनकी ओर देखा; किंतु न मथुरा बाबू ने कुछ कहा और न ही मन्मथ बाबू ने। वे चुपचाप उनकी ओर देख रहे थे।

''एक अद्वैतवादी भाष्यकार ने द्वैत भाव वाले उपनिषद् की व्याख्या की। उसने उसको तोड़-मरोड़कर अपनी मान्यताओं के अनुरूप मनमाना अर्थ लगा लिया। फिर द्वैतवादी भाष्यकार ने अद्वैतमूलक अंशों की व्याख्या करनी चाही। खींच-तानकर उसने उनमें से द्वैतमूलक अर्थ ग्रहण किया।'' स्वामी ने कहा, ''यह संप्रदायों की लड़ाई थी। गीता ने इन झगड़ों को मिटाया है। उसमें किसी अर्थ को बिगाड़ने की चेष्टा नहीं मिलेगी। विभिन्न पद्धतियों और वैचारिक संप्रदायों का महत्त्व स्वीकार करते हुए भगवान् कहते हैं कि वे सब सत्य हैं। जीवात्मा अपने विकास के क्रम में धीरे-धीरे स्थूल से सूक्ष्म, सूक्ष्म से अति सूक्ष्म, सीढ़ियों पर चढ़ती जाती है। क्रमशः वह अपने चरम लक्ष्य को प्राप्त होती है। गीता में विभिन्न पथों का महत्त्व स्वीकार किया गया है। यहाँ तक कि कर्मकांड भी गीता में स्वीकृत हुआ है। यह दिखलाया गया है कि यद्यपि कर्मकांड साक्षात् मुक्ति का साधन नहीं है, तथापि वह सत्य है।''

"तो क्या मूर्ति-पूजा भी सत्य है ?" मन्मथ बाबू के मुख से अनायास ही जैसे चीत्कार निकल गया। उनका ब्राह्म मन इसको स्वीकार करना नहीं चाहता था।

"मूर्ति-पूजा भी सत्य है। सब प्रकार के अनुष्ठान और क्रियाकर्म भी सत्य हैं।" संन्यासी ने कहा, "आवश्यक है, चित्त की शुद्धि। हृदय शुद्ध और निष्कपट हो, तो उपासना ठीक उतरती है और चरम लक्ष्य तक पहुँचा देती है। सभी उपासना-प्रणालियाँ सत्य हैं। सत्य न होतीं तो उनकी सृष्टि ही न हुई होती। ये विभिन्न धर्म और संप्रदाय पाखंडी और दुष्ट लोगों द्वारा नहीं बनाए गए हैं। न ही इनकी सृष्टि धन के लोभ में हुई है, जैसा कि कुछ आधुनिक लोगों का मत है।"

"तो फिर इतनी सारी उपासना-पद्धतियों की आवश्यकता ही क्या थी ?" मथुरा बाबू ने पूछा।

"मेरी माता का आँचल सहस्रों प्रकार के पुष्पों से सुगंधित है। उसमें अद्‌भुत विविधता है।" संन्यासी जैसे अपनी माता की स्मृति में खो गए, "प्रत्येक जीवात्मा का अपना स्व-भाव है। उसकी स्वाभाविक आवश्यकता के लिए इन सब पद्धतियों का अभ्युदय हुआ है। विभिन्न श्रेणियों के मनुष्यों की धर्म-पिपासा को परितृप्त करने के लिए इनका जन्म हुआ है। इसलिए···" वे मौन हो गए।

"इसलिए ?" मन्मथ बाबू ने उनकी ओर देखा।

"इसलिए इनके विरुद्ध शिक्षा देने की आवश्यकता नहीं।" स्वामी ने कहा।

"ईसाई पादरियों के समान।" अखंडानन्द ने जोड़ा।

"जिस दिन इनकी आवश्यकता नहीं रहेगी, स्वतः इनका लोप हो जाएगा।" स्वामी ने कहा, "पर जब तक उनकी आवश्यकता रहेगी, तब तक आपकी आलोचना और शिक्षा के बावजूद ये पद्धतियाँ विद्यमान रहेंगी। तलवार और बंदूक के जोर से संसार को रक्त की नदी में डुबोया जा सकता है, किंतु जब तक मनुष्य को आवश्यकता रहेगी, तब तक मूर्ति-पूजा रहेगी। ये विभिन्न अनुष्ठान-पद्धतियाँ और धर्म के विभिन्न सोपान रहेंगे। हम भगवान् श्रीकृष्ण के उपदेश से समझ सकते हैं कि इनकी क्या आवश्यकता है।"

मन्मथ बाबू अपने भीतर कहीं बहुत गहरे डूब गए थे।···क्या संन्यासी ने यह सब इसलिए कहा, क्योंकि वे जान गए थे कि वे मूर्ति-पूजा के विरोध के कारण हिंदू धर्म के विरोधी हो गए थे, जैसे राजा राममोहन राय हुए थे ? क्या उसका यह सारा वक्तव्य ईसाई पादरियों और ब्राह्म नेताओं के मूर्ति-विरोधी प्रचार के विरुद्ध चेतावनी थी ? नहीं ! कदाचित् उनका चिंतन किसी भी संप्रदाय के पक्ष में नहीं था। किसी के विरुद्ध नहीं था। वे तो मानव मनोविज्ञान का एक सत्य प्रतिपादित कर रहे थे।···और मन्मथ बाबू उन्हें अनपढ़ समझकर उनकी उपेक्षा कर रहे थे।

"गीता तो मैंने भी पढ़ रखी है महाराज ! और भागवत से भी अपरिचित नहीं हूँ।" अंततः मथुरा बाबू ने कहा, "किंतु हमारी समझ में यह सब क्यों नहीं आया ?"

स्वामी ने मुस्कराकर अपने साथी की ओर देखा, "बताओ गैंजेस !"

मन्मथ बाबू चौंके : यह क्या नाम हुआ—गैंजेस ? गंगा को साहब लोग गैंजेस कहते हैं। क्या इस साधु का नाम गैंजेस हो सकता है ? हो भी सकता है, किंतु कितना विचित्र है !···

अखंडानन्द ने एक बार उन लोगों की ओर देखा और दूसरी बार स्वामी की ओर। वह मुस्कराया, "केनोपनिषद् के अंत में आता है कि गुरु ने उपनिषद् कह दिया तो शिष्य ने कहा, 'गुरुदेव ! अपनिषद् कहिए।' गुरु ने उत्तर दिया, 'तुझसे उपनिषद् ही कहा है; किंतु उपनिषद् के आधार हैं—तप,

दम् और निष्काम कर्म। उनके अभाव में उपनिषद् का अर्थ ग्रहण करना कठिन है।'…''

''इनके अभाव में उपनिषद् का बोध नहीं हो सकता ?'' मन्मथ बाबू ने पूछा।

''आँखों की पुतली मैली हो तो संसार में कुछ भी स्पष्ट दिखाई नहीं देता।'' संन्यासी ने उत्तर दिया, ''उपनिषदों का अर्थ हम मस्तिष्क से नहीं, अपनी आत्मा से ग्रहण करते हैं।''

''चर्चा बहुत हो चुकी स्वामी जी !'' सहसा मथुरा बाबू ने कहा, ''प्रातः का समय है। दो-एक भजन हो जाएँ।''

''श्रीकृष्ण की स्तुति हो तो मन्मथ बाबू को आपत्ति तो नहीं होगी ?'' संन्यासी एक नटखट बालक के समान मुस्करा रहे थे।

''नहीं, ऐसी तो कोई बात नहीं है।'' मन्मथ बाबू कुछ असमंजस में बोले।

संन्यासी ने गीतगोविंदम् के कुछ अंश संस्कृत और कुछ बाँग्ला में गाए और तानपूरा रख दिया, ''बस, आज और नहीं।''

तभी सर्वथा अप्रत्याशित रूप से मन्मथ बाबू अपने स्थान से उठकर स्वामी के निकट आकर भूमि पर बैठ गए। उन्होंने स्वामी के घुटनों पर हाथ रखा, ''स्वामी जी !''

संन्यासी मुस्कराए, ''क्या है मन्मथ बाबू ? आप इस घर के स्वामी हैं, ऐसे भूमि पर क्यों बैठ रहे हैं ?''

''आप अस्वीकार मत कीजिएगा स्वामी जी !''

''क्या ?''

''नहीं, आप वचन दीजिए।''

''संन्यासी की मर्यादा का उल्लंघन न हो तो अवश्य स्वीकार करूँगा।'' स्वामी बोले, ''वचन देता हूँ।''

''मैं कल सायं भागलपुर के कुछ गायकों और संगीत-प्रेमियों को बुलाना चाहता हूँ।'' मन्मथ बाबू बोले, ''कृपया आप अस्वीकार मत कीजिएगा।''उन लोगों को मालूम तो हो कि संगीत क्या होता है।''

''अच्छा, बुला लीजिए।'' स्वामी ने अत्यंत सहज भाव से कह दिया।

अगली संध्या मन्मथ बाबू के घर अच्छी-खासी भीड़ थी। मन्मथ बाबू ने शायद नगर के किसी संगीत के धनी को नहीं छोड़ा था। उस्ताद भी बुलाए थे और नवशिक्षित भी। गायक भी आए थे और श्रोता भी।

''क्यों मन्मथ बाबू ! आपके स्वामी जी घंटा-डेढ़ घंटा तो गाएँगे न ?'' नाथूराम ने पूछा, ''भई ! उससे जल्दी हम घर नहीं लौट सकते। मेरी पत्नी अपनी किसी सहेली से मिलने चली गई है। घंटा-भर तो वहाँ बैठेगी ही न !''

''हाँ-हाँ, उतना तो गाएँगे ही।'' मन्मथ बाबू बोले, ''शास्त्रीय संगीत क्या एक-डेढ़ घंटा भी नहीं चलेगा ?''

''वह सब हम नहीं जानते।'' नाथूराम ने जैसे चेतावनी दी, ''यदि वे पंद्रह-बीस मिनट गाकर रुक गए, तो हम उठकर घर नहीं जाएँगे। यहीं बैठे रहेंगे।''

''हाँ-हाँ, क्यों नहीं ? यहीं ठहरिएगा। भोजन करके जाइएगा।'' मन्मथ बाबू दूसरे अतिथियों की ओर बढ़ गए।

वे अभी अपने अतिथियों को बैठा ही रहे थे कि उन्हें भीतर से बुलावा आ गया।

"यह शिवनन्दवा क्या कह रहा है ?" उनकी पत्नी ने पूछने के बहाने उन्हें डाँटा।

"क्या कह रहा है ?"

"तुमने किसी को भोजन करके जाने के लिए कहा है।" पत्नी बोली, "मैंने किसी का भोजन नहीं बनवाया है, कहे देती हूँ। फिर तुम रात दस बजे आदेश भेज दो कि इतने लोगों का भोजन तैयार करवा दो, तो मैं क्या करूँगी ?"

"अरे, वह तो परिहास था।" मन्मथ बाबू बोले, "नाथूराम का विचार है कि स्वामी पंद्रह-बीस मिनट से अधिक नहीं गा पाएँगे। इसीलिए कह रहा था कि वह जल्दी घर नहीं जाएगा। मैंने भी कह दिया, मत जाना। भोजन करके जाना।" मन्मथ बाबू ने अपनी पत्नी की ओर देखा, "नौ-दस बजे तक संगीत समाप्त हो जाएगा। लोग अपने-अपने घर जाकर भोजन कर लेंगे। यहाँ उनका भोजन बनवाकर क्या करना है ! तुम निश्चिंत रहो।"

स्वामी ने तानपूरा स्वयं सँभाला और कैलाश बाबू जैसे सिद्ध तबलावादक को संगत के लिए बैठाया गया।···स्वामी ने उन्हें कुछ निर्देश दिए और गाना आरंभ किया।···सबसे पहले उन्होंने सरस्वती वंदना की। शिव स्तोत्र गाए। उपनिषदों के कुछ अंश सुनाए···और फिर वे तुलसी, मीरा और सूर के भजनों पर आए।···कुछ बाँग्ला के गीत सुनाए और फिर ठाकुर के प्रिय भजनों में से चुनकर माँ काली के भजन गाए।···

कैलाश बाबू संगत तो करते जा रहे थे, किंतु अब उनमें वह उत्साह नहीं रह गया था। उसके पश्चात् कुछ असुविधा-सी होने लगी थी। अपनी अंगुलियों की शिथिलता की उन्होंने चिंता नहीं की थी; किंतु अब तो अंगुलियाँ जैसे पथराने लगी थीं। लग रहा था, उनमें कोई संवेदना ही शेष नहीं रह गई थी।···जड़ हो गई थीं एकदम।···अंततः उन्होंने हाथ रोक लिया···

स्वामी ने उनकी ओर देखा और वे भी रुक गए। श्रोता जैसे एक सम्मोहन से जाग उठे।

"क्या हुआ ?" अनेक स्वर एक साथ बोले, "रुक क्यों गए ?"

"कैलाश बाबू अब और संगत नहीं कर सकेंगे।"

मन्मथ बाबू ने घड़ी देखी : प्रातः के तीन बज रहे थे···स्वामी निरंतर आठ घंटे गाते चले गए थे और लोग बैठे सुनते रहे थे। कोई उठा नहीं। कोई ऊबा नहीं। किसी को भूख-प्यास का अनुभव नहीं हुआ।···

लोग उठे और अपने-अपने ढंग से प्रशंसा कर विदा हो गए।

"हम कल शाम को फिर आएँगे।" नाथूराम ने जाते-जाते कहा।

"हाँ-हाँ, हम भी आएँगे !!" अनेक लोगों ने अपनी सहमति जताई।

प्रातः नाश्ते पर मन्मथ बाबू बोले, "स्वामी जी ! आपके संगीत ने तो लोगों को ऐसे मंत्रमुग्ध किए रखा, जैसे सपेरा साँप को कर लेता है।···आज संध्या-समय भी बहुत सारे लोग आएँगे।"

"लोग आएँ, उनका स्वागत है।" स्वामी बोले, "किंतु मैं प्रतिदिन इतना नहीं गाता। आज नहीं गाऊँगा।"

"क्यों ?"

"मैं संन्यासी हूँ मन्मथ बाबू ! गायक नहीं।" स्वामी बोले, "प्रतिदिन इतना गाऊँगा तो अपनी साधना के लिए समय कहाँ से निकालूँगा ?"

मन्मथ बाबू जैसे उनसे सहमत हो गए थे। उन्होंने गायन के लिए तनिक भी आग्रह नहीं किया। उनका मन तो कुछ अन्य ही योजनाएँ बनाने लगा था।...

"आप यहाँ कितने दिन रुकेंगे स्वामी जी !"

"दो-तीन दिन।"

"तीसरा दिन तो आज हो गया।" मन्मथ बाबू घबराकर बोले।

"आज के बाद दो-तीन दिन और।" स्वामी शांत स्वर में बोले।

"यहाँ से कहाँ जाइएगा ?"

"हिमालय प्रदेश। तपस्या करने।"

"मैंने निश्चय किया है कि मैं आपके साथ जाऊँगा स्वामी जी !" मन्मथ बाबू बोले, "चलिए, हम दोनों वृंदावन चलते हैं। प्रति व्यक्ति तीन सौ रुपए, श्रीगोविंद जी के मंदिर में जमा करा देंगे और आजीवन उनका प्रसाद पाएँगे। बिना किसी पर बोझ बने, सारा जीवन यमुना के तट पर तपस्या करेंगे।..."

"आप तो ब्राह्म हैं मन्मथ बाबू ! आप मूर्ति-पूजा नहीं करते ?" स्वामी हँसे।

"था। आपसे मिलने से पहले तक तो था।" मन्मथ बाबू बोले, "अब पुनः पूरा वैष्णव हो गया हूँ। कहिए, चलते हैं वृंदावन ?"

"वृंदावन जाने में कोई आपत्ति नहीं है मुझे।" स्वामी बोले, "किंतु आपका दृष्टिकोण गृहस्थ का दृष्टिकोण है। संन्यासी मंदिरों या आश्रमों में धन जमा कराकर, उसके ब्याज के भरोसे नहीं रहता। संन्यासी तो ईश्वर के भरोसे रहता है।"

"न सही।" मन्मथ बाबू ने तत्काल अपना निश्चय बदल दिया, "पर फिर मेरा दूसरा निवेदन मान लीजिए।"

"क्या ?"

"आप अधिक से अधिक समय यहाँ रहें। संभव हो तो स्थायी रूप से ही भागलपुर में रहें। अपना आश्रम यहाँ बना लें। मैं आपको भागलपुर के सारे धनी-मानी लोगों से मिलवा दूँगा। सब आपकी सहायता करेंगे। आप चाहें तो आज से ही काम आरंभ कर दें।"

"धनियों से मिलने जाना और उनसे मित्रता बढ़ाना संन्यासी का धर्म नहीं है।" स्वामी ने बड़े सहज भाव से कहा।

"चलिए, न सही।" मन्मथ बाबू बोले, "किसी भी कारण से यह संभव न हो तो अधिकतम समय यहाँ रहें और यहाँ से जहाँ भी जाएँ, मुझे अपने साथ लेते चलें।" उन्होंने रुककर दृढ़ स्वर में कहा, "इस बात को पत्थर की लकीर मानिए कि मैं आपको यहाँ से अकेले नहीं जाने दूँगा।"

स्वामी कुछ नहीं बोले। बैठे मंद-मंद मुस्कराते रहे।

अपने कमरे में आकर स्वामी ने अखंडानन्द से कहा, "गंगा ! यहाँ रुकना हितकर नहीं है। यह सत्य है कि मन्मथ बाबू हमें सुविधा से जाने नहीं देंगे। इसलिए..."

अखंडानन्द ने जिज्ञासा-भरी दृष्टि से उनकी ओर देखा।

''इसलिए उनकी पहली अनुपस्थिति में, उनकी अनुमति के बिना ही चुपके से यहाँ से निकल चलो।'' स्वामी चिंतनमग्न हो गए।

''उनसे मिले बिना, उनकी अनुमति के बिना, चोरों के समान भाग जाएँ ? यह अच्छा लगेगा क्या ?'' अखंडानन्द ने कहा।

''वे जाने की अनुमति देंगे नहीं। उनकी उपस्थिति में हम जा नहीं पाएँगे। तो सारा जीवन यहीं रहने का विचार है ?'' स्वामी बोले, ''इससे कलकत्ता में अपना मठ ही क्या बुरा था ?''

''नहीं, वह नहीं। पर ऐसे जाना चोरों के समान ! बाद में वे कहीं यह समझने लगें कि हम सचमुच ही धूर्त और पाखंडी साधु हैं।''

''नहीं सोचेंगे। और इसमें चोरों के समान क्या बात है ?'' स्वामी ने डाँटा, ''भगवान् बुद्ध भी अपनी पत्नी को सोई छोड़ गए थे। जब कोई विकल्प ही न हो तो कोई क्या करे ?''

4

वे लोग पैदल चलते हुए नैनीताल को काफी पीछे छोड़ आए थे। जनसंख्या विरल होती जा रही थी और वन कुछ सघन हो चला था।

''गंगा !'' सहसा स्वामी ने कहा, ''मेरे मन में एक बात आई है।''

''क्या ?'' अखंडानन्द ने उनकी ओर देखा।

''हम दोनों साथ-साथ यात्रा करें, यह मेरी ही इच्छा थी; किंतु अब लग रहा है कि इस प्रकार हमें सर्वथा अकेले रहने का तनिक भी अभ्यास नहीं हो पाएगा।''

''तो ?'' अखंडानन्द के स्वर में आशंका थी···ये नरेन दा भी प्रत्येक क्षण अपने साथियों से संबंध का सूत्र तोड़कर भागने को उद्यत रहते हैं।···

''क्या हम लोग कुछ दूर तक अकेले-अकेले यात्रा नहीं कर सकते ?'' स्वामी बोले, ''हम लोग यहाँ से अलग हो जाते हैं; तुम पगडंडी के मार्ग से जाओ, मैं वन के भीतर से होकर आता हूँ। हम लोग वन के उस पार काकड़ीघाट पर मिलेंगे। जो पहले पहुँचेगा, वह दूसरे की प्रतीक्षा करेगा।''

''आप पगडंडी से जाइए।'' अखंडानन्द बोले, ''वन में कहीं भटक गए तो व्यर्थ परेशानी होगी। मैं तो फिर भी इस क्षेत्र से थोड़ा-बहुत परिचित हूँ; आप तो पहली बार आए हैं।''

''नहीं ! पगडंडी का मार्ग लंबा पड़ेगा।'' स्वामी बोले, ''चलने का अभ्यास भी तुम्हें ही मुझसे अधिक है···।''

अखंडानन्द ने कुछ नहीं कहा। वे चुपचाप चलते रहे।

''सहमत नहीं हो ?'' स्वामी ने पूछा।

''अभी विचार कर रहा हूँ।''

''इसमें इतना भी क्या विचार करना !'' स्वामी बोले, ''मैंने पता लगा लिया है। काकड़ीघाट सड़क-मार्ग से अल्मोड़ा से साढ़े चौदह मील पहले आता है। वहाँ कोसी और सुइया नदियाँ मिलती हैं और वहाँ एक बहुत बड़ा, छायादार पीपल का पेड़ है।'' स्वामी ने रुककर अखंडानन्द को देखा, ''वहाँ से मिलकर आगे अल्मोड़ा चलेंगे।''

अखंडानन्द समझ गए कि स्वामी ने यह निश्चय कर ही लिया है। यह तो निश्चय से भी कुछ अधिक ही था। स्वामी के नेत्रों में से एक प्रकार की व्यग्रता छलकी पड़ रही थी।...अखंडानन्द सोच रहे थे...यह व्यग्रता नहीं, कदाचित् उद्विग्नता कही जा सकती थी।...स्वामी जैसा शांत व्यक्ति यदि इतना व्यग्र और उद्विग्न हो उठा था, तो अवश्य ही कोई विशेष बात होगी। ऐसी स्थिति में स्वामी से विवाद करना अथवा उन्हें अपनी योजना पर पुनर्विचार करने को कहना घातक ही होता। स्वामी में इतना अधैर्य अखंडानन्द ने पहले कभी नहीं देखा था।...वैसे इस योजना में दोष भी कोई नहीं था।...संन्यासी को एकांत का अभ्यस्त होना ही चाहिए। भीड़ में संसार उससे चिपका हुआ होता है और एकांत में ईश्वर उसके साथ चलता है।...अखंडानन्द ने बहुत समय तक अकेले यात्रा की थी; और वे उसका आनंद भी जानते थे।...पर स्वामी इस क्षेत्र और यहाँ की प्रकृति से अपरिचित थे। श्रीमाँ ने स्वामी को उनके हाथों में सौंपा था। अपने बड़े पुत्र को छोटे के हाथों में सौंपा था। उसका कोई कारण रहा ही होगा।...यदि स्वामी किसी कठिनाई में फँस गए तो ?...

सहसा अखंडानन्द मन ही मन हँस पड़े...श्रीमाँ ने अपने स्नेह के कारण ऐसा कह दिया, तो वे सचमुच ही स्वयं को कर्ता समझ बैठे ? ईश्वर को सर्वथा विस्मृत कर दिया ? यह नहीं सोचा कि स्वामी की रक्षा के लिए ईश्वर ही उत्तरदायी है और वह ही समर्थ भी है। वह उनकी रक्षा करेगा तो कोई स्वामी को छू नहीं सकता; और उसकी इच्छा नहीं होगी तो स्वामी को कोई कठिनाई से बचा नहीं सकता...हाँ ! श्रीमाँ के कहने का अर्थ इतना ही तो है कि कठिनाई में भी उन्हें स्वार्थी नहीं होना है...अपने से पहले स्वामी की चिंता करनी है...सुमित्रा ने भी तो वन जाते हुए लक्ष्मण को राम और सीता का ध्यान रखने को कहा था। श्रीमाँ ने भी अखंडानन्द को स्वामी का सेवक बनाकर भेजा था, अभिभावक बनाकर नहीं।...इस समय स्वामी एकांत चाहते हैं तो उन्हें वह एकांत मिलना चाहिए।...

अखंडानन्द पगडंडी पर ही आगे बढ़ते गए और स्वामी लीक छोड़कर वन में उतर गए।... वन में भी कुछ दूर तक कुछ अस्पष्ट-सी पगडंडियाँ दिखाई दी थीं; किंतु सब स्थानों पर उनका होना अनिवार्य नहीं था।...फिर वे किसी निश्चित लक्ष्य तक भी नहीं ले जाती थीं। वे तो ऐसी थीं, जैसे किसी ने भूलभुलैया बना दी हो कि तुम्हें मार्ग का ज्ञान हो तो ढूँढ़ लो, नहीं तो मन में यह विश्वास होते हुए भी कि मैं ठीक मार्ग पर जा रहा हूँ, भटक जाओ।...स्वामी की दृष्टि पगडंडियों से कहीं अधिक दिशा की ओर थी। बिना पगडंडी के भी यदि वे ठीक दिशा में चलते रहेंगे, तो अपने गंतव्य तक पहुँच ही जाएँगे।...

वर्षा ऋतु समाप्त हो चुकी थी और शरद का आगमन हो रहा था। मार्ग में किसी-किसी क्षेत्र में अच्छे फल भी थे और फूल भी। स्वामी लगातार अनुभव कर रहे थे कि प्रकृति के साथ रहकर मनुष्य के मन में कैसे उल्लास भरता जाता है। वैसे तो अपनी पसंद की संगति मिल जाए, तो मनुष्य उससे भी उल्लसित हो उठता है...

अखंडानन्द निश्चित मार्ग पर चलते जा रहे थे। अब स्वामी उनके साथ नहीं थे कि उनसे कुछ हलकी-फुलकी बात की जा सके।...उनका ध्यान भागलपुर के मन्मथ बाबू की ओर चला गया।...निश्चित रूप से यदि ये लोग उनकी अनुपस्थिति में न चले आए होते, तो वे इन लोगों को इतनी सुविधा से नहीं छोड़ते। उन्होंने तो यह धमकी भी दी थी कि यदि स्वामी किसी प्रकार उनको छोड़कर चले भी गए, तो वे उनका पीछा करेंगे...पता नहीं। संभव है कि पीछा किया भी हो। कहीं वे बद्रिकाश्रम की ओर

ही न चल पड़े हों···कुछ लोग बड़े मनमौजी होते हैं···

भागलपुर से वैद्यनाथ धाम जाना स्वामी की योजना में नहीं था, किंतु अखंडानन्द ने वह स्थान नहीं देखा था। उनका मन रखने के लिए स्वामी को वहाँ जाना पड़ा। यह बात उन दोनों की ही समझ में आ गई थी कि गंगा की धारा के साथ-साथ चलने का अपना संकल्प वे नहीं निभा पाएँगे··· और यह भी संभव है कि वे सारी यात्रा में पैदल चलने की योजना भी कार्यान्वित न कर पाएँ।··· यदि ये दोनों संकल्प पूरे करने थे, तो उन्हें नाक की सीध, गंगा के साथ-साथ ही चलना चाहिए था; किंतु जैसे ही वे वैद्यनाथ धाम पहुँचे, उनका वह संकल्प कहीं पीछे छूट गया था···इसका एक लाभ अवश्य था कि यदि मन्मथ बाबू उनका पीछा करने का प्रयत्न करेंगे तो उन्हें नहीं पा सकेंगे।

भगवान् महादेव के दर्शन कर वे लोग मात्र बंगाली होने के नाते बाबू राजनारायण बोस के घर जा पहुँचे थे। स्वामी ने राजनारायण बाबू के विषय में बहुत कुछ सुन रखा था।···उनके प्रति स्वामी की रुचि भी जाग उठी थी।···राजनारायण बाबू अपनी युवावस्था में न केवल ब्राह्म थे, वरन् वे रेखांकित कर, प्रबल शब्दों में स्वयं को अहिंदू कहा करते थे। तब वे ब्राह्म-प्रचारक थे और प्रत्येक भारतीय वस्तु को हीन और तुच्छ समझने के कारण उससे घृणा करते थे। न बाँग्ला बोलते थे, न हिंदी; केवल अंग्रेजी ही उनकी भाषा थी। अंग्रेजी वेशभूषा में रहते थे, अंग्रेजी भोजन करते थे, अंग्रेजी विधि-विधान से चलते थे।···अपने माता-पिता के देहांत के पश्चात् सहसा ही उनका मानस सर्वथा बदल गया। उन्हें अपने व्यवहार और चिंतन की त्रुटियाँ दिखाई देने लगीं; और उसकी प्रतिक्रिया इस सीमा तक हुई कि अब उन्हें प्रत्येक विदेशी वस्तु से घृणा हो गई। ब्राह्म वे अब भी थे; किंतु अब वे बलपूर्वक स्वयं को हिंदू कहते थे। केवल बाँग्ला बोलते थे, बंगाली वेशभूषा में रहते थे और बंगाली भोजन करते थे। यह भावना इस सीमा तक बढ़ी कि उन्होंने भटके हुए बंगालियों को सुधारने का निश्चय किया और उस उद्देश्य से एक संस्था बनाई। उस संस्था का कोई सदस्य यदि भूल से भी अंग्रेजी का कोई शब्द बोल जाता था तो उसे एक पैसा प्रति शब्द के दर से दंड देना पड़ता था···

स्वामी को राजनारायण बाबू के व्यवहार से कोई असुविधा नहीं थी, वरन् एक सीमा तक वे उनसे सहमत थे। स्वामी के मन में राष्ट्रीयता और आध्यात्मिकता का तादात्म्य हो चुका था। आध्यात्मिक हुए बिना कोई भारतीय नहीं हो सकता था; और भारतीय होने पर आध्यात्मिकता से छुटकारा नहीं था। राजनारायण बाबू की यह राष्ट्रीयता भी उन्हें आध्यात्मिक साधनातुल्य ही लगती थी। राजनारायण बाबू ने उनसे यह पूछा ही नहीं कि वे अंग्रेजी जानते हैं या नहीं। उन्होंने स्वतः ही यह मान लिया कि वे साधु-संन्यासी हैं। पढ़े-लिखे होंगे तो गाँव या मुहल्ले के टोल में कुछ बाँग्ला और संस्कृत पढ़ी होगी। अंग्रेजी पढ़ने की संभावना ही कहाँ थी। स्वामी के लिए यह बताना तनिक भी अनिवार्य नहीं था कि वे अंग्रेजी जानते हैं।···वे स्वयं भी परख लेना चाहते थे कि यदि वे इसी प्रकार का संकल्प करें तो क्या उनके लिए इसका निर्वाह करना संभव था···

अखंडानन्द को स्वयं अपने आप से ही यह आशंका थी कि कहीं वे यह प्रकट न कर दें कि वे लोग अंग्रेजी का ज्ञान रखते हैं। उन्हें स्वामी की प्रशंसा करने में बहुत सुख मिलता था। ऐसा न हो कि इसी झोंक में उनके मुख से यह सब निकल जाए···वार्तालाप में भी अधिक न सही, कुछ अंग्रेजी शब्दों का प्रयोग तो वे भी करते ही थे।···स्वामी प्रायः जो भी भाषा बोलते थे, उसे उसके शुद्ध और प्रांजल रूप में ही बोलना पसंद करते थे। वे अपनी सरलता अथवा दूसरे की सुविधा के लिए किसी भी भाषा में अन्य भाषाओं के शब्दों का मिश्रण करना पसंद नहीं करते थे। राजनारायण बाबू

के इस व्यवहार के प्रति अखंडानन्द की स्वामी से चर्चा हुई थी।...

"मेरी तो समझ में नहीं आ रहा कि किसी भी भाषा से इतनी घृणा का क्या अर्थ है, चाहे वह भाषा इस देश के विदेशी शासकों की ही क्यों न हो और हम लोगों पर बलात् थोपी ही क्यों न गई हो।..."

स्वामी का दृष्टिकोण सर्वथा भिन्न था। उन्होंने सहज भाव से कहा, "बात विदेशी भाषा से घृणा की नहीं है, बात अपनी भाषा से प्रेम की है। आप किसी भी कारण से दूसरी भाषा अंगीकार करते हैं तो अपनी भाषा का परित्याग करते हैं।...इसे मत भूलो।...और अपनी भाषा का त्याग राष्ट्रद्रोह है।"

किंतु जो कुछ हुआ, वह अखंडानन्द की आशंकाओं के सर्वथा विपरीत हुआ।

गणित की चर्चा करते हुए राजनारायण बाबू के मुख से 'जोड़' के स्थान पर 'प्लस' शब्द निकल गया।...स्वामी ने उनकी ओर जिज्ञासा की मुद्रा में देखा, जैसे वे वह शब्द समझ न पाए हों। राजनारायण बाबू शीघ्रता में उसके स्थान पर बाँग्ला शब्द बोल नहीं पाए और अपनी भीतरी घबराहट के कारण उन्होंने अपने बाएँ हाथ की तर्जनी को दाहिने हाथ की तर्जनी से काटते हुए जोड़ का चिह्न बनाया...अब यह उन दोनों के मध्य जोड़ का पर्याय हो गया था। उसके लिए न अंग्रेजी का शब्द बोलना आवश्यक था, न बाँग्ला का। चर्चा में जब भी जोड़ कहने की आवश्यकता होती, स्वामी अपने दोनों हाथों की तर्जनियों से जोड़ का चिह्न बना देते।

रात राजनारायण बाबू के यहाँ बिताकर प्रातः वे लोग गाजीपुर के लिए निकल पड़े थे और वहाँ से काशी। काशी में प्रमदा बाबू के यहाँ उनका अच्छा स्वागत हुआ था। प्रमदा बाबू के पास न धन की कमी थी, न ज्ञान की। चौखंभा में उनका प्रासादाकार भवन चार तल्लों पर बना हुआ था। तहखाने की छत एक खुले आँगन के रूप में काम आती थी और उसके एक खंड पर तीन मंजिला भवन बना हुआ था। एक भाग में धार्मिक उत्सवों के लिए एक चबूतरा बना हुआ था। एक भाग में एक शिव मंदिर था। एक ओर एक झूला था। और उन्हीं सबके साथ बीच में एक कार्यालय भी था, जहाँ सदा ही व्यवसाय की गहमागहमी चलती रहती थी। इस सारी माया के मध्य बैठे प्रमदा बाबू अपने व्यवसाय को भी देखते थे और भक्ति तथा ज्ञान की चर्चा भी करते थे।

प्रमदा बाबू को उन दो युवा संन्यासियों से मिलकर प्रसन्नता हुई थी। उनका सत्कार भी खूब हुआ था। स्वामी के लिए वहाँ सबसे बड़ा आकर्षण था, प्रमदा बाबू का पुस्तकालय। वहाँ प्राचीन संस्कृत ग्रंथों की भरमार थी। किंतु उनके मन में हिमालय की ओर जाने के लिए जो आतुरता आ बसी थी, उससे वे किसी प्रकार मुक्त नहीं हो पा रहे थे। अपनी रुचि का सब कुछ उपलब्ध होते हुए भी उन्होंने एकांत पाते ही कहा, "गैंजेस ! काशी में वर्षों रहकर भी लोग नहीं ऊबते; किंतु हम लोग हिमालय जाने के लिए मठ से निकले हैं। आज संध्या तक यहाँ से प्रस्थान का प्रबंध कर डालो।"

प्रमदा बाबू को यह जानकर आश्चर्य हुआ, "आप लोग इतनी शीघ्रता में क्यों जा रहे हैं ? यहाँ किसी प्रकार का कोई कष्ट है ?"

"कष्ट तो कोई नहीं है। सब प्रकार का सुख और सुविधा है।" स्वामी ने मुस्कराकर कहा, "किंतु आप जानते हैं प्रमदा बाबू कि सुख और सुविधाएँ तो मनुष्य के गंतव्य के मार्ग की बाधाएँ हैं।"

"मैं समझा नहीं !" प्रमदा बाबू बोले, "यहाँ कोई आपको संसार की ओर आकृष्ट कर रहा है ? कोई आपको साधना के मार्ग से विचलित कर रहा है ?"

"नहीं," स्वामी बोले, "वस्तुतः हम लोग तपस्या के लिए हिमालय क्षेत्र में जाना चाहते हैं। हमें उसमें विलंब हो रहा है।"

"शिव की इस नगरी काशी का आपकी दृष्टि में कोई महत्त्व नहीं है ?"

"काशी का महत्त्व मैं समझता हूँ।" स्वामी बिना किसी आवेश के शांत भाव से बोले, "मैं इस समय काशी छोड़कर जा रहा हूँ और तब तक वापस नहीं लौटूँगा, जब तक मैं इस समाज पर बम के समान फट नहीं पड़ूँ। तब यह समाज एक आज्ञाकारी कुत्ते के समान मेरे पीछे चलेगा।"

प्रमदा बाबू खड़े देखते रह गए। वे न इस युवा संन्यासी के ओज को समझ पा रहे थे और न ही उसके संकल्प को।...साधक ईश्वर-प्राप्ति के मार्ग पर चलता है। वह न समाज पर बम के समान फटता है और न समाज को अपने पीछे आज्ञाकारी कुत्ते के समान चलाता है। यह संन्यासी क्या किसी प्रकार की तांत्रिक शक्ति प्राप्त कर संसार के वैभव और सत्ता को अपने वश में करना चाहता है ? वह नहीं जानता कि वह ईश्वर-प्राप्ति का मार्ग नहीं है ?...पर प्रमदा बाबू उसे कैसे समझाते...

संध्या तक अखंडानन्द अयोध्या जाने के लिए रेलगाड़ी की दो टिकटें ले आए।

"यह क्या है ?" स्वामी ने पूछा।

"अयोध्या जाने के लिए टिकटें।"

"अयोध्या कौन जा रहा है ?"

"हम जा रहे हैं और कौन जा रहा है।"

स्वामी का अधैर्य घनीभूत होकर उनके चेहरे पर प्रकट हो गया, "गैंजेस ! मैंने कितनी बार कहा है, मुझे शीघ्रातिशीघ्र हिमालय क्षेत्र में पहुँचना है।"

"अल्मोड़ा तो हम जा ही रहे हैं," अखंडानन्द ने कहा, "किंतु अयोध्या में रामजी के दर्शन करना और महंत जानकीवरशरण से मिलना आपके लिए सुखकर होगा। वे एक महामानव और बहुत बड़े भक्त हैं।"

"मिलने को तो सहस्रों लोग हैं संसार में, किंतु हिमालय तो एक ही है।" स्वामी ने कुछ क्षुब्ध स्वर में कहा, "तुम व्यर्थ ही विलंब कराते जा रहे हो।"

उनका विरोध उनके चेहरे पर जमकर बैठ गया था। वे किसी से बात नहीं कर रहे थे और पूर्णतः उद्विग्न दिखाई दे रहे थे। अखंडानन्द यह तो जानते थे कि स्वामी अपने संकल्प के पक्के थे, किंतु उनका यह क्षोभ उनकी समझ में नहीं आ रहा था। स्वामी जैसा तपा हुआ योगी इतनी छोटी-छोटी बातों से विचलित क्यों हो जाता है ? वे तो उन्हें प्रायः स्थितप्रज्ञ ही मानते थे, जिन्हें प्रिय-अप्रिय, अपने मानापमान इत्यादि से कोई अंतर नहीं पड़ता। तितिक्षा की साधना करने वाला यह साधक इतना अधीर क्यों है ?...

किंतु स्वामी ने अयोध्या जाने का सर्वथा विरोध नहीं किया। वे मौन साधे हुए, रुष्ट मुद्रा बनाए, रेल के डब्बे में बैठ गए। अयोध्या तक मौन ही रहे। उनका मौन अखंडानन्द के लिए बहुत कष्टकर था, किंतु अखंडानन्द क्या करते ! अब वे वापस तो लौट नहीं सकते थे। उन्हें अपने वे आनंदपूर्ण दिन स्मरण आ रहे थे, जब अपनी पिछली यात्रा में वे महंत जानकीवरशरण से मिले थे।

वे स्वामी को भी उनसे मिलाना चाहते थे। किंतु यदि जानते कि स्वामी इस प्रकार रूठे रहेंगे तो शायद यह दुस्साहस न करते।

अयोध्या पहुँचकर उन्होंने स्टेशन से सरयू-तट के लक्ष्मणघाट पर बने सीता-राम मंदिर के लिए ताँगा किया। वे मठ में पहुँचे तो अँधेरा हो चुका था। वहाँ सिवाय महंत जानकीवरशरण के और कोई नहीं था। स्वामी चकित थे कि मठ का प्रधान तो सेवा में उपस्थित था और शेष लोग विश्राम के लिए जा चुके थे। ऐसा वैष्णव और कहाँ होगा ?

किंतु अगले दिन प्रातः तक स्वामी का मौन व्रत नहीं टूटा। जब महंत उनके पास आकर बैठे और भक्ति संबंधी चर्चा आरंभ की तब कहीं जाकर स्वामी का मौन टूटा। महंत से मिलकर उन्हें प्रसन्नता भी हुई।

"तुमने अच्छा ही किया गैंजेस कि मेरी इच्छा के विरुद्ध यहाँ ले आए।" स्वामी ने कहा, "महंत जैसे निर्मल और सात्त्विक मनुष्य संसार में बहुत कम हैं।"

किंतु फिर भी वे अयोध्या में अधिक रुकने के पक्ष में नहीं थे। उन्हें अल्मोड़ा पहुँचना था और अब आगे की यात्रा पैदल ही करनी थी। एक ओर उन्हें वहाँ पहुँचने की जल्दी थी और दूसरी ओर वे समय बचाने के लिए भी कोई सवारी लेने के पक्ष में नहीं थे। यह यात्रा उनकी साधना थी तो फिर सुविधाओं को खोजने का क्या अर्थ !

छह दिन पैदल चलकर वे लोग नैनीताल पहुँचे थे।...और अब वे नैनीताल भी पीछे छोड़ आए थे। स्वामी नैनीताल में भी रुकने के बहुत इच्छुक नहीं थे, किंतु ताल के ठंडे पानी में नहाते समय अखंडानन्द के वक्ष में पीड़ा होने लगी थी। अतः उन्हें विश्राम करने के लिए वहाँ रुकना पड़ा था।...किंतु नैनीताल के पश्चात् से ही स्वामी ने एकांत की रट क्यों लगा दी ? वे लोग अच्छे-भले एक-दूसरे की संगति में मौन या भगवद्‌चर्चा करते हुए यात्रा कर रहे थे। स्वामी को अखंडानन्द की संगति भी अखरने लगी थी क्या ? किंतु उन्हें इस यात्रा में अपने साथ चलने के लिए स्वामी ने कश्मीर से कितने आग्रहपूर्वक बुलाया था।...और अभी तो पर्वतीय प्रदेश आरंभ ही हुआ था। अभी से वे अखंडानन्द से पृथक् यात्रा करेंगे तो फिर उनके साथ आने का अर्थ ही क्या ?...

तीन दिन निरंतर चलने के पश्चात् अखंडानन्द अब काकड़ीघाट पहुँचने ही वाले थे। वे आरंभ से ही जानते थे कि वे स्वामी से कहीं पहले काकड़ीघाट पहुँच जाएँगे। एक तो वे सड़क और पगडंडियों से यात्रा कर रहे थे, जहाँ मार्ग ढूँढ़ने में समय नष्ट नहीं करना पड़ता था। फिर वे स्वामी से तेज चलते थे और उनका चलने का अभ्यास भी स्वामी से कहीं अधिक था।...स्वामी कहीं भी भटके न हों तो भी वे दो-एक घंटे तो विलंब से पहुँचेंगे ही और यदि कहीं वे मार्ग से भटक गए तो उन्हें और भी अधिक समय लग जाएगा।...किंतु अखंडानन्द उनकी प्रतीक्षा के सिवाय और कर ही क्या सकते थे !...

दोपहर का समय था। अखंडानन्द पीपल के वृक्ष के नीचे बैठ गए। कुछ देर प्रकृति का आनंद लेते रहे और फिर आँखें बंद कर अपने गुरु का नाम-जप करने लगे।...उन्हें समय का कोई बोध नहीं था।...किंतु सहसा लगा कि बहुत समय हो गया है, सूर्य ढलने को है। अब तक तो स्वामी को आ जाना चाहिए था। यदि वे अभी तक नहीं पहुँचे हैं तो निश्चित रूप से वे मार्ग से भटक गए हैं। वन में जब कोई भटकता है तो भटकता ही जाता है। वहाँ प्रकृति ने कुछ ऐसी माया फैला रखी

होती है कि व्यक्ति को प्रत्येक कुमार्ग अपना मार्ग दिखाई देने लगता है। वह वन में किसी गलत दिशा में भटकता जाता है और मन में उसका विश्वास और भी दृढ़ होता जाता है कि वह ठीक दिशा में बढ़ रहा है।...

अखंडानन्द अपने स्थान पर निश्चल नहीं बैठ सके। अब तो वे इस ओर से वन में प्रवेश करेंगे और यथासंभव इसी क्षेत्र में रहते हुए स्वामी की खोज करेंगे। यदि पीछे से स्वामी आ भी गए तो वे यहीं उनकी प्रतीक्षा करेंगे।...

अखंडानन्द वन में घुस गए और बहुत सावधान रहते हुए भी वे सघन वन में प्रवेश कर गए।...सहसा उन्हें लगा कि आसपास ही कहीं बहुत सुगंधित पुष्पों का झुंड है। ऐसी सुगंध तो उन्होंने इस वन में पहले कभी नहीं सूँघी थी। कहीं महाभारत के भीम के साथ घटित घटना उनके साथ भी घटने तो नहीं जा रही ?...उन्होंने भी सौगंधिक सहस्रदल कमलों का कोई सरोवर ही तो नहीं खोज लिया ?...यह उनके लिए कोई अनजाना क्षेत्र था और लगता था कि यहाँ बहुत सारे सुगंधित पुष्प थे।...वे उसी दिशा में चल पड़े।

...अकस्मात् ही उनके पग रुक गए। उनके सामने वह सुगंधित पुष्पोद्यान था। छोटे-छोटे पौधों और घने वृक्षों के मध्य दो मानव आकृतियाँ एक-दूसरे के गले मिल रही थीं।...अखंडानन्द ने अपने सिर को झटका...वे कोई स्वप्न देख रहे हैं क्या ?...स्वयं ठाकुर स्वामी के गले मिल रहे थे।

अखंडानन्द स्तब्ध खड़े रह गए। ऐसे रोमांच का अनुभव उन्होंने इससे पहले कभी नहीं किया था।...वे क्या देख रहे हैं ?...और सहसा ठाकुर विलुप्त हो गए। वहाँ स्वामी अकेले ही खड़े थे। अखंडानन्द उलटे पगों लौट आए। वे प्रकट नहीं करना चाहते थे कि उन्होंने गुरु-शिष्य का यह मिलन देखा है।...यदि स्वामी स्वयं ही बताना चाहें तो बात और है...पर ठाकुर को अखंडानन्द ने उनकी इच्छा के विरुद्ध तो नहीं देखा होगा। यदि वे उनके सम्मुख प्रकट नहीं होना चाहते तो अदृश्य ही रहते। इसका अर्थ तो यही है कि वे चाहते थे कि अखंडानन्द भी देख लें कि ठाकुर उनके साथ हैं और अपने प्रिय नरेन से तो वे दूर रहते ही नहीं।...पर अखंडानन्द यह सब सच कैसे मान बैठे ? कहीं ऐसा तो नहीं कि उनकी ज्ञानेंद्रियों ने उन्हें भरमाया हो ! यह किसी प्रकार का मतिभ्रम भी हो सकता है।...पर तत्काल उन्होंने अपने इस विचार को झटक दिया। मतिभ्रम होता तो उसके कुछ और लक्षण भी होते। वे पूर्णतः स्वस्थ और चैतन्य हैं। उन्हें इस प्रकार का मतिभ्रम होने का क्या अर्थ ?...

ठाकुर नरेन का इस क्षेत्र में स्वागत कर रहे थे अथवा उन्हें विदा कर रहे थे ? क्या वे आरंभ से ही वन में नरेन के साथ चल रहे थे ?...अखंडानन्द को लगा कि स्वामी के व्यवहार की अनेक बातें उनके मन में स्पष्ट होने लगी हैं।...भागलपुर में उन्हें किसी प्रकार की त्वरा नहीं थी। किंतु वैद्यनाथ धाम से विदा होते ही स्वामी को जल्दी मच गई थी। वे कहीं भी ठहरना नहीं चाहते थे। उन्हें जैसे पंख लग गए थे और वे उड़कर अल्मोड़ा पहुँचना चाहते थे।...क्या उन्हें ऐसा कोई संकेत मिल गया था कि ठाकुर उनसे यहाँ भेंट करेंगे ?...या जहाँ से अखंडानन्द को छोड़कर वे वन में प्रविष्ट हुए थे, वहाँ उन्हें ठाकुर से मिलना था और इसीलिए वे एकांत चाहते थे ?...कुछ भी संभव था। किंतु यह तो स्वामी का अपना रहस्य था। जाने और ऐसे कितने रहस्य होंगे, जिन्हें वे अपने वक्ष में दबाए बैठे हैं।...

स्वामी उनके निकट आ गए, ''गैंजेस ! मुझे खोजने वन में घुस आए ? तुम्हें यहाँ पहुँचे

बहुत समय हो गया क्या ?"

"हाँ, कुछ घंटे तो हो ही गए हैं।" अखंडानन्द बोले, "आपको वन में कोई कष्ट तो नहीं हुआ ?"

"गुरु की कृपा बनी रहे, तो कोई कष्ट हमें छू भी कैसे सकता है।" वे बोले, "और संन्यासी के लिए यह भी कोई कष्ट होता है ? सारा मार्ग स्वादिष्ट फलों और सुंदर फूलों से अटा पड़ा है। जाने लोग पगडंडियों से क्यों जाते हैं ?"

अखंडानन्द कहना चाहते थे कि यदि सब लोग वन में से होकर आते तो वहाँ न कोई फल बचता और न कोई फूल; किंतु वे कुछ नहीं बोले। स्वामी ने ठाकुर की चर्चा की भी थी और नहीं भी की थी। यह तो कहा था कि गुरु की कृपा बनी रहे तो कष्ट कैसे हो सकता है; किंतु यह नहीं कहा कि ठाकुर उनके साथ ही थे।...वे शायद इसे गुप्त ही रखना चाहते थे, जबकि ठाकुर उन्हें निमिष-भर को तो अपना रूप दिखा ही चुके थे।...

दोनों कोसी और सुइया के संगम पर आए। स्वामी खड़े के खड़े रह गए।...कैसा सुंदर और पवित्र दृश्य था।

"आओ, स्नान करें।" वे जल में प्रवेश कर गए।

अखंडानन्द नैनीताल में नहाने से हुई वक्ष की पीड़ा से कुछ डरे हुए अवश्य थे, किंतु ऐसे पवित्र स्थल पर स्नान करने का लोभ वे कैसे छोड़ देते ! स्वामी के समान डूबकर तो नहीं नहाए, किंतु जल का आनंद वे भी लेते रहे।

जी भरकर नहा लेने के पश्चात् स्वामी बाहर निकले। शरीर को सुखाकर वे पीपल के वृक्ष के नीचे जा बैठे।

"ध्यान करने के लिए इससे अच्छा स्थल और क्या हो सकता है ?" स्वामी ने कहा और बिना उत्तर की प्रतीक्षा किए हुए वे ध्यान के लिए बैठ गए।

रात-भर उन्हें यहीं रुकना था। आगे की यात्रा तो प्रातः ही आरंभ होगी। अखंडानन्द ने भी यही उचित समझा कि वे स्वामी के ध्यान से उठने की प्रतीक्षा करने के स्थान पर स्वयं भी ध्यान करने बैठ जाएँ। बिना रात के विश्राम और भोजन इत्यादि की चर्चा किए स्वामी जिस आतुरता से ध्यान के लिए बैठे थे, उसमें कुछ न कुछ विशेषता अवश्य थी।

वे लोग कितनी देर ध्यान में बैठे रहे—अखंडानन्द नहीं जानते; किंतु जब वे बहिर्मुखी हुए तो स्वामी अभी उसी प्रकार ध्यान में बैठे थे। आकाश की कालिमा में दरक पड़ गई थी। आकाश स्लेटी रंग का हो गया था। सूर्य का कहीं कोई चिह्न नहीं था, किंतु उसकी आभा के दबे पाँव आने की अनुभूति हो रही थी। अखंडानन्द पूर्व की ओर मुख कर आकाश को निहारते रहे। यह प्रकृति थी—उनके प्रिय की प्रिया और शक्ति। कितने रूप बदलती है यह प्रकृति भी। ठाकुर ठीक ही कहते थे, संसार में जितने भी शरीर हैं—जड़ अथवा चेतन—वे सब प्रकृति के ही रूप हैं...प्रकृति सर्वरूपधारिणी है। प्रकृति ही स्वयं अपने रूप बदलती रहती है और उस पर मुग्ध होती रहती है। किंतु फिर प्रकृति में इतनी क्रूरता क्यों है ? एक जीव दूसरे जीव को कष्ट देकर प्रसन्न क्यों होता है ?...ठाकुर कहा करते थे, 'यह माया की सृष्टि है। जो दिखाई देता है, वह होता नहीं; और जो होता है, वह दिखाई नहीं देता।'...ठाकुर कहते थे, तो ठीक ही कहते थे। किंतु अखंडानन्द के मन में बार-बार यह प्रश्न उभरता है...अपने सुख या स्वार्थ के लिए कोई किसी से कुछ छीनकर उसे कष्ट देता है

तो वह फिर भी अखंडानन्द की समझ में आता है; किंतु किसी को कष्ट देकर कोई प्रसन्न क्यों होता है, यह उनकी समझ में नहीं आता। कश्मीर के शासक मिहिरकुल के विषय में कहा जाता है कि उसका एक युद्धक गज फिसलकर संयोग से पहाड़ से नीचे गहरे खड्ड में गिर गया। वह चीखता-चिंघाड़ता रहा, तड़पता और कराहता रहा--मिहिरकुल उसे देख-देखकर आनंदित होता रहा। जब वह हाथी नीचे गिर गया और मरकर शांत हो गया, तो जैसे मिहिरकुल का सुख-स्वप्न टूट गया। उसने अपने सेनापति को आदेश दिया कि और हाथी पर्वत से नीचे गिराए जाएँ। सेनापति ने बहुत समझाया कि वे युद्धक गज हैं, एक-एक गज के पालन-पोषण और प्रशिक्षण में पुष्कल धन का व्यय होता है, किंतु मिहिरकुल नहीं माना। वह हाथियों को पर्वत से नीचे गिरवाता रहा और उनकी चटखती हड्डियों की ध्वनि और पीड़ा के चीत्कारों से प्रसन्न होता रहा।···संसार में कोई एक ही तो मिहिरकुल नहीं है। इतिहास में एक से बढ़कर एक राक्षस उत्पन्न हुए हैं। तुर्कों, मुगलों, पठानों, अंग्रेजों, स्पेनवासियों और पुर्तगालियों ने कौन-सा अत्याचार नहीं किया। और महत्त्वपूर्ण यह है कि वे सारे अत्याचार धर्म के नाम पर किए गए, जैसे कोई पुण्य का काम कर रहे हों···

तभी स्वामी ने अपनी आँखें खोलीं। इतना प्रकाश हो चुका था कि अखंडानन्द उनका चेहरा देख सकते। उनका चेहरा शांत था, किंतु आँखों में अद्भुत प्रसन्नता थी···

"ओह गंगाधर !" वे तत्काल बोले, "मैं अभी-अभी अपने जीवन के कुछ महानतम क्षणों का अनुभव करके उठा हूँ। मेरे जीवन की एक कठिनतम समस्या इस अश्वत्थ वृक्ष के नीचे सुलझ गई है। मुझे समाधान मिल गया है। मैंने पिंड और ब्रह्मांड की एकता को खोज लिया है। इस शरीर के पिंड में वह सब कुछ है, जिसका ब्रह्मांड में अस्तित्व है। मैंने संपूर्ण सृष्टि को एक परमाणु के भीतर देखा है।"

अखंडानन्द ने देखा : स्वामी उत्फुल्ल थे, जैसे किसी महान् वस्तु की उपलब्धि हुई हो।··· जो कुछ उन्होंने खोजा था, वह देखा ही था। उसे वैज्ञानिक प्रयोगशाला में प्रमाणित करने का उनके पास कोई साधन नहीं था। वे उस पर कोई निबंध अथवा पुस्तक छपवाकर संसार में न कोई यश पा सकते थे, न धन। फिर भी इतने प्रसन्न थे···यह उनकी साधना की सफलता थी। उन्हें धन नहीं चाहिए था। धन चाहिए होता तो कलकत्ता की कचहरी में एक सफल वकील बने घूम रहे होते। उन्हें यश नहीं चाहिए था, नहीं तो विश्वविद्यालय के प्रोफेसर बन संसार-भर की सभाओं में अपनी विद्वत्ता की धाक जमा रहे होते।···यह उत्फुल्लता तो ज्ञान-प्राप्ति की उत्फुल्लता थी।···जीवन के चारों पुरुषार्थों में से अर्थ और काम उन्हें नहीं चाहिए था। धर्म और मोक्ष ही उनके लक्ष्य थे। उसके लिए साधन थे—भक्ति और ज्ञान। ज्ञान ही तो पाया था उन्होंने।···अखंडानन्द को स्मरण आ रहा था···स्वामी प्रायः कहा करते थे, ब्राह्मण वह होता है, जो भिक्षा पर निर्भर रहकर भी ज्ञान की साधना करे और समाज का हितचिंतन करे···

"जो कुछ ब्रह्मांड के धरातल पर है, ठीक वही पिंड के धरातल पर भी है। समझ रहे हो मेरी बात ?" स्वामी ने पुनः कहा, "मैंने देखा कि ब्रह्मांड के धरातल पर ब्रह्म के शरीर पर प्रकृति लिपटी हुई है, ठीक वैसे ही हमारी आत्मा पर यह शरीर लिपटा हुआ है। शिव से आलिंगनबद्ध पार्वती के अनेक चित्र देखे थे, किंतु उसका अर्थ तो आज ही समझ में आया है। शब्द और उसकी अभिव्यक्ति। शब्द और अर्थ। तुलसीदास ने ठीक ही लिखा है : गिरा अरथ, जल वीचि सम कहित भिन्न, न भिन्न।—गिरा और उसके अर्थ को, जल और उसकी लहर को हम भिन्न कहते हैं, पर क्या

वह भिन्न है ? उसी प्रकार हम ब्रह्म और प्रकृति को भिन्न कहते हैं, पर क्या वह भिन्न है ? ठाकुर कहा करते थे, जिसको तुम ब्रह्म कहते हो, मैं उसी को माँ कहता हूँ। जब वह निष्क्रिय होता है, तो ब्रह्म होता है, जब सक्रिय होता है, तो वह माँ होती है।...मैंने देखा, प्रत्येक परमाणु की संरचना यही है। कुछ भी भिन्न नहीं है।...''

स्वामी ने अपनी डायरी निकाल ली। उन्होंने लिखा :

'' आरंभ में केवल शब्द था।

'' पिंड और ब्रह्मांड का रचना-विधान एक ही है। जैसे व्यष्टि आत्मा एक सप्राण शरीर से आवृत्त है, वैसे ही समष्टि आत्मा सप्राण प्रकृति द्वारा आवृत्त है। काली, शिव का आलिंगन कर रही है। यह कोई कल्पना नहीं है। यह आत्मा का शरीर से आवृत्त होना जैसे विचार और उसकी शब्दों में अभिव्यक्ति। वे एक ही हैं। सूक्ष्म मानसिक धरातल पर ही हम उनकी पृथक् पहचान कर सकते हैं। शब्दों के अभाव में विचार असंभव है। इसीलिए आरंभ में शब्द ही था।

'' समष्टि आत्मा का द्विपक्षी रूप शाश्वत है। इसीलिए जो कुछ भी हम देखते अथवा अनुभव करते हैं, वह अकाल निराकार और अकाल साकार का युग्म ही है। ''

लिखकर उन्होंने डायरी बंद की और अपने झोले में डाल ली।

''अब चलें ? इस पवित्र स्थान से विदा लें ?'' स्वामी का स्वर अब भी उल्लसित था।

अखंडानन्द को लगा कि स्वामी अपनी प्रसन्नता में भूल रहे हैं कि उन लोगों ने रात को भी कुछ नहीं खाया है। अब प्रातः भी बिना कुछ खाए-पिए चल पड़ेंगे, तो मार्ग में जाने कुछ मिले, न मिले। यह सत्य ही है कि जिसने भौतिक रूप से विलीन हो चुके गुरु का आलिंगन पाया हो और समाधि में सृष्टि के अद्भुत रहस्य को देखा हो, उसे अपनी भूख-प्यास का ध्यान कैसे रहेगा ?...किंतु भोजन जैसी अध्यात्मशून्य और सांसारिक बात कहकर अखंडानन्द, स्वामी की इस आनंद की लहर को खंडित करना नहीं चाहते थे। वे चुपचाप स्वामी के साथ चल पड़े।...

स्वामी तो उड़े जा रहे थे। उनके पैर भूमि पर नहीं पड़ रहे थे। उनकी आत्मा जैसे अदृश्य रूप से अमृत के घट पी रही थी। आज उन्होंने वह देखा और अनुभव किया था, जो उनके आसपास के किसी व्यक्ति ने न देखा है, न जाना है। कुछ लोगों ने सुना होगा, कुछ ने पढ़ा होगा; पर कौन इसका कितना आभास पा सकता होगा, कौन जानता है ! अनेक लोगों ने तो उसे कोरी कपोल कल्पना कहकर कभी गंभीरता से विचारा भी नहीं होगा।

अगस्त के अंतिम दिन थे। चारों ओर बादल घिरे हुए थे, किंतु वातावरण में उमस थी। चलने में पसीना बहुत आ रहा था और अखंडानन्द की भूख प्रकट होती जा रही थी। अंततः जब वे स्वयं को रोक नहीं पाए तो बोले, ''कुछ देर रुककर विश्राम कर लें और कुछ भोजन का भी उपक्रम करें।''

स्वामी हँसे, ''भूख तो मुझे भी लग रही है और थकान भी है; किंतु अल्मोड़ा अब है ही कितनी दूर ? वहाँ पहुँचकर भोजन भी हो जाएगा।''

''अभी अल्मोड़ा चार मील है। मुझे नहीं लगता कि हम इस अवस्था में वहाँ तक सकुशल पहुँच सकेंगे।'' अखंडानन्द बोले, ''ऐसा न हो कि मार्ग में ही शरीर बैठ जाए।''

''चलो ! देखते हैं कि कौन पहले बैठता है, शरीर या मन।'' और स्वामी उसी उल्लसित भाव से चलते गए।

स्वामी चल तो रहे थे, किंतु उनकी चाल में अब पहले जैसा वेग नहीं था, यद्यपि उनका

चेहरा उतना ही प्रसन्न दिखाई दे रहा था। थकान उन पर हावी हो रही थी; उसमें भूख का भी योगदान था; किंतु स्वामी थे कि उससे हार मानने को तैयार नहीं थे। वे अल्मोड़ा पहुँचकर ही रुकना चाहते थे।···

अल्मोड़ा अभी दो मील था कि स्वामी के पग कुछ विचलित हुए, पर उन्होंने अपने आप को धक्का दिया। परिणाम यह हुआ कि पग तो आगे बढ़े नहीं, शरीर नीचे आ गया।

अखंडानन्द ने स्वामी को भूमि पर ढेर होते देखा तो आशंकित हो उठे। इसी परिणाम की चिंता थी उन्हें।

उन्होंने आगे बढ़कर स्वामी को सँभाला, किंतु तब तक स्वामी भूमि पर प्रायः लेट चुके थे। अखंडानन्द के मन में एक बार असहायता जागी : यदि स्वामी ऐसे असमर्थ होकर लेट जाएँगे तो और कोई क्या कर सकेगा; किंतु इस समय जो कुछ हो सकता था, अखंडानन्द को ही करना था।···

उन्होंने इधर-उधर दृष्टि दौड़ाई—आसपास कोई नहीं था। कोई घर नहीं था। कोई यात्री नहीं था। कुछ दूर पर एक घेर-सा दिखाई पड़ रहा था। वे उसी की ओर भागे, शायद वहाँ जल ही मिल जाए। इस समय थोड़ा-सा जल भी स्वामी को सहारा दे पाएगा।···

वह घेर मुसलमानों के एक कब्रिस्तान का था। वे कब्रिस्तान में जीवन माँगने कहाँ आ गए ? किंतु दीवार से लगी एक कुटिया में एक व्यक्ति उन्हें दिखाई दिया। वे निकट गए। वहाँ एक फकीर बैठा था।

''क्या बात है साधु बाबा ! क्या खोज रहे हो ?'' उसने पूछा।

''मेरा साथी अचेत-सा होकर गिर गया है।···''

''कोई रोग है उसे ?''

''नहीं, हम लोग बहुत दूर से भूखे-प्यासे चलते आ रहे हैं। भूख असह्य हो गई होगी।''

''भूख !'' फकीर मुस्कराया, ''सारी दुनिया उसी से तो बेहोश है। चलो देखते हैं।''

उसने कुटिया में लटकी एक टोकरी को टटोला और उसमें से एक खीरा निकाल लिया। खीरा चीरने के लिए एक छुरी भी ले ली।

''मेरे पास भी भूख मिटाने के लिए आज यह एक खीरा ही है।'' वह बोला, ''पर चलो, जो अल्लाह की मर्जी।''

स्वामी वैसे ही पड़े थे, जैसे हिल भी न पा रहे हों; किंतु उनका चेहरा अभी भी जीवंत लग रहा था।

फकीर ने खीरा छीलकर उनकी ओर बढ़ाया, ''इसे खा लो। इससे भूख और प्यास दोनों ही मिटती हैं।''

''मेरे मुँह में डाल दो।'' स्वामी बहुत दुर्बल स्वर में बोले, ''हाथ नहीं उठ रहा।''

''साधु महाराज ! मैं मुसलमान हूँ और कब्रिस्तान में रहता हूँ। एक प्रकार से कब्रिस्तान का चौकीदार हूँ। मेरे हाथ से खा लेंगे ?''

''तुम जो कोई भी हो, आखिर हैं तो हम सब भाई ही।'' स्वामी ने कहा, ''खिलाओ।''

फकीर टुकड़ा-टुकड़ा कर खीरा उनके मुँह में डालता रहा और वे उसे निगलते रहे। कुछ ऊर्जा आई तो उन्होंने खीरा चबाना आरंभ किया, ''क्या नाम है तुम्हारा ?''

"जुलफिकार अली।"

"तुमने मेरे प्राण बचाए हैं जुलफिकार अली !" स्वामी बोले, "मैं तुम्हारा यह उपकार कैसे चुकाऊँगा ?"

"मैं शर्मिंदा हूँ कि आप जैसा पाक इंसान मेरे द्वार पर आया और मैं उसे सिवाय एक खीरे के और कुछ नहीं दे सका।"

"यह खीरा आज संजीवनी बूटी है। मुझ अचेत लक्ष्मण के लिए तुम हनुमान बनकर इसे लेकर आए। लज्जित होने की बात नहीं है। तुमने सचमुच ही मेरे प्राण बचाए हैं। भगवान् तुम्हें, तुम्हारी साधना में सफलता का वरदान दें।" स्वामी उठकर बैठ गए।

5

भुवनेश्वरी ने कमरे में प्रवेश किया और स्तब्ध खड़ी रह गईं।...भूपेन्द्र हाथ में रुद्राक्ष की माला लिए भगवान् महादेव के चित्र के सामने खड़ा था। वे देख नहीं पाईं कि उसकी आँखें बंद थीं अथवा खुली। वह ध्यान कर रहा था अथवा जप कर रहा था।...वह कुछ भी कर रहा हो...भुवनेश्वरी के पैरों तले से भूमि खिसक गई—यह भी नरेन्द्र के मार्ग जाएगा क्या ? भुवनेश्वरी ने अपने इन पुत्रों को क्या केवल इसीलिए जन्म दिया है कि वे रुद्राक्ष पकड़ें और किसी मठ में जा बैठें ?...

नरेन्द्र को स्वयं भुवनेश्वरी ने ही भक्ति के मार्ग पर डाला था। उनकी इच्छा थी कि उनके बच्चे धर्मप्रिय हों। भगवान् में विश्वास करें। पुण्य मार्ग पर चलें और पाप से दूर रहें। किंतु जब नरेन्द्र तपस्या के मार्ग पर दूर तक बढ़ता चला गया तो भुवनेश्वरी का ही नहीं, विश्वनाथ का मन भी काँप गया था। वे उसे धर्मप्राण गृहस्थ बनाना चाहते थे, किंतु उसके भाग्य में संन्यासी बनना लिखा था। आज जाने कहाँ होगा ? किसके आगे हाथ पसार रहा होगा ? किसका दिया अन्न खा रहा होगा ? कहाँ सो रहा होगा और किन लोगों के मध्य उठता-बैठता होगा ?...

और अब भूपेन्द्र भी रुद्राक्ष की माला पकड़े खड़ा है। महेन्द्र ने कभी इस प्रकार की कोई प्रवृत्ति नहीं दिखाई थी। उसके लिए भुवनेश्वरी को कभी चिंता नहीं हुई थी। वह नरेन्द्र के संन्यासी हो जाने पर भी किसी प्रकार का गर्व नहीं किया करता था, जैसे कि नरेन्द्र अपने दादा के संन्यासी हो जाने पर करता था। महेन्द्र ने संन्यास की जब भी चर्चा की, उसे अपने कर्तव्यों से भागना ही कहा। उसकी बातों में अपने बड़े भाई के प्रति एक प्रकार की जो अवमानना थी, वह भुवनेश्वरी को कभी रुचिकर नहीं लगी, किंतु वह नरेन्द्र के कार्यों की प्रशंसा कर अपने दूसरे पुत्रों को भी उसी के मार्ग का अनुसरण करने के लिए नहीं भेजना चाहती थीं।

किंतु यह भूपेन्द्र किस मार्ग पर चल रहा था ?...

"भूपेन !" उन्होंने पुकारा।

भूपेन्द्र उनकी ओर मुड़ा। माला अब भी उसके हाथ में थी, किंतु उसके चेहरे पर कोई विशेष भाव नहीं था—न उपलब्धि का और न ही किसी प्रकार के संकोच का।

"यह रुद्राक्ष की माला हाथ में लिए क्या कर रहा है ?" भुवनेश्वरी स्वयं को सँभाल नहीं पाईं, "नाम-जप ?"

"नहीं माँ !" भूपेन्द्र सहज भाव से बोला, "हमारी कक्षा के लड़के रुद्राक्ष के विषय में विभिन्न प्रकार के दावे करते हैं। मैं देख रहा था कि रुद्राक्ष के स्पर्श से क्या सचमुच कोई अद्‌भुत संवेदना होती है ? किंतु मैंने तो कुछ भी अनुभव नहीं किया। यह तो एकदम सामान्य-सी वस्तु है। साधारण मिट्टी के समान।"

भुवनेश्वरी पुनः एक दोराहे पर खड़ी थीं। उनका पुत्र रुद्राक्ष की निंदा कर रहा था। उसके लिए वे उसकी ताड़ना करें अथवा उसकी बात का समर्थन करें ?...भुवनेश्वरी को अच्छी तरह स्मरण है...उनकी माता रघुमणि देवी अपने जीवन की एक घटना सुनाया करती थीं।...रामचंद्र दत्त उस समय छोटा-सा था। चार वर्षों का रहा होगा। उस मातृहीन बालक को रघुमणि देवी ही पाल रही थीं। उसे प्रायः खाँसी हो जाया करती थी। किंतु एक दिन तो उसे जैसे काली खाँसी का दौरा पड़ गया। वह इतना बेहाल था कि जैसे उसके प्राण ही निकल जाएँगे। उसे भूमि पर लिटा दिया गया था। उसे उस अवस्था में देखकर रघुमणि अचेत होकर गिर पड़ीं।...उस अचेतावस्था में उन्होंने देखा कि उनके दादा अपने गुरु के साथ उनके सामने खड़े हैं। रघुमणि ने चीत्कार कर कहा, 'दादा जी ! देखिए, आपका पोता मर रहा है।'

तब कुंजबिहारी ने बहुत शांत स्वर में कहा, 'चिंता मत करो। मैं इसी के लिए आया हूँ। तुम यह औषध लो। इसे पीसकर मधु में मिलाकर राम के वक्ष पर इसका लेप करो। वह ठीक हो जाएगा।'

रघुमणि देवी की चेतना लौटी। उन्हें उस औषध का नाम स्मरण था। वह और कुछ नहीं, साधारण रुद्राक्ष का बीज था। उन्होंने रुद्राक्ष का एक दाना लेकर उसके चौथाई को सिल पर पीसा और उसमें मधु डालकर उसका लेप बनाया। उसे तत्काल रामचंद्र के वक्ष पर मला गया और क्रमशः राम ठीक होता गया।...उसके पश्चात् कितने ही बच्चों को रघुमणि ने अपनी इसी औषध द्वारा काली खाँसी से मुक्ति दिलाई। इस रोग के लिए तो वे अचूक वैद्य ही हो गई थीं।

और आज भूपेन्द्र उसी रुद्राक्ष का अपमान कर रहा था, उसे मिट्टी कह रहा था।... भुवनेश्वरी अवाक् खड़ी रह गईं। वे रुद्राक्ष के सम्मान की रक्षा करें अथवा अपने पुत्र को रुद्राक्ष की माया से मुक्त करें ?

"रुद्राक्ष मिट्टी नहीं है पुत्र !" अंततः वे बोलीं, "किंतु यह कोई चमत्कार भी नहीं है कि उसे छूते ही तुम्हें कोई उपलब्धि हो जाए।"

"तो नाम-जप के समय इसी को क्यों हाथ में लेते हैं ?" भूपेन्द्र ने तर्क किया, "मात्र गिनती के लिए ?"

"संभव है, मात्र गिनती के लिए करते हों।" भुवनेश्वरी बोलीं, "माला तो तुलसीदल की भी होती है और स्फटिक की भी। भाव यही है कि इन्हें नाम-जप से जोड़कर पवित्र माना जाए। पर रुद्राक्ष के स्पर्श मात्र से ईश्वर की प्राप्ति नहीं हो जाती।"

भूपेन्द्र ने माला को उसके स्थान पर रख दिया, "मेरा प्रयोग सफल रहा। रुद्राक्ष कोई चमत्कारी पदार्थ नहीं है।"

भुवनेश्वरी को समझ नहीं आया कि वे भूपेन्द्र के इस प्रकार के व्यवहार से प्रसन्न थीं अथवा खिन्न। प्रयोग नरेन्द्र भी करता था। एक बार तो अपने पिता की बैठक में रखे सारे हुक्कों को पीकर देख रहा था कि उससे जाति टूटती है या नहीं; और जाति टूटती है तो उससे क्या होता

है। किंतु नरेन्द्र और भूपेन्द्र के प्रयोगों में बहुत अंतर था। नरेन्द्र की आत्मा अध्यात्म से ओतप्रोत थी और भूपेन्द्र सांसारिक जीव था।...उसका इतना सांसारिक होना भुवनेश्वरी को अच्छा नहीं लगा।...उन्होंने अपने माथे पर हाथ मारा। क्या चाहती थीं वे—भूपेन्द्र, नरेन्द्र जैसा भी हो और उसके मार्ग पर भी न चले ?...ये दोनों विपरीत बातें एक साथ तो संभव नहीं थीं।

"भैया !" भूपेन्द्र ने महेन्द्र से कहा, "माँ कहती हैं कि बड़े भैया की स्मरणशक्ति अद्‍भुत है; किंतु वे पढ़ते भी बहुत थे। बहुत परिश्रमी हैं न ?..."

"तुझे कहना क्या है ?" महेन्द्र ने मुँह बनाया, "जहाँ तक स्मरणशक्ति का संबंध है, हमारे परिवार में सबकी ही स्मरणशक्ति असाधारण है। पिताजी को सारे कानून कंठस्थ थे। मैं कम हूँ क्या ? सारा पाठ्‍यक्रम रटा पड़ा है मुझे। जिह्वाग्र है सब कुछ। कुछ भी पूछ ले।"

"हाँ, स्मरणशक्ति तो आपकी भी अच्छी है।" भूपेन्द्र इस समय महेन्द्र से उलझने को तैयार नहीं था, "पर भैया की स्मरणशक्ति के विषय में तो अनेक कहानियाँ प्रसिद्ध हैं।"

"हाँ, लोगों ने कहानियाँ बना ली हैं।"

"वही तो !" भूपेन्द्र धीरे से बोला, "मैं यही तो सोच रहा था कि वे विश्वविद्यालय में प्रथम तो कभी आए नहीं। यदि उनकी ऐसी ही अद्‍भुत स्मरणशक्ति थी तो उनको प्रतिवर्ष पूरे विश्वविद्यालय में प्रथम आना चाहिए था।"

"अरे, प्रथम कहाँ से आते !" महेन्द्र कुछ नाक सिकोड़कर बोला, "दिन-भर तो साधु-संतों के चक्कर में घूमते रहते थे। उससे अवकाश मिलता तो तबला-पेटी लेकर कहीं संगीत-सभा चला रहे होते। पढ़ने बैठते तो कभी आँख उठाकर भी पाठ्‍य-पुस्तक की ओर नहीं देखते थे। जो पुस्तक हाथ लग गई उसी से चिपक गए। एक अध्याय पढ़ना होता तो वे सारा ग्रंथ पढ़ मारते। प्रथम आने के लिए पाठ्‍यक्रम की ओर ध्यान देना पड़ता है। उनकी समीक्षाएँ पढ़नी पड़ती हैं। अनेक विद्वानों के मत जानने पड़ते हैं और इतना ही नहीं, उस सारे ज्ञान को उन तीन घंटों में कागज पर उतारना पड़ता है, जिसे परीक्षा कहते हैं। अपनी इच्छा से नहीं, परीक्षक की इच्छा से चलना पड़ता है। भैया की तो यह अवस्था थी कि गाने लगे तो रात-भर गाते रहे। पढ़ने लगे तो एक ही पुस्तक को रात-भर नहीं महीनों तक घोंटते रहे। बोलने लगे तो घंटों बोलते चले गए। लिखने लगे तो सप्ताह-भर लिखते ही रहे। परीक्षा में अनुशासन से आवश्यक होता है, संतुलन। संतुलन के बिना कुछ भी नहीं होता, चाहे आप कितने ही बड़े ज्ञानी क्यों न हों।" महेन्द्र के स्वर में गर्व का भाव था, जैसे भाई के दोष गिना कर वह उनसे कुछ बड़ा हो गया था।

"वस्तुतः वे परीक्षा के लिए नहीं, ज्ञान के लिए पढ़ते थे।" भूपेन्द्र ने बालक की अबोधता से कहा।

"तुझसे किसने कहा ?" महेन्द्र ने उसे घूरा।

"माँ कहती थीं।" भूपेन्द्र ने बताया, "वे कहती थीं कि बड़े भैया अंग्रेजों के विश्वविद्यालयीय ज्ञान के लिए नहीं, ईश्वर को प्राप्त करने के लिए पढ़ते थे। वह उनका स्वाध्याय था, जो एक प्रकार का तप होता है। बुद्धि का सात्त्विक तप।"

"तो ईश्वर ही उन्हें गोल्ड मेडल देगा, कलकत्ता विश्वविद्यालय ने तो नहीं दिया। ईश्वर ही उन्हें अपने कार्यालय में चाकरी भी देगा, कलकत्ता में तो किसी ने दी नहीं।" महेन्द्र चिढ़कर बोला,

"इतना तो उन्होंने कभी सीखा नहीं कि कहाँ थूकना है और कहाँ नहीं।"

"क्या अभिप्राय है आपका ?"

"बलराम बसु ने घर में नया-नया चूना कराया था। ये महाशय पहुँच गए उसके घर। बसु बेचारा भला आदमी था। वह बड़े भैया को पसंद भी करता था और उनसे डरता भी था, इसीलिए उन्हें रुष्ट नहीं करना चाहता था।"

"आप कैसे जानते हैं ?" भूपेन्द्र ने पूछा।

"अरे, वह ठाकुर का भक्त था और भैया ठाकुर के परम प्रिय थे। उनको रुष्ट करना एक प्रकार से ठाकुर को ही रुष्ट करना था।" महेन्द्र ने कहा, "और बलराम बसु यह भी चाहता था कि उसकी पुत्री का विवाह भैया से हो जाए। उसने एक बार संदेश भी भेजा था।"

"और बड़े भैया ने मना कर दिया था।"

"उनको तो मना करने का ही अभ्यास था।" महेन्द्र ने कहा, "खैर, बलराम बसु जानता था कि वह नरेन्द्र को आदेश नहीं दे सकता। इसलिए वह एक पीकदान लिए-लिए उनके पीछे-पीछे घूमता था, 'नरेन्द्र, इसमें थूकना भाई ! कोई दीवार खराब मत करना।' " महेन्द्र ने रुककर एक बार भूपेन्द्र को गहरी दृष्टि से देखा, "ईश्वर को जानने से पहले थोड़ा नागरिकशास्त्र भी जान लेना चाहिए।"

"भैया ! ईश्वर होता भी है कि लोग यूँ ही कहते रहते हैं ?"

"तू क्या समझता है ?" महेन्द्र ने हँसकर कहा, किंतु उसने भूपेन्द्र के उत्तर की प्रतीक्षा नहीं की, "जहाँ तक मैं जानता हूँ, वह कलकत्ता में तो निश्चित रूप से नहीं रहता, नहीं तो यहाँ के गण्यमान्य लोगों में गिना जाता, अंग्रेज सरकार से कोई ऊँची उपाधि पाता, किसी न किसी सभा में अवश्य सभापतित्व करता दिखाई देता।"

"सभापतित्व ही क्यों ?"

"क्योंकि कलकत्ता में आजकल उसी की मारामारी है। भाषण देना परम पुरुषार्थ है। मंचेश्वर होना ही जीवन की चरम उपलब्धि है। भगवान् होता तो प्रतापचंद्र मजूमदार के समान किसी पत्रिका का संपादक होता और अपने विरोधियों को गालियाँ दे रहा होता। उन्हें नरक में भेजने की धमकियाँ दे रहा होता।"

"आप परिहास कर रहे हैं, पर मैं गंभीरता से पूछ रहा हूँ।" महेन्द्र बोला, "लोग कहते हैं कि वह है; और यह संसार भी उसी ने ही बनाया है।"

"हाँ, कहते तो हैं।" महेन्द्र बोला, "फिर ? तू भी संसार बनाना चाहता है क्या ? हमारी पौराणिक गाथा में तो विश्वामित्र मुनि ने एक नई सृष्टि ही रच डाली थी। तू भी बन जा ऋषि विश्वामित्र।"

"मुझे नई सृष्टि नहीं रचनी है। मैं तो केवल इतना सोच रहा हूँ कि यदि यह संसार भी उसी का बनाया हुआ है तो इसे त्यागकर संन्यास लेने की क्या आवश्यकता है ?" महेन्द्र बोला, "हम माँ के बनाए हुए भोजन को त्याग दें तो उसमें माँ का ही अपमान है। उससे माँ प्रसन्न तो नहीं होंगी।"

"पर धार्मिक लोग कहते हैं कि संसार ईश्वर का पकाया हुआ ऐसा भात है, जिसका तिरस्कार करने से भगवान् प्रसन्न होते हैं। इसीलिए बड़े भैया संसार का ही नहीं, हमारा सबका, माँ का भी तिरस्कार कर रहे हैं।"

"कैसा भगवान् है यह, जो स्वयं ही जीव बनाता है, स्वयं ही जीव के लिए भात पकाता है; और फिर चाहता है कि जीव उस भात का स्वाद न ले, उसका तिरस्कार करे ?"

"मैं क्या जानूँ ! मेरी तो भगवान् से भेंट-मुलाकात है नहीं।" महेन्द्र हँसा, "तुमको मिलना हो तो बड़े भैया के मठ में चले जाओ। वह भगवान् के संबंधियों का गढ़ है। वहाँ और कोई मिले न मिले, स्वामी रामकृष्णानन्द अवश्य मिलेंगे।"

"उनका तो देहांत हो चुका है न ?"

"जिनका देहांत हुआ है, वे ठाकुर रामकृष्ण परमहंस थे।" महेन्द्र ने बताया, "स्वामी रामकृष्णानन्द उनके शिष्य, शशि महाराज हैं।"

"एक काल्पनिक जीव को प्रसन्न करने के लिए बड़े भैया हम सबका तिरस्कार क्यों कर रहे हैं ?" भूपेन्द्र बोला, "मैं ऐसे ईश्वर को नहीं मानता, जिसे मैंने देखा नहीं है।"

"बड़े भैया ने उसे देख लिया है, पहचान लिया है, उसे अपना मान लिया है। इसीलिए हम सब उनके लिए पराए हो गए हैं।"

"जब उसे देख ही लिया है तो फिर इस प्रकार घर छोड़कर संसार-भर की धूलि छानने का क्या लाभ ?"

"यह तो उन्हीं से पूछना। मैं इतने बड़े-बड़े प्रश्नों के उत्तर नहीं दे सकता। मुझे विद्यालय का भी कुछ काम करना है और माँ ने कई आदेश दे रखे हैं।"

"भैया मुझे मिलेंगे तो मैं उनसे अवश्य पूछूँगा।"

"घर से भागा संन्यासी कभी किसी को मिला है ?" महेन्द्र ने कहा।

तभी भुवनेश्वरी ने कमरे में प्रवेश किया। दोनों भाइयों ने माँ को देखा तो चुप होकर अपनी पुस्तकों में इतने मग्न हो गए, जैसे तब से पढ़ ही रहे हों। भुवनेश्वरी समझ गईं : वे नहीं चाहते थे कि माँ जान पाए कि वे परस्पर क्या बातें कर रहे थे।...भुवनेश्वरी ने उनकी सारी बातें तो नहीं सुनी थीं; किंतु इधर आते हुए कानों में जो भनक पड़ गई थी, उससे बहुत कुछ आभास उन्हें हो गया था। जाने क्यों महेन्द्र, भूपेन्द्र को नरेन्द्र के विरुद्ध भड़काता रहता है। वह स्वयं को नरेन्द्र से श्रेष्ठ सिद्ध करने का प्रयत्न करता है।...क्या है यह ? नरेन्द्र के संन्यासी बनने से उन्हें चाहे जितना भी कष्ट हुआ हो, किंतु भुवनेश्वरी भली प्रकार जानती हैं कि नरेन्द्र जैसा सात्त्विक मनुष्य संसार में दुर्लभ ही होता है। उसकी बौद्धिक क्षमता, दृढ़ता और सात्त्विकता की छाया को भी नहीं छू सकता यह महेन्द्र, और उस पर भी यह अपने छोटे भाई को नरेन्द्र के विरुद्ध भड़काता रहता है ?...उसे अपने भाई, और वह भी इतने असाधारण रूप से गुणी भाई, से प्रेम नहीं है ? वह उसकी प्रशंसा नहीं सुन सकता ? वह ईर्ष्या करता है उससे ? भाई से ईर्ष्या ?...भुवनेश्वरी ने कभी सोचा भी नहीं था कि भाइयों में भी परस्पर ईर्ष्या हो सकती है।...पर होती है, भाइयों में भी ईर्ष्या होती है; क्योंकि तुलना उन्हीं से होती है।...नरेन्द्र ने तो सब कुछ त्याग दिया। उस त्याग से भी ईर्ष्या है इस महेन्द्र को। यह ईश्वर के लिए अथवा ईश्वर के मनुष्यों के लिए कुछ त्याग सकेगा ?...और यह भूपेन्द्र अभी अबोध है; किंतु किस मार्ग पर चल रहा है यह ? यह तो अभी से नास्तिकता की ओर प्रवृत्त होता लगता है।...यह नास्तिक हो जाएगा तो ईश्वर की खोज में गए अपने महान् भाई का सम्मान कैसे कर पाएगा ? उस पर गर्व कैसे कर पाएगा ?...वह जाने कहाँ तप कर रहा होगा और ये दोनों यहाँ घर में बैठे जाने क्यों उसके विरुद्ध संयुक्त मोर्चा बना रहे हैं...

6

स्वामी को अल्मोड़ा बहुत भाया था। उनकी व्याकुलता काफी कम हो गई थी। चारों ओर का प्राकृतिक सौंदर्य जैसे ईश्वर के सौंदर्य को ही साकार कर रहा था। जलवायु की दृष्टि से भी यह स्थान बहुत ही मनमोहक था। बद्रीशाह से उनका पहले परिचय नहीं था, किंतु अब वे उनके पूर्णतः आत्मीय हो चुके थे। उनके गुरुभाई पहले से ही बद्रीशाह से परिचित थे। शारदानन्द और कृपानन्द इसी उद्यान भवन में रुककर स्वामी की प्रतीक्षा कर रहे थे। बद्रीशाह उन लोगों का पूरा सत्कार कर रहे थे। वे चारों गुरुभाई कलकत्ता की जनसंकुलता से ही नहीं, अल्मोड़ा नगर की छितराई और विरल जनसंख्या से भी दूर बद्रीशाह के उद्यान भवन में पूर्णतः शांति और संतोष का अनुभव कर रहे थे। बहुत दिनों से बिछुड़े अपने गुरुभाइयों से सहस्रों प्रकार की बातें होती थीं। स्वामी को बहुत अच्छा लगा था कि उनके सारे गुरुभाई अपने-अपने स्वधर्म के अनुसार तपस्या कर अपना-अपना विकास कर रहे थे। यही तो महत्त्व था उनके गुरु का। उन्होंने अपने चिंतन, अपने चरित्र और अपनी दिनचर्या को किसी पर नहीं थोपा था। अपनी प्रवृत्ति को शिष्यों पर आरोपित करना गुरु का धर्म नहीं है। उससे शिष्य का विकास अवरुद्ध होता है। शिष्य का विकास अवरुद्ध करने वाला गुरु, गुरु नहीं हत्यारा है। अपने बारह के बारह शिष्यों को उनके अपने स्वभाव के अनुसार विकसित किया था स्वामी के गुरु ने; किंतु उनके लिए बारह मठ नहीं बने थे। वे सब एक ही मठ में, एक ही छत के नीचे विभिन्न रूप से अपनी साधना कर रहे थे। उनके सारे गुरुभाई समय-समय पर मठ को छोड़कर परिव्राजक धर्म निभाने के लिए किसी न किसी ओर भ्रमण के लिए निकल गए थे… किंतु रामकृष्णानन्द मठ में जमे हुए थे। एक वे ही थे जो किसी भी प्रकार ठाकुर की दैनंदिन सेवा छोड़ने के लिए सहमत नहीं थे। इसीलिए वे एक दिन के लिए भी मठ से बाहर नहीं जा सकते थे।…वे ठाकुर के अवशेषों से दूर नहीं रह सकते थे। उन्हें ठाकुर की पूरी दिनचर्या उसी प्रकार चलानी थी, जैसे उनके जीवन में चलती थी। वे ठाकुर की शारीरिक और मानसिक सेवा कर रहे थे। फिर मठ में रहने वाले गुरुभाइयों के भरण-पोषण का दायित्व भी उन्होंने अपने सिर पर ले रखा था। वे कहीं से भोजन उपलब्ध कराएँ, किसी से भिक्षा माँगकर लाएँ, जो भी करें, किंतु मठ में उस समय उपस्थित अपने गुरुभाइयों को वे भूखा नहीं रहने दे सकते थे।…

किंतु स्वामी स्वयं क्या कर रहे थे, ठाकुर के लिए ?…गुरु को उनसे भी तो कोई अपेक्षा होगी। बद्रीशाह के उद्यान भवन में बैठकर आनंद का अनुभव करना तो उनकी तपस्या नहीं थी।

स्वामी को एक प्रकार की ऊब होने लगी थी। मन उचाट हो उठा था। वे सैलानी नहीं थे, जो पहाड़ देखने आए हों। वे धनी जमींदार भी नहीं थे, जिन्होंने ग्रीष्म के ताप से बचने के लिए पहाड़ों की शरण ली हो।…वे संन्यासी थे, उन्हें तप करना था…वे अपने गुरुभाइयों के साथ अपना समय नष्ट कर रहे थे।…

प्रातः उन्होंने कहा, "मैं अल्मोड़ा के आसपास के सुंदर और एकांत स्थलों को देखने जा रहा हूँ। देर हो जाए तो चिंता मत करना। रात-भर न भी आऊँ, तो भी मेरी खोज में मत निकल पड़ना।"

"अर्थात् अकेले जा रहे हैं ?" अखंडानन्द कुछ चौंककर बोले, "हम भी साथ चलेंगे। हमें प्रकृति का सौंदर्य बुरा लगता है क्या ? और मेरी तो आपके साथ यात्रा करने की संधि है।"

"हम कलकत्ता के न्यायालय में ऐसा कोई शपथ-पत्र दाखिल कर चले थे क्या ?" स्वामी क्षण-भर को मुस्कराए और फिर उनका स्वर गंभीर ही नहीं, कुछ कठोर भी हो गया, "नहीं, मैं अकेला ही जाऊँगा। तुम लोग अपनी इच्छानुसार अकेले या इकट्ठे किसी और दिशा में जा सकते हो।"

स्वामी के स्वर की दृढ़ता ने अखंडानन्द को दहला दिया। वे जानते थे कि स्वामी ने कहा है तो वे अकेले ही जाएँगे। वे केवल भ्रमण के लिए नहीं जा रहे हैं। वे किसी की खोज में जा रहे हैं। पर यहाँ किसकी खोज में जाएँगे ?···खोज तो उन्हें केवल ईश्वर की थी।···मार्ग में भी तो स्वामी उनसे पृथक् हो गए थे···। कौन जाने वे ठाकुर के ही किसी संकेत पर अकेले जाने की हठ कर रहे हों···

शारदानन्द ने कुछ कहना चाहा, किंतु अखंडानन्द ने उनको संकेत से चुप करा दिया।

"ठीक है।" अखंडानन्द बोले, "अपना ध्यान रखिएगा। हम यहाँ प्रतीक्षा करेंगे।"

स्वामी चले गए।

"क्या बात है गंगा !" शारदानन्द ने पूछा, "यह क्या रहस्य है ?"

अखंडानन्द ने मार्ग में स्वामी की एकांत यात्रा की हठ की कथा सुना दी; किंतु यह नहीं बताया कि उस यात्रा के अंत में उन्होंने क्या देखा था। वह स्वामी का रहस्य था। वे चाहें तो किसी को भी बता सकते हैं; किंतु अखंडानन्द किसी को नहीं बताएँगे।

"मुझे इन्होंने कश्मीर से बुलाया कि ये मेरे साथ हिमालय का भ्रमण करना चाहते हैं और यहाँ लगता है कि उन्हें मेरी कोई आवश्यकता ही नहीं है।" अखंडानन्द ने कहा, "मुझे तो वे हिमालय से पूर्वपरिचित लगते हैं।"

"हाँ," शारदानन्द हँसे, "इससे पहले भी तो नरेन्द्र के अनेक जन्म हुए होंगे और उनमें भी तो वे हिमालय पर तपस्या करने आए ही होंगे।"

"मैंने सुना है कि वे कलकत्ता में भी कई मकानों में पहली बार जाकर कहते थे कि वे वहाँ पहले भी आ चुके हैं। कहते ही नहीं थे, भवन की रूपरेखा भी ठीक-ठीक बता देते थे।" अखंडानन्द बोले।

"तुमने ठीक सुना है।" शारदानन्द ने कहा, "पर मेरी समझ में मेरे ये गुरुभाई नहीं आते। इनमें कोई समानता ही नहीं है। एक शशि है कि मठ से हिलना ही नहीं चाहता और एक नरेन्द्र है कि कहीं रुकना ही नहीं जानता।"

"तभी तो ठाकुर कहा करते थे, जौतो मत, तौतो पथ।" अखंडानन्द हँसे, "उन्होंने वे सारे मत और वे सारे पथ हमारे ही मठ में एकत्रित कर दिए हैं।"

"यह विनोद की बात नहीं है गंगाधर !" शारदानन्द बोले, "शायद ठाकुर का यही लक्ष्य था कि वे विभिन्न स्वभावों के अपने शिष्यों को एक साथ रखकर अपने-अपने पथ पर चलने की स्वतंत्रता दें।"

स्वामी चलते-चलते अल्मोड़ा नगर से दूर निकल गए। पहाड़ी ग्रामों का भी अपना ही सौंदर्य होता है। सीढ़ियों के समान बने खेत। दूर-दूर पर कई स्तरों पर बने अकेले घर। विभिन्न प्रकार के काम करती श्रमशील महिलाएँ। स्वच्छ वायु के साथ-साथ बादलों की आँखमिचौनी। लंबे-लंबे वृक्ष।···स्वामी ने सड़क छोड़ दी थी। वे पगडंडियों पर भी नहीं चल रहे थे। वे तो जैसे सीधे पहाड़ों पर चढ़ जाना

चाहते थे। जैसे पक्षी आकाश पर सीधा उड़ता है, वे भूमि पर उसी सीध में चल रहे थे। कुछ ऊबड़-खाबड़ चट्टानों पर चढ़ते हुए वे एक गुफा के सामने आ खड़े हुए।...गुफा थी या प्रकृति ने कोई छोटी-सी कुटिया ही बना दी थी ? या यहाँ कोई पहले रहता भी रहा है ?...पहले ही क्यों ? अभी भी रहता हो सकता है। नहीं, गुफा की दशा से ऐसा नहीं लगता। कोई रहता तो मनुष्य के आवास का कोई तो चिह्न होता। वह यहाँ नहीं है तो कहीं गया होगा। उसके आने-जाने से यहाँ कोई पगडंडी बन गई होती। गुफा के सामने की घास पर उसके पैरों का कोई तो चिह्न होता।

उन्होंने दृष्टि उठाकर इधर-उधर देखा : आसपास कोई दिखाई पड़े, तो उससे पूछें कि यहाँ कोई रहता तो नहीं ?...पर वहाँ कोई नहीं था।...

गुफा कुछ ऊँचाई पर थी। स्वामी उचककर गुफा में प्रविष्ट हो गए। यहाँ कोई रहता भी होगा, तो न तो उसने किसी प्रकार का कोई सांकेतिक कपाट लगाया था और न ही कोई नामपट्ट। वहाँ चोरी हो जाने के लिए कोई चिथड़ा भी नहीं था। स्वामी निस्संकोच यहाँ बैठकर उस अज्ञात गुफावासी की प्रतीक्षा कर सकते थे।...

स्वामी पद्मासन लगाकर बैठ गए। थोड़ी देर मेघाच्छन्न आकाश की मधुर छवि देखते रहे और फिर आकाश और मेघों के विषय में सोचते-सोचते अंतर्मुखी होते गए। धीरे-धीरे उनका ध्यान एकाग्र होता गया और उनकी आँखें बंद हो गईं।

उन्हें ध्यान लगाने में कभी भी असुविधा नहीं हुई थी, किंतु उसकी गहनता में कभी-कभी कुछ अंतर अनुभव होता था। गहनता के ही अनुपात में आनंद का भी अंतर था।...आज उन्हें लग रहा था कि सारी ही स्थितियाँ जैसे उनके अनुकूल थीं। ध्यान की सघनता विकसित होती जा रही थी और आनंद का स्तर उच्च से उच्चतर होता जा रहा था। यह गुफा जैसे कोई सिद्ध गुफा थी, जिसमें बैठते ही आनंदस्वरूप परमात्मा प्रकट हो जाते थे। उस आनंद की तुलना भौतिक संसार के किसी सुख से नहीं की जा सकती थी। स्वामी किसी गोताखोर के समान उसमें गहरे से गहरे उतरते जा रहे थे। यह संसार उनकी चेतना से लुप्त हो गया था और वे सृष्टि के उस खंड में पहुँच गए थे, जहाँ सब कुछ स्वतः प्रकाशित था, अपने आप में पूर्ण था। किसी को किसी और पर निर्भर करने की आवश्यकता नहीं थी।...पर किसी का क्या प्रश्न था ? एक ही तत्त्व था। और कुछ था ही नहीं। कहीं कोई भेद नहीं था, इसीलिए अहंकार भी नहीं था। कोई खंड नहीं था। किसी की किसी से कोई तुलना नहीं थी। एक विराट सत्ता, जो सब ओर व्याप्त थी। उसकी किसी से कोई तुलना नहीं थी। ऐसे आनंद की अनुभूति तो उन्हें पहले कभी नहीं हुई थी।

...सहसा उन्हें लगा कि उनके भीतर से ही कोई उन्हें धक्के मार रहा है और कह रहा है, 'तू इस आनंद को भोगने के लिए नहीं आया है, कर्म के लिए आया है। उठ, गुफा से बाहर निकल ! अपने कर्तव्य के विषय में सोच ! अपने कर्म की ओर बढ़ !'

किंतु स्वामी उठने को तैयार नहीं थे। जाने यह कौन-सी माया थी, जो उनकी परीक्षा ले रही थी और उन्हें भ्रम में डाल रही थी। ध्यान में बैठे व्यक्ति को विचलित करना आत्मा का काम तो नहीं हो सकता। यह तो वही कर सकता है, जिसे उनकी इस आनंदानुभूति से ईर्ष्या हो रही हो। यह तो माया ही कर सकती है।...उन्हें लगा, जैसे उनका मन अपनी सांसारिक माया को मरते देख अपना वेश बदलकर आया है और उन्हें बहका रहा है। यदि वे इस आनंदसागर में निमग्न रहेंगे, तो उनका मन अपनी माया में उन्हें फिर कभी बाँध नहीं पाएगा। सारा संसार तो मन में होता है। मन

असमर्थ हो गया तो संसार की माया समाप्त हो जाएगी। इसीलिए मन उनके साथ यह छल कर रहा है…पर मन को ही तो नियंत्रित करना है। उसकी उच्छृंखलता का ही तो दमन करना है। वे उसकी बात कैसे मान सकते थे…

पर तभी उन्हें लगा कि भीतर से विचार की तरंगों के रूप में ही नहीं, भौतिक धरातल पर भी कोई उन्हें अपने हाथों में उठाकर बाहर की ओर इस प्रकार धकेल रहा है, जैसे अभी उछालकर गुफा से बाहर फेंक देगा।…न तो वे अपने स्थान से उठे और न ही उन्होंने आँखें खोलीं। किंतु उनका ध्यान बहिर्मुखी हो चुका था।…कहीं ऐसा तो नहीं कि गुफा का स्वामी लौट आया हो और वह उन्हें उठाने के लिए धक्के मार रहा हो ?…किंतु यदि कोई व्यक्ति उन्हें उठाने का प्रयत्न कर रहा होता तो वह अपने मुख से भी तो कुछ कहता। यहाँ कोई स्वर नहीं था, कोई शब्द नहीं था।…और फिर पहले तो उनका अपना मन ही उन्हें धकेल रहा था।…यह सब क्या माया है ?…

स्वामी ने आँखें खोल दीं। उनके आसपास कोई नहीं था। संध्या होने को थी। थोड़ी देर में अंधकार हो जाएगा। वे ग्राम से बहुत दूर थे। उनके पास पैसे भी नहीं थे। गाँव में जाकर वे करते भी क्या ?…कहीं उनकी भूख ने ही तो उन्हें ध्यान से नहीं उठाया था ? नहीं ! समाधि की स्थिति में भूख इस प्रकार विचलित नहीं करती।…पर अब वे उठ ही गए हैं तो आसपास के वृक्षों से ही कुछ भिक्षा माँग लें। जाने यहाँ फलों का कोई वृक्ष था भी या नहीं। और इतने भूखे तो वे थे भी नहीं कि फलों के अभाव में वृक्षों के पत्ते खाने लगें…

वे गुफा से निकलकर वृक्षों के निकट आए। कुछ तो साधारण वृक्ष थे, कुछ फलों से लदे थे। कुछ स्वामी के परिचित फल थे; कुछ को वे नहीं पहचानते थे। किंतु उनको खाने में स्वामी को कोई संकोच नहीं था। एक बार मन में आया भी कि कहीं वे विषैले अथवा शरीर के लिए हानिकारक ही न हों।…किंतु वे अभी-अभी समाधि से उठकर आए थे। उनके मन में न मृत्यु का भय था, न किसी शारीरिक कष्ट का। चारों ओर ईश्वर ही व्याप्त था। वे तो उसी के प्रेम के आनंद में भीगे मन से दो-तीन फल खाकर फिर जाकर समाधिस्थ हो जाना चाहते थे।…यह सावधानी भी इसलिए थी, क्योंकि अल्मोड़ा के मार्ग में सर्वथा निर्बल होकर गिर पड़ने की स्मृति बहुत ताजा थी। यहाँ तो कोई जुलफिकार अली भी नहीं था, जो उनके मुँह में खीरे के टुकड़े डालता और न ही गंगाधर पास था कि भाग-दौड़कर किसी को बुला लाता।

उन्होंने दो-चार फल खाए। न तो फलों के स्वाद की ओर उनका ध्यान गया और न ही उन्होंने देखा कि वे क्या खा रहे हैं। वह सब व्यर्थ था। भोजन जीवन का लक्ष्य नहीं था। खाना जीवन की बाध्यता न होती तो कदाचित् वे अपने स्थान से उठते ही नहीं।

वे फिर से गुफा में आकर पद्मासन में बैठ गए; किंतु ध्यान लगाने की प्रक्रिया से पहले ही उनके मन में प्रश्न उठ खड़ा हुआ—वह कौन था, जो उन्हें बाहर और भीतर से धक्के मारकर समाधि से ही नहीं जगा रहा था, उन्हें इस गुफा से भी बाहर निकाल रहा था ? उन्हें आसपास कोई भी दिखाई नहीं पड़ा था। कोई होता तो दिखाई पड़ता। और बाहर कोई होता भी तो उनके भीतर से कौन उन्हें उठने के लिए ठेल रहा था ? क्या यह भी समाधि की कोई नई स्थिति थी ? नहीं, यह समाधि का अंग नहीं हो सकता। यह ठाकुर की इच्छा ही हो सकती है…जब-जब उन्होंने ठाकुर के सम्मुख समाधि के सुख में डूबे रहने की इच्छा की, ठाकुर ने उनका विरोध ही किया था। वे उन से माँ का काम करने के लिए कहते थे।…

तीन दिन तक स्वामी के साथ लगातार यही प्रक्रिया घटित होती रही। वे ध्यानस्थ होते रहे, समाधि का आनंद पाते रहे और फिर कोई अदृश्य शक्ति उन्हें गुफा से बाहर निकालने का प्रयत्न करती रही। वे पूरी तरह स्वीकार कर चुके थे कि यह प्रभु का ही संकेत है। दैवी इच्छा यह नहीं है कि वे आजीवन उस गुफा में बैठे समाधि के आनंद में डूबे रहें।...

चौथे दिन उन्होंने अपने गुरुभाइयों के पास अल्मोड़ा लौट जाने का निश्चय किया।...

प्रातः के स्नान-ध्यान के पश्चात् अल्मोड़ा की ओर चल पड़े। वे गुफा से दूर होते जा रहे थे, किंतु उनको लग रहा था कि उनका मन वहीं गुफा में ही छूटा जा रहा है।...'मन छूटता है तो छूटे।' उन्होंने स्वयं को झिड़का, 'मैं मन के कहे से नहीं चल सकता।' उनके मन में बहुत स्पष्ट था कि उन्होंने अपने सुख और आनंद के लिए जन्म नहीं लिया था। वे तो प्रभु के एक यंत्र थे। जो दैवी इच्छा थी, उन्हें उसी का पालन करना था। अपने सुख के लोभ में वे अपने कर्तव्यों से मुख नहीं मोड़ सकते थे। भगवान् श्रीकृष्ण ने गीता में कहा है कि कष्ट के भय से यदि कोई अपने कर्तव्यों की ओर से मुख फेरता है तो वह तामसिक त्याग है। वे कष्ट के भय से कर्तव्यों से मुख नहीं मोड़ रहे थे; किंतु सुख के लोभ में कर्तव्यों से विमुख होना भी तो वैसा ही तामसिक कर्म है...भय और लोभ में अंतर ही कितना है ! दोनों एक ही सिक्के के दो पक्ष हैं। कुछ छिनने का भय, कुछ पाने के लोभ से भिन्न कहाँ है ?

उन्होंने अपने मन से सब कुछ निकाल दिया और अल्मोड़ा पहुँचकर अपने गुरुभाइयों से मिलने के दृश्य की कल्पना करने लगे।...उनसे मिलने का आह्लाद उनके मन में भी विकसित हो रहा था और वे कल्पना कर रहे थे कि वे लोग भी उन्हें देखकर आनंद से उछल पड़ेंगे; किंतु क्या वे लोग बद्रीशाह के उद्यान भवन में ही होंगे ? वे भ्रमणार्थ कहीं गए हुए भी तो हो सकते हैं।...

उद्यान भवन में पहुँचकर उन्होंने देखा, वे तीनों वहीं थे। उन्होंने स्वामी का उचित स्वागत भी किया; किंतु उनके चेहरों पर वह उल्लास नहीं था, जिसकी स्वामी ने कल्पना की थी।

शारदानन्द अपने मन पर जैसे कोई बोझ रखे हुए बोले, "कहाँ थे इतने दिन ?"

"बहुत अधिक भ्रमण किया क्या ?" अखंडानन्द ने भी तनिक बोझिल स्वर में पूछा।

"नहीं, भ्रमण नहीं किया। एकांत में एक गुफा में ध्यान करता रहा। क्या बताऊँ, कैसा आनंद रहा। मुझे लगता है, कुछ स्थान सिद्ध स्थान होते हैं। वहाँ बैठते ही आनंद की वर्षा होने लगती है।" स्वामी ने कहा, "और यहाँ का क्या समाचार है ?"

"कलकत्ता से एक तार आया है।" शारदानन्द ने धीरे से कहा, "उसे पढ़ लो।"

"कलकत्ता से तार !" स्वामी कुछ चकित हुए, "उन्हें कैसे मालूम हुआ कि हम यहाँ हैं ?"

"आप किसी को सूचना दें, न दें; किंतु हम तो मठ से संपर्क बनाए रखते हैं और बताते हैं कि हम कहाँ हैं और आगे कहाँ जाएँगे। लगता है कि शशि महाराज से ही आपके परिवार वालों को आपका पता मिला है।"

"तार मेरे लिए है और मेरे परिवार वालों का है ?" स्वामी चकित थे और उनके स्वर में कुछ रोष भी झलक रहा था।

शारदानन्द ने मुख से कुछ नहीं कहा, तार उनकी ओर बढ़ा दिया।

अपने गुरुभाइयों के चेहरों को देखते हुए स्वामी समझ रहे थे कि तार में कोई अच्छा

समाचार नहीं है। कोई न कोई चिंता का विषय है।···उन्होंने तार पर एक दृष्टि डाली···उनकी बहन योगेन्द्रबाला ने अपनी ससुराल में आत्महत्या कर ली थी···।

स्वामी स्तब्ध रह गए। बाईस वर्ष की थी उनकी यह बहन। उनसे पाँच वर्ष छोटी। इस अवस्था में आत्महत्या ! स्वामी के मन में संचित समाधि से अर्जित सारा आनंद जैसे विगलित होकर बह गया।···

आँखों के सामने कितने ही दृश्य घूम गए। वे योगेन्द्र के साथ खेले थे। योगेन्द्रबाला को उन्होंने खेलाया था। उसे पढ़ाया था। उसके साथ बहुत समय बिताया था। उनके ही समान विद्रोहिणी थी वह। बहुत सारी बातें नहीं मानती थी। कितनी मानसिक और शारीरिक ऊर्जा थी उसमें। विद्रोह तो उसे करना ही था; पर यह भी कोई विद्रोह हुआ ? जीवन से विद्रोह···

स्वामी की आँखों में अश्रु आ गए। उन्हें लगा, उन्हें तत्काल कलकत्ता के लिए चल पड़ना चाहिए। योगेन्द्र से तो अब वे नहीं मिल सकते, किंतु अपनी दुःखिनी माता को तो कुछ सांत्वना दे सकेंगे।···माँ ने बहुत कष्ट सहा है। कैसा लगता होगा माँ को, जब उनके सामने उनकी युवती पुत्री ने अपने प्राण त्यागे होंगे। उसने अपना दुःख किसी को बताया नहीं होगा। बताया होता तो यह स्थिति ही क्यों आती ? क्या दुःख रहा होगा उसको ?···

वे अन्यमनस्क-से अनायास ही धीरे-धीरे चलते हुए अपने कमरे में आ गए। अपने आसन पर बैठ गए।···क्या कहेंगे माँ से ? 'माँ ! जन्म, जीवन और मृत्यु ईश्वर के हाथ में है। हानि-लाभ, जीवन-मरण, यश-अपयश विधि हाथ।' इसमें योगेन्द्र की इच्छा नहीं, ईश्वर की इच्छा है,···यह भी कह सकते हैं कि माँ ! जन्म और मृत्यु का कोई अर्थ ही नहीं है। जीवात्मा का न जन्म होता है और न ही उसकी मृत्यु होती है। जो आता है और जाता है—वह तो मिट्टी का शरीर है। आत्मा तो अजर-अमर है।···

ये सब समझाएँगे वे माँ को ? तो वे स्वयं ही यह सब क्यों नहीं समझते ? उनकी आँखों में अश्रु क्यों हैं ? उनके हृदय में इतनी पीड़ा क्यों है ? वे क्यों मानते हैं कि योगेन्द्रबाला उनकी बहन थी ? क्यों नहीं मानते कि वह एक आत्मा थी, परमात्मा का अंश थी। जाने कहाँ से आई थी और कहाँ चली गई।···वे जो बार-बार गाते हैं···हे जीव ! अपने घर चलो।···तो वह घर कहाँ है ? क्यों नहीं मान लेते कि वह जीव अपने घर चला गया है।···पर वे नहीं मान पा रहे। योगेन्द्र अपनी आयु पूरी कर प्राकृतिक मृत्यु को प्राप्त होती, तो उन्हें न माँ को समझाने की आवश्यकता थी, न स्वयं को। किंतु वैसा नहीं हुआ था। योगेन्द्र ने अपनी पीड़ा को असह्य पाकर प्रयत्नपूर्वक अपने प्राण त्यागे थे।···स्वामी का हृदय बार-बार ऐंठ-ऐंठ जा रहा था। आरंभ में जब वे कुछ दिन ठाकुर के पास नहीं जाते थे तो ठाकुर कहा करते थे, 'नरेन को कई दिनों से नहीं देखा है। कोई मेरे हृदय को ऐसे ही मरोड़ रहा है, जैसे भीगे गमछे का पानी निचोड़ने के लिए उसे मरोड़ा जाता है।'···आज स्वामी के हृदय को भी कोई वैसे ही निचोड़ रहा था।···बहुत दिन हुए स्वामी ने समझ लिया था कि यह संसार ईश्वर की माया है, लीला है। इस जीवन का सारा सुख निस्सार है। यह तो केवल ईश्वर-भजन के लिए मिला है, ताकि मनुष्य अपना भविष्य सुधार सके।···फिर भी अपने साथियों का मोह उन्हें छोड़ता नहीं। शंकराचार्य क्या अपनी माता का मोह छोड़ पाए थे ? स्वामी भावनाहीन शुष्क संन्यासी नहीं थे। उनके मन में प्रेम का पारावार था। वे किसी का दुःख नहीं देख सकते थे, तो यह जानकर उन्हें पीड़ा कैसे नहीं होती कि योगेन्द्र ने अपने दुःखों से हारकर अपने प्राण दे दिए !···स्वामी अपने परिवार के प्रति

इतने निर्मोही नहीं होते तो शायद योगेन्द्र को आत्महत्या नहीं करनी पड़ती।...

उनके विवेक ने उन्हें झटका दिया...संसार में स्वामी की इच्छा चलती है या ईश्वर की ? ईश्वर ने एक प्रकार चाहा और स्वामी दूसरी प्रकार चाहते हैं। यह किस प्रकार की भक्ति है उनकी कि वे ईश्वर की इच्छा के विरुद्ध चलना चाहते हैं ?

नहीं ! वे ईश्वर की इच्छा के विरुद्ध नहीं चलना चाहते। बस, उस स्वतंत्रता का प्रयोग करना चाहते हैं, जो ईश्वर ने मनुष्य को दी है।...हमारी नियति क्या है ? जो ईश्वर की इच्छा है। और ईश्वर की इच्छा क्या है ? ईश्वरीय नियमों के अधीन हमारे कर्मों का समग्र परिणाम ही हमारी नियति है। हमारी नियति हमारा वर्तमान बनाती है; किंतु हम अपना भविष्य तो स्वयं ही बना सकते हैं।...योगेन्द्र के साथ क्या हुआ ?...कदाचित् उसका विवाह सफल नहीं हुआ। विवाह सफल न होने का अर्थ क्या है ? वह अपनी ससुराल के वातावरण को अपने अनुकूल नहीं पा रही थी।...पर अनुकूल और प्रतिकूल को पहचानने के लिए उसकी बुद्धि विकसित हुई थी क्या ? उसे यथेष्ट शिक्षा मिली थी ?...पुरातन काल में तो ऐसा नहीं होता था। तब नारी भी पुरुष के ही समान स्वतंत्र थी। उसको पूरी शिक्षा दी जाती थी। भारत के मन में जब से यह भय बैठा कि उनकी अविवाहित कन्याओं को विदेशी अपहरणकर्ता उठाकर ले जाएँगे, तब से यहाँ कम अवस्था में ही लड़कियों के विवाह का प्रचलन आरंभ हुआ। बाल-विवाह की प्रथा कुछ इतनी प्रबल हो उठी कि लड़कियों की शिक्षा-दीक्षा बंद हो गई।...वही तो हुआ था योगेन्द्र के साथ। यह दुःख केवल योगेन्द्र का नहीं था—बंगाल ही नहीं, समग्र भारत की नारी का था। क्यों नहीं नारी को भी शिक्षा और उच्च शिक्षा दी जा सकती ? क्यों उसे ब्रह्मवादिनी नहीं बनने दिया जा सकता ? जो विवाह नहीं करना चाहती और ब्रह्म को प्राप्त करना चाहती है, उसका विवाह क्यों किया जाता है ? क्यों आवश्यक है कि नारी विवाह करे ही ? नारी-पुरुष अभद्र व्यवहार में संलग्न हों ही। नारी संतान को जन्म दे ही। उसका पालन-पोषण करे और फिर उसके मोह में बँधी सांसारिक दलदल में धँसती चली जाए।...भारत में नारी संबंधी आदर्श बहुत महान् हैं, किंतु नारी की वर्तमान स्थिति अच्छी नहीं है।...हम शाक्त हैं। किंतु शाक्त का अर्थ क्या है ? शराब और भाँग का सेवन ?...हे प्रभु ! क्यों नहीं मेरे देशवासियों को समझाते कि जगत् में सर्वव्यापक महाशक्ति तुम ही हो। जो स्त्रियों को तुम्हारी शक्ति का रूप माने, वही शक्ति का पुजारी है।...हम लोग स्त्री जाति को नीच, अधम, महाहेय और अपवित्र कहते हैं। फल हमारे सामने है—हम लोग पशु, दास, उद्यमहीन एवं दरिद्र हो गए।...शक्ति के बिना संसार का उद्धार नहीं हो सकता। भारत में शक्ति का निरादर होता है और समाज में सहानुभूति का अभाव है।...अत्याचार और दासता एक ही सिक्के के दो पक्ष हैं।...पृथ्वी पर ऐसा कोई धर्म नहीं है, जो हिंदू धर्म के समान इतने उच्च स्वर से समानता के गौरव का उपदेश देता हो और पृथ्वी पर ऐसा कोई समाज नहीं है, जो हिंदू समाज के समान गरीबों और नीच जाति वालों का गला ऐसी क्रूरता से घोंटता हो।...युगों के मानसिक, शारीरिक और नैतिक अत्याचार ने ईश्वर के प्रतिरूपी मनुष्य को भारवाही पशु और भगवती की प्रतिमा स्त्री को संतान को जन्म देने वाली दासी बना दिया है...मुझे शक्ति दो प्रभु कि मैं इनके लिए कुछ कर सकूँ।...योगेन्द्र को तो वे नहीं बचा सके, किंतु भारत में नारी के लिए कुछ क्यों नहीं किया जा सकता ? क्या उसे शिक्षा नहीं दी जा सकती ? क्या बाल-विवाह का कलंक समाज से नहीं मिटाया जा सकता ? क्या नारी भी पुरुष के समान स्वयं अपने भाग्य का निर्णय नहीं कर सकती ?...

स्वामी का मन जैसे स्तब्ध होकर रह गया...क्या यहाँ पुरुष भी अपने जीवन का निर्णय

कर सकता है ?...यदि वे अपने स्थान पर इतने अडिग न होते और यदि ठाकुर उनकी सहायता को न आए होते तो क्या वे अपने मन की कर पाते ? उनके पिता उनका विवाह कर उन्हें कचहरी में मुकदमे लड़ने के लिए खड़ा कर देते। फिर भी पुरुष के लिए शिक्षा तो है। यदि लड़कियों को भी शिक्षा की सुविधा उपलब्ध होती, तो शायद योगेन्द्र और योगेन्द्र जैसी अनेक लड़कियाँ अपने मानव-जीवन का कुछ सार्थक उपयोग कर पातीं।

...स्वामी को लगा कि उनके मन से जैसे योगेन्द्र की पीड़ा तिरोहित हो गई है और उसके स्थान पर भारतीय नारी की पीड़ा आकर बैठ गई है। उन्हें नारी-शिक्षा के लिए अधिक से अधिक प्रयत्न करने की आवश्यकता थी।...बिना शिक्षा के नारी का उद्धार नहीं हो सकता था।...

7

वे लोग मसूरी से होते हुए देहरादून जा रहे थे। टिहरी से लिए हुए खच्चर मसूरी में छोड़ दिए थे। अब स्वामी और अखंडानन्द का स्वास्थ्य इतना बुरा भी नहीं था कि वे खच्चरों के बिना यात्रा ही न कर सकते। और फिर अब पहाड़ी क्षेत्र प्रायः समाप्त हो चुका था। मसूरी से नीचे उतरने के लिए और राजपुर की समतल सड़क पर चलने के लिए खच्चरों की आवश्यकता नहीं थी। यदि कोई सवारी लेनी ही पड़ती तो वह समतल भूमि पर चलने वाली सवारी हो सकती थी—ताँगा अथवा रिक्शा या फिर ऐसा ही कुछ और...कोई भी दूसरी सवारी खच्चर से अधिक उपयोगी होती।

वे लोग अभी देहरादून से छह मील दूर थे। राजपुर में अपने आगे-आगे मार्ग पर जाते हुए उन्होंने एक और संन्यासी को देखा।...

"एक और संन्यासी !" कृपानन्द ने कहा।

"पहाड़ों के शीत से डरकर मेरे समान भाग आया होगा।" अखंडानन्द ने कहा।

"वैसे कृपानन्द ! संसार में हमारे अतिरिक्त भी संन्यासी हैं।" स्वामी ने मुस्कराकर कहा।

शारदानन्द की दृष्टि भी उस पर पड़ी—वह इतनी दूर से उनके गुरुभाई तुरीयानन्द जैसा लग रहा था।...

स्वामी ने उसे ध्यान से देखा, "अरे, यह तो अपना हरि है।"

और वे हरिनाथ चट्टोपाध्याय ही थे—स्वामी तुरीयानन्द। वे लोग बड़े आनंद से मिले। अब वे पाँच हो गए थे।

"हरि ! कैसे हो ?" स्वामी ने पूछा।

"मैं तो भला-चंगा हूँ।" तुरीयानन्द बोले, "मुझे तो तुम ही कुछ ढीले लग रहे हो...और गंगाधर को क्या हो गया है ? यह तो एकदम निढाल लग रहा है।"

"हाँ, ये दोनों कुछ अस्वस्थ हैं।" शारदानन्द ने कहा, "हम गंगाधर की चिकित्सा के लिए ही देहरादून जा रहे हैं। और तुम...?"

"मैं तो अपने भ्रमण के संदर्भ में गंगोत्री से लौटकर यहाँ राजपुर में एक एकांत स्थान खोजकर ठहरा हुआ हूँ और साधना कर रहा हूँ।" तुरीयानन्द हँसे, "और कुछ साधा हो न साधा हो, किंतु पुलिस वालों को मैंने साध लिया है।"

"पुलिस वालों को ! उनसे तुम्हारा क्या काम ?" सब चकित थे।

"हाँ, मुझे अकेले रहते देख पुलिस के गुप्तचर विभाग का एक अधिकारी मेरे पीछे पड़ गया। जाने उसे मेरे विषय में क्या संदेह था। या तो वह मुझे किसी विदेशी शक्ति का जासूस समझता था या फिर कोई सशस्त्र क्रांतिकारी।"

"चोर-डाकू क्यों नहीं ?" कृपानन्द ने पूछा।

"तुम्हें देखता तो यही समझता।" तुरीयानन्द हँसे, "मैं साधना करने बैठता तो वह आ धमकता। कहता कि इस युग में असली साधु होते ही कहाँ हैं। सारे अपराधी ही तो साधु का वेश बनाए घूमते हैं। मैंने उसे बहुत समझाया कि हिंदुओं को कलंकित करने के लिए यह सब विधर्मियों और विशेषकर ईसाई पादरियों का दुष्प्रचार है। किंतु वह नहीं माना। जब मेरा धैर्य चुक गया तो मैंने उसे बहुत डाँटा और कहा कि यदि वह फिर मेरे पास आया तो मैं उसे कंधे पर उठाकर ले जाऊँगा और किसी ऊँची पहाड़ी से खड्ड में फेंक आऊँगा। वह हँसा, 'तुम पुलिस से भी नहीं डरते ?' मैंने कहा, 'मैं यमराज से भी नहीं डरता, पुलिस किस खेत की मूली है।' मैंने उसे बताया कि मैं हिंस्र पशुओं से भरे हुए वनों में निःशस्त्र घूमता रहता हूँ। इसलिए संसाररूपी वन के क्षुद्र हिंस्र जीव—पुलिस—से भयभीत होने का कोई कारण नहीं है।' 'तो तुम यह तपस्या का ढोंग क्यों करते हो ? इससे तुम्हें क्या मिल जाएगा ?' 'इससे मेरी आत्मा मुक्त होगी।' मैंने कहा, 'अब यह मत पूछना कि मुक्त ही कराना है तो मैं अंग्रेजों से देश को मुक्त क्यों नहीं कराता।' 'यही तो पूछना है मुझे।' उसने कहा, 'तो सुनो।' मैंने कहा, 'मुक्त व्यक्ति ही देश को मुक्त करा सकता है। देश अंग्रेजों से मुक्त हो भी जाए तो यहाँ के लोग मुक्त हो जाएँगे, यह बात दावे से कोई नहीं कह सकता। किंतु जो तपस्या मैं कर रहा हूँ, उसमें सब माया के बंदी हैं। जो माया से मुक्त हो गया, उसके लिए कहीं कोई बंधन नहीं है।' "

"तो उसकी समझ में आ गया ?" शारदानन्द ने पूछा।

"कह नहीं सकता; किंतु अब वह मेरा भक्त है। आप मेरे साथ होंगे तो आपकी भी सेवा करेगा।"

"हरि का विचार बुरा नहीं है।" स्वामी हँसे, "हमें ठहरने का स्थान भी चाहिए और गंगाधर की चिकित्सा भी करानी है। यदि हम इसके पुलिसिया भक्त के पास चलें और वह हमें कारागार में बंद कर दे तो ठहरने का स्थान भी हो जाएगा और कारागार के अस्पताल में गंगाधर का उपचार भी हो जाएगा।"

"और कारागार में रहना अपने आप में तपस्या भी है।" शारदानन्द हँसे।

वे लोग देहरादून के सिविल सर्जन डॉ० मैकलारेन के पास आए, जिनके लिए टिहरी राज्य के दीवान ने उन्हें परिचय-पत्र दिया था। डॉक्टर ने पत्र देखकर उनका स्वागत किया; किंतु पाँच साधुओं को देखकर वह विशेष प्रसन्न नहीं था।

"मैंने तो सुना है कि हिंदू साधु अस्वस्थ होने पर अपनी चिकित्सा नहीं कराते। अपना रोग दूर करने के लिए अपने ईश्वर से प्रार्थना करते हैं।" डॉक्टर ने कुछ वक्रता से अटक-अटककर हिंदी में कहा।

उसकी भाषा संबंधी कठिनाई देखकर स्वामी ने अंग्रेजी में कहा, "हमारे देश में संन्यासियों

की भी विभिन्न कोटियाँ और श्रेणियाँ हैं। अपनी चिकित्सा न करवाने वाले संन्यासी भी हो सकते हैं। किंतु हम लोगों का आयुर्विज्ञान और चिकित्साशास्त्र से कोई विरोध नहीं है। चिकित्सा को हम अपना और डॉक्टर का कर्म मानते हैं, जिसका परिणाम ईश्वर के हाथ में है।''

डॉक्टर ने चकित होकर स्वामी की ओर देखा, ''ऐसी अंग्रेजी कहाँ से सीखी ?''

''हम सबने कलकत्ता विश्वविद्यालय में शिक्षा ग्रहण की है।''

''तो इतना पढ़-लिखकर भी भीख माँग रहे हो ?''

''भीख नहीं माँग रहे, पढ़-लिखकर ईश्वर के मार्ग में बढ़ रहे हैं।'' स्वामी ने कहा।

डॉक्टर जैसे संतुष्ट हो गया और उसने अखंडानन्द की अच्छी तरह परीक्षा की।

''इन्हें ब्रॉण्काइटिस है।'' अंततः उसने कहा, ''और बहुत पुराना है। ऐसी अवस्था में ठंड से दूर रहना चाहिए। पहाड़ों पर जाना इनके लिए मृत्यु के निकट जाना है। इन्हें पहाड़ों से नीचे ही नहीं, पहाड़ों से दूर ले जाइए और जो दवा लिखकर दे रहा हूँ, उसका सेवन करवाइए।''

स्वामी तत्काल पहाड़ों से दूर नहीं जाना चाहते थे और यदि डॉ० मैकलारेन से ही चिकित्सा करवानी थी तो देहरादून में रुकना आवश्यक था। वैसे अखंडानन्द को विश्राम की भी आवश्यकता थी।

तुरीयानन्द की गुफा में न अखंडानन्द के लिए विश्राम की व्यवस्था हो सकती थी और न ही वे पाँचों गुरुभाई उसमें रह सकते थे। तुरीयानन्द का गुप्तचर विभाग वाले उस व्यक्ति के अतिरिक्त और किसी से परिचय नहीं था। वह कहाँ रहता था, यह भी वे नहीं जानते थे। वैसे स्वामी उसके पास जाना भी नहीं चाहते थे।

वे सारे नगर में खोजते फिरे, किंतु उन्हें ढंग का न कोई मंदिर मिला और न ही धर्मशाला, जिसमें वे अस्वस्थ अखंडानन्द के साथ ठहर सकते। किसी अपरिचित व्यक्ति से यह आग्रह कैसे किया जा सकता था कि वह उन पाँच अपरिचित युवा संन्यासियों को अपने घर पर ठहरा ले। बहुत खोजने पर भी जब कोई स्थान नहीं मिला तो स्वामी की दृष्टि एक अधबने मकान पर टिकी। मकान बनते-बनते रुक गया था। न तो वह पूरा हुआ था और न ही उसमें कोई निर्माण-कार्य चल रहा था।

स्वामी ने उसमें प्रवेश किया।

एक साधु को घर में प्रवेश करते देखकर चौकीदार दौड़ा आया, ''क्या बात है साधु महाराज ? आप किसको खोज रहे हैं ?''

''खोज तो मैं ईश्वर को रहा हूँ।'' स्वामी हँसे, ''शायद उसी ने हमें यहाँ भेजा है।''

''ईश्वर नाम का कोई व्यक्ति यहाँ नहीं रहता।'' चौकीदार बोला।

''जानता हूँ। वैसे जिस ईश्वर को मैं खोज रहा हूँ, वह व्यक्ति नहीं है।'' स्वामी हँसे, ''भाई! हम पाँच संन्यासी हैं। हममें से एक बहुत अस्वस्थ है। अतः हम यात्रा नहीं कर सकते। देहरादून में हमारे पास रुकने का कोई स्थान नहीं है। यदि तुम अनुमति दो तो तुम्हारे इस अधबने मकान में कुछ दिन ठहर जाएँ।''

चौकीदार कुछ विनीत हो गया, ''महाराज ! मेरी अनुमति से क्या होता है। मैं तो चौकीदार हूँ। अनुमति तो सेठजी से लेनी होगी, जिनका मकान है।''

''वे कहाँ मिलेंगे ?''

''वे यहाँ नहीं आते, मैं ही उनके पास जाता हूँ।''

"तो भाई ! उनसे कहो कि यहाँ कोई नहीं रह रहा है। बाहर से आए पाँच संन्यासी बड़े कष्ट में हैं। वे आपके इस अधबने मकान की छत के नीचे आश्रय चाहते हैं। जिस दिन हमारा साथी कुछ स्वस्थ हो जाएगा, हम चले जाएँगे। हमारे यहाँ टिकने से उनकी या किसी और की कोई हानि नहीं होगी।"

चौकीदार चुपचाप खड़ा रहा। स्वामी उसका असमंजस समझ रहे थे। वह मकान के स्वामी की अनुमति के बिना किसी को वहाँ कैसे टिका लेता और साधुओं को रुकने से मना भी कैसे करता।

"हम अपने अस्वस्थ साथी को यहाँ दीवार की ओट में छत के नीचे लिटा देते हैं, ताकि उन्हें ठंडी हवा न लगे।" स्वामी बोले, "और स्वयं नगर में कोई और ठिकाना खोजने के लिए निकल जाते हैं।" स्वामी ने प्रस्ताव रखा, "तब तक तुम अपने सेठजी से अनुमति ले आओ। यदि हमें संध्या तक नगर में और कोई ठिकाना नहीं मिला और तुम्हारे स्वामी ने अनुमति दे दी तो हम यहाँ रुकेंगे, अन्यथा चले जाएँगे।"

"कहाँ ?" चौकीदार ने कुछ चकित होकर पूछा।

"भगवान् का संसार बहुत बड़ा है।"

चौकीदार संन्यासी की सज्जनता पर मुग्ध था। उसने अपने दोनों हाथ जोड़ दिए, "बड़ी कृपा होगी महाराज ! आप मेरी स्थिति समझते हैं न ! न मैं सेठजी से पूछे बिना आपको यहाँ ठहरा सकता हूँ और न ही साधुओं का निरादर करने का पाप कर सकता हूँ। इच्छा तो स्वामी की ही चलेगी।"

"इच्छा तो स्वामी की ही चलेगी।" स्वामी बोले, "किंतु वह स्वामी तुम्हारा सेठ नहीं, ईश्वर है–संसार का स्वामी।"

"आप ज्ञानी हैं महाराज !"

अखंडानन्द को वहाँ ठहराकर स्वामी अपने तीन साथियों के साथ नगर की ओर बढ़े और चौकीदार अपने सेठ से पूछने के लिए चला गया।

स्वामी के मन में अनेक योजनाएँ बन रही थीं। वे किसी बड़े मंदिर में चले जाएँ और वहाँ दर्शन के लिए आने वाले सद्गृहस्थों से पूछें कि क्या वे किसी रोगी संन्यासी को अपने घर में स्थान दे सकते हैं ?...उसकी देखभाल कर सकते हैं ?...या वे डॉ० मैकलारेन के पास ही जाकर कहें कि वे अखंडानन्द के लिए किसी अस्पताल में व्यवस्था कर दें। पर इन दोनों ही स्थितियों में अखंडानन्द को अकेले रहना होगा–अपरिचित लोगों के बीच। किसी सद्गृहस्थ ने अखंडानन्द को स्थान दे भी दिया, तो वह एक रोगी की देखभाल का काम तो अपने सिर पर नहीं लेना चाहेगा और एक अस्वस्थ संन्यासी के बहाने से शेष चार युवा संन्यासियों को अपने घर में अड्डा जमाने की अनुमति कोई नहीं देगा।

नगर में विभिन्न स्थानों पर घूमते रहने पर भी उन्हें कोई उपयुक्त स्थान नहीं मिला।... वे आत्मलीन-से पल्टन बाजार में से निकल रहे थे कि एक दुकान में से उन्होंने एक व्यक्ति को बाहर निकलते देखा। उसका चेहरा उन्हें कुछ परिचित-सा लगा; किंतु यह व्यक्ति पूरे साहबी ठाठ में था और उसके साथ जो स्त्री थी, वह भी पाश्चात्य पहनावे में थी।...यह हृदय नहीं हो सकता। जनरल असेंबली इंस्टिट्यूट, कलकत्ता में हृदय उनका सहपाठी था। वह बंगाली इतना साहब तो हो सकता था, किंतु उसके साथ यह महिला ? यह तो किसी प्रकार भी बंगाली नहीं थी।...

तभी हृदय की दृष्टि उन पर पड़ी। उसने भी जैसे ध्यान से देखा और पहचानने का प्रयत्न किया, "नरेन्द्र, तुम ?"

"हाँ, मैं ही हूँ।" स्वामी ने कहा, "तुम हृदय ही हो न ?"

"हाँ, मैं हृदय ही हूँ, तुम्हारा पुराना सहपाठी। यहाँ एक ईसाई स्कूल में अध्यापक हूँ और यह मेरी पत्नी हैं।" उसने कहा।

स्वामी ने अपना दाहिना हाथ उठाया ही था कि स्त्री ने हाथ मिलाने के लिए अपना दाहिना हाथ बढ़ा दिया; किंतु स्वामी ने हाथ न मिलाकर उसे आशीर्वाद दिया।

"तुम्हारा वेश कुछ बदला हुआ है।" हृदय ने कहा।

"बहुत कुछ बदल गया है—वेश भी और परिवेश भी।" स्वामी ने कहा, "मेरी माया मर गई है। मैं संन्यासी हो गया हूँ। घर-बार छोड़ दिया है। परिव्राजक के रूप में भारतभूमि का भ्रमण कर रहा हूँ।"

"मेरा भी बहुत कुछ परिवर्तित हो गया है।" हृदय ने कहा, "मैंने ईसाई धर्म और समाज को स्वीकार कर लिया है। मेरी पत्नी भी ईसाई है। यह बंगाली भी नहीं है।"

स्वामी सोच ही रहे थे कि वे हृदय से अखंडानन्द को आश्रय देने को कहेंगे···किंतु वह बात उनकी जिह्वा पर आते-आते रुक गई।···नहीं ! यह संभव नहीं है। जब कोई हिंदू ईसाई हो जाता है तो वह हिंदुओं का मित्र नहीं, शत्रु हो जाता है। वह अपने मन में हिंदुओं के प्रति द्वेष पालता है।··· वह उनसे अधिक से अधिक दूर रहने का प्रयत्न करता है। उनमें अधिक से अधिक दोष देखता है। ऐसे में वे हृदय से कैसे कह सकते हैं कि वह एक हिंदू संन्यासी को, एक रुग्ण संन्यासी को अपने घर में आश्रय दे। वह चाहे भी तो उसका परिवार, उसका समाज उसे इसकी अनुमति नहीं देगा। उसकी खोज-खबर रखने वाले पादरी उसे हिंदुओं से दूर रहने का परामर्श देंगे।

अंततः स्वामी ने उससे इस विषय में कुछ न कहने का ही निश्चय किया।

"अच्छा, चलता हूँ।"

हृदय के चेहरे के भावों से स्पष्ट था कि उसे स्वामी की यह त्वरा समझ में नहीं आई थी और न ही उसे इसकी अपेक्षा थी। वह अपने एक पुराने सहपाठी से शायद बहुत कुछ कहना-सुनना चाहता था।

"अच्छा, अभी तो देहरादून में ही हो न ?"

"हाँ, दो-तीन सप्ताह तो यहीं हूँ।" स्वामी ने कहा।

"तो किसी दिन मेरे घर आओ। कुछ देर बैठेंगे। कुछ नई-पुरानी बातें करेंगे।"

स्वामी को हृदय का व्यवहार अपनी अपेक्षा से अधिक मधुर लगा। वह उन्हें अपने घर आने का निमंत्रण दे रहा था। वह ईसाई हो चुका था और एक हिंदू संन्यासी को अपने घर बुला रहा था।···उसके मन में उनके लिए कोई कड़वाहट नहीं थी।

"भिक्षुक को जिस द्वार से भिक्षा मिलने की आशा होती है, वह उस द्वार पर अवश्य जाता है।" स्वामी ने कहा।

हृदय हँसकर रह गया और स्वामी आगे बढ़ गए।

वे लोग दिन-भर भटकते रहे, किंतु उन्हें कोई ऐसा स्थान नहीं मिला, जहाँ वे टिक सकते। संध्या-समय

वापस लौटे तो उनके लिए सबसे महत्त्वपूर्ण चौकीदार का संदेश था। जाने उस अधबने मकान के स्वामी ने क्या आदेश दिया है।···पर वह संदेश धनात्मक ही था।

''सेठजी ने कहा है कि यदि उन संन्यासियों को ठहरने में कोई कष्ट नहीं है, तो वे अवश्य ठहरें।'' चौकीदार ने बताया, ''उन्होंने कहा है कि यदि रुग्ण संन्यासी की औषध के लिए पैसों की आवश्यकता हो तो वे कुछ सहायता कर सकते हैं।''

''भगवान् बड़ा दयालु है।'' स्वामी ने आकाश की ओर देखा, ''तुम्हारे सेठ भी पुण्यात्मा लगते हैं। नहीं तो उनके मन में पहली बात आती कि ये साधु कहीं उनका अधबना मकान हड़प न लें।''

''उन्हें भय नहीं लगा कि हम उनके भवन को कहीं मठ में न बदल डालें ?'' तुरीयानन्द ने पूछा।

''नहीं ! सेठजी धर्मप्राण और ईश्वरभीरु व्यक्ति हैं। उन्हें आपसे किसी अनिष्ट की आशंका नहीं है।''

ठिकाना तो मिल गया था, किंतु अखंडानन्द का स्वास्थ्य सुधर नहीं रहा था। उन्हें श्वास लेने में कठिनाई हो रही थी।

''अखंडानन्द को इतना कष्ट क्यों है ?'' शारदानन्द ने पूछा।

''मुझे लगता है कि यह मकान सीलन-भरा है। इतनी सीलन गंगाधर के लिए ठीक नहीं है। उसे शुष्क जलवायु की आवश्यकता है।'' स्वामी ने कहा, ''यहाँ रहकर तो वह सिविल सर्जन की औषध से भी ठीक नहीं हो सकता। हमें उसे किसी अच्छे स्थान पर रखना होगा।''

सब देख रहे थे कि स्वामी बहुत चिंतित थे। वस्तुतः जानते-बूझते उनमें से कोई भी अखंडानन्द को उस मकान में रखने का इच्छुक नहीं था; किंतु इस बाध्यता में कोई भी क्या करता !

''भगवान् हमारी परीक्षा ले रहे हैं।'' तुरीयानन्द ने कहा।

''नहीं,'' स्वामी बोले, ''भगवान् हमें संदेश दे रहे हैं कि गंगाधर को कहीं और ले चलो।''

अगले दिन स्वामी हृदय के घर पहुँचे। वह स्कूल से आ चुका था और बरामदे में बैठा चाय पी रहा था। स्वामी को अपने घर में प्रवेश करते देख वह कुछ विस्मित हुआ। उस दिन स्वामी जिस प्रकार उसे इतनी जल्दी छोड़कर भागे थे, उसके बाद उसे आशा नहीं थी कि वे उसका निमंत्रण स्वीकार करेंगे।

''आओ, आओ !'' वह अपने स्थान से उठ खड़ा हुआ।

''तुम्हें मेरे इतनी जल्दी आने की आशा नहीं थी ?''

''न उस दिन उतनी जल्दी जाने की आशा थी और न इतनी जल्दी आने की।···बैठो। मुझे लगा, शायद तुम मेरे धर्मांतरण से प्रसन्न नहीं हो और वैसे भी किसी ईसाई के घर का आहार स्वीकार नहीं करोगे।''

स्वामी बैठ गए, ''संन्यासी के लिए धर्म और जाति का विभाजन कोई अर्थ नहीं रखता। संन्यासी तो सात्त्विकता खोजता है और वह किसी भी धर्म, जाति और देश में हो सकती है।'' उन्होंने रुककर हृदय की ओर देखा, ''वैसे तुम्हारे द्वारा हिंदू धर्म त्याग देने से मुझे कोई प्रसन्नता तो नहीं हो सकती।''

"फिर भी तुम आए। मुझे पुनः हिंदू बनाने के लिए तो नहीं आए ?"

"नहीं, मैं ऐसा कोई लक्ष्य लेकर नहीं आया हूँ। वैसे भी हम धर्मांतरण में नहीं धर्म और ईश्वर की खोज में विश्वास करते हैं। तुम्हें जिस मार्ग से ईश्वर मिले, तुम उसी पर चलो।" स्वामी बोले, "वस्तुतः मैं एक स्वार्थ से आया हूँ।"

"संन्यासी और स्वार्थ ?" हृदय बाबू हँसे।

"मेरे सामने एक समस्या है। उस दिन उसी समस्या के कारण भागा था और आज उसी समस्या के कारण आया हूँ।"

"ऐसी क्या समस्या है भाई ?"

"मेरे गुरुभाई स्वामी अखंडानन्द को ब्रॉण्काइटिस ने जकड़ रखा है। हम उसी की चिकित्सा के लिए देहरादून आए हैं। यहाँ हमारे पास कोई ऐसा ठिकाना नहीं है, जो उसके स्वास्थ्य के लिए हितकर हो। हम जहाँ ठहरे हैं, वह एक अधबना मकान है और सीलन से भरा है। सीलन उसके लिए बहुत हानिकारक है। मैं अखंडानन्द के लिए एक आश्रय खोज रहा हूँ···।"

"यदि तुम चाहो तो उसे मेरे घर पर ठहरा सकते हो।" हृदय बाबू ने कहा, "हमारे पास पर्याप्त स्थान है। एक अस्वस्थ संन्यासी की सहायता तो पुण्य का काम है।"

स्वामी उसकी ओर देखते रहे, "तुम्हें कोई असुविधा तो नहीं होगी ? तुम्हारी पत्नी की कोई आपत्ति···"

"नहीं, उसे कोई आपत्ति नहीं होगी। आपत्ति होगी भी तो वह अखंडानन्द को घर से निकाल नहीं देगी। निश्चिंत रहो।"

"मुझे यह भय नहीं है।" स्वामी मुस्कराए, "मुझे भय है कि वह कहीं तुम्हें घर से न निकाल दे।"

"नहीं," हृदय बाबू भी मुस्कराए, "मैं इस घर में दृढ़ता से स्थापित हूँ। मुझे कोई नहीं हिलाएगा। वैसे भी मेरी पत्नी मुझसे बहुत प्रेम करती है। तुम संन्यासी हो, पत्नी का प्रेम क्या जानो !"

"जानना चाहता भी नहीं।" स्वामी बोले, "भगवान् के प्रेम को जान लेने के पश्चात् अन्य कोई प्रेम आकृष्ट नहीं करता।"

"हाँ," सहसा हृदय बाबू ने कहा, "हम लोग प्रातः जब प्रभु की प्रार्थना करते हैं तो कभी-कभी मेरी पत्नी आग्रह करती है कि घर में उपस्थित अन्य लोग भी उस प्रार्थना में सम्मिलित हों। तुम्हारे गुरुभाई को उसमें कोई आपत्ति तो नहीं होगी ?"

"नहीं, प्रभु की प्रार्थना में किसी को क्या आपत्ति हो सकती है !"

"मेरा तात्पर्य यह है कि हमारी उपासना ईसाई पद्धति से होती है।"

"जहाँ तक वह प्रभु की उपासना है, वहाँ तक किसी हिंदू को कोई आपत्ति नहीं होगी। और मेरे गुरुभाइयों को तो एकदम नहीं होगी।"

"तो ठीक है, तुम अपने गुरुभाई को ले आओ।"

स्वामी प्रसन्न मन से उठ खड़े हुए, "सुखी रहो। भगवान् सदा तुम्हारी रक्षा करें। तुमने मेरे वक्ष पर पड़ा एक बहुत भारी बोझ स्वयं उठा लिया है।"

8

अखंडानन्द को हृदय बाबू के घर पर रहते तीन दिन हो गए थे। उन्हें एक अच्छे साफ-सुथरे कमरे में स्थान दिया गया था, जैसे किसी बहुत सम्मानित अतिथि को दिया जा सकता है। परिवार के लोग भी उनसे अच्छा व्यवहार कर रहे थे और उनके पथ्य का भी ध्यान रखा जा रहा था।...किंतु उनका मन प्रसन्न नहीं था। वे किसी की शिकायत नहीं कर सकते थे। वहाँ प्रत्येक व्यक्ति उनसे मीठा बोलता था। दिन में कितनी ही बार पूछा जाता था कि उन्हें किसी और वस्तु की आवश्यकता तो नहीं है ? उन्हें समय पर दवा और भोजन दिया जा रहा था।...ऐसे में वे किसी की शिकायत भी क्या करते ? ...पर फिर भी जैसे प्रतिक्षण उनका दम घुटता रहता था। उन्हें लगता था कि उनकी साँस रुक रही है। स्वच्छ वायु के लिए उनके फेफड़े तड़प रहे हैं; किंतु इस घर के परिवेश में वे साँस लेना भी नहीं चाहते थे। उन्हें लग रहा था कि औषध और पथ्य का समुचित प्रबंध होने पर भी वे यहाँ रहकर कभी स्वस्थ नहीं हो सकते। चारों ओर ऐसे कीटाणु थे, जो उनके प्रति मित्रता जताते थे, किंतु वस्तुतः वे अखंडानन्द को चिढ़ा जाते थे। उनके मध्य अखंडानन्द स्वस्थ नहीं रह सकते थे। प्रातः की ईशोपासना में उन्हें किसी प्रकार की कठिनाई नहीं थी। वे ईश्वर के प्रति कृतज्ञ थे। किसी भी नाम और किसी भी रूप में वे उसकी उपासना कर सकते थे।...किंतु वे जानते थे कि जिस रसोई में उनके स्वास्थ्य के लिए हितकारी पथ्य पकाया जा रहा था, उसी में गो-मांस भी पकता था। शूकर-मांस की गंध तो ऐसे बस गई थी कि कभी जाती ही नहीं थी। खाने की मेज पर जैसे मांस की गंध और रंग चिपक गए थे। खाना पकाने और परोसने वाला वह खानसामा सफाई का तनिक भी ध्यान नहीं रखता था।...घर में आने-जाने वाले लोग प्रायः जानबूझकर उनके सम्मुख हिंदुओं के अंधविश्वासों और उनके नैतिक पतन की घोषणाएँ ही नहीं करते थे, उनका उपहास भी करते थे। उनके यहाँ आने वाली स्त्रियों की वेशभूषा अखंडानन्द को लज्जित करती थी। उनका पुरुषों की कटि में हाथ डाले आना-जाना और परस्पर एक-दूसरे को सदा सहलाते रहना...मदिरा का खुला सेवन...अखंडानन्द को लगता था कि उनके चारों ओर विषाक्त कीटाणु रेंग रहे हैं।

वे बड़े द्वंद्व में थे।...हृदय बाबू ने कृपापूर्वक उन्हें अपने घर में ठहरने का स्थान दिया था। उनके लिए औषधियों और पथ्य का प्रबंध किया था। उसके लिए स्वामी को उनसे प्रार्थना करनी पड़ी थी। स्वामी उनके कृतज्ञ थे। परिवार के सब ही लोग इतने सदय थे, किंतु परिवार में आने वाले मित्र-परिचित यह जताए बिना नहीं रहते थे कि इतनी सदाशयता किसी हिंदू में नहीं होती। यह तो ईसा के शिष्यों की ही करुणा थी कि उन्होंने एक रुग्ण विधर्मी संन्यासी को अपने घर में आश्रय दिया था। ऐसे में अखंडानन्द न वहाँ रह सकते थे और न वहाँ से जा सकते थे। उन्हें लगता था कि उन्हें एक ऐसे स्वर्ग में डाल दिया गया है, जहाँ की वायु उनके लिए विषाक्त है। यहाँ रहकर चाहे उनकी मृत्यु न हो, किंतु वे विक्षिप्त अवश्य हो जाएँगे। न वे जी सकेंगे और न मर सकेंगे। इससे तो कहीं अच्छा है कि वे अपने गुरुभाइयों के साथ रहें, चाहे उनकी मृत्यु ही क्यों न हो जाए।...

अपने मन की बात वे हृदय बाबू से कहना तो दूर, स्वामी से भी नहीं कह सकते थे। वे अपने पलंग पर कुछ इस ढंग से बैठे हुए थे, जैसे उठकर जाना चाहते हों, किंतु पलंग उन्हें छोड़ न रहा हो। ऐसे में हृदय बाबू आ गए।

"क्या बात है ? कहीं जाना चाहते हैं ?"

"सोच रहा था, कुछ देर बाहर टहल आता।" अखंडानन्द ने कहा।

"हाँ, यदि आप स्वयं को ठंड से बचा सकें तो टहलना आपके स्वास्थ्य के लिए अच्छा है।" हृदय बाबू बोले, "मैं चाहता हूँ कि आप अपने कमरे के एकांत में न रहें। मेरे परिवार के मध्य रहें। आपसे बाँग्ला बोलकर मैं अपने बच्चों को बाँग्ला का अभ्यास करवाना चाहता हूँ। नहीं तो वे अंग्रेजी ही बोलेंगे।"

"बाँग्ला नहीं बोलेंगे, तो हिंदी भी नहीं बोलेंगे ? अंग्रेजी बोलेंगे ?" अखंडानन्द चकित थे।

"उनकी माँ चाहती है कि वे अंग्रेजी ही बोलें। जब अपनी भाषा छूट रही है तो अपने धर्म की भाषा सीखें। हिंदी से हमारा क्या संबंध ?"

"वैसे तो अपने बच्चों के विषय में आपकी और आपकी पत्नी की इच्छा ही सर्वोपरि है; किंतु हम यह मानते हैं कि बाँग्ला और हिंदी सगी बहनें हैं। बंगाल से बाहर हम अपनी भाषा हिंदी ही मानते हैं। वह भारतमाता की बेटियों में से एक है और लाडली बेटी है। वैसे देहरादून की भाषा भी हिंदी ही है।"

"हिंदू रहता तो कदाचित् मैं भी आपके ही समान सोचता।" हृदय बाबू ने कहा, "किंतु एक ईसाई के रूप में शायद इस प्रकार सोचना संभव नहीं है। हमें भारतीय हिंदुओं से विदेशी ईसाई अधिक अपने लगने लगे हैं। इसीलिए अंग्रेजी विदेशी भाषा नहीं, अपनी भाषा लगने लगी है।"

अखंडानन्द को लगा कि वे अपना आवेश सँभाल नहीं पाएँगे, "ईसाई हो जाने से कोई अंग्रेज तो नहीं हो जाता। वैसे ईसा की भाषा अंग्रेजी नहीं थी। मूल बाइबल भी अंग्रेजी में नहीं लिखा गया था। अंग्रेजी में तो उसका अनुवाद ही है। कहीं अच्छा हो कि भारत के ईसाई हिंदी में बाइबल पढ़ें। आप बाइबल का बाँग्ला में अनुवाद क्यों नहीं करते ? आपकी भाषा भी बची रहेगी और आपका धर्म भी।"

"मेरी पत्नी इससे सहमत नहीं है।" वे बोले, "उसका मानना है कि प्रभु के पवित्र शब्दों का अनुवाद भारतीय भाषाओं में नहीं हो सकता। भारतीय भाषाओं की शिराओं में संस्कृत का रक्त बहता है, जो हिंदुओं की धार्मिक भाषा है। अनुवाद करने पर हम बाइबल को संस्कृत के दुष्प्रभाव से बचा नहीं सकेंगे।"

"आपकी पत्नी बहुत विदुषी हैं।" अखंडानन्द का मुँह कसैला हो आया, "अच्छा, मैं थोड़ी देर टहल आऊँ।"

उन्होंने हृदय बाबू की प्रतिक्रिया देखने का प्रयत्न नहीं किया और उठकर चले गए।

9

अखंडानन्द के मन में कुछ भी स्पष्ट नहीं था कि वे कहाँ जा रहे हैं। वे सचमुच ही टहलने के लिए निकले हैं या फिर वे हृदय बाबू से बातचीत को टालने के लिए घर छोड़कर भाग खड़े हुए हैं ? यदि टहलना ही होता तो दिशा और समय का कुछ तो ध्यान होता, किंतु वे तो जैसे किसी सम्मोहनावस्था में आगे बढ़ते जा रहे थे।...वे हृदय बाबू के कृतज्ञ थे; किंतु वे उनके घर को अपनी रुचि में तो नहीं ढाल सकते थे। वैसे भी जो व्यक्ति अपने परिवार में न रह सका हो और संन्यासी हो गया हो, वह

इस प्रकार के वातावरण में कैसे रह सकता है ? उनका अपना तर्क हृदय बाबू और उनके परिवार को दयालु, शिष्ट और सहृदय ही मानता था; किंतु वे अपने उस मन का क्या करते, जो बुद्धि की एक बात नहीं सुनता। वे अपनी परेशानी का ठीक-ठीक वर्णन भी नहीं कर सकते थे। उसके कारणों का विश्लेषण भी नहीं कर सकते थे, किसी को दोषी भी नहीं ठहरा सकते थे। बस, वे उस परिवेश में रह नहीं सकते थे···अपने स्वास्थ्य के लिए भी नहीं, अपने प्राणों के लिए भी नहीं।···

सहसा उन्होंने दृष्टि उठाकर देखा : वे उसी अधबने सीलन वाले मकान के सम्मुख खड़े थे, जहाँ उनके मित्र ठहरे हुए थे। चौकीदार अपने स्थान पर बैठा उनकी ही ओर देख रहा था।

"आ गए महाराज !"

"हाँ भैया ! आ गया।"

वे स्वयं नहीं समझ पा रहे थे कि 'आ गया' का अर्थ क्या था। क्या वे हृदय बाबू का घर छोड़कर यहाँ रहने के लिए आ गए थे या वे केवल टहलने के दौरान अपने गुरुभाइयों से मिलने आए थे ?···

स्वामी ने उन्हें देखा तो चकित रह गए, "अरे गंगा ! तुम यहाँ ? मैं तो तुमसे मिलने के लिए हृदय बाबू के घर जा रहा था।"

अखंडानन्द स्वयं को और नहीं रोक सके। बोले, "आप वहाँ न ही जाएँ तो ठीक है। मैं अब वहाँ रहना नहीं चाहता।"

"कारण ?"

"वहाँ पूर्णतः ईसाई परिवेश है और उसमें मेरा दम घुटता है।" अखंडानन्द ने कहा, "मैं उनमें से किसी की शिकायत नहीं कर रहा हूँ। बस, समझो कि जैसे पहाड़ पर रहना मेरे स्वास्थ्य के लिए अच्छा नहीं है, जैसे सीलन में रहना मेरे लिए हितकर नहीं है, वैसे ही हृदय बाबू के घर में रहना मेरे स्वास्थ्य, मेरे मन और मेरी आत्मा के लिए स्वास्थ्यकर नहीं है।"

स्वामी ने उस संदर्भ में और कुछ नहीं पूछा। कुछ देर मौन रहकर बोले, "तुम उन्हें बताकर आए हो कि तुम उनका स्थान छोड़ रहे हो ?"

"नहीं।"

"तो क्या कहकर आए हो ?"

"कहा कि टहलने के लिए जा रहा हूँ।"

"झूठ क्यों बोले? सत्य नहीं बता सकते थे? संन्यासी और मिथ्या भाषण !"

"मैं मिथ्या भाषण नहीं करता।" अखंडानन्द कुछ उत्तेजित थे, "वहाँ से निकला था तो स्वयं नहीं जानता था कि मैं उनका स्थान सदा के लिए छोड़ रहा हूँ। एक आवेश में टहलने के लिए निकला था और सचेत तब हुआ, जब यहाँ पहुँच गया। यहाँ आ जाने के पश्चात् अब मैं पुनः उनके घर में लौट जाने की बात सोच भी नहीं सकता। इसमें मिथ्या भाषण कहाँ है ? कहो तो अब जाकर उनको बता आऊँ कि मैंने उनका घर छोड़ दिया है।"

"नहीं, रहने दो। इस स्थिति में तुम्हारा उनके घर जाना उचित नहीं है। तुमने मिथ्या भाषण नहीं किया। किंतु उन्हें सूचित करने के लिए मुझे तो जाना ही पड़ेगा। नहीं तो हम कृतघ्न कहलाएँगे।"

स्वामी हृदय बाबू के घर पहुँचे तो देखा कि उनसे मिलने के लिए दो पादरी आए हुए थे।

हृदय बाबू ने स्वामी का स्वागत किया, "आपके गुरुभाई तो सुबह से ऐसे टहलने गए हैं कि अभी तक लौटे ही नहीं हैं। कहीं समाधि लगाकर तो नहीं बैठ गए ?"

पादरियों ने स्वामी के संन्यासी वेश को देखा तो उनकी आँखों में परायापन झाँकने लगा। उसमें हृदय बाबू के लिए थोड़ा तिरस्कार भी था।

"ये कलकत्ता में मेरे कॉलेज के सहपाठी रहे हैं—नरेन्द्रनाथ दत्त।" हृदय बाबू ने बताया, "अब संन्यासी हो गए हैं। वे इनके ही गुरुभाई हैं—अखंडानन्द, जो हमारे साथ ठहरे हुए हैं।"

"क्या लाभ है उस शिक्षा का, जिसके पश्चात् भीख माँगनी पड़े !" एक पादरी बोला, "और क्या लाभ उस धर्म का, जिसके प्रचारक बनकर अपने एक रोगी साथी की चिकित्सा के साधन भी न जुटा सकें !"

स्वामी ने उसकी ओर देखा, "शिक्षा को हम अर्थोपार्जन का साधन नहीं मानते और संन्यास धारण कर हम न धन कमाते हैं और न धर्म का प्रचार करते हैं।"

"तो क्या करते हैं ?" दूसरा पादरी विषाक्त स्वर में बोला, "एक साथी के अस्वस्थ हो जाने पर ईसाई घरों में आश्रय खोजते हैं ?"

"पादरी और संन्यासी में बहुत अंतर है।"

"क्या अंतर है कि हम अलग-अलग धर्मों के संन्यासी हैं ?"

"तुम पादरी बनकर आर्थिक सुरक्षा पाते हो, क्योंकि तुम एक चर्च के प्रचारक हो। उनके नौकर हो।" स्वामी का स्वर भी बहुत कोमल नहीं रह गया था, "संन्यासी किसी की नौकरी नहीं करता। वह प्रभु के मार्ग का यात्री है। उसके हाथ का यंत्र है।"

"बहुत ऊँचे मत उड़ो।" उनमें से एक ने कहा, "किसी न किसी का आसरा तो सबको चाहिए ही। लगता है, तुम्हारे पास कोई आसरा नहीं है। प्रभु ईसा की शरण में आ जाओ तो तुम्हें भी हृदय बाबू के समान किसी अच्छे स्कूल में शिक्षक की सम्मानजनक नौकरी मिल सकती है। ऊँची कक्षाओं को न सही, चौथी तक के बच्चों को तो पढ़ा ही लोगे।" उसने रुककर स्वामी को चुनौती-भरी दृष्टि से देखा, "तुमने किसी ईसाई पादरी को अपने समान भीख माँगते देखा है ? जिसके पास खाने को ही न हो, वह ईश्वर की चर्चा क्या करेगा ?"

"ईसा मसीह किसकी नौकरी करते थे ?" स्वामी ने उसकी आँखों की चुनौती को वहीं कुचल दिया, "या वे धर्म के मार्ग पर नहीं चल रहे थे ?...हम संन्यासी हैं। हमने अपना सब कुछ ईश्वर पर छोड़ रखा है। हम ईश्वर पर निर्भर हैं। धन कमाना होता तो किसी सेठ-साहूकार के पास गए होते। ईश्वर से तो हम यही माँगते हैं कि हमें धन से मुक्ति दे।"

"तो फिर अपने गुरुभाई को लेकर प्रभु ईसा के एक अनुयायी के घर क्यों आए थे ? इसलिए कि हिंदुओं के मन में रोगियों और असहायों के लिए करुणा नहीं होती। कष्ट में कोई किसी की सहायता नहीं करता।"

"हिंदुओं ने संसार-भर के असहायों को अपने देश में आश्रय दिया है। संसार का थोड़ा-सा इतिहास पढ़ लो।" स्वामी बोले, "अपने गुरुभाई को लेकर मैं न तो तुम्हारे चर्च गया था और न ही एक ईसाई के घर आया था। मैं उसे अपने एक मित्र के पास लाया था। हम तुम्हारे समान धर्म के व्यापारी नहीं हैं, इसलिए न तो धन का गणित करते हैं और न ही देखते हैं कि कितनी संख्या में हमने दूसरे धर्मावलंबियों का धर्मांतरण किया। तुम लोग धर्म का प्रचार नहीं करते, अपने दल का

संगठन करते हो। ईश्वर के जीवों को मिलाते नहीं हो, उनका विभाजन करते हो। मनुष्य को मनुष्य के रूप में न देखकर उन्हें हिंदू, मुसलमान और ईसाई के रूप में देखते हो। कहने को कहते रहो कि भगवान् एक है, किंतु तुम्हारे मन में ईसाई गॉड, मुसलमान अल्लाह और हिंदू ईश्वर की ही अवधारणा है। तुम धर्म का प्रचार नहीं कर रहे, अपना गिरोह तैयार कर रहे हो।''

''गिरोह डाकुओं का होता है।'' पादरी ने बड़ी कटुता से कहा।

''जानता हूँ।'' स्वामी ने हृदय बाबू की ओर देखा, ''मुझे खेद है कि तुम्हारे घर में बैठकर मुझे ईसाई पादरियों के कृत्यों का विरोध करना पड़ रहा है। मैं तुम्हारे प्रति अपनी कृतज्ञता व्यक्त करने आया था। तुम्हें यह सूचना भी देनी थी कि अखंडानन्द अब लौटकर यहाँ नहीं आएँगे।''

''क्यों ?''

''उसका कारण तुम या तुम्हारा परिवार नहीं है।'' स्वामी बोले, ''वे यहाँ से रुष्ट होकर भी नहीं गए हैं। हम अब भी तुम्हारे कृतज्ञ हैं कि तुमने हमारी सहायता की। और मैं अब भी तुम्हें अपना मित्र मानता हूँ। हम फिर मिलेंगे।''

स्वामी ने हाथ उठाकर सबको आशीर्वाद दिया और बाहर निकल आए।...उन्हें अखंडानन्द की चिंता थी। उस सीलन-भरे मकान में उनका स्वास्थ्य और भी बिगड़ जाएगा। पर वे उन्हें वापस हृदय बाबू के घर जाने के लिए भी नहीं कह सकते थे। जिस विष से वे भागकर आए थे, उस प्रदूषण का अनुभव स्वामी को इतनी ही देर में हो गया था।

...अखंडानन्द के लिए कोई प्रबंध तो करना ही होगा।

सहसा स्वामी का मन एक प्रकार के आनंद से भर उठा। वे तो अखंडानन्द के लिए इस प्रकार चिंतित हो रहे हैं, जैसे अखंडानन्द ने उनके भरोसे संसार में जन्म लिया है और उनका पालन-पोषण वे ही कर रहे हैं। अखंडानन्द भी उसी ईश्वर के जीव हैं, जिसके जीव स्वयं स्वामी हैं। अखंडानन्द भी उसी ठाकुर के शिष्य हैं, जिनके शिष्य स्वयं स्वामी हैं। जाने ईश्वर के मन में क्या है ? यदि अखंडानन्द के लिए कोई और प्रबंध न हुआ होता तो वे हृदय बाबू का घर छोड़कर इस प्रकार न चले आते।

स्वामी नगर-भर का चक्कर लगाकर लौटे तो देखा, उनके गुरुभाई बड़ी शांति से सामूहिक रूप से अपने गुरु का नाम-जप कर रहे थे। वहाँ किसी प्रकार की चिंता का लेश भी नहीं था।... स्वामी भी जाकर उनके साथ बैठ गए।

नाम-जप पूरा हुआ तो तुरीयानन्द बोले, ''मुझे आज नगर में गुप्तचर विभाग का पुलिस वाला अपना वह भक्त मिल गया था। उससे चर्चा हुई तो उसने बताया कि वह एक वकील को जानता है, जो साधु-संतों की कुछ सेवा करने का इच्छुक है। वकील कश्मीरी ब्राह्मण है—पंडित आनन्दनारायण। मैं उससे मिलने चला गया था। मैंने उसे बताया कि हम किसी ऐसे व्यक्ति को खोज रहे हैं, जो हमारे एक अस्वस्थ साथी की देखभाल का प्रबंध कर सके। उसने विस्तार से सब कुछ पूछा और बोला कि वह अस्वस्थ संन्यासी को अपने घर में तो नहीं रखेगा, क्योंकि उससे संन्यासी और परिवार वालों—दोनों को ही असुविधा हो सकती है; किंतु वह संन्यासी के रहने की व्यवस्था कर देगा।''

''घर में नहीं ठहराएगा और रहने की व्यवस्था भी कर देगा ?'' स्वामी ने पूछा।

''वह एक छोटा मकान किराए पर ले देगा, जिसमें वह अस्वस्थ संन्यासी की देखभाल का सारा प्रबंध कर देगा।''

अगले ही दिन पंडित आनन्दनारायण उनके पास आए और अखंडानन्द को अपने साथ लिवा ले गए। स्वामी ने स्वयं जाकर सारा प्रबंध देखा। यह मकान आनन्दनारायण के अपने घर के निकट ही था। अखंडानन्द के लिए पथ्य उनकी अपनी रसोई में ही बनता था। उनका नौकर समय-समय पर अखंडानन्द की आवश्यकताएँ पूछ जाता था और उसकी व्यवस्था कर जाता था।

स्वामी और उनके साथियों को देहरादून में तीन सप्ताह हो गए थे। अखंडानन्द को आनन्दनारायण के मकान में पर्याप्त विश्राम और एकांत मिला। वे स्वस्थ हो रहे थे। अखंडानन्द की देखभाल की व्यवस्था हो जाने पर स्वामी और उनके गुरुभाइयों का देहरादून में और ठहरना अब आवश्यक नहीं रह गया था। वे यह भी समझ रहे थे कि इस प्रकार अनिश्चित काल तक वे यहाँ बैठे नहीं रह सकते। अखंडानन्द की अवस्था अब ऐसी नहीं थी कि स्वस्थ होकर वे उनके साथ पहाड़ों की यात्रा पर चल पड़ते। पहाड़ों पर रहकर वे पुनः अस्वस्थ हो सकते थे। अतः उनको दूसरी ही दिशा में यात्रा करनी थी।

"गैंजेस ! मेरा विचार है कि अब जब तुम स्वयं को स्वस्थ अनुभव करो, इलाहाबाद चले जाओ। प्रयागराज वैसे भी तीर्थों का सिरमौर है। तुम्हारे इस रोग में वहाँ की जलवायु तुम्हें बिना औषध के ही ठीक कर देगी। वहाँ मेरे मित्र हैं। मैं उनके नाम तुम्हें पत्र दे देता हूँ और उन्हें भी सूचित कर देता हूँ। तुम्हारा उपचार भी हो जाएगा और तुम प्रयागराज में तपस्या भी कर सकोगे।" स्वामी ने कहा, "वैसे कृपानन्द तुम्हारे साथ रहेंगे। हम प्रयत्न करेंगे कि सीधे अथवा मठ के माध्यम से तुम्हारे संपर्क में रहें।"

"मेरा तुम्हारे साथ हिमालय क्षेत्र में यात्रा करना स्वप्न ही रह गया।" अखंडानन्द बोले, "पता नहीं मेरा यह ब्रॉण्काइटिस मुझे कभी हिमालय की ओर देखने भी देगा या नहीं।...."

"अरे अमृत संतान ! तुम कैसी निराशा की भाषा बोल रहे हो ! हम भी हिमालय पर कितने दिन रहेंगे ?" स्वामी बोले, "लौटकर आते हैं और तुमसे मिलते हैं। तुम प्रसन्न मन से प्रयागराज जाओ।"

"और तुम लोग ?"

"हम लोग ऋषिकेश जाकर तपस्या करेंगे। देखें, कितने दिनों तक हमारा क्रम चल पाता है। जैसी ठाकुर की इच्छा होगी, वैसा ही होगा।" स्वामी बोले।

अखंडानन्द को इस प्रकार स्वामी से बिछुड़ना अच्छा नहीं लग रहा था; पर वे कर ही क्या सकते थे ? न वे स्वामी के साथ जा सकते थे और न ही अपने स्वार्थ-हित उन्हें रोक सकते थे। वे कृपानन्द के लिए भी चिंतित थे। उन्हें अखंडानन्द के कारण ही स्वामी का संग छोड़ना पड़ रहा था। पर एक तो यह स्वामी का आदेश था और दूसरे रोगी की सेवा को भी कृपानन्द तपस्या ही मान रहे थे।

10

ऋषिकेश के निकट के जंगल में तुरीयानन्द, कृपानन्द और शारदानन्द बाँस काट रहे थे।

अखंडानन्द प्रयागराज न जाकर अपने एक मित्र के पास सहारनपुर चले गए थे, अतः कृपानन्द पुनः स्वामी के पास लौट आए थे। उन्हें ऋषिकेश में आए हुए कुछ दिन हो चुके थे। गंगा के तट पर, चंदेश्वर महादेव के मंदिर के पास, उन्होंने एक कुटिया बना ली थी और उसमें रहकर वे लोग कठिन तपस्या कर रहे थे। मधुकरीवृत्ति से खाने को जो मिल जाता था, उसी पर संतोष कर लेते थे। किंतु दो-तीन दिनों से उन्हें लगने लगा था कि उनके द्वारा बनाई गई कुटिया उन सब के लिए कुछ ज्यादा ही छोटी थी। यद्यपि वे चारों उसमें लेट भी सकते थे, सो भी सकते थे; किंतु उसमें इतना स्थान नहीं था कि एक व्यक्ति के लेट जाने पर उसे असुविधा में डाले बिना शेष का चलना-फिरना भी संभव हो सके। तभी से वे कुटिया को कुछ बड़ा करने के विचार को अपने मन में पाल रहे थे"'किंतु प्रातः से वे लोग अपने-अपने स्थान पर जाकर ध्यान इत्यादि करने लगते थे तो न बाँस काटने के लिए जाना संभव हुआ और न कुटिया का आकार ही कुछ बढ़ा। आज प्रातः से स्वामी को कुछ हलका ज्वर था।"'बीच-बीच में उन्हें ज्वर हो जाता था। कर्णप्रयाग से चलने के पश्चात् से वे पूरी तरह स्वस्थ कभी भी नहीं हुए थे। यद्यपि वे अपनी दिनचर्या का पूरा निर्वाह कर रहे थे।

आज ज्वर इतना था कि वे बैठ नहीं पा रहे थे। वे लेटे हुए थे। ऐसे में उनके गुरुभाई द्विविधा में थे कि वे स्वामी के पास रहकर उनकी देखभाल करें अथवा अपनी-अपनी तपस्या के लिए गंगा-तट पर चले जाएँ।"'तभी उन्होंने निर्णय किया कि वे वन से बाँस काट लाएँ, ताकि वे स्वामी के निकट भी रहें और कुटिया का निर्माण भी कर लें। स्थान बन जाएगा तो स्वामी चाहे लेटे रहें, वे लोग भी कुटिया में ध्यान तो कर ही सकते हैं।

बाँस काटने के लिए उन्हें कुल्हाड़ी की आवश्यकता थी। पहले उसका प्रबंध करना आवश्यक था। आसपास कोई गृहस्थ तो था नहीं। वहाँ तो साधुओं और संन्यासियों का ही समाज था। त्रिशूल तो कई लोगों के पास थे, किंतु कुल्हाड़ी कहाँ से मिलती। संयोग ही था कि दो-एक लोगों से चर्चा करने पर उन्हें साधुओं के ठिकाने में से ही एक कुल्हाड़ी और एक गँड़ासा मिल गया। संभवतः उन लोगों ने ये उपकरण ऐसे ही समय के लिए अथवा आत्मरक्षा के लिए अपने पास रख छोड़े थे। पर उसके विषय में उनसे कुछ भी पूछने का अवसर नहीं था; और पूछकर करना भी क्या था ? उन्हें अपनी कुटिया के विस्तार के लिए बाँस काटने थे, कोई पुलिसिया पूछताछ तो करनी नहीं थी।

शारदानन्द ने कुल्हाड़ी एक ओर रखी और अपनी भुजा को सहलाया।

"अब इस प्रकार का परिश्रम करने का बहुत सामर्थ्य नहीं रहा।" वे बोले, "और यह भी लगता है कि अल्मोड़ा से यहाँ तक की यात्रा हमने शुभ मुहूर्त में आरंभ नहीं की।"

"किस रुग्ण क्षण में हम चले थे !" कृपानन्द बोले, "मुझे अपनी डायरी में लिख लेना चाहिए कि 5 सितंबर, 1890 हमारे लिए अच्छा मुहूर्त नहीं था।"

"अर्थात् जिस दिन तुम लोग अल्मोड़ा से चले ?" तुरीयानन्द ने पूछा।

"हाँ।" शारदानन्द बोले, "कर्णप्रयाग में मुझे और कृपानन्द को उदर रोग हो गया।"

"पर उसमें भी यह रोचक तथ्य छिपा है कि हमें कर्णप्रयाग के सरकारी चिकित्सक ने आश्रय दिया था। अतः हम चिकित्सक का आश्रय पाकर रुग्ण हो गए।"

"यह तो वैसा ही है, जैसे देहाती लोगों को यह मालूम होने पर कि कहीं से शक्तिवर्धक औषध मिल सकती है, उन्हें अपने शरीर में दुर्बलता लगने लगती है।" तुरीयानन्द बोले।

"हाँ, पर हम देहाती नहीं हैं, चतुर नागरिक हैं।" शारदानन्द ने कहा, "हम ऐसे स्थान पर अस्वस्थ हुए, जहाँ चिकित्सा की सुविधा थी।"

"इसका अर्थ यह हुआ कि जहाँ जाओ, वहाँ किसी चिकित्सक का ही आश्रय लो, ताकि यदि कोई रोग हो तो उसका उपचार हो सके।"

"नहीं, इसका अर्थ है कि जहाँ चिकित्सा की सुविधा हो," शारदानन्द बोले, "वहीं अस्वस्थ हो लो और उसकी चिकित्सा करवा लो, अन्यथा स्वस्थ रहो।"

"पर स्वामी ने गढ़वाल-यात्रा की योजना तो इसलिए बनाई थी कि वहाँ अधिक एकांत होगा तथा हम लोग हिमालय के और भी पवित्र क्षेत्रों में पहुँच जाएँगे।" कृपानन्द बोले, "जहाँ तक मैं समझता हूँ कि वे बद्रिकाश्रम और केदारनाथ जाना चाहते थे।"

"यह भी ठीक है, पर यह भी उतना ही सत्य है कि उनके मन में संन्यासी के कर्तव्य और अपने परिवार के प्रति दायित्व में एक भयंकर द्वंद्व छिड़ा हुआ था।" शारदानन्द बोले, "यदि वे गढ़वाल-यात्रा के व्याज से ईश्वर की ओर नहीं बढ़ते तो उनके कलकत्ता की ओर बढ़ जाने का संकट था। बहन की आत्महत्या ने नरेन्द्र को हिलाकर रख दिया है।"

"पीड़ा तो होती ही है।" कृपानन्द ने कहा, "उन्हें अपने भाई-बहनों में से योगेन्द्र कदाचित् सबसे अधिक प्रिय थी।"

"बात केवल योगेन्द्र की नहीं है, उस कष्ट की है, जिसके कारण योगेन्द्र ने आत्महत्या की।" शारदानन्द बोले, "यदि वह पूर्णायु होकर जाती अथवा किसी रोग के कारण देह छोड़ती तो और बात थी। वह तो मानव द्वारा निर्मित परिस्थितियों के कष्ट को सहन नहीं कर पाई और उसने प्राण त्याग दिए।"

"स्वामी अपनी बहन के माध्यम से सारी नारी जाति की असहायता का अनुभव कर दुखी हैं।"

"योगेन्द्र का यह बलिदान व्यर्थ नहीं जाएगा।" तुरीयानन्द बोले, "वह स्वामी को ऐसी पीड़ा देगा कि स्वामी सारी नारी जाति का हित करने के लिए कुछ न कुछ असाधारण कार्य करेंगे।"

"इसे कौन अस्वीकार कर सकता है; किंतु यह सारी तपस्या भी तो उसी पीड़ा से मुक्त होने के लिए है। उस सत्ता के निकट जाने के लिए है, जहाँ कोई पीड़ा नहीं होती।" कृपानन्द बोले।

"ठीक कहते हो, किंतु ईश्वर का प्रेम हमको जीव के कष्ट के प्रति असंवेदनशील नहीं बनाता। वह तो संसार की पीड़ा मात्र को अपनी पीड़ा मानता है।" शारदानन्द ने कहा, "और ईश्वर से प्रार्थना करता है कि सबको पीड़ा से मुक्ति दे। औरों का कष्ट देख गुरुदेव को कितनी पीड़ा होती थी। वे वह सारी पीड़ा स्वयं ले लेते थे। महात्मा बुद्ध ने भी तो सबकी पीड़ा हरण करने के लिए ही तपस्या की थी।"

"अच्छा, कर्णप्रयाग के पश्चात् क्या हुआ ?" तुरीयानन्द ने पूछा।

"कर्णप्रयाग के पश्चात् मार्ग में स्वामी और अखंडानन्द अस्वस्थ हो गए।" कृपानन्द ने

बताया, "वहाँ सड़क-किनारे किसी ने कभी एक आश्रय बनाया था। उस समय वह खाली पड़ा था। हम उसी में ठहर गए।"

"कितने दिन ?"

"एक सप्ताह।" शारदानन्द बोले, "वहीं सूचना मिली कि आगे के क्षेत्र में अकाल पड़ा हुआ है, इसलिए सरकार ने बद्रिकाश्रम और केदारनाथ जाने वाली सड़क बंद कर दी है। हम लोग श्रीनगर की ओर मुड़ गए। वह यात्रा बड़ी सुखद थी। मार्ग में झरने, कुल्याएँ, सघन वन, शांति, एकांत और पर्वतों पर युग-युगों से जमा वह अक्षय हिम देख-देखकर हम सब ही प्रसन्न थे, किंतु स्वामी तो जैसे उससे स्वस्थ हो गए थे। उन्हें न कोई शारीरिक कष्ट शेष रह गया था, न मानसिक। बहन की आत्महत्या के विषाद को प्रकृति के सौंदर्य ने धो डाला था।"

"रुद्रप्रयाग में हमें एक बंगाली संन्यासी पूर्णानन्द मिले।" कृपानन्द ने कथा का सूत्र अपने हाथ में ले लिया, "हम उन्हीं के पास ठहर गए।"

"ठहरे क्यों ? यात्रा जारी क्यों नहीं रखी ?" तुरीयानन्द ने पूछा, "श्रीनगर से पहले रुकने का क्या अर्थ ?"

"अब यह कहना कठिन है कि हम ठहर गए या प्रकृति ने हमें वहाँ कीलित कर दिया।" शारदानन्द बोले, "स्वामी और अखंडानन्द का ज्वर फिर से लौट आया था।"

"या एक बंगाली संन्यासी का आश्रय पाकर उन्होंने अपना ज्वर लौटा लिया था !" तुरीयानन्द मुस्करा रहे थे।

"हमने शायद यात्रा करने में जल्दी मचा दी थी। वे लोग अभी पूर्णतः स्वस्थ नहीं हुए थे। न उन्हें पूर्ण विश्राम मिला था, न पथ्य। वस्तुतः स्वामी ही बहुत आतुर थे, आगे बढ़ने के लिए।" शारदानन्द बोले, "वैसे अखंडानन्द ने हिमालय की बहुत यात्रा की थी और हिमालय क्षेत्र में रहे भी बहुत थे, किंतु नैनीताल में ठंडे पानी में नहाकर जो भूल उन्होंने की थी, उसका उन्हें बहुत दंड भुगतना पड़ा। शरीर दुर्बल हो तो तपस्या भी भारी पड़ जाती है।"

"पूर्णानन्द के पास कुछ औषधियाँ थीं क्या ?"

"नहीं, उनके पास नहीं थीं। किंतु वहाँ के सदर अमीन ब्रह्मदत्त जोशी उन दिनों दौरे पर आए हुए थे और वहीं निकट ही उनका पड़ाव था।" शारदानन्द ने बताया, "उन्होंने कुछ आयुर्वैदिक औषधियाँ दीं। और सबसे बड़ी सहायता यह की कि स्वामी की स्थिति कुछ सुधरने पर उन्हें डांडी पर वहाँ से नौ मील दूर श्रीनगर भिजवा दिया। श्रीनगर में हमने कुलियों को छोड़ दिया और अलकनन्दा के तट पर एक कुटिया में रहने लगे। अब बताओ तो भला, वह कुटिया किसने बनाई थी ?"

"मैं क्या जानूँ !" तुरीयानन्द ने कुछ चकित होकर कहा, "न मैं तुम्हारे साथ था और न मैं कोई अंतर्यामी हूँ।"

"वह तुमने बनाई थी।" शारदानन्द बोले, "वहाँ हमें कुछ कागज मिले थे, जिन पर तुम्हारे हस्तलेख में कुछ मंत्र लिखे हुए थे।"

"ओह ! तुम लोग भी वहाँ ठहरे !" तुरीयानन्द हँस पड़े, "वह कुटिया मैंने बनाई नहीं थी, किंतु उसे ठीक-ठाक कर कुछ दिन मैं उसमें रहा अवश्य था। मुझे भी वह वैसे ही बनी हुई मिल गई थी।"

"हम लोग डेढ़ मास वहाँ रहे।"

''मधुकरी के बल पर ?'' तुरीयानन्द ने पूछा।

''और नहीं तो क्या !'' कृपानन्द बोले, ''उन दिनों अपनी साधना के साथ-साथ स्वामी के संग उपनिषदों की चर्चा होती थी। उसमें ऐसा आनंद आता था कि न तो उस क्रम को तोड़ने का मन होता था और न कहीं और जाने का।''

''स्वामी से उपनिषद् पढ़ने की मेरी भी बहुत इच्छा है।'' तुरीयानन्द बोले, ''उपनिषदों के कुछ स्थलों पर तो मैं उलझकर रह जाता हूँ; किंतु यह भी मानता हूँ कि उससे उच्चतर ज्ञान और कहीं नहीं है। वे साक्षात् ब्रह्म-विद्या के ग्रंथ हैं। कैसे साधक रहे होंगे वे लोग, जिन्होंने उन मंत्रों के दर्शन किए।''

''हमारा सौभाग्य ही था कि स्वामी हमारे साथ थे और उपनिषदों की चर्चा करने की मानसिकता में थे।'' कृपानन्द ने कहा, ''कठोपनिषद् के अंत में आता है न कि एक शिष्य गुरु से कहता है कि 'गुरुदेव ! उपनिषद् कहें।' गुरु कहते हैं, 'मैं अब तक उपनिषद् ही तो कह रहा था; किंतु उपनिषदों को समझने के लिए तपस्यापूत हृदय चाहिए, थोड़ा विवेक और वैराग्य चाहिए।' तो अपने गुरु की कृपा से उतनी तपस्या तो हमने कर ही ली थी; उस पर समझाने वाले स्वामी।''

''हमने तो थोड़ी साधना ही की है।'' शारदानन्द बोले, ''मुझे लगता है, स्वामी ने तो उपनिषदों को अपने जीवन में उतार लिया है। उन्होंने साक्षात् जिया है उपनिषदों को।''

''श्रीनगर में एक मजे की बात हुई।'' कृपानन्द ने मन ही मन उसका आनंद लेते हुए कहा, ''....''

शारदानन्द ने उनको रोक दिया, ''हम बातें अधिक कर रहे हैं। बाँस भी तो काटने हैं।''

''मैं बाँस काटता हूँ।'' तुरीयानन्द ने कुल्हाड़ी चलाई, ''हाँ ! तो मजे की क्या बात हुई ?''

''श्रीनगर में हमें एक अध्यापक मिले, जो कुछ ही दिन पहले ईसा की शरण में चले गए थे...।''

''ईसा की शरण में या पादरियों की शरण में ?'' तुरीयानन्द ने पूछा।

''गए तो बेचारे पादरियों की शरण में ही थे, किंतु मानते यह थे कि ईसा की शरण में गए हैं।'' कृपानन्द बोले, '' वे किसी ऐसे समय में हमसे आ मिले, जब स्वामी उपनिषदों की चर्चा कर रहे थे। वे सज्जन अभिभूत होकर स्वामी को सुनते बैठे रहे। अंत में विदा होते हुए बोले, 'ऐसा गौरवपूर्ण है हिंदू धर्म और मैं उसे क्या समझा था। इन पादरियों ने मुझे खूब मूर्ख बनाया।'

'' 'पर अब क्या हो सकता है !' स्वामी ने कहा, 'अब तो मूर्ख बन ही चुके। देखो, पागलपन का भी उपचार हो सकता है, किंतु मूर्खता का कोई उपचार नहीं है।'

'' 'मूर्ख तो बना, किंतु ऐसा मूर्ख भी नहीं बना, जिसका कोई उपचार ही न हो।' वे बोले, 'मैं फिर से हिंदू बन सकता हूँ। मैं प्रायश्चित्त करूँगा।'

'' 'और यदि हिंदू समाज ने आपको स्वीकार ही न किया तो ?' स्वामी ने उसे छेड़ा।

'' 'धर्म मन की आस्था की बात है, समाज की स्वीकृति की नहीं।' वे बोले, 'मेरा मन हिंदू है तो मैं हिंदू हूँ।' वे रुक गए, 'सबसे पहले तो आप मुझे स्वीकार करें। आप लोग मेरे घर में आकर रहें। मेरा आतिथ्य स्वीकार करें।'

'' 'वह तो आपके ईसाई रहते भी हम कर सकते थे।' स्वामी ने कहा, 'अपने घर में हमें आश्रय देने के लिए आपका हिंदू होना आवश्यक नहीं है।'

" 'जानता हूँ। यही तो हिंदू धर्म की महानता है।' वे बोले, 'फिर भी आप मेरा आतिथ्य स्वीकार करें। मैं अब भी ईसा को महान् आत्मा मान सकता हूँ; किंतु यह जानते हुए भी कि मैं एक मूर्खता कर बैठा हूँ, उस पर टिके रहना समझदारी नहीं है।' "

"तो आप लोग उनके अतिथि हुए !" तुरीयानन्द ने निष्कर्ष निकाला।

"हाँ, उसने हमारा बहुत सत्कार किया। पूर्णतः संतुष्ट होकर हम श्रीनगर से टिहरी की ओर बढ़े। अभी हम टिहरी से दूर ही थे कि अंधकार हो गया। यात्रा और आगे नहीं चल सकती थी। हम लोग निकट के गाँव में चले गए।" कृपानन्द ने बताया।

"ओ बाबा !" शारदानन्द जैसे अपने आप से बोले, " वह रात बड़ी भयंकर थी। चारों ओर अंधकार। एक उजड़ा-सा लगने वाला सुनसान गाँव। सब लोग घरों में बंद। सबके कपाट निषेध की मुद्रा में अड़े हुए। सारे गाँव में एक भी आदमी दिखाई नहीं दे रहा था। हम पूरा गाँव घूम आए, किंतु किसी ने कपाट नहीं सरकाया और न ही कोई बाहर आया। हम लोग बेहद थके हुए और भूखे थे। बड़े-बड़े संकटों में शांत रहने वाले हम संन्यासी ऐसे विचलित हो रहे थे कि यदि भोजन न मिला तो प्राण निकल जाएँगे। अल्मोड़ा के मार्ग में स्वामी के अचेत होने की चर्चा भी मैं सुन चुका था।... पर पता नहीं कैसा ग्राम था कि संन्यासी की इतनी पुकार पर भी किसी ने भिक्षा देना तो दूर, सूरत भी नहीं दिखाई।'

" जब हम हताश हो रहे थे तो अखंडानन्द ने कहा, 'एक मार्ग है।'

" 'क्या ?' हमने पूछा।

" अखंडानन्द ने बताया कि गढ़वाली भाषा में एक कहावत है कि—'गढ़वाली सरीखा दाता नाहीं। लात्ता बगैर देता नाहीं।' "

"तब ?" तुरीयानन्द की उत्सुकता बढ़ गई, "तुम लोगों ने किसी को पीटा ?"

"अरे नहीं।" कृपानन्द बोले, " हम अपने दंड लेकर जमीन पर पटकते हुए कई गलियों में घूम गए। अखंडानन्द ने चिल्ला-चिल्लाकर कहा, 'इस गाँव पर देवता कुपित हो गए हैं। उस गाँव में कोई जीवित कैसे रहेगा, जिसमें भूखे संन्यासियों को कोई एक मुट्ठी अन्न नहीं देता। जाओ, हम तुम्हें शाप देते हैं। यहाँ वर्षा नहीं होगी। खेत वंध्या हो जाएँगे। तुम्हारे कुएँ सूख जाएँगे।...'

" हमने देखा कि कुछ घरों के कपाट खुले। कुछ लोग साहस कर हाथ जोड़े हुए हमारे पास आए। उनके मुखों पर दीनता थी, 'महाराज ! ऐसा शाप न दो, जिससे ग्राम ही उजड़ जाए।...'

" 'तो संन्यासियों को एक समय का भोजन तो दो। नहीं तो चार संन्यासी भूखे मर जाएँगे।'

" उसके बाद भोजन आया। रात को ठहरने के स्थान का प्रबंध किया गया। " कृपानन्द ने बताया, " प्रातः जब हम चलने लगे तो ग्रामवासी विदा करते समय हाथ जोड़कर खड़े हो गए, 'महाराज ! अपना शाप फिरा लो।'

" अखंडानन्द ने स्वामी की ओर संकेत कर कहा, 'वे हमारे नेता हैं। उन्होंने तुम्हें कोई शाप नहीं दिया। इसलिए तुम्हारा अहित नहीं होगा। वैसे भी जब तुमने हमारी व्यवस्था कर दी तो हमने तुम्हें क्षमा कर दिया है।' ग्रामवासी संतुष्ट होकर चले गए। "

"अगले दिन हम टिहरी पहुँच गए।" शारदानन्द ले बताया, "वहाँ एक सुनसान वाटिका में परिव्राजकों के लिए बनाए गए दो कमरों में हम लोग ठहर गए। हम लोग वहाँ साधना करते थे

और भिक्षाटन के लिए नगर में जाया करते थे। टिहरी के दीवान बाबू रघुनाथ भट्टाचार्य थे।...''

''ये बंगाली लोग सब जगह कैसे पहुँचे हुए हैं ?'' सहसा तुरीयानन्द ने एक नया प्रश्न खड़ा कर दिया, ''वे लोग शेष भारतीयों से अधिक बुद्धिमान हैं क्या ? टिहरी में भी बंगाली दीवान !''

''बहुत अच्छा प्रश्न है।'' शारदानन्द किसी नेता के समान हँसे, ''अंग्रेज़ों ने पाश्चात्य शिक्षा का प्रबंध सबसे पहले कलकत्ता और मद्रास में ही किया था। इसलिए जहाँ-जहाँ आधुनिक पाश्चात्य शिक्षा पाए लोगों की आवश्यकता थी, वहाँ सबसे पहले बंगाली पहुँचे अथवा मद्रासी। इसी तर्क से रघुनाथ भट्टाचार्य टिहरी में दीवान हो गए।''

''तो उनसे हमारा परिचय हो गया। वे कलकत्ता के पंडित हरप्रसाद शास्त्री के बड़े भाई थे। उन्हें हमारा इस प्रकार एक सुनसान वाटिका के टूटे कमरों में रहना अच्छा नहीं लगा। उन्होंने हमारे लिए एक स्थायी प्रबंध करने का संकल्प किया।'' कृपानन्द बोले, ''पहले तो हमें अपने घर में आश्रय दिया और फिर गणेशप्रयाग अर्थात् गंगा और विलांगना नदियों के संगम पर हमारे लिए एक कुटिया बनवा दी। पर हम वहाँ अधिक देर टिक नहीं पाए। स्वामी अस्वस्थ तो नहीं थे, किंतु पूर्णतः स्वस्थ भी नहीं थे। और वहाँ अखंडानन्द को ब्रॉण्काइटिस का दौरा पड़ा। उन्हें टिहरी के स्थानीय चिकित्सक को दिखाया गया। चिकित्सक ने उन्हें पहाड़ों से नीचे मैदानी क्षेत्र में जाकर रहने का परामर्श दिया। हमें अपना सारा कार्यक्रम बदलना पड़ा। कहाँ तो हिमालय के ऊँचे से ऊँचे क्षेत्र में जाने की योजना थी और कहाँ एकदम ही हिमालय से नीचे उतार दिए गए।...''

''स्वामी के साथ प्रायः यह हुआ है।'' तुरीयानन्द बोले, ''वे एकांत खोजते हैं और ईश्वर द्वारा फिर समाज के भीतर धकेल दिए जाते हैं।''

''हाँ, कुछ ऐसा ही है।'' कृपानन्द ने कहा, ''रघुनाथ बाबू ने हमें देहरादून के सिविल सर्जन के नाम एक पत्र दिया। दो खच्चर दिए, ताकि स्वामी और अखंडानन्द को मसूरी तक पहुँचाया जा सके। मार्ग-व्यय के विचार से कुछ धन भी दिया।''

तुरीयानन्द ने कुल्हाड़ी रख दी और कटे हुए बाँसों की ओर देखा, ''मेरे विचार से तो ये पर्याप्त हैं। और वैसे भी संन्यासी को अधिक लोभ नहीं करना चाहिए।''

''हाँ, पर्याप्त हैं।'' शारदानन्द ने कहा, ''तुम इन्हें समेटो। मैं आगे की घटना भी बता देता हूँ। वैसे तुम्हें बताने को अब कुछ विशेष बचा नहीं है। देहरादून से पहले राजपुर में तो तुम हमें मिल ही गए थे।''

''हाँ !'' तुरीयानन्द ने बाँस समेटने आरंभ किए।

वे लोग बाँस लेकर कुटिया में लौटे तो स्वामी बेसुध-से पड़े थे। उनका ज्वर बहुत बढ़ गया लगता था। उनके गले में भी बहुत कष्ट था। उनका हाथ अचेतावस्था में भी अपने गले पर जा पड़ता था, जैसे साँस न ले पा रहे हों और गला घुट रहा हो। संभवतः उन्हें गलघोंटू रोग ने पकड़ लिया था।

''स्वामी यहाँ इस स्थिति में पड़े हैं और हम वहाँ मूर्खों के समान बाँस काटते रहे और किस्से-कहानियाँ कहते रहे।'' शारदानन्द बोले।

''इनके मुँह में थोड़ा गंगाजल डालो।'' तुरीयानन्द ने उनकी नाड़ी पकड़ी, ''नाड़ी बहुत मंद है और रुकती-सी लग रही है।''

''मैं किसी डॉक्टर को देखूँ ?'' कृपानन्द ने कहा।

"यहाँ पास ही अस्पताल है न कि तुम किसी डॉक्टर को ले आओगे।" शारदानन्द कुछ चिढ़कर बोले।

"नहीं, डॉक्टर लाने के लिए तो देहरादून जाना पड़ेगा।" तुरीयानन्द बोले, "मुझे तो लगता है कि इनकी नाड़ी थम चुकी है। हम बड़े मूर्ख हैं, हमें अपने साथ कुछ आवश्यक औषधियाँ रखनी चाहिए।"

"औषधालय और चिकित्सक भी साथ रखने चाहिए।" कृपानन्द बोले, "साधना के लिए निकले संन्यासी और राजा की सवारी में अंतर होता है।"

तुरीयानन्द की आँखों में अश्रु आ गए। वे भजन गाने लगे।

शारदानन्द ने स्वामी की कलाई थामी, "नाड़ी तो थम चुकी है। शरीर भी ठंडा हो रहा है। कहीं प्राण निकल ही तो नहीं गए ?"

कृपानन्द ने भी कलाई थामकर नाड़ी देखी और धीरे से कलाई भूमि पर रखकर जोर से चीत्कार कर रो पड़े। तुरीयानन्द और शारदानन्द को भी लगा कि वे अब स्वयं को रोक नहीं पाएँगे। उनका प्रिय नरेन्द्र उनके सामने धरती पर पड़ा था। उनके नीचे दो खुरदरे कंबल बिछे थे। ऊनी कपड़ों का इतना अभाव ! ऐसे बिस्तर पर सोया रोगी तो अपने प्राण त्यागेगा ही।…कैसे स्थान पर नरेन्द्र को पटककर इस रोग ने उनका दम घोंट दिया, जहाँ न कोई वैद्य है, न चिकित्सक कि वे लोग चिकित्सा का प्रयत्न तो करते। न सही प्रयत्न, नाटक ही करते। पर यहाँ तो…

वे तीनों रो रहे थे। बीच-बीच में किसी की हिचकी या चीत्कार का स्वर होता।…पर करने को कुछ नहीं था। वे लोग इस वन में आकर अपने प्रिय नरेन्द्र को खो चुके थे…

तभी एक औघड़ साधु ने कुटिया में प्रवेश किया, "काहे रोते हो भाई ?"

तीनों ने उसकी ओर देखा : वह साधारण साधुओं जैसा एक साधु था। जटाएँ और दाढ़ी बढ़ी हुई थीं और उसने स्वयं को सिर से पैर तक एक ही कंबल में लपेट रखा था। उसकी आँखों में प्रश्न ही नहीं, विरोध भी था, जैसे उन तीनों के रुदन ने उसकी समाधि में विघ्न डाला हो।

शारदानन्द ने स्वामी की ओर संकेत कर दिया।

"हमारे गुरुभाई चले गए।" तुरीयानन्द ने कहा।

"चले गए तो अपने घर पहुँच गए होंगे।" साधु ने स्वामी की नाड़ी जाँची और उनकी ओर मुड़ा, "कोई नहिं गवा। झुट्ठै शोर मत मचावा।"

उसने पूर्ण शांति के साथ अपने थैली के आकार के बटुए में से पीपल का चूर्ण निकालकर मधु में मिलाया और उसे बलात् स्वामी के कंठ में उँडेल दिया, "थोड़ी ठंड लग गई है तुम्हारे गुरुभैया को, और कुछ नहीं भया। ई झुट्ठै का रोना-धोना बंद करो।"

वह चला गया।

तीनों उसे जाते हुए देखते रहे। न उसे रोक सके, न कुछ कह सके। किंतु उन्होंने देखा कि स्वामी का शरीर अब उतना ठंडा नहीं था। उनकी नाड़ी लौट रही थी और क्रमशः वे स्वस्थ हो रहे थे।

स्वामी ने आँखें खोलीं और उनके होंठ हिले। शारदानन्द ने अपना कान उनके अधरों के निकट रखकर सुनने का प्रयत्न किया। वे कह रहे थे, "रोना-धोना छोड़ो, मैं ऐसे मरने वाला नहीं हूँ।"

उन्होंने अपने अश्रु पोंछ लिए और मुस्कराने का प्रयत्न किया। स्वामी पूर्णतः सचेत थे।

वे बोले, "तुम लोग दुखी हुए। मेरा उपचार कराने की बात भी सोची। डॉक्टर को पुकार रहे थे, पर ईश्वर को क्यों नहीं पुकारा ? मनुष्य डॉक्टर की इच्छा से मरता और जीता है क्या ?"

"हम तो ऐसे विचलित हुए कि भगवान् को भूल ही गए। तुरीयानन्द ने आरंभ में कुछ भजन गाए भी, पर हमारे अश्रु ही नहीं थम रहे थे।" कृपानन्द ने कहा।

"सुख के माथे सिल परे, नाम हृदय तें जाय। बलिहारी वा दुःख के, जो पल-पल नाम रटाय।" स्वामी बोले, "जिसे स्मरण रखना चाहिए था, उसे ही भूल गए।" उन्होंने रुककर सबको देखा, "प्रभु ने मुझे मेरी अचेतावस्था में दिखाया है कि मेरे इस जीवन का एक विशिष्ट प्रयोजन है। उसके पूरा हुए बिना न मुझे शांति मिलेगी और न मेरा यह शरीर छूटेगा। और कार्य पूरा हो जाने के पश्चात् यह शरीर रह नहीं सकता।" स्वामी की दृष्टि अपने गुरुभाइयों द्वारा लाए गए बाँसों पर पड़ी, "तो बाँस आ गए हैं। चलो, कुटिया का विस्तार करें।"

"वह सब हम कर लेंगे।" तुरीयानन्द बोले, "आप अभी बहुत दुर्बल हैं। आप विश्राम करें।"

11

दिसंबर का महीना था। मेरठ में शीत का प्रकोप चल रहा था। प्रातः का समय था। अभी यह निश्चित रूप से कहा भी नहीं जा सकता था कि आज भी सूर्यदेव के दर्शन होंगे या कुहरा ही छाया रहेगा। असिस्टेंट सिविल सर्जन डॉ० त्रैलोक्यनाथ घोष का द्वार खटका। नौकर ने द्वार खोला और द्वार पर इतने सारे साधुओं की टोली देखकर कुछ घबरा-सा गया, "क्या है ?"

"डॉ० त्रैलोक्यनाथ घोष का घर यही है ?"

"लिखा तो है।" नौकर ने द्वार पर लगा नामपट्ट दिखाया, "पर आप लोग शायद अंग्रेजी नहीं पढ़ सकते।"

"हमें डॉक्टर साहब से मिलना है।" स्वामी ने कहा।

"वे इतनी सुबह रोगियों को नहीं देखते।" नौकर बोला, "वैसे वे अभी उठे भी नहीं हैं। आप लोग अस्पताल चले जाइए। वे वहीं आ जाएँगे।"

"हमारा एक रोगी खो गया है। हमें किसी ने बताया है कि वह उपचार के लिए यहीं भर्ती हुआ है। वह अभी यहीं है या उसकी छुट्टी हो गई है—हमें मालूम नहीं है। यदि वह अभी यहीं है तो उससे मिलने का समय क्या है ?" स्वामी ने कहा।

"यह घर है, अस्पताल नहीं। यहाँ कोई रोगी भर्ती कैसे हो सकता है !" नौकर बौखलाया-सा बोला।

"यह सब गोरखधंधा तुम्हारी समझ में नहीं आएगा पुत्र !" स्वामी बोले, "तुम जाकर घर में जो कोई भी जगा हो, उसे सूचना दो कि स्वामी अखंडानन्द के गुरुभाई उनके विषय में जानना चाहते हैं और यदि वे यहीं हैं तो उनसे मिलना चाहते हैं।"

नौकर चला गया और स्वयं डॉ० त्रैलोक्यनाथ घोष बाहर आए।

"डॉक्टर मोशाय !" स्वामी बाँग्ला में बोले, "हमारे एक गुरुभाई स्वामी अखंडानन्द

देहरादून से प्रयागराज के लिए चले थे। वे किसी कारणवश सहारनपुर पहुँच गए थे। हम लोग उनकी खोज में सहारनपुर गए थे। वहाँ से पता चला कि वे अपनी चिकित्सा के लिए मेरठ में आपकी शरण में आए हैं। हम उनका समाचार जानना चाहते हैं।''

डॉक्टर साहब ने कपाट पूरे खोल दिए और बाँग्ला में ही बोले, ''आप लोग भीतर आ जाइए। स्वामी जी अभी यहीं हैं। उनका उपचार चल रहा है। वे स्वस्थ हो रहे हैं; किंतु अभी पूर्णतः स्वस्थ नहीं हैं।'' उन्होंने नौकर को पुकारा, ''बैठक खोलकर इन्हें बैठाओ।''

नौकर ने उन्हें बैठक में बैठाया और डॉक्टर साहब ने अखंडानन्द को सूचना दे दी।

अखंडानन्द बैठक में आए और स्वामी को देखा तो स्तब्ध रह गए, ''अरे, यह क्या ?''

''क्या ?'' स्वामी ने पूछा।

''तुम तो कंकाल हो गए नरेन दा !'' अखंडानन्द ने बहुत दिनों के पश्चात् उन्हें नाम से संबोधित किया था, अन्यथा बहुत समय से वे उन्हें स्वामी ही कहते थे।

''ये इस अवस्था में भी हरिद्वार में तपस्या करते रहे हैं।'' ब्रह्मानन्द बोले।

''और महाराज ! आप कब इनसे आ मिले ?''

''बैठो-बैठो, बताते हैं।'' शारदानन्द बोले, ''स्वामी तब से स्वस्थ हुए ही नहीं हैं। कहीं भी पूर्ण चिकित्सा हुई नहीं और न ही विश्राम ही मिला। ऋषिकेश में भी ये इतने रुग्ण हुए कि अचेत हो गए। हम तो इनके प्राणों की आशा ही छोड़ चुके थे, पर भगवान् ने एक साधु को इनकी औषध देकर भेज दिया। वहीं टिहरी के दीवान आए थे। उन्होंने इन्हें दिल्ली के एक हकीम के पास लाने के लिए कहा और पैसे इत्यादि भी दिए; किंतु ये पैसे हमें देकर स्वयं अकेले ही हरिद्वार चले गए, तपस्या करने। महाराज उन्हीं दिनों कनखल में साधना कर रहे थे। उन्होंने इनके विषय में सुना तो मिलने गए। देखा कि सब कुछ अस्त-व्यस्त है। स्वामी किसी प्रकार की कोई चिकित्सा नहीं करवा रहे हैं और अपनी तपस्या भी नहीं छोड़ रहे हैं, क्योंकि उनको विश्वास है कि जीवन और मरण ईश्वर के हाथ में है...''

''और नहीं तो किसके हाथ में है ?'' स्वामी ने कहा।

''हाँ बाबा, उसी के हाथ में है; किंतु रोग आने पर सब ही वैद्य के पास जाते हैं। कोई ईश्वर के पास नहीं जाता, न कोई यह सोचकर घर में बैठा रहता है कि ईश्वर की इच्छा होगी तो सब ठीक हो जाएगा। आखिर ठाकुर भी तो अपनी चिकित्सा करवाते ही थे।''

''चिकित्सा तो मैं भी करवा ही रहा हूँ।'' स्वामी बोले।

''किंतु आप स्वस्थ नहीं हैं।'' डॉक्टर साहब आ गए थे, ''आपका रोग पुराना हो चुका है और यदि लगकर चिकित्सा नहीं की गई तो यह आपको भारी पड़ेगा।''

''मैं चिकित्सा के लिए ही दिल्ली जा रहा हूँ।'' स्वामी ने कहा।

''जाइए।'' डॉक्टर साहब बोले, ''किंतु मेरा विचार है कि अभी आप दिल्ली तक भी यात्रा न करें। स्वामी अखंडानन्द यहाँ हैं ही। आप भी मेरे घर पर ही रुक जाइए। मैं अपनी औषधियाँ देकर देख लूँ, फिर आवश्यकता हो तो आप दिल्ली भी जा सकते हैं।''

''हम पहले ही आपके बहुत आभारी हैं कि आपने अखंडानन्द की इतनी सेवा की है। हम आप पर और बोझ नहीं डालना चाहते।'' स्वामी बोले।

''देखिए, मैं पहले ही स्पष्ट कर दूँ कि स्वामी अखंडानन्द मुझ पर बोझ नहीं हैं। सहारनपुर

से मेरे मित्र बाँकेबिहारी चटर्जी ने इन्हें मेरे पास भेजा था।'' डॉक्टर साहब बोले, ''बाँकेबिहारी और मैं मित्र तो हैं ही, मैं इस बात के लिए उनका ऋणी हूँ कि उन्होंने मुझे एक महात्मा की संगति में रहने का अवसर दिया। मेरे पास इतनी व्यवस्था नहीं है, नहीं तो मैं आप सबको ही यहाँ ठहरा लेता; पर आप इस रुग्णावस्था में बिना चिकित्सा के किसी असुविधा में रहें, यह मेरी आत्मा कदापि स्वीकार नहीं करेगी। भगवान् ने अकारण ही आपको मेरे द्वार पर नहीं भेजा है।''

स्वामी ने शारदानन्द और तुरीयानन्द की ओर देखा।

''डॉक्टर साहब ठीक कह रहे हैं।'' ब्रह्मानन्द बोले, ''तुम लोग यहाँ रहो। हम सब यज्ञेश्वर बाबू के यहाँ ठहरेंगे। यहाँ से वह दूर ही कितना है।''

''यह ठीक है।'' डॉक्टर साहब ने कहा, ''इसे ही स्वीकार कीजिए।''

वे सब लोग जलपान कर विदा हो गए तो अखंडानन्द ने कहा, ''स्वामी ! मुझे आपके लिए चिंता हो रही है। मैंने ऐसी स्थिति में तो आपको कभी भी नहीं देखा।''

स्वामी हँसे, ''प्रभु जिस हाल में रखें, उसी में प्रसन्न रहना चाहिए। जेहि विधि राखें राम, ओहि विधि रहिए। और मुझे हुआ ही क्या है ? भला-चंगा हूँ। व्यर्थ की चर्बी छँट गई है। कोई बिस्तर पर तो नहीं पड़ा हूँ। अभी भी दैनंदिन साधना में समर्थ हूँ।''

''भगवान् करे, आप सदा समर्थ रहें।''

12

अखंडानन्द को डॉ० त्रैलोक्यनाथ घोष के घर पर रहते डेढ़ महीना हो गया था। वे अब स्वस्थ थे। स्वामी यद्यपि अभी दवा खा रहे थे, किंतु इतने अस्वस्थ भी नहीं थे कि डॉक्टर के घर रहना उनके लिए आवश्यक हो। उन्हें वहाँ आए हुए पंद्रह दिन हो गए थे। डॉ० त्रैलोक्यनाथ घोष से कह-सुनकर और औषधि-सेवन का वचन देकर वे अखंडानन्द के साथ सेठजी की बगीची में आ गए। सेठजी यज्ञेश्वर बाबू के मित्र थे और उन्होंने अपनी बगीची में साधुओं के ठहरने की व्यवस्था कर रखी थी। स्वामी के वहाँ आ जाने पर उनके गुरुभाई यज्ञेश्वर बाबू के घर नहीं रह सके। वे सब सेठजी की बगीची में ही आ गए। अद्वैतानन्द भी कहीं से तीर्थयात्रा करते हुए मेरठ पहुँचे तो उन्होंने सेठजी की बगीची में ठहरे बंगाली साधुओं के विषय में सुना। वे भी उनके पास ही आ गए थे। यहाँ एक प्रकार से बड़ानगर मठ ही पुनः बस गया था।

वे लोग दिन-भर अपनी योग-साधना में लगे रहते थे। ध्यान करते, भजन करते और अपने-अपने ढंग से शास्त्र तथा अन्य उपयोगी पुस्तकों का अध्ययन करते। संध्या-समय टहलने के लिए भी जाते थे और पल्टन के जवानों को अपना व्यायाम करते हुए देखते थे।

स्वामी उनके साथ नहीं जाते थे। वे अभी औषधि का सेवन कर रहे थे और उन्हें पर्याप्त विश्राम भी मिल रहा था। वे अखंडानन्द से कहकर मेरठ सार्वजनिक पुस्तकालय से कुछ पुस्तकें मँगवा लेते थे और समय मिलते ही उन्हें पढ़ने लगते थे। उनके अध्ययन के घंटे बढ़ गए थे और संध्या-समय जुट आने वाली मंडली के सामने थोड़ी-सी धर्म-चर्चा भी करने लगे थे।

स्वामी पिछले तीन दिन से अखंडानन्द के माध्यम से पुस्तकालय से सर जॉन लब्बक के समग्र साहित्य का एक-एक खंड मँगवा रहे थे। एक दिन में एक खंड पढ़कर अगले दिन वे उसे लौटा देते थे।

उस दिन जब अखंडानन्द ने तीसरा खंड लौटाया, तो पुस्तकालयाध्यक्ष ने उन्हें ध्यान से देखा, "आप क्या तमाशा कर रहे हैं साधु महाराज !"

"क्यों ? क्या हुआ ?" अखंडानन्द ने उसे आश्चर्य से देखा।

"आपने यह पुस्तक पढ़ ली है ?"

"नहीं।"

"तो प्रतिदिन पुस्तक ले जाने और अगले दिन बिना पढ़े लौटाने का पाखंड क्यों कर रहे हैं ?"

अखंडानन्द क्रुद्ध तो नहीं हुए, किंतु उत्तेजित अवश्य हो गए। उन्होंने उसे घूरकर देखा, "ये जितनी पुस्तकें तुम्हारे आसपास अलमारियों में लगी हुई हैं, वे सब तुमने पढ़ ली हैं क्या ?"

"नहीं।"

"तो तुम उनके बीच सजकर बैठने का पाखंड क्यों कर रहे हो, जैसे तुम संसार के सबसे बड़े विद्वान् हो ?" अखंडानन्द ने कहा।

"मैं यहाँ का पुस्तकालयाध्यक्ष हूँ महोदय !" उसने कहा, "मैं यहाँ इसलिए बैठा हूँ कि जो लोग पढ़ना चाहें, उन्हें उनकी रुचि के अनुसार पुस्तकें उपलब्ध करवा सकूँ। स्वयं पढ़ने बैठ जाऊँगा तो पाठकों को कौन देखेगा ?"

"मैं भी एक पाठक की ही सेवा कर रहा हूँ। एक खंड प्रतिदिन इसलिए ले जाता हूँ कि जिसने उसे मँगवाया है, वह उसे पढ़ सके।"

"तो आप पुस्तक अपने पढ़ने के लिए नहीं ले जाते ?"

"ऐसा कोई नियम है कि जो पुस्तक ले जाए, वही उसे पढ़े भी ? या पाठक का सशरीर आपके सम्मुख उपस्थित होना अनिवार्य है ?"

"नहीं, ऐसा तो नहीं है।"

"तो फिर आप यह क्यों नहीं मान सकते कि यह पुस्तक मैं अपने एक गुरुभाई के लिए ले जाता हूँ, जो उसे पढ़कर ही लौटाते हैं।"

"यदि यह सत्य है," पुस्तकालयाध्यक्ष ने कहा, "तो मैं आपको एक बात बताना चाहता हूँ।"

"क्या ?"

"आपका वह गुरुभाई आपको उल्लू बना रहा है।"

"उल्लू पैदा होते हैं, बनाए नहीं जाते।" अखंडानन्द ने उसकी आँखों में देखा, "वैसे आपको यह दिव्य ज्ञान कैसे हुआ कि मेरे गुरुभाई मुझे उल्लू बना रहे हैं ?"

"क्योंकि यह पुस्तक, जो आप ले जाते हैं, उसे एक दिन में पूरा पढ़कर समझना तो दूर, उलटना-पलटना भी संभव नहीं है।" पुस्तकालयाध्यक्ष ने पूरे आत्मविश्वास के साथ कहा, "वह दिखाना चाहता है कि वह कितना पढ़ता है; किंतु वह पढ़ता नहीं है। आप लोगों पर केवल अपना रौब गाँठ रहा है।"

अखंडानन्द ने पुस्तक का खंड उठा लिया और बोले, "कल मैं नहीं आऊँगा। उन्हीं को

भेजूँगा ताकि रौब गाँठना ही है, तो वे आप पर गाँठें। हम पर रौब गाँठने का क्या लाभ ? हम तो पहले ही उनके रौब के पर्वत तले दबे हुए हैं।''

पुस्तकालयाध्यक्ष मुस्कराता रहा, ''इसका अर्थ यह नहीं है कि कल आप भी गायब हो जाएँ और यह पुस्तक भी न लौटाएँ। यदि ऐसा कुछ हुआ तो हम इसका दाम आपके सेठजी से वसूल लेंगे, जिन्होंने आपकी ईमानदारी का जिम्मा लिया है।''

''तो तुम यह पुस्तक भी रखो।'' अखंडानन्द ने पुस्तक वापस मेज पर रख दी, ''हम उस व्यक्ति से कोई व्यवहार नहीं करते, जो हमारे चरित्र पर संदेह करता है।''

पुस्तकालयाध्यक्ष देखता रह गया और अखंडानन्द स्थिर पगों से चलते हुए उसकी दृष्टि से ओझल हो गए।

स्वामी ने अगले खंड के विषय में जिज्ञासा की तो अखंडानन्द ने सारी घटना सुना दी, ''अब तुम जानो और वह पुस्तकालयाध्यक्ष। मैं उसके पास नहीं जाऊँगा। मुझे भय है कि वह तुम्हारे विषय में कुछ उलटा-सीधा कहेगा और फिर मैं अपने आप को रोक नहीं पाऊँगा। हाथ या लाठी कुछ चल गया तो बात बढ़ जाएगी।''

''अपने क्रोध पर नियंत्रण करना सीखो गंगा ! तुम संन्यासी हो।''

''संन्यासी हूँ, इसीलिए स्वयं को रोक लिया। तुम्हारी निंदा सुनकर भी उसका सिर नहीं फोड़ा।''

स्वामी मुस्करा दिए। उनके गुरुभाई उनके विषय में इस प्रकार का संदेह भी सहन नहीं कर सकते थे तो उनका अपमान कैसे सह जाते ?

अगले दिन स्वामी स्वयं ही पुस्तकालय गए।

''मैं ही वह व्यक्ति हूँ, जो अपने गुरुभाई के माध्यम से अपने लिए आपसे पुस्तकें मँगवाता है।'' स्वामी ने कहा, ''आजकल मैं सर जॉन लब्बक की रचनाएँ पढ़ रहा हूँ। मेरे गुरुभाई का कहना है कि आपको यह संदेह है कि मैं पुस्तकें पढ़ता नहीं हूँ, मँगवाता हूँ और लौटा देता हूँ।''

स्वामी ने उसकी ओर अधिकारपूर्वक देखा, ''जहाँ तक मैं समझता हूँ कि किसी भी पुस्तकालय में ऐसा कोई नियम नहीं है कि वहाँ से ली गई पुस्तक बिना पढ़े नहीं लौटाई जा सकती। क्या आपका इस प्रकार का कोई नियम है ?''

''नहीं, ऐसा तो कोई नियम नहीं है।'' पुस्तकालयाध्यक्ष कुछ झेंपकर बोला, ''किंतु हम इस प्रकार के खेल को प्रोत्साहित नहीं करते। इसमें पुस्तकालय के कर्मचारियों को व्यर्थ का श्रम करना पड़ता है।''

''मैं आपकी बात समझता हूँ।'' स्वामी बोले, ''इस विषय में और विवाद करने से कहीं अच्छा है कि आप इन पुस्तकों के आधार पर मेरी परीक्षा ले लीजिए—मौखिक या लिखित। मेरा कहना है कि मैंने ये पुस्तकें पूरी तरह पढ़ी और समझी हैं।''

''नहीं, यह आवश्यक नहीं है।'' पुस्तकालयाध्यक्ष बोला, ''वैसे भी इस पुस्तकालय से आज तक किसी संन्यासी ने अंग्रेजी की कोई पुस्तक नहीं ली है। वे लोग या तो पढ़ते नहीं हैं, या फिर वे हिंदी और संस्कृत की पुस्तकें ले जाते हैं। अंग्रेजी में लिखी गई किसी विदेशी लेखक की पुस्तक उनके वश की नहीं होती।''

"आप ठीक कहते हैं।" स्वामी शांत स्वर में बोले, "किंतु मैं तनिक भी बुरा नहीं मानूँगा। आप मेरी परीक्षा लें और अपने आप को थोड़ा नहीं, पूर्णतः संतुष्ट कर लें। आपका यह भ्रम भी मिटना चाहिए कि विदेशी लेखकों की अंग्रेजी में लिखी गई पुस्तकें हमारे संन्यासियों के वश की नहीं हैं। सत्य यह है कि हमारे संन्यासी जिस अध्यात्म का चिंतन करते हैं, उस तक अभी कोई विदेशी लेखक पहुँचा ही नहीं है। इसलिए हमारे संन्यासियों को उन पुस्तकों की आवश्यकता नहीं होती।"

"आप अपवाद हैं ?"

"नहीं, अपवाद नहीं हूँ। उन जैसा ही हूँ। बस, मेरी कुछ रुचि इन विषयों में भी है।"

"अच्छा, आप इतना ही बता दीजिए कि लब्बक विज्ञान के किस क्षेत्र से संबंधित हैं ?" पुस्तकालयाध्यक्ष ने बहुत सावधानी से कहा।

"कौन-से लब्बक ?" स्वामी ने पूछा, "पिता या पुत्र ?"

पुस्तकालयाध्यक्ष कुछ खिसिया गया, "आप किसकी रचनाएँ पढ़ रहे हैं ?"

"देखिए, पिता का नाम था जॉन विलियम्स लब्बक। वे गणितज्ञ और खगोलशास्त्री थे। उनकी पुस्तकें मैं पहले पढ़ चुका हूँ।" स्वामी बोले, "पुत्र का नाम है प्रोफेसर सर जॉन लब्बक। वे पुरातत्त्ववादी और नृतत्त्वशास्त्री हैं। मानव मनोविज्ञान के विषय में भी उन्होंने बहुत कुछ लिखा है। ...उनकी पुस्तकों के नाम तो आप जानते ही होंगे। अब उन पुस्तकों में से आपको जो कुछ पूछना हो, पूछ लें।"

पुस्तकालयाध्यक्ष को संकोच हो रहा था।...वह स्वयं तो यह भी नहीं जानता था कि लब्बक नाम से पिता और पुत्र दोनों लेखक हैं और दोनों के क्षेत्र पृथक्-पृथक् हैं...यहाँ उसके सामने वह व्यक्ति खड़ा था, जो कह रहा था कि उससे जो कुछ पूछना हो, पूछ लो। पूछे भी तो कैसे ? उसे क्या अधिकार है इस प्रकार किसी की परीक्षा लेने का; किंतु उसे विश्वास भी तो नहीं होता था कि कोई व्यक्ति एक दिन में लब्बक की रचनाओं का एक संकलन समाप्त कर सकता है।...ऐसा अद्भुत पाठक तो उसने अपने जीवन में कोई नहीं देखा था।...

"आप मुझे इतना बता दें कि प्रोफेसर लब्बक अमरीकी हैं या जर्मन, तो मैं संतुष्ट हो जाऊँगा।"

"वे अंग्रेज हैं।" स्वामी ने कहा, "जर्मन लोग अंग्रेजी में पुस्तकें नहीं लिखते। हाँ, उनकी पुस्तकों का अंग्रेजी में अनुवाद अवश्य होता है।"

पुस्तकालयाध्यक्ष कुछ सोचता बैठा रह गया।

"देखिए, यदि हम प्रोफेसर लब्बक के वैज्ञानिक क्षेत्र को भी छोड़ दें तो उनकी एक बड़ी प्रसिद्ध उक्ति है—'I can't but think that the world would be better and brighter if our teachers would dwell on the duty of happiness as well as happiness of duty ; for we ought to be as bright and genial as we can, if only because to be cheerfull ourselves is most effectual contribution to the happiness of others.' उनकी यह उक्ति मुझे अपनी गीता के निष्काम कर्म का स्मरण दिलाती है। हमें प्रत्येक स्थिति में प्रसन्न रहना है। प्रत्येक कर्तव्य को प्रसन्नतापूर्वक पूरा करना है। कर्तव्य को कभी बोझ नहीं मानना चाहिए। दुःख का कारण होने पर भी अपनी इंद्रियों को उसके संपर्क में नहीं आने देना चाहिए।" स्वामी ने कहा, "और यह भी सत्य है कि यदि आप प्रसन्न, सात्त्विक और स्वस्थ लोगों से मिलेंगे तो आप भी प्रसन्न रहेंगे।

जो लोग स्वयं मुँह लटकाए रहते हैं और सदा अपने दुःखों और रोगों की चर्चा करते रहते हैं, उनके निकट जाकर आप भी उदास हो जाते हैं।''

''आप ठीक कहते हैं स्वामी जी !'' पुस्तकालयाध्यक्ष ने पहली बार उन्हें सम्मानजनक शब्दों से संबोधित किया।

उसने लब्बक की रचनाओं का एक खंड निकाला। उसके पृष्ठ उलटे। उसकी दृष्टि लब्बक की प्रसिद्ध उक्तियों पर ठहर गई।

''स्वामी जी ! हम संसार में अधिकांशतः क्या देखते हैं ?''

स्वामी मुस्कराए, ''सामान्यतः आपके प्रश्न का उत्तर मैं कुछ और देता, किंतु आप यह लब्बक के संदर्भ में पूछ रहे हैं तो उनकी एक बड़ी प्रसिद्ध उक्ति है–'What we see depends mainly on, what we look for.' संसार में आप भगवान् को खोजेंगे तो आपको भगवान् दिखाई पड़ेंगे और यदि शैतान को खोजेंगे तो शैतान दिखाई देगा। यही कारण है कि प्रभु के मार्ग में चलने के लिए आवश्यक है कि पहले मनुष्य अपने हृदय को निर्मल करे। सांसारिकता का कूड़ा मन में संचित कर यदि हम भगवान् को खोजने निकलेंगे, तो वे हमें कभी दिखाई नहीं पड़ेंगे।''

पुस्तकालयाध्यक्ष की आँखों में से श्रद्धा झाँकने लगी, ''स्वामी जी ! मैं अपने संदेह के कारण लज्जित हूँ। यदि मैं ईसाई न होता तो आपके चरण छू लेता; किंतु यह पूछे बिना नहीं रह सकता कि आप इतनी जल्दी कैसे पढ़ लेते हैं ? मैं तो एक घंटे में दस पृष्ठों से अधिक नहीं पढ़ पाता।''

''यह कोई चमत्कार नहीं है।'' स्वामी बोले, ''एकाग्रता और अभ्यास से सब कुछ संभव है।''

स्वामी पुस्तक लेकर लौटे तो अखंडानन्द उनके पीछे पड़ गए, ''समझा आए उस मूर्ख को ?''

''वह मूर्ख नहीं संशयशील और जिज्ञासु है।'' स्वामी बोले, ''समझा दिया।''

''आपने तो समझा दिया, किंतु वह समझ गया या नहीं ?''

''समझ गया।''

''अच्छा, अब मुझे समझाइए कि आपके लिए इतनी जल्दी पढ़ना और उसे स्मरण रखना कैसे संभव है ?''

''पढ़ने के लिए अभ्यास चाहिए और स्मरण रखने के लिए एकाग्रता। एक योगी सहज ही ऐसा कर सकता है।'' स्वामी ने कहा, ''कुछ लोग अक्षरों को पढ़ते हैं और कुछ शब्दों को। मैं शब्दों को नहीं पढ़ता। मैं वाक्यों को पढ़ता हूँ और कभी-कभी तो पूरा अनुच्छेद पढ़ जाता हूँ। यह भी संभव होता है कि पृष्ठ पर दृष्टि पड़ते ही उस सारे पृष्ठ का सार स्पष्ट हो जाए। मैं खंड को नहीं, समग्र को पढ़ता हूँ।''

''और फिर कहते हो कि इसमें कोई चमत्कार नहीं है।'' अखंडानन्द कुछ रूठे-से बोले, ''कोई और भी पढ़ता है इस प्रकार ? या हम केवल संन्यासी हैं, योगी नहीं हैं ?''

13

स्वामी को लग रहा था कि वे स्वस्थ हो चुके हैं। उन्होंने अपने गुरुभाइयों के साथ काफी समय बिता लिया था और साधना में विकास की दृष्टि से भी काफी चर्चा हो चुकी थी। उन लोगों ने शूद्रक का मृच्छकटिक और कालिदास के अनेक नाटक और काव्य साथ-साथ पढ़े थे।...पर अब स्वामी के भीतर की व्याकुलता फिर से जाग उठी थी।...वे अपने गुरु का काम नहीं कर रहे थे, व्यर्थ में समय नष्ट कर रहे थे।

''मैं सोच रहा हूँ,'' उन्होंने संध्या-समय अपने गुरुभाइयों से कहा, ''मुझे अब डॉक्टर घोष की औषधि की और आवश्यकता नहीं है।''

''क्यों ?'' तुरीयानंद कुछ संशयशील हो उठे, ''क्या हुआ ? अब उससे लाभ नहीं हो रहा क्या ?''

''नहीं, अब लाभ हो नहीं सकता, क्योंकि मैं पूर्णतः स्वस्थ हो चुका हूँ। स्वस्थ आदमी औषधि खाता रहे तो और स्वस्थ नहीं होता, फिर से रुग्ण हो जाता है।''

''तो तुम पूर्णतः स्वस्थ हो चुके हो ?'' अद्वैतानन्द ने पूछा।

''मुझे तो ऐसा नहीं लगता।'' अखंडानन्द ने कहा।

''तुम लोगों को कभी ऐसा नहीं लगेगा।'' स्वामी बोले, ''किंतु बात मेरे स्वस्थ होने की नहीं, हमारे मोह की है। वस्तुतः अब समय आ गया है कि मैं पूर्णतः एकाकी भ्रमण करूँ।''

''पूर्णतः एकाकी क्यों ?'' अद्वैतानन्द ने आपत्ति की, ''कोई एक भी साथ होगा तो क्या तुम्हारी साधना में विघ्न पड़ेगा ?''

''मुझे ऐसा ही आदेश हुआ है।'' स्वामी के मुख पर ऐसा तेज था कि उनके गुरुभाई भी स्तब्ध रह गए।

''पर मैंने तो पुलिस के किसी आदमी को इधर आते नहीं देखा, जो ऐसा आदेश लाया हो।'' शारदानन्द ने विनोद के-से स्वर में कहा।

''और पुलिस वाले एकाकी भ्रमण के लिए आदेश नहीं देते। पकड़कर बंद कर देते हैं।'' अखंडानन्द बोले, ''मैं पुलिस को कश्मीर के श्रीनगर में भी भुगत चुका हूँ और कलकत्ता में भी।''

''तुम लोग समझ रहे हो कि मैं क्या कह रहा हूँ।'' स्वामी बोले, ''हम लोगों ने पुलिस के आदेश पर तपस्या नहीं की है। जिसके आदेश से हम तपस्या कर रहे हैं, उसी ने आदेश दिया है कि मुझे एकाकी भ्रमण करना होगा। परिवार की माया काट लेने पर भी हमने गुरुभाइयों की माया पाल रखी है। हम परिवार में न रहकर मठ में परिवार के समान रह रहे हैं। एक परिवार का मोह त्यागकर दूसरे परिवार के मोह का पोषण कर रहे हैं। इससे पूर्ण ईश्वर-निर्भरता नहीं आती।''

''पर हारी-बीमारी में हम एक-दूसरे की सहायता तो कर सकते हैं।'' शारदानन्द ने कहा।

''मैं अखंडानन्द के रोग के कारण तपस्या नहीं कर पाया। मेरे रोगी होने पर तुम लोगों को अपनी तपस्या स्थगित करनी पड़ी।'' स्वामी के चेहरे पर दृढ़ता थी, ''मुझे बता दिया गया है कि मुझे भविष्य में क्या काम करना है। मेरे जीवन का लक्ष्य क्या है। मुझे आदेश हो चुका।...''

''तो ?''

''मैं तुम लोगों को छोड़कर अकेला भारत-भ्रमण पर जा रहा हूँ। कोई मेरे साथ आने का

प्रयत्न नहीं करेगा।" स्वामी ने कहा, "मैं पत्र भी नहीं लिखूँगा और तुम लोग भी न मेरे पीछे आना, न मुझे खोजने का प्रयत्न करना।"

"तो फिर ठाकुर के शिष्यों का क्या होगा ?" तुरीयानन्द ने पूछा।

"समय-समय पर ठाकुर ही तुम्हें बताएँगे कि क्या होगा।"

"अच्छी जबर्दस्ती है।" अखंडानन्द बोले, "मैं तिब्बत और मध्य एशिया जाने की योजना बनाए बैठा था, तुमने ही मुझे बुला लिया था कि साथ-साथ हिमालय-भ्रमण करेंगे। अब अकेले भ्रमण का दौरा पड़ गया ?"

"हाँ, तब मैं वह बहुत कुछ नहीं जानता था, जो अब जानता हूँ।" स्वामी ने कहा, "हिमालय की गोद में, किसी एकांत गुफा में बैठकर साधना करने का मेरा स्वप्न शायद कभी पूरा नहीं होगा। मैं जैसे ही उस ओर बढ़ने का प्रयत्न करता हूँ, ठाकुर कोई न कोई विघ्न खड़ा कर देते हैं।"

अखंडानन्द का हृदय चीत्कार कर रहा था। वे बहुत कुछ कहना चाहते थे। स्वामी का हाथ पकड़कर रोक लेना चाहते थे, किंतु वे जानते थे कि यह सब संभव नहीं है।

"ठीक है, जाओ। तुम अकेले ही जाओ, पर मैं कहे देता हूँ कि तुम पाताल में भी चले जाओगे तो मैं तुम्हें खोज निकालूँगा।" अखंडानन्द के स्वर में आक्रोश भी था और रुदन भी।

14

स्वामी को दिल्ली आए हुए दस दिन हो चुके थे। दिल्ली में घूमते हुए उनके मन में अनेक जिज्ञासाएँ जाग उठी थीं। दिल्ली राजाओं का नगर रहा था। वैसे तो भारत के बड़े राज्यों की राजधानियाँ मगधक्षेत्र–राजगृह, कुसुमपुर, पाटलिपुत्र और जहानाबाद–में भी रह चुकी थीं। दूसरी ओर कनिष्क की राजधानी पुरुषपुर में थी। किंतु भारत के सारे इतिहास में प्रायः राजधानियाँ इंद्रप्रस्थ, हस्तिनापुर, मथुरा और आगरा में रही थीं। इंद्रप्रस्थ, जो अब दिल्ली के रूप में विद्यमान था, में कितने ही नगर बसे और उजड़ गए, पर शासकों का प्रिय क्षेत्र यही रहा।...स्वामी को लग रहा था कि उनके भीतर का इतिहास का विद्यार्थी जाग उठा था। इस समय उनके मन में कोई आध्यात्मिक प्रश्न नहीं था, कोई सामाजिक समस्या नहीं थी, बस, इतिहास ही इतिहास था।

वे लालकिले के सामने खड़े, दृष्टि गड़ाए सीधी सड़क को देख रहे थे। यह सड़क फतहपुरी मसजिद तक चलती चली गई थी। इसे ही चाँदनी चौक कहते हैं। अब वहाँ न कोई चाँदनी थी और न ही चौक था। वह तो एक बाजार होकर रह गया था। दोनों ओर दुकानें थीं और उन दुकानों के मध्य में से होकर जो गलियाँ अंदर मुड़ रही थीं, वे कटरे थे। उनमें दुकानें भी थीं और आवासीय मकान भी।

उन्होंने पढ़ा था कि जब शाहजहाँ ने शाहजहानाबाद बसाया था तो यहाँ नहरें बहा करती थीं और बीच-बीच में फव्वारे थे। तब यहाँ इतनी भीड़ नहीं रहा करती होगी। केवल राजपरिवार और उनसे संबंधित बड़े-बड़े अधिकारी और उनके परिवार यहाँ आया करते होंगे। यह बाजार कम, उद्यान अधिक लगता रहा होगा।...शाहजहाँ ने इसे बसाया अवश्य था, किंतु वह यहाँ रहा कब होगा ? ...कहते हैं कि शाहजहाँ को अपनी पत्नी मुमताजमहल से बहुत प्रेम था। उस प्रेम को उसने दो रूपों

में प्रकट किया था। मुमताज ने चौदह बच्चों को जन्म दिया था।...पत्नी को इतना कष्ट दिया और सांसारिक लोग इसे प्रेम कहते हैं।...दूसरी ओर उसने अपनी पत्नी के शव को दफनाने के लिए ताजमहल बनवाया। बुरहानपुर, जहाँ मृत्यु के पश्चात् उसे मृत्तिका समाधि दी गई थी, की धरती से उसके शव को निकलवाकर ताजमहल में प्रतिष्ठित किया।...उसने अपनी पसंद का एक नगर शाहजहानाबाद बसाया था तो ताजमहल भी शाहजहानाबाद में ही क्यों नहीं बनवाया ? निश्चित रूप से उसे आगरा बहुत प्रिय रहा होगा, तभी तो उसने न केवल अपनी पत्नी के स्थायी निवास के लिए आगरा में यमुना के तट पर ताजमहल बनवाया, वरन् अपने मकबरे के लिए भी वहीं उसके सामने एक स्थान चुनकर काले पत्थर के भवन की योजना बनाई।...तो फिर यहाँ यह शाहजहानाबाद बनवाने की उसे क्या आवश्यकता थी ? यहाँ वह कब रहा होगा ?...पहले ताजमहल बनवाता रहा होगा—बीस-बाईस वर्ष उसमें लगे; और उसके पश्चात् औरंगजेब ने उसे आगरा के किले में बंदी कर दिया। बेचारा वहीं से ताजमहल को देखता रहा।...औरंगजेब भी यहाँ नहीं रहा। वह तो दक्षिण भारत में ही युद्धों में लगा रहा। शिवाजी को बुलाया तो आगरा में ही बुलाया था। इसका अर्थ है कि सामान्यतः उसकी भी मुख्य राजधानी आगरा में ही थी।...तो फिर यहाँ तो बहादुरशाह जफर ही रहा होगा। उस बेचारे के पास आगरा था ही नहीं।...तो शाहजहाँ ने केवल अपने निर्माण का शौक पूरा करने के लिए ही शाहजहानाबाद बनवाया था ?...अपने किले के ठीक सामने मसजिद बनवाई थी, ईश्वर-भीरु रहा होगा। वैराग्य तो उसमें नहीं था। सांसारिक सुख-समृद्धि के लिए भी लोग ईश्वर को ही स्मरण करते हैं। पर इतना क्या कम है कि अपने घर के सामने खड़ा हो जाए तो उसे उपासना-स्थान दिखाई पड़े...पर इसका नाम फतहपुरी मसजिद क्यों रखा गया ? शाहजहाँ की पत्नी फतहपुरी बेगम ने यह मसजिद बनवाई थी। उसी के नाम पर मसजिद का नाम रखा गया था, या मसजिद के कारण उस बेगम को फतहपुरी बेगम कहा जाता था ? क्या फतह किया था यहाँ शाहजहाँ ने या किसी और ने ? क्या यहाँ भी कोई मंदिर तोड़कर मसजिद बनवाई गई थी ? पर शाहजहाँ में मंदिर तोड़ने की प्रवृत्ति नहीं थी। यह तो औरंगजेब का व्यसन था।...औरंगजेब की उसी क्रूरता के चिह्न के रूप में यहाँ गुरु तेगबहादुर और भाई मतिदास के स्मारक हैं।...स्वामी का ध्यान शब्द पर भी अटका। उन्हें 'फतेहाबाद' तो समझ में आता था, जिसमें 'फतह' और 'आबाद' दोनों ही फारसी के शब्द थे; किंतु यह 'फतहपुरी' क्या हुआ ? इसमें 'फतह' तो फारसी का है और 'पुरी' संस्कृत का शब्द है। क्या मजबूरी थी मुगलों की कि वे फतहपुर सीकरी और फतहपुरी में 'पुर' और 'पुरी' शब्दों का प्रयोग कर रहे थे ?...

स्वामी ने लालकिले में प्रवेश किया।...उन्हें लगता था कि इतिहास जैसे जाग उठा है। इस द्वार से मुगल सेनाएँ निकला करती होंगी। भीतर बहुत छोटा-सा बाजार था। संभवतः मुगलों के समय ये दुकानें न होकर पहरेदारों की कोठरियाँ रही होंगी। और फिर खुला मैदान।...

स्वामी सीधे चलते गए। वे दीवान-ए-आम के सामने खड़े थे। इन महलों में फर्श था और स्तंभों पर छत थी। छत पर अनेक प्रकार की कलात्मक कारीगरी थी। किंतु इनकी दीवारें नहीं होती थीं।...खैर, यह तो दीवान-ए-आम था। यहाँ बादशाह अपनी सामान्य प्रजा को दर्शन देता था और आवश्यक होने पर उनकी समस्याएँ भी सुलझाता था। पर जब यहाँ धूप आती होगी, तो उसे कैसे रोका जाता होगा ? और हवा...जब ठंडी हवा चलती होगी तो उससे यहाँ बैठा व्यक्ति काँप-काँप जाता होगा।...पर मुगलों के दीवान-ए-खास की भी यही स्थिति थी। यहाँ विशिष्ट लोग ही बैठा करते होंगे। यह भी कोई कक्ष नहीं था। इसमें दीवारें और दरवाजे नहीं थे। अविशिष्ट लोग किले के बाहर ही

रोक दिए जाते होंगे, या फिर किसी एक सीमा पर पहरेदार अनावश्यक लोगों को रोक देते होंगे। राजा जब अपने विशिष्ट लोगों के साथ बैठते होंगे तो अन्य लोग इस ओर फटक भी नहीं पाते होंगे।''' उसके आगे अंतःपुर था। यह यमुना के तट पर था। दीवार के साथ ही यमुना बह रही थी। यहाँ राजपरिवार की महिलाएँ स्वच्छंद रूप से रहा करती होंगी। नदी की ओर से किसी के आने की कोई संभावना नहीं थी।'''उस समय का वास्तुशिल्प काफी भिन्न था। आजकल के समान शयनकक्ष ढूँढ़ो तो एक भी न मिले। पर्दे इत्यादि लग जाते होंगे, तो इनका रूप कुछ और हो जाता होगा। आज तो वहाँ कमरे के नाम पर दो-चार छोटी-छोटी कोठरियाँ थीं और शेष लंबे बरामदे थे, जिनके बीचोबीच से पानी की धारा बहने का प्रबंध था। बीच-बीच में फव्वारे थे। ये धाराएँ स्नानागार में से आ रही थीं। सारे महल को ठंडा रखने का यह अच्छा प्रबंध था, किंतु यमुना से यह पानी किले के ऊपर कैसे चढ़ाया जाता होगा ? और यदि पानी ऊपर नहीं चढ़ाया जाता होगा, तो उसका इस प्रकार फव्वारों में आना संभव नहीं था।'''

स्वामी जिस दीवार के पास खड़े थे, वह दीवार नहीं, संगमरमर की जाली थी। उसके पार बहुत सारे लोग खड़े थे। कुछ लोग बाहर से आए हुए भी लग रहे थे। प्रतिदिन ही आते होंगे। किंतु कुछ बाँग्ला शब्दों ने स्वामी का ध्यान अपनी ओर खींचा था। उन्होंने दृष्टि उठाकर जाली में से देखा''' वे जैसे स्तब्ध रह गए। उनके सामने उनके गुरुभाई खड़े थे, जिन्हें वे मेरठ में छोड़कर आए थे।''' तो वे उनका पीछा करते हुए यहाँ भी आ गए'''स्वामी ने उसका निषेध भी किया था, फिर भी वे लोग माने नहीं।'''स्वामी के मन में आया कि वे चुपके से खिसक जाएँ और दिल्ली छोड़ दें।'''दूसरी ओर उनके मन में आ रहा था कि वे उनका सामना करें और उनकी इस प्रवृत्ति को रोकें। वे लोग ईश्वर की खोज में परिभ्रमण कर रहे थे, एक-दूसरे की खोज में नहीं। ईश्वर को खोजने की साधना और मित्रों के साथ लुका-छिपी खेलने में अंतर है।'''ये लोग ईश्वर की खोज में क्यों नहीं लगते, स्वामी को खोजने में अपना समय नष्ट क्यों कर रहे हैं ?

स्वामी ओट से निकलकर उनके सामने आ खड़े हुए।

उनकी दृष्टि भी स्वामी पर पड़ी, "अरे नरेन ! नरेन्द्र बाबा !"

"हाँ !" स्वामी की आँखों में वर्जना थी, "मैंने कहा था न कि मेरा पीछा मत करना।"

"पर हमने तो पीछा नहीं किया।" शारदानन्द ने कहा, "हम तुम्हारे विलुप्त हो जाने के पश्चात् दस दिन मेरठ में ही रुके रहे हैं, ताकि तुम्हें जहाँ कहीं जाना हो, चले जाओ। पर इसका यह अर्थ तो नहीं कि हम आजीवन मेरठ में ही बैठे रहते। दिल्ली तो ऐसा नगर है कि इस क्षेत्र में जो भी आएगा, वह दिल्ली देखने के लिए रुकेगा ही।"

"तुम मुझे खोजते हुए यहाँ नहीं आए हो ?"

"देखो नरेन !" अद्वैतानन्द ने कहा, "हम तुम्हें खोजते हुए नहीं निकले हैं। हमने यह भी निश्चय किया है कि दिल्ली से हम भी पृथक्-पृथक् हो जाएँगे और विभिन्न दिशाओं में एक-एक, दो-दो की टोलियों में निकल जाएँगे।"

"मैं आपकी बात को सत्य मान लूँ गोपाल दा ?" स्वामी ने कहा।

"यदि हम ठाकुर के निकट रहकर और इतनी तपस्या कर आज तक झूठे ही हैं तो फिर इस तपस्या का क्या लाभ ?" अद्वैतानन्द ने कहा।

"नहीं, मैं वह नहीं कह रहा।" स्वामी कुछ शांत हुए, "मैं तो उस मोह की चर्चा कर रहा

हूँ, जो हम सबको बाँधे हुए है और जिससे हमें मुक्त होना है।"

"हम तुम्हारा पीछा करते हुए नहीं आए हैं; किंतु हमें यह ज्ञात हो गया है कि अंग्रेजी बोलने वाले एक बंगाली संन्यासी, सेठ श्यामलदास की बगीची में ठहरे हुए हैं और संध्या-समय कुछ धर्म-चर्चा भी करते हैं।" अखंडानन्द ने कहा, "हम सोच रहे थे कि संध्या-समय उनके दर्शन करेंगे।"

"स्वामी जी के निजी सचिव से समय लिए बिना तुम ऐसी बात कैसे सोच सकते हो !" तुरीयानन्द ने उसे डाँटने का अभिनय किया।

स्वामी भी कुछ विनोद की मनःस्थिति में आ गए, "अभी निजी सचिव की नियुक्ति नहीं हुई है। थोड़ी प्रतीक्षा करो।" वे रुके, "तुम लोग संध्या-समय बगीची में आ जाना, किंतु हमारे ठहरने की व्यवस्था अलग-अलग ही रहेगी। नहीं तो बिना बताए मेरठ से मेरे भागने का लाभ ही क्या ? वहाँ तो हम एक साथ रह ही रहे थे।"

स्वामी आगे चल पड़े, "पर एक बात मैं अभी से बता दूँ कि मैं किसी भी दिन, तुम लोगों को सूचना दिए बिना दिल्ली छोड़ दूँगा। मुझे नहीं मालूम कि तुम लोग यहाँ से कहाँ जाने की तैयारी में हो; किंतु मैं राजपूताना की ओर जाऊँगा। मेरे पीछे मत आना। समझे ?" उनका स्वर बहुत गंभीर था, "हमें अपने मोह को जीतना ही होगा।"

15

गाड़ी रुक गई। स्वामी ने खिड़की से झाँककर देखा। हाँ, अलवर स्टेशन ही था।

प्लेटफॉर्म पर कुछ हलचल थी। यद्यपि यह हलचल हावड़ा स्टेशन की तुलना में कुछ भी नहीं थी। स्टेशन ऊँघता हुआ-सा ही लग रहा था।...जो यात्री इस गाड़ी में आए थे, उन्हें यहाँ उतरना ही था, क्योंकि गाड़ी यहीं तक थी।...तो वे लोग उतर रहे थे और गाड़ी खाली हो रही थी।

फरवरी, 1891 ई० का प्रथम सप्ताह था और प्रातः का समय। यहाँ बंगाल की तुलना में ठंड भी अधिक थी और पश्चिम होने के कारण सूर्योदय भी विलंब से ही हो रहा था। दिल्ली जैसी ही ऋतु थी और सूर्योदय का समय भी प्रायः वही था। यह स्थान दिल्ली से दूर ही कितना था—केवल सत्तर मील ही तो।

स्वामी गाड़ी से उतर आए। कदाचित् वे इस गाड़ी से उतरने वाले अंतिम यात्री थे। प्लेटफॉर्म पर खड़े कुछ सोचते रहे। फिर सामान उठाया और स्टेशन से बाहर निकलने के लिए चल पड़े।

फाटक पर कोई नहीं है। वे हाथ में टिकट लिए इधर-उधर देखते रहे। टिकट-निरीक्षक शायद यह मानकर जा चुका था कि अब कोई भी यात्री शेष नहीं था।

स्वामी ने देखा, फाटक के साथ एक स्टूल रखा था। यह शायद टिकट-निरीक्षक के बैठने के लिए था। इस समय उस पर एक संदूकची बैठी हुई थी, जिसमें यात्रियों से ली गई टिकटें रखी जाती होंगी। संदूकची के ढक्कन में एक छेद था, जैसा पैसे डालने वाली संदूकची में होता है।

स्वामी ने इधर-उधर देखा : कहीं कोई नहीं आ रहा था। स्टेशन एकदम सुनसान हो चुका था। उन्होंने अपनी टिकट संदूकची में डाली और मुस्कराकर बाहर निकल गए।

स्टेशन के बाहर की सड़क खुली और लंबी थी। कहीं कोई विशेष भीड़-भाड़ नहीं थी। शायद

नगर अभी ढंग से रात की नींद के बाद जागा भी नहीं था। कहीं-कहीं प्रातःभ्रमण के लिए निकले कुछ लोग थे और कहीं मुँहअँधेरे ठाकुर जी के दर्शन करने के अभ्यस्त कुछ भक्त मंदिर की ओर जा रहे थे।

स्वामी के गुरुभाई उनके साथ रहना चाहते थे, किंतु स्वामी ने उन्हें उसकी अनुमति नहीं दी थी। वे अपने गुरुभाइयों के प्रेम को समझते थे। उनसे विलग होने की पीड़ा को भी जानते थे।··· किंतु कैसे बताते कि उनके भीतर बैठी कोई शक्ति उन्हें धक्के मार-मारकर कह रही थी कि वे अब एकाकी भ्रमण करें। वे अपने गुरुभाइयों से कैसे कहते कि उन्हें किसी के साथ रहने का आदेश नहीं था।···उनके गुरुभाई, चाहते हुए भी स्वामी की इच्छा का उल्लंघन नहीं कर सकते थे। वे स्वामी की आत्मा की असाधारण व्याकुलता को देख रहे थे।···स्वामी इधर-उधर के छोटे-मोटे काम करने के स्थान पर अपने उस लक्ष्य की ओर बढ़ना चाहते थे, जिसके लिए उनका जन्म हुआ था। जगदंबा की इच्छा के अनुसार ठाकुर उनका मार्गदर्शन कर रहे थे। इसलिए स्वामी को अकेले ही छोड़ दिया जाना चाहिए था।···उन्होंने दिल्ली में पीड़ित मन और अश्रुपूर्ण आँखों से स्वामी को विदाई दी थी।

स्वामी के मन में धम्मपद के शब्द गूँज रहे थे :

''मार्ग के अभाव में भी,
निर्भय और निश्चिंत होकर,
आगे बढ़ो।
संसार में अकेले विचरो,
जैसे वन में गैंडा या सिंह विचरता है।
आसपास के कोलाहल से विचलित मत होओ।
उस पवन के समान विचरो,
जो किसी जाल में बाँधा नहीं जा सकता।
उस कमलपत्र के समान रहो,
जिस पर जल की बूँद की छाया भी नहीं ठहरती।
एकाकी विचरण करो,
जैसे वन में गैंडा विचरता है।''

स्वामी प्रसन्न थे कि वे अपने गुरुभाइयों के प्रति अपना मोह भी त्याग आए थे। माँ उन्हें सामर्थ्य दें कि वे इसी प्रकार निर्मोही बने रहें।···

एक ताँगे वाले ने आकर स्वामी को घेरा, ''साधु बाबा ! कहाँ जाना है ? क्यों पैर थका रहे हैं ? आइए, ले चलूँ।''

स्वामी उसे देखकर हँसे, ''जाना तो मुझे ईश्वर के पास है···तुम्हें उसका द्वार मालूम हो तो ले चलो।''

ताँगे वाला भी हँसा, ''वहाँ तो सबको ही जाना है महाराज ! पर वहाँ ताँगे पर नहीं, चार भाइयों के कंधों पर ही जाते हैं।''

''वह श्मशान का द्वार है, ईश्वर का द्वार नहीं। हर मरने वाला ईश्वर के पास नहीं जाता।'' स्वामी बोले, ''उसका द्वार तुम्हें ज्ञात नहीं है, तो भैया ! तुम मुझे कहाँ ले चलोगे ? मुझे और तो

कहीं जाना ही नहीं है।"

"कहीं तो डेरा डालेंगे महाराज ! कोई मंदिर ? धर्मशाला ?" ताँगे वाला बोला, "वहीं ले चलता हूँ।"

"क्यों अपना दिन खराब करते हो भाई !" स्वामी चुहल की मुद्रा छोड़कर गंभीर हो गए।

"क्यों महाराज ?"

"तुम मुझे किराए के लिए घेर रहे हो और साधु के पास किराया चुकाने के लिए एक पैसा भी नहीं है।" स्वामी रुके, "घर से कमाई करने निकले हो ?"

"और क्या महाराज !"

"क्या कमाना चाहते हो—धर्म या धन ?" स्वामी मुस्कराए।

ताँगे वाला निरुत्तर-सा खड़ा उनको देखता रहा।

"इस ठंड में प्रातः ही बिस्तर त्यागकर इसलिए तो यहाँ आए नहीं हो कि एक साधु को अपने ताँगे में बैठाकर अपने घर ले जाओ। उसे भोजन करवाओ और पुण्य कमाओ।"

ताँगे वाला सोचता रह गया। स्वामी ने न उसकी ओर देखा, न उसके बोलने की प्रतीक्षा की, मुस्कराकर आगे बढ़ गए।

कुछ दूर और चलने पर सड़क और भी खुली तथा सुंदर हो गई थी। मौसम सचमुच ठंडा था। सड़क के दोनों ओर उद्यान थे। घास से ढँके लंबे-चौड़े हरे-भरे मैदान थे। स्वामी प्रसन्नचित्त सब कुछ निहारते जा रहे थे।

'बहुत दिनों से प्रातःभ्रमण नहीं हुआ।' स्वामी ने अपने आप से कहा, 'आज माँ ने उसी का आदेश दिया है।'

कोई बस्ती आ गई थी। सड़क के दोनों ओर मकान आरंभ हो गए। मकान बड़े थे—खुले और सुंदर। स्वामी उनको देखते और आगे बढ़ते जा रहे थे। सहसा उनकी दृष्टि एक बोर्ड पर टिक गई—'राजकीय औषधालय'। बोर्ड न होता तो वे उसे विद्यालय या वैसी ही कोई संस्था मान लेते।

स्वामी के पैर रुक गए, जैसे इसी को खोज रहे हों। दो क्षण सोचा और औषधालय में प्रवेश कर गए।

औषधालय बहुत बड़ा नहीं था। शायद अभी-अभी खुला था। दो-एक लोग सफाई कर रहे थे। वे स्थानीय राजस्थानी वेशभूषा में थे। एक व्यक्ति जो खड़ा उनका निरीक्षण कर रहा था या उनका काम समाप्त होने की प्रतीक्षा कर रहा था, वह उनसे कुछ भिन्न था। वह अंग्रेजी वेशभूषा में था।

उसने एक साधु को इस प्रकार प्रवेश करते देखा तो बोला, "आप क्या रोगी न कि ?"

स्वामी मन ही मन मुस्कराए, 'बंगाली है। ऐसी हिंदी तो कोई बंगाली ही बोल सकता है। यह राजस्थानी हो ही नहीं सकता।'

"महाशय ! ए खाने साधुसंन्यासीर थाकिबार कि एकटू स्थान हइते पारे ?" स्वामी ने बाँग्ला में कहा।

"आपनी बांगाली न कि ?" वह व्यक्ति उछल पड़ा और फिर धाराप्रवाह बाँग्ला में बोला, "मैं गुरुचरण लश्कर हूँ। बंगाली हूँ। यहाँ का डॉक्टर हूँ।...निश्चोई। आशून। आज्ञा होय। आशून।"

"भगवान् आप पर अपनी कृपा बनाए रखें।" स्वामी ने कहा, "कलकत्ता विश्वविद्यालय से डॉक्टरी पढ़कर बंगाली लोग सारे देश में विदेशी पद्धति से चिकित्सा का काम कर रहे हैं।...यहाँ

कोई स्थान है, जहाँ एक साधु टिक सके ?''

गुरुचरण ने उत्तर देने में एक क्षण भी नहीं लगाया। बोला, ''है न !'' उसने सफाई करते लोगों की ओर देखा, ''ऐ, तुम लोग देखना। कोई रोगी आए तो बैठा लेना। मैं अभी आता हूँ।'''आइए !''

स्वामी उसके पीछे-पीछे बाहर आए।

''मैं तो नौकरी के लिए आया।'' वह बोला, ''आप बंगाल से इतनी दूर कैसे आ गए ?''

''तुम अपने प्रभु की नौकरी कर रहे हो डॉक्टर ! मैं अपने प्रभु की नौकरी पर आया हूँ।'' स्वामी ने कहा।

''किसकी ? अलवर के महाराज की ?'' लश्कर ने चौंककर पूछा।

''इस धरती का निर्माण मेरी माँ ने किया है, अलवर के महाराज ने नहीं। माँ से मेरा तात्पर्य है—जगदंबा। इस धरती का निर्माण जगदंबा ने किया है।''

लश्कर ने कुछ सजग भाव से अपने आसपास देखा। नहीं ! स्वामी की बात किसी ने नहीं सुनी थी।

''और मेरी उसी माँ ने मुझे परिव्राजक बनाया है।'' स्वामी बोले, ''माँ की इस सृष्टि को निहारना और उसके विषय में जानकारी प्राप्त करना मेरी नौकरी है।''

''और वेतन ?''

''वेतन है मन की प्रसन्नता और पेट भर रोटी—वह भी दिहाड़ी के हिसाब से।''

वे लोग पंसारी बाजार में आ गए थे। दोनों ओर दुकानें थीं। अधिकांश दुकानें खुल गई थीं। कुछ अभी खोली जाने की प्रतीक्षा में थीं। उन्हीं दुकानों के बीच में से होकर ऊपर जाती सीढ़ियों के निकट जाकर लश्कर रुक गया।

''आइए !''

''यह आप मुझे कहाँ ले जा रहे हैं ?'' स्वामी बोले, ''यह आपका घर तो नहीं हो सकता।''

''नहीं, यह मेरा घर नहीं है। यह पंसारी बाजार है।'' लश्कर ने कहा, ''नीचे दुकान है, ऊपर एक अच्छा कमरा है।''

वे दोनों ऊपर आए। लश्कर ने भिड़े कपाट खोले।

''आइए !''

स्वामी कमरे में आ गए तो लश्कर ने कहा, ''यह कमरा हम लोगों ने संन्यासियों के लिए ही रख छोड़ा है। अभी आप यहाँ डेरा डालें। असुविधा होगी तो कहीं और अच्छी जगह पर व्यवस्था हो जाएगी। एईखाने थाकिते कोष्ट होबे कि ?''

तो यहाँ संन्यासी आते ही रहते हैं—स्वामी ने सोचा—और ये महाशय उनका आतिथ्य करते ही रहते हैं। साधुओं के भक्त लगते हैं। तभी तो इतनी सरलता से साथ चल पड़े। नहीं तो साधु को देखकर सहस्रों शंकाएँ जागती हैं, गृहस्थ के मन में।

''ठीक है ?'' गुरुचरण ने पूछा।

''ठीक है। एकदम ठीक है।'' स्वामी ने प्रसन्नता जताकर उसे आश्वस्त किया, ''संन्यासी को राजप्रासाद नहीं चाहिए।''

''आप अभी कुछ लेंगे ? चाय ? खाने के लिए कुछ ?'' गुरुचरण ने पूछा।

''नहीं, अभी कुछ नहीं।''

"जल ?"

"अच्छा, जल भिजवा दो।"

"अभी भिजवाता हूँ।" गुरुचरण ने बाहर जाते-जाते कहा, "मैं अभी थोड़ी देर में आऊँगा।"

16

थोड़ी देर में गुरुचरण अपने मित्र जमालुद्दीन के साथ लौटा तो कमरे के द्वार पर ही ठिठक गया। स्वामी ने अपना कंबल खोलकर फर्श पर बिछा लिया था और उस पर एक गेरुआ-सा वस्त्र डाल दिया था। अपनी पुस्तकें एक ओर सजा ली थीं। उनके निकट उनका कमंडल रखा हुआ था और दंड कमरे के एक कोने में दीवार से टिका दिया था।

गुरुचरण और जमालुद्दीन ने अपने जूते कमरे से बाहर ही उतार दिए। कमरे में प्रवेश कर स्वामी को प्रणाम किया और संकुचित-से बैठ गए।

"ये मेरे मित्र हैं—मौलवी साहब।" गुरुचरण ने कहा, "यहाँ के हाई स्कूल में उर्दू और फारसी पढ़ाते हैं। मैं इन्हें बुला लाया हूँ, ताकि आपको अकेलापन न अखरे। मैं भी अपने रोगियों को निपटाकर आ जाऊँगा।"

"मेरी सेवा आप कर चुके डॉक्टर साहब !" स्वामी बोले, "अब आप रोगियों की सेवा कीजिए। किसी को शारीरिक कष्ट से मुक्ति दिलाना भी ईश्वर की उपासना ही है। वह साधु-सेवा से बड़ा काम है।"

गुरुचरण चला गया।

"यहाँ आइए मौलवी साहब !" स्वामी ने अपने निकट कंबल को हाथ से थपथपाते हुए कहा, "निकट बैठकर और अधिक अच्छी चर्चा हो पाएगी।"

जमालुद्दीन ने स्वामी के चेहरे पर एक भरपूर दृष्टि डाली।

"ऐसे क्या देख रहे हैं ?" स्वामी ने पूछा।

"डॉक्टर ने कहा था कि एक बंगाली दरवेश आए हैं, लेकिन आपकी बोली तो बंगालियों जैसी नहीं है।..."

"मेरा हिंदी का उच्चारण बंगालियों जैसा नहीं लग रहा आपको ?" स्वामी हँसे, "उच्चारण का अर्थ समझते हैं न आप ?"

"जी।" जमालुद्दीन ने सिर हिलाया, "तलफ्फुज़।"

"हाँ, मैं कुछ साफ हिंदी बोल लेता हूँ।" स्वामी बोले, "डॉक्टर के समान नहीं बोलता। आपको कुछ आश्चर्य हुआ होगा ?"

"आश्चर्य तो आपको भी हुआ होगा ?" जमालुद्दीन ने कहा, "डॉक्टर एक मौलवी को एक हिंदू साधु के पास क्यों ले आया ? सारे अलवर में उसे कोई हिंदू नहीं मिला ?"

"उसकी बात बाद में करेंगे। पहले आप अपना नाम बताएँ।" स्वामी ने कहा, "डॉक्टर ने आपका नाम तो बताया ही नहीं।"

"नाम मेरा जमालुद्दीन है।" उसने कहा, "पर यहाँ सब लोग मुझे मौलवी साहब कहकर

ही काम चला लेते हैं।''

''नहीं, आप संन्यासी नहीं हैं। इसलिए आपको आपके नाम से ही जाना जाना चाहिए।'' स्वामी बोले, ''मुझे इन बातों पर आश्चर्य नहीं होता।''

''क्यों ? कोई साधारण मुसलमान तो हिंदू साधु के पास जाएगा नहीं, न ही कोई हिंदू किसी मुसलमान फकीर के पास जाएगा।'' जमालुद्दीन ने कहा।

''तो मैं मान लेता हूँ कि आप असाधारण हैं।''

''नहीं, मेरा मतलब यह नहीं था।'' जमालुद्दीन कुछ झेंप गया।

''वैसे ठीक कहते हैं आप, धरती पर बहुत बँटवारा है। कोई मुसलमान हिंदू साधु के पास नहीं जाएगा; किंतु जो प्रभु की खोज में निकले हैं, वे उनके बनाए हुए जीवों में भेद नहीं करते।''

स्वामी के वाक्य से जमालुद्दीन जैसे चमत्कृत हो उठा। स्वयं को सहज करने का प्रयत्न करता हुआ बोला, ''कहते तो सब यही हैं, लेकिन अपने आमाल में वैसा बरतते नहीं। आप मुझे मलेच्छ नहीं मानेंगे—या यवन ?''

''आप मुझे काफिर मानते, मेरा सम्मान न करते तो मैं आपको मलेच्छ मान लेता।'' स्वामी हँसे, ''आपने डॉक्टर के ही समान मेरे सामने सिर झुकाया तो मैं आपको मलेच्छ कैसे मान लेता ?''

''आप समझते हैं कि हिंदुओं के लिए कुरान शरीफ सम्मान योग्य है ?'' अकस्मात् ही जमालुद्दीन ने विषय बदल दिया, ''आपने पढ़ा है ?''

स्वामी ने उस पर एक गहरी दृष्टि डाली, जैसे पूछना चाहते हों कि उसने सबसे पहले यही प्रश्न क्यों किया, किंतु अगले ही क्षण उनकी मुद्रा बदल गई। शांत भाव से बोले, ''मैं अपनी माँ से प्रेम करता हूँ।...''

''स्वाभाविक है।'' जमालुद्दीन ने कहा।

''मैं उनके गुणों पर मुग्ध हूँगा। उनकी प्रशंसा करूँगा। इससे मुझे प्रसन्नता मिलेगी।'' स्वामी ने कहा, ''पर इसके बाद यदि मुझे आपकी माँ में भी प्रशंसा योग्य कोई बात दिखाई देती है, तो मुझे उनकी प्रशंसा करनी चाहिए कि नहीं ?''

''क्यों नहीं करनी चाहिए।'' जमालुद्दीन ने कहा, ''जरूर करनी चाहिए।''

''यदि मैं आपकी माँ की प्रशंसा करता हूँ, उनसे भी थोड़ा-बहुत प्यार करता हूँ, उनको सम्मान देता हूँ, तो कोई बुराई है क्या ?''

''कोई बुराई नहीं है।'' जमालुद्दीन ने कहा, ''पर मैं कुछ और पूछ रहा था।''

''वही बता रहा हूँ।'' स्वामी बोले, ''मैं अपनी माँ से प्रेम करता हूँ, उसके लिए यह आवश्यक नहीं है कि मैं अन्य माताओं से घृणा या ईर्ष्या करूँ।''

''ठीक कह रहे हैं आप।''

''यदि मैं ईर्ष्यालु और संकीर्ण बुद्धि का नहीं हूँ तो अपनी माँ से प्रेम करते हुए भी मुझे दूसरी माताओं के गुणों को सराहना चाहिए और उनसे घृणा नहीं करनी चाहिए।'' स्वामी बोले।

''मैं माँ की नहीं, कुरान की बात कह रहा था स्वामी जी !''

''मैं भी वही कह रहा हूँ।'' स्वामी बोले, ''हमारे शास्त्र मानते हैं कि भक्ति दो प्रकार की होती है। पहली गौणी और दूसरी परा। गौणी भक्ति का लक्षण है कि व्यक्ति अपने आदर्श से प्रेम करता है और उस प्रेम के कारण अन्य सारे आदर्शों से घृणा करता है। अन्य आदर्शों से घृणा किए

बिना उसका अपने आदर्श के प्रति प्रेम प्रतिपादित ही नहीं होता। दूसरे प्रकार की भक्ति है—परा भक्ति। उसमें मनुष्य अपने आदर्श की पूजा करते हुए भी अन्य सारे आदर्शों से प्रेम कर सकता है; क्योंकि वह उन आदर्शों के पीछे बैठे अपने प्रिय को पहचानता है। गौणी भक्ति निम्नकोटि के मन की भक्ति है। परा भक्ति परिपक्व और उदार मन की भक्ति है।"

"तो आप मानते हैं कि हिंदुओं को भी कुरान शरीफ पढ़ना चाहिए ? आपने पढ़ा है ?" जमालुद्दीन ने अपना प्रश्न दुहरा दिया।

"मैंने कहा न, जो प्रभु की खोज में निकले हैं, वे इस प्रकार की भेद-बुद्धि नहीं रखते। वे हिंदू होकर भी कुरान पढ़ सकते हैं और मुसलमान होकर भी वेद-पुराण पढ़ सकते हैं।" स्वामी बोले, "मैंने कुरान पढ़ा है; किंतु अंतर यह है कि हिंदू के रूप में मैं इस्लाम को भी अन्य मार्गों के समान ईश्वर तक पहुँचने का एक मार्ग मानता हूँ, एकमात्र मार्ग नहीं। जहाँ हम अपनी उपासना-पद्धति को ईश्वर तक पहुँचने का एकमात्र मार्ग मान लेते हैं, वहीं हम स्वयं को उन लोगों से पृथक् कर लेते हैं, जो हमारी पद्धति से उपासना नहीं करते। इसे हम अहंकार कहते हैं। यह प्रकृति की माया है, जिसके वशीभूत होकर हम भेद-बुद्धि का अनुसरण करते हैं।"

"पर इस्लाम तो मानता है कि कुरान अल्लाह की वाणी है।"

"तभी तो कुरान में उसके आरंभ से आज तक किसी ने कोई परिवर्तन करने का साहस नहीं किया।" स्वामी बोले, "वह आज भी पूर्णतः उसी रूप में विद्यमान है, जिसमें वह प्रस्तुत किया गया था। उसमें कोई प्रक्षेप नहीं है, कोई परिवर्तन नहीं है।"

जमालुद्दीन कुछ क्षणों तक स्वामी की ओर देखता रहा और फिर बोला, "चलिए, आपको मेरे आने पर आश्चर्य नहीं हुआ; किंतु क्या आपको डॉक्टर पर भी आश्चर्य नहीं हुआ कि उन्हें एक हिंदू दरवेश की सेवा के लिए जो पहला आदमी सूझा, वह मुसलमान है ?"

"जब तक मैं यह मान न लूँ कि मुझे आश्चर्य हुआ, तब तक आपको संतोष नहीं होगा क्या ?" स्वामी हँसे, "आप मेरा विश्वास कीजिए, मुझे आश्चर्य नहीं हुआ। डॉक्टर द्वारा आपके लाए जाने से मुझे आप दोनों के चरित्रों और संबंधों की सूचना अवश्य मिली। आप दोनों में ही भेद-बुद्धि नहीं है और आप दोनों ही सच्चे हृदय से प्रभु की खोज में लगे हैं। इसीलिए एक-दूसरे के मित्र हैं।" स्वामी ने रुककर जमालुद्दीन को देखा और बड़ी गंभीरता से बोले, "बहुत संभव है कि डॉक्टर ने इस विधि से मेरी ही परीक्षा करनी चाही हो। वे मेरे ही मन को देखना चाहते हों।"

स्वामी और जमालुद्दीन दोनों ही जोर से हँस पड़े।

"अच्छा स्वामी जी ! मेरी एक समस्या का समाधान कर दें।"

स्वामी ने उसकी ओर देखा, कहा कुछ नहीं।

"भक्ति से हम ईश्वर को प्रसन्न करते हैं या अपने मन को शुद्ध करते हैं ?"

"पहले आप बताइए कि आप ईश्वर को अपनी प्रशंसा का भूखा और चाटुकारों का आश्रयदाता मानते हैं क्या ?"

"नहीं, कभी नहीं।" जमालुद्दीन जैसे तड़पकर बोला, "फिर वह खुदा ही क्या रहा ? चापलूसी-पसंद इंसान एक अच्छा इंसान नहीं हो सकता तो खुदा···।"

"ठीक है।" स्वामी बोले, "ईश्वर सच्चिदानंद है। वह सत्यस्वरूप है, आनंदस्वरूप है, ज्ञानस्वरूप है। मानते हैं आप ?"

"मानता हूँ।"

"जब वह आनंदस्वरूप है तो वह प्रसन्न और रुष्ट कैसे हो सकता है ? जब वह प्रसन्न और रुष्ट नहीं होता तो उस पर किसी की प्रशंसा का क्या प्रभाव पड़ सकता है ?"

"तो फिर हम उसकी स्तुति क्यों करें ?"

"उसकी प्रशंसा करना, उसका ध्यान करना, उससे प्रेम करना–इन सबका एक ही अर्थ है : शाश्वत से प्रेम करना। उसके प्रति अपने प्रेम की वृद्धि करना। स्वयं को इन नश्वर प्रलोभनों से मुक्त करना। अपने मन को साधना और माया को पहचानना।" स्वामी बोले, "जिन गुणों के लिए हम उसकी स्तुति करते हैं, उन गुणों को अपने भीतर विकसित करने का प्रयास नहीं करते तो फिर उसकी स्तुति का क्या लाभ ?"

"यह तो तभी संभव है, जब ज्ञान हो।" जमालुद्दीन ने कहा।

"तो आपने यह कैसे मान लिया कि भक्ति और ज्ञान में विरोध है !" स्वामी का स्वर अतिरिक्त रूप से गंभीर हो गया, "भक्त को ज्ञान हो जाता है और ज्ञानी के मन में भक्ति उत्पन्न हो जाती है।"

17

"आज आप कुछ जल्दी में लगते हैं डॉक्टर साहब !" एक रोगी ने कहा।

"भाई ! एक साधु आए हैं। उनको बाजार वाले कमरे में छोड़कर आया हूँ।" डॉक्टर लश्कर ने कहा।

"साधु को कमरे में छोड़कर आए हैं या अपना मन भी वहीं छोड़ आए हैं ?" रोगी हँसा।

"मन वहाँ छोड़ा तो नहीं है, किंतु मन रमा वहीं है।" डॉक्टर ने स्वीकार किया।

"कोई चमत्कारी साधु हैं क्या ?" रोगी ने पूछा, "मन की कामना पूरी कर देते हैं ?"

"तुम सीधे से क्यों नहीं पूछते कि साधु है या पाखंडी ?" डॉक्टर के स्वर में रोष था।

"यह क्या बात हुई डॉक्टर साहब !" रोगी का स्वर कोमल हो आया, "रोगी हूँ। पूछ लिया। छह महीनों से आपका उपचार करवा रहा हूँ। यदि वे एक दिन में ही ठीक कर दें।"

डॉक्टर का स्वर कुछ शांत हुआ, "एक बात तुम्हारे भले के लिए बता रहा हूँ। जादू-टोना करने वाले, चमत्कार दिखाने वाले, जड़ी-बूटी देने वाले तथा गंडा-तावीज बाँटने वाले लोग साधु नहीं होते।"

"तो क्या होते हैं वे ?"

"ठग होते हैं।"

"और साधु कौन होता है, जो भोजन करे और चैन से डकार लेकर सो जाए ?" रोगी कुछ रुष्ट लग रहा था।

"साधु वह होता है, जो तुम्हारे मन के मैल को साफ करे। आत्मा पर पड़ी धूल झाड़ दे।" डॉक्टर ने कहा, "जिसे तुम दुःख समझ रहे थे, उसे सुख में बदल दे। तुम्हें दुःख और सुख दोनों से निस्पृह कर दे।"

"यह सब मेरी समझ में नहीं आता।" रोगी बोला, "किंतु मैं जानता हूँ कि सच्चे साधु भी उपाय सुझाते हैं।"

डॉक्टर लश्कर स्वयं नहीं समझ पाए कि उनको क्या हो गया। तमककर बोले, "सच्चा साधु तुम्हारा जो उपचार करेगा, वह मैं बता दूँ। करोगे ?"

"क्यों नहीं करूँगा।" रोगी बोला, "मुझे ठीक नहीं होना क्या ?"

"तो उस वेश्या के पास जाओ, जिससे तुम्हें यह रोग मिला है और उसके चरण छूकर उसे अपनी माँ मानकर प्रणाम करो। अपनी माँ के समान उसकी सेवा करो। मैं वचन देता हूँ कि जैसे-जैसे तुम्हारा मन निर्मल होता जाएगा, तुम्हारा शरीर नीरोग होता जाएगा।"

रोगी का चेहरा लाल हो गया। लगा, वह डॉक्टर को या तो कोई भद्दी गाली देने वाला है अथवा वह उसे मार ही बैठेगा। किंतु न वह कुछ बोला और न ही उसके शरीर में कोई गति आई। उसका चेहरा लाल से काला हो गया। विष-बुझे किंतु संयत स्वर में बोला, "आप तो महाराज की नौकरी में हैं डॉक्टर साहब ! आपको किस बात का भय है ? यदि साधु के जंतर-मंतर से कोई ठीक हो जाए तो आपकी कमाई पर तो कोई प्रभाव नहीं पड़ेगा।"

डॉक्टर स्तब्ध रह गया। वह रोगी एक ही बात समझता था कि डॉक्टर रोगी से पैसा कमाना चाहता है। इससे परे उसकी दृष्टि देख ही नहीं सकती थी। वह यह भी मान लेगा कि साधु उसे कोई उपाय बताएँगे और उससे पैसा कमाएँगे। वह पैसे के अतिरिक्त और किसी गणित को नहीं जानता था। उसे कुछ समझाया भी कैसे जा सकता था ? माता लक्ष्मी उसके मस्तक पर सवार थीं और उन्होंने उसे उल्लू बना रखा था। वह केवल अंधकार में ही देख सकता था। उजाला स्वयं आकर उसके सामने खड़ा हो भी जाए, तो उसकी आँखें बंद हो जाएँगी…

डॉ० लश्कर थोड़ी देर चुपचाप रोगी को देखते रहे और फिर बहुत धीरे से बोले, "अच्छा, अब तुम जाओ। भगवान् तुम्हें सद्बुद्धि दे।"

18

जुबैदा ने जमालुद्दीन को भोजन परोसा और स्वयं भी निकट ही बैठ गई। जमालुद्दीन जानता था कि यह उसकी बात करने की अदा थी। आज वह कुछ न कुछ जली-कटी सुनाकर रहेगी।

"बोलो।"

जुबैदा ने तुनककर उसकी ओर देखा, "क्या बोलूँ ? तुमने कुछ बोलने लायक छोड़ा भी है।"

"क्यों, पिछवाड़े के आँगन में आसमान गिर पड़ा क्या ?"

"जब तक आसमान गिर ही नहीं जाएगा, तुम्हें होश नहीं आएगा क्या ?"

"पर हुआ क्या ?"

"अब्बा पहले से ही तुमसे नाराज हैं कि तुम शिया लोगों की सोहबत करते हो और अब तुम एक हिंदू दरवेश को भी सजदा कर आए ?"

जमालुद्दीन ने भोजन की थाली पर से दृष्टि उठाकर जुबैदा की ओर देखा, "तो इसकी भी

खबर हो गई तुमको ? माशाल्लाह अच्छी-खासी जासूस हो।''

"इसमें जासूसी की क्या बात है ?'' जुबैदा तुनककर बोली, ''बाजार में वह दरवेश ठहरा है और बाजार हर कोई जाता है। कितने ही लोगों ने तुमको वहाँ जाते देखा है।''

''तो मैं कौन-सा छुपकर गया था !''

''छुपकर गए होते तो मैं क्यों कुछ कहती तुमसे ?'' जुबैदा ने कहा, ''खुलेआम जाते हो तो हजार आदमी देखते हैं। बिरादरी में सौ तरह की बातें होती है। अब्बा कह रहे थे, तुम्हारे यही करम रहे तो बेटी की शादी सुन्नियों में तो नहीं हो पाएगी।''

जमालुद्दीन ने दो क्षण चुपचाप जुबैदा को देखा और फिर सिर झुकाकर खाने लगा।

''कुछ बोलते क्यों नहीं ?''

''बेटी की शादी सुन्नियों में नहीं होगी तो शिया लड़के से कर दूँगा।''

''वह भी न मिला तो ?''

''तो किसी हिंदू लड़के से कर दूँगा।'' जमालुद्दीन बोला, ''तुम्हारे अब्बा दौड़कर जाएँगे और उसको कलमा पढ़वाकर सवाब लूटेंगे।''

उसने थाली परे सरका दी। बदना उठाया और हाथ धोने के लिए चला गया।

''जो मुँह में आता है, बक देते हो, कुछ सोचते-समझते भी नहीं।'' जुबैदा चिल्लाती रह गई, ''बिरादरी में पहले ही इतने दुश्मन हैं।...''

19

गोविंद सहाय अपने कार्यालय से घर लौट रहे थे। आज कार्यालय से उठते-उठते विलंब हो गया था। कुछ काम ही ऐसा आ पड़ा था।...अब यदि वे एक बार घर पहुँच गए तो फिर से टहलने जाने का मन नहीं रहेगा। अलसा गए तो आज भी सैर छूट जाएगी। तो क्यों न वे कंपनी बाग के बीच में से होते चलें। घर की दिशा में बढ़ते भी रहेंगे और सैर की सैर हो जाएगी। बहुत दिनों से वे कंपनी बाग गए भी नहीं थे।

वे आधा कंपनी बाग पार कर चुके थे कि उनकी दृष्टि एक वृक्ष के नीचे बैठे संन्यासी पर पड़ी। गोविंद सहाय ने उसकी ओर ध्यान से देखा। इसे उन्होंने पहले कभी कंपनी बाग में तो क्या, अलवर नगर में भी नहीं देखा था।...उनके भीतर का अधिकारी जाग उठा। कौन है यह और यहाँ बैठा क्या कर रहा है ?...भिक्षाटन करने वाले संन्यासी या तो बस्ती में भिक्षा माँगते हैं, या फिर किसी मंदिर अथवा ठाकुरद्वारे में बैठकर भजन करते हैं। यह यहाँ क्या कर रहा है ?...दीवान रामचंद्र ने जब से चोरी और डकैती के लिए भी मृत्युदंड का प्रावधान किया था, तब से अलवर में चोर और डाकू कम ही दिखाई देते थे।...यह किस्मत का मारा कहाँ से आ गया ?

गोविंद सहाय उसके निकट चले गए। ध्यान से देखा : उसका चेहरा-मोहरा बहुत प्रभावपूर्ण था। आँखें तो जैसे समक्ष खड़े व्यक्ति को चीरकर उसके पार देखती थीं।...वह चोर, ठग या उठाईगीरा दिखाई तो नहीं देता था।...उसने गोविंद सहाय की ओर देखने का कोई प्रमाण नहीं दिया।...पता नहीं, वह अपने विचारों में इतना लीन था अथवा नौटंकी कर रहा था।...

"ऐ साधु बाबा ! यहाँ कैसे बैठे हो ?" गोविंद सहाय ने पुकारा।

संन्यासी ने अपनी आँखें उनकी ओर फेरीं। मुस्कराया और बोला, "इस दुनिया के मेले में अपनी माँ से बिछुड़ गया हूँ। उसी को खोज रहा हूँ। पता नहीं कब वह मेरी सुध लेगी।"

गोविंद सहाय भौचक रह गए"'यह पच्चीस-तीस वर्षों का युवा संन्यासी कह रहा है कि वह अपनी माँ से बिछुड़ गया है और फिर मुस्करा भी रहा है। कोई बच्चा यह कहता तो बात उनकी समझ में आती।"'और यहाँ तो कोई भीड़भाड़ भी नहीं है।"'वे कुछ कहने जा ही रहे थे कि उनका ध्यान एक बार फिर संन्यासी के शब्दों पर चला गया, 'दुनिया के मेले में"'' तो उसकी माँ आवश्यक नहीं कि अलवर में खोई हो। वह कहीं खो गई है और यह उसे खोज रहा है।"'

"अलवर में बिछुड़े हो बाबा ! या कहीं और ?"

संन्यासी मुस्कराए, "यही तो अब स्मरण नहीं भाई कि कब बिछुड़े और कहाँ बिछुड़े। तुम जानते हो कि तुम कब बिछुड़े ?"

गोविंद सहाय को लगा कि संन्यासी कुछ विक्षिप्त है। वह अपनी माँ से बिछुड़ गया है तो समझता है कि संसार में सब लोग अपनी-अपनी माँ से बिछुड़ गए हैं।"'उसे क्या मालूम कि गोविंद सहाय की माँ तो गाँव में अपने घर में बैठी हैं। वे न कहीं गईं, न खोईं"'

एक बार तो गोविंद सहाय के मन में आया कि वे चल पड़ें। व्यर्थ ही इस पगले संन्यासी से मूड़ क्यों मार रहे हैं। अभी पीछे पड़ गया कि मेरी माँ खोज दो तो वे क्या करेंगे ?"'

पर उनके पग उठे नहीं। चर्चा में एक प्रकार का रस आ रहा था। वह भी छोड़ते नहीं बनता था।

"मेरी माँ तो अपने घर बैठी है।" वे बोले, "वह मुझसे बिछुड़ी नहीं है।"

"मेरी माँ भी अपने घर में बैठी है।" संन्यासी ने प्रसन्न मुद्रा में कहा, "किंतु वह घर कहाँ है और घर तक जाने का मार्ग किधर से है ? तुम अपने घर का मार्ग जानते हो ?"

गोविंद सहाय का मन हुआ कि अब चल ही पड़ें, किंतु पग फिर भी नहीं उठे।

"तुम अपने घर का मार्ग भूल गए हो बाबा ?"

संन्यासी ने अपने आसपास, चारों ओर अपनी हँसी के फूल बिखेर दिए, "तुम तो ऐसे पूछ रहे हो, जैसे अकेला मैं ही भूला हूँ, तुम अपने घर का मार्ग नहीं भूले हो। तुम जानते भी हो कि तुम कौन हो ? कहाँ से आए हो ? कहाँ जाना है ?" उसने रुककर गोविंद सहाय पर एक दृष्टि डाली, "चिंता मत करो। एक अकेले तुम ही नहीं भटके हो। जो इस संसार में आ जाता है, वह यहाँ की माया में इतना लिप्त हो जाता है कि भूल ही जाता है कि वह कौन है। कहाँ से आया है। उसे कहाँ जाना है।"

गोविंद सहाय को लगा कि अब वे संन्यासी की बात कुछ-कुछ समझ रहे हैं। वह शायद अपनी सांसारिक माँ की बात नहीं कर रहा था। वह जगदंबा की बात कर रहा था। वह यह नहीं कह रहा था कि माँ खो गई है। वह कह रहा था कि वह माँ से बिछुड़ गया है।"'हाँ ! वह घर कहाँ है, जहाँ से वह आया है और जहाँ लौटकर जाना है ?

गोविंद सहाय उसके निकट बैठ गए, "तुम जगदंबा की बात कर रहे हो बाबा ?"

"तुम ठीक समझे ।"

"तो, उसे यहाँ अलवर में खोज रहे हो ?"

"क्यों, अलवर में जगदंबा नहीं है ?" संन्यासी ने उनकी ओर देखा, "अलवर वालों ने माँ को निकाल दिया है या माँ ने अलवर को अपने राज्य से निष्कासित कर रखा है ?"

"नहीं, मेरा तात्पर्य यह है कि लोग कहीं एकांत में जाकर वन या पर्वत पर तपस्या करते हैं। ऐसे अलवर नगर में···क्या जगदंबा कंपनी बाग में संध्या-समय सैर करने आती हैं, जो यहाँ खोज रहे हो ?"

संन्यासी की आँखों में उन्माद झलका, "वे तो प्रति क्षण, प्रति कण में सैर कर रही हैं। हम ही उन्हें देख नहीं पाते। जहाँ कहीं शक्ति है, जहाँ कहीं गति है, जहाँ कहीं ऊर्जा है, वहाँ वे ही हैं। वे अलवर में भी हैं।" संन्यासी की आँखों में एक चंचल ललित दामिनी दमकी, "अब यह मत पूछना कि वे किस गली और किस मकान में रहती हैं !"

संन्यासी ने शून्य में देखा और बड़े गहरे स्वर में पुकारा, "माँ !"

गोविंद सहाय को लगा कि संन्यासी का वह स्वर दिग् दिगंत में गूँज रहा है। किसी कातर बालक के हठी स्वर जैसा वह सारी दिशाओं के क्षितिज से टक्करें मार-मारकर लौट आया है और संन्यासी के भीतर प्रवेश कर घुमड़ रहा है। वह जैसे किसी सुरंग को गुँजा रहा था···वह कैसा स्वर था, जिसका तार ही नहीं टूट रहा था !

गोविंद सहाय के लिए यह एक अद्‍भुत अनुभव था।

उन्होंने आगे बढ़कर संन्यासी के चरण थाम लिए, "अलवर में कहाँ डेरा डाला है बाबा ?"

"मैंने या माँ ने ?"

"आपने।"

"क्यों, मेरा सामान निकाल फेंकोगे ? जिसने मुझे आश्रय दिया है, उसे दंडित करोगे ? दीवान जी से कहकर मुझे सूली पर टँगवाओगे ?" संन्यासी अब भी हँस रहे थे।

"नहीं, आप पर पहरा बैठाऊँगा कि आप अलवर छोड़कर चले न जाएँ।"

"अलवर में बंदी बनाकर क्या करोगे ? चक्की पिसवाओगे ?"

"नहीं, नजर रखूँगा कि जब जगदंबा अपने लाडले पुत्र से मिलने आएँ तो एक झलक मुझे भी दिखा जाएँ।"

"सामने आकर देखोगे या चोरी से पर्दे के पीछे से छिपकर ?"

"स्वामी जी, पर्दे के पीछे से ही दर्शन करा दें।" गोविंद सहाय के हाथों का दबाव स्वामी के चरणों पर बढ़ गया।

"तो माँ से ही कहो, मेरे पैरों को क्यों पकड़ रखा है ? पकड़ने ही हैं तो माँ के चरण पकड़ो।"

"ठीक है, मैं माँ के ही चरण पकड़ूँगा। वे सामने तो आएँ। अभी वे सामने नहीं हैं, आप हैं। मैं आपके चरण नहीं छोड़ सकता।" गोविंद सहाय ने कहा, "आप जहाँ कहीं भी ठहरे हैं, चलिए, आपका सामान ले आएँ। आज से आप मेरे घर रहेंगे।"

"वाह भाई !" स्वामी हँसे, "तुम मुझे जानते नहीं, पहचानते नहीं और अपने घर ले जा रहे हो। रात को तुम्हारा सामान समेटकर भाग गया तो सिर पर हाथ रखकर रोते रहोगे।"

"नहीं, ऐसा कुछ नहीं होगा। मैं आपको पहचान गया हूँ। आप सच्चे संन्यासी हैं।"

"तुम्हारी पकड़ तो बड़ी गहरी है भाई !" स्वामी हँस पड़े, "किंतु मैंने तो तुम्हें नहीं

पहचाना। मैं एक अपरिचित के घर कैसे रह सकता हूँ ?"

"आपका ऐसा कौन सामान है कि मैं आपसे छीन लूँगा ?"

"सामान तो नहीं है, किंतु साधु को तो संतों की संगति चाहिए, दुष्टों की नहीं।"

गोविंद सहाय कातर हो आए, "मेरा नाम गोविंद सहाय है स्वामी जी ! मैं संत तो नहीं हूँ, किंतु दुष्ट भी नहीं हूँ। साधारण गृहस्थ हूँ। यहाँ अलवर महाराज की सेना में हेडक्लर्क के पद पर काम करता हूँ। ईश्वर से डरता हूँ, धर्म पर चलता हूँ।" वे रुके, "अब आपको और कैसा परिचय चाहिए ? कहिए तो दो-एक गवाह भी खड़े कर दूँ कि भला आदमी हूँ ?"

स्वामी हँस पड़े, "नहीं गोविंद सहाय ! उसकी आवश्यकता नहीं है। मैं तुम्हारी बात का विश्वास करता हूँ।...तो तुम महाराज की सेना में हो ?"

"सेना में नहीं हूँ स्वामी जी ! मैं सैनिक नहीं हूँ। सेना में हेडक्लर्क हूँ।"

"तो महाराज के पास सेना है ?"

"हाँ, सेना तो है।"

"किस काम आती है वह ? महाराज को कोई युद्ध नहीं करना। न अपने किसी पड़ोसी से, न विदेशी आक्रांताओं से। फिर वे सेना का इतना खर्च क्यों वहन करते हैं ?"

"राजा हैं तो सेना तो चाहिए ही। उनके आगे-पीछे चलने के लिए, प्रजा को दबाने के लिए, अपने समकक्ष देसी राजाओं पर रौब गाँठने के लिए।" गोविंद सहाय ने कहा।

"महाराज मंगलसिंह कैसे आदमी हैं ?" स्वामी पुनः मुस्कराए, "यदि लगे कि मैं कोई भेदिया हूँ, महाराज का भेद लेने आया हूँ, तो कुछ मत बताना।"

"नहीं, मैं कोई गुप्त बात नहीं बता रहा।" गोविंद सहाय ने कहा, "महाराज भले आदमी हैं। बस, पंद्रह वर्ष की अवस्था में गद्दी पर बैठा दिए गए और सारी शिक्षा-दीक्षा मेयो कॉलेज में हुई। परिणाम यह हुआ कि महाराज अंग्रेजों के रंग में रँगे हुए हैं। अंग्रेजों ने पहले उन्हें ऑनरेरी लैफ्टिनेंट कर्नल का पद दिया था और अब नाइट ग्रैंड कमांडर की उपाधि से विभूषित किया है।"

"मदिरा पीते हैं ?"

"उसके बिना महाराज कैसे हो सकते हैं !" गोविंद सहाय बोले, "कभी-कभी तो अति ही कर देते हैं।"

"क्या अवस्था है ?" स्वामी ने पूछा।

"होंगे तीस-बत्तीस वर्षों के।"

"विवाहित हैं ?"

"हाँ ! दो विवाह किए हैं। सत्रह वर्ष की अवस्था में पहला विवाह किशनगढ़ के महाराज पृथ्वीसिंह की राजकुमारी से हुआ। संतान नहीं हुई, तो दूसरा विवाह पच्चीस वर्ष की अवस्था में रतलाम के महाराजा की पुत्री से हुआ।"

"बहुत खर्चीले हैं ?" स्वामी ने पूछा।

"अब देखिए, राजाओं-महाराजाओं के खर्च तो होते ही हैं।" गोविंद सहाय बोले, "नहीं तो यह शान-शौकत कैसे चलेगी ?"

"मेरा अभिप्राय है कि प्रजा का पैसा बेदर्दी से बहाते हैं ?"

"नहीं, ऐसा भी नहीं है।" गोविंद सहाय बोले, "हमारे यहाँ परंपरा है कि राजा के विवाह

का खर्च प्रजा उठाती है; किंतु महाराज ने अपने विवाह पर प्रजा द्वारा न्योता देने की परंपरा को मानने से साफ इंकार कर दिया।"

"तो सादा विवाह हुआ ? आम आदमी जैसा ?"

"नहीं, विवाह तो तामझाम वाला ही हुआ।" गोविंद सहाय मन ही मन कुछ स्मरण कर हँसे, "बड़ा रोचक प्रसंग है स्वामी जी !"

स्वामी ने उनकी ओर देखा।

"महाराज का विवाह राजसी ढंग से हुआ। न्योते के रूप में प्रजा से पैसा लिया नहीं गया था, अतः वह सब महाराज के कोश से हुआ।" गोविंद सहाय बोले, "हमारे हाकिम जागीर और जेल अधीक्षक हैं हरबक्स फौजदार। वे कुशल प्रशासक तो हैं ही, मितव्ययी भी हैं। महाराज ने भी अधिक आडंबर न करने का आदेश दिया था, इसलिए हरबक्स फौजदार ने महाराज के विवाह पर अधिक खर्च करने से संबंधित अधिकारियों को दंडित किया।"

"महाराज के विवाह पर अधिक खर्च करने के लिए दंडित किया ?" स्वामी कुछ चकित थे, "ऐसा होता तो नहीं है।"

"होता तो नहीं है, पर हुआ।" गोविंद सहाय बोले, "वे अधिकारी शिकायत लेकर महाराज के पास गए। महाराज ने हरबक्स फौजदार को बुला लिया। हरबक्स ने बड़ी चतुराई से स्वयं महाराज द्वारा आडंबर-विरोध में बनाए गए नियम उपस्थित कर दिए। रूल-बुक उनके सामने रख दी। उनको यह भी समझा दिया कि उन नियमों का विरोध एक प्रकार से राजा का ही विरोध है। उन अधिकारियों ने धन का मनमाना खर्च ही नहीं किया है, महाराज की अवज्ञा का अपराध भी किया है।"

"तो वे दंडित हुए ?"

"हाँ ! दंडित तो उनको होना ही था।" सहसा गोविंद सहाय रुक गए, "क्षमा करें महाराज ! मैं तो आपको सारे सांसारिक किस्से सुना रहा हूँ। आपका समय नष्ट कर रहा हूँ। इससे अच्छी तो जगदंबा की खोज ही थी। "

"ठीक कह रहे हो गोविंद सहाय !" स्वामी उठ खड़े हुए, "चलें अब। थोड़ा माँ को भी स्मरण कर लें।"

"वह तो मैं भूल ही गया स्वामी जी ! आप कहाँ ठहरे हुए हैं ?"

"मैं पंसारी बाजार में एक कमरे में ठहरा हूँ।"

"वह कोई स्थान है साधु-संतों के ठहरने का !" गोविंद सहाय ने कहा, "आप चलिए मेरे घर।"

"मैं वहाँ खूब मजे में हूँ। वह कमरा संन्यासियों को ठहराने के काम ही आता है।"

"होगा, किंतु आपके भक्तों को तो बुरा लगेगा न ! बीच बाजार में, शहर की उस चिल्ल-पों में आप माँ का चिंतन कैसे कर सकते हैं ?" वह रुके, "आप मेरे घर चलिए। आपको मैं किसी प्रकार का कष्ट नहीं होने दूँगा।"

स्वामी ने कुछ नहीं कहा, वे चल पड़े। गोविंद सहाय भी साथ चले, "तो हम आपका सामान उठा लाएँ न स्वामी जी !"

"देखो भाई गोविंद सहाय ! तुम आदमी बड़े काम के हो।" स्वामी बोले, "किंतु एक बात को समझ लो कि संन्यासी के पास सामान के नाम पर कोई तामझाम नहीं होता। उसे उठाने के लिए

घोड़ागाड़ी या बैलगाड़ी नहीं चाहिए होती। पर जिन लोगों ने मुझे वहाँ ठहराया है, जिनका मैं अतिथि हूँ, उनको बताए बिना, उनसे कुछ पूछे बिना मैं ऐसे ही गायब नहीं हो सकता। तुम मेरे साथ चलो। उन लोगों से तुम्हारी इच्छा की चर्चा करते हैं। यदि उन्हें लगा कि यह सबके हित में है, तो मैं तुम्हारे घर उठ आऊँगा।''

20

गोविंद सहाय का घर स्वामी के रहने के लिए भी असुविधाजनक हो गया था और उनसे मिलने आने वालों के लिए भी। वहाँ दस-बारह से अधिक लोग नहीं बैठ सकते थे और डॉक्टर लश्कर तथा जमालुद्दीन का प्रचार कुछ ऐसा था कि स्वामी के दर्शन करने आने वाले तथा उनसे चर्चा करने वाले लोगों की संख्या निरंतर बढ़ती ही जा रही थी। इससे स्वामी की किसी प्रकार की कोई दिनचर्या भी नहीं बन पा रही थी। वे बाजार से उठकर भी जैसे बीच बाजार ही बैठे थे। किसी भी समय कोई भी आ धमकता था। कोई कंपनी बाग जा रहा होता तो स्वामी के दर्शन करने आ जाता। कोई राह चलता सुन लेता कि यहाँ कोई महात्मा ठहरे हुए हैं तो वह चरणधूलि लेने आ जाता। किसी को सत्संग का लोभ था। किसी को अपने रोग से मुक्ति चाहिए थी। किसी को कोई मनोकामना पूरी करवानी थी। आशीर्वाद तो सबको ही चाहिए था।

अंततः उनके रहने की व्यवस्था पंडित शंभुनाथ के घर में की गई। शंभुनाथ अलवर राज्य के सेवानिवृत्त इंजीनियर थे। उनका मकान बहुत खुला था और घर के सदस्य बहुत कम थे। यह व्यवस्था स्वामी के लिए भी सुविधाजनक थी।

प्रातः नौ बजे तक वे एकांत में रहे। नौ बजे लोगों से मिलने बाहर निकले तो देखा, तीस-बत्तीस लोग उनकी प्रतीक्षा कर रहे थे।

जमालुद्दीन ने अपने दो मित्रों से परिचय कराया, ''स्वामी जी ! हमारे ये दोस्त हैं—कुर्बान अली। ये शिया हैं। और ये हैं मुहम्मद जावेद। ये कट्टर सुन्नी हैं। इन दोनों में बहुत मतभेद है। ये चाहते हैं कि आप स्पष्ट करें कि दोनों में से किसका धर्म सच्चा है।''

स्वामी हँसे, ''आपके अलवर में क्या कोई ऐसा कारीगर नहीं है, जो पीतल और ताँबे को भी ऐसा रंग दे कि वे देखने में लोहे जैसे लगें ?''

''है क्यों नहीं ! हमारे यहाँ तो ऐसे-ऐसे कारीगर हैं कि···।''

''यदि ऐसा कर दिया जाए,'' स्वामी बोले, ''तो क्या वह पीतल लोहा हो जाएगा ?''

''नहीं,'' कुर्बान अली ने कहा, ''लोहा होने के लिए तो लोहा ही होना होगा। दिखने को तो लकड़ी भी लोहे जैसी दिख सकती है।''

''ठीक कहा कुर्बान अली !'' स्वामी बोले, ''अल्लाह के प्यारे होने के लिए तो अल्लाह से प्यार करने वाला ही होना पड़ेगा, ऊपर से रूप चाहे कोई ओढ़ लो। नमाज के समय सजदा कर-करके माथे पर बना यह निशान हो या पंडित का तिलक हो, ये तो संसार को दिखाने के नामपट्ट हैं।···''

''तो आपने यह भगवा क्यों धारण कर रखा है स्वामी जी ! यह तो नामपट्ट भी नहीं, पूरा

का पूरा बोर्ड ही है।''

सबकी दृष्टि उधर उठ गई। एक देहाती-सा व्यक्ति बड़े उजड्ड भाव से कह रहा था। कोई भी समझ सकता था कि वह प्रश्न नहीं था, वह तो स्वामी को उनका दोष दिखाने का प्रयत्न था। एक प्रकार से पाखंड करने का आरोप ही था। कुछ लोग तत्काल उठकर उस ओर बढ़े, जैसे उसे उठाकर बाहर ही फेंक देंगे; किंतु स्वामी ने अपने हाथ के संकेत से उन्हें मना कर दिया।

''भगवा मैंने धारण किया है, क्योंकि भगवा भिखारियों का वेश है।'' स्वामी बोले, ''मैं श्वेत वस्त्र धारण करूँ तो कोई निर्धन मुझसे भिक्षा माँग सकता है। कई बार मेरे पास एक दमड़ी भी नहीं होती। ऐसे में मैं उसे क्या दूँगा ? संकट में घिरे किसी व्यक्ति की फैली हथेली पर मैं कुछ न रख सकूँ तो मुझे कितना कष्ट होगा ! किंतु इस भगवे वेश को देखकर कोई मुझसे भिक्षा नहीं माँगता। भिक्षुक को तो भिक्षा दी ही जा सकती है, उससे भिक्षा माँगी कैसे जाएगी !''

लगा, वह उद्दंड व्यक्ति शांत हो गया है। जाने किस बात से उद्विग्न था वह। स्वामी के उत्तर से उसकी उद्विग्नता ही शांत नहीं हो गई, वह कुछ लज्जित भी लग रहा था।

''यह मत सोचना मेरे मित्र कि तुम्हें चुप कराने के लिए मैंने ऐसा उत्तर दिया है।'' स्वामी बोले, ''यही सत्य है।''

''संन्यास ग्रहण करने से पहले आपकी जाति क्या थी स्वामी जी ?''

सन्नाटा छा गया। ये प्रश्न तो किसी संन्यासी से पूछे जाने योग्य नहीं थे। जाने क्या बात थी, कौन-से लोग आ गए थे···

''कायस्थ।'' स्वामी ने निष्कंप स्वर में उत्तर दिया।

लगा, सन्नाटा और भी गहरा हो गया है। स्वामी ने न प्रश्न को टाला था और न ही स्वयं को श्रेष्ठ सिद्ध करने के लिए ब्राह्मण होने का स्वांग रचा था। उन्होंने स्पष्ट बता दिया था।

''इन प्रश्नों को छोड़िए स्वामी जी ! इनका अध्यात्म या ईश्वर से क्या संबंध है !'' डॉक्टर लश्कर ने कहा, ''कृपया बताएँ कि भोजन में छुआछूत को मानने का क्या औचित्य है ?''

''प्रश्न तो प्रश्न ही होते हैं डॉक्टर साहब ! अपने श्रोताओं द्वारा पूछे गए व्यक्तिगत प्रश्नों के उत्तर नहीं दूँगा तो उनके साथ संवाद कैसे हो पाएगा ?'' स्वामी ने हँसकर कहा, ''खानपान में छुआछूत के विचार के कारण हिंदुओं का धर्म उनकी रसोई और बर्तन-भांड़ों में ही सीमित हो गया है।''

स्वामी के स्वर की कटुता का अनुभव कोई भी कर सकता था।

''पर ऐसा क्यों हुआ ?''

''श्रुति में एक प्रसिद्ध वाक्य है—आहारशुद्धौ सत्त्वशुद्धिः सत्त्वशुद्धौ ध्रुवा स्मृतिः। इसका अर्थ है—जब आहार शुद्ध हो जाता है, तब सत्त्व भी शुद्ध हो जाता है। सत्त्व शुद्ध होने पर स्मृति अर्थात् ईश्वर-स्मरण भी ध्रुव, अचल और स्थायी हो जाता है।''

''फिर तो आहार संबंधी यह विचार श्रुतिसम्मत हो गया।'' डॉक्टर ने कहा।

''पहली बात तो यह समझने की है कि इस शब्द 'सत्त्व' का अर्थ क्या है ?'' स्वामी ने अपने श्रोताओं की ओर देखा, ''आपमें से कोई बताना चाहे तो बताइए।''

''नहीं स्वामी जी ! आप ही बताइए।'' प्रायः लोग एक साथ बोले।

''सांख्य दर्शन के अनुसार इस देह का निर्माण तीन प्रकार के उपादानों से हुआ है।'' स्वामी

ने रुककर पुनः कहा तो उनके स्वर में पहले की अपेक्षा अधिक बल था, जैसे अपनी बात को रेखांकित कर रहे हों, "तीन प्रकार के गुणों से नहीं, तीन प्रकार के उपादानों से। सामान्यतः हम मान लेते हैं कि सत्त्व, रज और तम—तीन गुण हैं। परंतु वास्तव में ये गुण नहीं, संसार के उपादान—कारण—स्वरूप हैं। आहार शुद्ध होने पर यह सत्त्व-पदार्थ निर्मल हो जाता है। वेदांत मानता है कि जीवात्मा स्वभावतः पूर्ण और शुद्ध रूप है और वह रज तथा तम दो पदार्थों से ढँका हुआ है। सत्त्व पदार्थ अत्यंत प्रकाश-स्वभाव है। उसके भीतर से आत्मा की ज्योति जगमगाती हुई स्वच्छंदतापूर्वक उसी प्रकार निकलती है, जिस प्रकार शीशे के भीतर से आलोक। यदि रज और तम पदार्थ दूर हो जाएँ और केवल सत्त्व रह जाए, तो आत्मा की शक्ति और पवित्रता प्रकाशित हो जाएगी और वह अपने को पहले से अधिक व्यक्त कर सकेगी। शुद्ध सत्त्व को प्राप्त करना ही वेदांत का एकमात्र उपदेश है। शुद्ध सत्त्व को आप समझ गए, अब शुद्ध आहार को देखें।"

"ठीक है स्वामी जी !"

"श्रुति कहती है कि आहार शुद्ध होने पर सत्त्व शुद्ध होता है।" स्वामी ने कहा, "रामानुज ने आहार शब्द को भोज्य पदार्थ के अर्थ में ग्रहण किया है। उनके अनुसार यह आहार-शुद्धि हमारे जीवन का एक मुख्य अवलंब है। आहार किन कारणों से दूषित होता है ?"

किसी ने कुछ नहीं कहा।

"रामानुज मानते हैं कि तीन प्रकार के दोषों से आहार दूषित होता है।" स्वामी ने बात आगे बढ़ाई, "प्रथम है जाति-दोष। भोज्य पदार्थों की जाति में प्रकृतिगत दोष। जैसे लहसुन तथा प्याज जैसे पदार्थों में तीव्र गंध।"

"तो गंध से किसी का क्या बिगड़ता है ?" वही व्यक्ति बोला, जिसने भगवा धारण करने वाला प्रश्न पूछा था, "स्वादिष्ट चीज को इतनी-सी गंध के लिए छोड़ा तो नहीं जा सकता।"

स्वामी ने उसे बड़ी रुचि से देखा, "तुम्हारा नाम क्या है मित्र ! तुम्हारे प्रश्न खुरदरे अवश्य हैं, किंतु सच्चे हैं।"

"मेरा नाम धनराज है स्वामी जी !"

"तो धनराज !" स्वामी ने कहा, "जो छोड़ते हैं, वे केवल गंध के ही लिए नहीं छोड़ते। प्याज और लहसुन से रजस तत्त्व में भी वृद्धि होती है। जो रजोगुण से मुक्त होना चाहते हैं, वे इन चीजों का सेवन नहीं करते।"

"भोजन का दूसरा दोष स्वामी जी ?"

"दूसरा है आश्रय-दोष। जिस पदार्थ को कोई दूसरा छू लेता है, छूने वाले के दोष से दूषित हो जाता है। दुष्ट मनुष्य के हाथ का भोजन तुम्हें भी दुष्ट कर देगा। मैंने स्वयं अनेक महात्माओं को उनके जीवनकाल में दृढ़तापूर्वक इस नियम का पालन करते हुए देखा है। भोजन देने वाले के—यहाँ तक कि यदि कभी किसी ने भोजन छुआ हो, तो उसके गुण-दोषों को समझ लेने की उनमें यथेष्ट शक्ति थी।" स्वामी बोले, "किंतु मैं समझता हूँ कि आश्रय-दोष का एक महत्त्वपूर्ण पक्ष है कि जिस पैसे अथवा साधन से वह अन्न प्राप्त किया गया, वह पैसा कैसे अर्जित किया गया। तुम लोग जानते ही हो कि महाभारत में भगवान् श्रीकृष्ण जब शांति-वार्ता के लिए पांडवों के दूत बनकर हस्तिनापुर गए थे, उन्हें दुर्योधन ने भोजन के लिए अपने प्रासाद में आमंत्रित किया था; किंतु भगवान् श्रीकृष्ण ने उसका तिरस्कार कर महात्मा विदुर के घर भोजन किया था। क्यों किया था ? वहाँ तो जाति का

कोई प्रश्न नहीं था। दुर्योधन के घर भोजन न करने के अनेक कारणों में से एक कारण यही था कि दुर्योधन का धन अधर्म से अर्जित था और विदुर का धर्म से। मेरे गुरु श्री रामकृष्णदेव अनेक बार मारवाड़ी व्यापारियों का धन स्वीकार नहीं करते थे और उनके द्वारा लाई गई मिठाई और मेवे भी ग्रहण नहीं करते थे। वे मानते थे कि वह धन सत्प्रयत्न से नहीं कमाया गया है और उस दान के साथ दाता की अनेक मनोकामनाएँ चिपकी हुई हैं। उस धन से खरीदा गया अन्न खाया जाएगा तो उसके अर्जन में किए गए अधर्म का भागी भी होना पड़ेगा।'' स्वामी ने अपने श्रोताओं की ओर देखा, ''गुरु नानकदेव के संबंध में एक कथा है। वे किसी गाँव में गए तो जमींदार ने उनके लिए बहुमूल्य पकवान भेजे। उन्होंने उसके वे पकवान नहीं खाए और एक किसान की दी हुई रोटी खाई। जमींदार को जब यह ज्ञात हुआ तो वह उसका कारण पूछने के लिए नानकदेव के पास गया। नानकदेव ने उसका पकवान अपने हाथ में लेकर निचोड़ा। उसमें से रक्त टपकने लगा। तब उन्होंने किसान से रोटी लेकर निचोड़ी। उसमें से दूध निकला।''

''क्या ऐसा संभव है स्वामी जी !'' धनराज ने कहा, ''गेहूँ को कोई शक्तिशाली व्यक्ति मुट्ठी में लेकर पीसे तो शायद उसका दलिया बना दे; किंतु पकवान से रक्त और रोटी में से दूध कैसे निकल सकता है ? रोटी है, कोई गऊ का थन तो है नहीं !''

''संत चाहें तो ऐसा चमत्कार भी कर सकते हैं।'' स्वामी ने कहा, ''किंतु तुम वह न मानना चाहो धनराज, तो इस कथा का आशय समझो। जमींदार ने किसानों का रक्त चूसकर जो पैसा अर्जित किया था, उससे वे पकवान बने थे और किसान ने अपना पसीना बहाकर वह अन्न उत्पन्न किया था, जिससे रोटी बनी थी। तो दोनों में से किसका अन्न शुद्ध था ?''

''किसान का अन्न ही शुद्ध हो सकता है स्वामी जी !''

''तो वही समझ लो। गुरु नानकदेव ने यही बात उनको समझा दी।'' स्वामी ने कहा, ''किसने भोजन बनाया, किसने परोसा, उसकी जाति महत्त्वपूर्ण नहीं है, महत्त्वपूर्ण है उसका चरित्र। और वस्तुतः महत्त्वपूर्ण है कि वह भोजन उपार्जित कैसे किया गया। डाकू की कमाई की रोटी खाओगे तो उसके पाप के भागी तुम कैसे नहीं होगे ?''

''और तीसरा दोष स्वामी जी !''

''तीसरा है निमित्त-दोष। भोजन में बाल, कीड़े या धूल पड़ जाने से निमित्त-दोष होता है। उसे तामसिक भोजन कहा गया।'' स्वामी ने कहा, ''यदि इन तीन प्रकार के दोषों से मुक्त भोजन किया जाए, तो अवश्य ही सत्त्वशुद्धि होगी।'' स्वामी कुछ रुके, ''इस बात के महत्त्व को मैं अस्वीकार नहीं करता; किंतु यदि इतना ही पूर्ण सत्य हो तो धर्म बाएँ हाथ का खेल हो गया। यदि पाक-साफ भोजन ही से धर्म होता है तो फिर प्रत्येक मनुष्य धर्मात्मा बन सकता है।''

''कैसे स्वामी जी ?'' जमालुद्दीन ने पूछा।

''इस प्रश्न का उत्तर शंकराचार्य से मिलेगा। वे कहते हैं कि 'आहार' शब्द का अर्थ है— इंद्रियों द्वारा मन में विचारों का समावेश, आहरण होना या आना।'' स्वामी बोले, ''जब मन निर्मल होता है तो सत्त्व भी निर्मल होता है। इसके पहले नहीं।''

''तो महत्त्वपूर्ण भोजन नहीं, मन की शुद्धता है ?'' डॉक्टर ने पूछा।

''तुम्हें जो रुचे वही भोजन कर सकते हो।'' स्वामी बोले, ''यदि केवल खाद्य-पदार्थ ही सत्त्व को मलमुक्त करता है, तो खिलाओ बंदर को जीवन-भर दूध-भात। देखें तो कि वह एक महान् योगी

होता है या नहीं। यदि ऐसा ही होता तो गायें और हरिण भी परम योगी हो गए होते।" स्वामी कुछ रुककर बोले, "तो समाधान क्या है ? आहार के विषय में शंकराचार्य का सिद्धांत ही मुख्य है। यह सत्य है कि शुद्ध भोजन से शुद्ध विचार होने में सहायता मिलती है। दोनों का एक-दूसरे से घनिष्ठ संबंध है; दोनों आवश्यक हैं; किंतु त्रुटि यही है कि लोग शंकराचार्य का उपदेश भूल गए हैं। हम लोगों ने आहार का अर्थ भोजन मान लिया है और अपने धर्म को रसोई तक सीमित कर दिया है।"

चर्चा समाप्त कर स्वामी भीतर जाने के लिए उठ खड़े हुए।

एक व्यक्ति ने अत्यंत आतुरता से आकर उनके चरण छुए। स्वामी ने देखा, वह प्रश्नकर्ता धनराज था।

"मुझे क्षमा करें स्वामी जी ! मैं देहाती लट्ठ आदमी हूँ। मूरख हूँ।" वह बड़ी दीनता से बोला, "नहीं जानता, कहाँ क्या बोलना चाहिए; पर मेरा भाव दूषित नहीं था स्वामी जी !"

स्वामी ने बड़े स्नेह से उसके सिर पर हाथ रख दिया, "मैं जानता हूँ धनराज !"

"इसकी भोली बातों में मत आइएगा स्वामी !" कुर्बान अली ने कहा, "बड़ा दुष्ट है। बड़े-बड़ों के कपड़े उतार देता है।"

"यह अपने भोले मन और तीखी जिह्वा के सहारे सत्य को खोजने निकला है कुर्बान अली !" स्वामी का स्नेह तनिक भी कम नहीं हुआ था।

21

प्रातः नौ बजे तक स्वामी अपना स्नान, ध्यान, भजनादि का क्रम पूरा करने तक पूर्णतः एकांत में रहे। बाहर निकले तो प्रायः चालीस-पैंतालीस व्यक्ति उनकी प्रतीक्षा में थे।

मध्याह्न तक उपस्थित जनसमूह जमा रहा। स्वामी के मुख को विराम नहीं था। जिस किसी ने जो कुछ पूछा, स्वामी ने उसका तत्काल उत्तर दिया। प्रसंगवश भक्ति-उपासना की बात उठी। जगदंबा का माहात्म्य कीर्तन करते-करते स्वामी के प्राण इस प्रकार नाच उठे कि मुँह से और कुछ निकला ही नहीं—केवल माँ ! माँ !! पहले उच्च कंठ से, बाद में क्रमशः अति अस्फुट स्वर में। बाह्य प्रदेश छोड़कर वही ध्वनि अंतर के प्रदेश में जा मिली। उनका सर्वांग स्थिर हो गया। दोनों आँखों से अश्रु बह निकले।

श्रोता उस भाव-दर्शन पर मुग्ध होकर उस मुख को निहारते रहे। स्वामी ने गाना आरंभ किया। उनका मधुर कंठ और नेत्रों के अश्रु भक्तों को बहा ले गए।

मध्याह्न के समय पंडित शंभुनाथ उन्हें भोजन के लिए भीतर लिवा ले गए। भोजन के उपरांत फिर बाहर आकर स्वामी ने देखा कि आसपास के ग्रामों के लोग बैठे उनकी प्रतीक्षा कर रहे हैं। स्वामी ने अपने मधुर कंठ से गाया :

"(आमि) गेरुआ बसन अंगेते परिये, शंखेर कुंडल परि।
योगिनीर वेशे जाब सेई देशे, यथाय निष्ठुर हरि। ।
मथुरा नगरे प्रति घरे घरे
खुंजिब योगिनी हये।

यदि कोन घरे मिले प्रान बंधु
बांधिब अंचल दिए।
आमि अपना बंधुया आपनि बांधिब,
राखिते मारिबे केऊरे
जदि दाखे केऊ त्याजिब ए जीउ
नारिवध दिव तारे।"

गाते-गाते स्वामी की आँखों से अश्रु बहने लगे। सबकी दृष्टि साधु की तेजस्वी मूर्ति पर गई।

स्वामी ने भजन पूरा किया। श्रोताओं में से भी अनेक ने अपनी आँखें पोंछीं। उन्होंने स्वामी को एक प्रवचनकर्ता के रूप में ही देखा था, पर उनका संगीत तो अद्‌भुत था।

"स्वामी जी ! आप तो बहुत अच्छा गाते हैं।" धनराज बोला, "एक प्रश्न पूछूँ ?"

"संगीत के विषय में ?"

"नहीं, आपके भ्रमण के विषय में।"

"नहीं स्वामी जी ! यह जाने कहाँ भटका ले ज़ाएगा। हमें कृष्णकथा सुननी है।" डॉक्टर लश्कर ने कहा।

"पूछो।" स्वामी ने धनराज की ओर देखा, "किसी प्रश्न की उपेक्षा नहीं होनी चाहिए।"

"मैं किसी दूसरे नगर में जाता हूँ तो पहले वहाँ अपना कोई संबंधी ढूँढ़ लेता हूँ। जहाँ अपना कोई नहीं होता, वहाँ जाता ही नहीं।" धनराज बोला, "साधुओं के विषय में मैं सोचता था कि वे ऐसे ही उठकर कैसे कहीं भी चल देते हैं। उन्हें चिंता नहीं होती कि वे कहाँ ठहरेंगे, क्या खाएँगे। भिक्षा का क्या है—मिले न मिले।"

स्वामी मुस्कराए, कुछ कहा नहीं।

"आपको देखा तो सोचा," धनराज ने कहा, "कि आप बंगाली हैं, इसलिए किसी बंगाली को खोज लेते होंगे, जैसे यहाँ डॉक्टर साहब हैं। पर आज सोचता हूँ कि आप अपने संगीत के भरोसे यात्रा करते होंगे। जहाँ गाने बैठ जाएँगे, वहीं लोग आपके भक्त हो जाएँगे।"

"वस्तुतः तुम मेरे गायन की प्रशंसा कर रहे हो धनराज ! उसके लिए मैं तुम्हारा आभारी हूँ; किंतु तुम्हारे प्रश्न का उत्तर भी देना चाहता हूँ।" स्वामी बोले, "बंगालियों के भरोसे बंगाली समाज का कोई संगठनकर्ता या नेता भ्रमण कर सकता है। संगीत के भरोसे कोई गवैया यात्राएँ कर सकता है। एक संन्यासी तो अपने ईश्वर के भरोसे ही परिव्राजक बनता है। बंगाली कहीं होंगे, कहीं नहीं होंगे। संगीत-प्रेमी भी आवश्यक नहीं सब स्थानों पर हों। किंतु ईश्वर तो सब कहीं है। एक-एक कण में है।...."

लगा, जैसे सारी सभा स्तब्ध रह गई।

"अब तुम अपना प्रश्न पूछो गुरुचरण !" स्वामी ने ही उस सम्मोहन को तोड़ा।

"स्वामी जी ! अन्य राक्षसों के विषय में तो पता नहीं, किंतु पूतना को तो कंस ने ही श्रीकृष्ण की हत्या के लिए भेजा था ?" लश्कर ने पूछा।

"हाँ, क्यों ?"

"मेरे मन में बहुत दिनों से एक प्रश्न है कि क्या वह जानता था कि श्रीकृष्ण देवकी-पुत्र हैं ?"

"यदि वह जानता तो पूतना सारे नवजात बच्चों का वध करने का प्रयत्न क्यों करती ?" स्वामी ने कहा, "मैं समझता हूँ कि वह निश्चित रूप से नहीं जानता था कि श्रीकृष्ण देवकी और वसुदेव के पुत्र हैं।"

"क्यों नहीं जानता था ?" लश्कर ने कहा, "बलराम के विषय में तो सब ही जानते थे कि वे रोहिणी के पुत्र हैं और यह किससे छिपा था कि रोहिणी वसुदेव की पत्नी हैं।"

"रोहिणी के ब्रज में होने की चर्चा तो हमारे ग्रंथों में है, किंतु इस बात का उल्लेख तो कहीं नहीं है कि रोहिणी और बलराम नंद के घर में रह रहे थे।" स्वामी बोले, "यह भी तो संभव है कि रोहिणी ब्रज में अपने गोकुल में रह रही हों।"

"तो क्या गोकुल भी दो-चार थे ?" धनराज ने पूछा।

"गोकुल का अर्थ आज की शब्दावली में हुआ गोशाला। मुझे लगता है कि ब्रज में गो-पालन का व्यवसाय था। वहाँ गायों को चराने की सुविधा रही होगी। इसीलिए मथुरा में रहने वाले अनेक यादव महानुभावों ने भी अपने गोधन के लिए वृंदावन में अपना गोकुल बना रखा होगा। उनके सेवक उन गोकुलों में रहकर गोधन की देखभाल करते होंगे।" स्वामी बोले, "यदि इस विषय में हम महाभारत का भी ध्यान कर लें तो उसमें पांडवों के वनवास की अवधि में घोषयात्रा की प्रसिद्ध और महत्त्वपूर्ण घटना है।"

"घोषयात्रा क्या स्वामी जी !"

"द्यूत में अपना राज्य और धन-संपत्ति हारकर जिस समय पांडव दीन-हीन होकर वन में रह रहे थे, उस समय दुर्योधन उनको पीड़ित करने के लिए अपने भाइयों और मित्रों के साथ अपने वैभव का प्रदर्शन करने वन में गया था।" स्वामी ने उत्तर दिया, "उस यात्रा को घोषयात्रा कहते हैं। उसके लिए धृतराष्ट्र से अनुमति लेते हुए दुर्योधन ने कहा था कि वह वन में चरते हुए अपने पशुधन का सर्वेक्षण करने जा रहा है।...आपमें से जिन लोगों ने महाभारत कथा पढ़ी है, उन्हें ज्ञात होगा कि उस समय कर्ण की प्रेरणा से राजसभा में समंग नाम का एक ग्वाला आया था। उसने कहा था कि इस समय महाराज का गोधन निकट आया हुआ है। महाराज उनका निरीक्षण कर लें और जिन नए बछड़ों का जन्म हुआ है, उनकी संख्या इत्यादि लिख लें और उन्हें चिह्नित कर लें।"

"हाँ, वहाँ ऐसा ही चित्रण है।" पंडित शंभुनाथ ने पुष्टि की।

"इसका अर्थ है कि उस समय राजाओं और अन्य धनी लोगों के गोधन के पालन-पोषण के लिए कर्मचारी रखे जाते थे। बहुत संभव है कि ब्रज में भी इस प्रकार के गोकुल हों। वसुदेव का अपना गोकुल भी हो। रोहिणी पहले से उस गोकुल में रहती हो और बलराम अपनी माँ के पास रहते हों। यदि रोहिणी भी नंद के घर ही रह रही होती और वहीं श्रीकृष्ण पल रहे होते तो बलराम के साथ उनका भ्रातृत्व देखकर कोई भी समझ सकता था कि श्रीकृष्ण वसुदेव के ही पुत्र हैं। वे रोहिणी के पुत्र नहीं थे, अतः वे देवकी के ही पुत्र होंगे।"

"तो फिर स्वामी जी ! श्रीकृष्ण बलराम को दाऊ क्यों कहते हैं ? श्रीकृष्ण उनकी शिकायत भी यशोदा से ही करते हैं, 'मैया मोहे दाऊ बहुत खिजायो, तू मोहिको मारन सीखी, दाऊहिं कबहुँ न खीजै' इत्यादि पंक्तियाँ स्पष्ट कहती हैं कि श्रीकृष्ण और बलराम को भाइयों के समान ही पाला गया।"

पंडित शंभुनाथ ने कहा।

"दोनों को भाइयों के समान पाला गया, इसका प्रमाण तो कहीं नहीं मिलता। हाँ, कवियों ने श्रीकृष्ण के मुख से बलराम के लिए 'दाऊ' संबोधन करवाया है। हम उस समय के चित्र में कुछ रंग अपनी कल्पना से भी भर सकते हैं।" स्वामी ने कहा, "नंद वसुदेव के कर्मचारी थे, ऐसा तो मैं नहीं कह सकता; किंतु उन दोनों में किसी प्रकार के घनिष्ठ संबंध अवश्य थे, नहीं तो वसुदेव नंद पर इतना प्रबल विश्वास कैसे करते ? वे श्रीकृष्ण को उनके पास कैसे छोड़ते और नंद अपनी पुत्री योगमाया को उन्हें कैसे सौंप देते ?" स्वामी ने पंडित शंभुनाथ की ओर देखा, "वसुदेव जब श्रीकृष्ण को नंद के घर छोड़ने गोकुल गए तो उन्होंने रोहिणी और बलराम से मिलने का भी कोई प्रयत्न नहीं किया। यदि वे नंद के ही घर पर होते, तो यह कैसे संभव था ? तो वे अपने गोकुल में उन्हें मिलने क्यों नहीं गए ? इसीलिए तो कि यह गोपनीयता बनी रहे ?"

"जी स्वामी जी !"

"तो फिर उनमें भाइयों का-सा संबंध ?" धनराज ने पूछा।

"देखो, एक बात की ओर ध्यान दो।" स्वामी बोले, "नंद और यशोदा की और कोई संतान नहीं है। न श्रीकृष्ण से पहले, न श्रीकृष्ण के बाद। इसका अर्थ है कि श्रीकृष्ण के आने से पहले, अर्थात् योगमाया के जन्म से पहले उनके पास कोई संतान नहीं थी। ऐसे में यदि रोहिणी पास ही रहती थी तो हम मान सकते हैं कि बलराम का उनके घर आना-जाना रहा होगा। वैसे भी वसुदेव से अपने संबंधों के कारण वे दोनों परिवार कुछ तो घनिष्ठ रहे ही होंगे। बलराम घर के बच्चे के समान वहाँ आता होगा और खेलता होगा। तभी श्रीकृष्ण आ गए। यशोदा ने बलराम से उनका परिचय भाई के रूप में ही करवाया होगा और श्रीकृष्ण के आ जाने के बाद भी बलराम का वहाँ आना-जाना रुका नहीं होगा। रोहिणी श्रीकृष्ण को यशोदा का पुत्र ही मानती रही होगी। उसने वसुदेव की पत्नी के रूप में कभी वहाँ आकर श्रीकृष्ण पर अपने मातृत्व का अधिकार नहीं जताया। तो जब रोहिणी ही नहीं जानती थी कि श्रीकृष्ण देवकी के पुत्र हैं, ऐसे में बलराम यह रहस्य कैसे जान सकते हैं ?"

"नहीं जानते होंगे।" धनराज ने सहमति में सिर हिला दिया।

"अच्छा स्वामी जी ! आपका क्या विचार है, क्या यशोदा को मालूम था कि श्रीकृष्ण उनके पुत्र नहीं हैं ?" पंडित शंभुनाथ ने पूछा।

स्वामी हँसे, "आज सबका कृष्णकथा पर ही मन आया हुआ है ?"

"हाँ स्वामी जी !" लश्कर ने कहा।

"कृष्णकथा है भी तो मनभावनी।" जमालुद्दीन ने कहा।

"ठीक है।" स्वामी बोले, "मैं समझता हूँ कि सारे ब्रज में केवल नंद ही जानते थे कि श्रीकृष्ण यशोदानंदन नहीं, देवकी-पुत्र हैं।"

"यशोदा भी नहीं ?" आश्चर्ययुक्त कई स्वर एक साथ उठे।

"यशोदा भी नहीं।" स्वामी बोले।

"यह कैसे संभव है ?" पंडित शंभुनाथ ने तर्क किया, "माँ कैसे नहीं जानेगी कि जिसे उसने जन्म नहीं दिया, वह उसका पुत्र नहीं है ?"

"थोड़ी कल्पना करनी होगी।" स्वामी बोले, "यदि यशोदा यह जानती तो क्या वह अपनी पुत्री योगमाया के लिए एक बार भी दुःख प्रकट नहीं करती ? अपनी किसी सखी-सहेली के सामने,

अपनी किसी कुल-वृद्धा के सामने रोना नहीं रोती ?''

''अवश्य रोती।'' पंडित शंभुनाथ बोले।

''तो क्या सारे गोकुल को यह पता नहीं चल जाता कि यशोदा ने श्रीकृष्ण को नहीं, योगमाया को जन्म दिया था ? क्या श्रीकृष्ण का रहस्य, रहस्य रह पाता ?'' स्वामी ने उनकी ओर देखा, ''यह रहस्य बना रहा, क्योंकि यह यशोदा को भी ज्ञात नहीं था।''

''पर यह कैसे संभव है स्वामी जी !'' पंडित शंभुनाथ ने बहुत विनीत भाव से आपत्ति की।

''मेरी कल्पना कहती है कि यह एक ही स्थिति में संभव है।'' स्वामी बोले, ''उस रात बहुत वर्षा हो रही थी। चारों ओर बाढ़-सी आई हुई थी। सब लोग अपने-अपने घरों को सँभालने में लगे होंगे। यशोदा के पास कोई नहीं था।''

''कोई दासी-नौकरानी भी नहीं ?'' धनराज ने पूछा।

''यह मत भूलो कि वे लोग साधारण गोप थे—गोपाल। श्रीकृष्ण छोटे-से थे, तो भी उनको गाय चराने के लिए जाना पड़ता था। श्रीबिल्वमंगलाचार्य ने श्रीगोविन्ददामोदरस्तोत्रम् में लिखा है :

प्रभातसंचारगता नु गावस्तद्रक्षाणार्थं तनयं यशोदा ।
प्राबोधयत् पाणितलेन मन्दं गोविन्द दामोदर माधवेति ।।

''प्रभात का समय है। गायें चरने के लिए वन की ओर जा रही हैं। उनकी रक्षा हेतु साथ जाने के लिए यशोदा सोए हुए बाल कृष्ण को थपकी देकर जगा रही हैं। उठो गोविंद ! उठो माधव !! उठो दामोदर !!!'' स्वामी रुके, ''यदि उनके पास नौकर-चाकर होते, चरवाहे और गोप होते तो यशोदा क्यों छोटे-से श्रीकृष्ण को जगातीं ? यहाँ बलराम भी नहीं हैं। नंद या तो किसी और काम में लगे होंगे या फिर वे इतने वृद्ध हैं कि वे वन में गाय चराने नहीं जाते। ठीक है ?''

''इससे तो यही लगता है स्वामी जी !'' धनराज ने कहा।

''संभव है कि उन लोगों में नौकर-चाकर रखने का प्रचलन ही न हो। आवश्यक होने पर वे स्वयं ही एक-दूसरे की सहायता कर लेते हों।'' स्वामी बोले, ''ऐसे में जिस रात योगमाया का जन्म हुआ है, उस रात न तो परिवार की कोई स्त्री वहाँ थी, न कोई पड़ोसन और न कोई कुटुंबन। संभवतः संध्या-समय तक प्रसव का कोई लक्षण ही न हो और रात को जब प्रसव का समय आया, उस वर्षा और बाढ़ के कारण यशोदा को अकेला छोड़कर नंद बाहर निकल ही न सके हों। वे दोनों घर में अकेले हों। यशोदा की अवस्था भी कुछ अधिक होनी चाहिए और यह उनका पहला प्रसव था।...''

''क्यों ? अवस्था अधिक क्यों होनी चाहिए ?'' धनराज ने उन्हें टोक दिया।

''क्योंकि उसके बाद दूसरा प्रसव तो हुआ ही नहीं।'' स्वामी बोले, ''यदि उनकी अवस्था अधिक नहीं थी तो फिर दूसरा, तीसरा, चौथा प्रसव क्यों नहीं हुआ ?''

''हाँ, यह बात तो है।'' धनराज चुप होकर बैठ गया।

''अधिक अवस्था में पहला प्रसव हुआ हो तो उनका अचेत हो जाना भी कोई असंभव बात नहीं है। उस अचेतावस्था में ही उन्होंने योगमाया को जन्म दिया। उसी में वसुदेव आए और श्रीकृष्ण को वहाँ छोड़कर योगमाया को ले गए।'' स्वामी बोले, ''इसी को कहते हैं हरिलीला। यदि यशोदा यह एकमात्र गर्भ भी धारण न करतीं, यदि वे योगमाया को भी जन्म न देतीं तो श्रीकृष्ण को दूध कैसे पिलातीं ? योगमाया का जन्म न होता तो कोई भी पूछता कि यशोदा ने गर्भ ही धारण नहीं

किया तो श्रीकृष्ण कहाँ से आ गए ? तब श्रीकृष्ण के जन्म का रहस्य, रहस्य कैसे रहता ? इसीलिए मुझे लगता है कि इस रहस्य को केवल नंद ही जानते थे।" स्वामी मौन हो गए।

"पर स्वामी जी ! यह श्रीकृष्ण का गोकुल में किसी के भी घर में घुस जाना और किसी के यहाँ भी खा-पी आना ! यह मेरी समझ में नहीं आया।" धनराज ने कहा।

"तेरी समझ इतनी संकुचित क्यों है धनराज !" जमालुद्दीन ने कहा।

"तू चुप रह मौलवी !" धनराज ने उसे डाँटा, "स्वामी ने हमें बताया है कि भक्तों में एक श्रेणी जिज्ञासु भक्तों की भी है। तू यदि ज्ञानी भक्त है तो मैं जिज्ञासु भक्त हूँ। है न स्वामी जी !"

स्वामी हँसे, "धनराज ठीक कहता है जमालुद्दीन ! यह जिज्ञासु भक्त है और इसे वैसा ही बना रहने दो।"

"मुझे तो सारी गोपियों का श्रीकृष्ण के प्रति इस प्रकार आसक्त होना ही समझ में नहीं आता।" एक और स्वर आया।

"समझ में आ जाता तो तुम भी गोपी न हो गए होते !" स्वामी हँसे, "लो कथा सुनो..."

"सुनाइए स्वामी जी !" सम्मिलित उत्साह में सब लोग बोले।

नंद यशोदा के पास बैठे-बैठे ऊँघ रहे थे कि बाहर से किसी ने पुकारा, "नंदराय !...अरे नंद बाबा !..."

नंद ने अपने सिर को झटककर स्वयं को सचेत किया।...बैठे-बैठे ही गवाक्ष की ओर देखा।...वर्षा रुक गई थी। रात्रि समाप्त हो चुकी थी। उषा के प्रकट होने का पर्याप्त प्रमाण दिखाई दे रहा था। बाहर जीवन की गतिविधि आरंभ होने की भी ध्वनियाँ आ रही थीं।...

बाहर का द्वार फिर खटका। कोई उनको पुकार भी रहा था।...उनकी दृष्टि एक साथ ही यशोदा और कृष्ण पर पड़ी।...आँखें मूँदे निष्क्रिय सोए साँवले कृष्ण पर दृष्टि पड़ते ही उनके सारे शरीर में रोमांच हो गया और आँखों में अश्रु आ गए।...यशोदा और कृष्ण...वे दोनों ही शांत सो रहे थे। कृष्ण यशोदा से चिपका हुआ था।...नंद उठे। निकट जाकर ध्यान से देखा।...श्वास नियमित था और नाड़ी की गति भी ठीक थी।...वे कुछ आश्वस्त हुए। तभी बाहर के द्वार का कुंडा और भी जोर से खटका और पुकारने वाले का स्वर भी ऊँचा हो गया।

नंद ने बाहरी द्वार खोला। यमुना का जल वहाँ नहीं था, जहाँ उन्होंने रात को देखा था। वह कुछ पीछे हट गया था, किंतु उनके द्वार के सामने की मिट्टी अभी गीली थी।...द्वार पर मंगल खड़ा था।

"यहाँ जल उतर गया, पर मेरे द्वार पर खड़ा है।" मंगल ने कहा, "रात को तो कई घर आधे-पौने पानी में डूब गए थे। जाने इस बार यमुना मैया इतनी रुष्ट क्यों हैं !...गोशाला देख लीजिए... और फिर एक चक्कर ग्राम का भी लगा लीजिए।"

"उसे बाद में देखेंगे।" नंद बोले, "पहले जाकर सबको समाचार दे कि रात यशोदा ने एक पुत्र को जन्म दिया है।..."

"पुत्र-जन्म !" मंगल के चेहरे पर आह्लाद छा गया।

"ग्राम में सूचना दे और महिलाओं को शीघ्र भेज।" नंद रुककर सहसा बोले, "क्या कहा तूने ? ग्राम में यमुना जल... ?"

"नहीं ! इस समय कहीं जल दिखाई नहीं दिया, पर कीचड़…"

"उसकी चिंता नहीं। सूचना दे और फिर गोशाला को देख।"

मंगल को भेजकर नंद भीतर आए। थोड़ी ही देर में नंद का आँगन गोपियों से भर गया। पद्मा को यशोदा के पास छोड़कर गंगा चाची बाहर आँगन में आ गईं। उनकी भुजाओं में कृष्ण था, जिसे उन्होंने वक्ष से लगा रखा था।

"नंदराय ! यशोदा को स्वच्छ कर वस्त्र बदल दिए हैं। तुम भी यशोदा से मिल सकते हो।" गंगा चाची ने कहा, "वह सचमुच बहुत दुर्बल हो गई है। कह रही थी, 'चाची ! यदि मैं न बची तो मेरे ललना को तुम सब मिलकर पाल लेना।'…तुम्हें रात्रि को ही मुझे बुला लेना चाहिए था नंदराय !…"

"रात को…!"

"हाँ, पर रात को बहुत पानी था। आना-जाना बहुत कठिन था। हमारे द्वार पर तो अभी भी घुटनों-घुटनों पानी है।" चाची ने स्वयं ही कहा।

"गंगा चाची ! ललना हमें भी तो दिखाओ।" चंद्रिका ने कहा।

"वहीं खड़ी रह अभी। धैर्य तो है ही नहीं।" गंगा ने उसे डाँट दिया, "मैं कह रही थी नंदराय ! यशोदा दूध पिला भी पाएगी या किसी और को सौंप दूँ ?"

"क्यों, यशोदा बहुत दुर्बल है ?" नंद चौंके।

"ऐसी ही दीख रही है; किंतु मरती-मरती माँ भी शिशु को दूध पिलाने बैठती है तो जी उठती है। कहो तो एक बार प्रयत्न करके देखूँ !"

कृष्ण ने आँखें खोल दीं और उच्च स्वर में रोया। सबका ध्यान उस ओर गया। देखा : हाथ का अँगूठा मुँह में डालने का प्रयत्न कर रहा था। मुट्ठी होंठों से टकराकर रह गई और अँगूठा मुँह में नहीं जा सका।

"देख तो कैसा उच्च स्वर है। स्वस्थ बालक है।" गंगा ने कहा, "तभी तो यशोदा को ऐसा कष्ट हुआ। पर भूखा है। अभी एक बार भी दूध नहीं पिलाया ?"

नंद ने अस्वीकृति में सिर हिला दिया।

गोपियाँ निकट घिर आईं। सबने बालक को उत्सुकता से देखा।

"कैसा मनोहर मुखड़ा है !" कृतिका बोली।

"आँखें तो देख, कैसे बिटर-बिटर देख रहा है। यह तो हमारा कमलनयन है।" वर्षा ने कहा।

"अरे, भूखा है बेचारा। अँगूठा चूसना चाहता है।" मल्लिका बोली।

"अँगूठा चूसना चाहता है ? अरे, यह तो वटपत्रशायी नारायण है हमारा।" वृद्धा लक्ष्मी ने टिप्पणी की, "प्रलयकाल के जल-सा यमुना का जल उतर गया है न, तो अब शेषशायी विष्णु अपना बाल रूप प्रकट कर रहे हैं।"

"तुम्हें कैसे पता मौसी ?" कृतिका ने आश्चर्य से उसे देखा।

"मैंने कल रात स्वप्न में देखा, नारायण का क्षीरसागर यमुना में मिल गया है और फिर यमुना मैया हमारे ग्राम में प्रवेश कर रही हैं।" लक्ष्मी ने कहा।

"अच्छा, ला चाची ! मौसी का नारायण मुझे दे।" कृतिका बोली, "मैं इसे स्तनपान करा दूँ। मुझे पर्याप्त दूध आता है। अपने ललना को भी भूखा नहीं रखूँगी।"

"अरी, तनिक ठहर तू। बहुत उत्सुक मत हो। दूध हर माँ के वक्ष में होता है। कोई निराली नहीं है तू।" गंगा ने उसे डपट दिया, "यशोदा से पूछ तो लें। उसने प्रसव का कष्ट सहा है तो उसका वक्ष भी तो शीतल होना चाहिए।"

"ठीक है, ठीक है। यशोदा ही पिलाए। पर उसे कष्ट हो अथवा दूध न उतरे तो मैं भी हूँ यहाँ। कोई कष्ट नहीं होगा नंदनंदन को।" वर्षा ने कहा।

"कैसा सलोना है न ! इच्छा होती है, हृदय में रख लूँ। इसका नाम तो श्यामसुंदर होना चाहिए।" कृतिका बोली।

"जाया तो यशोदा ने है, पर बालक तो सबके साँझे होते हैं। हम कुछ नहीं होतीं इसकी ?" कादंबिनी बोली, "ला दे, गंगा बहना, मुझे दे। मैं भी तो अपने कलेजे से लगा लूँ।"

"यशोदा जब तक स्वस्थ होगी, हम सब ही तो पालेंगी इसे।" गंगा ने कहा, "इतना उमड़ क्यों रही है !..."

बाहर स्त्रियाँ गा रही थीं और नंद भीतर चले आए, "कैसी हो यशोदा ?"

"ठीक हूँ।"

नंद क्षण-भर को झिझके, किंतु फिर पूछ ही बैठे, "क्या कह दिया तुमने गंगा चाची को कि वे सब मिलकर ललना का पालन-पोषण करें ? वहाँ सब-की-सब उस पर अपना अधिकार जमाने को तैयार बैठी हैं।"

"बच्चे का बहुत काम होता है। उसे नहलाना-धुलाना। दूध पिलाना। सुलाना। उसके कपड़े धोना।...इसलिए कह दिया।" यशोदा ने कहा।

नंद की चिंतित दृष्टि यशोदा को देखती रही।

"अब उसे ले भी आओ। चाची कहाँ ले गई ? बयार न लग जाए उसे। रात इतनी वर्षा हुई है।..." यशोदा ने कहा और फिर जैसे उसे कुछ स्मरण हो आया, "रात किसी को बुला तो नहीं पाए ? मैं तो जैसे अचेत ही हो गई थी।"

"किसी को नहीं बुला पाया।"

"तो प्रसव किसने कराया ?"

"नारायण ने।" नंद बोले।

यशोदा कुछ समझ नहीं पाई; किंतु कुछ पूछती, उससे पहले ही गंगा चाची आ गई।

"ले, स्तनपान करा। प्रयत्न कर। भूखा है। भूखी तो वे भी हैं, जो बाहर बैठी हैं।" गंगा ने कहा।

"काहे की भूखी चाची !" यशोदा ने हँसकर पूछा।

"इस श्यामसुंदर को पाने की।" गंगा ने कृष्ण को यशोदा के निकट लिटा दिया, "कष्ट हो तो भी पिला।"

"दूध ही क्यों, प्राण भी खींच ले मेरे तो उलाहना न दूँगी।" यशोदा बोली।

"प्राण जितने खींचने थे, रात ही खींच चुका। अब दूध पिला।" चाची बाहर चली गई।

"तुम प्रसन्न नहीं दीखते। पुत्र-जन्म से प्रसन्न नहीं हो ?" यशोदा ने चुहल की, "पुत्री चाहते थे ?"

नंद भीतर ही भीतर काँप गए। मुस्कराने का प्रयत्न करते हुए जाकर यशोदा के निकट पलंग पर उससे लगकर बैठ गए, "पुत्र-जन्म की प्रसन्नता किसे नहीं होगी ? और हमने तो बड़ी लंबी बाट जोही है इसकी। फिर देख तो सही, इसका रूप देख ! लगता है, स्वयं नारायण ही आ गए हैं हमारे पुत्र बनकर।"

"तो फिर इतने गुमसुम क्यों हो ?"

"तेरी चिंता सता रही है। बहुत कष्ट पाया है तूने।" नंद कहे बिना रह नहीं सके, "अचेत हो गई थी। तुझे पता ही नहीं चला कि तू कैसे यमराज के घर से लौटकर आई है। मैं बैठा असहाय-सा देखता रहा। कुछ कर सकता नहीं था। बस, हाथ जोड़ता रहा, प्रभु से प्रार्थना करता रहा। यह तो भगवान् की ही लीला है कि कैसे तो तू बच गई और कैसे तो यह छोरा जीता रहा।"

"अब तो दोनों जीवित हैं न ?" यशोदा मुस्कराई।

"हाँ, हैं तो।"

"तो अब काहे को मुँह बिसूरते घूम रहे हो ! जाओ, कुछ गाने-बजाने का शगुन करवाओ। विवाह के इतने वर्षों बाद पुत्र का जन्म हुआ है। धन्य हुआ है यशोदा का मातृत्व। देखो, दान में कंजूसी मत करना और न किसी से झगड़ा करना। प्रभु ने हमारी झोली भरी है तो हमें भी अपनी मुट्ठी कुछ ढीली कर देनी चाहिए।"

नंद का ध्यान दूसरी ओर था, "पी रहा है ?"

"पी तो रहा है, पर शायद दूध पर्याप्त नहीं है। चिंता मत करो। धीरे-धीरे बढ़ जाएगा। दूध नहीं आया तो कलेजा चीरकर अपना रक्त पिला दूँगी अपने लाल को।"

"कोई धाय रख लेंगे।"

"क्या आवश्यकता है ! गोकुल में इतनी तो स्त्रियाँ हैं, जिनके छोटे बच्चे हैं।...."

स्वामी रुक गए, "आज यहीं तक।"

"अरे स्वामी जी ! कम से कम पूतना-वध तक तो कर देते।"

"एक दिन और जी लेने दो पूतना को।" स्वामी मुस्कराए, "पूतना कहीं भागी नहीं जाती। कल वध हो जाएगा उसका।"

22

गोविंद सहाय सरकारी काम से दीवान जी से मिलने गए थे; किंतु उनके चेहरे-मोहरे को देखने के पश्चात् उन्होंने जैसे सरकारी लबादा उतार दिया। बोले, "क्या बात है दीवान जी ! स्वास्थ्य ठीक नहीं है ?"

"क्यों, स्वास्थ्य को क्या हुआ है ?" दीवान जी ने मुस्कराने का प्रयत्न किया, "भला-चंगा हूँ।"

"नहीं महाराज ! आपके चेहरे पर रोज जैसी चमक नहीं है। कुछ बुझे-बुझे-से लग रहे हैं।"

"हाँ, मन तो बुझ ही जाता है !" दीवान जी बोले, "अपने घर को देखो। अपने आसपास देखो। समझ नहीं आता कि हमारा समाज और देश किधर जा रहा है। विदेश से ऐसी आँधी आ रही

है कि अपनी सारी भारतीयता तो उड़ती दिखाई देती है।''

"कोई विशेष बात हो गई दीवान जी ?"

"खास क्या और आम क्या ?" दीवान बोले, "पड़ोस के एक घर में गमी हो गई। किसी ने कहा, जब तक मिट्टी नहीं उठती, गीता का पाठ करो। खोज मची तो पाँच घरों तक में गीता नहीं मिली। अब बताओ, वह कैसा हिंदू घर, जिसमें गीता न हो। पहले भी कोई प्रत्येक घर में गीता पढ़ी जाती हो—ऐसी बात नहीं है; पर घर में ग्रंथ तो होना चाहिए। वक्त जरूरत काम आए।...."

"ग्रंथ हो भी तो कोई पढ़ेगा कैसे !" गोविंद सहाय ने भी जैसे निःश्वास छोड़ा, "लोगों में होड़ मची है कि अंग्रेजी पढ़ेंगे। जब कोई संस्कृत पढ़ेगा ही नहीं तो गीता होगी भी तो क्या कर लेगा ? इन्हें तो गीता भी अंग्रेजी में ही चाहिए होगी।"

"आगे समय और भी खराब आ रहा है।" दीवान जी बोले, "राजा-महाराजा अंग्रेजी पढ़ेंगे तो प्रजा भी वही पढ़ना चाहेगी। बड़े लोगों के बच्चे तो मेयो कॉलेज में पढ़ते हैं। वहाँ पढ़कर वे पूरे अंग्रेज हो जाते हैं। जो कसर होती है, वह विलायत जाकर पूरी कर आते हैं। अब हमारे महाराज ही हैं...उनमें रह गई कोई राजपूतों वाली बात ? सपने में भी अंग्रेजी बोलते हैं। पानी की जगह मदिरा पीते हैं।...हर बात में अंग्रेजों से होड़...." दीवान रुके, "एक बात बताऊँ लाला गोविंद सहाय ! यदि भाषा उठ गई तो धर्म भी उठ जाएगा। एक भाषा समाप्त हो जाती है, तो उसमें लिखा सारा साहित्य भी लुप्त हो जाता है। और मुझे कष्ट यह है कि यह सब हमारे अपने राजाओं के हाथों हो रहा है। उन्हें कोई रोक नहीं सकता।"

"दीवान जी ! बुरा न मानो तो एक बात कहूँ ?...."

"अरे, आपकी बात का क्या बुरा मानना। कहिए !"

"अलवर में एक संत आए हुए हैं। बड़े ज्ञानी हैं। अंग्रेजी भी बहुत अच्छी जानते हैं, इसलिए उन्हें कोई पोंगा पंडित नहीं कह सकेगा। कृष्ण-कथा ऐसी सुंदर कहते हैं कि वृंदावन ही सजीव हो जाए और गीता की बात करते हैं तो मूरख को भी समझ आ जाए। दुर्गा माता और भारतमाता को एक ही मानते हैं...."

दीवान रामचंद्र ने ध्यान से गोविंद सहाय की ओर देखा, "अंग्रेजी बोलने वाला हिंदू संत। राष्ट्रीयता और अध्यात्म को जोड़ने वाला संत। कहाँ देखा आपने उसे ?"

"पिछले सप्ताह तक तो मेरे ही घर में थे।"

"तब तो आपने उनकी चर्चा नहीं की।"

"कोई संयोग ही नहीं बना। आज भी यदि यह सरकारी काम मुझे आपके पास न लाता और आप मुझे इस प्रकार अवसाद में डूबे न लगते, तो शायद ही यह चर्चा हो पाती। संयोग से ये बातें हो गईं।...."

"तो अब कहाँ हैं वे ?"

"उनकी कथा-वार्ता सुनने अधिक लोग आने लगे, जगह कम पड़ने लगी तो वे सबकी सम्मति से पंडित शंभुनाथ के घर चले गए। चले क्या गए, उनके ठहराने की व्यवस्था वहाँ कर दी गई।"

"उनके यहाँ कोई विशेष सुविधा है क्या ?"

"हाँ, सुविधा तो है। मकान बड़ा है, परिवार छोटा है। शंभुनाथ जी सेवानिवृत्त हैं, दिन-भर

घर में रहते हैं।''

''आपको लगता है कि वे संत हमारे समाज को कुछ बदल पाएँगे ?''

''समाज के विषय में तो मैंने कुछ सोचा ही नहीं, झूठ क्यों कहूँ !'' गोविंद सहाय बोले, ''पर वे अध्यात्म की साक्षात् मूर्ति हैं। अंग्रेजी इतनी अच्छी जानते हैं; किंतु अंग्रेजों की कोई बात उनमें नहीं है।''

''किसी हिंदू संन्यासी में अंग्रेजों की-सी क्या बात हो सकती है गोविंद सहाय ?''

''क्या पता दीवान जी !'' गोविंद सहाय हँस पड़े, ''पहले किसी ने कहाँ सोचा था कि भारतीय राजा में अंग्रेजों की कोई बात हो सकती है। पर हो गई न ! हमारे स्वामी जी तो ऐसे हैं कि उनके चारों ओर जैसे धर्म-प्रेम, देश-प्रेम और ईश्वर-प्रेम भाँवरें डालता चलता है।''

''आपने उनसे दीक्षा तो नहीं ले ली ?''

गोविंद सहाय हँसे, ''मैंने उनके चरण पकड़ लिए। वे जितना मना करते, मैं उतना ही लिपटता गया। अंत में हारकर उन्होंने मुझे दीक्षा दे दी। मैंने हरबक्स फौजदार से चर्चा की तो वे भी पीछे लग गए। उन्होंने भी उनसे नाम-दीक्षा ली है।''

''आपने कहा कि स्वामी जी ने हारकर आपको दीक्षा दी !''

''जी।''

''इसका क्या अर्थ ? क्या उनकी रुचि शिष्य बनाने में नहीं है ?''

''नहीं ! उनका कहना है, गुरु को शिष्य का सारा बोझ ढोना पड़ता है। उससे गुरु की तपस्या की हानि होती है।'' गोविंद सहाय बोले, ''पर मैंने उनका पीछा नहीं छोड़ा।''

''लाला गोविंद सहाय ! यह उस संन्यासी का पाखंड तो नहीं है ?''

''नहीं दीवान जी ! आप एक बार उनके दर्शन कर लें। आप स्वयं ही समझ जाएँगे कि वे कैसे सात्त्विक पुरुष हैं। उनके मन में रत्ती-भर भी स्वार्थ नहीं है।''

''मैंने तो आज तक ऐसा आदमी देखा ही नहीं, जिसके मन में स्वार्थ ही न हो। संसार तो स्वार्थ का घर है।''

''तो आप स्वामी जी से मिल लें।'' गोविंद सहाय बोले, ''बल्कि मैं तो यह सोच रहा था कि आप उनको महाराज से भी मिलवा दें। संभव है कि वे महाराज मंगलसिंह के इस अंग्रेजियत के रोग का कुछ उपचार कर सकें।''

दीवान ने चमककर गोविंद सहाय की ओर देखा, ''क्या कह रहे हैं लाला जी !''

''कोई भूल हो गई हो तो क्षमा करें दीवान जी ! किंतु मैं जब से उनसे मिला हूँ, तब से यही सोच रहा हूँ कि इस विदेशियत के रोग की वे रामबाण औषध हैं। सांसारिक भोगों के रोग की भी वे अचूक औषधि हैं। वे एक प्रवचन में जो कुछ दे देते हैं, वह संसार एक शताब्दी में भी कभी आपको नहीं दे सकता।''

दीवान रामचंद्र चुपचाप बैठे कुछ सोचते रहे। गोविंद सहाय उनकी ओर देखते रहे।

अंततः दीवान जी ने सिर उठाया, ''मैं सोचता हूँ कि दीक्षा लूँ या न लूँ, किंतु एक बार स्वामी जी से मैं भी मिल ही लूँ।''

23

स्वामी आकर अपने आसन पर बैठे तो जमालुद्दीन उठकर धीरे से उनके पास आया, "स्वामी जी ! मेरी बड़ी इच्छा है कि कल आप मेरे घर पर भोजन करें।...."

इससे पहले कि स्वामी कुछ कहते, जमालुद्दीन पंडित शंभुनाथ के पास पहुँच गया, "पंडित जी ! मैं ऐसा इंतजाम कर दूँगा कि आपको कोई एतराज नहीं होगा।"

"पर मैंने तो अभी कोई आपत्ति की ही नहीं है।" शंभुनाथ ने हँसकर कहा।

"आपने आपत्ति की तो नहीं है, पर मैं सोचता हूँ कि स्वामी जी तो संन्यासी हैं। उन पर जात-पात का कोई बंधन नहीं है। किंतु आपको आपत्ति हो सकती है।" जमालुद्दीन ने कहा।

"तो आप क्या प्रबंध करेंगे मौलवी साहब कि मुझे आपत्ति न हो ?"

"मैं सारा सामान, मेज-कुर्सियाँ तक ब्राह्मणों के द्वारा धुलवा दूँगा। ब्राह्मणों के घरों से लाए गए बर्तनों में ब्राह्मणों द्वारा भोजन पकाया जाएगा।"

"यह क्या प्रबंध हुआ मौलवी साहब !" स्वामी मुस्करा रहे थे, "ब्राह्मण ब्रह्म को पाने का प्रयत्न करने के स्थान पर मेज-कुर्सियाँ धोएगा, रसोई करेगा !"

"यह तो पंडित जी का मनभावन प्रबंध है स्वामी जी !" जमालुद्दीन ने कहा, "मैं पास भी नहीं फटकूँगा। यह यवन बस दूर से देखता रहेगा। आप स्वामी जी को मेरे घर पर भोजन करने की इजाजत दे दीजिए।"

स्वामी कुछ विस्मित थे। निमंत्रण उनके लिए था और अनुमति पंडित शंभुनाथ से ली जा रही थी। पर शायद जमालुद्दीन ने ठीक मार्ग पकड़ा था। आपत्ति स्वामी की ओर से नहीं, पंडित शंभुनाथ के द्वारा ही होने वाली थी।

पंडित शंभुनाथ ने जमालुद्दीन की वह दीन मुद्रा देखी तो भावविह्वल होकर उसका हाथ पकड़कर प्रेम से सहलाया, "इन परिस्थितियों में तो मौलवी साहब ! स्वामी जी ही क्यों, मैं भी आपके घर भोजन करने चलूँगा।"

स्वामी की चिंता दूर हो गई। जमालुद्दीन की यह दीनता उन्हें भी कहीं दूर तक छू गई थी। यदि कहीं शंभुनाथ उसे मना कर देते तो स्वामी को तनिक भी अच्छा नहीं लगता।

"जमाल !" स्वामी ने पुकारा, "यह सारा प्रबंध पंडित जी के लिए ही करना। मेरे लिए इनमें से कुछ भी आवश्यक नहीं है।"

"अरे भाई ! मेरी तो समझ में नहीं आ रहा कि पूतना-वध को बीच में ही छोड़कर आप लोग यह ब्राह्मण-भोज कैसे करने लगे !" धनराज ने कहा।

"ठीक है, ठीक है।" स्वामी हँसे, "धनराज ठीक कह रहा है। पहले पूतना-वध...."

बैलगाड़ी पर एक व्यक्ति हरा चारा ला रहा था। मार्ग में पूतना खड़ी थी।

"सुनो गाड़ी वाले !" पूतना ने कुछ इठलाकर उसे पुकारा।

"कहाँ जाएगी गोरी ?" व्यक्ति ने उसकी ओर देखा।

पूतना तुनककर बोली, "तेरे घर जाने को नहीं ठाढ़ी मैं यहाँ। नंद मेहर का घर कौन-सा है ?"

व्यक्ति मुस्कराया, "गाड़ी पर आ जाए तो मैं पहुँचा दूँ, नाहीं तो सूधी चली जा। जहाँ गाँव की गोरियों का जमघट दीखे, उसे ही नंद बाबा का घर मान लेना।"

उसे मुँह चिढ़ाकर पूतना आगे बढ़ गई। वन की ओर से चरवाहे गायों को चराकर लौट रहे थे। दूसरी ओर से अनेक गोपियाँ सिर पर मटकियाँ उठाए आ-जा रही थीं। कुछ दही बेचकर लौट रही थीं। कुछ यमुना से पानी भरकर आ रही थीं।

अपने घर के ओसारे में यशोदा दही मथ रही थीं। गंगा दूध की बाल्टी लेकर आई और पास खड़ी हो गई। तभी पद्मा ने भी आँगन में प्रवेश किया।

यशोदा ने पद्मा की ओर देखा तो पद्मा ने निकट आकर मथानी पकड़ ली, "क्या कर रही हो नंदरानी ! थक जाओगी। अभी मंद हो। अभी से इतना परिश्रम मत किया करो। उठो।"

पद्मा ने यशोदा को उठाकर चारपाई पर लेटा दिया। तभी हँसती-खिलखिलाती, हाथ में मटकियाँ पकड़े दो-तीन गोपियाँ हुल्लड़-सा मचाती घर में घुस आईं।

"कान्हा कहाँ है ?"

"पलने में है।" पद्मा ने कहा, "क्यों ?"

उन्होंने पद्मा के प्रश्न का उत्तर नहीं दिया। पालने के पास जाकर खड़ी हो गईं, "सो क्यों रहा है ?"

"गैया चराने गया था न ! सो थककर सो रहा है।" पद्मा बोली, "अब तुम जगा मत दीजो।"

"धत् !" एक गोपी ने कहा।

"तो और क्या ?" गंगा ने कहा, "तुम क्या कर आईं ?"

"कर क्या आईं ! दही बेचने गई थीं। कुछ खा आईं, कुछ सैयाँ को खिला आईं।" पद्मा ने कहा, "चलो, भागो अब यहाँ से।"

गोपियाँ हुल्लड़ मचाती हुई बाहर भाग गईं।

"तेरे कान्हा ने तो सारे गोकुल पर जादू कर रखा है। उन गोपियों को क्या कहें ! इस पद्मा को ही देखो, घर में पैर ही नहीं टिकता इसका।" गंगा ने कहा।

"तो चाची, तुम ही क्यों भोर होते ही नंद मेहर के घर चली आती हो ? कान्हा के लिए ही तो…"

तभी पूतना ने आँगन में प्रवेश किया। सबकी दृष्टि उसकी ओर उठ गई। पूतना आकर पालने के पास रुक गई और कृष्ण को निहारने लगी।

"कौन है री तू ?" गंगा ने उसे घूरकर देखा।

"तेरे लल्ला की धाय हूँ।" पूतना बहुत मधुर कंठ से बोली।

यशोदा हँस पड़ीं, "गोकुल में पहले कम थीं कि तू एक और आ गई ! कहाँ से आई ?"

"कहीं से भी आई हो।" पद्मा बोली, "नहीं चाहिए धाय हमें।"

"धाय न मान, गाय मान।" पूतना बोली, "दूध पिला दूँगी लला को।"

"चल हट निगोड़ी !" पद्मा ने उसे डाँटा, "हमें न धाय चाहिए न गाय।"

पूतना ने प्रतीक्षा नहीं की। तत्काल श्रीकृष्ण को उठा लिया।

"क्या कर रही है री तू मुँहझौंसी ?" पद्मा ने उसे डाँटा।

"अरी तो इतना उफन क्यों रही है ? लल्ला को जी भरकर देख तो लेने दे।" पूतना बोली, "बड़ी आस लेकर आई हूँ।"

पद्मा रुक नहीं पाई। वह उससे श्रीकृष्ण को छीन लेने के लक्ष्य से आगे बढ़ी। यशोदा को अच्छा नहीं लगा। उन्होंने संकेत से पद्मा को मना किया।

पूतना कृष्ण को अपनी भुजाओं में लिए हुए यशोदा के निकट, दीवार का सहारा लेकर भूमि पर बैठ गई। उसने कृष्ण को आँचल में ढँक लिया।

पद्मा ने क्रोध से उसकी ओर देखा, "नहीं मानती तू ?"

पूतना ने हाथ के संकेत से उसे मना किया, "तू इतनी मरखनी क्यों है री ! चिल्ला मत, लल्ला जाग जाएगा।"

पद्मा अपनी चिबुक पर अंगुली धरे सोचती रह गई : कैसी है यह लुगाई ! न मानती है, न छोड़ती है !

पूतना ने अपने आँचल की ओट से कृष्ण को अत्यंत दुलार से देखा। उसे अपने वक्ष से लगा लिया। वक्ष से दूध नहीं उतरा तो उसकी आँखों में क्रूरता प्रकट हुई। कृष्ण की आँखों में नटखट भाव था और अधरों पर चंचल मुस्कान। सहसा पूतना के चेहरे पर व्याकुलता प्रकट हुई। वह जैसे कृष्ण को अपने वक्ष से दूर करना चाह रही थी, किंतु कृष्ण के चेहरे पर एक प्रकार की दृढ़ता थी। पूतना के चेहरे पर क्रमशः पीड़ा के लक्षण प्रकट हुए। उसके हाथ शिथिल हो गए। कृष्ण जैसे उसके हाथों से गिरने को हुए। पद्मा ने दौड़कर कृष्ण को थाम लिया। पूतना क्रमशः अचेत होती चली गई।

पद्मा ने कुछ चकित होकर कहा, "देख तो चाची ! इसे क्या हो गया ?"

गंगा दौड़कर गई। उसका परीक्षण किया।

पद्मा कृष्ण को अपने साथ चिपकाए, डरी-सी आकर यशोदा के निकट खड़ी हो गई।

"क्या हुआ चाची !"

"यह तो तेरे कान्हा को अपने प्राण ही पिला गई।"

"हाँ ! यह तो मेरी समझ में आता है।" धनराज ने कुछ संतोष से कहा, "नहीं तो मैं भी कहूँ कि कैसे कोई किसी के घर में घुस जाएगी और कैसे उसके बच्चे को दूध पिलाने लगेगी; पर स्वामी जी !..."

"क्यों, क्या अब भी कोई कसर बाकी रह गई ?" जमालुद्दीन ने हँसकर पूछा।

"हाँ, कसर तो रह गई न।" धनराज बोला, "तुमने स्वामी जी को तो भोजन के लिए बुलाया। पंडित जी को भी बुलाया। पर हमें कहाँ बुलाया ? कसर रह नहीं गई ?"

"तुम भी आओ भाई !" जमालुद्दीन प्रसन्न हो उठा, "यह तो मुझे पहले ही सोचना चाहिए था कि देवता को न्यौतूँगा तो उनके पार्षद भी आएँगे।"

"स्वामी जी ! कथा को थोड़ा-सा आगे बढ़ाएँ।" डॉक्टर लश्कर ने कहा, "श्रीकृष्ण सबके घर मक्खन कैसे खाते हैं ?"

"जब सारे घर ही उनके हैं तो..." स्वामी ने कहा, "सुनो।"

तीन वर्ष के कृष्ण की बाँह थामे पद्मा ने अपने घर में प्रवेश किया। उसके सिर पर खाली मटकी

थी। वह दही बेचकर लौटी थी। आँगन में एक गाय सानी खा रही थी और पद्मा का पति धर्मदत्त उसका दूध दुह रहा था। पद्मा कुछ आवेश में उसकी ओर बढ़ी।

"आज फिर गैया को चराने नहीं ले गए ! सूखी सानी पर डाल दिया !"

"अरी, तू समझती क्यों नहीं, वन में कैसे-कैसे पशु हैं ! कोई एक आफत है !" धर्मदत्त बोला।

"आफत वन में नहीं, तेरे मन में है। मैं उधर दही बेचने जाती हूँ और तू खाट पर पड़ा रहता है। आलसी है तू प्रथम कोटि का। शरीर को कष्ट देना नहीं चाहता। सारा ग्राम ले जाता है अपनी गायों को चराने। एक तेरे ही लिए वन में आफत है !" पद्मा ने उसे डाँटा।

कृष्ण ने उन्हें लड़ते देखा तो रोने लगे।

पद्मा का ध्यान उनकी ओर गया, "क्या हुआ कान्हा ?"

"घर जाऊँगा।" कृष्ण ने ठुमकते हुए कहा।

"ओह-हो ! यह भी तो तेरा ही घर है रे !" पद्मा ने उन्हें मनाया।

"नहीं, मैं मैया के पास जाऊँगा।"

"तू समझता क्यों नहीं कान्हा ! मैं भी तेरी मैया हूँ। यशोदा के साथ हम सबने मिलकर पाला है तुझे।" उसने कृष्ण को गोद में उठा लिया, "अब तू अकेली यशोदा का ही हो जाएगा ?"

कृष्ण वैसे ही रोते रहे, "मैया माखन देती है।"

"तो मैं भी देती हूँ न !"

पद्मा आँगन पार कर बरामदे में आई। कृष्ण को गोद में से उतारकर भूमि पर खड़ा किया और छींके में से मक्खन की मटकी उतारी। हाथ से मक्खन निकालकर कृष्ण के मुख की ओर ले गई, "ले, खा।"

धर्मदत्त के मुख का स्वाद जैसे कसैला हो गया। वह दूध की बाल्टी लेकर पास आ खड़ा हुआ, "मुझे तो रोटी सूखी ही निगलवा दी। पड़ोसी के छोरे के लिए मक्खन है तेरे पास, मेरे लिए ही नहीं है ?"

पद्मा ने उसे तीखी दृष्टि से देखा, "यह कान्हा तुझे पड़ोसी का छोरा दीखता है ? मैं इसकी मैया नहीं हूँ ?"

धर्मदत्त जैसे डर गया। कुछ समझ में नहीं आया कि क्या कहे, "तू तो मेरी भी मैया है मेरी अम्मा ! मुझे तो इस छोरे का गोरखधंधा ही कुछ समझ नहीं आता।"

"तो फिर चुप रहा कर। जिसे गोद में लेकर त्रिलोकी का सुख मिलता है, उसे पड़ोसी का छोरा कहता है दाढ़ीजार !" उसका ध्यान फिर कृष्ण की ओर गया, "ले, खा कान्हा !"

कृष्ण ने ठुमककर कहा, "आपे-आपे खाऊँगा।"

पद्मा ने कृष्ण के सम्मुख अपनी हथेली फैला दी, "ले अपने आप खा।"

कृष्ण नहीं माने। बोले, "मटकी से खाऊँगा।"

पद्मा परमानंद की स्थिति में हँसी, "ले बाबा ! तू मटकी में से खा। तू सारी मटकी खा ले।"

पद्मा ने मटकी उनकी ओर सरका दी। कृष्ण रोते-रोते हँस पड़े। आँखों में अश्रु की बूँदें थीं और अधरों पर हँसी। अपने हाथ से मटकी में से लेकर मक्खन खाकर जैसे तृप्त होकर पद्मा

की ओर देखा, "तुम बहुत अच्छी हो पद्मा !"

धर्मदत्त अब तक चुप था। अब चिढ़कर बोला, "मुझे ऐसे ही मक्खन खिलाए तो मैं भी कहूँगा, तू बहुत अच्छी है पद्मा !"

पद्मा की दृष्टि कठोर हो गई, "चुप रह तू।"

धर्मदत्त सहम गया, पर पद्मा का ध्यान ही उसकी ओर नहीं था। उसने कृष्ण को देखकर रुष्ट होने का अभिनय किया, "पद्मा नहीं, मैया बोल। बोल मैया !"

उसने कृष्ण को गुदगुदाया।

"बोल मैया !"

कृष्ण के मुख पर मोहिनी मुस्कान आ गई, "पद्मा मैया !"

पद्मा जैसे निहाल हो गई। कृष्ण को गोद में उठाकर चूम लिया और फिर अपने वक्ष में भींचकर परम आनंद की स्थिति में अपनी आँखें बंद कर लीं, "तू समझता क्यों नहीं बावरे ! गोकुल की प्रत्येक माँ का पुत्र है तू और गोकुल का प्रत्येक घर तेरा ही घर है।"

कृष्ण ने पद्मा को देखा और उनके अधरों पर अत्यंत नटखट और क्रीड़ामयी मुस्कान प्रकट हुई, जो खिलखिलाहट बनकर सारे चेहरे पर फैल गई।

स्वामी ने कथा समाप्त की। आँखें बंद कर प्रभु का ध्यान किया। अपनी दोनों हथेलियों से अपनी आँखों और चेहरे को मला, "शिव ! शिव !!"

किसी ने उनके चरणों को स्पर्श किया। स्वामी ने आँखें खोलीं और उस व्यक्ति को देखा।

"ये अलवर राज्य के दीवान हैं स्वामी जी !" शंभुनाथ ने उनका परिचय करवाया, "मेजर रामचंद्र जी।"

"प्रभु आपका कल्याण करें।" स्वामी बोले, "तो बात राजपुरुषों तक पहुँच गई !"

"पुष्प की सुगंध फैलते देर ही कितनी लगती है स्वामी जी ! वैसे तो डॉक्टर लश्कर भी अलवर राज्य के राजपुरुष ही हैं, जिन पर आपने अलवर राज्य में प्रवेश करते ही कृपा की।" दीवान बोले, "यह हमारा सौभाग्य है कि आपने हमारे राज्य और नगर को अपनी चरणधूलि डालने योग्य समझा।"

"कैसे आए दीवान जी ?"

"वैसे तो आपके दर्शन करने आया था स्वामी जी !" दीवान बोले, "किंतु आपके मुख से कृष्ण-कथा सुनकर लोभ बढ़ गया है। इच्छा है कि आपकी चरणधूलि मेरे घर को भी पवित्र करे।"

"क्यों ? साधु को परखना चाहते हो ?"

दीवान स्तब्ध खड़े रह गए। मुख से एक शब्द भी नहीं निकला।

स्वामी हँसे, "उसमें ऐसा कोई दोष भी नहीं है दीवान जी, जो आप इस प्रकार अवाक् हो गए। मेरे गुरु कहते थे, 'साधु को परखो। दिन में परखो। रात में परखो।' वे यह भी कहा करते थे कि धार्मिक होने का अर्थ मूर्ख होना नहीं होता। आप भी अपनी बुद्धि से परखिए कि यह साधु आपके राज्य में आकर कहीं कोई षड्यंत्र तो नहीं कर रहा।"

"मुझ पर दया करें स्वामी जी !" दीवान ने अपना माथा भूमि पर टिका दिया।

24

कमरे के बाहर खड़े जमालुद्दीन और पंडित शंभुनाथ में बहुत मंद स्वर में कोई विवाद चल रहा था। जब उसका समाधान होता दिखाई नहीं दिया तो स्वामी ने पुकारा, "क्या बात है भाई ! पंडित और मौलवी में कोई सहमति नहीं हो रही क्या ?"

वे दोनों हँसते हुए भीतर आ गए। उनके साथ डॉक्टर लश्कर भी थे।

"स्वामी जी ! इन दोनों में कुछ समझौता नहीं हो पा रहा। विवाद का विषय है कि पहले आपको भोजन करा दिया जाए, या पूरी पंगत बैठा दी जाए।" डॉक्टर ने कहा।

"हाँ, विषय तो बहुत गंभीर है।" स्वामी बोले, "इसका निर्णय हो जाए तो कहीं सृष्टि आगे बढ़े।"

"नहीं स्वामी जी ! पंगत बैठाने से आपकी अवमानना⋯ ।"

स्वामी जोर से हँस पड़े, "पंडित जी ! साधु तो भिखारियों की पंगत में बैठकर भोजन पाता है। आप उसकी अवमानना से डर रहे हैं।"

डॉक्टर ने अपनी आँखों में उमड़ आए अश्रु पोंछ लिए, "और दूसरी समस्या यह है स्वामी जी कि जब आप भोजन कर रहे हों, उस समय यह यवन उस कमरे में रहे या न रहे ?"

"हाँ, समस्या तो यह भी बहुत बड़ी है।" स्वामी बोले, "जहाँ तक मेरे भोजन का प्रश्न है, यदि पंगत बैठती है तो जमाल भी हमारे साथ पंगत में बैठे; और यदि पहले मुझे भोजन कराते हो तो जिस माता की रसोई में प्रभु का यह प्रसाद तैयार हुआ है, वह अपने पति के साथ मिलकर अपने हाथों मुझे भिक्षा दे।" स्वामी ने उन लोगों की ओर देखा, "अब जैसी तुम्हारी इच्छा हो, वह कर लो। पर जल्दी करो। साधु को भूखा रखकर कष्ट मत दो।"

पहले स्वामी को ही भोजन करवाया गया। वे खाकर हाथ धोने के लिए उठे तो उन्होंने देखा कि कुर्बान अली पानी लिए खड़ा था।

"अरे, तुम भी यहीं हो !" स्वामी ने कहा, "कब आए ?"

"मैं तो आरंभ से ही यहीं था स्वामी जी !" वह बोला, "दूसरे कमरे में था। आपके सामने नहीं आया।"

"तो अब क्यों आ गए ?" स्वामी हँस रहे थे।

"अब न आता तो आपसे वर कब माँगता।"

"तो तुम्हें वर चाहिए ?"

"हाँ स्वामी जी !"

"मुझे कोई देवता मान लिया है क्या ?"

"अब मानने को रह क्या गया है ? वह तो साबित हो चुका।"

"तो माँग लो।"

"स्वामी जी, एक रोज मेरे घर में भी अपनी जूठन गिराएँ।" उसका गला रुँध गया, "जब आप हमें पराया नहीं मानते तो फिर हमें भी यह अधिकार मिलना चाहिए।"

"साधु के यजमान बढ़ रहे हैं।" स्वामी पहले तो मुस्कराए, फिर तत्काल गंभीर होकर बोले, "लोग तुम्हें बिरादरी से निष्कासित तो नहीं कर देंगे ?"

"कर भी दें तो चिंता नहीं है।" वह बोला, "वैसे ऐसा कुछ नहीं होगा। जमालुद्दीन को किसने निकाल दिया ? और अब तो कितने ही लोग आपके चरणों में बैठने को आतुर हैं। आपको उन सबके घर जाना होगा। उनकी रसोई को पवित्र करना होगा।"

"होगा भाई, होगा।" स्वामी ने अपनी आँखें मूँदकर आकाश की ओर देखा, "शंकर ! शंकर !!"

25

मेजर रामचंद्र का घर किसी उत्सव के लिए सजा हुआ था। स्वामी आ चुके थे और स्वयं महाराज मंगलसिंह उनके घर आ रहे थे।

दीवान स्वयं को प्रसन्न नहीं पा रहे थे। पहले तो उन्हें यही लगा था कि वे उत्तेजित हैं; किंतु अब वे अबूझ-सी व्याकुलता का अनुभव भी कर रहे थे। पता नहीं, उन्होंने जो कुछ किया, वह किसी के लिए हितकर भी था या उन्होंने स्वयं अपने लिए ही संकट को निमंत्रित किया था : आ बैल, मुझे मार।...उन्हें स्मरण हो आया, उनके एक मित्र ऐसी किसी परेशानी में पड़ने पर कहते थे कि लोग तो कहते हैं, आ बैल, मुझे मार और मैं हूँ कि स्वयं ही जाकर बैल के सींगों पर चढ़ जाता हूँ।...आज उन्होंने भी कुछ ऐसा ही तो नहीं किया ?

वे देर तक अपने कमरे के एकांत में टहलते रहे। अंत में जब एकांत असह्य हो गया तो उठकर स्वामी के पास आए।

"स्वामी जी ! द्वंद्व का दंश मुझे पीड़ित किए हुए है।" उन्होंने कहा, "मैं नहीं जानता कि मैंने उचित किया या नहीं।"

"आपने क्या किया है ?" स्वामी बोले, "मुझे अपने घर पर बुलाया है और महाराज को उसकी सूचना दे दी है।"

"हाँ, एक प्रकार से किया तो यही है; किंतु समस्या यह है स्वामी जी कि महाराज बहुत अधिक अंग्रेज हो चुके हैं। बोल-चाल, रहन-सहन और सोच-विचार सब कुछ ही अंग्रेजों जैसा हो गया है।" दीवान बोले, "न उनका इस देश से कोई लगाव दिखाई देता है, न धर्म से। प्रजा का भी उनको कोई ध्यान नहीं है। वे तो मानते हैं कि भगवान् ने उनको एक राजवंश में केवल इसलिए जन्म दिया है कि वे जीवन के सारे भोग भोगें।"

"वह तो वे कर ही रहे हैं।" स्वामी ने शांत स्वर में कहा, "उनके आज यहाँ आने से इसका क्या संबंध है ? आप किस बात से चिंतित हैं—एक साधु को अपने घर बुलाने के कारण वे आपसे रुष्ट हो जाएँगे ?"

"नहीं, मुझसे रुष्ट तो नहीं होंगे। वे जानते हैं कि मुझे साधुओं का संग अच्छा लगता है।" दीवान बोले, "कहीं वे आपका अपमान न कर बैठें।"

स्वामी हँस पड़े, "साधु का मान क्या और अपमान क्या ! वे क्या करेंगे, यह प्रश्न आपके लिए महत्त्वपूर्ण है, मेरे लिए नहीं। मेरे लिए महत्त्वपूर्ण तो यह है कि क्या मुझमें अब भी मानापमान का भाव शेष है ? यदि है, तो मेरी साधना में अभी कहीं कमी है। यदि उन्होंने मेरा अपमान नहीं

किया, तो आपके लिए कोई संकट नहीं है और यदि उन्होंने मेरा अपमान किया, तो मेरी साधना की परीक्षा हो जाएगी।''

दीवान स्तब्ध रह गए। क्या सचमुच स्वामी के लिए अपने मानापमान का कोई महत्त्व नहीं है ? क्या ऐसा संभव है ? क्या संसार में कोई ऐसा भी प्राणी हो सकता है, जिसे अपने मानापमान की चिंता न हो ? जब गोविंद सहाय ने उन्हें स्वामी के विषय में बताया था, तब भी उन्होंने यही माना था कि डॉक्टर लश्कर बंगाली होने के कारण ही इस साधु का प्रचार कर रहे हैं। फिर केवल यह परखना चाहा था कि यह साधु कितना बड़ा ठग है। अलवर राज्य के दीवान होने के नाते उनका दायित्व था कि वे ध्यान रखें कि उनकी प्रजा को कोई इस प्रकार न ठगे।...पर जैसे-जैसे वे स्वामी को जानते गए, उनका भाव बदलता गया। उन्हें लगा कि गोविंद सहाय का विचार ठीक था कि स्वामी जैसे साधु के प्रभाव से वे महाराज को भी उचित मार्ग पर ला सकते हैं। संभव है कि स्वामी उन्हें समझा सकें कि कोई भारतीय अंग्रेजों का कितना भी अनुकरण कर ले, वह अंग्रेज नहीं हो सकता; और न ही अंग्रेज बनना हमारे हित में है। हमारी प्रजा का सुख तो इसमें है कि उनका शासक उनके ही समान सोचे-समझे। उनके ही समान रहे। उनके मन की बात समझे और उनकी उन्नति का प्रयत्न करे।...

तभी उन्होंने महाराज को एक पत्र लिखा था कि अलवर में एक बहुत विद्वान् साधु आए हुए हैं। और महाराज को प्रभावित करने के लिए बहुत रेखांकित करते हुए लिखा था कि ये साधु बहुत अच्छी अंग्रेजी भी जानते हैं।...

''पर स्वामी जी ! यह कैसे संभव है कि मनुष्य में अपने मान और अपमान का भाव न रहे ?'' दीवान बोले, ''मनुष्य में अहंकार न हो, यह तो उचित ही है; किंतु स्वाभिमान भी न हो, यह कैसे संभव है ?''

स्वामी हँस पड़े, ''अभिमान करने को हमारे पास अपना देश है, अपना धर्म है, प्रभु की भक्ति है। कोई उनका अपमान करेगा तो हमें अवश्य पीड़ा होगी। अपना मानापमान क्या ? हम हैं ही क्या ? सम्मानित और सम्मान करने वाले में, अपमानित और अपमान करने वाले में अंतर ही क्या है ? वे उस एक प्रभु के अंश ही तो हैं। बस, अपने अज्ञान के कारण अपना अहंकार पाल रहे हैं और सम्मानित और अपमानित हो रहे हैं। शिव ! शिव !!''

''यह तो आप जानते हैं स्वामी जी कि हम एक ही ईश्वर के अंश हैं, महाराज तो नहीं जानते न !''

''महाराज तो नहीं जानते, किंतु अंतर्यामी प्रभु तो जानते हैं।'' स्वामी बोले, ''प्रभु मुझे समाज की दृष्टि में अपमानित रखना चाहेंगे तो उन्हें कौन रोक सकता है और वे नहीं चाहेंगे तो कौन किसे अपमानित कर सकता है ?''

दीवान के मन में स्वामी के प्रति श्रद्धा का भाव बढ़ गया, किंतु उनकी अपनी आशंकाएँ कम नहीं हुईं।...उनके पास अब और कोई विकल्प भी तो नहीं था। सब कुछ ईश्वर पर ही छोड़ना था।...

महाराज मंगलसिंह आए। दीवान और उनके परिवार ने बाहर फाटक पर उनकी अगवानी की, किंतु स्वामी अपने कमरे में ही रहे।

''संन्यासी कहाँ है ?'' मंगलसिंह ने पूछा।

"आइए अन्नदाता !" दीवान उन्हें मार्ग दिखाते हुए भीतर ले आए।

मंगलसिंह को 'अन्नदाता' संबोधन अपने आप में काफी गँवारू लगता था। वे अपने लिए 'योर हाईनेस' और 'हिज़ हाईनेस' ही सुनना चाहते थे, किंतु दीवान को शायद अभी इसका पूरा अभ्यास नहीं हुआ था; या फिर दीवान को गँवारूपन का रोग था।

"आपने मुझे संन्यासी से मिलने के लिए बुलाया नहीं था दीवान जी !" मंगलसिंह ने कहा, "आपने केवल उनकी प्रशंसा की थी। मुझे ही लगा कि आपकी इच्छा है कि मैं उनसे मिलूँ।"

"आपकी कृपा है महाराज कि आप अपने दीवान की इच्छा को इतना महत्त्व देते हैं।"

"अपने दीवान की इच्छापूर्ति के अतिरिक्त मेरा दायित्व बनता है कि मैं अपने दीवान की इन ठगों से रक्षा करूँ।"

दीवान का मन काँप गया : महाराज मंगलसिंह स्वामी जी को पहले से ही ठग मान चुके हैं। ऐसे में वे उनका समुचित सम्मान कैसे कर पाएँगे !

"महाराज की अनुकंपा है।" दीवान इतना ही कह पाए।

"मैं संन्यासी को राजमहल में भी आमंत्रित कर सकता था।" मंगलसिंह बोले, "किंतु देखना आवश्यक था कि वह इसके योग्य हैं भी या नहीं। कहीं आप व्यर्थ ही तो अपना आतिथ्य नष्ट नहीं कर रहे।"

"आप स्वयं उन्हें तौल लें महाराज !"

मंगलसिंह का स्वर कुछ रूक्ष हो गया, "बाणिया हूँ मैं कि हाथ में तराजू लेकर तौलता रहूँ ?"

"नहीं, महाराज पारखी हैं। सोने और मिट्टी का अंतर जानते हैं।"

दीवान ने बात आगे नहीं बढ़ाई, जाने महाराज किस बात से रुष्ट हो जाएँ।

उन्होंने कमरे में प्रवेश किया। मंगलसिंह ने एक दृष्टि स्वामी पर डाली और हाथ जोड़कर तथा सिर झुकाकर प्रणाम किया।

दीवान को परम संतोष हुआ। महाराज ने वही किया था, जो एक हिंदू राजा को करना चाहिए था। संन्यासी से यह अपेक्षा नहीं की जा सकती कि वह राजाओं का अभिवादन करे।

स्वामी ने आशीर्वाद की मुद्रा में हाथ उठाया, "महादेव शिव आपका कल्याण करें राजन् !"

सहसा स्वामी ने उठकर खड़े होने का उपक्रम किया।

"आप बैठे रहें महाराज !" मंगलसिंह ने कहा।

"राजा के सामने कोई बैठा रहे तो प्रजा के मन में राजा की शक्ति का सम्मान कम नहीं होगा ?" स्वामी बोले।

"साधु राजा के सामने खड़ा हो तो उसमें न राजा की शोभा है और न साधु की।" मंगलसिंह एक कुर्सी पर बैठ गए। शेष लोग खड़े ही रहे।

"साधु महाराज !" मंगलसिंह ने कहा, "मुझे बताया गया है कि आप बहुत बड़े विद्वान् हैं। बंगाली, हिंदी, संस्कृत और यहाँ तक कि अंग्रेजी भी जानते हैं। सच है ?"

"थोड़ी-बहुत जानता ही हूँ।" स्वामी ने बड़े निरभिमानी भाव से कहा।

"इसका अर्थ है कि यदि आप चाहें तो अपने गुजारे-भर का ही नहीं, अच्छा-खासा कमा

सकते हैं। उतना भी कमा सकते हैं, जितना हमारे दीवान कमा लेते हैं।''

''कोई स्वयं नहीं कमाता राजन् ! प्रभु ही उसे देते हैं।''

''आप कमा सकते हैं या नहीं ?'' राजा का स्वर कुछ ऊँचा उठा।

''प्रभु की इच्छा हो तो कमा सकता हूँ।'' स्वामी बोले, ''दीवान के बराबर ही क्यों, राजा के बराबर भी कमा सकता हूँ।''

''तो फिर कमाते क्यों नहीं ? द्वार-द्वार भीख क्यों माँगते फिरते हैं ?''

दीवान रामचंद्र इसी बात से डर रहे थे। वे जानते थे कि मंगलसिंह के मन में प्रभु के भक्तों के लिए किसी प्रकार का सम्मान नहीं है। किंतु उनको कुछ कहने से रोका तो नहीं जा सकता था।

उनकी दृष्टि स्वामी पर जा टिकी। स्वामी के चेहरे पर किसी प्रकार का कोई उद्वेग नहीं था। इसका अर्थ था कि उनका मन मंगलसिंह के इस उद्दंड प्रश्न से विचलित नहीं हुआ था।

''आप चाहें राजन्, तो अपना समय प्रजा-पालन में लगाकर प्रजा का हित कर सकते हैं। वह आपका धर्म है। आप प्रजा के प्रति अपने कर्तव्यों की ओर ध्यान क्यों नहीं देते ?'' स्वामी ने निष्कंप स्वर में कहा, ''अपना सारा समय सदा अंग्रेजों की संगति में पशुओं का आखेट करने में ही क्यों व्यतीत करते हैं ?''

दीवान स्तब्ध रह गए : कैसा साहसी संन्यासी है। महाराज के मुख पर ऐसी बात कह देना ...पर पछताएगा। इसने अभी सीखा नहीं है कि राजाओं से किस प्रकार बात की जाती है।...

दीवान की दृष्टि अपने राजा के चेहरे पर टिकी हुई थी।...मंगलसिंह ने सुना और चुप रह गए। उनके चेहरे पर क्रोध प्रकट नहीं हुआ। लगा कि वे सचमुच अपने मन को टटोलने का प्रयत्न कर रहे हैं कि वे ऐसा क्यों करते हैं।

इसका अर्थ था कि स्वामी के इस प्रश्न को उन्होंने जिज्ञासा ही माना था, अपना अपमान नहीं।...दीवान सोच रहे थे...या फिर संन्यासी का तेज उनके राजसी तेज को मलिन किए दे रहा था। पर नहीं, शायद यह बात भी नहीं थी। स्वामी का व्यक्तित्व ही ऐसा था, जो न स्वयं उद्विग्न होता था और न किसी को उद्वेग देता था।...दीवान के मन में गीता का श्लोक गूँजने लगा :

यस्मान्नोद्विजते लोको लोकान्नोद्विजते च यः।
हर्षामर्षभयोद्वेगैर्मुक्तो यः स च मे प्रियः।।

...जिससे कोई भी जीव उद्वेग को प्राप्त नहीं होता और जो स्वयं भी किसी जीव से उद्वेग को प्राप्त नहीं होता तथा जो हर्ष, अमर्ष, भय और उद्वेगादि से रहित है, वह भक्त मुझको प्रिय है।...

''कह नहीं सकता कि मैं ऐसा क्यों करता हूँ।'' अंततः मंगलसिंह ने कहा, ''पर इतना तो कह ही सकता हूँ कि यह मुझे अच्छा लगता है।''

''मैं भी इसी कारण से सब ओर भटकता फिरता हूँ। मुझे यह अच्छा लगता है। आप वन में भटकते हैं, मैं जनपद में भटकता हूँ। मैं एक परिव्राजक हूँ।'' स्वामी हँसे, ''आपने ध्यान नहीं दिया, आपमें और मुझमें एक समानता भी है राजन् !''

मंगलसिंह ने दृष्टि उठाकर स्वामी की ओर देखा।

''हम दोनों ही पशुओं के आखेटक हैं।''

''आप आखेट करते हैं ?'' राजा के चेहरे पर स्पष्ट आश्चर्य का भाव था।

"आप वन में ईश्वर द्वारा उत्पन्न किए गए पशुओं का आखेट करते हैं और मैं मनुष्य के मन में प्रकृति द्वारा उत्पन्न किए गए पशुओं—काम, क्रोध और लोभ इत्यादि—की पशुवृत्तियों का आखेट करता हूँ।"

मंगलसिंह के चेहरे का भाव कुछ शांत हुआ। वे स्वामी के उत्तर को चुपचाप निगल गए।

दीवान समझ नहीं पा रहे थे कि वे राजा और संन्यासी के संवाद में हस्तक्षेप करें या न करें। कहीं ऐसा न हो कि महाराज को क्रोध आ जाए और वे कठोर होकर कोई अनुचित काम कर बैठें।··· किंतु इस समय मंगलसिंह शांत थे। शायद वे स्वामी पर अगला प्रहार करने की बात सोच रहे थे।

"स्वामी जी महाराज !" सहसा मंगलसिंह बोले, "मूर्ति-पूजा में मेरी तनिक भी श्रद्धा नहीं है। मेरा भविष्य क्या है ?"

मंगलसिंह के अधरों पर एक वक्र मुस्कान थी।

"यह आपका परिहास है।" स्वामी का स्वर कुछ रुष्ट लगा।

"नहीं, यह परिहास नहीं है। मैं पूरी गंभीरता से पूछ रहा हूँ।" मंगलसिंह ने कहा, "मैं सचमुच ही अन्य लोगों के समान न तो लकड़ी को भगवान् मानकर उसकी पूजा कर सकता हूँ, न पत्थर को, न मिट्टी को, न किसी धातु को। क्या इस कारण से मृत्यु के पश्चात् मुझे दंडित किया जाएगा ?"

"क्या हिंदुओं में निर्गुण निराकार की साधना नहीं है ?" स्वामी बोले, "हम मानते हैं कि प्रत्येक व्यक्ति को अपने स्वभाव और अपनी आस्था के अनुसार ही अपनी उपासना-पद्धति चुननी चाहिए।"

दीवान कुछ विचलित हुए। स्वामी के मुख से उन्होंने सगुण साकार की भक्ति के इतने अच्छे वर्णन सुने हैं। वे आज निर्गुण का पक्ष ले रहे हैं। महाराजा को प्रसन्न करना चाहते हैं क्या ? पर साधु···वह भी स्वामी जैसा···वह क्या राजा की चाटुकारिता करेगा ?···

तब तक स्वामी की दृष्टि दीवार पर टँगे एक चित्र पर जा लगी थी। चित्र स्वयं महाराज मंगलसिंह का था।

"यह चित्र उतारकर मुझे देंगे दीवान जी !"

दीवान ने संकेत किया। एक हुजूरी ने पूरे आदर और सम्मान के समारोह के साथ वह चित्र उतारकर स्वामी के हाथों में पकड़ा दिया।

"यह किसका चित्र है ?" स्वामी ने पूछा।

"यह हमारे महाराज की छवि है स्वामी जी !"

"इस पर थूकिए दीवान जी ! इस पर कोई भी थूक सकता है।" स्वामी का स्वर उन सबको थर्रा गया, "इसमें है ही क्या ? कागज का एक टुकड़ा ही तो है। इस पर थूकने में किसी को क्या आपत्ति हो सकती है ?"

दीवान पर जैसे गाज गिरी। वे समझ ही नहीं पा रहे थे कि स्वामी को हो क्या गया है। उनकी दृष्टि कभी मंगलसिंह के चेहरे पर टिकती और कभी स्वामी पर। पर स्वामी थे कि मौन ही नहीं हो रहे थे। वे निरंतर कहते जा रहे थे, "थूको। इस पर थूको।"

अंततः दीवान ने ही अपने सारे संयम के बावजूद चीत्कार किया, "आप क्या कह रहे हैं स्वामी जी ! यह हमारे महाराज की छवि है। मैं इसका अपमान कैसे कर सकता हूँ !"

"होने दो। महाराज सशरीर तो इसमें उपस्थित नहीं हैं न !" स्वामी ने कहा, "यह कागज

का टुकड़ा ही तो है। इसमें न तो महाराज का मांस है, न त्वचा, न अस्थियाँ और न ही रक्त। यह न तो महाराज के समान बोलता है, न चलता है, न वैसा व्यवहार करता है। तब भी आप सब इस पर थूकने से इंकार करते हैं, क्योंकि आपको इस कागज के टुकड़े में अपने महाराज की छवि दिखाई पड़ती है। इस छवि पर थूकने को भी आप महाराज का अपमान मान रहे हैं।''

स्वामी मंगलसिंह की ओर मुड़े, ''आप देख रहे हैं महाराज ! इस चित्र में आप नहीं हैं, फिर भी एक प्रकार से आप इसमें उपस्थित हैं, वरन् आप ही हैं। इसीलिए आपके निष्ठावान कर्मचारी मेरी बात सुनकर इतने परेशान थे। यह आपकी छवि है। इसे देखकर उनके मन में आपका ध्यान आता है। इस पर दृष्टि पड़ते ही उनको लगता है कि यह आप ही हैं। इसीलिए इस कागज का भी वे उतना ही सम्मान करते हैं जितना कि आपका करना चाहिए।'' स्वामी रुके, ''उन भक्तों के साथ भी यही होता है, जो देवों की धातु और लकड़ी की प्रतिमाओं के माध्यम से ईश-उपासना करते हैं। देव-प्रतिमा उनके मन में उनके इष्टदेव को प्रस्तुत करती है। ध्यान करने में उनकी सहायता करती है। इस प्रकार साधक प्रतिमा की पूजा नहीं करता, प्रतिमा के माध्यम से अपने इष्टदेव अथवा ईश्वर की उपासना करता है। वे पत्थर, लकड़ी अथवा धातु की उपासना नहीं करते।'' स्वामी पुनः रुके, ''मैं परिव्राजक हूँ। मैंने बहुत यात्राएँ की हैं, किंतु मैंने कहीं भी किसी हिंदू को 'ओ पाषाण ! मैं तेरी उपासना करता हूँ। ओ धातु ! मुझ पर कृपा करो।' कहते हुए नहीं सुना। महाराज ! प्रत्येक प्राणी उस परम पिता परमात्मा की ही उपासना करता है। ईश्वर भी उपासक की समझ और संवेदना के अनुसार ही स्वयं को प्रकट करते हैं।'' स्वामी ने मंगलसिंह पर एक गहरी दृष्टि डाली, ''किंतु महाराज ! मैं अपनी बात कह रहा हूँ। आपकी बात मैं नहीं कह सकता।''

मंगलसिंह बहुत ध्यान से स्वामी की बात सुन रहे थे। अब उनके मुख पर उस प्रकार की वितृष्णा नहीं थी। विनीत भाव से बोले, ''स्वामी जी ! मुझे स्वीकार करना ही पड़ता है कि आपने मेरी आँखें खोल दी हैं। सचमुच मैंने भी आज तक किसी को मिट्टी, पत्थर अथवा धातु की पूजा करते हुए नहीं देखा। मैं मूर्ति-पूजा का मर्म ही नहीं जानता था।''

मंगलसिंह कुर्सी से उठकर स्वामी के सम्मुख भूमि पर बैठ गए। उनके हाथ जुड़े हुए थे और आँखों में अश्रु थे। बोले तो उनके कंठ में कोई अवरोध था, ''मुझ पर दया करें स्वामी जी ! जाने मेरा भविष्य क्या होगा !''

''क्या होगा महाराज !'' स्वामी हँसे, ''प्रभु बहुत दयालु हैं। उनकी कृपा अनेक रूपों में हम तक आती है और हमें अपने गंतव्य की ओर ले जाती है। जिसे हम कष्ट कहते हैं, वह भी प्रभु की कृपा ही होती है। मनुष्य अपनी इच्छा से प्रभु की ओर नहीं मुड़ता तो प्रभु कुछ कठोर होकर उसे शिक्षा देते हैं। वे हमारे पिता हैं। हमसे प्रेम करते हैं। हमें उनका प्रेम समझना चाहिए और उनसे प्रेम करना चाहिए।''

मंगलसिंह हाथ जोड़कर बोले, ''आपने जो कुछ कहा है, उसका अक्षर-अक्षर सत्य है। इतने दिनों तक मैं ही अंधकार में था। कुछ भी नहीं समझ सका था। आज मेरी आँखें खुल गईं।''

स्वामी जी जाने के लिए उठ खड़े हुए।

''महाराज ! मुझ पर अनुग्रह कीजिए।'' मंगलसिंह बोले।

''राजन् ! सिवाय परमात्मा के कोई किसी पर अनुग्रह नहीं कर सकता। वह असीम करुणासिंधु हैं। आप उन्हीं की शरण ग्रहण करें। वे निश्चय ही आप पर कृपा करेंगे।''

मंगलसिंह ने वहाँ से जाने की कोई जल्दी नहीं दिखाई। स्वामी चले गए तो भी मंगलसिंह बैठे रहे। अंत में उन्होंने कहा, "दीवानजी ! मैंने आज तक ऐसा महात्मा नहीं देखा। कुछ ऐसा कीजिए कि वे कुछ समय तक आपके पास वास करें, ताकि मैं उनके निकट बैठकर कुछ समय उनके सत्संग का लाभ पा सकूँ।"

"आपने मेरे मन की बात कही है महाराज ! मैं अपनी ओर से पूरा प्रयत्न करूँगा !" दीवान ने गंभीर स्वर में कहा, "किंतु जाने सफलता हाथ लगे या न लगे। वे बहुत स्वतंत्र और तेजस्वी पुरुष हैं। उनको न लुभाया जा सकता है, न दबाया जा सकता है।"

मेजर रामचंद्र अनेक बार स्वामी के दर्शन करने गए, किंतु वे उन्हें पंडित शंभुनाथ का घर छोड़ अपने घर आने का निमंत्रण देने का साहस नहीं कर पाए। दूसरी ओर महाराज मंगलसिंह के सामने पड़ते ही उन्हें उनकी आँखों में वह प्रश्न तैरता हुआ दिखाई देता, 'कहा तुमने स्वामी जी से ?'''महाराज में कुछ परिवर्तन भी दृष्टिगोचर होने लगा था। अब न तो वे पहले के समान उग्र थे और न ही अंग्रेजियत के उतने भक्त ही लगते थे। उनकी वेशभूषा और भोजन में भी अंतर आ रहा था और उनकी संगति भी बदल रही थी।

"दीवान जी ! आपने स्वामी जी को आमंत्रित नहीं किया अथवा उन्होंने आपके निमंत्रण का तिरस्कार कर दिया ?"

दीवान संकुचित-से बैठे रह गए, किंतु असत्य नहीं बोल सके, "अन्नदाता ! कई बार प्रयत्न किया, किंतु बात मुख पर आकर रह गई।"

"कारण ?"

"उन्हें भोजन इत्यादि अथवा कुछ समय के लिए अपने यहाँ आमंत्रित करने में तो कोई कठिनाई नहीं है, किंतु उन्हें पंडित शंभुनाथ का घर छोड़कर अपने यहाँ निवास करने का आग्रह करने का साहस नहीं होता। जमालुद्दीन ने उन्हें एक जून के भोजन के लिए अपने घर बुलाया था तो भी बहुत दीन होकर पंडित शंभुनाथ से अनुमति ली थी।"

"हम शंभुनाथ का कोई अधिकार नहीं छीन रहे।" मंगलसिंह बोले, "संन्यासी पर सबका अधिकार है। फिर संन्यासी को एक ही स्थान पर बहुत समय तक रहना भी नहीं चाहिए। आप उनसे कहिए तो।"

"आज कहूँगा महाराज !"

संध्या-समय दीवान स्वामी के दर्शनों के लिए गए। उनका प्रवचन सुना। स्वामी ने कुछ भजन भी गाए। अंत में दीवान विदा लेने स्वामी के निकट गए। उनके चरण स्पर्श किए।

स्वामी ने आशीर्वाद नहीं दिया। बोले, "आज आप बहुत विचलित हैं दीवान जी ! मन पर कोई बोझ है क्या ?"

"बोझ तो है स्वामी जी ! किंतु चिंता का नहीं, संकोच का।"

"क्या बात है ?"

"बहुत दिनों से सोच रहा हूँ कि आपसे कैसे प्रार्थना करूँ कि आप कुछ दिन मेरे घर पर निवास कर हमें अपनी सेवा का अवसर दीजिए।"

"आपको मैं यहाँ किसी कष्ट में लग रहा हूँ ?"

"नहीं, ऐसी तो कोई बात नहीं।" दीवान बोले।

"मैं आपको संतुष्ट नहीं लगता क्या ?"

"यह बात भी नहीं है।"

"तो ?"

"मैं तो अपने संतोष के लिए कह रहा हूँ।"

स्वामी हँस पड़े, "अपने संतोष के लिए आप किसी और का संतोष नष्ट करना चाहते हैं ?"

"इन्हीं बातों को सोच-सोचकर तो आज तक मैं संकोच करता रहा।" दीवान बोले, "आप कुछ दिन मेरे यहाँ वास करें, फिर चाहे पंडित जी के पास वापस आ जाएँ।"

"मुझे सदा अलवर में ही तो नहीं रहना है दीवान जी !"

"इसी बात से तो डरता हूँ स्वामी जी।" दीवान जी दीन होकर बोले, "संन्यासी की मौज का क्या पता ! आप किसी भी दिन निश्चय कर सकते हैं कि आप अलवर छोड़ रहे हैं, तो फिर मैं आपकी संगति कैसे पाऊँगा स्वामी जी !"

स्वामी मौन रहे।

"आपके लिए सारे भक्त समान होने चाहिए स्वामी जी !"

"आप मुझे उपदेश दे रहे हैं दीवान जी !" स्वामी हँस रहे थे।

दीवान ने अपने कान पकड़ लिए, "भगवान् मुझसे ऐसा पाप न करवाएँ। मैं तो अपने भावावेश में कह गया। शायद उचित शब्दों का उपयोग नहीं कर पाया।"

"दीवान जी ! आपके घर पर रहने में एक कठिनाई है।"

"क्या महाराज ?" दीवान चौंके।

"आपकी हवेली सामान्य जन का घर नहीं है। वह अलवर के दीवान मेजर रामचंद्र की हवेली है। वहाँ सामान्य जन का प्रवेश कैसे होगा ?" स्वामी ने उनकी ओर देखा, "संन्यासी स्वयं को किसी हवेली अथवा प्रासाद में बंद नहीं कर सकता। वह सर्वसाधारण की संपत्ति है।"

"मैं आपकी बात समझता हूँ महाराज !" दीवान बोले, "बहुत संभव है कि भगवान् की इच्छा हो कि अब मेरी हवेली आपके माध्यम से जनसाधारण के लिए खुल जाए। आप वहाँ रहेंगे, तो वे आपके आकर्षण से वहाँ आएँगे। इसी बहाने वे अलवर के दीवान के निकट भी आएँगे। या कहिए कि मैं अपनी प्रजा के निकट संपर्क में आ पाऊँगा और उनके लिए वह कर पाऊँगा, जो मेरा धर्म है।"

"आप अपनी विशिष्टता त्यागकर उनके समान होकर उनके साथ बैठ पाएँगे ?"

"मुझमें क्या विशिष्टता है महाराज ? यह कि मेरे पास राज्य का दिया हुआ एक पद है।" दीवान और विनीत हो गए, "आपके पास ईश्वर का दिया हुआ पद और प्रतिभा है। मुझे तो आपसे ही सीखना है। जब आप इतने महान् होकर इतने साधारण हो सकते हैं, तो मुझमें ऐसा क्या है ? आपके सम्मुख मैं उन लोगों के साथ भूमि पर बिछी दरी पर बैठूँगा। शायद इसी बहाने मेरी आत्मा का भी कुछ परिष्कार हो जाए।"

"तो फिर अपनी हवेली के द्वार जनसामान्य के लिए खोल दीजिए दीवान जी !"

26

मेजर रामचंद्र की हवेली के बाहरी मैदान में स्वामी एक चौकी पर बैठे थे और उनके सामने घास पर बिछी दरी पर बीस-पच्चीस युवा बैठे थे। इस समय और कोई भी वहाँ नहीं था। दीवान जी भी अनुपस्थित थे। यह वस्तुतः एक अनौपचारिक-सी कक्षा थी, जिसमें युवा लोग अपनी जिज्ञासाएँ और समस्याएँ लेकर आते थे। स्वामी को लग रहा था कि उनकी किसी योजना के बिना ही यहाँ युवाओं का एक ऐसा दल संगठित हो गया था, जो पूर्ण संन्यास लेना नहीं चाहता था; किंतु अध्यात्म के नियमों के अनुसार जीवन को धर्म की मर्यादा में जीना चाहता था।

"स्वामी जी !" पूरन ने कहा, "मेरी एक समस्या है—बड़ी व्यक्तिगत-सी।"

"बोलो।" स्वामी ने उसे प्रोत्साहित किया, "तुम्हारी व्यक्तिगत समस्या है, तो भी उसका समाधान होना चाहिए; और बहुत संभव है कि तुम्हारे बताने से पता चले कि वह औरों की भी समस्या है।"

"मैंने आपके प्रवचन भी सुने हैं और शंकराचार्य की उक्ति 'करतल भिक्षा, तरुतल वासः' भी पढ़ी है; किंतु मेरी प्रकृति ऐसी नहीं है कि मैं संन्यास ग्रहण कर सकूँ। न तो मैं भिक्षा माँग सकता हूँ और न अपने माता-पिता को असहाय अवस्था में छोड़ सकता हूँ। मुझे आजीविका तो चाहिए ही।"

"आजीविका किसे नहीं चाहिए पुत्र !" स्वामी बोले, "आजीविका से तो किसी का विरोध नहीं है।"

"नौकरी खोजने जाओ तो एक तो मिलती नहीं, और मिलती है तो वह साफ-सुथरी नहीं होती। आप हमें सच्चाई से जीना सिखाते हैं, ईमानदारी और साहस जैसे गुणों की चर्चा करते हैं। सात्त्विक और निःस्वार्थ सेवा से परिपूर्ण जीवन जीने के लिए कहते हैं। किंतु क्या यह संभव है ? जो व्यक्ति नौकरी में है, उसके लिए तो एकदम ही संभव नहीं है। नौकरी में वही करना पड़ता है, जो आपका स्वामी चाहता है। वैसे भी वह निःस्वार्थ सेवा नहीं है, क्योंकि हम उसे अपनी आजीविका के रूप में कर रहे हैं। उसके बदले में वेतन ले रहे हैं।...और यदि व्यापार की बात करें, तो सत्य और सरलता तो व्यापार में संभव ही नहीं है। व्यापार का तो अर्थ ही है, धोखाधड़ी और बेईमानी। ऐसे में इस संसार में रहकर हम नैतिकता की रक्षा कैसे कर सकते हैं ?"

"तुम्हारी पीड़ा बड़ी यथार्थ और वास्तविक है पुत्र !" स्वामी बोले, " नौकरी करते हुए एक बात स्मरण रखो कि तुम जिसके पास नौकरी कर रहे हो, वह तुम्हारा स्वामी है, किंतु तुम्हारा एक स्वामी और भी है; और वही वास्तविक स्वामी है। उसने तुमको यह जीवन दिया है और इस सृष्टि की रचना की है। तुम किसी की भी नौकरी करो, किंतु अपने वास्तविक स्वामी की आज्ञाओं के विरुद्ध कैसे जा सकते हो ! यदि धन के लोभ अथवा अपने स्वार्थ के लिए तुम स्वयं को पतित करते हो और किसी का अहित करते हो तो अपने वास्तविक स्वामी की आज्ञाओं का उल्लंघन कर रहे हो।

" थोड़ा ईश्वर को स्मरण करना, थोड़ा उसका विश्वास करना सीखो, थोड़ा उसका भरोसा करना सीखो। सत्य के लिए थोड़ा जोखिम उठाना सीखो, थोड़ा साहस करना सीखो। " स्वामी हँसे, "अपने सारे सांसारिक लोभों की रक्षा करते हुए हम सात्त्विक जीवन नहीं जी सकते। हित और लोभ का अंतर समझो। लोभ में हित नहीं होता। हित का लोभ करो, लोभ का हित नहीं। सांसारिक हितों

की रक्षा में आत्मा का पतन हो जाए तो यह कोई लाभ का सौदा नहीं है। इसमें किसी का हित नहीं है। एक बात और ...।" वे रुके, "तुमने कृषि की चर्चा ही नहीं की। तुम देख रहे हो, जो युवक अंग्रेजी के दो अक्षर पढ़ जाता है, वह अपना गाँव छोड़कर नगर की ओर भागता है। वहाँ जाकर वह कोई ऐसा काम खोजता है, जो कुर्सी पर बैठकर हो सके और जिसमें हाथ और कपड़े मैले न करने पड़ें, मन और आत्मा चाहे कितने भी मलिन हो जाएँ।"

"खेती में तो स्वामी जी ! न पैसा है और न सम्मान।" सरमा बोला, "जिसको देखिए, वही किसान को हाँककर जो चाहे करवा ले—जमींदार, सरकारी अधिकारी, गाँव का बाणिया—सब ही तो उसके स्वामी होते हैं।"

"तुम्हारा नाम क्या है ?" स्वामी ने पूछा।

"सरमा।"

"इस शब्द का अर्थ क्या हुआ ?"

"मैं क्या जानूँ ? मेरा तो यह नाम है।"

"नाम का अर्थ नहीं होता क्या ?"

"नाम का क्या अर्थ ?" सरमा चकित खड़ा था, "अब मुल्लू का क्या अर्थ ?"

"हमारे यहाँ नाम का अर्थ होता है। निरर्थक नाम रखने की परंपरा हमारे यहाँ नहीं है। सार्थक नाम रखना चाहिए और उसका अर्थ भी जानना चाहिए। मेरा विचार है कि तुम सरमा नहीं, शर्मा हो।" स्वामी ने कहा, "वंश से ब्राह्मण हो ?"

"हाँ, हमारे पिता जी को भी लोग पंड्डी जी कहते हैं। वैसे हम किसान हैं। ब्राह्मण होते तो पूजा-पाठ करते। हल-बैल लेकर खेतों में क्यों जाते !"

"तुम वंश से ब्राह्मण हो। व्यवसाय से वैश्य हो...।"

"तो हम क्या हुए स्वामी जी !"

"तुम न वंश से कुछ हो, न जाति से, न व्यवसाय से—तुम जो कुछ भी हो, वह अपने स्वभाव से हो। अपने स्वभाव को पहचानो और अपने स्वधर्म को जानो।" स्वामी बोले, "हम लोग एक भूल करते हैं कि अपने वंश या व्यवसाय के अनुसार अपना स्वभाव बनाने का प्रयत्न करते हैं। जबकि होना यह चाहिए कि हम अपने स्वभाव के अनुसार अपना व्यवसाय चुनें। अपना वंश चुनना हमारे हाथ में नहीं है।"

"अब किसान क्या कर सकता है !" सरमा बोला, "अपने बेटे के हाथ में हल-बैल ही तो पकड़ा सकता है। बाणिया अपने बेटे को दुकान पर ही बैठा सकता है।"

"एक कथा सुनो।" स्वामी बोले, "गुरुनानक ने एक खत्री-परिवार में जन्म लिया था। खत्री संभवतः आरंभ में क्षत्रिय थे, किंतु किसी समय उनके क्षत्रिय संस्कार छूट गए और वे खत्री हो गए। उनका व्यवसाय व्यापार हो गया। नानक कुछ बड़े हुए तो उनके पिता ने अपने व्यवसाय के अनुसार उन्हें कुछ पूँजी दी और सौदा कर आने को कहा। गुरुनानक अपने वंश के अनुसार नहीं चले, वे अपने स्वभाव और स्वधर्म के अनुसार चले। अपनी पूँजी उन्होंने आर्थिक लाभ के किसी व्यापार में नहीं लगाई। वे उसे दुखी और गरीबों में बाँट आए। घर लौटने पर उनके पिता ने पूछा, 'सौदा कर आए ?' उन्होंने उत्तर दिया, 'हाँ, पिता जी ! सच्चा सौदा कर आया।' "

"वे गुरुनानक थे, इसलिए ऐसा कर सके।" सरमा ने कहा, "हम साधारण जन ऐसा कैसे

कर सकते हैं ?"

स्वामी हँस पड़े, "यह तो सत्य है कि वे गुरुनानक थे, इसीलिए ऐसा कर सके; किंतु तुम अपना विकास कर महान् पुरुषों के समान व्यवहार नहीं कर सकते—यह क्यों मानते हो ? तुममें भी वही ब्रह्म है, जो महान् पुरुषों में विद्यमान है। स्वयं पर विश्वास करना सीखो।"

"वह सब ठीक है स्वामी जी ! पर मुझे आप बताइए कि किसान का बेटा चाहे भी तो कैसे पढ़ सकता है और पढ़ जाए तो समय नष्ट करने के सिवाय उसका लाभ ही क्या है ?" धनराज ने कहा।

"राजा जनक को स्मरण करो।" स्वामी बोले, "उनके एक हाथ में हल था और दूसरे हाथ में वेद। इसका अर्थ समझते हो ?"

"हाँ।"

"क्या ?"

"उनका एक भी हाथ खाली नहीं था। दोनों हाथों में लड्डू थे।"

"वे लड्डू तुम न केवल दोनों हाथों में पकड़े रख सकते हो, वरन् उनका स्वाद भी चख सकते हो।" स्वामी हँस पड़े, "इसका अर्थ है कि वे कृषि और ज्ञान को एकसमान महत्त्व दे रहे थे। वे सांसारिक ज्ञान और आध्यात्मिक ज्ञान दोनों का महत्त्व समझते थे और इसीलिए वे किसी की भी उपेक्षा नहीं करते थे। वैसे राजा थे, इसलिए अवसर आने पर हल रखकर तलवार भी उठा लेते थे।"

"तो उनका वर्ण क्या था ?" धनराज ने पूछा।

"मुझसे वर्गीकरण करने को कहोगे तो मैं कहूँगा कि वे ब्राह्मण थे, क्योंकि उनका स्वभाव एक अनासक्त ज्ञानी का स्वभाव था।" स्वामी ने कहा, "किंतु प्रजा-पालन के लिए वे कृषि को महत्त्व देते थे और प्रजा-रक्षा के लिए शस्त्रों को। हमारे यहाँ आजकल यह हो रहा है कि जिसको ज्ञान है, वह कृषि कर नहीं रहा और जो कृषि कर रहा है, उसे किसी प्रकार का ज्ञान नहीं है। होना यह चाहिए कि हम वैज्ञानिक ढंग से खेती करें, ताकि हमारे खेतों की उपज बढ़े। हमारे युवक पढ़-लिखकर नगरों की ओर नहीं, ग्रामों की ओर बढ़ें। हमारे ग्रामों में जो ज्ञान की भूख है, उसे देखो। पढ़ा-लिखा आदमी जाकर ग्रामीणों के बीच बैठता है तो वे उसका सम्मान करते हैं। इस प्रकार ऊँच-नीच का भेद कम होता है। समाज में समरसता आती है। शर्मा ! तुम भी ज्ञान प्राप्त कर खेती करो।" स्वामी रुके, "एक बात और। तुम लोग संस्कृत और अंग्रेजी दोनों पढ़ो। संस्कृत इसलिए कि अपने देश, अपने धर्म, अपने प्राचीन ज्ञान को जान सको और अंग्रेजी इसलिए कि पश्चिम से आए आधुनिक ज्ञान से परिचित हो सको।"

27

जमालुद्दीन बनिए की दुकान से रसोई का कुछ सामान लेकर आए थे। उन्होंने सारी दालें अलग-अलग कर सजा दी थीं। पहले वे मौखिक गणना करते रहे और जब उससे संतोष नहीं हुआ तो कागज-पैंसिल लेकर लिखकर हिसाब किया। अब तक वे तीन बार पैसे भी गिन चुके थे।

जब वे पुनः सारा कुछ लिखने लगे तो तंग आकर जुबैदा ने पूछा, "यह क्या झक सवार

हो गया है तुम पर ?"

"क्यों, झक की क्या बात है ? सामान लाया हूँ तो पैसों का हिसाब न करूँ ?" जमालुद्दीन ने पूछा।

"अरे, पैसों का हिसाब तो सब ही करते हैं, पर कोई इस प्रकार आसन-पट्टी लेकर उसके पीछे ही तो पड़ नहीं जाता। तुम तो चौथी जमात के बच्चे की तरह लगे हो, जिससे कोई सवाल हल न हो रहा हो और बार-बार गलत हो जाता हो।"

"नहीं मेरी होशियार बेगम !" जमालुद्दीन मुस्कराए, "मैं दुनियावी हिसाब-किताब में कच्चा जरूर हूँ, पर चौथी जमात के छोरे की तरह नहीं, किसी रोकड़िए की तरह अपना रोकड़ा मिला रहा हूँ।"

"मिल गया ? या कोई रोकड़िया बुलवाऊँ ?"

"नहीं, उसकी जरूरत नहीं है। हिसाब मिल गया है।"

"कितने पैसे डुबो आए ?" जुबैदा ने अत्यंत विश्वस्त भाव से पूछा, "तुम्हारा यह नाटक देखकर मैं पहले ही समझ गई थी कि या तो किसी से कम पैसे ले आए हो, या फिर कहीं कुछ गिरा आए हो। नशा वगैरह तो तुम करते नहीं कि शक करती कि कहीं फूँक आए होंगे और यहाँ मुझे बहका रहे हैं।"

"नहीं बेगम ! पैसे बढ़ रहे हैं। मुझे लगता है कि बनिए ने गलती से दस रुपए का एक नोट ज्यादा दे दिया है।" जमालुद्दीन बोले।

"अय-हय !" जुबैदा ने अपना हाथ उनके चेहरे के सामने नचाया, "बाणिया तुम जैसा घामड़ नहीं है कि दस का एक नोट ज्यादा दे दे। वह तुम ही हो कि एक नोट कम लाओगे और गिनती में एक ज्यादा मान लोगे। जानती हूँ तुम्हारा हिसाब। घटाते कम हो, जोड़ते ज्यादा हो।"

"नहीं जुबैदा ! उसने सचमुच एक नोट ज्यादा दे दिया है।" वे बोले, "चाहो तो तुम खुद हिसाब मिला लो।"

जुबैदा ने उनके हाथ से कागज ले लिया और स्वयं सारा हिसाब लगाया। अब भी दस रुपए अधिक बन रहे थे।

"हैं तो दस ज्यादा ही।" जुबैदा प्रसन्न होकर बोली, "अच्छा है, उस बाणिए को भी तो कभी चूना लगना चाहिए, जो सबको बारहों महीने चूना लगाता रहता है।"

"नहीं, गलती से ये पैसे हमारे हाथ में आ गए हैं, पर हक तो इन पर उसका ही बनता है। ये उसी के हैं। मैं उसे यह दस का नोट लौटाने जा रहा हूँ।"

जुबैदा ने उनकी बाँह पकड़ी और वह नोट झपट लिया, "तुम बड़े नेकदिल इंसान हो। बहुत भले हो। अल्लाह के बंदे हो। किसी की एक कौड़ी भी अपने पास नहीं रखना चाहते। पर उस बाणिए ने तो आज तक हमें ठगा ही ठगा है। वह कभी पैसे लौटाने आया या कहने पर भी उसने कभी पैसे कम किए ?"

"बनिए का ईमान उसके साथ है, मेरा मेरे साथ।" जमालुद्दीन ने कहा, "अगर मेरे कहने पर वह चीजों का भाव कम कर देता और अपने हिसाब से ये दस रुपए मुझे लौटा देता तो दूसरी बात थी। गलती से एक नोट मेरी तरफ ज्यादा आ गया और मैं जानते-बूझते उसे छिपा जाऊँ—यह बेईमानी है।"

"बेईमानी क्या है ?" जुबैदा कुछ तेज हुई, "किसी को कहीं पड़ा माल मिल जाए और वह उसे उठा ले तो यह बेईमानी है ?"

"नहीं, ये पैसे उसी के हैं।" जमालुद्दीन बोले।

"चलो, मान लिया कि उसी के हैं।" जुबैदा ने कहा, "माँगने आए तो दे देना, पर अपनी तरफ से जाकर अपनी गर्दन फँसाना कहाँ की समझदारी है ? इन दस रुपयों में मेरी कितनी ही चीजें आ जाएँगी।"

"नहीं, यह पैसा मेरा नहीं है। दूसरे का हक मारना अच्छी बात नहीं है। यह पैसा मुझ पर हराम है।" जमालुद्दीन ने कहा, "स्वामी जी कहते हैं कि यह लालच है, जिसे हम चालाकी समझते हैं। चोरी न भी पकड़ी जाए, तो भी वह चोरी ही है।"

जुबैदा अपनी ठोड़ी पर तर्जनी धरे अपने पति की ओर देखती रही और उसके पश्चात् ऐसे बोली, जैसे अपने पति के किसी छिपे रोग से अवगत हो गई हो, "तो यह बात है ! मैं भी कहूँ कि तुम पर यह बेवकूफ ईमानदारी का जिन्न कहाँ से सवार हो गया। तो यह उस हिंदू फकीर की सोहबत का असर है। वह अपना घर तो छोड़ ही आया है, अब तुम्हारा घर भी बर्बाद करेगा।"

जमालुद्दीन हँसे, " 'हम घर जारा आपना, लिया मराड़ा हाथ। अब घर जारूँ तासूका, जो चलै हमारे साथ।।' यह कहा है कबीर ने।"

"तो कौन-सा तीर मारा है ! घर को जला तो कोई भी सकता है। घर चलाना मुश्किल होता है।" जुबैदा बोली, "मैं कहे देती हूँ कि अगर तुम उस हिंदू फकीर की सीख पर चले तो मुझसे बुरा कोई नहीं होगा।"

"अच्छा, तो हिंदू फकीर की सीख पर नहीं चलता।" जमालुद्दीन हँसे, "अपने अब्बा मियाँ से पूछकर मुझे यह बता दो कि इस्लाम में कहाँ कहा गया है कि दूसरे का पैसा गलती से तुम्हारे पास आ जाए तो उसे छिपा जाओ। इस्लाम लालच सिखाता है क्या ? अल्लाह ने जो दिया है, उस पर सब्र करना नहीं सिखाता, दूसरों की दौलत पर नजर लगाए रखना सिखाता है ?"

"अब तुमसे सिर कौन मारे ! तुम तो यह भी कह दोगे कि इस्लाम में भी वही सिखलाया गया है, जो हिंदू सिखाते हैं।" जुबैदा तड़पकर बोली, "मैं इस बहस में नहीं पड़ती। मैं तो एक ही बात जानती हूँ कि हाथ में आए पैसे को इस तरह ठुकराना बेवकूफी है, जहालत है।"

जमालुद्दीन ने उस पर एक गंभीर दृष्टि डाली, "जरा अपने दिल पर हाथ रखकर कहो, पैसा न लौटाना अक्लमंदी है या लालच है ?"

"लालच है तो लालच सही।" जुबैदा बोली, "लालच में क्या बुराई है ? दुनिया के किस शख्स में लालच नहीं है ? वह बाणिया लालच नहीं कर रहा, हम ही लालच कर रहे हैं ? घर जोड़ना लालच है, तो सारा संसार लालची है।" जुबैदा जाते-जाते जैसे लौट आई, "और खबरदार, जो तुम कल से उस हिंदू फकीर के पास भी फटके तो। मैं मसजिद के इमाम को कहलवा रही हूँ कि तुम हिंदू फकीरों की सोहबत कर काफिर हुए जा रहे हो।"

"नहीं जाऊँगा स्वामी जी के पास।"

जमालुद्दीन के चेहरे पर ऐसी मुर्दनी छाई हुई थी, जिसे देखकर जुबैदा का दिल भी दहल गया। उसे जमालुद्दीन का पीला पड़ता हुआ चेहरा जैसे किसी भारी मुसीबत की चेतावनी दे रहा था। कहीं जमालुद्दीन गिर ही न पड़े ! इन्हें कहीं दिल का दौरा तो नहीं पड़ा ?

"क्या हुआ है तुम्हें ?" वह उनके पास आ गई। सिर पर स्नेह से हाथ रखा, "कहीं दिल का दौरा तो नहीं पड़ गया ?"

"नहीं, कुछ नहीं हुआ मुझे। कुछ नहीं होगा।" जमालुद्दीन चारपाई पर लेट गए, "कौन-सा चेहरा लेकर स्वामी जी के पास जाऊँगा ? जिस शख्स के आसपास हवा भी पाक होकर चलती हो, लालच और बेईमानी-भरा दिल लेकर उनके नजदीक जाने की हिम्मत तो मुझमें नहीं। हाँ ! एक रुक्का लिखकर भेज दूँगा कि बनिए के दस रुपए मुझ पर उधार हैं। पहले न चुका सका तो कयामत के दिन चुकाऊँगा।"

जुबैदा कुछ नहीं बोली। चुपचाप खड़ी की खड़ी रह गई। उसका पति पहले भी एक नेक आदमी था, पर इस हिंदू फकीर से मिलकर तो वह इतना पाक-शफ्फाफ हो गया है, जैसे कहीं अल्लाह का साया ही देख आया हो। उसे आज लग रहा था कि जैसे उसके दिल में शैतान बैठा हुआ था और उसे दिखाई नहीं पड़ रहा था। आज जमालुद्दीन के ईमान की रोशनी उसके दिल पर पड़ी थी और शैतान न केवल दिखाई पड़ने लगा था, वह डर से थर-थर काँप भी रहा था।

28

"स्वामी जी ! प्रणाम।"

स्वामी ने दृष्टि उठाकर देखा : सोलह-सत्रह वर्ष का एक लड़का उनके सामने हाथ जोड़े खड़ा था।

संध्या के इस समय वे दीवान जी की हवेली के बाहरी भाग में बैठ जाया करते थे। यह सार्वजनिक दर्शन का समय था। इस समय कोई भी उनके पास आ सकता था। लोग आते थे और प्रणाम कर बैठ जाते थे। पर यह लड़का तो जैसे कुछ कहना चाहता था।

"कुछ कहना चाहते हो पुत्र ?" स्वामी ने पूछा।

"मेरे पिताजी आपके पास प्रतिदिन आते हैं। वे आपके भक्त हैं।..."

"यह धनराज का पुत्र देवराज है स्वामी जी !" डॉ० लश्कर ने कहा।

"ओह ! तुम धनराज के पुत्र हो। तुम्हारे पिता की आत्मा एक निर्मल आत्मा है।" स्वामी ने प्रसन्न स्वर में कहा, "बैठो। क्या बात है, आज तुम्हारे पिताजी नहीं आए ? स्वस्थ तो हैं न ?"

"जी, स्वस्थ हैं। उन्हें अपने किसी काम से कहीं जाना पड़ गया है।"

"तो अपने स्थान पर तुम्हें भेजा है ? पिता का उत्तराधिकार पुत्र को ही मिलता है।"

"नहीं," देवराज मुस्कराया, "मैं अपनी इच्छा से अपने ही स्थान पर आया हूँ। पर मैं उनके सामने अपनी शिकायत नहीं कर सकता था, इसलिए उनकी अनुपस्थिति में आया हूँ।"

"बैठो।"

देवराज बैठ गया।

"कहो।" स्वामी बोले, "तुम कोई शिकायत लेकर आए हो ?"

देवराज कुछ संकुचित हुआ, "उसे ठीक-ठीक शिकायत भी नहीं कह सकते; किंतु वह एक ऐसी समस्या है, जिससे ऐसा लग सकता है कि मैं पिताजी की शिकायत कर रहा हूँ।"

"अच्छा !" स्वामी हँसे, "क्या बात है ?"

"आप जानते हैं कि हम लोग कुछ आर्थिक तंगी में हैं।" देवराज कुछ और संकुचित हो गया; किंतु फिर जैसे अपना आत्मबल बटोरकर बोला, "मुझे स्कूल की परीक्षा की फीस देनी है। पिताजी ने हैडमास्टर साहब से कहा था कि वे यह फीस माफ कर दें। हैडमास्टर साहब ने मुझे बुलाया था। उन्होंने कहा कि वे हमारी स्थिति जानते हैं, इसलिए वे हमारी सहायता करना चाहते हैं। वे पढ़ाई की फीस तो माफ कर सकते हैं—वह उनके अधिकार में है—किंतु परीक्षा की फीस माफ करने का कोई नियम नहीं है। वह तो देनी ही पड़ती है।"

"हाँ, वह तो देनी ही पड़ती है।"

"हैडमास्टर साहब ने कहा कि यदि मेरे पिताजी सहमत हों तो वे निर्धन बच्चों के कोष से मेरी परीक्षा की फीस का प्रबंध कर सकते हैं। अतः पिताजी उसके लिए एक प्रार्थना-पत्र भिजवा दें।" देवराज ने बताया, "मैंने घर आकर पिताजी से कहा तो वे बोले कि वे नहीं चाहते कि निर्धन बच्चों के कोष से मेरी फीस दी जाए। स्कूल में ऐसे बच्चे भी हो सकते हैं, जो हमसे भी अधिक निर्धन और असहाय हैं। ऐसे बच्चे भी हो सकते हैं, जिनके पिता नहीं हैं। सारा बोझ बेचारी अनपढ़ और असहाय माँ पर है। मुझे यदि फीस से छूट मिल सकती है तो ठीक है। वे निर्धन बच्चों के कोष से कुछ नहीं लेंगे।"

स्वामी प्रसन्न दीखे, "ठीक कहा तुम्हारे पिताजी ने।"

"मैंने हैडमास्टर साहब को बता दिया। वे हक्के-बक्के मुझे देखते रहे और उसके पश्चात् बोले, 'अच्छा ! ठीक है। हम कुछ कर लेंगे। तुम चिंता मत करो। निश्चिंत होकर परीक्षा की तैयारी करो।' मैंने घर आकर पिताजी को बताया तो वे मेरे पीछे पड़ गए, 'क्या कर लेंगे हैडमास्टर ?' 'अब मैं क्या जानूँ !' मैंने कहा तो बोले, 'वे अपनी जेब से तुम्हारी फीस भर देंगे; किंतु हमको किसी से इस प्रकार की सहायता नहीं लेनी है। जाकर उनसे कह दो कि फीस से छूट मिल सकती है तो ठीक है, नहीं तो हम फीस दे लेंगे।' मैंने जाकर हैडमास्टर साहब से कह दिया। वे असमंजस में पड़ गए। बोले, 'हम तो तुम्हारी सहायता करना चाहते थे, किंतु यदि तुम्हारे पिता इतने स्वाभिमानी हैं तो ठीक है। हम नहीं देंगे।' "

"ठीक तो है।" स्वामी बोले, "तुम्हारे पिता स्वाभिमानी पुरुष हैं। वे नहीं चाहते कि तुम्हारे हैडमास्टर अपनी जेब में से तुम्हारी परीक्षा की फीस दें। वह दान होगा और तुम्हारे पिता किसी से दान लेना नहीं चाहते। वे मेरे समान भिक्षुक तो नहीं हैं न !"

"स्वाभिमान तो ठीक है," देवराज बोला, "किंतु अब वे उसी फीस के पैसों का प्रबंध करने के लिए परेशान घूम रहे हैं। जो काम सुविधा से अपने आप हो रहा था, उसे उन्होंने अपने अहंकार में रोक दिया और अब स्वयं ही परेशान हैं।"

"यह अहंकार नहीं है। तुम्हारे हैडमास्टर ने ठीक शब्द का प्रयोग किया था, 'स्वाभिमान'।" स्वामी गंभीर हो गए, "स्वाभिमान होता, तो भी मैं धनराज की प्रशंसा करता; किंतु यह तो उससे भी कुछ अधिक सात्त्विक गुण है।"

देवराज ने जिज्ञासा की मुद्रा में उनकी ओर देखा।

"धनराज ने लोभ का त्याग किया है। तुम इस दृष्टि से सोचो पुत्र कि जो व्यक्ति स्वयं आर्थिक तंगी में हो, वह सरलता से मिलता हुआ धन इसलिए छोड़ दे कि वह उससे भी अधिक विपन्न

व्यक्ति के काम आएगा। यह तपस्या है पुत्र ! कोई संपन्न व्यक्ति छोटी-मोटी राशि का लोभ छोड़े तो वह साधारण बात होगी, किंतु यदि तुम्हारे पिता ने इस अयाचित राशि का लोभ छोड़ा है तो वे श्रद्धा के पात्र हैं।''

''कुछ लोग इसे अव्यावहारिकता भी कह सकते हैं स्वामी जी !'' दीवान जी ने कहा।

स्वामी मौन रहे। थोड़ी देर में उन्होंने दृष्टि उठाई और बलपूर्वक बोले, '' सोचकर देखें दीवान जी कि संसार में व्यावहारिकता और आदर्श में एक चिरंतन संघर्ष छिड़ा हुआ है। जिसे आप व्यावहारिक व्यक्ति कहते हैं, वह प्रत्येक आदर्श को मूर्खता मानता है और अपने लोभ ही नहीं, अधर्म को बचाने के लिए 'व्यावहारिकता' शब्द का प्रयोग करता है। व्यावहारिक व्यक्ति सदा ही अधर्म का साथ देता है। धर्म पर चलना हो तो आदर्श का पल्ला पकड़े रहना होता है।'' स्वामी की दृष्टि बैठे हुए लोगों के समूह की ओर उठी, ''महाभारत के युद्ध के पश्चात् धर्मराज युधिष्ठिर ने एक अश्वमेध यज्ञ किया था। उस यज्ञ में बहुत कुछ दान में दिया गया। यज्ञ के अंत में एक नेवला यज्ञस्थल पर आया। उसका आधा शरीर सुनहरा था और आधा साधारण रंग का। वह हवनकुंड में से बाहर गिरे हुए अन्न तथा अन्य सामग्री में लोटपोट करके उठ खड़ा हुआ और बोला, 'यह दान भी वैसा नहीं है, जैसा उस ब्राह्मण का दान था।' लोगों ने उससे जिज्ञासा की कि कौन-सा ब्राह्मण और कौन-सा दान ? उस पर उसने एक कथा सुनाई :

'' ' एक ब्राह्मण, उसकी पत्नी, पुत्र और पुत्रवधू एक वन में रहते थे। वे बहुत निर्धन थे। खेतों की फसल कट जाने पर भूमि पर गिरे हुए अन्न के दानों को वे पक्षियों के समान चुनकर लाते थे और उससे अपना निर्वाह करते थे। वे छठे समय में एक बार भोजन करते थे और यदि उस समय भोजन न मिले तो भूखे रह जाते थे और अगले छठे समय में ही भोजन करते थे; शेष समय अपनी तपस्या में लगे रहते थे। एक बार वहाँ अन्न का ऐसा अभाव हुआ कि उन्हें उंछवृत्ति से कुछ भी नहीं मिला। उनके पास खाने के लिए अन्न नहीं था, किंतु भूखे रहकर ही वे अपनी तपस्या में लगे रहे।

'' ' कई दिन भूखे रहने के पश्चात् ब्राह्मण को कहीं से एक सेर जौ प्राप्त हुए। वह उन्हें अपने घर ले आया और उन्हें धो-सुखाकर उनका सत्तू बना लिया। उस सत्तू को उन्होंने पकाया और उसके चार भाग कर खाने के लिए बैठे। तभी किसी ने बाहरी द्वार की साँकल खटखटाई। ब्राह्मण ने द्वार खोला। द्वार पर एक व्यक्ति खड़ा था। उसने कहा, 'मैं कई दिन से भूखा हूँ और भूख से मेरे प्राण निकल रहे हैं। मुझे कुछ खाने को दो।' ब्राह्मण ने उसे आदरपूर्वक लाकर बैठाया और अपने भाग का सत्तू उसे दे दिया। अतिथि ने वह सत्तू खा लिया, किंतु उसके बाद भी वह भूखा ही था। तब ब्राह्मण की पत्नी ने अपने भाग का सत्तू ब्राह्मण को दिया कि वह उसे भी अतिथि को दे दे। ब्राह्मण ने पहले तो कुछ टालमटोल की कि वह अपनी पत्नी के भाग का सत्तू कैसे ले ले। वह भूख और तपस्या से इतनी कृषकाय थी कि अन्न के बिना जीवित नहीं रह पाएगी। किंतु ब्राह्मणी ने आग्रहपूर्वक वह सत्तू दे दिया। ब्राह्मण ने वह सत्तू भी अतिथि को दे दिया। अतिथि की भूख तब भी नहीं मिटी। तब ब्राह्मण के पुत्र ने अपना सत्तू अपने पिता को दिया कि वह उसे अतिथि को दे दे। ब्राह्मण ने उसे थोड़ा समझाया, किंतु पुत्र के आग्रह को देखते हुए वह सत्तू भी लेकर अतिथि को दे दिया। जब अतिथि उससे भी तृप्त नहीं हुआ तो ब्राह्मण की पुत्रवधू ने भी अपने भाग का सत्तू अपने श्वसुर को दे दिया। ब्राह्मण ने अनिच्छापूर्वक वह सत्तू भी ले लिया और श्रद्धापूर्वक अतिथि को दे दिया।

"'अतिथि खा-पीकर तृप्त हो गया और बोला, 'मैं धर्म हूँ। मैं तुम लोगों की परीक्षा ले रहा था। तुमने स्वयं भूखे रहते हुए भी जिस धर्म-भाव से श्रद्धापूर्वक दान दिया है, उससे तुमने स्वर्ग जीत लिया है। देखो, वह विमान आया है, तुम लोग उसमें बैठ जाओ और स्वर्ग में अपना स्थान प्राप्त करो।'

"'वे चारों उस विमान में बैठकर स्वर्ग चले गए।' नेवले ने कहा, 'तब मैं अपने बिल में से निकला और जहाँ अतिथि ने बैठकर सत्तू खाया था, वहाँ अपने लिए अन्न खोजने लगा। सत्तू के कुछ कणों और उस भूमि के स्पर्श से मेरा सिर और शरीर का आधा भाग सोने का हो गया। यह उस ब्राह्मण के दान की महत्ता है। मैं तब से सारे संसार में भटक रहा हूँ कि और भी कहीं ऐसा सात्त्विक दान हो, जिससे मेरे शरीर का शेष भाग भी सोने का हो जाए। किंतु धर्मराज के दान में भी वह महानता नहीं है कि वह मेरे शरीर को उस प्रकार सुनहरा कर सकता।' " स्वामी ने रुककर अपने श्रोताओं की ओर देखा, "इसका अर्थ यह नहीं है कि युधिष्ठिर का दान महान् नहीं था; किंतु वह अतिरिक्त का दान था और उस ब्राह्मण का दान अपने सर्वस्व का दान था।"

"आप समझते हैं कि धनराज का यह त्याग...?" दीवान जी ने कहा।

"हाँ, धनराज का यह त्याग उस ब्राह्मण के त्याग की कोटि का है।" स्वामी ने कहा।

"तो मुझे अपने पिता की शिकायत नहीं करनी चाहिए ?"

"तुम्हें उन पर गर्व होना चाहिए और उनसे प्रेरणा लेनी चाहिए।" स्वामी ने कहा।

"स्वामी जी ! आज धनराज की कथा में कृष्ण-कथा तो छूट ही गई।" सहसा डॉ० लश्कर ने कहा, "हम तो कृष्णलीला सुनने के लोभ में आए थे।"

"भागवत के स्थान पर महाभारत की कथा सुना दी न !" स्वामी हँसे।

"नहीं स्वामी जी ! इन लोगों पर अत्याचार मत कीजिए। कृष्ण-कथा अवश्य होनी चाहिए, चाहे थोड़ी ही हो, किंतु हो अवश्य।" दीवान जी ने आग्रह किया।

"अच्छा भाई, सुनो।" और स्वामी जी ने गाया :

"मैया मोरी मैं नहीं माखन खायो।
ख्याल परे ये सखा सभी मिलै मेरे मुख लपटायो।
तू ही निरख नान्हे कर अपने, मैं केहि विधि कर पायो..."

श्रोताओं के सामने जैसे कृष्णलीला साक्षात् हो उठी। उनकी आँखों में आह्लाद के अश्रु थे।

"स्वामी जी ! कृष्ण को न तो दूध की कमी थी और न ही मक्खन की। तो फिर वे मक्खन चोरी क्यों करते थे ?" रामस्नेही ने कहा, "अब यह मत कह दीजिएगा कि बच्चों को चुराकर खाने में आनंद आता है।"

स्वामी ने उसकी ओर देखा : यह कोई नई मूर्ति थी। वेश साधु का-सा था। पूरा संन्यासी भी नहीं लगता था, किंतु संसारी तो वह नहीं ही था।

"पहले अपना परिचय दो भाई ! तुम्हें पहले कभी नहीं देखा।" स्वामी ने कहा।

"मैं रामस्नेही हूँ स्वामी जी ! घर-बार नहीं है, किंतु आप जैसा निष्ठावान संन्यासी भी नहीं हूँ। बस, अपनी मौज में घूमता-फिरता रहता हूँ। कहीं किसी महापुरुष के विषय में सूचना मिलती है तो रामजी का गुणगान सुनने चला जाता हूँ।" रामस्नेही बोला, "अलवर में आता हूँ तो यह माता

मुझे रोटी खिलाती हैं।" उसने निकट बैठी एक महिला की ओर संकेत किया, "इन्होंने ही कहा कि एक महात्मा आए हुए हैं और ये आपके दर्शन करना चाहती हैं, किंतु दीवान जी की हवेली में घुसने का साहस नहीं होता। मैंने कहा, चलो, दोनों जने चलते हैं। कोई नहीं घुसने देगा तो लौट आएँगे। टहलने का बहाना हो जाएगा। नहीं तो दोनों जने महात्मा जी के दर्शन कर आएँगे।"

"तुमने अच्छा किया रामस्नेही ! जो आ गए और उससे भी बड़े पुण्य का काम यह किया कि मुझे इस माता के दर्शन करा दिए।" स्वामी ने उसकी ओर देखा, "अब थोड़ी-सी कथा हो जाए।"

कृष्ण कुछ बड़े हो गए थे।

गोकुल का कच्चा मार्ग था। प्रायः तीन वर्ष के कृष्ण पद्मा की अंगुली थामे ठुमक-ठुमक चल रहे थे। पास से गायों का झुंड जा रहा था। सहसा कृष्ण पद्मा का हाथ छोड़कर भागने लगे। पद्मा उनके पीछे-पीछे दौड़ी, "ठहर कान्हा ! तू गिर जाएगा। अरे, गैया के पैरों में आ जाएगा।"

कृष्ण और पद्मा आगे-पीछे दौड़ रहे थे। लगता था, छोटे-से कृष्ण पद्मा को छकाकर भाग जाएँगे। पद्मा अपनी अवस्था और अपने शरीर के भारीपन के कारण वैसे नहीं भाग पा रही थी। सामने से आते हुए गंगा के पुत्र मनसुखा ने उन्हें पकड़ लिया। मनसुखा श्रीकृष्ण से कुछ बड़ा भी था और फिर वह सामने से आ रहा था।

पर मनसुखा ने श्रीकृष्ण को पद्मा को नहीं सौंपा। बोला, "मैं इसे अपने घर ले जाता हूँ मौसी ! हम थोड़ी देर खेलेंगे।"

पद्मा को यह कुछ अच्छा तो नहीं लगा, किंतु मना करने का भी कोई कारण नहीं था, "अच्छा। मैं यमुना से पानी लेने जा रही हूँ। तू फिर इसे नंदरानी के पास पहुँचा आएगा ?"

"हाँ मौसी !"

पद्मा से रहा नहीं गया। बोली, "सँभालकर। गोधूलि में गाएँ लौटती हैं वन से। इसे न उनसे भय लगता है और न यह उनसे दूर रहता है। कहीं ऐसा न हो कि किसी के सींग की खरोंच खा जाए। ऐसा हुआ तो मैं तुझे खा जाऊँगी।"

"तुम चिंता मत करो मौसी ! कोई गैया इसे नहीं मारती। यह गैया के पास जाता है तो गैया लात मारने के स्थान पर इसके हाथ चाटने लगती है।"

"गैया इसके हाथ चाटती है या नहीं, पर तू मेरा भेजा बहुत चाटता है। अच्छा, जा। ले जा। अब ज्यादा बातें मत बना।"

पर पद्मा के पग नहीं उठे। वह वहीं खड़ी रहकर उन्हें देखती रही। वे दोनों मनसुखा के घर की ओर जा रहे थे। पद्मा की ओर उनकी पीठ थी। मनसुखा ने कृष्ण का हाथ पकड़ रखा था। फिर मनसुखा ने अपना हाथ कृष्ण के कंधे पर रख दिया। कृष्ण ने भी अपना हाथ उसकी कमर में डाल दिया। पद्मा मुस्कराए बिना नहीं रह सकी।

मनसुखा श्रीकृष्ण को अपने घर के आँगन में ले आया। घर खाली-सा लग रहा था।

"घर में गंगा मैया नहीं है ?" कृष्ण ने पूछा।

"कोई नहीं है।" मनसुखा ने बताया।

"तो फिर मुझे माखन कौन देगा ?"

"मेरी मैया तुझे तो मक्खन खिला देती है कान्हा !" मनसुखा बोला, "किंतु मुझे नहीं देती।"

"क्यों ? तुम्हारी गाय दूध नहीं देती क्या ?" कृष्ण ने पूछा।

"गाय तो दूध देती है, पर मैया कहती है कि मक्खन से मेरा पेट बिगड़ जाएगा।"

"तो उतना ही खा⋯"

"पर माँ ने कुछ दिया ही नहीं।" मनसुखा बोला।

"चल, हम अपने आप खा लेते हैं।" कृष्ण ने प्रस्ताव रखा।

"ऊँचा है।" मनसुखा निराश स्वर में बोला, "माँ जानबूझकर छींका ऊपर बाँधती है। उस तक मेरा हाथ नहीं जाता।"

"तू बैठ, मैं तेरे कंधे पर चढ़ता हूँ।" कृष्ण ने कहा।

मनसुखा ने विस्मय से कृष्ण की ओर देखा⋯यह तो उसे सूझा ही नहीं। छोटे-से कृष्ण को ऐसी बातें जाने कैसे सूझ जाती हैं।

मनसुखा नीचे बैठ गया। कृष्ण उसके कंधे पर चढ़ गए। मनसुखा उठकर खड़ा हो गया, पर कृष्ण का हाथ तब भी मटकी तक नहीं पहुँचा।

"अब ?" मनसुखा ने पूछा।

"मैं खड़ा हो जाता हूँ।" कृष्ण बोले।

"नहीं कान्हा ! तू गिर जाएगा।"

"नहीं गिरूँगा।" और कृष्ण खड़े हो गए।

मनसुखा का मन काँपता रहा। कहीं कृष्ण गिर न जाए। वह गिर गया और चोट आ गई तो यशोदा मौसी कुछ कहें न कहें, उसकी अपनी माँ ही उसकी चमड़ी उधेड़ देंगी।

कृष्ण ने छींके में से मटकी निकाल ली। मनसुखा सावधानी से बैठ गया। कहीं कृष्ण और मटकी दोनों ही न लुढ़क जाएँ।

कृष्ण ने मटकी में देखा और चकित रह गए, "मनसुखा !"

"क्या बात है कान्हा ?"

"मटकी तो खाली है रे !"

"तो मैया ने ऊपर क्यों टाँग दी ?" मनसुखा चकित था।

"पता नहीं।" कृष्ण कुछ सोच रहे थे।"

"आज यहीं रोक दें ?" स्वामी ने पूछा।

"थोड़ी-सी तो और कहें महाराज !" रामस्नेही बोला, "रस आ रहा है।"

"अच्छा, सुनो।"

गंगा के सिर पर मटकी थी। कृष्ण उसकी अंगुली पकड़े उसके साथ जा रहे थे। कृष्ण अब पाँच वर्ष के हो गए थे। वे दोनों गंगा के घर के द्वार पर पहुँचे।

"चाची !" कृष्ण ने कहा।

"मैया बोल, नहीं तो बात नहीं करूँगी।" गंगा ने रूठने का अभिनय किया।

कृष्ण हँस पड़े, "मैया ! तू मनसुखा को माखन क्यों नहीं देती ?"

आँगन में प्रवेश कर गंगा ने अपने सिर से मटकी उतारी, "तुझे तो देती हूँ न ?"

"पर मनसुखा को क्यों नही देती ?"

"किसने कहा, उसे नहीं देती ? मनसुखा ने कहा है तुझसे ?"

"पेट भर तो नहीं देती।"

गंगा का स्वर गंभीर हो गया, "उसे पेट भर मक्खन खिलाऊँगी तो हाट में क्या बेचूँगी और राजपुरुषों को कर के रूप में क्या दूँगी।"

"राजपुरुषों को माखन देना पड़ता है ?" कृष्ण ने कुछ चकित होकर पूछा।

"माखन ही क्यों, दूध भी।"

"दूध का क्या होता है मैया ?"

"हम दूध नहीं देंगे तो कंस की रानियाँ किसमें नहाएँगी ?"

"पानी नहीं होता वहाँ ? यमुना नहीं है मथुरा में ?'

"पानी तो होता है, पर चिकनी बनी रहने के लिए वे दूध में नहाती हैं।"

"तुम कंस की रानियों के नहाने के लिए दूध भेजती हो ?" कृष्ण चकित थे।

"कौन नहीं भेजता ?" गंगा ने पूछा।

कृष्ण चकित-गंभीर दृष्टि से उसकी ओर देखते रहे, कुछ बोले नहीं।

अगले दिन किसी योजना के अनुसार चंद्रिका के घर के पीछे की गली में ग्वाल-बाल एकत्रित हुए। रसोई की खिड़की गली में खुलती थी। खिड़की के निकट कृष्ण, बलराम, मनसुखा, श्रीदामा, भानु सब ही थे।

"कान्हा ! फिर से सोच ले। यदि चंद्रिका मौसी ने देख लिया तो हम सब भाग जाएँगे। फिर मत कहना कि तुम छोटे हो और भाग नहीं सकते। न तो कोई तुम्हें गोद में उठाकर भागेगा और न ही तुम्हारे साथ रुककर कोई मार खाएगा।" बलराम ने कहा।

"चंद्रिका मौसी की मार तो अलग, पकड़े गए तो मुझे अपनी माँ की मार भी खानी पड़ेगी।" मनसुखा बोला।

"तो मेरी ही माँ कहाँ छोड़ देगी ! कान्हा के समान थोड़ी कि रोने का नाटक किया और मार से बच गए।" श्रीदामा ने कहा।

"अच्छा ! अच्छा ! भाग जाना तुम सब।" कृष्ण निश्‍चिंत भाव से बोले।

उन्होंने मनसुखा को संकेत किया। मनसुखा धीरे से बैठ गया। कृष्ण उसके कंधे पर बैठ गए। मनसुखा उठकर खड़ा हो गया।

"मौसी तो सामने ही आँगन में बैठी हैं। रसोई का द्वार भी खुला है। वे अवश्य ही देख लेंगी।" कृष्ण बोले।

"तो ?" बलराम ने पूछा।

इतने में ही गली में दो गोपियाँ आती दिखाई दीं।

"क्या कर रहे हो तुम लोग यहाँ ?"

"हाँ ! कान्हा तो छोटा है, उसके खेलने के दिन हैं। तुम लोग तो ऊँट के समान ऊँचे हो गए हो। कोई काम क्यों नहीं करते ?" दूसरी गोपी ने डाँट बताई।

"मैं ऊँट की ही तो सवारी कर रहा हूँ।" कृष्ण ने मनसुखा की ओर संकेत किया, "यह मेरा ऊँट ही तो है।"

गोपियाँ हँस पड़ीं, "तो इस ऊँट को गाड़ी में जोत दो। हम भी मथुरा की सैर कर आएँ।"

वे दोनों हँसती हुई चली गईं।

"अब चंद्रिका मौसी को घर से कैसे निकालें ?" भानु ने पूछा।

"कान्हा जाकर मौसी से कहे कि उसका कंदुक कहीं खो गया है। मौसी कंदुक खोजने चल देंगी।" श्रीदामा ने कहा।

"पर वे कान्हा को नहीं छोड़ेंगी। साथ ही ले जाएँगी।" बलराम ने कहा।

"हाँ, यह एकदम खरी बात है।" भानु बोला।

"तो मनसुखा कहे। मौसी उसको मारने दौड़ेंगी तो मैं घर में घुसकर रसोई के कपाट बंद कर दूँगा।" कृष्ण बोले।

"यही ठीक रहेगा।" बलराम सहमत हो गए।

मनसुखा ने चंद्रिका के घर के अगले द्वार के कपाट पीटने शुरू किए। सारे लड़के मुँह दबाकर हँसते रहे। चंद्रिका ने द्वार खोला और सामने मनसुखा को खड़ा पाया।

"तू ?" चंद्रिका ने उसे घूरकर देखा।

"मौसी, मैं कंदुक से खेल रहा था। वह तुम्हारे आँगन में गिर गया है।"

"अच्छा है। अब मैं कंदुक खोजकर उसे चूल्हे में डाल दूँगी। न रहेगा कंदुक, न तू खेलेगा। न वह मेरे आँगन में गिरेगा, न तू मुझे परेशान करने आएगा।" चंद्रिका बोली, "गैया लेकर वन में चराने क्यों नहीं जाता ? गली में कंदुक क्यों खेलता है ?"

"रूठो मत मौसी ! मैं स्वयं ही खोज लेता हूँ।"

'ठहर तू। अभी मैं तेरा ही कंदुक बना देती हूँ। लुढ़कता हुआ अपनी माँ की गोद तक पहुँच जाएगा।"

चंद्रिका ने निकट पड़ी एक छड़ी उठा ली और उसे मारने दौड़ी। मनसुखा उससे भी पहले भाग गया। वे दोनों कुछ दूर चले गए, तो सारे लड़के खुले द्वार से घर में घुस गए और सीधे रसोई में पहुँच गए। कृष्ण रसोई का कुंडा बाहर से बंद कर भागकर आँगन से बाहर निकल गए।

पिछली गली में से कृष्ण चंद्रिका की रसोई की खिड़की के नीचे आ गए। बलराम ने उनकी बाँह पकड़कर भीतर खींच लिया। उन्होंने रसोई का द्वार भीतर से भी बंद कर लिया और रसोई का निरीक्षण किया। बाल्टी में दूध था। दो-एक मटकियों में दही था। कुछ मटकियाँ छींके पर टँगी थीं। मनसुखा ने खिड़की के कपाट खटखटाए।

"मौसी कहाँ हैं ?" भानु ने पूछा।

"मेरी माँ से शिकायत करने मेरे घर गई हैं।" मनसुखा ने बताया।

श्रीदामा ने दूध की बाल्टी उठाकर अपने सिर पर रख ली, "तो मैं यह दूध बेचकर अभी आता हूँ।"

भानु ने मुस्कराकर कृष्ण की ओर देखा और दूध की बाल्टी तिरछी कर दी। सारा दूध श्रीदामा पर आ गिरा। वह सँभलते-सँभलते भी पूरी तरह नहा गया।

उसने देखा, सब मुँह दबाकर हँस रहे हैं। श्रीदामा ने क्रोध से भानु की ओर देखा और दही की मटकी उस पर पटक दी।

"ठहरो ! पहले माखन तो खा लें।" कृष्ण बोले।

बलराम और मनसुखा एक-दूसरे की भुजाएँ पकड़कर आमने-सामने खड़े हो गए। भानु उनकी भुजाओं पर खड़ा हो गया। श्रीदामा ने ऊपर चढ़ने में कृष्ण की सहायता की। कृष्ण भानु के कंधे पर बैठ गए। भानु खड़ा हो गया। कृष्ण ने ऊपर से माखन से भरी बड़ी मटकी उतारी और श्रीदामा को पकड़ाने का प्रयत्न किया। संतुलन बिगड़ गया और सब एक साथ धरती पर गिर पड़े। पहले तो सब हक्के-बक्के रह गए और फिर मिलकर जोर से हँस पड़े।

कृष्ण ने मुख पर अंगुली रखकर चुप रहने का संकेत किया। संकट के प्रति सजग होकर सब चुप हो गए। कृष्ण ने उन्हें मक्खन दिया।

तभी घर का बाहरी कपाट खुलने और भिड़ाए जाने की ध्वनि हुई।

"मौसी आ गई हैं।" कृष्ण बोले, "अब जल्दी करो।"

चंद्रिका ने रसोई का द्वार बंद देखा तो उसका माथा ठनका। उसने रसोई का कुंडा खोलने का प्रयत्न किया, किंतु भीतर से बंद होने के कारण कपाट नहीं खुले।

"कौन है भीतर ?"

कृष्ण ने बिल्ली का-सा स्वर किया।

"अच्छा, तो बिल्ली भी कपाट का आगल लगा लेती है !" चंद्रिका बोली, "ठहरो तुम लोग।"

"भागो !" कृष्ण बोले।

सारे लड़के भागने की आपाधापी में खिड़की में एक साथ फँस गए। तब तक चंद्रिका भी पिछली गली में आ गई। वह उनको पकड़ तो नहीं पाई, किंतु वे सब-के-सब पहचाने गए।

शिकायत यशोदा तक पहुँची। यशोदा ने छड़ी उठा ली और कृष्ण को धमकाया।

"तूने फिर दूसरों के घर में घुसकर उनकी मटकी फोड़ी ?"

"नहीं मैया ! दूसरों का घर कहाँ है ? तुम ही कहती रहती हो कि वे दूसरों के घर हैं, पर वे सब तो कहती हैं कि वे मेरे ही घर हैं।"

"तेरे ही घर हैं ! तू कितने घरों में रहेगा ?" यशोदा ने डाँटा।

"मैं कहाँ नहीं रहता ! मैं तो सारी सृष्टि में व्याप्त हूँ मैया !"

यशोदा स्तब्ध रह गईं। क्या कह रहा है उनका कान्हा ! उन्होंने कृष्ण की ओर देखा : कृष्ण अत्यंत भोले बालक के समान मुस्करा रहे थे, जैसे कुछ जानते ही न हों।

स्वामी रुक गए, "देखा आपने ! क्या कह रहे हैं कृष्ण ! उस निर्गुण निराकार ब्रह्म को मनुष्य का शरीर धारण करने पर कोई भी नहीं पहचान पाता। वे अपने मुख से कहते हैं तो भी उनकी माँ को विश्वास नहीं होता। श्रीकृष्ण ने अर्जुन से कहा था न कि मेरे परम भाव को न जानने वाले मूढ़ लोग मनुष्य का शरीर धारण करने वाले मुझ संपूर्ण जीवों के महान् ईश्वर को साधारण मनुष्य ही मानते हैं।" स्वामी ने मधुर कंठ से अत्यंत लीन होकर गाया :

"अवजानन्ति माम मूढाः मानुषीम् तनुम् आश्रितम्।
परम भावम् अजानन्तः मम भूतमहेश्वरम्।।"

यशोदा चकित होकर बोलीं, "कौन सिखाता रहता है तुझे यह सब ?" और सहसा डपटकर बोलीं, "वे कहती हैं कि वे तुम्हारे ही घर हैं तो तू उनकी मटकियाँ फोड़ देगा ? कोई अपने घर की मटकियाँ फोड़ता है ?"

"मैया, वे मटकियाँ तो खाली थीं। बालकों को झूठे ही क्यों बहकाती हैं कि उनमें दूध है, दही है, मक्खन है ?" श्रीकृष्ण बोले, "तुम कहती हो न, झूठ बोलना पाप है।"

"पर तूने तो मथुरा जाती हुई गोपियों की मटकियाँ भी फोड़ीं। वे तो खाली नहीं थीं।" यशोदा बोलीं।

"तो वे मनसुखा के मुँह से दूध छीनकर कंस की रानियों के नहाने के लिए क्यों भेजती हैं ?" कृष्ण के स्वर में भी कुछ आक्रोश था, "अपने बालकों को तृषित छोड़कर राजा की रानियों को नहाने के लिए दूध देना क्या माँ का कर्तव्य है ?"

यशोदा जैसे सहम गईं, "तू अभी बालक है। समझता नहीं है। कितने मनसुखा वंचित होते हैं तो कंस के प्रासाद में एक सरोवर भरता है। हम बाध्य हैं कान्हा !"

कृष्ण हँसे, "मैं उन बंधनों को ही तोड़ने आया हूँ। उन्हें ही तो तोड़ रहा हूँ मैया !"

यशोदा ने झपटकर कृष्ण की बाँह पकड़ ली, "ठहर तू। बड़ा आया मुक्तिदाता ! समझता नहीं कि तेरे उत्पात से गोकुल वालों को कंस के राजपुरुष बाँधकर ले जाएँगे और एक दिन गोकुल वाले तुझे बाँधकर कंस को सौंप देंगे।"

कृष्ण को खींचकर यशोदा जमीन में गड़े ऊखल के पास ले गईं और वहीं से रस्सी उठाकर कृष्ण को ऊखल के साथ बाँध दिया और डाँटती हुई बोलीं, "मैं जा रही हूँ गोशाला। लौटकर खोलूँगी। बंधन तोड़ने वाले, अब हिलकर दिखा यहाँ से।"

यशोदा आँगन का द्वार भिड़ाकर बाहर चली गईं। कृष्ण मुस्कराए और बलपूर्वक आगे बढ़ने का प्रयत्न करने लगे। थोड़े-से प्रयत्न से ऊखल अपने स्थान से उखड़ गया। वे चल पड़े और ऊखल को घसीटते हुए आँगन के द्वार के पास पहुँच गए। द्वार खोला और घर से बाहर निकल गए।

स्वामी रुक गए। उनकी दृष्टि सामने से आ रहे एक व्यक्ति पर लगी हुई थी, "कृष्ण तो घर से बाहर गए, किंतु यह कौन आ रहा है ?"

"मैं धनराज हूँ स्वामी जी ! प्रणाम।" वह उजाले में आ गया था।

"अरे, तू इस समय कहाँ से टपक पड़ा ?" दीवान जी बोले, "ऐसी अच्छी कथा चल रही थी।"

"मैं भी तो कथा सुनने ही आया हूँ।" धनराज बोला, "सुबह से परेशानी में फँसा हुआ था। अब जाकर मुक्ति हुई तो स्वामी जी को मुँह दिखाने का साहस हुआ।"

"तुम्हारी परेशानी का कुछ आभास हम लोगों को है।" स्वामी बोले, "किंतु मुझे मुँह दिखाने के साहस की क्या बात है ?"

"आपको आभास है ?" और तब उसकी दृष्टि अपने पुत्र देवराज पर पड़ी, "ठीक है। इसने आकर बताया होगा ?"

"स्वामी जी ने पूछा है कि तुम्हें मुँह चुराने की क्या आवश्यकता थी ?" डॉ० लश्कर ने कहा, "क्या पाप कर दिया तुमने ?"

धनराज कुछ देर चुप रहा। फिर बोला, "अपनी निर्धनता के कारण मेरे मन में कभी कोई संकोच नहीं रहा। देवराज के परीक्षा-शुल्क की कुछ चिंता मुझे थी, पर जब इसके हैडमास्टर ने अपनी जेब से वह शुल्क भरने की बात कही तो मेरे मन में एक लोभ जागा कि यदि वे ऐसा कर दें तो मेरे इतने पैसे बच जाएँगे। पर उसके साथ ही मेरे मन में स्वामी जागे और यह भाव भी जागा कि मैं लोभी हो रहा हूँ। मैं अपना दायित्व किसी और के कंधे पर डालकर प्रसन्न हो रहा हूँ। कितना स्वार्थी हूँ मैं ! अपना वह स्वार्थी रूप मुझे बहुत ही मलिन लगा। उसे देखकर मुझे बहुत लज्जा आई। मुझे लगा कि मैं स्वामी जी जैसी निर्मल आत्मा का सत्संग कर क्या सीख रहा हूँ ? केवल बातें ? अपने आचरण में कोई सुधार नहीं कर रहा हूँ ? अपनी आत्मा को निर्मल करने का कोई प्रयत्न नहीं कर रहा हूँ ? मुझे वह वृद्ध स्मरण हो आया, जिसके प्रश्नों का एक दिन स्वामी जी ने कोई उत्तर नहीं दिया था और वह रुष्ट होकर चला गया था। मुझे लगा कि मेरा भविष्य भी वही है…"

"कौन-सा वृद्ध ?" दीवान जी ने पूछा।

"ओह, वह !" डॉ० लश्कर ने कुछ याद कर कहा, "एक वृद्ध प्रतिदिन स्वामी जी के दर्शन करने आता था और कोई न कोई समस्या इनके सामने रखकर, उसका समाधान और स्वामी जी का आशीर्वाद माँगा करता था। स्वामी जी प्रतिदिन उसे कुछ न कुछ बताते थे। एक दिन उसे आते देखकर ही स्वामी जी मौन होकर बैठ गए, जैसे समाधि में हों अथवा मनुष्य न होकर कोई प्रतिमा हों। उसने प्रणाम किया तो भी स्वामी जी ने कोई उत्तर नहीं दिया। उसने कई प्रश्न पूछे। स्वामी जी ने किसी का भी उत्तर नहीं दिया। अन्य मित्रों से भी स्वामी जी ने कोई बात नहीं की। अंततः रुष्ट होकर, बहुत कुछ भला-बुरा कहता हुआ वह वहाँ से चला गया। उसके जाने के पश्चात् स्वामी जी बच्चों के समान खिलखिलाकर हँसे। सब लोग चकित थे कि स्वामी जी ने ऐसा क्यों किया। तब स्वामी जी ने बताया कि वह प्रतिदिन उनसे आशीर्वाद माँगता था; किंतु ये उसे जो कुछ भी करने को कहते थे, वह उसने कभी नहीं किया। उससे छुटकारा पाने के लिए ही स्वामी जी ने वह नाटक किया था।"

"महात्मा बुद्ध ने कहा है : अप्पो दीपक भव। अपना दीपक स्वयं बन। अपना मार्ग स्वयं बना। उन्होंने तो यहाँ तक कह दिया कि कोई तेरी सहायता नहीं कर सकता। स्वयं मैं भी नहीं। अपने लिए जो कुछ करना है, तुम्हें स्वयं ही करना है।" स्वामी बोले, "मेरे बच्चो ! मैं तुम्हारे लिए अपने प्राण भी दे सकता हूँ, क्योंकि तुम मेरे परामर्श पर चलने को तत्पर हो और वह करने की क्षमता रखते हो। पर वह वृद्ध एक ऐसा व्यक्ति है, जिसने अपना नब्बे प्रतिशत जीवन इंद्रियों के सुखों के पीछे भागने में व्यतीत कर दिया है। अब वह सांसारिक और आध्यात्मिक जीवन—दोनों के लिए ही अयोग्य और अक्षम हो चुका है और समझता है कि केवल माँग लेने से ही उस पर भगवान् की कृपा हो जाएगी। सत्य की प्राप्ति के लिए स्वयं श्रम करना पड़ता है। जो स्वयं प्रयत्न नहीं करता, जिसमें पौरुष नहीं है और जो तमस में डूबा हुआ है, उस पर ईश्वर की कृपा कैसे हो सकती है ? पांडवों में सबसे वीर अर्जुन अपना पौरुष विस्मृत कर तमस में डूबा जा रहा था, इसीलिए भगवान् श्रीकृष्ण ने उसे अनासक्त होकर वह कर्तव्य करने को कहा, जो उसे ईश्वरीय इच्छा से सौंपा गया था। अनासक्त होकर निष्काम भाव से कर्म करने पर ही वह सात्त्विक गुणों—मन की निर्मलता, वैराग्य और ईश्वर के प्रति समर्पण—को प्राप्त कर सकता था। तुम लोग भी शक्तिशाली बनो। पौरुषपूर्ण बनो। मेरे मन में दुष्ट व्यक्ति के लिए भी सम्मान हो सकता है, क्योंकि उसकी दृढ़ता किसी दिन उससे उसकी दुष्टता छुड़वा देगी और स्वार्थी लक्ष्यों से दूर हटा देगी। अंततः वह उसे सत्य के निकट ले आएगी।" स्वामी

ने रुककर आकाश की ओर देखा, "शिव ! शिव !!" और वे उठ खड़े हुए।

सारे उपस्थित लोग भी उठ बैठे। रामस्नेही उस वृद्धा का हाथ थामे उनके निकट आया, कहीं ऐसा न हो कि स्वामी जी वहाँ से चले जाएँ और वह उनसे बात न कर सके।

"स्वामी जी !" उसने कहा, "माता जी एक निवेदन करना चाहती हैं।"

"माँ भी कभी पुत्र से निवेदन करती है !" स्वामी हँसे, "आदेश दो माता !"

वृद्धा की आँखों में अश्रु आ गए, "आपकी माता होने जैसा पुण्य मैंने नहीं किया है स्वामी जी ! फिर भी आपने मुझे माता कहा है, अतः विनीत प्रार्थना है कि कल मेरी कुटिया पर अपनी जूठन गिराएँ। दीवान जी के अतिथि के आतिथ्य के लिए मेरे पास कुछ नहीं है, बस शबरी के समान भगवान् से प्रार्थना है कि मेरा जीवन सफल करें। कष्ट तो होगा, किंतु मुझ पर कृपा करें।"

स्वामी ने अपने हाथों में पकड़कर वृद्धा के जुड़े हुए हाथ पृथक् किए, "तुम्हारी इच्छा पूरी होगी माँ ! मैं कल आऊँगा।"

"स्वामी जी !" दीवान जी ने कुछ कहना चाहा।

स्वामी ने हाथ के संकेत से उन्हें रोक दिया, "कल रामस्नेही मुझे तुम्हारे निवास पर ले आएगा माता !"

29

डॉ० लश्कर ने बच्चे का अच्छी तरह परीक्षण किया।

उसकी माता उसके रोग के कुछ लक्षण बता ही चुकी थी। बच्चा देखने में ही बहुत दुर्बल दिखाई देता था। अन्य सामान्य बच्चों के समान अपनी अवस्था के अनुकूल उसके शरीर का विकास नहीं हो रहा था। कई बार तो जैसे उसकी साँस रुकने को हो जाती थी। लगता था कि वह साँस लेने का प्रयत्न कर रहा है, किंतु ले नहीं पा रहा। जैसे उसे वायु नहीं मिल रही थी। इसी प्रयत्न में वह नीला पड़ जाता था और थककर जैसे अचेत-सा हो जाता था।

डॉ० लश्कर समझ रहे थे : बच्चे के हृदय में छेद था। शायद यह जन्मजात ही था। उसी से बच्चा पूरी तरह साँस नहीं ले पाता था और नीला हो जाता था—ब्लू बेबी। पर इसका उनके पास कोई उपचार नहीं था। औषधियों से वह छेद बंद नहीं हो सकता था और शल्य-चिकित्सा उसकी हो नहीं सकती थी। जाने किस दिन इसी प्रकार बच्चे की साँस रुक जाए और उसकी जीवनलीला समाप्त हो जाए।

"डॉक्टर साब ! मेरा छोरा ठीक तो हो जावेगा न ?" माँ पूछ रही थी।

डॉ० लश्कर ने उसका प्रश्न सुना तो जैसे कुछ सचेत हुए।

उनका ज्ञान बता रहा था कि इस बालक की आयु के विषय में कुछ नहीं कहा जा सकता। चल जाए तो इसी प्रकार वह दो-चार वर्ष चल जाए, न चले तो घर पहुँचने तक उसके प्राणपखेरू उड़ जाएँ।...उन्होंने माँ की ओर देखा : उसकी आतुर दृष्टि का ताप वे सह नहीं पाए और उनकी आँखें झुक गई। कागज खींचकर कलम उठाई। लिखने का बहाना करते हुए उन्होंने स्वयं को संयत किया।

"क्या नाम है बच्चे का ?"

"हम तो लड्डू ही कहते हैं।"

"बाप का नाम ?"

"छोरे के बाप का नाम अपने मुख से कैसे लूँ !" वह लजा गई।

"तेरा नाम क्या है ?"

"रामदेई ।"

"पता ?"

"सिलीसेड़ गाँव है हमारा।" वह रुकी, "साब ! हमारा छोरा ठीक हो जाएगा न ?"

डॉ० लश्कर अब तक सँभल चुके थे। पूरी व्यावसायिक सावधानी के साथ बोले, "हाँ, क्यों ठीक नहीं होगा। इसे कोई ऐसा गंभीर रोग तो है नहीं, जिसका उपचार न हो। हाँ ! कुछ दुर्बल अवश्य है। इसे तुम कुछ खिलाती-पिलाती नहीं हो ? या सिलीसेड़ में कुछ खाने को नहीं मिलता ?" उन्होंने मुस्कराने का प्रयत्न किया।

माँ कुछ और दुखी हो गई, "यह खाए तो क्यों न खिलाऊँ ! इसे तो कुछ भूख ही नहीं लगती। जोर-जबरदस्ती चलती नहीं। उलटी कर देता है।"

"नहीं, ठीक हो जाएगा।" डॉक्टर ने वह पर्चा उसकी ओर बढ़ाया, "ये कुछ दवाएँ दे रहा हूँ। इनमें ताकत की दवा भी है। इसे खिलाती रहो। भूख भी बढ़ेगी और छोरा तगड़ा भी हो जाएगा।"

"दवाएँ बाजार से लेनी हैं ?"

डॉक्टर समझ गए, उसके पास पैसे नहीं थे। वे मुस्कराए, "नहीं, अस्पताल से ही मिलेंगी। बाहर से ले लो।"

उनके मन में आया कि पूछें कि क्या उसके पास बच्चे को फल खिलाने के लिए पैसे हैं या वे दें ?...उनका हाथ अपनी जेब की ओर गया भी, किंतु यह सोचकर रुक गए कि माँ को कहीं संदेह न हो जाए कि बच्चे को कोई भयानक रोग है, नहीं तो कौन-सा डॉक्टर अपनी जेब से रोगियों के फल खाने के लिए पैसे देता है।

माँ अपने बच्चे को लेकर चली गई, पर डॉ० लश्कर का मन ऐसा अस्थिर हुआ कि स्थिर होने पर ही नहीं आ रहा था। जीवन में उन्होंने अनेक ऐसे रोगी देखे थे, जिनके जीवन की आशा नहीं थी। ऐसा कोई पहली बार नहीं हुआ था। फिर भी उनका मन इस प्रकार तो कभी विचलित नहीं हुआ था। डॉक्टर भी रोगी को देखकर इस प्रकार विचलित हो जाए, जैसे उसके परिजन होते हैं, तो वह रोगियों की चिकित्सा कैसे करेगा ?

बाहर रोगियों की भीड़ जमा थी। वे एक के पश्चात् एक आ रहे थे। डॉक्टर उन्हें देख भी रहे थे; किंतु उन्हें स्वयं भी लग रहा था कि वे जैसे वहाँ उपस्थित नहीं हैं। वे तो उस बच्चे के साथ जैसे उसके घर ही चले गए थे। सामने बैठा रोगी दो-दो, तीन-तीन बार अपनी बात कहता था तो उनके मन में बात बैठती थी।

सहसा एक दूसरा भय उनके मन में अंकुरित हुआ : अपनी इस असावधान दशा में वे रोगियों को देखते रहेंगे तो बहुत संभव है कि वे कोई बड़ी भूल कर बैठें। किसी के रोग का लक्षण गलत समझ बैठें, किसी को कोई गलत दवा दे बैठें। वे पहले अपना तो उपचार कर लें। स्वयं अपने मन को स्थिर कर लें।

···वे न अपने मन को स्थिर कर पा रहे थे और न बाहर बैठे रोगियों का प्रवाह ही थम रहा था। रोगियों को छोड़कर वे घर भी नहीं जा सकते थे और अपनी इस मानसिक स्थिति में उन्हें देख भी नहीं सकते थे।

सहसा उन्होंने अपने आपको फटकारा : क्या तमाशा है यह ? यदि वे एक रोगी के कष्ट से इतने विचलित हो जाते हैं तो वे चिकित्सक होने के योग्य नहीं हैं। भगवान् ने यदि उस बच्चे को हृदय में एक छिद्र के साथ जन्म दिया है, तो उसमें कोई चिकित्सक क्या कर सकता है ? वे क्या कर सकते हैं ? वे सृष्टिकर्ता तो नहीं हैं कि उस बच्चे को एक नया और स्वस्थ हृदय दे सकें। उनका काम रोगियों की चिकित्सा है, वे अपना काम कर रहे हैं; किंतु इस प्रकार स्वयं विक्षिप्त होकर वे किसका भला कर सकते हैं ?···और सहसा उन्हें अनुभव हुआ कि वे उस बच्चे के रोग से इतने खिन्न नहीं थे, जितने इस बात से विचलित थे कि उन्होंने उस बच्चे की माँ से झूठ कहा है। उन्होंने अपने ज्ञान से प्राप्त सूचनाओं को अपने आप तक सीमित रखकर मिथ्या भाषण किया था···वे अपने बोले गए झूठ से पीड़ित थे। इस प्रकार झूठ बोलते रहेंगे तो अपने चरित्र को निर्मल कैसे करेंगे ?··· उन्हें लगा कि उनके मन में स्वामी का एक चित्र है और उनके झूठ बोलने से वह एकदम काला हो गया है। काला ही नहीं हुआ है, उस पर ग्लानि की कुछ रेखाएँ भी खिंच आई हैं।···

डॉ० लश्कर संध्या-समय अपने घर आए तो कुर्सी पर इस प्रकार गिरे, जैसे कोई वृक्ष अपनी जड़ से उखड़कर धरती पर गिरता है।

"क्या बात है ?" उनकी पत्नी ने पूछा, "बहुत थक गए हो ? ऐसे गिरते-पड़ते तो तुम कभी नहीं आते थे। स्वास्थ्य तो ठीक है न ?"

उन्होंने कोई उत्तर नहीं दिया।

"एक गिलास गरम दूध लाती हूँ।" वह चली गई।

वह क्या जाने उन्हें कौन-सी पीड़ा साल रही है। वह तो यही मान रही होगी कि अस्पताल में बहुत काम था—वे थक गए होंगे। और थकान का उसके पास एक ही उपचार था—एक गिलास गरम दूध।···जब तक वे बंगाल में थे, इस प्रकार गरम दूध नहीं पिया करते थे; किंतु राजस्थान में प्रवेश करते ही उनकी पत्नी ने भी यह सीख लिया था कि पति थका हुआ घर आए तो उसे एक गिलास गरमागरम दूध पिला दिया जाए···

तभी बाहर के द्वार का कुंडा खटका।

'कौन आया होगा ?' उन्होंने सोचा, 'कोई मिलने वाला भी हो सकता है और कोई रोगी भी।'

"डॉक्टर साहब आ गए क्या ?" कोई पुरुष-स्वर पूछ रहा था, "मेरे पिता पीड़ा में तड़प रहे हैं। वे उन्हें देख लेंगे क्या ?"

"अभी नहीं देख सकते।" उनकी पत्नी ने कहा।

"घर तो आ गए हैं न ?" पुरुष ने पुनः पूछा, "मैं अस्पताल भी गया था, वहाँ पता चला कि वे घर चले गए हैं।"

"वहाँ से चल पड़े होंगे, किंतु अभी घर नहीं पहुँचे हैं। मार्ग में किसी से मिलने चले गए होंगे या किसी काम से रुक गए होंगे।" उनकी पत्नी ने कहा, "अभी किसी और को दिखा लो। कल प्रातः रोगी को अस्पताल ले आना।"

डॉ० लश्कर के मन की पीड़ा कई गुना बढ़ गई।···प्रातः उन्होंने एक माँ को चिंता और

पीड़ा से बचाने के लिए मिथ्या भाषण किया था। वे उससे अभी तक तड़प रहे थे; और अब उनकी पत्नी फिर एक रोगी से उन्हें बचाने के लिए झूठ बोल रही है। वह क्या समझती है कि वे उस रोगी को नहीं देखेंगे तो वे विश्राम कर पाएँगे ? उन्हें आराम मिलेगा उससे ?…इस प्रकार झूठ बोलकर एक रोगी का तिरस्कार कर वे रात-भर सो नहीं पाएँगे।

वे उठकर बाहर आए, "मैं आ गया हूँ। रोगी कहाँ है ?"

उनकी पत्नी ने चकित भाव से उन्हें देखा। उन्होंने न केवल अपनी थकान की चिंता नहीं की थी, उस अपरिचित रोगी और उसके पुत्र के सामने उसे झूठी भी प्रमाणित कर दिया था। क्या सोचेंगे वे उसके विषय में ? ऐसा अपमान ! उसकी आँखों में अश्रु आ गए। मुँह से सिसकी न निकल जाए, इस प्रयत्न में आँचल से मुँह दबा लिया और घर के भीतर चली गई।

डॉ० लश्कर रोगी को भीतर ले आए। उसका परीक्षण किया।

"कोई गंभीर बात नहीं है।" वे बोले, "औषध लिखकर दे रहा हूँ। अस्पताल अथवा बाजार से ले लो। घर पर इस समय मेरे पास यह दवा है नहीं, नहीं तो यहीं से दे देता।…कल प्रातः तक ठीक न हो तो अस्पताल ले आना।"

रोगी को विदा कर वे भीतर आए। वे जानते थे कि उनकी पत्नी शयनकक्ष में अपने पलंग पर रूठी पड़ी होगी। संभव है कि वह अपमान के कष्ट से कराह रही हो। उसका सामना करना कठिन होगा। उसके लिए ऊर्जा चाहिए। वह क्रोध में होगी। उन पर विरोधी के समान आक्रमण करेगी। कहेगी कि वे दूसरों के सामने, यहाँ तक कि अपरिचित लोगों के सामने उसका अपमान कर प्रसन्न होते हैं। उन पर परपीड़नरति का आरोप लगाएगी। उन्हें मानसिक रोगी बताएगी। कहेगी, वे उससे प्रेम नहीं करते। किसी प्रकार उससे पीछा छुड़ाने के बहाने ढूँढ़ते रहते हैं। संभव है कि किसी और स्त्री की ओर आकृष्ट होने का लांछन भी लगाए।…ये सारी बातें और ऐसी ही और अनेक बातें वह अपनी उग्रता में कहा करती है। पता नहीं, वह सचमुच ही आशंकित है अथवा आक्रोश में उनको नीचा दिखाने के लिए इस प्रकार की बातें उगलती जाती है। यदि वे उसे समझाना चाहेंगे तो वह यह कभी नहीं मानेगी कि न केवल उसने झूठ बोलने का अपराध किया है, वरन् एक रोगी को डॉक्टर से दूर रखकर उसकी पीड़ा को बढ़ाने का अमानवीय दोष भी किया है। उसका व्यवहार उस रोगी के प्रति क्रूर था—यह वह कभी नहीं मानेगी। वह तो यही कहेगी कि वह अपने पति से प्रेम करती है, इसलिए उस थकान की स्थिति में वह उन्हें और काम करने से बचा रही थी।

…डॉ० लश्कर जैसे मनन की मुद्रा में आ गए थे। उनकी पत्नी का उनके प्रति मोह…वे उसे प्रेम नहीं मान रहे थे।…क्या अंतर था, प्रेम और मोह में ? प्रेम स्वार्थी नहीं होता, किंतु मोह सदा स्वार्थी होता है। उनकी पत्नी दूसरे का कष्ट नहीं देख पा रही थी। उसकी शुभचिंताएँ केवल अपने पति तक सीमित थीं। उनको थोड़ा विश्राम देने के लिए वह उस रोगी को किसी भी संकट में डाल सकती थी। बिना जाने कि रोगी को क्या कष्ट और क्या रोग है, वह उसे औषध से वंचित कर रही थी। ऐसे में किसी रोगी की मृत्यु भी हो सकती है। यह मोह ही तो था।…और अपने मिथ्या भाषण को वह मिथ्या भाषण भी नहीं मानेगी।…वह उसे अपनी व्यावहारिक चतुराई ही मानेगी।… उन्होंने भी तो प्रातः उस रोगी बच्चे की माँ से झूठ बोलकर उसे अपनी व्यावहारिक चतुराई ही माना था। तो वे अपनी पत्नी को दोषी क्यों मान रहे हैं ? उन्होंने एक अपरिचित स्त्री को मानसिक वेदना से बचाने के लिए झूठ कहा था और उनकी पत्नी ने तो अपने पति को कष्ट से बचाने के लिए झूठ

कहा था। किसका दोष बड़ा था ?⋯अपनी पत्नी के दोष के निवारण के लिए वे स्वयं आ गए थे, किंतु उनके पाप के निवारण के लिए कौन जाएगा ?⋯कौन जाएगा ? कौन करेगा प्रायश्चित्त ? उनके मन में जैसे ये प्रश्न घूर्णावर्त के समान बवंडर मचाए हुए थे। कौन करेगा प्रायश्चित्त ?⋯पर प्रायश्चित्त आवश्यक है क्या ?⋯हाँ ! आवश्यक तो है ही। नहीं तो अपने हृदय में बैठी स्वामी की मूर्ति को काली होते हुए वे कैसे देखेंगे ? स्वामी को अपना मुँह कैसे दिखाएँगे ?⋯

वे भूल गए कि उनकी पत्नी उनसे रूठी हुई है और वे उसे मनाने की सोच रहे थे। उन्हें यह स्मरण रहता तो वे यह भी जानते थे कि यह अत्यंत आवश्यक और तात्कालिक ऑपरेशन था। यदि वह अभी न हुआ तो समय के साथ-साथ रोष का विष फैलता जाएगा और रोग भयानक होता जाएगा। फिर संभवतः बृहत् शल्य-चिकित्सा करनी पड़े।⋯वे यह सब कुछ भूल गए। वे जैसे किसी सम्मोहन की-सी स्थिति में बिना अपनी पत्नी को कुछ बताए चल पड़े।⋯

उन्हें सिलीसेड़ भी स्मरण था और लड्डू की माँ रामदेई का नाम भी। वे उसका घर खोज लेंगे। इन ग्रामों में मकानों की संख्या तो होती नहीं। नाम से ही पता चल जाता है।

उनका विचार ठीक ही था। पहले व्यक्ति से पूछने पर ही उन्हें वह मकान मिल गया। साँकल खटखटाने पर रामदेई ने ही कपाट खोले। बच्चा अब भी उसकी गोद में ही था।

"अरे, आप ! डॉक्टर बाबू !"

"तुम्हारे पति घर में हैं ?" डॉ० लश्कर ने पूछा।

"छोरे का बापू ? हाँ, है। अभी-अभी काम से लौटा है।⋯पर बात क्या है डॉक्टर बाबू, जो आप हमारे घर आए हैं ?"

"कोई विशेष बात नहीं है।" डॉ० लश्कर ने मुस्कराने का प्रयत्न किया, "तुम्हारे बच्चे के विषय में उससे भी थोड़ी चर्चा करना चाहता हूँ। केवल माँ ही बच्चे का ध्यान रखे, यह अच्छी बात नहीं है। पिता को भी अपने बच्चों के लिए कुछ कष्ट उठाना चाहिए। उसका भी तो वह कुछ लगता है या नहीं ?"

"लगता क्यों नहीं ! उसी का पुत्र है। पर⋯अच्छा, बुलाती हूँ।" वह चारपाई बिछाकर डॉक्टर बाबू को बैठने के लिए कह भीतर चली गई। उसके चेहरे से स्पष्ट था कि वह डॉक्टर की बातों में नहीं आई थी। उसे संदेह हो गया था कि बात कुछ गंभीर है⋯

थोड़ी देर में वे दोनों बाहर आए। पीछे-पीछे बच्चे का दादा और दादी भी थे।⋯कोई साधारण बात नहीं थी। सरकारी अस्पताल के डॉक्टर नगर से चलकर उनके घर आए थे।

डॉ० लश्कर उठ खड़े हुए। उन्होंने सबको नमस्ते की और बड़ी आत्मीयता से बच्चे के पिता की भुजा पकड़ी और कहा, "तुमसे कुछ बातें करनी हैं भाई ! आओ, थोड़ी दूर तक टहल आएँ। झील तक चलें ?"

"लाठी ले लूँ डॉक्टर बाबू ! मार्ग में बंदर बहुत हैं।"

वह लाठी ले आया और उनके साथ चल पड़ा। शेष लोग चकित भाव से उन्हें देखते रह गए।

ग्राम से बाहर निकलने तक डॉ० लश्कर उसके और उसके परिवार के विषय में पूछते रहे। उसका नाम किशन था और वह अपने खेतों में काम करता था। दो गाएँ भी थीं। रहने-खाने की कमी नहीं थी।

ग्राम से बाहर निकले तो डॉक्टर ने कहा, "आज प्रातः तुम्हारी पत्नी बच्चे को मेरे पास

लाई थी। मैंने बच्चे को देखा है। मैंने रामदेई को नहीं बताया, किंतु तुम्हें बताना चाहता हूँ कि बच्चे के हृदय में एक छेद है।…"

"पर उसे तो कभी ऐसी कोई चोट नहीं लगी।" किशन बोला।

"यह छेद किसी चोट से नहीं हुआ। यह जन्मजात ही होता है ।" डॉक्टर बोले, "बड़ी बात यह है कि इसका कोई उपचार नहीं है।"

"पर रामदेई तो कह रही थी कि आपने कहा है कि…"

"कह तो रहा हूँ कि मैंने उसे नहीं बताया। सोचा, माँ है। स्त्री का हृदय कोमल होता है न, इसीलिए तुम्हें बताने के लिए आया हूँ।"

"हमारे गाँव के बैदजी ने भी कहा था कि छोरा बचेगा नहीं। जितने दिन चल जाए, रामजी की लीला मानो। छोरा तुम्हारा नहीं है। इसका मोह मत करना। यह तो अपने किसी जनम का कर्म भोगने आया है।" किशन ने डॉक्टर की ओर देखा, "पर माँ का मन नहीं मानता न ! इसीलिए दौड़ी हुई सरकारी अस्पताल चली गई।…" किशन की आँखों में आश्चर्य के भाव जन्मे, "आप इत्ती-सी बात बताने के लिए नगर से यहाँ तक चले आए ?"

"मैंने रामदेई से सत्य को छिपाया था, किंतु मैं उसे तुमसे नहीं छिपाना चाहता था। अपने झूठ का प्रायश्चित्त करने चला आया।"

"आप देवता हैं डॉक्टर साब !" किशन बोला, "नहीं तो आजकल तो कोई किसी के दुःख से पीड़ित होता ही नहीं।"

"मैं अपनी आत्मा का कलुष धोने आया था किशन !" डॉ० लश्कर ने कहा, "आओ, अब लौटें। रामदेई को तुम समय और अवसर देखकर समझा देना।"

डॉ० लश्कर का मन हलका हो गया था।…हमारे गाँव के वैद्य भी इतने जानकार हैं। प्राचीन आयुर्वेद के साथ ज्योतिष का संयोग हुआ करता था। प्रत्येक वैद्य ज्योतिषी भी हुआ करता था। मेडिसनल एस्ट्रॉलोजी। कितना निश्चित था वैद्य, जो अपने औषध-ज्ञान से भी जानता था कि बच्चा नहीं बचेगा और ज्योतिष-विद्या से भी जानता था कि बच्चे की आयु लंबी नहीं है। वही रोगी के संबंधियों से कह सकता था कि उसका मोह न करें। वह उनका नहीं है। छोटी आयु लेकर आया है, अपने भोग भोगने आया है।…हम स्वदेशी श्रेष्ठतर ज्ञान त्यागकर विदेशी अधूरा और निम्नतर ज्ञान सीख रहे हैं और उसे ही उत्कृष्ट मान रहे हैं…

घर पहुँचे तो पाया कि पत्नी रूठी हुई भी थी और चिंतित भी।

"कहाँ चले गए थे बिना बताए ?"

"अपनी आत्मा का मैल धोने गया था।"

"आत्मा का धोबीघाट कहीं दूर लगता है ? बहुत देर हो गई !" पत्नी बोली, "भोजन लगवाऊँ या वह भी आत्मा के होटल में खा आए हो ?"

डॉ० लश्कर ने सारी घटना सुना दी।

"इसे झूठ कहते हैं क्या, जिसका प्रायश्चित्त करने तुम भूखे-प्यासे इतनी दूर चले गए ? किसी माँ को सांत्वना देने और उसकी चिंता कम करने के लिए दिया गया आश्वासन भी कहीं झूठ में गिना जाता है ? पहले तो तुम इतने भावुक नहीं थे।"

"पहले के विषय में कुछ कह नहीं सकता, किंतु आज मुझे लग रहा था कि झूठ तो झूठ ही है, इतना हो या उतना हो। और झूठ बोलकर मैं स्वामी जी को अपना मुँह नहीं दिखा सकता था।"

"तुम पहले से अधिक भावुक नहीं हुए हो !" पत्नी ने कहा, "लगता है, तुमने स्वामी जी में सात्त्विकता और निर्मलता का उच्चतर रूप देख लिया है। अपने कपड़ों को साफ मानने वाला व्यक्ति उससे अधिक साफ कपड़े देख ले तो उसे अपने कपड़े गंदे लगने लगते हैं। अपने से धनी आदमी को देखकर व्यक्ति स्वयं को निर्धन मानने लगता है।...."

"संभव है, ऐसा ही हो। पर मुझे लगता है कि स्वामी जी के संपर्क में आकर हममें से प्रत्येक व्यक्ति कुछ न कुछ बदला है।" डॉ० लश्कर ने कहा, "हममें से कोई भी तो पहले जैसा नहीं रहा है।"

अगले दिन डॉ० लश्कर स्वामी जी के पास पहुँचे तो वे कृष्ण-कथा कह रहे थे।

नंदगाँव से बाहर, यमुना के तट पर एक खुला मैदान था। उसमें कहीं बच्चे खेल रहे थे। कहीं गौएँ चर रही थीं। कुछ बच्चे गौओं की पीठ पर सवारी कर रहे थे। कृष्ण ऊखल को घसीटते हुए चले जा रहे थे। क्रमशः वे साथ-साथ उगे हुए अर्जुन के दो वृक्षों के निकट पहुँचे। वे उनके मध्य में से निकल गए। उनके पीछे-पीछे घिसटता हुआ ऊखल दोनों वृक्षों के बीच फँस गया। कृष्ण आगे बढ़ नहीं पाए, अतः उन्हें बल-प्रयोग करना पड़ा। उन्होंने दो-तीन झटके दिए और दोनों वृक्ष समूल उखड़ गए। कड़कड़ाहट की ध्वनि के साथ वे भूमि पर आ गिरे। सहसा उनमें से दो पुरुष प्रकट हुए। उन्होंने हाथ जोड़कर बाल कृष्ण को प्रणाम किया।

"मैं कुबेर-पुत्र नलकूबर आपको प्रणाम करता हूँ दामोदर !" पहले पुरुष ने कहा।

"दामोदर !" कृष्ण जोर से हँसे।

"हमें वृक्ष योनि से मुक्त करने के लिए आपने अपने उदर पर इस दाम को धारण किया तो दामोदर तो आप हो ही गए।'

कृष्ण हँसते रहे और वे दोनों पुरुष अदृश्य हो गए। कृष्ण घर की ओर मुड़े। तभी नंद तथा कुछ अन्य पुरुष भागते-दौड़ते हुए वहाँ आ पहुँचे। आसपास खेलते हुए बच्चे भी एकत्रित हो गए। नंद ने देखा कि अर्जुन के दो बड़े वृक्ष उखड़े पड़े हैं और थोड़ी दूर पर ऊखल से बँधे कृष्ण भयभीत-से खड़े हैं। नंद दौड़कर कृष्ण के पास आए और उनकी रस्सी खोलते हुए पूछा, "तू ठीक तो है न कान्हा ! तुझे किसने बाँध दिया रे ?"

"मैया ने।"

"क्यों बाँधा ?"

"मैया कहती है, मैं दूसरों के घर जाकर माखन खाता हूँ। दूसरों की मटकी फोड़ता हूँ।"

"तो इतनी-सी बात के लिए वह तुझे बाँध देंगी ! अभी ये वृक्ष तुझ पर गिर पड़ते तो ?"

"कान्हा ने ही तो ये वृक्ष उखाड़े हैं।" मनसुखा बोला।

"क्या बकता है !...."

"सच कहता हूँ काका ! मैंने अपनी आँखों से देखा है। इनमें से दो राजपुरुष भी तो निकले थे, जाने कहाँ चले गए।"

"धूप से तेरा सिर घूम गया है मनसुखा ! जा, घर जा और सिर पर ठंडा पानी डाल। कभी कह देता है कि कान्हा ने मटकियाँ फोड़ी हैं, कभी कह देता है कि उसने वृक्ष उखाड़े हैं। जा, घर जा।"

स्वामी ने कथा रोक दी। आकाश की ओर देखा और बोले, "शिव ! शिव !!"

"स्वामी जी ! आज तो कुछ भी नहीं हुआ। थोड़ी-सी कथा तो और कहिए।" धनराज ने कहा।

"तुम भोले भक्त हो।" स्वामी बोले, "तुम्हें कथा से कभी तृप्ति नहीं होगी।"

"मैं भी तो अभी-अभी ही आया हूँ स्वामी जी !" डॉ० लश्कर ने कहा।

स्वामी ने उसकी ओर देखा भर, कहा कुछ भी नहीं।

कृष्ण अपने मित्रों को एकत्रित कर अपने घर में मक्खन खा रहे थे। कुछ उत्पात भी मचा रहे थे। मक्खन खाते हुए एक-दूसरे के पीछे भाग-दौड़ भी कर रहे थे। इसी भाग-दौड़ में दो-एक मटकियाँ उलट गईं। उसी समय यशोदा ने घर में प्रवेश किया। लड़के इधर-उधर भाग गए। कृष्ण एक कपाट के पीछे छिप गए। यशोदा ने उन्हें छिपते हुए देख लिया। उन्होंने कृष्ण की बाँह पकड़कर उन्हें बाहर निकाला। कृष्ण के मुख पर मक्खन लिपटा हुआ था।

"फिर तूने माखन की चोरी की ? लूटपाट मचाई ? मित्रों को बुलाकर उन पर दही-माखन की वर्षा की ?" यशोदा ने धमकाया।

"नहीं मैया ! मैं तो दरिद्रनारायण को भोग लगा रहा था। उन बेचारों के घर में माखन नहीं है, तो उन्हें थोड़ा खिला देने में क्या अनुचित है मैया !"

"दरिद्रनारायण को भोग लगा रहा था !" यशोदा ने कृष्ण का कान पकड़ा, "निर्धनों का पालन कर रहा था, जैसे तू ही तो संसार का पालनहार है न ! मैंने प्रातः ही कह दिया था कि यह माखन मथुरा जाना है, इसे हाथ मत लगाना।"

"सारा माखन मथुरा चला जाता तो फिर उन्हें क्या खिलाता मैया ?" तनिक रुककर कृष्ण ने गंभीर मुद्रा बनाई, "तुम ही सोचो मैया ! जिनकी गैया है, उनका कोई अधिकार नहीं, सारा माखन राजा और उसके मल्लों का है ?"

"मथुरा की राजनीति मैं नहीं जानती। तुझे जानती हूँ। उनकी बात कर रहा है, जो भाग गए हैं, जैसे तूने स्वयं नहीं खाया।"

"मैंने नहीं खाया मैया ! तेरी सौंह।"

"और यह तेरे मुख पर क्या लगा है ?"

यशोदा ने अपनी अंगुली से कृष्ण के मुख पर लगा मक्खन पोंछकर उनके सामने कर दिया। कृष्ण ने सहम जाने का अभिनय किया, "लगता है मैया ! मेरे सखा मेरे मुख पर माखन लपटा गए। ये लोग ऐसे ही मुझे फँसा देते हैं।"

और स्वामी ने अपने मधुर कंठ से गाया :

"मैया मोरी मैं नहिं माखन खायो।
ख्याल परे ये सखा सबै मिलि मेरे मुख लपटायो।
तू ही निरख, नान्हे कर अपने, मैं केहि विधि करि पायो।"

यशोदा के चेहरे पर वात्सल्यजनित नकली क्रोध उभरा, "तेरे मुख पर लपटा गए हैं। तब तेरे मुख के भीतर तो माखन नहीं होगा ?"

"नहीं है मैया ! तेरी सौंह।"

"मेरी सौंह ! खोल, मुख खोल।"

कृष्ण ने मुख नहीं खोला, उसे और भी भींच लिया।

"खोल ! मुख खोल।" यशोदा ने आग्रह किया। अपने हाथ में कृष्ण का मुखड़ा ले, उनके कपोलों को दबाकर बलात् मुख खोला। कृष्ण का मुख खुला तो यशोदा ने देखा, वहाँ पूरा ब्रह्मांड दिखाई दे रहा था। यशोदा स्तब्ध रह गईं। वे जैसे अचेत होती-सी बोलीं, "यह क्या है कन्हैया ?"

"मैंने तो तुझे पहले ही कहा था मैया कि मैंने माखन नहीं खाया। तू है कि मेरा विश्वास ही नहीं करती।"

"तू मेरी बुद्धि में समाए तो मैं तेरा कुछ विश्वास भी करूँ।"

"अब यशोदा को कौन समझाए कि कन्हैया किसी की बुद्धि में नहीं समाता।" स्वामी बोले, "बुद्धि हारकर उसके सामने नतमस्तक हो जाती है, तो वह कुछ निकट आता है। वह भक्ति से मिलता है, बुद्धि से नहीं। शिव ! शिव !!"

"स्वामी जी ! आज कालियदह का प्रसंग भी पूरा हो जाए। वह मुझे बहुत मनोहर लगता है।" जमालुद्दीन ने कहा, "मुझे लगता है कि यह सारा संसार ही कालियदह है या यह कहिए कि हमारे मन में जो पवित्र नंदगाँव है, उसके साथ सटा हुआ ही कालियदह भी है। उस दह में जो कूदता है, उसे लोभ का नाग डस लेता है; किंतु कृष्ण उसमें कूदते हैं तो लोभ के सहस्रफन नाग के सिर पर नाचते अपनी बाँसुरी बजाते रहते हैं। यही तो हमसे नहीं होता।"

स्वामी ने मुस्कराकर डॉ० लश्कर की ओर देखा, "आपकी भी यही इच्छा है डॉक्टर साहब !"

"आप तो मुझे गुरुचरण ही कहें महाराज !" डॉ० लश्कर ने कहा।

"तो सुनो गुरुचरण !" स्वामी मस्ती में आ गए।

कृष्ण और ग्वाल-बाल कालियदह के निकट कंदुक खेल रहे थे। सहसा मनसुखा ने लपककर कंदुक पकड़ लिया, "कान्हा ! माँ ने कहा था कि कालियदह के निकट मत जाना।"

"तो मत जा न ! कंदुक क्यों पकड़ लिया ?" कृष्ण बोले।

"हम कालियदह के निकट ही तो खेल रहे हैं। कालिय नाग किसी समय भी दह से निकलकर आ सकता है। वह न भी आए, हमारा कंदुक ही दह में जा सकता है।"

"अरे, तू कंदुक तो फेंक भाई ! यह तो हर समय अपनी अनहोनी आशंकाओं से ही बौखलाया रहता है।" श्रीदामा बोला।

"जाने तुम लोग इस प्रकार हठ क्यों करते हो ! और कोई स्थान नहीं है क्या खेलने को ? कालियदह के तट पर ही खेलना क्यों आवश्यक है ?" मनसुखा बोला।

"तुम इतने व्याकुल क्यों हो मनसुखा ?" श्रीकृष्ण बोले, "क्रीड़ा ही तो है। कालियदह के निकट खेलना ही तो वास्तविक क्रीड़ा है।"

"कंदुक की ओर तो मेरा ध्यान ही नहीं जाता। मुझे तो केवल यही ध्यान आता रहता है

कि हमसे थोड़ी ही दूर, उस जल के भीतर एक भयंकर नाग रहता है, जो किसी भी क्षण बाहर आ सकता है।'' मनसुखा बोला।

''अरे, तो नाग वह अकेला ही है क्या ? हमारे समाज में और भी अनेक हैं, जो निरंतर दूसरों को दंश करते रहते हैं। समाज में विष घोलते रहते हैं।'' कृष्ण बोले।

''माँ कहती हैं कि हमें उनसे दूर ही रहना चाहिए !''

''उनसे भयभीत होकर दूर भागते रहना चाहिए ? उनका सामना नहीं करना चाहिए ?'' कृष्ण बोले।

''अरे, वह नाग है। सारा दह उसके विष से विषाक्त हो गया है। कोई उस जल को पिए तो मर ही जाए।''

''तुम उससे दूर भाग जाओगे तो दह के तट की धरती भी विषाक्त हो जाएगी।'' कृष्ण ने कहा।

''तुम यह क्यों नहीं कहते कान्हा कि तुम कालिय को मार देना चाहते हो, इसीलिए यहाँ खेल रहे हो ?'' भानु बोला।

''अरे, वह तो निर्बुद्धि जीव है। उसे क्या पता है कि उसके काटने से किसी को क्या हो जाता है, पर हम तो मनुष्य हैं। हमें ही कुछ समझदारी से काम लेना चाहिए। हम क्यों उसके निकट जाते हैं ?'' अग्निदत्त बोला।

''बोलो कृष्ण ! दो उत्तर।'' श्रीदामा ने जैसे चुनौती दी।

''हमारा झगड़ा कराना चाहते हो ?'' कृष्ण हँस पड़े, ''देखो अग्निदत्त ! हम मनुष्य हैं, इसीलिए विधाता के सारे जीवों के साथ शांतिपूर्वक रहते हैं। वैसे भी हम गोपाल हैं। क्या हमने गो से कभी शत्रुता की ? वह हमारी देखभाल करती है, हम उसकी देखभाल करते हैं। हम अश्वों के भी मित्र हैं। कुकुर भी हमारे समाज का अंग बनकर ही रहते हैं। हमारे पास कितने ही पक्षी भी हैं।''

''तो फिर हम नागों के ही शत्रु क्यों हैं ?'' भानु ने पूछा।

''हम तो कालिय नाग को भी कुछ नहीं कह रहे। कंदुक जाकर दह में गिर जाएगा तो हम कंदुक को निकाल लाएँगे। दह तो सबका है। वह उस पर अपना एकाधिकार क्यों समझता है ? जो सार्वजनिक संपत्ति को हड़पेगा, वह समाज का मित्र कैसे हो सकता है !''

सिर पर मटकी रखे हुए चंद्रिका उधर से निकली। बालकों को वहाँ खेलते देख खड़ी हो गई, ''अरे, तुम लोग फिर कालियदह के निकट आ गए ! नंदराय से कह दूँगी। कान्हा ! तू ही इन सबको ले आया होगा ?''

''आजकल सारी गोपियाँ स्वयं को कान्हा की मैया ही समझती हैं। सबको अधिकार मिल गया है उसे डाँटने का। इसे तो मैं अभी ठीक करता हूँ।'' श्रीदामा धीरे से बोला।

उसने चंद्रिका की मटकी का निशाना साधकर कंदुक मारा। चंद्रिका की दृष्टि उस पर पड़ गई और वह स्वयं को बचाने के लिए परे हट गई। कंदुक जाकर सीधा दह में गिर गया। सब स्तब्ध खड़े रह गए।

''जाकर बताती हूँ तेरी मैया को श्रीदामा कि तूने जानबूझकर कंदुक दह में फेंका है। चल कान्हा ! तू मेरे साथ घर चल।''

कृष्ण चंद्रिका के पास नहीं गए। भागकर दह के तट पर उगे हुए कदंब पर चढ़ गए।

"अरे, तू क्या कर रहा है कान्हा ?" चंद्रिका चिल्लाई।

कृष्ण ने कोई उत्तर नहीं दिया और कदंब से दह में कूद पड़े। चंद्रिका जैसे दहल गई। सारे ग्वाल-बाल स्तब्ध खड़े रह गए। सहसा चंद्रिका चिल्लाई, "अरे दौड़ो ! जाकर कोई नंदराय को सूचना दो। यशोदा को बताओ कोई जाकर कि कान्हा कालियदह में कूद गया है।"

चंद्रिका नंदगाँव की ओर भागी। ग्वाल-बाल भी इधर-उधर दौड़े।

गाँव में जैसे हाहाकार मच गया। नंद, यशोदा, गोप और गोपियाँ भागते हुए कालियदह के पास आए। सब लोग कान्हा को पुकार रहे थे। कृष्ण कहीं भी दिखाई नहीं दे रहे थे और न ही वे किसी की पुकार का उत्तर दे रहे थे। दह में एक प्रकार का सन्नाटा था और तट के वृक्ष स्तब्ध खड़े थे।

यशोदा कालियदह के तट पर आकर दह में कूदने को तैयार थीं कि नंद ने उन्हें पकड़ लिया। यशोदा किसी प्रकार स्वयं को छुड़ाकर दह में कूद जाना चाहती थीं और नंद का सारा प्रयत्न यह था कि यशोदा उनकी पकड़ से छूटने न पाएँ। एक तो यशोदा कोई तैराक नहीं थीं और फिर कालियदह में तैरना, जिसमें कालिय के अतिरिक्त जाने और कितने नाग रहते थे।

"छोड़ो मुझे !" यशोदा ने चिल्लाकर कहा, "मैं तुम लोगों के समान पाषाणहृदया नहीं हूँ कि तट पर खड़ी देखती रहूँ। मैं स्वयं लड़ लूँगी कालिय से। वह नाग ही तो है, कोई यमराज तो नहीं है।"

"कुछ तो धीरज रख यशोदा ! हम अभी कुछ न कुछ प्रबंध करते हैं। ऐसे ही बिना किसी तैयारी के कूद पड़ना ठीक नहीं होगा।"

"क्या प्रबंध करोगे ? तट पर खड़े देखते रहोगे और निःश्वास छोड़ते रहोगे। छोड़ो मुझे ! मुझे कान्हा के बिना नहीं जीना है !"

यशोदा ने झटके से अपनी बाँह छुड़ा ली। नंद ने लपककर उन्हें पुनः पकड़ लिया। तभी दह में से कृष्ण प्रकट हुए। उन्होंने कालिय को नाथ रखा था। उन्होंने अपने पीतांबर से उसके मुख को बाँध लिया था और स्वयं जैसे उसकी गर्दन पर बैठे हुए थे। उन्होंने पीतांबर को अपनी ओर खींचा, जैसे बैलों की रस्सी खींची जाती है और वे उसके मस्तक पर खड़े हो गए।

अनेक नागिनें प्रकट हो गईं, किंतु वे तनिक भी आक्रामक नहीं लग रही थीं। कालिय क्रोध से फूत्कार रहा था, किंतु उसकी पत्नियाँ उसको विवश देखकर दुखी हो रही थीं और जैसे उसे छोड़ देने के लिए कृष्ण से प्रार्थना कर रही थीं।

"हमारे पति के प्राण न लो कान्हा ! हम हाथ जोड़ती हैं।"

"कभी तुमने अपने पति के सम्मुख भी हाथ जोड़े कि वह निर्दोष मनुष्यों और पशुओं के प्राण न ले ?" कृष्ण मुस्कराए।

"हम तो प्रतिदिन उनसे प्रार्थना करती हैं।"

"तो फिर उसने इतना आतंक क्यों फैला रखा है ? अभी मैं उसे गोपों को सौंप दूँ तो वे उसके टुकड़े-टुकड़े कर डालें।"

"नहीं कान्हा ! कृपया ऐसा मत करना। हम अभी कहीं और चले जाएँगे।"

"जाएगा कालिय ?"

कालिय बोला नहीं। उसने सिर हिलाकर अपनी स्वीकृति दे दी।

"तो जाओ ! हम सबको जीने का अधिकार है, किंतु प्रभु की रची इस सृष्टि का विनाश करने का अधिकार किसी को नहीं है।"

कृष्ण कूदकर तट पर आ गए। उनके हाथ में कंदुक था।

यशोदा नंद को झटककर कृष्ण के पास जा पहुँचीं, "कहाँ गया था तू ?"

कृष्ण ने अबोध बालक के समान हाथ बढ़ाकर कंदुक दिखाया, "अपना कंदुक लेने गया था मैया ! कंदुक न मिलता तो तुम मुझे दंडित करतीं न !"

"और कोई नहीं था कंदुक लाने वाला ? सब जगह तुझे ही जाना होता है ?"

"श्रेष्ठ पुरुष जो-जो करता है, सामान्य जन भी वैसा ही करते हैं। जो कुछ वह प्रमाणित करता है, साधारण जन उसी का अनुसरण करते हैं।...तो फिर मैं अपने मित्रों को कायरता का पाठ कैसे पढ़ा सकता था ? मैं पाप से लड़ूँगा, तो ही तो वे भी लड़ पाएँगे।" कृष्ण ने गंभीर स्वर में कहा।

नंद और शेष लोग कृष्ण को देखते रह गए।

स्वामी ने रुककर अपने श्रोताओं की ओर देखा, "भगवान् श्रीकृष्ण ने गीता में कहा है :

यद्यदाचरति श्रेष्ठस्तत्तदेवेतरो जनः।
स यत्प्रमाणं कुरुते लोकस्तदनुवर्तते।।

यदि वे कर्म न करें तो सारे लोग काम करना बंद कर देंगे। वे आदर्श स्थापित न करें तो लोग भ्रमित हो जाएँगे। इसीलिए वे निरंतर कर्म करते हैं। उन्हें कुछ भी प्राप्य नहीं है। ऐसा कुछ नहीं है, जो उन्हें प्राप्त नहीं है। फिर भी वे कर्म करते हैं, अन्यथा प्रलय हो जाएगा। अकर्म पाप है।"

"स्वामी जी !" धनराज उठकर खड़ा हो गया, "यदि कालिय नाग जाति का मनुष्य था तो वह पानी में कैसे रहता था ? और यदि वह सचमुच का सर्प था, तो वह और उसकी पत्नियाँ भगवान् से बातें कैसे करती थीं ?"

स्वामी हँसे, "यदि कालिय सर्प था तो जल में रहता था और यदि नाग जाति का मनुष्य था तो जल में किसी द्वीप पर रहता था। यमुना के तट पर आज भी अनेक द्वीप हैं।"

"तो वह भगवान् से संस्कृत में बोलता होगा ?"

"भगवान् न भाषा में बोलते हैं और न शब्दों में। वह तो हम हैं, जिन्हें एक-दूसरे की बात समझने के लिए शब्दों और भाषा की आवश्यकता होती है। वे तो भाव उत्पन्न करते हैं।" स्वामी बोले, "जब गजराज को ग्राह ने पकड़ लिया था तो गजराज ने संस्कृत में पुकार नहीं की थी। वह तो चिंघाड़ा ही था। भगवान् यदि उसकी बात न समझ पाएँ तो वे अंतर्यामी कैसे ?...और फिर अब तो हम भी संस्कृत नहीं बोलते। भगवान् हमारे मन की बात कैसे समझ लेते हैं ? भगवान् ने हिंदी और बाँग्ला सीख ली है क्या ?"

धनराज चुप हो गया। तभी डॉ० लश्कर ने आगे आकर स्वामी को प्रणाम किया, "क्षमा करेंगे, कल मैं आ नहीं सका।"

स्वामी ने ठहाका लगाया, "तुम भी कल कालियदह के निकट चले गए थे। झूठ के कालिय ने तुम्हें लपेट लिया था और तुम्हारे मन को विषाक्त करता रहा था। जब तक तुम उसको नाथ नहीं

पाए, तब तक उसके चंगुल से छूट कैसे सकते थे ! अच्छा है, तुम उससे दो-दो हाथ कर आए। शिव ! शिव ! !"

डॉ० लश्कर चकित खड़े स्वामी को देखते रह गए। क्या स्वामी सब कुछ जानते हैं ? किंतु वे उनसे पूछने का साहस नहीं कर पाए।

30

"स्वामी जी ! आपने कहा था कि हमें अपने देश को जानने के लिए अपना इतिहास पढ़ना चाहिए। मैंने थोड़ा पढ़ा है।" गुरुचरण लश्कर आकर स्वामी के पास बैठ गए, "पर मुझे लगता है कि वह बहुत वैज्ञानिक पद्धति से नहीं लिखा गया है।"

"यह सत्य है कि भारतीय इतिहास अव्यवस्थित है। उसका कालक्रम त्रुटिपूर्ण है। हम उसके पूर्वापर की ठीक से रक्षा नहीं कर पाए हैं।" स्वामी ने कहा।

"पूर्वापर तो क्या, मुझे तो लगता है कि हमारा अतीत ही गड़बड़ है। उसको पढ़कर तो लगता है कि हमारे पास गर्व करने को कुछ है ही नहीं।" हरबक्स फौजदार ने कहा।

स्वामी ने उसे गहरी दृष्टि से देखा, "हमारा अतीत गड़बड़ नहीं है, उसका चित्रण ठीक नहीं हुआ है।" स्वामी बोले, "हमारे देश का इतिहास अंग्रेजों ने लिखा है। क्यों लिखा है उन्होंने ? क्या आवश्यकता थी उन्हें हमारा इतिहास लिखने की ? क्यों आवश्यक था उनके लिए हमारा अतीत खोजना ?"

"क्यों ?" डॉ० लश्कर ने किसी उत्सुक शिशु के समान दोहरा दिया।

"हमें दुर्बल बनाने के लिए।" स्वामी बोले, "वे केवल हमारे पतन का चित्रण करते हैं। हमारे दोषों को खोजते हैं। दोष नहीं हैं, तो उनको गढ़ते हैं। जो घटनाएँ कभी नहीं घटीं, उनकी कल्पना करते हैं। घटनाओं के मनमाने कारण आविष्कृत कर लेते हैं। झूठे प्रमाण जुटाते हैं। जहाँ सत्य मिल सकता है, वहाँ उसकी खोज न करते हैं, न किसी को करने देते हैं।"

"पर असत्य की इस साधना का उनको क्या लाभ होगा ?" गोविंद सहाय ने सहज भाव से पूछा।

"वे हमारे मस्तिष्क में अंकित कर देना चाहते हैं कि हम सदा से तुच्छ और निकृष्ट लोग रहे हैं। पश्चिम के लोग हमसे श्रेष्ठ थे और हैं, अतः हमें उन्हें अपना स्वामी मान लेना चाहिए और उनकी दासता में प्रसन्न रहना चाहिए।"

"पर उनमें कुछ अच्छे लोग भी तो होंगे स्वामी जी !" धनराज ने कहा।

"हाँ, सरल और सच्चे लोग भी हैं। उन्होंने कुछ लिखा भी है; किंतु विदेशी लोग, जो हमारे धर्म, हमारे दर्शन, हमारी संस्कृति और हमारी परंपराओं को बहुत कम समझते हैं, हमारे इतिहास का पूर्वग्रहरहित लेखन कैसे कर सकते हैं ?" स्वामी बोले, "इसीलिए अनेक भ्रांत धारणाएँ और त्रुटिपूर्ण दूषित व्याख्याएँ उसमें घर कर गई हैं। फिर भी उन विदेशियों ने हमें सिखाया है कि प्राचीन इतिहास की खोज कैसे होनी चाहिए। अब यह हमारा काम है कि हम अपने इतिहास-लेखन के लिए स्वतंत्र मार्ग बनाएँ और उस पर चलें।"

"उसके लिए हमें क्या करना होगा स्वामी जी ?"

स्वामी ने देखा : यह पंद्रह-सोलह वर्ष का एक किशोर था—माधव। वह कई दिनों से उनके पास आ रहा था। सबकी बातें ध्यान से सुनता था और कभी-कभी कोई प्रश्न पूछ लेता था। पर आज उसके चेहरे पर स्वामी को जो आग्रह और संकल्प दिखाई दिया था, वह उन्होंने पहले कभी नहीं देखा था।

"हम वेदों, पुराणों और भारत के प्राचीन आलेखों को पढ़ें और भारत का वास्तविक, सहानुभूतिपूर्ण और प्रेरणादायक इतिहास लिखना अपने जीवन-भर का कार्य और लक्ष्य बना लें। भारत का इतिहास लिखना भारतीयों का काम होना चाहिए, अंग्रेजों का नहीं। इसलिए तुम आज से ही स्वयं को भारत के प्राचीन अमूल्य रत्नों को अँधेरी गुफाओं से खोज निकालने के काम में लगा दो। किसी का एक छोटा-सा बच्चा भी खो जाता है, तो वह तब तक टिककर नहीं बैठता, जब तक उसे खोज नहीं निकालता। तुम भी जब तक सामान्य जन के मानस में भारत के गौरवपूर्ण अतीत को जीवंत न कर दो, तब तक चैन से मत बैठो। वही वास्तविक राष्ट्रीय शिक्षा होगी। उसके विकास से ही वास्तविक राष्ट्रीय चेतना जन्म लेगी।"

"पर स्वामी जी ! जिसका बच्चा खो जाता है, वह अपने साधनों के अनुरूप ही तो खोज करेगा।" माधव बोला, "मैं चाहूँ कि मैं अपने देश का इतिहास खोजने चल पड़ूँ, तो मेरे लिए यह संभव है क्या ?"

"क्यों ? तुम्हारे लिए यह क्यों संभव नहीं है ?"

"जिसके पास पाठशाला की पुस्तक खरीदने के लिए पैसे न हों, वह वेद-पुराण कहाँ से खरीदेगा ?"

"तुम शिक्षा के लिए पाठशाला में जाते हो ?"

"पुस्तकें ही नहीं हैं, तो जाकर क्या करूँगा ?" माधव ने पूछा।

"कभी गए हो ? पाठशाला में नाम लिखाया था ?"

"जी, लिखाया भी और कटाया भी !"

"ओह !" स्वामी कुछ चिंता में पड़ गए, "अच्छा ! तुम पास के मंदिर में जाया करो। वहाँ पंडित जी से शिक्षा ग्रहण करो। और कुछ नहीं तो वे धार्मिक शिक्षा तो तुम्हें दे ही देंगे।"

माधव हँस पड़ा, "स्वामी जी ! पंडित जी तो मुझे मंदिर के पास फटकने भी नहीं देते।"

"क्यों ?"

"कहते हैं कि ब्राह्मण होकर भी जो दैनिक-संध्या-उपासना नहीं करता, जो पंक्ति में बैठने योग्य नहीं है, उसे वे मंदिर में बैठने की अनुमति कैसे दे सकते हैं।"

"ठीक ही तो कहते हैं, तुम दैनिक संध्या-उपासना क्यों नहीं करते भाई !"

"क्योंकि मेरा अभी तक उपनयन संस्कार नहीं हुआ है।"

"इतने बड़े हो गए और तुम्हारा उपनयन संस्कार नहीं हुआ है ?" स्वामी चकित थे, "तुमने अभी यज्ञोपवीत धारण नहीं किया है ?"

"नहीं।"

"कारण ?"

"पिता हैं नहीं। माता उसके लिए कभी पैसे ही नहीं जुटा पाईं।"

स्वामी जैसे स्तब्ध रह गए, "जो देश अपनी एक साधारण-सी परंपरा को बचा रख नहीं पा रहा, वह अपने इतिहास को कैसे बचाएगा ?"

सहसा वे जैसे अपनी आत्मलीनता से बाहर निकले, "गोविंद सहाय ! हरबक्स ! गुरुचरण ! शंभुनाथ जी ! दीवान जी ! समाज की मर्यादा की रक्षा क्या गृहस्थ का काम नहीं है ?"

"है स्वामी जी !"

"तो फिर आप सब गृहस्थ मिलकर इस एक ब्राह्मण बालक का उपनयन संस्कार भी नहीं करवा सकते ?" स्वामी बोले, "परंपराओं की रक्षा करना भी तो अपने इतिहास की ही रक्षा है। हमारी परंपराओं में सुरक्षित रहकर ही तो हमारा इतिहास हम तक आया है। माधव के उपनयन संस्कार का प्रबंध करो और इसकी शिक्षा की व्यवस्था भी अपने कंधों पर लो।"

"आपकी आज्ञा का पालन होगा महाराज !"

"मेरी आज्ञा मानकर नहीं, अपना दायित्व मानकर इसे करो। मैं अलवर से चला जाऊँगा, किंतु मेरा ध्यान इस ओर लगा रहेगा।" स्वामी बोले, "कितना अच्छा हो कि तुम सब लोग मिलकर संस्कृत का अध्ययन करो। प्राणायाम का अभ्यास करो। अपनी परंपराओं का पालन करो। समाज के असहाय और दुर्बल लोगों का दायित्व सँभालो। सबकी सेवा करो। धर्म का मर्म और कहीं नहीं, स्वयं अच्छे बनने और अच्छे कर्म करने में ही है।"

31

धनराज कई दिनों से किन्हीं ब्रह्मचारी जी की चर्चा कर रहा था और चाहता था कि स्वामी उनसे मिल लें। उसने बताया था कि वे थोड़े चिड़चिड़े अवश्य हैं, किंतु सात्त्विक पुरुष और परम वैष्णव हैं। अपनी भक्ति में लगे रहते हैं। संसार से अधिक कुछ लेना-देना नहीं है उनको। स्वामी ने भी कहा था कि यदि यहाँ आसपास ऐसा कोई पुरुष है, तो वे उसके दर्शन करना चाहेंगे। वे उससे भेंट किए बिना अलवर नहीं छोड़ेंगे।

संध्या-समय स्वामी ने जब धनराज से पूछा कि क्या वह कल प्रातः ब्रह्मचारी जी से उनकी भेंट करवा सकता है, तो धनराज के कान खड़े हो गए थे। कहीं स्वामी ने अलवर छोड़ने की तैयारी तो नहीं कर ली ?

"आप अलवर से कहाँ जाएँगे ?"

स्वामी हँस पड़े, "मैं ब्रह्मचारी जी के विषय में पूछ रहा था। तुमने ही तो कहा था कि वे इस क्षेत्र के साधु-संतों में महत्त्वपूर्ण स्थान रखते हैं।"

"कहा तो था; किंतु मैं शिष्य आपका हूँ, उनका तो नहीं।"

"क्या हो गया है धनराज ! तुम आज पहेलियों में बात कर रहे हो ? मैं पूछ कुछ रहा हूँ और तुम उत्तर कुछ दे रहे हो।"

किंतु धनराज जैसे आपे में नहीं था। उसने गुरुचरण को ऐसे स्वर में पुकारा, जैसे कोई डूबता हुआ प्राणी सहायता की गुहार लगाता है, "डॉक्टर साहब ! डॉक्टर साहब !!"

उसका स्वर सुनकर डॉ० लश्कर भी घबरा गए, "क्या हुआ भाई ! कोई कष्ट है ? पेट

में शूल तो नहीं उठ रहा ?"

"उठ रहा है और कारण जानेंगे तो आपको भी उठने लगेगा।" वह जल्दी-जल्दी बोला, "स्वामी जी अलवर से जाने की तैयारी में हैं। मौलवी साहब ! मौलवी साहब !!"

क्षण-भर में ही समाचार फैल गया और सब लोग स्वामी के आसपास घिर आए।

"क्या बात है स्वामी जी ! यह अकस्मात् ही…" पंडित शंभुनाथ ने अपना वाक्य अधूरा छोड़ दिया।

"हमसे तो आपने जरा-सी चर्चा भी नहीं की।" जमालुद्दीन ने कहा।

स्वामी हँस पड़े, "मैंने अभी ऐसा कुछ नहीं कहा है। यह तो धनराज का अपना अनुमान मात्र है।" वे रुके, "वैसे आप लोग कहीं यह तो नहीं समझ बैठे कि इस परिव्राजक ने अलवर में बसने का निश्चय कर लिया है ?"

"टालिए नहीं स्वामी जी !" गुरुचरण ने कहा, "हम लोग अब कल्पना भी नहीं कर सकते कि आप हमें इस प्रकार छोड़कर चले जाएँगे।"

"वैसे मैं कल नहीं जा रहा; किंतु संन्यासी से मोह पालकर भूल तो आप कर ही रहे हैं।" स्वामी बोले, "जो अपने परिवार में नहीं रहा, जो अपने गुरुभाइयों के साथ मठ में नहीं रहा, जिसने भ्रमण में भी गुरुभाइयों को अपने साथ आने नहीं दिया, वह यहाँ आप लोगों से मोह पालकर सदा के लिए अलवर में रह जाएगा—यह कल्पना आपने कैसे कर ली ?"

"हम यह मान रहे हैं कि आप कल नहीं जा रहे हैं स्वामी जी ! किंतु आपकी चर्चा से ऐसा तो लगता ही है कि आप निकट भविष्य में अलवर छोड़ने का निश्चय किए बैठे हैं।" गोविंद सहाय बोले, "हम चाहते हैं कि आप जब अलवर में विद्यमान न भी हों, तब भी आपका कोई बहुत जीवंत चिह्न हमारे पास रहे। इसमें तो संन्यासी को कोई आपत्ति नहीं होनी चाहिए।"

"जो चाहो रख लो। यह लाठी, कोई पुस्तक, कोई कपड़ा, कंबल…"

"नहीं, मैं सोचता हूँ कि आप हमें अपना एक चित्र दे जाएँ।"

"चित्र !" स्वामी हँसे, "मेरे पास अपना कोई चित्र तो है नहीं।"

"तो हम तैयार करवा लेते हैं।" गोविंद सहाय बोले, "किसी चित्रकार को कहते हैं। वह प्रतिदिन घंटा-दो घंटा काम करे। महीने-दो महीने में एक अच्छा-सा चित्र बन जाएगा।"

"देखो इस धूर्त को।" स्वामी स्नेह से हँसे, "यह मुझे इसी बहाने से अगले छह महीनों के लिए बाँध लेना चाहता है।"

"ठीक है कि गोविंद ने जरा समय अधिक बता दिया; किंतु चित्र का विचार अति उत्तम है।" पंडित शंभुनाथ बोले, "हम किसी फोटोग्राफर को बुलाकर स्वामी जी की एक छवि तैयार करवा सकते हैं।"

"पर फोटोग्राफर तो जयपुर से इधर नहीं मिलेगा।" जमालुद्दीन ने कहा।

"तो जयपुर से बुला लेते हैं।" डॉ० लश्कर बोले।

"यह नहीं होगा गुरुचरण !" स्वामी ने टोक दिया, "एक तो फोटोग्राफ अथवा चित्र में मेरी कोई रुचि नहीं है। हमारी सारी साधना तो इस नाम और रूप से मुक्ति पाने की है, और तुम लोग मेरे इस रूप की छवि बनाने की कल्पना कर रहे हो। चित्र ही बनवाना है तो बाँकेबिहारी का बनवाओ। दर्शन ही करने हैं तो उनके करो। नाम ही लेना है तो उनका लो।"

"स्वामी जी ! अब यह पक्का रहा कि आप अपनी एक तस्वीर तैयार करवाकर हमें देंगे, तभी हमें छोड़कर जा पाएँगे।" धनराज ने कहा, "कल प्रातः तैयार रहिएगा, मैं आऊँगा और आपको ब्रह्मचारी जी के पास ले चलूँगा।"

ब्रह्मचारी ने अपने आश्रम में एक गेरुआ वस्त्रधारी को प्रवेश करते देखा, तो उनकी त्यौरियाँ चढ़ गईं। इस क्षेत्र में सब जानते थे कि ब्रह्मचारी जी संन्यासियों को देखकर प्रसन्न नहीं होते थे। फिर यह कौन है, जो इस प्रकार धड़ल्ले से उनके आश्रम में चला आ रहा है ?...साथ में कोई स्थानीय देहाती भी है। यही ला रहा होगा इसको कि चलो, तुम्हें बाबा जी से मिला लाएँ।...संन्यासी का क्या है, उसे तो ठहरने को कोई छत और खाने को कोई रसोई चाहिए। आ गया होगा बाबा जी का माल खाने।...

स्वामी ने निकट आकर प्रणाम किया। धनराज ने उनके चरणों में गिरकर प्रणाम किया।

बाबा जी ने आशीर्वाद नहीं दिया। बुरा-सा मुँह बनाकर स्वामी की ओर देखा, "क्या करने आए हो ?"

"आपके दर्शन करने चला आया।"

"पर मुझे इससे कोई प्रसन्नता नहीं हुई।" ब्रह्मचारी जी बोले, "और मेरे दर्शनों से तुम्हारा पेट भर जाएगा ? समझते हो कि गेरुआ वस्त्र देखकर तुम्हें सब जगह भोजन मिल जाएगा। कोई कामधंधा क्यों नहीं करते ?"

धनराज तिलमिला गया...यह तो ब्रह्मचारी जी की बहुत ज्यादती थी। उन्हें स्वामी जी से ऐसा व्यवहार नहीं करना चाहिए था।

"कर्ता वह है।" स्वामी ने बड़े शांत भाव से आकाश की ओर अंगुली उठा दी, "उसने जिस काम में लगाया है, वही कर रहा हूँ महाराज ! आप समझते हैं कि कोई अपनी इच्छा से गेरुआ पहन सकता है ?"

धनराज को कुछ संतोष हुआ : स्वामी रुष्ट नहीं हुए थे।

"पाखंडी तो अपनी इच्छा से पहन ही सकता है।" ब्रह्मचारी जी बोले, "प्रभु की इच्छा से तो मन रँगता है। वस्त्र तो व्यक्ति अपनी इच्छा से रँगता है।"

"ब्रह्मचारी जी ! स्वामी जी पाखंडी नहीं हैं।" धनराज तत्काल बीच में कूद पड़ा, "आप तो बिना बात के ही उन्हें लांछित किए जा रहे हैं।"

"तू चुप रह। तू ही इसको लाया है, तो तू तो कहेगा ही कि यह पाखंडी नहीं है। तू तो यह भी नहीं जानता कि तू इसके पाखंड के जाल में बँध चुका है। तुझे अपना होश नहीं है तो तू मुझे क्या बताएगा ?" ब्रह्मचारी जी ने उसे डाँट दिया, "और यदि यह पाखंडी नहीं भी है तो घर छोड़कर तो आया ही है। पत्नी रोती होगी इसके नाम को। बच्चे बिलबिलाते होंगे। यह स्वयं तो यहाँ भीख माँग रहा है, इसकी पत्नी और बच्चे वहाँ भीख माँग रहे होंगे।"

धनराज ने तड़पकर कुछ कहना चाहा, किंतु स्वामी ने उसे रोक दिया।

"प्रभु ने मेरा विवाह होने की स्थिति ही नहीं आने दी। उससे पहले ही गेरुआ भेज दिया।"

"तो माता-पिता को रोता छोड़ आए होगे ?"

"पिता नहीं हैं। माँ को भगवान् के आश्रय में छोड़कर आया हूँ, जैसे प्रभु रामचंद्र वन जाते हुए अपनी माता को छोड़ गए थे।"

ब्रह्मचारी ने तमककर स्वामी की ओर देखा""तुम स्वयं को रामचंद्र समझते हो निकम्मे भिखारी ? वे भगवान् थे, तुम भगवान् हो ?"

"तत्त्वतः तो मैं भी वही हूँ, किंतु जब तक यह शरीर है, तब तक उनका दास हूँ।" स्वामी बोले, "आप मुझे धर्म और ईश्वर के विषय में कोई उपदेश देंगे ?"

"धर्म के ठेकेदार तो तुम हो, गेरुआ जो पहन लिया है।" ब्रह्मचारी फिर विष-बुझे स्वर में बोले, "तुम्हें कोई क्या उपदेश देगा ? तुम ही लोगों को घेरकर उपदेश देते होगे। चेले बनाते होगे। उनके धन का अपहरण करते होगे। चेलियाँ भी बनाईं या नहीं ?"

ब्रह्मचारी के चेहरे पर एक दुष्ट मुस्कान थी।

स्वामी ने धनराज की ओर देखा : वह ऐसा तमतमा रहा था, जैसे अभी ब्रह्मचारी को मार बैठेगा।

"मैं तो जगदंबा का पुत्र हूँ।" स्वामी ने गंभीर दृष्टि से ब्रह्मचारी की ओर देखा, "उनकी प्रतिरूप उनकी बेटियाँ मेरे लिए माता के ही समान हैं। मेरे लिए स्त्री का केवल एक ही रूप है—माँ का रूप। वे मेरी चेलियाँ कैसे हो सकती हैं ! मैं ही उनके चरणों की धूलि लेकर कुछ सीख सकता हूँ। पर राजस्थान में अभी न तो स्त्री-शिक्षा का प्रचार है, न वे सार्वजनिक जीवन में बाहर आती हैं।"" वे रुके, "किंतु महाराज ! मैं आपके साथ स्त्रियों की सामाजिक स्थिति पर चर्चा करने नहीं आया हूँ। आप कुछ हरि-कथा कहें।"

"हरि-कथा तो मैं कहता, किंतु तुम जैसे चोट्टे के साथ अपना समय क्यों नष्ट करूँ ? तुम तो बस गेरुआ पहनो और समाज को लूटो।"

"वही प्रयत्न कर रहा हूँ।"

"क्या समाज को लूटने का ?"

"नहीं, समाज के स्वार्थ और अहंकार को लूटने का।" स्वामी मुस्कराए, "यदि आप मेरा अहंकार लूट सकें तो लूट लें, बड़ी कृपा होगी।"

"वेदांती हो ?" पहली बार ब्रह्मचारी का स्वर कुछ शांत हुआ।

"हाँ महाराज !"

"तो फिर तुम हमारे श्रीकृष्ण को अवतार नहीं मानते होगे ?"

"नहीं तो ! मैं तो आपको भी उसी दिव्य का अंश मानता हूँ। श्रीकृष्ण तो थे ही अवतारी पुरुष, नहीं तो वे गीता जैसा ग्रंथ कैसे दे पाते !"

ब्रह्मचारी जी कुछ शांत दीखे।

"चलो, तुम उतने दुष्ट नहीं हो, जितने कि प्रायः वेदांती लोग होते हैं।" वे बोले, "अच्छा, अब कुछ खा लो। खाओगे ?"

"नहीं महाराज ! मुझे तो धर्म और ईश्वर का उपदेश दें।"

"खाओगे क्यों नहीं ? सारे भिखारी तो भोजन पाने ही आते हैं।"

"भिखारी हूँ। भिक्षा पा चुका हूँ। लोभी भिखारी नहीं हूँ, इसीलिए पुनः भिक्षा नहीं माँग सकता।"

ब्रह्मचारी जी को पुनः क्रोध आ गया, "प्रभु के प्रसाद को भिक्षा कहते हो !"

लगा, वे स्वामी को पीटने के लिए तिलमिला रहे हैं।

"जो गृहस्थ प्रभु को भोग लगाने के लिए अन्न राँधते हैं, प्रसाद तो वे पाते हैं।" स्वामी बोले, "हम तो भिक्षुक हैं, भिक्षा ही पाते हैं। भिक्षा भी प्रभु की इच्छा के बिना नहीं मिलती महाराज !"

"अच्छा, अब उपदेश मत दे भिखारी !" ब्रह्मचारी पूर्णतः क्रोध में थे, "खाना है तो खा, नहीं तो मुँह काला कर।"

धनराज लपककर उन दोनों के बीच में आ गया। उसे लग रहा था कि कहीं ब्रह्मचारी जी का हाथ ही न चल जाए, "चलिए स्वामी जी ! अब चलिए यहाँ से। हो ली धर्म-चर्चा और कर चुके आप दर्शन।"

स्वामी मुस्कराए, "डरो नहीं धनराज ! ब्रह्मचारी जी मुझे मारेंगे नहीं।"

"हाँ ! ले जा तू इसे यहाँ से।" ब्रह्मचारी जी चिल्लाकर बोले, "नहीं तो मैं मार भी सकता हूँ। तू इसे लाया ही क्यों ? तू नहीं जानता कि मुझे इन संन्यासियों से कितनी चिढ़ है। काम के न काज के, दुश्मन अनाज के।"

स्वामी ने हाथ जोड़कर प्रणाम किया और बाहर जाने के लिए मुड़ गए। धनराज ने प्रणाम भी नहीं किया।

वह स्वामी के चेहरे की ओर देख रहा था।...स्वामी जी कितने पीड़ित हुए होंगे। व्यर्थ ही पागल झक्की के पास ले आया, जो मदांधों के समान गाली-गलौच करता रहता है और अपने आप को वैष्णव कहता है।...

बाहर सड़क पर आकर अकस्मात् ही स्वामी जी जोर से हँसे और हँसते चले गए।

"कैसा क्रोधी ब्रह्मचारी है भाई तुम्हारा—दुर्वासा का अवतार।"

धनराज की समझ में कुछ नहीं आया। वह भी स्वामी के स्वर में स्वर मिलाकर हँसने लगा।

32

28 मार्च, 1891 को प्रातः ही स्वामी अलवर से जाने और अपने भक्तों से विदा होने को तैयार खड़े थे।

जमालुद्दीन अपना उदास लंबूतरा चेहरा लिए उनके सामने विद्यमान था।

"क्या बात है जमाल ! ऐसी रोनी सूरत क्यों बना रखी है भाई ?" स्वामी ने उसके कंधे पर हाथ रखा।

"स्वामी जी ! आप अब जा रहे हैं, जब रमजान का महीना सामने खड़ा है।" जमालुद्दीन ने कहा, "मैंने सोचा था कि रमजान के महीने में जब मैं रोजे से होऊँगा, आपके चरणों में बैठकर धर्म और अल्लाह के विषय में चर्चा किया करूँगा। आप ही नहीं होंगे, तो मैं किसके पास जाऊँगा ?"

स्वामी हँस पड़े, "एकदम बच्चों के समान मुँह बिसूर रहे हो। तुम्हें तो प्रसन्न होना चाहिए कि रमजान का महीना आ रहा है। यह महीना अन्य महीनों से उत्तम है। अल्लाह का फरमान है—अस्सौमसली व अना अजजीविहीं, अर्थात् रोजा मेरे लिए है और मैं ही उसका फल दूँगा। रोजा अंतःसाधना है। इसका बाहर से नहीं, भीतर से, हृदय से संबंध है। पैगंबर साहब का कहना है कि जिसने रोजा रखकर झूठ बोला, झूठ पर अमल करना न छोड़ा, तो अल्लाह को इस बात का लिहाज

नहीं है कि उसने खाना-पीना छोड़ रखा है। केवल खाना-पीना छोड़ना रोजा नहीं है। रोजा रखने का वास्तविक उद्देश्य है कि मनुष्य प्रत्येक बुराई और पाप से दूर रहे। यह महीना सब्र का, हमदर्दी का महीना है। इस महीने अल्लाह की रहमत, कृपादृष्टि मिलती है, माफी मिलती है—जहन्नुम से, नरक की आग से।''

जमालुद्दीन की आँखों में आँसू चमके, ''चलिए, आपके ये शब्द याद आते रहेंगे और मैं अल्लाह का धन्यवाद करता रहूँगा कि उसने मुझे ये कुछ दिन आप जैसे संत के चरणों में बैठने के लिए दिए। सच पूछिए तो मैं कभी इतना मुसलमान नहीं था, जितना आपकी सोहबत में रहकर हो गया हूँ।''

तभी गोविंद सहाय और हरबक्स फौजदार टप्परवाली बैलगाड़ी ले आए।

''यह रथ किसके लिए है भाई ?''

''देखिए स्वामी जी !'' दीवान जी ने कहा, ''अब आप हमारी प्रार्थना मानिए और पैदल यात्रा की हठ छोड़ दीजिए। आप समझते हैं न ! राजपूताने की इस प्रचंड धूप और तपिश में जब आप पैदल यात्रा करेंगे, आपको पसीना आएगा और हमारे हृदय पर फफोले उभर आएँगे। आप हमें इतना कष्ट क्यों देना चाहते हैं ? और फिर मार्ग का एक भाग सर्वथा मानवरहित सुनसान वन है। वहाँ हिंस्र पशु भी हैं।...''

''आपने अभी तक हमें अपना चित्र भी नहीं दिया है।'' धनराज ने स्वामी के कुछ भी कहने से पहले कहा, ''इसलिए हमारा अधिकार बनता है कि हम आपके साथ कुछ थोड़ा-सा समय और बिताने का आग्रह करें। हम आपको न पैदल जाने देंगे और न अकेले।''

''तो तुम मेरे साथ चलोगे ?'' स्वामी ने कुछ चकित स्वर में कहा।

''केवल धनराज ही नहीं, हम सब भी आपके साथ चलेंगे।'' गुरुचरण ने बताया।

स्वामी का स्वर निर्णायक हो गया, ''परिव्राजक अपने साथ शोभायात्राएँ लेकर नहीं चलता।''

''पर भक्तजन अपने आराध्य को और गृहस्थजन अपने प्रिय अतिथि को विदा करने के लिए ग्राम के बाहर तक जाते ही हैं। कालिदास ने भी अभिज्ञान शाकुंतलम् नाटक में कहलवाया है कि प्रिय जनों को विदा करने के लिए जल तक जाना चाहिए—कोई नदी, कोई तालाब, कोई सरोवर... ।'' पंडित शंभुनाथ बोले, ''यह हमारी संस्कृति है।''

''तो आपके ग्राम की सीमा कहाँ तक है ?''

''मेरा विचार है कि हम लोग आपको जयपुर पहुँचा ही आएँ, आपका चित्र भी तो बनवाना है।'' धनराज ने कहा।

''क्या मूर्खता की बात है !'' स्वामी ने उसे स्नेह से डाँटा, ''विदा करने के लिए कुछ दूर तक जाना और बात है और जयपुर पहुँचाना दूसरी। मुझे बाध्य मत करो कि मैं रात के समय उठकर चुपके से चल दूँ।''

''फिर तो शृंगवेरपुर का दृश्य हो जाएगा।'' जमालुद्दीन ने हँसकर कहा, ''अयोध्यावासी सोते ही रह जाएँगे और श्रीराम दंडकवन पहुँच जाएँगे।''

''नहीं, हम आपके साथ जयपुर नहीं आ रहे। हमारा प्रयत्न है कि हम वहाँ तक आपके साथ चलें, जहाँ से आप रेलगाड़ी में यात्रा कर सकें।'' दीवान जी ने कहा।

''मेरा विचार है कि यदि आप इस पर सहमत हो जाएँ कि मुझे रेलगाड़ी के स्टेशन से

पंद्रह-बीस मील पहले ही विदा कर देंगे और वहाँ से पैदल यात्रा की सुविधा देंगे तो मैं आपकी बात मान सकता हूँ।"

"ऐसा क्यों ?" गुरुचरण ने पूछा।

"ताकि आप यह न जानें कि मैं किस गाड़ी से किस दिशा में गया हूँ।" स्वामी बोले, "न कोई मेरा पीछा कर सके और न कोई किसी को सूचना दे सके। आप नहीं जानते कि मेरे गुरुभाई किस प्रकार मेरा पीछा करते हैं। यदि आप लोगों से उन्हें यह सूचना मिल गई कि मैं किधर गया हूँ तो वे मेरा पीछा कर मुझे वहाँ जा पकड़ेंगे।"

"ठीक है।" दीवान जी बोले, "हम नारायिणी देवी के मंदिर तक आपके साथ चलेंगे। वहाँ से सोलह मील दूर है वसवा। आप वसवा से रेलगाड़ी में बैठ सकते हैं।"

"यह वचन दीवान जी अपनी ओर से दे रहे हैं।" धनराज ने तत्काल कहा, "मेरी सहमति नहीं है। मैं तो आपका चित्र लिए बिना लौटने वाला नहीं हूँ।"

अलवर से चलते-चलते सूर्य सिर पर चढ़ आया था। धूप मनुष्यों के लिए तो प्रखर थी ही, बैलों के लिए भी कष्टकारी थी। उनकी गति भी बहुत अधिक नहीं थी; और उन्हें कोड़े मार-मारकर भगाना तनिक भी आवश्यक नहीं था। स्वामी समझ रहे थे कि वे लोग संध्या तक ही पांडुपोल पहुँच पाएँगे।

पांडुपोल, अलवर से अट्ठारह मील दूर था। यह यात्रा सरिस्का की पहाड़ी घाटी में से होकर थी। बैलगाड़ी के लिए कोई सुगम मार्ग भी नहीं था। परिणामतः धूप के साथ-साथ बैलगाड़ी के हिचकोले भी झेलने ही थे। यदि यह यात्रा रात को की जाती, तो वे लोग गर्मी से चाहे बच जाते, किंतु हिंस्र पशुओं का संकट बढ़ जाता।...स्वामी समझ रहे थे कि उनके भक्तों ने साथ आने के लिए इतनी हठ क्यों की थी। यदि वे अकेले होते और पैदल यात्रा करते, तो उनके सामने अनेक संकट होते।

स्वामी के साथ उनकी बैलगाड़ी में तीन-चार लोग ही थे, जो मौन थे। बीच-बीच में धीमे स्वर में कुछ बातें हो भी जाती थीं; किंतु साथ चलने वाले पैदल लोगों का सार्थ खासा कोलाहल कर रहा था। एक तो मार्ग की कठिनाई से ध्यान हटाने के लिए यह आवश्यक था और दूसरे वन के हिंस्र पशुओं को यह सूचना देनी थी कि वे संख्या में बहुत थे। उन पर आक्रमण करना संकट को आमंत्रित करना था।...शायद कहीं कोई लुटेरे भी छुपे हुए हों, उनको भी बताना था कि यात्री असहाय और अकेले नहीं थे।...

धूप ढलते-ढलते वे लोग पांडुपोल पहुँच गए। यहाँ हनुमान जी का एक अत्यंत प्राचीन मंदिर था। दो पहाड़ों के मध्य मंदिर का एक प्राकृतिक द्वार बना हुआ था।

"स्वामी जी ! किंवदंती है कि यह मंदिर पांडवों ने बनवाया था।" दीवान जी ने कहा, "कह नहीं सकता कि यह सत्य है या नहीं।"

स्वामी मुस्कराए, "क्या कहा जा सकता है दीवान जी ! पांडव अपने वनवासों में इस क्षेत्र में इतना घूमे हैं कि वे कहीं भी मंदिर बनवा सकते थे।"

"पर यदि यह मंदिर पांडवों ने नहीं बनवाया और इसका निर्माण किसी और के द्वारा हुआ है," धनराज बोला, "तो वह व्यक्ति यह क्यों कहेगा कि इसे पांडवों ने बनवाया है ? वह अपने नाम का पत्थर क्यों नहीं लगवाएगा ?"

"तुम्हारी जिज्ञासा अपने स्थान पर उचित ही है। मनुष्य अपना यश कभी नहीं छोड़ता।"

स्वामी बोले, "किंतु कुछ लोग गुप्त दान में विश्वास रखते हैं। वे स्वयं कुआँ खुदवाएँगे और प्रसिद्ध कर देंगे कि यह प्राचीन कुआँ पांडवों ने खुदवाया था। मंदिर बनवाएँगे और प्रचारित कर देंगे कि वह मंदिर पांडवों ने बनवाया था। इसलिए देश के कोने-कोने में तुम्हें इस प्रकार के मंदिर, तालाब और कुएँ मिल जाएँगे, जो पांडवों अथवा उसी प्रकार से किसी अत्यंत धार्मिक व्यक्ति द्वारा निर्मित किए गए बताए जाते हैं। वैसे पांडवों ने बनवाया होता तो शिव अथवा कृष्ण का मंदिर बनवाया होता। हंनुमान से तो उनकी कोई विशेष प्रीति नहीं थी।"

"यहाँ अगस्त के महीने में बड़ा भारी वार्षिक मेला लगता है।" गोविंद सहाय ने बताया, "दूर-दूर से लोग आते हैं।"

उन लोगों ने मंदिर में प्रवेश किया। हनुमान जी के दर्शन किए और पुरोहित से बात कर स्वामी के विश्राम के लिए मंदिर के प्रांगण में ही प्रबंध किया गया। शेष लोगों ने अपने लिए बाहर प्रबंध किया। स्वामी के भोजन के लिए भी पुरोहित ने ही प्रबंध कर दिया, किंतु शेष लोगों ने अपनी व्यवस्था स्वयं ही की।

"पुरोहित को बता दिया जाता कि हमारे साथ अलवर के दीवान भी हैं तो वह उनके लिए अपने घर में ही प्रबंध कर देता।" धनराज ने कहा।

"यदि यही सब करना होता तो हम सिलीसेड़ अथवा सरिस्का के राजमहल में सबके ठहरने का राजकीय प्रबंध न करवाते।" हरबक्स फौजदार ने कहा, "वस्तुतः हम वैसा कुछ चाहते ही नहीं हैं।"

प्रातः आगे की यात्रा की तैयारी हुई। स्वामी ने बैलगाड़ी से यात्रा करने से सर्वथा इंकार कर दिया। आगे की यात्रा कितनी भी कठिन क्यों न हो, वे अब पैदल ही चलना चाहते थे।

भक्तों को भी लगा कि यदि स्वामी पैदल यात्रा करेंगे, तो वे सब लोग साथ-साथ चलेंगे। बातें होंगी। स्वामी से अनेक प्रकार के सात्त्विक विचार प्राप्त होंगे। उनके सत्संग और ज्ञान का लाभ मिलेगा। स्वामी बैलगाड़ी में हों और वे लोग पैदल हों तो साथ होते हुए भी वे साथ नहीं होते।...

"अब हमारा अगला पड़ाव कहाँ है ?" स्वामी ने पूछा।

"टहला गाँव !"

"टहला गाँव यहाँ से कितनी दूर है ?"

"अट्ठारह-बीस मील तो अवश्य होगा।" कुर्बान अली ने कहा।

"और वहाँ का सबसे प्रसिद्ध स्थान क्या है ?"

"नीलकंठ महादेव का मंदिर।" गुरुचरण ने बताया।

"नीलकंठ महादेव का क्या अर्थ होता है स्वामी जी ?" धनराज ने पूछा, "हमारे गाँव में तो नीलकंठ एक पक्षी होता है। पर महादेव के साथ उसका क्या संबंध ? क्या महादेव भी नीलकंठ पक्षी पाला करते हैं, जो उनको नीलकंठ वाला महादेव कहा गया ?"

"अपने ग्राम से बाहर निकलो तो कुछ समझ में आए।" स्वामी हँसे, "नीलकंठ महादेव का उस पक्षी से कोई संबंध नहीं है..." और सहसा स्वामी जैसे कुछ सोचकर रुक गए। उन्होंने धनराज की ओर देखा, "तुमने नीलकंठ पक्षी को कभी ध्यान से देखा है ?"

"हाँ महाराज !"

"उसको नीलकंठ क्यों कहते हैं ?"

"उसके कंठ पर एक नीली धारी होती है।"

"तो यही समझ लो कि महादेव जी के कंठ पर भी एक नीली धारी है। शिव ! शिव !!" स्वामी बोले।

"तो उनके हाथ-पैर किसी और रंग के होते हैं ? पक्षी के पंख तो नीले नहीं होते !"

स्वामी हँसे, "पक्षी को भूल जाओ धनराज ! हमारे पुराणों में एक कथा है। तुमने भी कभी न कभी सुनी ही होगी।"

"कौन-सी कथा स्वामी जी !"

"समुद्र-मंथन की !"

"कथा तो सुनी है, पर कभी उसका कोई ओर-छोर मेरी तो समझ में नहीं आया।" धनराज बोला, "मोटी बुद्धि है न !"

"क्या समझ नहीं आया ?" गुरुचरण कुछ उग्र स्वर में बोले, "उसमें ऐसा है ही क्या, जो समझ में न आए।"

"मंदराचल को मथनी बनाकर और वासुकी सर्प को रस्सी बनाकर समुद्र को मथना समझ में नहीं आया।" धनराज का स्वर भी कुछ उग्र था, "देवताओं ने स्वयं ही समुद्र को क्यों मथ नहीं लिया, दानवों को क्यों साथ मिलाया ? और जब मिलाया ही था तो समुद्र में से प्राप्त वस्तुओं में से उनका भाग उन्हें देने में इतना कष्ट क्यों हो रहा था उनको ?"

"कहानी तो तुमने अच्छी प्रकार सुन रखी है धनराज !" स्वामी बोले, "उस पर विचार भी किया है। बस, उसका सूक्ष्म अर्थ नहीं समझ पाए।"

"यही तो कह रहा हूँ और डॉक्टर साहब गुस्सा खा रहे हैं।"

"ठीक है। मंदिर पहुँचकर उसकी भी चर्चा कर लेंगे।"

अभी दिन ढला नहीं था और वे लोग टहला गाँव पहुँच गए। वे लोग सीधे नीलकंठ महादेव के मंदिर ही गए। सामने शिव जी की प्रतिमा थी। उन्हीं की ओर मुँह कर वे सब लोग बैठकर सुस्ताने लगे। प्रबंधक लोग प्रबंध में लग गए।

"स्वामी जी ! वह समुद्र-मंथन की कथा !" धनराज ने स्मरण कराया।

"देखो, यह जो समुद्र है न, यह माया का समुद्र है। रूप और गंधादियुक्त यह विचित्र संसार ही माया का समुद्र है। यहाँ इंद्रियों को तृप्त करने वाले नाना भोज्य पदार्थ हैं। जीव उनका भोग करता है और वे जीव का भोग करते हैं। उस सागर को सतोगुणी वृत्तियाँ भी मथती हैं और रजोगुणी वृत्तियाँ भी। दोनों मिलकर, सहयोगपूर्वक मथती हैं, ऐसा नहीं कहा जा सकता; किंतु वे साथ-साथ, एक ही समय में इसको मथ रही होती हैं। इस मंथन को चाक्षुष और विराट बनाने के लिए हमारे पौराणिक कथाकार ने बहुत विराट बिंब लिए हैं। साधारण मटकी में दही मथने की बात नहीं है, समुद्र मथने की चर्चा है; और वह भी माया का समुद्र—हमारा यह जीवन ! इसलिए मथनी लकड़ी की साधारण मथनी नहीं है, वह मंदराचल है। रस्सी साधारण रस्सी न होकर वासुकी सर्प है, क्योंकि उससे लंबी रस्सी के रूप में और कोई पदार्थ अथवा जीव रचनाकार की कल्पना में नहीं आया। उसने यह भी सोचा है कि जब सर्प को रस्सी बनाकर सागर मथा जाएगा, तो उस सर्प के पेट में जो कुछ है, वह बाहर आएगा, क्योंकि समुद्र से पहले तो रस्सी के उदर का मंथन हो जाएगा। सर्प के पेट में तो विष ही है, वह विष निकलकर बाहर आ गया। देवताओं ने चतुराई की कि स्वयं वासुकी की पूँछ वाला

सिरा पकड़ लिया और दानवों को मुँह वाला सिरा थमा दिया।…"

"कर गए न चतुराई !" धनराज हँसा।

"यह भी कह सकते हो।" स्वामी बोले, "किंतु यह भी मान सकते हैं कि देवता सदा ही दानवों से अधिक विचारशील रहे हैं। वे टकराहट से अधिक चतुराई से काम लेते हैं। वे अपनी क्रियाओं में न तो उतने कठोर हो सकते हैं और न उसके लिए उतना कष्ट सह सकते हैं। जो जितना अधिक रजोगुणी होगा, वह उतना ही कठोर होगा और उतना ही विरोध या कष्ट सह सकेगा। यदि देवताओं को वासुकी के मुँह वाला सिरा पकड़ना पड़ता, तो बहुत संभव है कि वे सागर का मंथन बंद कर देते; किंतु दानव तो इतनी आसानी से छोड़ने वाले नहीं थे। इसीलिए वे वासुकी का विषवमन भी सहते रहे और सागर-मंथन भी करते रहे।"

"फिर ?"

"समुद्र में से एक से एक सुंदर, मधुर और सुखदायी पदार्थ और जीव प्रकट हुए और उनको देवताओं और दानवों ने आपस में बाँट लिया।" स्वामी बोले, " किंतु इन भोगों के अंत में उनका विष भी प्रकट होता है, जिसे हम मृत्यु कहते हैं।

" तो उस मंथन के पश्चात् उसमें से हलाहल विष प्रकट हुआ। हलाहल मृत्यु का पर्याय है। मृत्यु को कौन स्वीकार करता ? देवता भी पीछे हट गए और दानव भी।… "

"हटना ही था।" धनराज लपककर बोला, "यहाँ ऐसा कौन मूर्ख बैठा है, जो स्वयं ही मथकर मृत्यु को निकाले और उसे गले लगा ले। मरने के लिए थोड़ी कोई परिश्रम करता है, न ही कोई मरने के लिए भोग करता है।"

"पर पीछे हट जाने भर से ही तो काम नहीं चलता। उनके कर्म का फल उनके सामने था।" स्वामी बोले, "हलाहल पृथ्वी पर रखने मात्र से पृथ्वी नीली पड़ रही थी। पृथ्वी को इस प्रकार मरने नहीं दिया जा सकता था। तो विष्णु के संकेत पर वे देवता और दानव महादेव शिव के पास पहुँचे। शिव उस मंथन में सम्मिलित नहीं थे। शिव समुद्र में से निकले भोगों के लिए लालायित नहीं थे। वे तो उदासीन-से एक ओर बैठे थे; किंतु जब उन्हें हलाहल दिया गया, तो वे पीछे नहीं हटे। वे उसे तत्काल पी गए और उस विष को उन्होंने अपने कंठ में ही रोक लिया। हलाहल के प्रभाव से उनका कंठ नीला हो गया। समझ गए ?"

"हाँ ! समझ गया। नीलकंठ पक्षी का भगवान् महादेव के नीले कंठ से न कोई संबंध है, न साम्य।" धनराज ने कहा, "किंतु भगवान् के कंठ के नीले होने का अर्थ ? उन्होंने तो सागर-मंथन में भाग नहीं लिया था। उन्होंने तो माया के भोगों को नहीं भोगा था।"

"सब प्रकार के मनुष्य इंद्रियों के विषयों का भोग करते हैं; किंतु संन्यासी के लिए माया के वे सब भोग व्यर्थ हैं। निस्तेज हैं।" स्वामी बोले, "भूमा का आनंद लेने वाला योगी, माया के कुहक से ठगा नहीं जा सकता, वह उसके जाल में नहीं फँसता, क्योंकि वह उसकी ओर आकृष्ट ही नहीं होता। संन्यासी, महादेव शिव के समान भोग के परिणामस्वरूप मरते हुए जीव की सहायता के लिए आता है, उसकी कठिनाइयों को स्वयं अंगीकार करता है, जीवन का विष स्वयं पीता है और जगत् की मृत्यु से रक्षा करता है।"

"इसका तो अर्थ हुआ कि करता कोई है और भरता कोई है।" धनराज बोला, "जो कर्म करता है, फल भी उसी को मिलना चाहिए।"

"ठीक कहते हो धनराज !" स्वामी बोले, "भोगी के कर्मों का फल है विष। वह उसी को प्राप्त होता है। संन्यासी के लिए फल नहीं है विष। विष को स्वीकार करना उसका कर्म है। उसका फल तो महादेवत्व है। वह दूसरों के कर्मों के कारण प्रस्तुत विष को ग्रहण कर पृथ्वी को मृत्यु से बचाता है, अतः वह मृत्यु का विजेता है, मृत्युंजय है।"

"बात जरा बारीक है धनराज भाई !" जमालुद्दीन ने कहा।

"तुम्हारी दाढ़ी के बाल के समान।" धनराज ने तत्काल उत्तर दिया, "पर मेरी समझ में आ गई है।"

"समझाने वाले स्वयं स्वामी जी हों, तो बात किसी की भी समझ में आ जाएगी।" शंभुनाथ मुस्करा रहे थे।

स्वामी भी मुस्कराए। उन्होंने पूरी आँखें खोलकर महादेव की प्रतिमा को अच्छी तरह निहारा और फिर आँखें बंद कर लीं।

वे ध्यानस्थ हो चुके थे।

अगले दिन प्रातः वे लोग नारायिणी देवी के लिए चले।

"अलवर के दक्षिण-पश्चिम में छियालीस मील दूर, बलदेवगढ़ के निकट एक दर्शनीय स्थल है—नारायिणी देवी। यहाँ गर्म पानी का उत्स भी है।" हरबक्स फौजदार ने बताया, " स्वामी जी ! किंवदंती है कि जयपुर के एक नापित परिवार की लड़की का विवाह राजोरगढ़ के एक लड़के से हुआ। वे पति-पत्नी जयपुर से राजोरगढ़ जा रहे थे कि मार्ग में सर्पदंश से पति का देहांत हो गया। पत्नी ने आसपास पशु चराते ग्वालों से प्रार्थना की कि वे लकड़ियाँ एकत्रित कर उसके पति के शव के लिए चिता बना दें। वह स्वयं भी अपने पति के शरीर के साथ चितारोहण करेगी। ग्वालों ने उत्तर दिया कि उनकी गाएँ प्यासी हैं। वे अपनी गायों को पानी पिलाने के पश्चात् ही लकड़ियाँ चुनने और चिता बनाने का काम कर सकेंगे। उस स्त्री ने कहा, 'तुम लकड़ियाँ चुनकर चिता बनाओ। इसी स्थान पर धरती से पानी का स्रोत फूटकर निकलेगा। अब से तुमको कभी भी अपने पशुओं को पानी पिलाने के लिए दूर नहीं जाना पड़ेगा।'

" ग्वालों ने लकड़ियाँ चुनकर चिता बना दी। स्त्री अपने पति का शव लेकर चिता पर बैठ गई और सती हो गई। उसके पश्चात् उसी स्थान पर भूमि से जलस्रोत फूटा, जो आज तक बह रहा है। कहते हैं कि वह पानी उस सती की चिता के कारण गर्म है। उस सती के नाम पर इस स्थान का नाम नारायिणी देवी ही प्रचारित हो गया है। यहाँ उनकी स्मृति में एक मंदिर बनवा दिया गया है। लोग उस सती को जगदंबा का ही एक रूप मानकर उसकी पूजा करते हैं। वैशाख की शुक्ला एकादशी को यहाँ प्रतिवर्ष मेला लगता है, जिसमें सब जातियों के लोग सम्मिलित होकर नारायिणी देवी के प्रति अपनी श्रद्धा व्यक्त करते हैं। "

"क्या ऐसा संभव है स्वामी जी !" धनराज ने पूछा, "क्या आप मानते हैं कि पति के शव के साथ जलकर मर जाने वाली स्त्री सचमुच सती होती है और उसमें ऐसी अलौकिक शक्तियाँ आ जाती हैं ?"

"सती तो वह जब जीवित होती है, तब भी होती है। चिता पर बैठना तो चितारोहण है।" स्वामी बोले, "वह सती होती है, इसलिए पति के शव के साथ चिता पर जा बैठती है। चिता पर

जल जाने से वह सती नहीं हो जाती।…और किसी को बलात् पति के शव के साथ जला दिया जाए, तो वह हत्या होती है और ऐसा काम करने वाला हत्यारा होता है।''

''क्या नारायिणी देवी के विषय में यह कथा सत्य हो सकती है ?'' डॉ० लश्कर ने जिज्ञासा की।

''सत्य हो भी सकती है। प्रकृति में ऐसे-ऐसे चमत्कार होते हैं कि यह तो कुछ भी नहीं है। जब मनुष्य अपने शरीर और प्राणों का मोह छोड़कर प्रकृति के साथ तादात्म्य करता है, तो प्रकृति उसका प्रत्येक आदेश मानती है।'' स्वामी बोले, ''और यहाँ गर्म पानी का उत्स देखकर उसको महिमामंडित करने के लिए एक सती की कथा गढ़ी भी जा सकती है। तुम लोग जानते ही हो कि राजपूताने में सदा ही सती की महिमा बखानी गई है।''

''पर मैं सोचता हूँ स्वामी जी कि इस प्रकार जीवित जल जाने में कौन-सा सुख है ?'' धनराज बोला, ''कहीं ऐसा तो नहीं कि पति की मृत्यु हो जाने के पश्चात् उसको लगा हो कि अब वह अपना जीवनयापन कैसे करेगी ? घर का गुजारा कैसे चलेगा ? तो उसने आत्महत्या का यह सम्मानजनक मार्ग चुना हो ?''

''धनराज ! तुम्हारी कल्पना की दौड़ का वेग बहुत प्रखर है।'' स्वामी हँस पड़े, ''मैं नहीं जानता कि उस महिला के मन में क्या था; किंतु जितना आत्मबल उसमें दिखाई पड़ता है, ऐसी स्त्री के लिए जीवन के सुख कोई बड़ा आकर्षण नहीं हो सकते; और उनके अभाव की आशंका उसे इस प्रकार विचलित नहीं कर सकती। यदि यह कथा इतिहास है, तो उस स्त्री में निश्चय ही असाधारण आत्मबल था। वह पूजनीया होने के योग्य ही है।''

''स्वामी जी !'' गुरुचरण ने कहा, ''मैं प्रायः सोचता हूँ कि संसार में इतने प्रकार के लोग हैं। सब ही अपने-अपने ढंग से अपने लिए सुख प्राप्त करने का प्रयत्न करते हैं। किंतु वस्तुतः सुखी कौन है ?''

स्वामी कुछ देर मौन रहे और फिर जैसे कुछ निर्णय कर बोले, '' पाटलिपुत्र में भगवान् बुद्ध के सान्निध्य में एक सभा हुई। उसमें सम्राट, सेनापति, सचिव, बड़े-बड़े धनकुबेर श्रेष्ठी, संभ्रांत नागरिक—सभी उपस्थित थे। भगवान् बुद्ध के शिष्य आनंद ने प्रश्न किया, 'भगवन् ! इस सभा में उपस्थित लोगों में से सबसे अधिक सुखी कौन है ?'

'' भगवान् बुद्ध ने सभा पर एक दृष्टि डाली और सबसे पीछे बैठे एक महत्त्वहीन व्यक्ति की ओर संकेत कर कहा, 'सबसे अधिक सुखी वह है।'

'' सबने उस ओर देखा। उस व्यक्ति को कोई नहीं जानता था। न उसके पास कोई पद था और न ही वह धनी दिखाई देता था। यहाँ तक कि उसके कपड़े अत्यंत साधारण ही नहीं, कुछ फटे हुए भी थे। सभा में बैठे सभी व्यक्ति चकित रह गए।

'' आनंद ने कहा, 'भगवन् ! देखने से तो ऐसा कुछ नहीं लगता। उसके पास सुख का कोई साधन दिखाई नहीं पड़ता। उसके पास न पद है, न धन है, न ही वह बहुत विद्वान् है। आपने उसे सबसे सुखी बताया है। कृपया उसका कारण भी बताएँ।'

'' बुद्ध ने सम्राट्, सेनापति, सचिव, श्रेष्ठियों और संभ्रांत नागरिकों को संबोधित किया, 'आपसे मेरा एक प्रश्न है। यदि मैं आपसे कहूँ कि आप आज अपनी जो कामना प्रकट करेंगे, उसके पूर्ण हो जाने की पूरी संभावना है, तो क्या आप बताएँगे कि आपको क्या चाहिए ? माँगिए, आपको

क्या चाहिए ?'

" सबने विविध प्रकार की अपनी कामनाओं की चर्चा की। किसी को धन चाहिए था, किसी को अधिकार, किसी को सुंदर पत्नी, किसी को संतान, किसी को स्वास्थ्य, किसी को विश्वभ्रमण, किसी को राजा की कृपा, किसी को ईश्वर की कृपा, किसी को मोक्ष, किसी को भक्ति···। बुद्ध सुनते रहे। जब सब लोग कह चुके तो उन्होंने वही प्रश्न फटे हुए कपड़ों वाले उस व्यक्ति से किया, 'तुम्हारी क्या कामना है वत्स ? माँगो।'

" वह व्यक्ति कुछ घबरा-सा गया। बोला, 'मुझसे यह सब न पूछें। मुझे कामनाओं से बड़ी घबराहट होती है। भगवन् ! मेरी तो एक ही आकांक्षा है कि मेरे मन में कोई कामना जन्म ही न ले।'

" बुद्ध ने आनंद की ओर देखा, 'वेशभूषा, खान-पान, रहन-सहन से कोई व्यक्ति सुखी नहीं होता। सुख तो मनुष्य के भीतर निवास करता है।' "

स्वामी ने उन लोगों की ओर देखा, "अपने देश और धर्म के लिए प्राण देने वाले कभी-कभी इतने प्रसन्न होते हैं कि संसार के अन्य किसी सुख से उनकी तुलना ही नहीं की जा सकती।"

रात नारायिणी देवी के मंदिर में व्यतीत कर प्रातः स्वामी ने अपने साथियों से विदा ली, "आशा है कि अपने वचन के अनुसार तुम लोग यहाँ से वापस अलवर लौट जाओगे। यहाँ से अब मैं अकेला ही आगे जाऊँगा।"

किसी ने विरोध नहीं किया। इस सारी यात्रा में सब लोग अपने मन को तैयार कर रहे थे कि यहाँ से स्वामी उनको छोड़कर चले जाएँगे। फिर भी उनकी आँखों में अश्रु थे।

"यहाँ से आप अकेले ही यात्रा करें स्वामी जी !" धनराज बोला, "किंतु मैं आपको स्मरण करा दूँ कि आपने अभी तक अपना चित्र हमें नहीं दिया है।"

स्वामी हँसे, "अब यह हठ छोड़ दो धनराज !"

"नहीं, आप जाएँ। मैं कुछ नहीं कह रहा।" धनराज ने मुँह बनाया, "किंतु हठ छोड़ने को न कहें। हठ के सिवाय मेरे पास और है ही क्या ? मैं तो धन्ना जाट के गोत्र का हूँ। उसने अपने हठ के बल पर ही ईश्वर को पाया था। मेरे पास भी एक वही उपाय है।"

"तो ठीक है, तुम अपने मार्ग से ही अपने ईश्वर को पाओ।"

स्वामी ने हाथ उठाकर सबको आशीर्वाद दिया और मुड़कर वसवा गाँव की ओर चल पड़े। उन्हें आशा थी कि अब कोई उनके साथ नहीं आएगा, किंतु धनराज की ओर से वे पूर्णतः आश्वस्त भी नहीं थे। उन्होंने दो-एक बार मुड़कर देखा···धनराज अपने साथियों के साथ अपने स्थान पर खड़ा था। वह उनका पीछा नहीं कर रहा था···

वसवा तक आने में उन्हें कई घंटे लग गए। वे जब स्टेशन पर पहुँचे तो दोपहर लगभग ढल रही थी।

छोटा-सा स्टेशन था। एक ही प्लेटफॉर्म था। कुछ बेंचें थीं, जो खाली थीं। प्लेटफॉर्म के अंतिम छोर पर दो-एक लोग टहलते दिखाई पड़ रहे थे। ऐसा नहीं लगता था कि यहाँ कभी कोई गाड़ी आती होगी। हाँ ! देखने-सुनने में वह स्टेशन जैसी जगह अवश्य लगती थी।

"जयपुर जाने के लिए कोई गाड़ी है क्या ?" उन्होंने टिकट-खिड़की पर पूछा।

"गाड़ी तो अभी एक आने वाली है साधु बाबा !" उस व्यक्ति ने कहा, "पर धीमी गाड़ी है। जयपुर पहुँचते-पहुँचते कल का सारा दिन भी निकल जाएगा।"

"कोई बात नहीं भाई !" स्वामी बोले, "मुझे कौन-सा अपने दफ्तर पहुंचना है या जाकर अपनी दुकान खोलनी है। समय प्लेटफॉर्म पर नहीं कटेगा, गाड़ी में कट जाएगा।"

"टिकट लेनी है या धर्मखाते में जाना है ?" बाबू ने पूछा।

"टिकट तो लेनी है भाई ! अंग्रेज टिकट-चेकर आ गया तो मेरा गेरुआ वस्त्र काम नहीं आएगा। धर्मखाते में जेल नहीं जाना है मुझे। कितने पैसे दूँ ?"

टिकट खरीदकर वे प्लेटफॉर्म की एक बेंच पर बैठ गए। जब तक गाड़ी नहीं आती, तब तक वे नाम-जप कर सकते थे।

गाड़ी आई और वे सामने खड़े डब्बे में बैठ गए। डब्बा प्रायः खाली ही था। वे पूरी बेंच लेकर लेट भी सकते थे।

उन्हें पता ही नहीं चला कि कब वे बैठे-बैठे फिसलकर लेट गए और कब उनकी आँखें झपक गईं। गाड़ी में ब्रेक लगी और गाड़ी झटके से रुकी तो उनकी आँख खुली। तब उन्होंने जाना कि वे सो गए थे।

वे उठकर बैठ गए। जाने कौन-सा स्टेशन था ! बाहर प्रायः अँधेरा ही था। दूर-दूर पर कुछ लालटेनें टिमटिमा रही थीं। अचानक किसी ने उनके डब्बे के द्वार से झाँककर देखा।

"कौन-सा स्टेशन है भाई ?"

वह व्यक्ति जैसे ठिठक गया और अगले ही क्षण वह डब्बे में चढ़ आया। वह आकर उनके सामने ही बैठ गया, "बाँदीकूई है स्वामी जी !"

"धनराज, तुम !"

"हाँ स्वामी जी ! मैंने कहा था न कि मैं धन्ना जाट के गोत्र का हूँ। जब तक आपका चित्र प्राप्त नहीं कर लूँगा, आपका पीछा नहीं छोड़ूँगा।"

"तो तुम जयपुर तक मेरे साथ चलोगे ?"

"यदि आप अनुमति दे दें तो, अन्यथा दूसरे डब्बे में भी जा सकता हूँ। किंतु आपका चित्र लिए बिना नहीं मानूँगा।"

"जयपुर में चित्र खिंचवा लूँ तो पीछा छोड़ दोगे ?"

"पीछा तो आपका जीवन-भर नहीं छोड़ूँगा। हाँ ! भ्रमण में आपके साथ रहने की हठ नहीं करूँगा।"

"ठीक है। कल जयपुर पहुँचकर पहला काम यही करेंगे।"

"चित्र उतरवा लेंगे ?"

"हाँ, क्योंकि मैं जान गया हूँ कि तुम सचमुच ही धन्ना जाट के गोत्र के हो।"

"तो लीजिए। भोजन कीजिए। मैं जानता था कि मार्ग में आपको कहीं भोजन नहीं मिलेगा।" उसने एक पोटली स्वामी की ओर बढ़ा दी।

33

स्वामी जयपुर राज्य के फौज-बख्शी ठाकुर हरिसिंह लाड़खानी के घर में बैठे थे। ठाकुर साहब हृष्ट-पुष्ट और दीर्घाकार पुरुष थे। सेनापति होने पर भी वे सेना के संबंध में कम, अध्यात्म के विषय में ही अधिक चर्चा कर रहे थे।

"मेरी समस्या यह है स्वामी जी कि मैं कल्पना ही नहीं कर पाता कि इस त्रिगुणात्मक माया का वह स्वामी, निर्गुण निराकार परमपुरुष अपनी ही माया के अधीन होकर त्रिगुणात्मक प्रकृति द्वारा उत्पन्न किया गया यह मानव-शरीर धारण करेगा ?" हरिसिंह बोले, "इस शरीर की अपनी सीमाएँ हैं। इसे माँ के गर्भ में से जन्म लेना पड़ता है। प्राकृतिक शरीर के दुःख-सुख भोगने पड़ते हैं। शरीर-धर्म का निर्वाह करना पड़ता है। भोजन भी करना पड़ता है और शौच के लिए भी जाना पड़ता है। लोभ, क्रोध और ईर्ष्या-द्वेष को भी झेलना पड़ता है।''' निर्गुण ब्रह्म के संदर्भ में इन बातों की कल्पना भी असह्य लगती है।"

"इस संकट से जूझने वाले आप पहले व्यक्ति तो नहीं हैं ठाकुर साहब !" स्वामी बोले, "आपने गोस्वामी तुलसीदास का ग्रंथ रामचरितमानस पढ़ा होगा।"

"पढ़ना चाहिए, किंतु ढंग से नहीं पढ़ा; या कहिए कि अब तक नहीं पढ़ा है ।" हरिसिंह बोले, "वहाँ भी मेरा वेदांती मन अवतार को मानने में भड़क उठता है और मैं वह ग्रंथ पढ़ नहीं पाता।"

"आपकी समस्या मैं समझता हूँ।" स्वामी बोले, "मैं रामचरितमानस की चर्चा इसलिए कर रहा था, क्योंकि उसमें महादेव शिव की पत्नी, उमा की भी यही समस्या है।"

"अच्छा !"

"सीता का अपहरण हो चुका है। राम उन्हें ढूँढ़ने के लिए वन-वन भटक रहे हैं। सबसे पूछ रहे हैं कि क्या किसी ने सीता को देखा है ? उमा सोचती हैं कि यदि ये ब्रह्म हैं तो उन्हें मालूम होना चाहिए कि रावण सीता का अपहरण कर उन्हें अशोक वाटिका में ले गया है।'''और यदि ये ब्रह्म नहीं हैं तो महादेव शिव दिन-रात उनका नाम क्यों जपते रहते हैं ? राम की परीक्षा लेने के लिए उमा आगे जाकर सीता का रूप बनाकर राम के मार्ग में खड़ी हो जाती हैं।''''"

"हाँ ! यह कथा मैंने सुनी है।"

"तुलसीदास ने इसी विचार से मानस को आरंभ किया है।" स्वामी बोले, "उनकी प्रतिज्ञा है कि ब्रह्म ने ही राम के रूप में जन्म लिया है। इसलिए कबीर की उक्ति—'दसरथ सुत तिहूँ लोक बखाना। राम नाम को मरम है आना।।' भी उनके ध्यान में रही होगी। वे बार-बार कहते हैं कि दशरथ-पुत्र राम ही ब्रह्म हैं। और इसी प्रतिज्ञा को सिद्ध करने के लिए सारा मानस लिखा गया है।" स्वामी ने रुककर हरिसिंह की ओर देखा, "आप सोचिए, तुलसी के युग में आपकी समस्या कितने लोगों की समस्या रही होगी कि तुलसीदास को उसका निराकरण करने के लिए और अपनी प्रतिज्ञा सिद्ध करने के लिए ही रामचरितमानस लिखना पड़ा।"

"पर मैं एक दूसरी बात कहता हूँ।" पंडित सूर्यनारायण भी चर्चा में सम्मिलित हो गए, "वेदांती होने के नाते मैं यह मानता हूँ कि संसार में सिवाय उस परम सत्ता के और किसी का अस्तित्व नहीं है। इसलिए जो कुछ है, वही है। वही निर्गुण निराकार ब्रह्म ही इतने सारे शरीरों के रूप में संसार

में विद्यमान है। न केवल मैं यह मानता हूँ कि वह अवतार भी लेता है, वरन् वही अवतार लेता है। जब और कुछ है ही नहीं, तो दूसरा कोई कहाँ से आएगा ? मैं भी वही हूँ और अवतरित होने वाला व्यक्ति भी वही है। इसलिए मैं अवतारों की किसी प्रकार की विशिष्ट आध्यात्मिक शक्ति में विश्वास नहीं रखता। आप कह सकते हैं कि पौराणिक अवतारों में मेरा कोई विश्वास नहीं है। जब हम सब ब्रह्म हैं तो मुझमें और एक अवतार में क्या अंतर है ?"

"कोई अंतर नहीं है।" स्वामी की आँखों में कुछ चंचलता झिलमिलाई, "आप जो कह रहे हैं, वह सर्वथा सत्य है। आपमें और पौराणिक अवतारों में कोई अंतर नहीं है। किंतु मेरे मन में एक बात स्पष्ट नहीं है। मेरी इस समस्या का निराकरण भी आप ही कर सकते हैं।"

पंडित सूर्यनारायण कुछ प्रसन्न दिखे। उनका पहला पासा ही सीधा पड़ा था।...अकस्मात् ही जयपुर में आकर प्रतिष्ठित हो जाने वाले इस अज्ञात संन्यासी ने भी उनकी मान्यता स्वीकार कर ली थी। उन्हें लगा कि इस समय इस सभा में वे सबसे महत्त्वपूर्ण हो उठे हैं, "कौन-सी समस्या ?"

"हिंदुओं ने दस अवतार माने हैं। उनमें कच्छप भी हैं, मत्स्य भी हैं और वराह भी हैं।" स्वामी बोले, "कृपा कर आप स्पष्ट करेंगे कि इनमें से आप कौन-से हैं ? किससे आपकी तुलना कर समझा जाए कि आपमें-उनमें कोई अंतर नहीं है ?"

एक जोर का ठहाका पड़ा और विद्वानों की वह गंभीर सभा आह्लाद का सरोवर बन गई।

पंडित सूर्यनारायण खिसियाकर चुप हो गए। कुछ क्षण पहले तक खिला हुआ उनका चेहरा इस समय पर्याप्त मलिन लग रहा था। निश्चित रूप से उन्होंने स्वामी की बात को मात्र परिहास नहीं माना था।...वह वेदांती अभी मानापमान के भाव से मुक्त नहीं हुआ था और न ही अपने अहंकार को गला पाया था।...

स्वामी नहीं चाहते थे कि कोई स्वयं को इस प्रकार अपमानित अनुभव करे। बोले, "पंडित जी ! अन्यथा न मानें। वेदांत के स्तर पर यह प्रश्न ही नहीं, यह अनुभव भी बहुत आवश्यक है। मानव-जाति से ही नहीं, उच्चतर और निम्नतर प्राणियों से भी तादात्म्य का अनुभव करना पड़ता है।"

"यह कैसे संभव है ?" पंडित सूर्यनारायण ने उस मलिनता से बाहर निकलने के लिए स्वामी का हाथ थाम लिया।

"जब मेरे गुरु ने मुझे वेदांत का अनुभव देना चाहा था, उन्होंने अपनी अर्द्धध्यानावस्था में मेरे शरीर को अपने पैर से छू दिया था। तब मुझे मार्ग पर चलते, ताँगे में जुते घोड़े और अपने आप में अभेद दिखाई पड़ने लगा। हममें कोई अंतर नहीं रह गया था।" स्वामी बोले, "मैं घर जाकर भोजन करने बैठा तो लग रहा था कि थाली में परोसे हुए भात और मुझमें कोई अंतर नहीं है। मैं भी वही हूँ, जो वह है। और ठाकुर साहब ! आप भी ध्यान दें।" स्वामी ने हरिसिंह का ध्यान आकृष्ट किया, "यदि हमारी तर्कबुद्धि आड़े न आए और हम वाल्मीकीय रामायण में वर्णित वानरों, भालुओं, गिद्धों और गरुड़ों इत्यादि को पशु और पक्षियों के रूप में ही स्वीकार कर पाएँ तो वह वेदांत का अद्भुत उदाहरण है।"

"वह कैसे ?" सूर्यनारायण कुछ और सक्रिय हो उठे।

"वहाँ मनुष्य और मनुष्येतर प्राणियों में कोई अंतर नहीं है।" स्वामी ने कहा, "श्रीराम उन्हें न स्वयं से भिन्न मानते हैं, न पशु-पक्षी मानकर उनका निरादर करते हैं। वे भाइयों के समान उनके साथ रहते और स्नेहपूर्ण व्यवहार करते हैं।"

"इसका अर्थ है कि रामायण पशु-पक्षियों की एक अद्‌भुत कथा नहीं है, उसमें गंभीर आध्यात्मिक संकेत हैं ?" हरिसिंह बोले।

"ठाकुर साहब ! एक बात कहता हूँ, बुरा मत मानिएगा।" स्वामी ने कहा।

"कहिए-कहिए ! हम आपसे कुछ सीखने के लिए बैठे हैं, बुरा मानने के लिए नहीं।" हरिसिंह बोले, "वे राजपूत और ही प्रकार के होते थे, जो बातों-बातों में तलवार निकालकर अपने विरोधी का सिर काट लिया करते थे।"

"ऐसे वर्णन मैंने भी पढ़े हैं।" स्वामी बोले, "उनके कारण मेरा राजपूतों से विरोध नहीं है। मेरे मन में उनके प्रति सम्मान है। वे, जो बातों-बातों में तलवार निकालकर सामने वाले का सिर काट लेते थे, बातों ही बातों में हँसते हुए अपने प्राण भी दे देते थे। किंतु मैं कुछ और कह रहा हूँ।"

"कहिए न !"

"वेदांत, ब्रह्मसमाज अथवा आर्यसमाज के नाम पर हम निराकारवादी हो गए हैं, इसलिए हम पुराणों से भी एक प्रकार का भेद अथवा विरोध पाल बैठे हैं।" स्वामी बोले, "परिणाम यह है कि हमने अपने अनेक महान् ग्रंथों को पढ़ना बंद कर दिया है। और तो और, लोगों ने रामायण, महाभारत और भागवत से भी एक दूरी बना ली है। यह कोई शुभ लक्षण नहीं है। इससे हिंदुओं में बहुत सारे विभाजन हो जाएँगे। वेदांत के नाम पर सारी मानव-जाति ही नहीं, मनुष्येतर प्राणियों से भी अभेद मानने वाले वेदांती, हिंदुओं में ही बीसियों भेद उत्पन्न कर रहे हैं।"

"आपका कहना तो उचित ही है।" हरिसिंह बोले, "किंतु हमारे अब मूर्ति-पूजा के संस्कार ही नहीं रहे। हम किसी विग्रह में ईश्वर की सत्ता की कल्पना ही नहीं कर पाते। जब तक हम किसी विग्रह में जीवंत ईश्वर का अनुभव ही न कर लें, तब तक भारी कठिनाई है।"

स्वामी का चेहरा कुछ और गंभीर हो आया, "वह अनुभूति तो केवल उपयुक्त पात्र को समर्थ गुरु द्वारा स्पर्श, वचन अथवा विचार द्वारा ही कराई जा सकती है।…"

एक हुजूरी ने आकर सेनापति के कान के निकट कुछ कहा। वे उठ खड़े हुए।

"स्वामी जी ! मैं भोजन की व्यवस्था देखने जा रहा हूँ। कृपया भोजन करके ही जाइएगा।" उन्होंने सूर्यनारायण की ओर देखा, "पंडित जी ! आप भी मुँह जुठाए बिना नहीं जाएँगे। एकादशी और अमावस्या का बहाना भी आज नहीं चलेगा। यह भोज स्वामी जी के सम्मान में है। इसकी उपेक्षा नहीं होनी चाहिए। हम सबको स्वामी जी की उपस्थिति का लाभ उठाना है।"

हरिसिंह भीतर चले गए और स्वामी जैसे अपने भीतर डूब गए।

वसवा से रेलगाड़ी में बैठते हुए उन्होंने जयपुर के विषय में कुछ नहीं सोचा था। बाँदीकूई में जब धनराज आकर उसी डब्बे में बैठ गया, तब भी उनके मन में जयपुर में अपने ठहरने इत्यादि की कोई कल्पना नहीं थी। वे जानते थे कि धनराज कुछ हठी था, पर उन्होंने कभी यह सोचा नहीं था कि उसकी हठी प्रवृत्ति यह मोड़ ले लेगी। डॉ० लश्कर, जमालुद्दीन, दीवान रामचंद्र और गोविंद सहाय इत्यादि ने स्वामी को छोड़ दिया था, किंतु धनराज ने उन्हें नहीं छोड़ा। वह जयपुर तक उनके साथ आया और उनका चित्र खिंचवाकर अपने साथ लेकर ही गया। आमेर के किले के फाटक पर उनसे विदा होते हुए उसने अपनी हठधर्मी के लिए उनके चरण छूकर क्षमा माँगी थी, "स्वामी जी ! मैंने जो कुछ किया है, वह अपनी भक्ति से बाध्य होकर ही किया है। आप जानते हैं कि प्रत्येक व्यक्ति की भक्ति भी उसके

स्वभाव के अनुसार होती है। मैं लट्ठ आदमी हूँ। मेरी भक्ति भी वैसी ही है। आपकी इच्छा के विरुद्ध जो कुछ किया, उसके लिए आपसे क्षमाप्रार्थी हूँ।"

स्वामी ने उसे आशीर्वाद दिया, "तुम सदा अपने स्वधर्म पर चल सको। अपना इष्ट पा सको। अपना संकल्प निभा सको।"

वह जाने के लिए मुड़ा तो स्वामी ने देखा था कि उसकी आँखों में अश्रु थे; किंतु वह हठपूर्वक उन्हें भी रोके हुए था। स्वामी भी स्वयं को रोक न लेते तो शायद वे कुछ दुर्बल होकर धनराज को वापस ही बुला लेते।

वे मुड़कर किले में प्रवेश कर गए।

किले का एक चक्कर लगाकर वे जैसोरेश्वरी के मंदिर में पहुँचे। प्रतिमा को देखते ही ऐसा आनंद उमड़ा कि सब कुछ भूलकर एक ओर बैठकर माँ को निहारने लगे।...आँखों के सामने सारी घटना चित्र के समान घूम गई। कैसे मानसिंह ने जैसोर के राजा प्रतापसिंह को पराजित किया होगा। अपनी विजय के उन्माद में वह मंदिर में जैसोरेश्वरी के दर्शन करने गया होगा और ठगा-सा खड़ा रह गया होगा।...किंवदंती है कि माँ ने उसे स्वप्न में दर्शन देकर कहा, 'मेरा उद्धार कर। मुझे यहाँ से ले चल।'...माँ की ऐसी कृपा न भी हुई हो तो प्रतिमा के सौंदर्य को निहारकर उसका अपना मन ही मचल उठा होगा, 'माँ को ले चल। माँ को ले चल।' वैसे भी विजयी सेनापति, पराजित राजा के पास ऐसा भव्य रत्न कैसे छोड़ आता ! अकबर हिंदू नहीं था। न मूर्ति की पूजा करता था, न उसका तिरस्कार करता था। अतः यह प्रतिमा आमेर के किले में आ गई। यदि अकबर हिंदू होता तो शायद यह प्रतिमा आगरा में विराज रही होती। जैसोर में तो वह रह ही नहीं सकती थी। पराजित होकर जैसोर का राजा शक्ति की ऐसी प्रतिमा अपने पास कैसे रखता...

स्वामी अपने स्थान से उठकर चरणामृत लेने आए।

पुरोहित ने मुस्कराकर उनका स्वागत किया। चरणामृत देते हुए, धीरे से फुसफुसाकर कहा, "जयपुर के फौज-बख्शी ठाकुर हरिसिंह ने आपके लिए निमंत्रण भेजा है। उनका आदमी मंदिर के द्वार पर आपकी प्रतीक्षा कर रहा है।"

स्वामी चकित रह गए। किसने बताया हरिसिंह को कि वे जयपुर में हैं और इस मंदिर में आएँगे ?

"आप मुझे जानते हैं क्या ?" स्वामी ने पुरोहित से पूछा।

"आपको कौन नहीं जानता !"

"आपने मुझे कैसे पहचाना ?"

"आपको कौन नहीं पहचानता ! पुरोहित का उत्तर था।

"मैं कैसे मान लूँ कि ठाकुर हरिसिंह का निमंत्रण मेरे लिए ही है, जबकि आप मुझे पहचानते तक नहीं ?" स्वामी ने पूछा।

"ठाकुर साहब का आदमी आपको बता देगा कि निमंत्रण आपके लिए ही है।" पुरोहित दूसरे व्यक्ति को चरणामृत देने लगा।

स्वामी बाहर निकले तो द्वार पर खड़े व्यक्ति ने मुस्कराकर उनका स्वागत किया, "ठाकुर साहब आपकी प्रतीक्षा कर रहे हैं। पधारिए।"

न उसने पूछा कि वे कौन हैं और न स्वामी ने ही उससे पूछा कि वह कैसे जानता है कि

ठाकुर साहब उनकी ही प्रतीक्षा कर रहे हैं। किंतु जब ठाकुर हरिसिंह ने दोनों हाथ जोड़कर श्रद्धापूर्वक उनका स्वागत किया तो स्वामी पूछे बिना नहीं रह सके कि वे उन्हें कैसे पहचानते हैं ?

हरिसिंह हँसे, "अलवर से आपकी ख्याति को यहाँ तक आने में कितना समय लगता महाराज ! एक बंगाली संन्यासी जयपुर आए और जैसोरेश्वरी के दर्शन न करे, यह कैसे संभव है ? वैसे भी उस मंदिर में कितने भगवाधारी थे कि आपको पहचाना न जा सकता।"

"पर मेरा तो किसी ने नाम तक नहीं पूछा।" स्वामी बोले, "भारत में लाखों साधु हैं। क्या आपको कोई भ्रम नहीं हो सकता ?"

"कितने संन्यासियों की आँखें ऐसी प्रभावशाली होती हैं !" हरिसिंह निश्चिंत भाव से बोले, "वैसे आपका नाम विविदिशानन्द है।"

स्वामी मौन रह गए। वे नहीं जानते थे कि यह दीवान रामचंद्र की योजना थी, ठाकुर का प्रबंध था अथवा स्वयं जगदंबा की लीला थी। वह धनराज, जो उनके साथ जयपुर तक आया था और उन्हें आमेर के किले के द्वार पर छोड़ गया था, उसका भी इसमें कोई योगदान था क्या ? वे कुछ जान नहीं पा रहे थे।...जानकर करना भी क्या था ? अनावश्यक बातों को जानना कुछ विद्वानों की दृष्टि में अविद्या है। वे अविद्या में नहीं बँधना चाहते थे।...उन्हें कुछ दिन जयपुर में रहना था, उसका प्रबंध हो गया था।

हरिसिंह ने स्वयं बैठक में आकर उपस्थित लोगों से भोजन के लिए चलने का अनुरोध किया।

सारी व्यवस्था परंपरागत ढंग से की गई थी। बैठने के लिए सुंदर पटरे थे। सामने चौकी रखी गई थी। उस पर साफ-सुथरे, धुले-धुलाए कमल के पत्ते बिछाए गए थे। उन पत्तलों पर भोजन-सामग्री परोसी गई।

हरिसिंह आकर स्वामी के साथ बैठ गए और भोजन आरंभ हुआ।

"ठाकुर साहब ! आपके जयपुर में संस्कृति तो बहुत है, किंतु संस्कृत की क्या स्थिति है ?" स्वामी ने पूछा।

"संस्कृत का अच्छा-खासा अध्ययन-अध्यापन है।" हरिसिंह बोले, "अनेक पाठशालाएँ हैं। राजकीय विद्यालयों में भी संस्कृत पढ़ाई जाती है। किंतु हमारे यहाँ लगता है कि व्याकरण पर अधिक बल है। जयपुर इस समय अनेक व्याकरणाचार्यों का गर्व वहन कर रहा है।"

स्वामी का हाथ रुक गया, "क्या आपका कोई व्याकरणाचार्य मुझे पाणिनि की अष्टाध्यायी का अध्ययन करवा देगा ?"

"जयपुर में कितने दिन रुकेंगे आप ?"

"वैसे तो मुझे सप्ताह, दो सप्ताह ही रुकना है, किंतु आवश्यक हुआ तो अध्ययन के लिए कुछ अधिक समय तक भी रुक सकता हूँ।"

"तो आप कल से ही आरंभ कर दें।" हरिसिंह बोले, "मैं अपने सबसे विद्वान् व्याकरणाचार्य से समय निश्चित कर देता हूँ।"

"यह जयपुर में मेरी सबसे बड़ी उपलब्धि होगी।"

स्वामी ने हरिसिंह को सूचना दी कि अब वे जयपुर से अजमेर जाना चाहते हैं तो जैसे हरिसिंह के

पेट के तल में से शूल उठने लगा। वेदना उनके चेहरे पर प्रकट हो गई।

"यह क्या स्वामी जी !" वे बोले, "अभी तो हम आपसे पूरी तरह परिचित भी नहीं हुए और आप हमें छोड़कर जाना चाहते हैं !"

"आपके स्नेह का अपनी जगह पर बहुत महत्त्व है ठाकुर साहब ! किंतु मैं जयपुर में इसलिए तो नहीं आया था कि आप मुझे जान सकें। संन्यासी को जानना क्या और उससे मोह पालना क्या।"

"और आपका अष्टाध्यायी का अध्ययन ?"

"वह चल नहीं पाया।"

"क्या पंडित जी योग्य व्यक्ति नहीं हैं ?"

"नहीं, ऐसा कुछ तो नहीं है। वे परम विद्वान् हैं, पर हमारी गाड़ी चल नहीं पाई।" स्वामी बोले, "समझ लीजिए कि अभी जगदंबा की इच्छा नहीं है।"

पर हरिसिंह शांत नहीं हो पाए, "और वह जो हम घंटों विवाद करते रहे हैं, उसका भी तो अभी निबटारा नहीं हुआ है।"

"किसका ?"

"प्रतिमा-पूजन का।" हरिसिंह बोले, "मूर्ति-पूजा के पक्ष में आपने जितने भी तर्क दिए हैं, उनकी काट नहीं है मेरे पास; किंतु मेरी बुद्धि हारी है, मेरा मन तो नहीं माना। आप मुझे इस प्रकार बीच रास्ते में छोड़कर तो नहीं जा सकते।"

स्वामी हँस पड़े, "आपका मन नहीं मानता तो क्या हानि है ? आवश्यक तो नहीं कि सब लोग प्रतिमा-पूजन ही करें। आप उस मार्ग पर चलें, जिस पर आपका मन मानता हो। आप निराकार की उपासना करें।"

"पर क्यों ?" हरिसिंह ने अपनी हठ नहीं छोड़ी, "आप जैसा गुरु उपलब्ध हो, तो मैं प्रतिमा-पूजन का आनंद क्यों न पाऊँ ? मैं भगवान् के जीते-जागते रूप को क्यों न देखूँ ? मैं राम और कृष्ण के लीला-रस से क्यों वंचित रहूँ ? आप इतने कठोर क्यों हैं स्वामी जी !"

स्वामी हँस पड़े, "संन्यासी तो कठोर होता ही है ठाकुर साहब ! कोमल होकर भी कभी कोई संन्यास का पालन कर सका है !" वे रुके, "अच्छा चलिए, थोड़ा टहल आते हैं। झगड़ा तो मार्ग में भी हो ही सकता है।"

टहलने का प्रस्ताव नया नहीं था। इससे पहले भी कितनी ही बार हरिसिंह स्वामी के साथ टहलने के लिए निकले थे। हरिसिंह की हवेली में भी एक अच्छी-खासी वाटिका थी, किंतु वे लोग सामने के सार्वजनिक उद्यान में जाया करते थे।

"ठाकुर साहब !" वे लोग बाहर आ गए तो स्वामी ने कहा, "यदि हम परस्पर तर्क-वितर्क न करें और नाम-जप करते चलें तो कैसा रहे ?"

हरिसिंह ने चकित भाव से स्वामी की ओर देखा : पहले तो कभी स्वामी ने ऐसा प्रस्ताव नहीं किया था ! आज उन्होंने ऐसा क्यों कहा ? क्या वे हरिसिंह द्वारा होने वाले प्रश्नों को टालना चाहते हैं ? या वे उनके तर्कों से बचना चाहते हैं ?...यह तो एक प्रकार से उनका मुँह बंद करने का आयोजन है।...किंतु सहमति में कोई हानि भी नहीं थी। शास्त्र में नाम-जप का पर्याप्त महत्त्व है। गीता में भी श्रीकृष्ण ने जप-यज्ञ को सबसे महत्त्वपूर्ण यज्ञ बताया है।...

वे लोग मार्ग पर चले जा रहे थे कि सामने से कुछ लोगों का समूह निकला। यह किसी प्रकार की शोभायात्रा थी। शायद श्रीकृष्ण की झाँकी जा रही थी। सबसे आगे चलने वाले व्यक्ति ने अपने सिर पर श्रीकृष्ण की प्रतिमा उठा रखी थी। शेष सारे लोग भजन गाते हुए साथ-साथ चल रहे थे।...उनके स्वर से हरिसिंह का नाम-जप डाँवाडोल होने लगा था।...

सहसा स्वामी ने हरिसिंह को छुआ, "देखिए ठाकुर साहब ! है न वह जीता-जागता देव-विग्रह ! देखिए उसका स्वरूप।"

हरिसिंह ने दृष्टि उठाई तो उन्होंने देखा : प्रतिमा वेणुगोपाल की थी। और वह प्रतिमा नहीं थी, वे तो स्वयं श्रीकृष्ण, गाय का सहारा लिए हुए, त्रिभंगी मुद्रा में खड़े बाँसुरी बजा रहे थे। गाय पीछे मुड़-मुड़कर उनके चरण चाट लेती थी। गाय की आँखों में जैसा समर्पण भाव था, वैसा जीवंत भाव हरिसिंह ने आज तक किसी मनुष्य की आँखों में भी नहीं देखा था। श्रीकृष्ण के अधरों पर स्नेह था और आँखों से करुणा की वर्षा हो रही थी। उनकी बाँसुरी का स्वर जैसे हरिसिंह के कानों से होकर उनकी आत्मा में प्रवेश कर रहा था।...हरिसिंह का भावांतर हो गया था। वे निर्निमेष आँखों से देखते जा रहे थे। उनके सारे शरीर में रोमांच हो गया था। रोम-रोम विद्युत्-संचार का अनुभव कर रहा था और आँखों के बाएँ कोनों से निरंतर ठंडे अश्रु बह रहे थे। कैसे शीतल थे अश्रु और कितना आनंददायक था अश्रु बहाना।...

हरिसिंह स्वयं नहीं जानते थे कि वे कितनी देर तक इसी स्थिति में स्तब्ध खड़े रहे।

"आइए ठाकुर साहब ! वे लोग चले गए।"

हरिसिंह सजग हुए। वे लोग जा चुके थे। अब वहाँ न वे लोग थे और न ही कृष्ण की वह प्रतिमा, किंतु उनके मन में तो कृष्ण अभी भी उसी प्रकार त्रिभंगी मुद्रा में खड़े बाँसुरी बजा रहे थे। वह कोई प्रतिमा नहीं थी। वे तो जीते-जागते कृष्ण थे। उनकी बाँसुरी का स्वर अब भी हरिसिंह के कानों में गूँज रहा था।...

हरिसिंह ने स्वामी के चरण पकड़ लिए, "स्वामी जी ! अनेक बार तर्क करके इस विषय को समझ नहीं सका था। आज आपकी कृपा से अपूर्व दर्शन प्राप्त हो गया।"

"उठिए ठाकुर साहब ! यह सड़क है। कोई देखेगा कि राज्य का फौज-बख्शी एक संन्यासी के चरण पकड़कर बैठा है तो क्या सोचेगा ?"

"अब तो यही इच्छा है स्वामी जी कि आजीवन यही चरण पकड़कर बैठा रहूँ।" हरिसिंह बोले, "मैं अंधा था आज तक। जो देखने योग्य था, वह तो आज देखा। सारा शास्त्र-ज्ञान एक ओर और यह अपूर्व दर्शन एक ओर। जो ऐसे अपूर्व रस का पान करते हैं, वे शास्त्र के तर्क क्यों मानेंगे !"

34

आबू पर्वत की सुहानी ऋतु थी और संध्या का समय था।

मुंशी फ़ैज़ अली वेइलिज वॉक पर सैर कर रहे थे। राजपूताना के रेजिडेंट गर्मियाँ बिताने आबू पर्वत पर आ जाते थे तो रियासतों के राजाओं, दीवानों और वकीलों को भी वहाँ उपस्थित रहना पड़ता था। वैसे भी राजपूताना की इस झुलसती गर्मी में जिसको आबू पर्वत पर रहने का अवसर

मिले, वह क्यों चूकेगा !

मुंशी जी ने देखा, उनके आगे-आगे लोगों का एक बड़ा समूह चल रहा था। वे लोग सैर करते हुए दिखाई नहीं पड़ते थे। उनके मध्य एक गेरुआधारी साधु दिखाई पड़ रहा था। शेष लोग उसे घेरे हुए चल रहे थे। उनमें कोई चर्चा चल रही थी और वह साधु उनको समझा रहा था। मुंशी जी की ऐसे साधुओं और उनके चेलों में कोई श्रद्धा नहीं थी। वे चाहते थे कि उन्हें मार्ग मिल जाए तो वे उन लोगों के दाएँ-बाएँ होकर आगे निकल जाएँ। उनकी चर्चा सुनने के स्थान पर वे प्रकृति के सौंदर्य का आनंद उठाना अधिक लाभदायक मानते थे।

तभी वह साधु मार्ग छोड़कर एक ऊँचे-से स्थान पर जा बैठा। उसकी चाल-ढाल में एक विचित्र-सी मस्ती थी। उसके साथियों ने भी मार्ग छोड़ दिया और साधु को घेरकर बैठ गए। साधु ने अपनी तरंग में मीरा का एक भजन गाना आरंभ किया :

"माई री ! मैं तो गोविंद लीनो मोल।
कोई कहे सस्ता, कोई कहे महँगा, मैं तो लीन तराजू तौल।..."

साधु का स्वर बहुत मीठा था और संगीत पर उसकी पकड़ भी अच्छी लग रही थी। मुंशी जी के पाँव रुक गए। उन्होंने देखा, राहचलते अनेक लोग रुक गए थे। रुकने वालों में कितने तो विदेशी पर्यटक भी थे।

साधु ने वह भजन पूरा किया और दूसरा आरंभ कर दिया।...उनका कार्यक्रम लंबा लगता था, पर मुंशी जी इच्छा होने पर भी संगीत की समाप्ति तक रुक नहीं सकते थे। उन्हें समय से अपने स्थान पर वापस पहुँचना था।...

अपनी सैर पूरी कर वे किशनगढ़ कोठी में पहुँच तो गए, किंतु उन्हें लगता रहा कि साधु का वह मीठा स्वर निरंतर उनका पीछा करता रहा था और अब भी कर रहा है। अच्छा होता वे रुक जाते और भजन सुनकर ही आते। आज के काम कल भी हो सकते थे, पर वह साधु और उसका संगीत फिर मिले न मिले।...

कई दिनों तक सैर के समय उनकी दृष्टि अनायास उस साधु को ढूँढ़ती रही। जब यह साधु इतना अच्छा गा सकता है तो सड़कों पर इस प्रकार मारा-मारा क्यों फिर रहा है ? किसी राजा-रईस के आश्रय में चला जाए तो मालामाल हो जाएगा।...उनके मन में आया कि वे उसे खोज निकालें और उसे यह परामर्श दें। हो सकता है कि वह किसी ऐसे ही आश्रय की खोज में आबू पर्वत आया हो।...पर वह उन्हें मिले तब न !

उस दिन शाम का झुटपुटा हो चुका था । मुंशी जी नक्की झील की ओर निकल आए थे। दिन के समय यहाँ भीड़ होती थी, किंतु इस समय अधिकांश लोग सूर्यास्त देखने के लिए सुनिश्चित स्थानों पर चले जाते थे और राजा-महाराजा तथा अमीर-उमरा लोग अपनी सांध्यकालीन व्यस्तता में खो जाते थे, सड़कें सूनी हो जाती थीं। मुंशी फ़ैज़ अली स्वयं भी अनेक बार सूर्यास्त देख चुके थे और संध्या-समय बोतल खोलकर बैठ जाने की उनको आदत नहीं थी, इसलिए टहलने के लिए निकल आते थे।

सहसा उनकी दृष्टि एक बेंच पर बैठे उस साधु पर पड़ी। आज वह अकेला था और पूरी

तरह से मौन था। वह चुपचाप बैठा पानी को घूर रहा था।...इस पहाड़ पर यह एकांतवासी साधु क्या कर रहा है ? मुंशी जी का मन हुआ कि उससे पूछें, पर क्या उनको यह अधिकार था कि वे किसी से पूछें कि वह आबू पर्वत पर क्या कर रहा है ? कोई भी कहीं आने-जाने और रहने को स्वतंत्र था।...कोई उनसे ही पूछे कि वे यहाँ क्या कर रहे हैं, तो वे क्या उत्तर देंगे ? हाँ ! किशनगढ़ की बात और थी। वहाँ वे महाराज के वकील थे। किसी भी आदमी को तलब कर सकते थे। किसी से भी कारण पूछ सकते थे। किसी से भी जिरह कर सकते थे।...

फिर भी उनका मन हुआ कि वे उस साधु से बात करें।...न हो तो उसको थोड़ा छेड़ें... यदि वे जाकर उसके पास बैठ जाएँ, तो क्या करेगा वह ? संभवतः एक मुसलमान को अपने साथ सटकर बैठते देख बिगड़ उठे, या उठकर चला ही जाए।...उनकी दाढ़ी, टोपी और पाजामा-अचकन को देखकर कोई भी जान सकता था कि वे मुसलमान हैं। वे साधु को भ्रम में नहीं रख सकते थे।

जब रुक नहीं सके तो जाकर उस बेंच के पास खड़े हो गए, जिस पर साधु बैठा हुआ था।...पर साधु ने आँखें उठाकर उनकी ओर देखा भी नहीं।

बन रहा है—फ़ैज़ अली ने मन ही मन सोचा—देखता हूँ, कब तक बनता है।

वे उसके साथ लगभग सटकर बैठ गए। साधु थोड़ा खिसक गया। उनसे दूर होने के लिए नहीं, उन्हें बैठने का स्थान देने के लिए। उसके खिसकने में घृणा नहीं, स्वागत का भाव था।

''अस्सलामालेकुम !'' फ़ैज़ अली बोले।

साधु ने पहली बार उनकी ओर देखा—दाढ़ी-मूँछ वाला एक लंबा-सा व्यक्ति तंग पाजामा-अचकन और टोपी पहने उनके साथ बैठा हुआ था।

''प्रभु तुम्हारा कल्याण करें।'' साधु ने अपना हाथ उठाकर आशीर्वाद दिया।

फ़ैज़ अली ने ध्यान दिया कि उनके मुसलमान होने के कारण साधु के व्यवहार में कोई अंतर नहीं आया था। वह उन्हें उसी प्रकार आशीर्वाद दे रहा था, जैसे किसी हिंदू को देता।...पर उन आँखों में जो आकर्षण था, वह मुंशी फ़ैज़ अली से छिपा नहीं रह सका। ये आँखें वे उस दिन देख नहीं पाए थे। ये किसी साधारण व्यक्ति की आँखें नहीं थीं।

''साधु-फकीर अपनी छुट्टियाँ मनाने पहाड़ों पर कब से आने लगे ?'' मुंशी फ़ैज़ अली ने साधु को छेड़ा।

''साधु-फकीर छुट्टियाँ मनाने पहाड़ों पर नहीं आते। वे तो आदिकाल से अपना काम पहाड़ों पर ही करते हैं। तपस्या और साधना उनका काम है।'' संन्यासी ने कहा, ''गृहस्थों ने तो अंग्रेजों की नकल में पहाड़ों पर आना शुरू किया है। पर उनमें से अभी तक कोई कैलास पर्वत पर जाकर नहीं बैठा है। बहुत हुआ तो आबू तक आ गए।''

फ़ैज़ अली स्तब्ध रह गए। कैसी महत्त्वपूर्ण बात कही है साधु ने।

''हाँ, हिंदुओं के यहाँ तो ऐसा ही है।'' वे कुछ और नहीं सोच सके।

''क्यों, मूसा नहीं गए थे कोहेतूर पर ?'' साधु मुस्करा रहा था।

तो यह मूसा और कोहेतूर के विषय में भी जानता है—मुंशी ने सोचा—साधारण हिंदू तो इन नामों को भी नहीं जानते, इस घटना के विषय में कैसे जानेंगे !

''आप यहाँ कैसे आए हैं ? किसी साहब बहादुर की शरण में हैं ?'' साधु ने पूछा।

''नहीं, मैं किशनगढ़ के महाराज का वकील हूँ—फ़ैज़ अली। उन्हीं के हुकुम से यहाँ ठहरा

हुआ हूँ। जाने कब रेजिडेंट बहादुर को किशनगढ़ के विषय में किसी जानकारी की आवश्यकता पड़ जाए।"

"तो अपने स्वामी की आज्ञा से आए हैं ?" साधु मुस्कराया।

"जी हाँ। और आप ?"

"मैं भी अपने स्वामी के आदेश से आया हूँ।" साधु ने अपनी बात में संशोधन किया, "वरन् अपने स्वामी के साथ आया हूँ।"

"कहाँ ठहरे हैं ?"

"उनके साथ उन्हीं की हवेली में।"

"कहाँ के महाराज हैं आपके स्वामी ?"

"वे सारी सृष्टि के स्वामी हैं।" साधु ने आकाश की ओर देखा।

फ़ैज़ अली चुप रह गए। वे जिस प्रकार साधु के साथ छेड़छाड़ करने आए थे, उसमें साधु की थोड़ी-सी अवमानना भी थी; किंतु यह साधु अवमानना के योग्य नहीं था।...वह जानता था कि उसका स्वामी कौन था और फ़ैज़ अली महाराज किशनगढ़ को ही अपना स्वामी मानकर संतुष्ट थे। वे अपने स्वामी को भूले बैठे थे।

साधु उठ खड़ा हुआ, "अच्छा वकील साहब ! चलता हूँ। मेरे ध्यान का समय हो गया है।"

"फिर कब आपके दर्शन होंगे ?" फ़ैज़ अली को स्वयं अपने स्वर में तड़प को भाँपकर आश्चर्य हुआ।

"जब हरि इच्छा होगी।" साधु ने अपना हाथ उठा दिया, "प्रभु तुम्हारा कल्याण करें।"

"अपना नाम तो बताते जाएँ महाराज !" फ़ैज़ अली ने कहा।

"साधु का क्या नाम ! नाम तो एक ही है—राम का।" साधु ने बिना मुड़े कहा, "वैसे आप अपनी सुविधा के लिए मुझे विविदिशानन्द कह सकते हैं।"

फ़ैज़ अली खड़े सोचते ही रहे कि पूछें, 'कौन-सा आनंद ?' पर साधु ने उन्हें पूछने का समय ही नहीं दिया।...

फ़ैज़ अली भी चल पड़े। सारे रास्ते वे उस साधु के विषय में ही सोचते रहे और घर पहुँचकर यह सोचने लगे कि आखिर वे उस साधु के विषय में इतना क्यों सोच रहे हैं ?...

साधु को वे भुला नहीं पाए। उससे जितनी भी संक्षिप्त बातचीत हुई थी—वह साधारण नहीं थी। जाने क्यों वह व्यक्ति उनके मन पर छा-सा गया था। कहीं उसने किसी मोहिनी का तो प्रयोग नहीं किया ?...उन्होंने अपने सिर को झटका—ऐसी मूर्खता की बातें सोचने की कोई आवश्यकता नहीं है। वे इतने दुर्बल मस्तिष्क के व्यक्ति नहीं हैं कि कोई उनको इस प्रकार सम्मोहित कर ले।...पर यह सत्य है कि उसने उन्हें सोचने के लिए प्रेरित किया है कि उनका स्वामी कौन है। वे किसके आदेश से संसार में आए हैं और किसके आदेश से आबू पर्वत में रह रहे हैं। यदि ईश्वर न चाहता तो किशनगढ़ के महाराज उन्हें यहाँ नहीं भेज सकते थे।...

फिर साधु उन्हें नक्की झील पर भी दिखाई नहीं दिया।...हो सकता है कि वह कहीं चला ही गया हो। ईश्वर के आदेश पर चलने वालों का क्या ठिकाना, कब अपनी झोली उठाएँ और चल दें। उन्हें किसी प्रकार का कोई प्रबंध तो करना नहीं होता, कोई सामान बाँधना नहीं होता। बस, उसके आदेश का पालन करना होता है।...

एक शाम वे टहलते हुए नगर से बाहर जाने वाली सड़क पर बहुत दूर निकल गए। टहलना ही तो था, किसी भी सड़क पर टहला जा सकता था; किंतु पीछे से किसी अंग्रेज की सवारी आ रही थी। ये अंग्रेज चलते हैं तो सड़क पर चलता आदमी तो इन्हें दिखाई ही नहीं देता। उनके भारतीय कोचवान, गाड़ीवान भी तब अंधे हो जाते हैं। फ़ैज़ अली सड़क से नीचे उतर गए, किंतु वह उन्हें दबाता ही चला गया। वे अपने बचाव के लिए पहाड़ से जा लगे। वहाँ एक गुफा-सी थी। अपने को बचाने के लिए वे जैसे उस गुफा में ही शरण लेने के लिए उसकी ओर बढ़े हों, पर वैसी स्थिति नहीं आई। अंग्रेज की सवारी निकल गई।...अब तक वे गुफा के इतने पास आ चुके थे कि उसमें झाँक भी सकते थे।...जब वे उसके इतने पास आ चुके थे तो अपनी उत्सुकता रोक नहीं पाए। कैसी है यह गुफा और उसके भीतर कितनी जगह है ? क्या एक आदमी उसके अंदर बैठ सकता है ?...बैठ क्या सकता है...उसके अंदर एक आदमी बैठा हुआ था। उन्होंने ध्यान से देखा : यह तो वह साधु था...क्या नंद...साधु ने भी उन्हें देख लिया था। वह मुस्करा रहा था।

"किसे खोज रहे हैं वकील साहब ? जिसे खोजना चाहिए, उसे या उसके किसी बंदे को ?"

फ़ैज़ अली उसके वाक्य से स्तब्ध रह गए...कैसे-कैसे संकेत दे रहा है वह—जिसे खोजना चाहिए। किसे खोजना चाहिए ? अपने उस सर्जनहार ही को तो। पर आज तक उन्होंने उसे नहीं खोजा। नमाज पढ़कर ही अपना कर्तव्य पूरा हुआ मान लिया।

"तो यह आपके प्रभु की कोठी है और उन्होंने आपको यह आरामगाह दी है ! यही आपकी ख्वाबगाह है ?" वे भी मुस्करा रहे थे।

"मुझे तो प्रभु ने अपने हृदय में जगह दी है।" स्वामी ने कहा, "यह गुफा तो इस पिंजरे के लिए है।"

फ़ैज़ अली समझ गए कि साधु अपने शरीर को पिंजरा कह रहा था। उन्होंने यह भी देख लिया था कि उनके वहाँ खड़े होकर बात करने में साधु को कोई आपत्ति नहीं थी।

"मैं भी भीतर आ जाऊँ क्या ?" फ़ैज़ अली हँसे, "आप तो प्रभु के हृदय में रहते हैं। यह पिंजरा तो एक मुसलमान के गुफा में आने पर आपत्ति नहीं करेगा ?"

"पिंजरे को आपत्ति है। वह कहता है कि क्या आप कभी भूल नहीं सकते कि आप मुसलमान हैं और मैं हिंदू हूँ ?"

"ओह !" फ़ैज़ अली प्रयत्नपूर्वक गुफा में प्रवेश कर गए, "वर्षों का अभ्यास है, छूटते-छूटते ही छूटेगा।"

"इस रोग को जितनी जल्दी हो सके, छोड़ दीजिए।"

"स्वामी जी !" फ़ैज़ अली बोले, "यह गुफा प्रकृति की बनाई हुई तो लगती नहीं।"

"मेरा भी यही विचार है। प्राकृतिक गुफा को मनुष्य के हाथ ने सँवारा है। या तो किसी महात्मा ने अपने लिए इसे कुछ बड़ा किया है, या फिर किसी भक्त ने हम जैसे परिव्राजकों के लिए यह व्यवस्था की है।"

"अच्छा ! आपने कहा कि आपको प्रभु ने अपने हृदय में जगह दी है।" फ़ैज़ अली बोले, "हमने तो आज तक यही सुना था कि मनुष्य को चाहिए कि भगवान् को अपने दिल में जगह दे।"

"मनुष्य कौन होता है किसी को कोई जगह देने वाला।" स्वामी तड़पकर बोले और फिर शांत हुए, "देखिए ! भगवान् तो प्रत्येक जीव के हृदय में है। बात केवल इतनी-सी है कि हमने उसे

सांसारिक सुखों की अपनी इच्छाओं के नीचे दबा दिया है। जब वह किसी को अपने हृदय में स्थान देता है तो वह उस पर सांसारिक सुखों का भ्रम खोल देता है। उसे उसकी वास्तविकता समझा देता है। पक्षी और पिंजरे का अंतर स्पष्ट कर देता है।"

मुंशी जी अंदर तक भीग गए। कैसा साधु है यह ! भ्रमों के गुंजलक कैसे खोल देता है !

"अच्छा, एक बात बताइए स्वामी जी !" मुंशी जी बोले, "हमें बताया गया है कि अल्लाह एक ही है। यदि वह एक ही है, तो फिर सारा संसार उसी ने बनाया होगा ?"

"सत्य है।"

"तो फिर इतने प्रकार के मनुष्य क्यों बनाए ? हिंदू बनाए, मुसलमान बनाए, ईसाई बनाए, यहूदी बनाए। उन सबको अलग-अलग धार्मिक ग्रंथ दिए। एक ही जैसे मनुष्य बनाने में उसे क्या एतराज था, ताकि लोग न बँटते और न आपस में मतभेद होता। न कोई लड़ाई-झगड़ा होता।"

स्वामी हँस पड़े, "कैसी होती वह सृष्टि, जिसमें एक ही प्रकार के फूल होते ? केवल गुलाब होता, कमल न होता ? कमल होता तो गुलाब न होता, गेंदा न होता, मौलश्री न होती, रजनीगंधा का फूल न होता ?"

"ओह, हाँ !" फ़ैज़ अली ने स्वयं ही जोड़ दिया, "एक ही सालन होता, एक ही दाल होती। खाने का एक ही स्वाद होता। वह दुनिया तो बड़ी फीकी-सी होती।"

"इसीलिए उसने इतने प्रकार के जीव-जंतु और मनुष्य बनाए कि हम पिंजरे का भेद भुलाकर जीव की एकता को पहचानें।"

"तो फिर इतने प्रकार के मजहब ?"

"मजहब तो मनुष्य ने बनाए हैं, प्रभु ने तो केवल धर्म बनाया है।"

"तो फिर ऐसा क्यों है कि एक मजहब में कहा गया कि गाय और सूअर खाओ, दूसरे में कहा गया कि गाय मत खाओ, सूअर खाओ, तीसरे में कहा गया, गाय खाओ, सूअर मत खाओ। इतना ही नहीं, जो खाए, उसे अपना दुश्मन समझो।"

स्वामी हँस पड़े, "मेरे प्रभु ने कहा यह सब ?"

"मजहबी लोग तो यही कहते हैं।"

"देखो ! किसी भी देश-प्रदेश का भोजन वहाँ की जलवायु की देन है। सागर-तट पर बसने वाला आदमी समुद्र में खेती तो कर नहीं सकता, वह सागर से पकड़कर मछलियाँ ही तो खाएगा। उपजाऊ भूमि के प्रदेश में खेती-बाड़ी हो सकती है। वहाँ अन्न, फल और शाक-पात उगाया जा सकता है। उन्हें अपनी खेती के लिए गाय और बैल बहुत उपयोगी लगे। उन्होंने गाय को अपनी माता माना, धरती को माता माना, नदी को माता माना। ये सब उनका पालन-पोषण माता के समान ही करती हैं। अब जहाँ मरुभूमि हो, वहाँ खेती कैसे होगी ? खेती नहीं होगी तो वे गाय और बैलों का क्या करेंगे ? अन्न है नहीं, तो खाद्य के रूप में वे पशुओं को ही खाएँगे। तिब्बत में कोई शाकाहारी कैसे हो सकता है ? वही स्थिति अरब देशों में है। जापान में भी इतनी भूमि नहीं है कि कृषि पर ही निर्भर रह सकें।" स्वामी ने फ़ैज़ अली की ओर देखा, "अब देखो, हिंदू कहते हैं कि मंदिर में जाने से पहले या पूजा करने से पूर्व स्नान करो। मुसलमान नमाज पढ़ने से पहले वजू करते हैं। क्या अल्लाह ने कहा है कि नहाओ मत, केवल लोटे-भर पानी से हाथ-मुँह धो लो ?"

"कहा ही होगा।" फ़ैज़ अली बोले।

"नहीं, अरब देशों की मरुभूमि में इतना पानी ही कहाँ है कि वे पाँच समय नहाएँगे। जहाँ पीने के लिए पानी का प्रबंध करने में कठिनाई हो रही हो, वहाँ कोई पाँच समय कैसे नहा सकता है ! यह तो भारत में ही संभव है, जहाँ नदियाँ बहती हैं, झरने फूटते हैं, कुएँ जल देते हैं। तिब्बत में पानी उपलब्ध भी हो तो पाँच बार ठंडे पानी से नहाकर आदमी सिकुड़कर ही मर जाएगा। समझ रहे हो मेरी बात ? यह सब ईश्वर ने मनुष्यों को बाँटने के लिए नहीं कहा है, यह सब माता प्रकृति ने मनुष्य को समझाया है।"

"जी।"

"और देखो। मनुष्य की मृत्यु होती है। उसके शव का अंतिम संस्कार करना होता है। प्रकृति ने ऐसा प्रबंध कर दिया है कि जैसे पशुओं के शव पड़े-पड़े समाप्त हो जाते हैं, वैसे ही मनुष्य का शव भी हो सकता है; किंतु मनुष्य नहीं चाहता कि उसके प्रियजनों का शव खुले में पड़ा सड़े या उसे पशु-पक्षी और कीड़े-मकोड़े खाएँ। इसलिए वह उसका शीघ्रातिशीघ्र अंतिम संस्कार कर देता है। उसके लिए भी हम प्रकृति की ही शरण में जाते हैं। प्रकृति के हमारे यहाँ पाँच तत्त्व माने गए हैं—क्षिति जल पावक गगन समीरा। मिट्टी, जल, अग्नि, शून्य और पवन। हम इन्हीं पाँचों में से किसी एक को वह शव सौंप देते हैं। अपने-अपने साधनों के अनुसार लोग मृत्तिकासमाधि, जलसमाधि, अग्निसमाधि, पवनसमाधि अथवा गगनसमाधि दे सकते हैं। अरब देशों में वृक्ष नहीं थे, केवल रेत थी, अतः वहाँ मृत्तिकासमाधि का प्रचलन हुआ, जिसे आप दफनाना कहते हैं। भारत में वृक्ष बहुत बड़ी संख्या में थे। लकड़ी उपलब्ध थी, अतः यहाँ अग्निसंस्कार का प्रचलन हुआ। जिस देश में जो सुविधा थी, वहाँ उसी का प्रचलन हुआ। वहाँ जो मजहब जन्मे, उन्होंने उसी को स्वीकार किया और उसके साथ अपना दर्शन भी जोड़ दिया।"

"इसका अर्थ तो यह हुआ कि हमें शव का अंतिम संस्कार प्रदेश और देश के साधनों के अनुसार करना चाहिए, मजहब के अनुसार नहीं ?" फ़ैज़ अली ने कुछ विस्मय से कहा।

"हाँ, यही उचित है।" स्वामी बोले, "यह एक पद्धति है, अतः साधन और पर्यावरण की दृष्टि से ही उसे अंगीकार करना चाहिए।"

"एक मुसलमान के शव को जलाया जाए और एक हिंदू के शव को दफनाया जाए तो क्या प्रभु नाराज नहीं होंगे ?"

"प्रकृति के नियम ही प्रभु का आदेश हैं। वैसे प्रभु कभी रुष्ट नहीं होते। वे प्रेमसागर हैं, करुणासागर हैं।"

"तो हमें उनसे डरना नहीं चाहिए ?"

"नहीं, हमें उनसे प्रेम करना चाहिए, केवल प्रेम। अपने पिता से, उस दया के सागर से भय का क्या कारण है ? डरते हम उससे हैं, जिससे हम प्यार नहीं करते।" स्वामी ने अपनी आँखें बंद कर लीं। उनकी बंद पलकों से अश्रु टपक रहे थे।

फ़ैज़ अली स्तब्ध रह गए। प्रेम का यह स्वरूप तो उन्होंने आज ही देखा था।

वे खड़े प्रतीक्षा करते रहे। थोड़ी देर में स्वामी ने अपनी आँखें खोलीं, "उस परमपिता को कठोर मानना अपराध है।"

"तो फिर मजहबों के कटघरों से मुक्त कैसे हुआ जा सकता है ?" फ़ैज़ अली ने पूछा।

"सचमुच कटघरों से मुक्त होना चाहते हो ?"

फ़ैज़ अली ने अपना सिर हिला दिया।

"फलों की दुकान पर जाओ।" स्वामी बोले, "तुम देखोगे कि वहाँ आम बिक रहे हैं, संतरे हैं, केले हैं, नारियल हैं। किंतु दुकान तो फलों की है न ! उनके नाम पृथक्-पृथक् हैं, किंतु वे सब फल हैं।"

"हाँ स्वामी जी !"

"तो अंशी से अंश की ओर चलने के स्थान पर अंश से अंशी की ओर चलो। समग्र से खंड की ओर चलने के स्थान पर खंड से समग्र की ओर चलो। तुम पाओगे कि सब उसी प्रभु के रूप हैं। प्रभु चैतन्य हैं। उनकी माया है यह प्रकृति। संसार में तुमको जितने भी शरीर दिखाई पड़ते हैं, वे सब उस प्रकृति के ही रूप हैं। वे प्रकृति से उत्पन्न हुए हैं और फिर वे उसी प्रकृति में जा मिलेंगे। प्रकृति उनमें कोई भेद नहीं करेगी।"

फ़ैज़ अली अकबकाए-से खड़े संन्यासी को देखते रहे।

"तो मनुष्य यह सब क्यों नहीं समझता ?" अंततः वे बोले।

"प्रभु की माया उसे समझने दे तो समझे।" संन्यासी ने कहा, "यह माया की सृष्टि है वकील साहब ! यहाँ सब कुछ साफ-साफ दिखाई नहीं देता। मनुष्य की बुद्धि भी माया ने ही भरमा रखी है।"

फ़ैज़ अली चुपचाप खड़े रह गए।

"क्या बात है, बोलती क्यों बंद हो गई ?" संन्यासी ने मुस्कराकर पूछा।

फ़ैज़ अली ने स्वयं को झकझोरकर जगाया और प्रयत्नपूर्वक बोले, "स्वामी जी ! आपको आपत्ति न हो तो मैं कभी-कभी आपके पास आ जाया करूँ ?"

"मैं खाली बैठा दिखाई दूँ तो आ जाया कीजिए।" संन्यासी ने कहा, "लगता है, प्रभु ने आपको इधर ही प्रेरित कर दिया है।"

35

मुंशी जगमोहनलाल अपराह्न में मुंशी फ़ैज़ अली से मिलने आए।...

पिछले कुछ दिनों में वे पोलिटिकल एजेंट के यहाँ मुंशी फ़ैज़ अली से कितनी ही बार मिल चुके थे; किंतु एक भी अवसर ऐसा नहीं आया था, जब मुंशी जी ने अपने यहाँ ठहरे हुए एक साधु की चर्चा न की हो।...जगमोहनलाल का साधुओं से कोई विरोध नहीं था, किंतु फ़ैज़ अली के मुख से एक साधु की चर्चा सुनकर उनके मन में श्रद्धा नहीं, उत्सुकता ही जागी थी।...

आँगन में मीठी-मीठी धूप में चारपाई बिछाए, कौपीन धारण किए, भगवा वस्त्र ओढ़े एक साधु सो रहा था। जगमोहनलाल का मन खटक गया। फ़ैज़ अली इन महाशय के विषय में इतनी बार बता चुके थे, किंतु जगमोहनलाल को जैसे आज तक विश्वास ही नहीं हुआ था : फ़ैज़ अली के घर में एक हिंदू साधु !...जिस निर्द्वंद्व भाव से वह सो रहा था, उससे तो लगता था कि जैसे यह उसी का घर हो। कैसा होगा वह साधु, जो एक मुसलमान के घर में टिका हुआ है ? और फ़ैज़ अली को क्या

हो गया है कि वे एक हिंदू साधु को अपने घर में सुलाए हुए हैं ?...

तत्काल ही उनके मन में दो-तीन बातें आईं : हो सकता है, यह साधु न हो, कोई बहुरुपिया हो। फ़ैज़ अली साधुओं के विषय में जानते ही क्या हैं ?...या फिर यह भी संभव है कि महाराज किशनगढ़ ने इस साधु को यहाँ ठहरने की अनुमति दी हो और यह फ़ैज़ अली की मजबूरी हो। यह फ़ैज़ अली का अपना मकान तो है नहीं, महाराज किशनगढ़ की हवेली है—किशनगढ़ कोठी। उसमें किशनगढ़ महाराज की अनुमति से कोई भी ठहर सकता है। यदि महाराज ने एक साधु को भेज दिया तो फ़ैज़ अली क्या करेंगे ? अब वह साधु वहाँ कौपीन पहनकर सोए या अंग्रेजों के समान सूट डाटकर।...उसने यह भी विचार नहीं किया कि यहाँ रजवाड़ों से संबंधित लोग आते हैं। इस प्रकार एक साधु को वहाँ नंग-धड़ंग सोए देखकर कोई क्या सोचेगा ?...

फ़ैज़ अली ने जगमोहनलाल को सम्मानपूर्वक अंदर बैठाया।

"यह साधु कौन है—कुछ पता लगाया ?" जगमोहनलाल ने पूछा।

"पता क्या लगाना है, वे एक पहुँचे हुए दरवेश हैं।" फ़ैज़ अली ने बड़े सम्मान से कहा, "बड़ा बीहड़-सा नाम है उनका। ठहरिए, मैं बताता हूँ।" और फ़ैज़ अली ने बहुत प्रयत्नपूर्वक उच्चारण किया, "वे स्वामी विविदिशानन्द हैं। अद्‌भुत साधु हैं।"

फ़ैज़ अली के स्वर में जो सम्मान था, उससे यह तो एकदम नहीं लगता था कि वह फ़ैज़ अली की मजबूरी है। न ही साधु के प्रति कोई शिकायत थी, न यह लगता था कि वह उनकी इच्छा के विरुद्ध किशनगढ़ कोठी में ठहरा हुआ था।

"क्या महाराज ने उन्हें यहाँ ठहरने की अनुमति दी है ?" जगमोहनलाल ने पूछ ही लिया।

"नहीं तो। महाराज को तो उनके विषय में कोई सूचना ही नहीं है। वे मेरे निमंत्रण पर ही यहाँ आए हैं।"

"वकील साहब !" जगमोहनलाल ने गंभीर स्वर में कहा, "आप जानते हैं कि जमाना कैसा जा रहा है, उस पर भी आपने एक अपरिचित साधु को महाराज की हवेली में ठहरा लिया है। आप नहीं जानते क्या कि कितने चोर-उचक्के साधुओं का वेश बनाए घूमते हैं !"

"ये उनमें से नहीं हैं।" फ़ैज़ अली ने दृढ़तापूर्वक कहा, "वे जागेंगे तो मैं आपका उनसे परिचय करा दूँगा।"

"कोई सच्चा साधु दिन में इस प्रकार नहीं सोता।" जगमोहनलाल बोले।

"जानता हूँ; पर ये बंगाल के रहने वाले हैं। समय मिले तो वहाँ दोपहर के भोजन के पश्चात् थोड़ा विश्राम करने का प्रचलन है। कभी-कभी एक-आध झपकी भी ले लेते हैं। किंतु इनकी सच्चाई में मुझे तनिक भी संदेह नहीं है। और साधुओं, पीरों-फकीरों के आचरण पर टिप्पणी करने का मुझे कोई अधिकार नहीं है।" फ़ैज़ अली अपने स्थान से टस से मस नहीं हुए।

"आपको ये सज्जन कहाँ टकरा गए ?"

"पहले तो उन्हें एक-आध बार सड़क पर अपने प्रशंसकों से घिरे हुए देखा था। फिर एक बार मैंने उन्हें नक्की झील पर अकेले बैठे देखकर छेड़छाड़ की। अंततः मैंने वह गुफा खोज निकाली, जिसमें वे ठहरे हुए थे।...मैंने क्या खोज निकाली, अल्लाह ने ही मुझे वहाँ भेज दिया।"

"गुफा ?"

"जी, वे पहाड़ की एक गुफा में रहकर तपस्या कर रहे थे। चंपा गुफा में। मैं स्वयं वहाँ

जाकर कई बार उनसे मिला। उनसे अल्लाह की चर्चा की। मैं उनसे बहुत प्रभावित हुआ। समझिए कि उनका मुरीद हो गया। भय यही था कि वे हिंदू थे और मैं मुसलमान। वे मुझे मुसलमान जानकर दुत्कार भी सकते थे···या फिर हिंदू हो जाने को कह सकते थे। पर उन्होंने उन दोनों में से कुछ भी नहीं किया।''

''तो इसी कारण आप उनके मुरीद हो गए ?'' जगमोहनलाल के स्वर में उपहास था।

''नहीं, यही एकमात्र कारण नहीं था।'' फ़ैज़ अली बोले, ''वे जिस प्रकार प्रभु की चर्चा करते थे, उससे मेरे मन में भी एक प्रकार का उल्लास जागता था, मेरा ज्ञान बढ़ता था और भक्ति में वृद्धि होती थी। लगता था, उन्होंने ईश्वर के साक्षात् दर्शन किए हैं। जैसे ईश्वर उनके सम्मुख खड़े हों। मैं उनके प्रति श्रद्धा से इतना भर उठा कि मेरे मन में एक प्रबल कामना जागी—मैं उनकी कोई सेवा करूँ। मैं उनके लिए कुछ करूँ। स्वामी जी का कोई काम कर दूँ। उनके किसी काम आऊँ। वे मुझसे कुछ माँग लें। मैं उनके लिए किसी भी प्रकार कुछ उपयोगी हो सकूँ···''

''और वे आपके घर चले आए ?''

''नहीं, मैंने जाकर उनसे पूछा कि मैं उनके लिए क्या कर सकता हूँ। वे मुझ पर इतनी कृपा करें कि मुझे कुछ करने का अवसर दें।'' फ़ैज़ अली बोले, ''मेरी बात सुनकर स्वामी जी ने कहा, 'यदि सचमुच ही मेरे लिए कुछ करना चाहते हो तो मेरी इस गुफा में कपाट लगवा दो।'···''

''गुफा में कोई सोने-चाँदी का भंडार था क्या ?'' जगमोहनलाल ने परिहास किया।

''नहीं, कपाट ताला लगाने के लिए नहीं थे। वह तो वर्षा ऋतु आ रही थी और गुफा में कपाट नहीं थे। उनकी बात सुनकर मैंने कहा, 'आप यहाँ इस छोटी-सी खोह में इतने कष्ट में क्यों रह रहे हैं ? मेरे पास इतनी बड़ी हवेली है और मैं नौकर-चाकरों के साथ वहाँ अकेला रहता हूँ। आप मेरे साथ ही क्यों नहीं चलते। मैं आपके भोजन के लिए अलग से प्रबंध करवा दूँगा।' वे हँसे। बोले, 'उसकी आवश्यकता नहीं है। मैं वही खाऊँगा, जो तुम खाओगे।' मेरे लिए इससे बड़ी प्रसन्नता और क्या हो सकती थी। मैं उन्हें अपनी पलकों पर बैठाकर ले आया। अब जब उनकी मौज होती है, वे चर्चा करते हैं तो ऐसा सत्संग होता है कि मैं आपसे क्या कहूँ। मैं मुसलमान हूँ, इसीलिए पुनर्जन्म के विषय में विशेष कुछ नहीं कह सकता; किंतु मन में एक भाव आता है कि स्वामी जी से मेरी भेंट मेरे किसी पूर्वजन्म के पुण्य का ही उदय है।···''

''कहाँ से आए हैं ? ''

''मैंने पूछा नहीं। वैसे रहने वाले बंगाल के हैं।''

''कहाँ जाएँगे ?''

''मैंने पूछा नहीं।''

जगमोहनलाल उनकी बात सुनते रहे और चकित होते रहे। कैसा होगा यह संन्यासी !··· उनके मन में बँधी गाँठ खुल नहीं पा रही थी।···खेतड़ी के महाराज के साथ रहने के कारण उन्होंने अनेक साधु-संन्यासी देखे थे। महाराज को तो साधुओं की सेवा का व्यसन ही था। किसी साधु के विषय में सुनते तो तत्काल उससे मिलने के इच्छुक हो उठते··· किंतु हिंदू साधु और एक मुसलमान के घर···

लगता था, स्वामी जी अपनी नींद पूरी कर उठ चुके थे। जगमोहनलाल ने उनका स्वर सुना : ''शिव ! शिव !!''

वे भीतर आए।

"आइए स्वामी जी !" फ़ैज़ अली ने उनका स्वागत किया, "आइए, आपका अपने एक मित्र से परिचय कराऊँ।"

स्वामी आकर बैठ गए, "शिव ! शिव !!"

"ये मुंशी जगमोहनलाल हैं।" वे बोले, "आप खेतड़ी-नरेश राजा अजितसिंह जी के प्राइवेट सेक्रेटरी हैं। उनके साथ ही आबू आए हुए हैं और खेतड़ी भवन में ही ठहरे हुए हैं।"

जगमोहनलाल ने हाथ जोड़कर प्रणाम किया और स्वामी ने आशीर्वाद दिया, "प्रभु आपका कल्याण करें।"

"स्वामी जी ! आप साधु होकर एक मुसलमान के घर पड़े हैं ! कभी तो आपका भोजन उनसे छू ही जाता होगा ?"

स्वामी के चेहरे पर ऐसे भाव उभरे, जैसे वे बुरी तरह आहत हुए हों। उन्हें लगा कि जगमोहनलाल उनके सामने ही फ़ैज़ अली के सत्कार का तिरस्कार कर रहे हैं। उनका स्वर कुछ उत्तेजित हो उठा, "मैं संन्यासी हूँ, इसलिए आपके किसी भी प्रकार के विधि-निषेध से ऊपर हूँ। उससे मुक्त हूँ। मैं भंगी के साथ भी भोजन कर सकता हूँ। इससे भगवान् के अप्रसन्न होने का मुझे भय नहीं है, क्योंकि यह शास्त्र द्वारा भी अनुमोदित है। फिर भी आपका और आपके समाज का डर अवश्य है। आप लोग तो शास्त्र और भगवान् की भी परवाह नहीं करते हैं। उनसे भी ऊपर उठ गए हैं। महान् और शक्तिशाली हो गए हैं। मैं तो देखता हूँ कि विश्व-प्रपंच में ब्रह्म सर्वत्र प्रकाशित है। मेरी दृष्टि में इस ऊँच-नीच का कोई अर्थ नहीं है। अपने-पराए का कोई भेद नहीं है। धर्मों का विभाजन मेरे लिए कोई अर्थ नहीं रखता।"

जगमोहनलाल को लगा कि स्वामी नहीं बोल रहे, जैसे बिजली कड़क रही हो। कड़कती बिजली में कोई मल नहीं होता। वह तो जैसे स्वयं प्रभु का ही प्रकाश है।...उनके भीतर के संदेह जैसे अपने आप ही ध्वस्त होते जा रहे थे। स्वामी ने सत्य ही कहा था : गीता में भी तो लिखा है कि समदृष्टि रखने वाला व्यक्ति वही है, जो विद्वान् ब्राह्मण, चांडाल और कुत्ते में भी कोई भेद नहीं करता। तभी तो स्वामी शास्त्र का हवाला दे रहे हैं...जगमोहनलाल ने तो गीता पढ़ी-भर थी। स्वामी शायद उसे अपने जीवन में उतार रहे थे, या उतार चुके थे।...

"जब आप भगवान् से भी नहीं डरते तो आपको मेरा और मेरे समाज का भय क्यों है ?" जगमोहनलाल ने जैसे परिहास में कहा।

"बताया तो।" स्वामी बोले, "आप लोग स्वयं को शास्त्र और भगवान् से भी ऊँचा समझते हैं। संन्यासी से यह नहीं सीखते कि समाज में भेदभाव कम होना चाहिए। उसे समझाते हैं कि वह भेदभाव करे। यह तो वैसा ही है, जैसे आप मुझसे सच बोलना सीखने के स्थान पर व्यावहारिकता के नाम पर मुझे झूठ बोलने का उपदेश दें। पर आपको क्या दोष देना ! हमारा समाज ही ऐसा है। एक साधारण-सा आदमी भगवान् के दोष निकालकर उसे परामर्श देता है।" स्वामी रुके, "आपने वह कथा तो सुनी होगी।..."

"कौन-सी ?" जगमोहनलाल अनायास ही पूछ बैठे।

"एक व्यक्ति कहीं जा रहा था। जब दोपहर हो गई तो मार्ग में एक अच्छा-सा स्थान देखकर वह एक वटवृक्ष के नीचे रुक गया। लेटे-लेटे उसकी दृष्टि वट के फलों पर गई। छोटे-छोटे गूलर

देखकर उसके मन में कोंहड़े की बेल घूम गई। उसने सोचा, 'यह भगवान् भी विचित्र है। एक कोमल-सी बेल पर तो कोंहड़े जैसा भारी-भरकम फल लगा देता है और इतने विराट वटवृक्ष को गूलर जैसा छोटा फल देता है।' तभी हवा के झोंके के साथ एक गूलर उसके माथे पर आ गिरा। फल छोटा ही था, किंतु ऊँचाई से वेगपूर्वक गिरा था। उस व्यक्ति के माथे पर ऐसी चोट लगी, जैसे किसी ने जोर का चाँटा मारा हो। उसका सिर घूम गया। वह अपना माथा सहलाता रहा और सोचता रहा, 'यदि कहीं भगवान् ने वटवृक्ष पर कोंहड़ा उगाया होता तो उसके सिर के टुकड़े हो गए होते।' "

"आप ठीक कहते हैं स्वामी जी !" जगमोहनलाल हँसे, "हम ऐसे ही जीव हैं, जो दूसरों से सीखते कम हैं और उन्हें सिखाने का प्रयत्न अधिक करते हैं। मुझे अपनी भूल समझ में आ गई है। मैं आपसे क्षमा चाहता हूँ।...आप आए कहाँ से हैं महाराज ?"

"कलकत्ता से।"

"कहाँ जाएँगे ?"

"जाना तो द्वारका था, किंतु प्रभु ने मना कर दिया, इसलिए यहीं ठहर गया। नहीं जानता, आगे कहाँ जाऊँगा।"

"प्रभु ने मना कर दिया !" जगमोहनलाल चकित थे, "क्या प्रभु स्वयं आए थे मना करने ?"

"हाँ, स्वयं ही तो आते हैं।" स्वामी मुंशी जी का उपहास समझ रहे थे, "आप सड़क पर जा रहे हों और सामने से किसी गोरे की सवारी आ जाए, तो आप उस गाड़ी से जा भिड़ेंगे क्या ?"

"नहीं तो। रुक जाऊँगा।"

"किसके कहे से रुक जाएँगे ?"

"मन के।"

"यही तो भ्रम है। प्रभु साक्षात् गाड़ी बनकर आपको रोक रहे हैं और आप समझ रहे हैं कि आप अपने मन के कहे से रुक गए हैं। सामने खड़े भगवान् को भी आप पहचानना नहीं चाहते।" स्वामी हँसे, "मैं द्वारका जा रहा था और मेरे श्याम अपने साक्षात् श्यामल वेश में मेघ बनकर सारे पश्चिमी तट पर बरसने लगे। उसी वर्षा ने मुझे रोक दिया। आपको लगता है कि वर्षा के रूप में प्रभु नहीं थे, कोई और था ?"

"आप ठीक कह रहे हैं स्वामी जी !" जगमोहनलाल जैसे लज्जित हो गए, "अब आप मेरी एक प्रार्थना स्वीकार करें।"

"क्या ?"

"आप महाराज खेतड़ी–हमारे महाराज अजितसिंह–से अवश्य मिलें। मुझे पूरा विश्वास है कि आप उनसे मिलकर प्रसन्न होंगे।"

"पर संन्यासी को राजा से क्यों मिलना चाहिए ? संसार में दोनों का लक्ष्य पृथक्-पृथक् नहीं है क्या ? राजा भोगी है, संन्यासी योगी है।" स्वामी ने कहा, "आप यह तो नहीं सोच रहे कि मैं महाराज से कुछ पुरस्कार पाकर प्रसन्न होऊँगा या महाराज मुझे कुछ देकर प्रसन्न होंगे ?"

"नहीं, मैं यह सोच रहा हूँ कि महाराज आपका उपदेश सुनकर प्रसन्न होंगे। वे अत्यंत धर्मनिष्ठ राजा हैं।" जगमोहनलाल रुके, "यह मत सोचिएगा कि मैं उनकी प्रशंसा इसलिए कर रहा हूँ, क्योंकि वे मेरे स्वामी हैं। वे वस्तुतः धर्मनिष्ठ राजा हैं। इस समय राजपूताना के सारे राजाओं में

धर्म का वैसा मर्मज्ञ और कोई नहीं है। उनका चरित्र सबसे उज्ज्वल और पवित्र है।''

''यदि यह सत्य है तो मुझे उनसे अवश्य मिलना चाहिए। यदि इससे धर्म को बल मिलता है, तो उनसे मिलना मेरा कर्तव्य हो जाता है। मैं कुछ ऐसे ही लोगों को खोज रहा हूँ, जो मिलकर धर्म और भारतवर्ष के हित में कुछ काम कर सकें।...किंतु...।'' स्वामी जी रुक गए।

''किंतु क्या स्वामी जी ?''

''मैं चाटुकार नहीं हूँ। राजदरबार के शिष्टाचार का निर्वाह करने के लिए झूठ नहीं बोलूँगा। कोई अप्रिय सत्य बोल बैठा तो महाराज रुष्ट होंगे। मेरा कुछ नहीं बिगड़ेगा, किंतु वे कष्ट पाएँगे।''

''नहीं, ऐसा कुछ नहीं होगा। महाराज चाटुकारिता चाहते भी नहीं। वे सत्य के अन्वेषी हैं। कठोर से कठोर सत्य बिना रुष्ट हुए सुन सकते हैं।''

''यदि यह एक प्राइवेट सेक्रेटरी द्वारा अपने प्रभु की प्रशस्ति न होकर सत्य कथन है तो मैं आपके महाराज से मिलना चाहूँगा।''

''तो मैं महाराज से कब का समय लूँ ?'' जगमोहनलाल ने पूछा।

''परसों। मैं चार जून को आऊँगा।''

जगमोहनलाल प्रणाम कर विदा हो गए। वे स्पष्ट रूप से स्वीकार करना नहीं चाह रहे थे, किंतु मन ही मन कहीं यह भाव जाग रहा था कि फ़ैज़ अली मुसलमान होकर भी कितना भाग्यशाली था कि स्वामी जी का साथ पा गया और वे साधुओं पर संदेह ही करते रहे। उन्हें कपटी और पाखंडी ही मानते रहे। ऐसे संदेह में पड़े रहेंगे तो श्रद्धा कैसे जागेगी...और श्रद्धा न हुई तो भक्ति कहाँ से आएगी...भक्ति ही नहीं होगी तो प्रभु के दर्शन कहाँ से होंगे...यह सारा जन्म बीत जाएगा और वे इसी प्रकार राजाओं के प्राइवेट सेक्रेटरी ही बने रहेंगे...

36

अजितसिंह एक पुस्तक लिए अन्यमनस्क-से बैठे थे।...बैठे तो थे पढ़ने, किंतु मन था कि उसमें लग ही नहीं रहा था। वह अपने आप में ही डूबता जा रहा था। हाथ में पकड़ी पुस्तक से कहीं अधिक गहरी पकड़ मन की पुस्तक की थी। अपने मन में डूबकर मानो वे अपने जीवन की पुस्तक पढ़ रहे थे।...क्या है उनका जीवन, क्या है उनका कर्म, क्या है उनकी दिनचर्या, क्या है उनकी उपलब्धि, क्या है उनका लक्ष्य ?...

प्रातः साढ़े छह बजे नींद उचट गई थी। ग्यारह बजे तक का समय कैसे बीत गया, कुछ पता ही नहीं चला। ग्यारह बजे रसोइए ने भोजन लगा दिया। थाल आरोगना पड़ा, नहीं तो नौकर-चाकर भोजन कैसे करते। राजा को खाने की इच्छा न भी हो तो दास-दासियों को तो भूखा नहीं रखा जा सकता।...और अपने राजा को खिलाए बिना वे खाएँगे नहीं। राजपरिवार की मर्यादा भी यह सहन नहीं करेगी...

ढाई बजे अपने साधारण वस्त्र त्याग राजसी वेश धारण किया। उन्हें कर्नल ट्रेवर से भेंट करने रेजिडेंसी जाना था; और कर्नल ट्रेवर के सामने वे इन साधारण वस्त्रों में नहीं जा सकते थे। वे चाहते भी तो उन्हें इसकी अनुमति नहीं थी। उन्हें वे ही वस्त्र धारण करने होंगे, जो अंग्रेज बहादुर

चाहेंगे।...लोग उन्हें राजा समझते हैं, किंतु इन राजाओं की स्थिति अजितसिंह से बेहतर और कौन जानता है। अंग्रेज अधिकारियों की इच्छा पर जिस प्रकार उन्हें नाचना पड़ता है, उससे किसी दास की भी स्थिति अच्छी है।...कोई कितना सोचे कि वे खेतड़ी की गर्मी से बचने के लिए अथवा अपना समय अच्छी प्रकार व्यतीत करने के लिए आबू पर्वत पर आते हैं, किंतु किसी से छिपा नहीं है कि उन्हें इस अंग्रेज रेजिडेंट की चाकरी बजाने के लिए यहाँ आना पड़ता है। कर्नल ट्रेवर को जयपुर या आगरा में गर्मी लगती है। अतः अंग्रेज बहादुर का दरबार आबू पर्वत पर स्थानांतरित हो जाता है। उन्हें कर्नल ट्रेवर से कोई काम नहीं है और अंग्रेज बहादुर के पास उनके लिए समय नहीं है, फिर भी उन्हें उसके दर्शन करने के लिए जाना ही होगा। खेतड़ी में इसे ही तो 'सलाम पूछना' कहते हैं। यदि वे ऐसा नहीं करेंगे, तो उसे उनका विद्रोह माना जाएगा। अंग्रेज किसी का विद्रोह सहन नहीं करेंगे। कल ही उनके राज्य के टुकड़े कर किन्हीं लोगों को जागीरों के रूप में सौंप दिया जाएगा।...उन्हें इसमें भी कोई आपत्ति नहीं है। वे तो मुक्त हो जाएँगे, किंतु उनके आश्रय में पलने वाले लोगों को, उनकी प्रजा को, उनके परिवार को अंग्रेज-विरोधी होने का दंड भुगतना पड़ेगा...

उनकी अपेक्षा के अनुसार ही कर्नल ट्रेवर के पास उनके लिए समय नहीं था। वे कहीं जाने की तैयारी में थे। बोले, "पाँच बजे आबू लारेंस स्कूल में प्राइज डिस्ट्रिब्यूशन है। वहाँ आना राजा साहब ! आएँगे न ? इट विल बी गुड फन।"

अजितसिंह इसका अर्थ अच्छी प्रकार समझते थे। उन्हें एक साथ ही दो आदेश मिल गए थे। पहला कि वे वहाँ से अभी चले जाएँ और दूसरा, पाँच बजे वे आबू लारेंस स्कूल में हाजिरी दें। साहब बहादुर बच्चों को पुरस्कृत करेंगे और राजा साहब वहाँ बैठकर तालियाँ बजाएँगे। वे जानते थे कि ऐसा करने वाले वे अकेले नहीं होंगे। आज प्रातः से जितने लोग कर्नल ट्रेवर से मिलने आए होंगे, उन सबको यही आदेश दिया गया होगा; और वे सब लोग वहाँ पहुँचेंगे।...जो लोग आज कर्नल से मिलने नहीं आए होंगे, उन्हें सदा के लिए पछतावा रह जाएगा कि वे कर्नल से मिलने क्यों नहीं गए।...

पाँच बजे तक का समय बिताना था। वे डॉक्टर स्पेंसर से भेंट करने उनकी कोठी पर चले गए। डॉक्टर भला आदमी था, किंतु था तो अंग्रेज ही। कैसे भूल जाता कि वह भारत के शासकों की जाति का है। थोड़ी आबू के जलवायु की और थोड़ी डॉक्टर स्पेंसर की प्रशंसा कर वे नक्की झील के किनारे बनी कोठी में महाराज प्रतापसिंह से भेंट करने चले गए। वहाँ पंद्रह मिनट रुककर साढ़े चार बजे वापस डेरे पर आए। परिधान-परिवर्तन के लिए डेरे पर लौटना ही था।

पाँच बजे आबू लारेंस स्कूल में पहुँचे। वहाँ पारितोषिक वितरण देखने और तालियाँ बजाने में दो घंटे व्यतीत किए। सात बजे कर्नल ट्रेवर से विदा ली। उसे अपना चेहरा दिखाना भी बहुत आवश्यक था, अन्यथा स्कूल में लगाए गए दो घंटे पूर्णतः व्यर्थ हो जाते। लौटते हुए महाराज प्रतापसिंह भी उनके साथ हो लिए। आधा घंटा ठहरकर महाराज प्रतापसिंह तो चले गए। अजितसिंह अपना दिन सार्थक करने के लिए एक पुस्तक लेकर बैठ गए।...

तभी उनका ध्यान प्रातः राजपंडित के साथ हुई चर्चा की ओर चला गया। पुस्तक हाथ में पकड़ी की पकड़ी रह गई।...खेतड़ी में तो परिवार का प्रत्येक वृद्ध कहता ही रहता था, यहाँ आबू में भी राजपंडित उन्हें स्मरण करा गए थे कि खेतड़ी राज्य को एक युवराज की आवश्यकता है। दो राजकुमारियाँ तो थीं, किंतु युवराज के बिना वंश नहीं चलेगा...वंश तो साधारण जन का भी चलना ही चाहिए, किंतु राजवंश का चलना अति अनिवार्य है। राजगद्दी के लिए उपयुक्त दावेदार नहीं होगा

तो रियासत ब्रितानी सरकार के अधिकार में चली जाएगी।...अंग्रेज देसी रियासतों को किसी न किसी बहाने से हड़पने के लिए मुँह बाए बैठे हैं।

अजितसिंह मन ही मन मुस्करा उठे...युवराज की आवश्यकता उन्हें नहीं, उनकी रियासत को है। रियासत अजितसिंह की संपत्ति है; और संपत्ति को अपनी देखभाल-सँभाल के लिए अजितसिंह का वंशज चाहिए। भगवान् की विचित्र माया है।...संपत्ति किस प्रकार शासन करती है अपने स्वामी पर।...पर यह संपत्ति उनकी कैसे है ? उनकी अर्थात् किसकी ? इस शरीर की–जिसे अजितसिंह कहते हैं ?...इस शरीर ने तो कुछ भी उत्पन्न नहीं किया, न यह धरती, न इस पर उगने वाले वृक्ष, न धरती के ऊपर और न धरती के नीचे बहने वाला जल। न इस धरती की प्यास बुझाने वाले मेघ।... यह शरीर तो स्वयं क़िसी की संपत्ति था। प्रकृति ने अपने पंचतत्त्वों से इसका निर्माण किया था और स्वयं प्रकृति ही इस पर शासन कर रही थी। उसने इसमें कहीं एक मन भी डाल दिया था और मन में अहंकार गूँथ दिया था। अहंकार था तो कामनाएँ भी थीं, तुलना भी थी, ईर्ष्या और द्वेष भी थे।... अजितसिंह ने तो कभी नहीं चाहा था कि उनके मन में लोभ हो, क्रोध हो, त्रास हो; किंतु प्रकृति ऐसा चाहती थी। इच्छा तो प्रकृति की ही चलेगी। इसलिए उनमें लोभ भी था और त्रास भी था। जयपुर जैसी बड़ी रियासतों के सम्मुख वे स्वयं को छोटा अनुभव करते थे और खेतड़ी के प्रति उनके मन में लोभ था। खेतड़ी छिन न जाए, उसका भय भी था।...अजितसिंह जानते थे कि इसका कोई तात्त्विक अर्थ नहीं था, फिर भी वे अपने मन के भय और लोभ को देख सकते थे।...अजितसिंह नाम के इस मिट्टी के पुतले में ऐसा क्या था कि वह सारे खेतड़ी राज्य का स्वामी बन बैठा ? जिसे फिर से खेतड़ी की उस मिट्टी में ही मिल जाना है, वह उस मिट्टी का स्वामी कैसे हो सकता है ? यह तो ऐसा ही है कि समुद्र में पवन के थपेड़ों से बना झाग स्वयं को समुद्र का स्वामी समझने लगे।...पर जो मिट्टी में मिलने वाला था, वह भी वे स्वयं नहीं थे और जो स्वयं को खेतड़ी का स्वामी माने बैठा है, वह भी वे नहीं थे। वे स्वयं तो कुछ और ही थे। कौन थे वे ?...वे स्वयं नहीं जानते थे कि कौन थे वे। वे तो इतना ही जानते हैं कि मनुष्य जब अपने लिए भोग की सामग्री एकत्रित कर लेता है, तो उसके दिन पूरे हो चुके होते हैं। कठिन परिश्रम से एकत्रित की गई भोग-सामग्री को भोगे बिना ही वह चला जाता है। भोग के उपकरण यहीं रह जाते हैं।...खेतड़ी यहीं रह जाएगी और वे चले जाएँगे। तो वे खेतड़ी के स्वामी कैसे हुए ? स्वामी होते तो खेतड़ी को इस प्रकार छोड़कर कैसे चले जाते ?...जो पीछे छूट जाता है, वह हमारा नहीं होता। हमारा होता तो पीछे क्यों छूट जाता, हमारे साथ जाता।...

उनका परिवार और उनका समाज चाहता है कि इस शरीर के माध्यम से एक और मिट्टी का पुतला संसार में आ जाए–कन्या नहीं, कुमार–जो अजितसिंह के बाद इस धरती को अपनी संपत्ति मान ले।...जब सारे जीवों में एक ही परमात्मा विद्यमान है, तो फिर एक वही शरीर, जो उनके इस शरीर के माध्यम से जन्म लेगा, उनका अपना क्यों होगा ? अन्य शरीर उनके अपने क्यों नहीं हैं ?... जिसे वे अपना पुत्र मान लेंगे, वह उनका कौन है ? वह भी तो प्रकृति का बनाया हुआ वैसा ही एक पुतला है, जैसे अन्य पुतले हैं। तो फिर वही एक उनका अपना क्यों है ? अपना राज्य वे उसे प्रसन्नता से क्यों दे देंगे ? वे अपने राज्य को अपनी प्रजा में बाँटकर उतने ही प्रसन्न क्यों नहीं हो सकते ?... मनुष्य में अपने और पराए का इतना प्रबल भाव क्यों है ?...वे जानते हुए भी क्यों यह मान नहीं पाते कि न कोई अपना है, न पराया। सब तो उसी प्रकृति के रचे हुए यंत्र हैं।...सब में उसी ईश्वर

का अंश व्याप्त है ?...

हुजूरी ने आकर प्रणाम किया, "दरबार ! मुंशी जी ने संदेश भेजा है कि वे स्वामी जी को लेकर उपस्थित हो रहे हैं। उन्हें यहाँ लाया जाए या बाहर उद्यान में उनके बैठने की व्यवस्था की जाए ?...और दरबार ! जोधपुर के हरदयाल सिंह भी पधारे हैं।"

"स्वामी जी को यहीं ले आओ।...और हरदयालसिंह को भी भेज दो।"

सेवक चला गया और अजितसिंह उठकर खड़े हो गए। मुंशी जी ने जब स्वामी जी से अपनी भेंट की चर्चा की थी तो अजितसिंह ने स्वयं स्वामी जी के दर्शन करने जाने की इच्छा प्रकट की थी; किंतु स्वामी जी सहमत नहीं हुए। वे राजा के सम्मान की रक्षा करना चाहते थे। वे नहीं चाहते थे कि अजितसिंह उनसे मिलने के लिए किशनगढ़ भवन जाएँ। उन्होंने कहा था कि वे चार जून को स्वयं आएँगे और वे आ गए थे।

...अजितसिंह को अपने मन में बवंडर के समान उठते हुए प्रश्नों के उत्तर चाहिए थे। वे कब से किसी ऐसे व्यक्ति को खोज रहे थे, जो उनकी आतुर जिज्ञासाओं को शांत कर सके। जब मुंशी जगमोहनलाल ने स्वामी जी की चर्चा की तो अजितसिंह स्वयं को रोक नहीं पाए थे। उन्हें उस व्यक्ति में कुछ ऐसा अद्भुत दिखाई दिया था कि वे स्वयं स्वामी जी के दर्शनों को तत्पर हो गए थे।

अजितसिंह ने खुले कपाटों से देखा : मुंशी जी स्वामी जी को लेकर आ रहे थे। स्वामी जी की चाल गर्वीले सिंह की-सी थी। उनके आसपास कुछ ऐसा दिव्य परिवेश था कि राजा भी उनके सामने अकिंचन लगने लगते थे।

वे निकट आए और मैत्रीपूर्ण भाव से मुस्कराए। अजितसिंह ने आगे बढ़कर उनके चरण छू लिए।

"प्रभु आपको दिव्य विभूतियों से संपन्न करें राजन् !" स्वामी बोले, "किंतु चरण छूने से पहले यह परीक्षा तो कर ली होती कि जिसके चरण छू रहे हैं, वह व्यक्ति चरण-स्पर्श के योग्य भी है।"

राजा ने अपने हाथ जोड़ दिए, "वैसे तो आप उसके योग्य ही हैं, पर यदि मैं किसी ऐसे व्यक्ति के चरण छू बैठता हूँ, जो उसके योग्य नहीं है, तो भी लाभ तो मेरा ही है।"

"कैसे ?"

"मेरा सिर झुका। मेरा अहंकार विगलित हुआ।" अजितसिंह बोले, "और वैसे भी महाराज, भगवा वस्त्र हमें चरण-स्पर्श को बाध्य कर देता है।"

"साधु राजन् ! साधु !" स्वामी के मुख से अनायास ही निकल गया, "मुझे लगता है कि मैं ठीक स्थान पर आ गया हूँ।"

"ठीक स्थान ? आपको आश्रय चाहिए क्या ?"

"आश्रय तो प्रभु देता है।" स्वामी बोले, "मैं कुछ ऐसे सात्त्विक पुरुषों की खोज में हूँ, जिनकी सहायता से अपने गुरु द्वारा बताया हुआ माँ का कार्य कर सकूँ।"

अजितसिंह मुस्कराए, "माँ का कार्य ?"

"जगदंबा का कार्य। प्रभु का कार्य।"

"हाँ ! भगवान् राम भी तो देवताओं का कार्य करने ही आए थे।" अजितसिंह बोले, "मैं किसी भी सात्त्विक कार्य के लिए प्रस्तुत हूँ महाराज !"

जोधपुर के हरदयालसिंह को लेकर सेवक आया। राजा ने उनका भी परिचय कराया। सेवक ने जल प्रस्तुत किया। स्वामी जी ने जल पीकर राजा की ओर देखा, "किन चिंताओं में डूबे हुए हैं आप ?"

"सोच रहा था कि मुझे युवराज की आवश्यकता क्यों है, आपको क्यों नहीं है ?"

"मेरे पास ऐसी कोई भौतिक संपत्ति नहीं है, जिसके लिए मुझे उत्तराधिकारी की आवश्यकता हो।"

"आपके पास भी संपत्ति रही होगी, जिसे संन्यास के समय आपने त्याग दिया होगा ?"

"नहीं," स्वामी मुस्कराए, "मैं अपनी संपत्ति अर्जित कर सकूँ, इससे पूर्व ही प्रभु ने मेरे पिता की सारी संपत्ति का हरण कर मुझे भिक्षुक बना दिया था। मेरे लिए संकेत पूर्णतः स्पष्ट था। प्रभु स्वयं मुझे कह रहे थे कि मेरे सम्मुख संन्यास के अतिरिक्त और कोई मार्ग नहीं था।"

"आप धन अर्जित तो कर सकते थे।"

"उसकी भी सुविधा प्रभु ने नहीं दी।" स्वामी बोले, "उन्होंने मुझे समझा दिया कि मुझे भिक्षा से ही जीवनयापन करना है। जब मैं नौकरी खोज रहा था, उन्होंने मुझे नौकरी नहीं दी।"

अजितसिंह चुपचाप स्वामी की ओर देखते रहे।...यह व्यक्ति भिक्षुक है...मानता है कि ईश्वर ने उसे भिक्षुक बनाया है...फिर भी न उसे भिक्षुक होने का क्षोभ है और न वह ईश्वर से इस बात के लिए रुष्ट है...

"आप उसके लिए ईश्वर से रुष्ट नहीं हैं ?" राजा पूछे बिना नहीं रह सके, "संसार में लोगों को इतना कुछ दिया और आपको कुछ नहीं दिया। प्रभु के पास किस पदार्थ का अभाव है ?"

स्वामी हँसे, "उसकी कृपा है कि उसने मुझे मायाजाल में बँधने से बचाए रखा। कवच के समान मुझसे लिपट गया और माया को पास फटकने नहीं दिया। मैंने सदा उससे भक्ति, विवेक और वैराग्य माँगा है। धन तो कभी माँगा ही नहीं। तो इसमें उसका क्या दोष है ? उसने तो मेरी ही इच्छा पूरी की है।" स्वामी ने रुककर राजा की ओर देखा, "धन की इच्छा हो तो किसी सेठ-साहूकार और राजा-महाराजा से माँगा जा सकता है, ईश्वर से तो धन से मुक्ति ही माँगी जानी चाहिए। धन तो कोई भी दे सकता है; किंतु धन से मुक्ति केवल ईश्वर ही दे सकते हैं।...राजन् ! आप जानते हैं कि द्रौपदी के पास कृष्ण-भक्ति की अद्‌भुत संपदा थी ?"

"जानता हूँ। उनके पुकारने मात्र से श्रीकृष्ण साक्षात् उपस्थित हो जाते थे।"

"कैसे मिली यह संपदा ?" स्वामी के स्वर में भावावेश था, "परीक्षा के पश्चात् ही तो।... उसके पतियों का राज्य छिन गया। वे दुर्योधन के दास हो गए। राजसभा के मध्य द्रौपदी को अपमानित किया गया। उसे निर्वस्त्र करने का प्रयत्न किया गया। वह लगभग निर्वस्त्र हो गई थी, किंतु तब भी वह कृष्ण को ही पुकारती रही। तभी तो श्रीकृष्ण आए।" स्वामी ने पुनः राजा की ओर देखा, "भगवान् अर्जुन के सारथी बने। उसको गीता का उपदेश दिया। क्यों अर्जुन इतना प्रिय था श्रीकृष्ण को ?"

अजितसिंह ने कुछ नहीं कहा। वे एकटक स्वामी की ओर देखते रहे।

"क्योंकि अर्जुन को श्रीकृष्ण को त्यागकर संसार में कुछ नहीं चाहिए था।" स्वामी ने कहा, "महाभारत के युद्ध से पहले अर्जुन द्वारका गए थे, श्रीकृष्ण से सैनिक सहायता माँगने। जब श्रीकृष्ण ने पूछा कि अर्जुन को निःशस्त्र कृष्ण चाहिए अथवा नारायिणी सेना ? तो अर्जुन ने श्रीकृष्ण को माँग

लिया। अर्जुन को बिना श्रीकृष्ण के कुछ नहीं चाहिए था। जो कुछ चाहिए था, श्रीकृष्ण के साथ चाहिए था, श्रीकृष्ण के माध्यम से चाहिए था।" स्वामी मुस्कराए, "तो मैं कैसे मान लूँ कि मुझे प्रभु की भक्ति सांसारिक संपत्ति को त्यागे बिना मिल जाएगी ? और प्रभु मिल जाएँ तो सांसारिक संपत्ति का महत्त्व ही क्या रह जाता है ? प्रभु ने बड़ी कृपा की कि मुझे अपनी भक्ति दी। मैं कैसे कहूँ कि उन्होंने मुझे कुछ नहीं दिया ? जो पदार्थ किसी-किसी को मिलता है, वही उन्होंने मुझे दे दिया।"

"तो मैं अपनी संपत्ति त्याग दूँ ? राज्य छोड़ दूँ ?"

स्वामी ने मुस्कराकर मुंशी जी और ठाकुर हरदयालसिंह की ओर देखा : वे दोनों बहुत डरे हुए दीख रहे थे।

स्वामी ठठाकर हँस पड़े, "ये दोनों डरे खड़े हैं, कहीं मैं आपको संपत्ति-त्याग का परामर्श न दे दूँ, अथवा भगवान् के नाम पर मैं स्वयं ही आपकी संपत्ति न माँग लूँ।" वे रुके, "नहीं, आप संपत्ति का त्याग मत कीजिए। प्रभु से उनकी भक्ति माँगिए। उसके बदले में वे आपकी संपत्ति माँगें तो दे दीजिए। उसका लोभ मत कीजिए।"

"स्वामी जी ! यदि मैं यह मानूँ कि मैं अपनी संपत्ति से इसीलिए चिपका बैठा हूँ, क्योंकि उन्होंने मुझसे यह संपत्ति माँगी ही नहीं—तो क्या यह स्वयं को भ्रमित करने वाला कुतर्क नहीं होगा ?"

"नहीं, क्योंकि आप जिस संपत्ति के भंडारी हैं, वह संपत्ति प्रभु की है। यह संपत्ति उसकी है, आप तो इसकी देखभाल ही कर रहे हैं।" स्वामी बोले, "जब उसे चाहिए होगी, वह अपने आप ले लेगा। तब देखना होगा कि वंचित होकर भी आप उससे प्रेम करते हैं या उससे रुष्ट होते हैं। उसके कृतज्ञ होते हैं, अथवा उसके प्रति अपने मन में रोष पालते हैं। महत्त्वपूर्ण यह नहीं है कि आपके पास संपत्ति है या नहीं, महत्त्वपूर्ण यह है कि उस संपत्ति पर आप किसका अधिकार मानते हैं ? आपकी कितनी आसक्ति है उस संपत्ति में ?"

राजा कहीं खो गए।…सहसा उन्होंने पूछा, "स्वामी जी ! मुझे कभी-कभी जीवन एकदम निस्सार लगने लगता है। आखिर क्या है यह जीवन ?"

"निस्सार नहीं है जीवन।" स्वामी बोले, "प्रतिकूल अवस्था-चक्र में जीव को आत्मस्वरूप दिखलाने का नाम जीवन है। वह निस्सार कैसे हो सकता है !"

राजा पुनः मौन हो गए। उनके मन में विचारों के बवंडर उठ रहे थे…ठीक कह रहे हैं स्वामी। केवल साँस लेते रहना जीवन नहीं है। और ये प्रतिकूल परिस्थितियाँ क्या हैं ? जीव को अपने मूल स्वरूप के निकट लौटने से रोकने वाली परिस्थितियाँ ही तो प्रतिकूल परिस्थितियाँ हैं। सांसारिकता ही तो हमारे प्रतिकूल है। प्रतिकूल परिस्थितियों में, अर्थात् माया में लुब्ध होकर, संसार के भोगों को भोगते रहना भी जीवन नहीं है। ईश्वर को भूले रहना भी जीवन नहीं है। इस संसार में रहकर इस पर मुग्ध न होना, इसमें आसक्त न होना भी जीवन नहीं है। आत्मसाक्षात्कार भी जीवन नहीं है। स्वामी कह रहे हैं कि प्रतिकूल अवस्था-चक्र में जीव को उसका आत्मस्वरूप दिखलाने का नाम जीवन है।…तो जीवन उन्होंने ही जिया, जिन्होंने भवसागर में पड़े जीव को उसका वास्तविक रूप दिखलाया। उसे उसका स्वरूप दिखलाया। उसे मार्ग दिखलाया। और यह सब स्वयं अपने को जाने बिना, आत्मसाक्षात्कार किए बिना कैसे संभव है ?…स्वयं शिक्षित हुए बिना दूसरे को शिक्षित करना कैसे संभव है ?…

"शिक्षा क्या है स्वामी जी ?"

"विचारों का स्नायु से घनिष्ठ संबंध जुड़ने का नाम शिक्षा है।..."

राजा चौंके...स्वामी जी ने पुस्तकीय ज्ञान की चर्चा ही नहीं की थी। विचारों को स्नायु से घनिष्ठतापूर्वक संबंधित करने को शिक्षा कह रहे हैं।...

"जब तक कोई भाव मन में ऐसे दृढ़ संस्कार के रूप में स्थापित न हो जाए कि जिससे प्रत्येक शिरा और स्नायु में उसका कार्य विकसित हो, तब तक भाव वास्तव में मन की अपनी संपत्ति नहीं कहा जा सकता।..."

ठीक कह रहे हैं स्वामी जी।...राजा सोच रहे थे...भारत और यूरोप के विभिन्न विश्वविद्यालयों से ऊँचा ज्ञान प्राप्त कर आए लोगों का भी आचरण नहीं सुधरता। उनके जीवन में कोई उदात्तता नहीं आती। वे उतने ही स्वार्थी और लोभी बने रहते हैं, जितने कि वे उस शिक्षा से पहले थे।...उनके पास विचार तो हैं, किंतु वे उनके संस्कार नहीं हैं। वे सिद्धांत उनके आचरण में नहीं उतरते...

"उदाहरण के लिए हम श्री रामकृष्णदेव के जीवन की घटनाओं को ले सकते हैं।" स्वामी ने कहा, "किसी धातु के टुकड़े के स्पर्श मात्र से ही परमहंस देव का शरीर निद्रावस्था में भी काँप जाता था। यह उनके कांचन त्याग की सिद्धि थी। उनका संपूर्ण जीवन मानो पवित्रता का विकास और मानव-मन के लिए सर्वोत्कृष्ट शिक्षा के आदर्श का दृष्टांत था।"

सेवक पुनः उपस्थित हो गया। राजा ने दृष्टि उठाकर उसकी ओर देखा।

"महाराज ! आठ बजे का समय है। भोजन की सुविधा कब होगी ?"

"भोजन ! हाँ, भोजन लगवाओ। हम स्वामी जी के साथ ही भोजन करेंगे।" सहसा अजितसिंह स्वामी की ओर मुड़े, "आपको तो कोई आपत्ति नहीं है स्वामी जी !"

"नहीं, मुझे कोई आपत्ति नहीं है।" स्वामी हँसे, "भिक्षुक को भोजन में कैसी आपत्ति !"

"नहीं, आपका कोई नियम ? कोई मर्यादा ?"

"जो कुछ आप खाएँगे, वही खाऊँगा। हाँ, मर्यादा है।" स्वामी बोले, "अपनी भूख से अधिक नहीं खाऊँगा।"

भोजन के थाल आ गए और स्वामी ने पूरी रुचि से भोजन किया।

"आप सोच रहे होंगे राजन् कि यह संन्यासी कैसा चटोरा है।" स्वामी ने कहा।

"नहीं...।"

"नहीं, संकोच की कोई बात नहीं है।" स्वामी बोले, "जो ईश्वर की कृपा से उपलब्ध हो, उसके प्रति चाहे मोह न हो, किंतु उसका पूरा-पूरा रस लेना भी सीखना चाहिए।"

इस बार राजा के साथ-साथ ठाकुर हरदयालसिंह और मुंशी जी ने भी चौंककर स्वामी की ओर देखा : वे जैसे भगवद्गीता का ही भाष्य कर रहे थे।...और इसका कहीं यह अर्थ भी था कि राजा अपनी संपत्ति का भोग करें। उससे मोह न करें, किंतु उसका पूरा-पूरा रस लेना सीखें।...स्वामी राजा से संपत्ति-त्याग की बात नहीं कहेंगे।...

"अच्छा राजा जी ! मैं चलूँ।" ठाकुर हरदयालसिंह ने कहा, "स्वामी जी ! आपसे मिलकर बहुत प्रसन्नता हुई। भगवान् ने चाहा तो फिर आपके दर्शन करूँगा।"

"भगवान् की इच्छा हो गई तो फिर कौन किसको रोक सकता है भाई !" स्वामी हँसे, "अच्छा राजन् ! मैं भी आपसे विदा लूँ।"

"नहीं, स्वामी जी ! आप अभी थोड़ा और रुकिए। आपकी बातों से मन भरा नहीं। भूख ही जागी है।"

"अच्छा है न ! मन भर जाता तो फिर आप कभी बुलाते ही नहीं। भगवान् करें, आपकी भूख जगी रहे। भिक्षुक की भिक्षा बनी रहे।"

"भिक्षुक और आप ! आप तो राजाओं के राजाधिराज हैं। जो राज्य आपके पास है, किसी राजा के पास नहीं है। थोड़ी देर बैठिए।" अजितसिंह ने आग्रह किया, "आपका ध्यान करने का समय तो नहीं हो गया ?"

"ध्यान के लिए तो रात पड़ी है।" स्वामी बैठ गए, "हाँ, आपसे भिक्षा पाई है तो आपको आशीष भी देता चलूँ। आपको दो-एक भजन सुनाता हूँ।"

"आपको संगीत से प्रेम है ? आप गाते भी हैं ?" अजितसिंह ने चकित होकर पूछा।

"गाता नहीं हूँ। भगवान् का स्मरण करता हूँ।"

स्वामी राजा के उत्तर के लिए नहीं रुके। उन्होंने गायत्री मंत्र से आरंभ कर ईशावास्योपनिषद् के मंत्रों का संगीतमय उच्चारण किया और फिर गाया :

"श्रीरामचंद्र कृपालु भजु मन हरण भवभय दारुणम्।
नवकंज लोचन, कंजमुख, करकंज पदकंजारुणम्।।
कंदर्प अगणित अमित छवि नवनील नीरद सुंदरम्।
पट पीत मानहूँ तड़ित रुचि शुचि नौमि जनकसुतावरम्।
भजु दीनबंधु दिनेश, दानव-दैत्य वंश निकंदनम्
रघुनन्द आनन्दकंद कोशलचंद दशरथनन्दनम्।
सिर मुकुट कुंडल तिलक चारु उदारु अंग विभूषणम्
आजानु भुज शर चाप धर संग्राम जित खर दूषणम्।
इति वदति तुलसीदास शंकर शेष मुनि मन रंजनम्।
मम हृदयकंज निवास कुरु कामादि खलदल गंजनम्।।"

राजा स्तब्ध रह गए। ऐसा संगीत तो उन्होंने जीवन-भर कभी नहीं सुना था।...और स्वामी कह रहे थे कि वे केवल भगवान् का नाम लेते हैं। शायद इस कोटि का संगीत ही भगवान् का नाम लेने योग्य होता है।...वे कुछ कहते, इससे पहले ही स्वामी उठ खड़े हुए।

"चलता हूँ राजन् ! आपकी घड़ी बता रही है कि ग्यारह बज गए हैं।"

"आपने अपना नाम तो बताया ही नहीं स्वामी जी !" अजितसिंह अभी भी जैसे उनके संगीत के सम्मोहन से मुक्त नहीं हुए थे।

"संन्यासी का क्या नाम राजन् ! नाम और रूप का संसार ही तो माया का संसार है।"

"फिर भी स्वामी जी !" राजा जैसे घबराकर बोले, "आपको खोजा कैसे जाएगा ?"

"मैं खो जाऊँ तो ही तो आप मुझे खोजेंगे।" संन्यासी ने हँसकर कहा, "अभी मैं खो नहीं रहा। वहीं किशनगढ़ भवन में समाधि लगाऊँगा।"

"फिर भी स्वामी जी !"

"आप मुझे विविदिशानन्द के नाम से खोज सकते हैं।"

"कल दर्शन दीजिएगा।" अजितसिंह ने कहा, "प्रातः आइएगा। संध्या के पश्चात् तो समय ही नहीं बचता है।"

"भगवान् आपको सुखी रखें।" स्वामी ने हाथ उठाकर आशीर्वाद दिया और बाहर की ओर चल पड़े।

राजा ने हाथ जोड़ दिए और मुंशी जगमोहनलाल को संकेत किया कि वे स्वामी को विदा करने बाहर तक जाएँ।

37

नींद टूटी ही थी कि अजितसिंह को स्मरण हो आया कि आज पिकॉक साहब के बँगले से उन्हें शेर मँगवाना है।

...ये अंग्रेज कुछ भी सोचते-समझते नहीं। एक क्षण के लिए नहीं भूलते कि इस देश में उनका राज है। और जिसका राज होता है, उसे सोचने-समझने की क्या आवश्यकता है ? वे तो प्रतिक्षण अपना शासन साधिकार प्रचारित करते रहते हैं। कोई बहाना तो वे जताना चाहते हैं कि इस देश पर उनका राज है। किसी की सुविधा-असुविधा का ध्यान शायद वे जानबूझकर ही नहीं रखते। किसी की पसंद-नापसंद से उन्हें क्या लेना-देना। जो मन में आया, वह आदेश दे दिया।...समरथ को नहिं दोस गोसाईं...

और पिकॉक साहब उन्हें किसी जीवित मनुष्य की खाल खिंचवाने को नहीं कह रहे—चाहें तो वह भी कह सकते हैं। वे तो शिकार किए गए एक शेर की खाल खिंचवाने को ही कह रहे हैं। यह कोई इतना बड़ा काम तो नहीं है कि एक राजा के सामर्थ्य से बाहर हो। फिर अजितसिंह को उनसे क्या शिकायत थी ?...

उनका मन जैसे उबल पड़ा, 'कहने को छोटा काम है, पर अजितसिंह से ही क्यों कहा जा रहा है ? शेर पिकॉक साहब का है। उसकी खाल खींचने वाला चमार नाथ्या उनके पास है। तो क्यों नहीं खाल खिंचवा लेते ?...अजितसिंह के पीछे ही क्यों पड़े हुए हैं कि शेर को अजितसिंह अपने डेरे पर मँगवाएँ। नाथ्या को भी बुलवाएँ और अपने सामने शेर की खाल खिंचवाएँ, क्योंकि पिकॉक साहब समझते हैं कि राजा अजितसिंह इन कामों में बहुत दक्ष हैं अथवा इस काम की उन्हें अधिक समझ है। या वे मानते हैं कि वे स्वयं बहुत व्यस्त हैं। उनके पास ऐसे छोटे-मोटे कामों के लिए समय नहीं है और अजितसिंह खाली बैठे हैं।...पीने को तो अजितसिंह स्वयं भी उठकर पानी पी सकते हैं; किंतु वे ऐसा करेंगे नहीं। वे उसके लिए भी नौकर को पुकारेंगे। ऐसे कामों के लिए अजितसिंह अपने हाथ-पैर हिलाना उचित नहीं समझते। वैसे ही पिकॉक साहब शेर की खाल खिंचवाने जैसे कामों के लिए अपने हाथ-पैर हिलाना नहीं चाहते। वे देसी रियासतों के स्वामियों, स्वयं को राजा-महाराजा समझने वाले रईसों की खाल खींचते रहना चाहते हैं। वे अजितसिंह और उन जैसे राजाओं को स्मरण कराते रहना चाहते हैं कि उनकी हैसियत क्या है। जो काम एक चपरासी से लिया जा सकता है, अंग्रेज वह काम राजा-महाराजाओं से करवाना चाहते हैं...अजितसिंह उनका काम टालकर तो देखें...उससे अंग्रेज बहादुर का अपमान हो जाएगा। इन लोगों से व्यवहार करने में न हाँ करते बनता है, न न करते। एक बार न कह दो तो वह बगावत है। यदि अजितसिंह पिकॉक साहब के मरे हुए शेर की

खाल नहीं खिंचवाते तो उससे सिद्ध होगा कि अजितसिंह अंग्रेजों के प्रति निष्ठावान नहीं हैं। वे अपने देश के प्रति निष्ठावान हैं; और अंग्रेजों की दृष्टि में किसी भारतीय का अपने देश के प्रति निष्ठावान होना अपराध है। उस अपराध के कारण उनकी रियासत पर संकट के मेघ मँडराने लगेंगे।...पता नहीं, ये अंग्रेज शेर कहाँ से मार लाते हैं और क्यों मार लाते हैं। जाने अपनी किसी प्रेमिका को लुभाना चाहते हैं, अथवा इंग्लैंड में किसी बड़े अधिकारी को प्रभावित करना चाहते हैं।...इन मक्कारों का क्या है ! स्वयं कभी जंगल का मुँह भी नहीं देखा होगा और कह देंगे कि वे मृगया के लिए गए थे। अपने प्राणों को संकट में डालकर उन्होंने यह सिंह मारा है। उसी का चर्म भेज रहे हैं।...इंग्लैंड में बैठे इनके मित्र और संबंधी स्वीकार कर लेते हैं कि भारत में कोई अंग्रेज चुटकी भी बजाए तो उससे वनों में दहाड़ते सिंह मरकर गिर जाते हैं और उनका चर्म उड़कर इंग्लैंड पहुँच जाता है।...'

राजा ने झल्लाहट में हाथ बढ़ाकर एक चुरुट उठा लिया। चुरुट तो अधरों में आ गया, किंतु वह सुलगेगा कैसे ?...आवाज देकर हुजूरी को बुलाया। हुजूरी ने देखा कि राजा साहब के मुँह में चुरुट लगा है। तत्काल माचिस जलाकर चुरुट सुलगाया। राजा की नासिका और मुख से धुआँ निकला तो सेवक ने मान लिया कि उसका कार्य पूरा हुआ। वह पीछे हट गया।...

"महाराज ! कुंवर शिवनाथ सिंह आए हुए हैं। वे दरबार के दर्शन करना चाहते हैं।"

"अच्छा, उन्हें बैठाओ और शतरंज का सामान भी वहीं रख दो।" राजा ने कहा, "वे शतरंज के शौक में आए होंगे।"

अजितसिंह अपने चुरुट की ओर देख रहे थे...पिछले कुछ दिनों से यह उनकी दिनचर्या ही बन गई थी। प्रातः आँखें खुलते ही, तंद्रा दूर करने के लिए अथवा स्फूर्ति का अनुभव करने के लिए वे चुरुट पीने लगते थे। कोई रोकने-टोकने वाला नहीं था। कोई समझाने-बुझाने वाला नहीं था। जिस समाज ने यह मान लिया कि राजा-रईसों का काम ही है नशा करना। जहाँ सुरापान करना और कराना सामाजिक शिष्टाचार मान लिया गया हो, आपानक गोष्ठियों को गौरवपूर्ण स्थान दिया गया हो, वहाँ धूम्रपान जैसे साधारण कर्म के लिए कौन किसको टोकेगा ?...उन्हें चुरुट का कुछ व्यसन-सा ही होता जा रहा था।...

चुरुट के नाम पर उन्हें स्वामी याद आ गए। उन्हें आश्चर्य हुआ था...स्वामी को उनके चुरुट पीने पर कोई आपत्ति नहीं थी।...वे तो स्वयं भी कभी-कभार एक-आध चुरुट का सेवन कर लिया करते थे।...उनकी मान्यता थी कि तंबाकू के सेवन से स्वास्थ्य बिगड़ सकता है; किंतु आध्यात्मिक विकास के संदर्भ में वह कोई बाधा नहीं है। न ही तंबाकू सेवन से नैतिकता का कोई हनन होता था।...किंतु इसका भी व्यसन नहीं पालना चाहिए। व्यसन कैसा भी हो, आध्यात्मिक विकास के लिए बाधा हो सकता है। अपने कंधों पर व्यसन का बोझ ढोने वाला व्यक्ति तपस्या की चढ़ाई नहीं चढ़ सकता।... वस्तुतः स्वामी खान-पान संबंधी कोई भी विशेष बंधन नहीं मानते थे। वे उन हिंदुओं का विरोध करते थे, जो धर्म और अध्यात्म का संबंध रसोई से जोड़ते थे। उनकी दृढ़ मान्यता थी कि जिन लोगों ने हिंदू धर्म को रसोई में बंदी कर दिया है, उन्होंने हिंदू धर्म और हिंदुओं के विकास के मार्ग में काँटे ही बोए हैं। आहार का ध्यान होना चाहिए। किंतु आहरण का तात्पर्य क्या है ? यह नहीं कि आप क्या खा रहे हैं, वरन् यह कि आप कैसा खा रहे हैं। आप कैसे धन से उपलब्ध कराया गया अन्न खा रहे हैं। वह धन शुद्ध होना चाहिए। वह धन अधर्म द्वारा अर्जित नहीं होना चाहिए। पाप के धन के आहार से जीव का आध्यात्मिक विकास बाधित होता है...उसका नैतिक पतन होता है।...

अजितसिंह को आश्चर्य होता है कि पिछले कुछ ही दिनों के परिचय में वे लोग एक-दूसरे के कितने निकट आ गए थे, जैसे वर्षों से एक-दूसरे के मित्र हों। कभी-कभी तो उनमें राजा और संन्यासी का भेद भी नहीं रह जाता है। यह समझना भी कठिन हो जाता है कि उन दोनों में कौन राजा है और कौन संन्यासी। स्वामी में अनेक बातें राजाओं की-सी थीं और अजितसिंह अनेक बातों में स्वयं को संन्यासी ही पाते थे। वे दोनों जैसे एक-दूसरे की सहायता के लिए जन्मे थे; एक-दूसरे के पूरक होकर।...अजितसिंह को संगीत अत्यंत प्रिय था और स्वामी को संगीत का न केवल असाधारण ज्ञान था, वरन् वे दिव्य कंठ लेकर जन्मे थे।...पहले दिन ही उनका गायन सुनकर अजितसिंह चकित रह गए थे...किंतु फिर तो जैसे वे क्रमशः स्वामी के संगीत में डूबने लगे थे। स्वामी ने उन्हें हार्मोनियम थमा दिया था। वे हार्मोनियम बजा रहे थे और स्वामी वेदों की ऋचाएँ गा रहे थे। वे सारी रात इसी प्रकार गाते-बजाते और एक-दूसरे के संगीत का रस लेते रहते कि अजितसिंह ने देखा कि उनके दास-दासियाँ आसपास घिर आए हैं। वे संगीत की पवित्रता से भी आकृष्ट हुए हो सकते हैं और राजा की प्रसन्नता पाने के लिए भी।... किंतु दूसरे दिन मुंशी जगमोहनलाल ने संकेत किया कि अपने महाराज को एक संन्यासी के लिए हार्मोनियम बजाते देखकर वे लोग दंग रह गए थे। वे समझ नहीं पा रहे थे कि उनके राजा इतने साधारण व्यक्ति कैसे हो सकते हैं...

प्रजा कुछ भी समझे, अजितसिंह उस प्रकार के विशिष्ट व्यक्ति नहीं होना चाहते थे, जो हाथीदाँत की मीनार पर चढ़कर रहते हैं। उन्हें संगीत भी प्रिय था और स्वामी भी। कितनी बार उनकी इच्छा होती थी कि हार्मोनियम लेकर किसी मंदिर में जा बैठें और रात-भर प्रभु को रिझाने के लिए गाते रहें।...वैसा तो वे कभी कर नहीं पाए, किंतु एकांत में अपनी कविता की पंक्तियाँ गुनगुनाते रहते थे :

"पिय बिन मोकूँ कछु न सुहावे।
तड़फत जिय अति ही अकुलावे।।"

स्वामी ने भी उनका यह गुनगुनाना सुना था। वे इन पंक्तियों पर ऐसे रीझे कि हार्मोनियम लेकर स्वयं ही उन्हें गाने बैठ गए।...और जब वे अंतिम चरण पर पहुँचे..."मरण न देत आस मिलिबे की"...तो ऐसे मगन हुए कि उस पंक्ति को गाते ही चले गए।...कितने प्रकार से घुमा-फिराकर, संगीत की कितनी ही बंदिशों में...लगा कि जैसे वे किसी आवेश में हों।...

अजितसिंह ऐसे ही साधारण व्यक्ति हो जाना चाहते थे, जो चौराहे पर खड़ा होकर गा सके..."मरण न देत आस मिलिबे की"...उन्हें यही पीड़ा खाए जाती थी कि वे साधारण व्यक्ति होकर क्यों नहीं जन्मे। साधारण व्यक्ति हुए होते तो यह अंग्रेज पिकॉक उन्हें शेर की खाल खिंचवाने का आदेश नहीं दे सकता था।...

अजितसिंह को अंग्रेजों द्वारा शेरों का इस प्रकार अंधाधुंध शिकार अच्छा नहीं लगता था।...उन्हें बताया गया था कि भारतीय परंपरा में इस प्रकार अकारण ही, अपनी प्रसन्नता के लिए, सिंहों को घेरकर चूहों के समान नहीं मारा जाता था। शेर का शिकार केवल राजा करता था और वह भी केवल नरभक्षी सिंहों का। जब कभी किसी शेर के मुँह को खून लग जाता था, शेर नरभक्षी हो जाता था, वह वन से बाहर निकलकर आसपास के क्षेत्रों में प्रजा अथवा प्रजा के गोधन को खाने लगता था, तो उसकी शिकायत राजा से की जाती थी। राजा उसको दंडित करने के लिए मृगया का प्रबंध करता था। प्रजा मिलकर हाँका करती थी; किंतु शेर के वध का अधिकार केवल राजा को ही था।

बाण मारना हो या गोली चलानी हो, वह काम राजा का ही था; क्योंकि दुष्टदलन राजा का कर्तव्य था और अपराधी को दंडित करने का अधिकार भी केवल राजा को ही था। निरीह पशुओं को मारकर उनके चर्म को अपने महलों में सजाने की परंपरा हमारी नहीं थी। यह किसी राजा की वीरता का प्रमाण नहीं था। यह तो दुष्टदलन था।...और अपराधियों के मुंडों से राजा के महल की दीवारें कभी सुशोभित नहीं होतीं।...

अजितसिंह हाथ-मुँह धोकर प्रतीक्षा करते हुए कुँवर शिवसिंह के पास आ गए। सेवकों ने उनका सत्कार किया था, इसके प्रमाण वहाँ उपलब्ध थे। राजा का अभिवादन कर तथा कुशल समाचार पूछकर कुँवर ने शतरंज की बिसात बिछा दी। अजितसिंह शतरंज खेलते रहे और सोचते रहे कि शतरंज खेलने में इतने चतुर भारतीय, वास्तविक युद्धों में मुसलमानों और अंग्रेजों से क्यों हारते रहे ? इसलिए कि वे सिद्धांत और व्यवहार को एक नहीं कर पाए ? जो कुछ सीखा, उसे सिद्धांत के धरातल पर ही स्वीकार किया; किंतु अपने आचरण में उसे कभी नहीं उतारा। व्यक्ति के धरातल पर चाहे प्रत्येक व्यक्ति झूठा हो, किंतु राष्ट्र के धरातल पर हम कभी झूठ को नहीं अपना सके।...

साढ़े आठ बजे उनके सेवक पिकॉक साहब के बँगले से शेर ले आए थे। पिकॉक साहब ने खाल खींचने वाले चमार नाथ्या को साथ ही भेज दिया था। उसे बुलाने के लिए आदमी नहीं भेजना पड़ा। अजितसिंह ने नाथ्या से पूछा कि वह खाल को किस प्रकार खींचेगा। खाल पूरी की पूरी खिंच आनी चाहिए थी। कटी-फटी खाल किसी काम की नहीं होती।

"जानता हूँ सरकार !" नाथ्या बोला, "हमसे शेर की खाल खींचने में दोष रह जाए तो ये गोरे हमारी ही खाल खींच लें।"

अजितसिंह कहना चाहते थे कि तुम्हारी ही क्या, वे तो हमारी भी खाल खींच लें।...किंतु यह सब कहकर वे नाथ्या के साथ अपनी तुलना नहीं करना चाहते थे।

"इसीलिए पिकॉक साहब ने शेर और तुमको यहाँ भेजा है।" अजितसिंह ने कहा, "मेरे सामने ही यह काम करो, ताकि मेरा अनुभव भी तुम्हारे काम आ सके।"

"मेरे लिए भी यही हितकर है सरकार ! काम आपकी देख-रेख में होगा, तो वे व्यर्थ ही लाल-पीले होने का नाटक नहीं कर सकेंगे।" नाथ्या ने कहा, "वैसे दरबार ! हम भी तो अपने पिता-पितामह के समय से यही काम करते आए हैं।..."

उसने कहा नहीं, किंतु अजितसिंह समझ रहे थे कि वह कहना चाहता है कि इस काम में उससे कोई भूल हो ही नहीं सकती।

"जानता हूँ।" अजितसिंह बोले, "किंतु तुम लोग किसी और के पिता-पितामह के अनुभव का लाभ नहीं उठाते। इसीलिए तुम्हारा ज्ञान सीमित रह जाता है। तुमने कभी जाकर देखा है कि जयपुर, जोधपुर और उदयपुर के महाराजाओं ने अपने यहाँ खाल किस ढंग से खिंचवाई है। तुमने तो वही सीखा, जो तुम्हारे पिता ने तुम्हें सिखाया।

"हाँ सरकार ! यह तो आप ठीक ही कह रहे हैं। हम अपने पिता के पास, अपने ही घर में बैठकर यह कला सीखते हैं। न कोई किसी और से सीखता है और न ही कोई किसी को सिखाता है।"

"कोई विद्या इस प्रकार पूर्णता को प्राप्त नहीं होती। शिक्षा के लिए तो व्यक्ति को दूर-दूर जाना पड़ता है।" राजा ने कहा, किंतु उनका अपना मन ही जैसे अपने कथन से विद्रोह कर उठा, वे भी कहाँ गए किसी से सीखने ? अब स्वामी उनके पास आए हैं तो उन्हें ज्ञात हो रहा है कि उनकी

विद्या कितनी अधूरी है।...

"तुम अपना काम आरंभ करो।" उन्होंने नाथ्या से कहा।

"महाराज जाकर विश्राम करें।" नाथ्या बोला, "यह मेरा रोज का काम है, मैं कर लूँगा।"

"नहीं नाथ्या ! यद्यपि मुझको तुम पर पूरा विश्वास है, किंतु फिर भी मैं यहीं बैठूँगा। तुम्हें यह काम मेरे सामने ही करना है।" अजितसिंह ने कहा, "तुमसे कोई भूल नहीं होगी, फिर भी आवश्यक होने पर मैं तुम्हें परामर्श दूँगा।"

"जैसी दरबार की इच्छा।"

नाथ्या ने अपने उपकरण निकाल लिए और नाहर का पेट चीर दिया।

"तो मैं चलता हूँ राजा साहब !" कुँवर शिवनाथ सिंह उठ खड़े हुए, "मैं थोड़ी देर के लिए घुड़सवारी के लिए जाऊँगा।"

कुँवर को विदा कर अजितसिंह बैठ गए।

"दरबार ! मैंने गोरे लोगों के बीच यह चर्चा सुनी है कि आपके पास इन दिनों कोई संन्यासी आता है। सरकार उसे अपने परिवार का-सा ही मानने लगे हैं।" नाथ्या ने अजितसिंह की ओर देखा, "महाराज सावधान हैं न ! पानी, भरे बर्तन से खाली बर्तन की ओर ही बहता है।"

"क्या कहना चाहते हो नाथ्या ?"

"सरकार ! राजा अपनी इच्छा से किसी साधु-संन्यासी को कितना भी दे, कोई हानि नहीं। यह धर्म का ही काम है।" नाथ्या बोला, "किंतु संन्यासी राजाओं की उदारता का अनुचित लाभ उठाए, यह धर्म नहीं है। महाराज ! धन तो राजा के पास ही है न ! संन्यासी के पास तो कोई धन नहीं है।"

"तू क्या जानता है कि संन्यासी के पास कौन-सा धन है और कैसा धन है ?" अजितसिंह बोले, "नाथ्या ! राजा को संन्यासी का उपदेश सुनना चाहिए, खाल काढ़ने वाले नाथ्या का नहीं। नाथ्या खाल अच्छी काढ़ता है, किंतु उपदेशक तो संन्यासी ही अच्छा है।"

नाथ्या झेंप गया। उसने दोनों हाथों से अपने कान पकड़ लिए और जीभ दाँतों में दबा ली, "मेरी क्या मजाल कि मैं महाराज को उपदेश दूँ। मैंने तो जो चर्चा सुनी थी, वह महाराज तक पहुँचा दी।"

"अच्छा किया।" अजितसिंह बोले, "पर ऐसे कामों के लिए मेरे पास अपने गूढ़ पुरुष हैं, जो मुझे बताते रहते हैं कि कहाँ क्या चर्चा होती है। मेरे गूढ़ पुरुषों ने बताया है कि नाथ्या वाचाल है, उससे सावधान रहें। किंतु मैं कान का कच्चा नहीं हूँ, इसलिए मुझे नाथ्या से भी सावधान रहने की आवश्यकता नहीं है। तू भी सुन ले नाथ्या ! राजा लोग जाकर संन्यासियों के चरणों पर अपना सिर रखते हैं और महाराजाधिराज हो जाते हैं। कोई संन्यासी राजा के चरणों पर अपना सिर नहीं रखता; और जो रखता है, वह संन्यासी नहीं, भाँड हो जाता है।"

नाथ्या ने अजितसिंह की ओर देखा। उसकी दृष्टि में भय था, "सरकार ! गोरे लोगों में ऐसी चर्चा है।"

"जानता हूँ।" अजितसिंह बोले, "गोरे लोगों में शायद सच्चे संन्यासी नहीं होते। वैसे भी जो गोरे यहाँ तुझे दिखाई देते हैं न, उनमें से किसी के मन में भी धर्म नहीं है। उनमें से कोई भी यहाँ धर्म अथवा ईश्वर की खोज में नहीं आया है। वे सब धन के लोभी हैं और हमारे देश को लूटने आए हैं। वे प्रत्येक संन्यासी को पाखंडी समझते हैं। पर तू अपना धर्म क्यों छोड़ता है रे ? तू तो

अपने मन की श्रद्धा बनाए रख।"

"भूल हुई दरबार !" नाथ्या ने आँखें झुका लीं।

तभी सेवक सूचना लाया कि पिकॉक साहब की सवारी आई है, वे भीतर आ रहे हैं।

अजितसिंह को कुछ आश्चर्य हुआ। पिकॉक के आने की कोई बात नहीं थी और इस प्रकार बिना निमंत्रण के गोरे लोग भारतीयों के घरों में जाते नहीं हैं, चाहे वह घर राजा का ही क्यों न हो।...आज यह पिकॉक नई लीक पर कैसे चल पड़ा ?

पिकॉक ने आकर अजितसिंह से हाथ मिलाया और खाल खींचने का काम देखने के लिए बैठ गया।...अजितसिंह समझ गए : वह न उनके घर आया था और न ही उनसे मिलने आया था। वह तो एक प्रकार से निरीक्षण करने आया था कि उसका काम उसके निर्देशों के अनुसार हो रहा है या नहीं। उसे न नाथ्या पर भरोसा था, न अजितसिंह पर।...या फिर वह केवल अपना मालिकाना अधिकार जताने आया था ?...

पिकॉक के जाने तक नाथ्या का काम प्रायः पूरा हो चुका था। राजा ने शेर की चर्बी बँटवा दी और खाल सूखने के लिए डाल दी गई।...

38

स्वामी के आने की सूचना मिली। अजितसिंह उनके स्वागत के लिए बाहर निकल आए और स्वयं उन्हें अपने साथ भीतर ले गए।

"आज कुछ नया व्यापार हो रहा है राजन् !" स्वामी हँसे।

"यह भी रियासती कारोबार है स्वामी जी !" अजितसिंह बोले, "चूँकि हम सिंह कहलाते हैं, इसलिए वन के सिंहों को मारना और उनका चर्म सुखाना हमारे कामों के साथ जुड़ गया है।...पर यह पिकॉक का नाहर था। मेरे यहाँ तो केवल उसकी खाल खिंचवाई गई।"

"हम सिंह को क्यों मारते हैं ?" स्वामी ने कुछ गंभीर होकर पूछा।

"वह हिंस्र पशु है।" अजितसिंह बोले, "उसे उसकी हिंसा का दंड मिलता है।"

"इस दृष्टि से तो जो वन में जाकर सिंह का आखेट करता है, वह भी हिंसा ही कर रहा है, उसे उसकी हिंसा का दंड मिलता है ?"

"मिलना तो चाहिए।"

"पर हम हिंसा और उसके दंड के रूप में न सोचें। यह सोचें कि सिंह किसके लिए हिंस्र है ?" स्वामी हँसे, "हम हिंस्र उसके लिए होते हैं, जिससे हम भयभीत हैं अथवा जो हमसे भयभीत है, अतः हमारे प्रति हिंस्र है।"

"तो उसका समाधान क्या है ?"

"अपने मन के भय और हिंसा को जीतना।" स्वामी बोले, "यदि मेरे मन में भय नहीं है, तो मैं हिंस्र नहीं होऊँगा और यदि मैं हिंस्र नहीं होऊँगा तो सिंह भी मेरे प्रति हिंस्र नहीं होगा। यदि मेरे मन में किसी प्राणी के लिए हिंसा नहीं है, तो कोई प्राणी मेरे प्रति हिंस्र नहीं हो सकता।...यह प्रकृति का नियम है।"

"स्वामी जी ! मैं एक संकट में हूँ। चाहता हूँ कि आप उसका समाधान कर दें।" अजितसिंह गंभीर स्वर में बोले।

"आप जैसे व्यक्ति पर कैसा संकट महाराज ! आप पर तो राम भी प्रसन्न हैं और उनकी माया भी।"

"आप जानते हैं कि यह स्थान स्थायी रूप से हमारा नहीं है।"

"हाँ, ऐसा कुछ आभास मुझे था।"

"इसीलिए यह आज तक डेरा कहलाता रहा है। इसे महल या कोठी नहीं कहा गया। खेतड़ी के राजपरिवार के उपयुक्त एक भवन निर्माणाधीन था। वह बनकर तैयार हो गया है। हम कल ही अग्निहोत्र कराकर धार्मिक रीति से उसमें प्रवेश करना चाहते हैं।"

"तो इसमें अनुचित ही क्या है महाराज ?"

"अनुचित ! इसमें तो अनुचित कुछ नहीं है।" अजितसिंह बोले, "हम चाहते हैं कि न केवल कल आप उसमें उपस्थित रहें, वरन् हमारे साथ भोजन भी करें।"

"मैं तो प्रायः प्रतिदिन आपके साथ भोजन कर रहा हूँ। कल भी कर लूँगा। संन्यासी को भिक्षा चाहिए, निमंत्रण की औपचारिकता नहीं।"

"ठीक कहते हैं महाराज !" अजितसिंह बोले, "किंतु उस समय ठाकुर समाज के अनेक अतिथि होंगे। वे भोजन से पहले मदिरापान भी करेंगे। हो सकता है कि उनके व्यवहार में कुछ अशोभनीय भी हो; किंतु मैं कुछ नहीं कर सकता। उनको निमंत्रित करना भी आवश्यक है और उनको मदिरापान से भी नहीं रोका जा सकता। मैं अपने आप को ही नहीं रोक सकता तो उनको क्या रोकूँगा !" अजितसिंह ने स्वामी की ओर देखा, "ऐसी स्थिति में आप भी उस भोज में सम्मिलित हो पाएँगे ? मेरी इच्छा है कि आपका आशीर्वाद हमें प्राप्त हो।"

स्वामी दो क्षण मौन रहे, "स्थिति को मैं समझता हूँ राजन् ! सामान्यतः ऐसे स्थान पर किसी संन्यासी को नहीं रहना चाहिए; और आप चाहते हैं कि मैं वहाँ रहूँ।"

"जी।"

"मैं वहाँ रहूँगा।" स्वामी बोले, "मैं न मदिरा से भयभीत हूँ, न मदिरांध ठाकुरों से। मैंने बहुत पियक्कड़ देखे हैं। वैसे संन्यासी में इतना संयम तो होना ही चाहिए कि यदि कोई अशोभनीय बात हो जाए तो वह उसको सहन कर ले। फिर भी चाहूँगा कि मुझे उन लोगों के साथ उसी पंगत में बैठकर भोजन करने को बाध्य न किया जाए, संभव हो तो मेरे लिए अलग चौकी लगा दी जाए।"

"उसमें कोई कठिनाई नहीं है।" अजितसिंह ने कहा, "कल का भोज अंग्रेजी पद्धति का है। अतः भोजन एक बड़ी मेज के चारों ओर कुर्सियों पर बैठकर होगा। आपके लिए अलग मेज की व्यवस्था कर दी जाएगी। आशा है कि आप मुझे इस असुविधा के लिए क्षमा करेंगे।"

"इसमें आपकी भूल ही क्या है कि आपको क्षमा किया जाए।" स्वामी हँसे, "पहले मैं सोचता था कि जिनका देश एक विदेशी शक्ति के पैरों-तले कुचला जा रहा हो, उस देश के ये भारतीय राजा इस प्रकार मदांध क्यों हैं ? अब मैं समझ गया हूँ कि वे मदांध हैं, इसीलिए हमारा देश पराधीन है।"

"तो उनका कुछ शिक्षण भी तो होना चाहिए महाराज ! और वह आपसे अच्छा और कौन कर सकता है।"

"कुछ ऐसा ही सोचकर मैं राज-समाज के निकट आया हूँ राजन् !"

39

"स्वामी जी ! यह मेरे मित्र हैं, हरविलास शारदा। आज ही अजमेर से आए हैं। कुछ दिन हमारे साथ यहीं रहेंगे।" ठाकुर मुकुंदसिंह ने परिचय कराया, "इन्होंने भी आपकी नगरी कलकत्ता से ही बी०ए० की उपाधि प्राप्त की है और अब अजमेर के मेयो कॉलेज में पढ़ा रहे हैं।"

स्वामी ने हरविलास शारदा की ओर देखा : बाईस-चौबीस वर्ष का शालीन-सा राजस्थानी युवक ! यह पढ़ने के लिए कलकत्ता कैसे पहुँच गया ?...पर उन्होंने पूछा नहीं। राजस्थानी लोग व्यापार के लिए कहीं भी पहुँच जाते हैं, वैसे ही शिक्षा के लिए भी पहुँच ही सकते हैं।...पढ़े-लिखे होने का गुमान हरविलास के चेहरे पर अवश्य था।

हरविलास ने क्षण-भर सोचा कि संन्यासी के वेश में बैठे इस युवक के चरण छुए या सामान्य-सा नमस्कार कर दे ? वयोवृद्ध व्यक्ति के चरण छूने में असमंजस नहीं होता था, किंतु यह संन्यासी तो युवा था। अभी तीस वर्ष का भी नहीं होगा।...अंततः हरविलास ने नमस्कार ही किया। यही उचित था। पता नहीं गेरुए वस्त्रों में यह कौन था ? चरण छूने के योग्य था भी या नहीं ?

"प्रभु आपको सद्‌बुद्धि दें।" स्वामी ने अपने स्थान पर बैठे-बैठे दाहिना हाथ उठाकर आशीर्वाद दिया।

हरविलास चौंका : उसने दुर्बुद्धि का तो कोई काम नहीं किया था कि उसे सद्‌बुद्धि का आशीर्वाद दिया जाए; किंतु सद्‌बुद्धि का आशीर्वाद आपत्तिजनक भी नहीं था। सद्‌बुद्धि की किसे आवश्यकता नहीं होती।

"आप आर्यसमाजी हैं स्वामी जी ?" हरविलास ने पूछा।

"नहीं, मैं संन्यासी हूँ।"

हरविलास को संन्यासी का उत्तर कुछ विचित्र लगा। यदि वह आर्यसमाजी नहीं है, तो बताना चाहिए कि सनातनधर्मी है, ब्रह्मसमाजी है, देवसमाजी है, कबीरपंथी है...यह क्या उत्तर हुआ कि मैं संन्यासी हूँ। हरविलास ने यह तो नहीं पूछा था कि वे गृहस्थ हैं, वानप्रस्थी हैं अथवा संन्यासी हैं।...कुछ लोगों को विभाजन का आधार ही समझ नहीं आता और वे अतार्किक वर्ग बना लेते हैं।

"ठाकुर मुकुंदसिंह पक्के आर्यसमाजी हैं, इसलिए पूछ लिया।" हरविलास ने कहा, "मैं अपना प्रश्न बदल देता हूँ, क्या आप आर्यसमाजी संन्यासी हैं ?"

स्वामी हँसे, "यदि संन्यास लेने के पश्चात् भी जाति, गोत्र और संप्रदाय हमारे साथ चिपके ही रहें तो संन्यास का लाभ ही क्या ? संन्यास का अर्थ ही है कि अब मेरा समाज के इन विभाजनों और वर्गों से कोई संबंध नहीं है।...वैसे मैं ईश्वर का अन्वेषी हूँ। आप मुझे किस वर्ग में रखेंगे ?"

"हरविलास ! तुमने जिरह आरंभ कर दी।" मुकुंदसिंह ने हरविलास के बोलने से पहले ही हँसकर कहा, "स्वामी जी ! हमारे मित्र हरविलास वकील तो नहीं हैं, किंतु कानूनबाज पक्के हैं। कलकत्ता विश्वविद्यालय में अंग्रेजी शिक्षा पाई है। तर्क इनकी घुट्टी में है। वैसे भी स्वयं को सुधारवादी मानते हैं इसलिए आर्यसमाज के समर्थक हैं और स्वामी दयानन्द के विचारों से बहुत प्रभावित हैं। अभी इस प्रयत्न में होंगे कि आपको किस कोण से सुधारा जा सकता है।"

"अच्छी बात है। सुधारना ही चाहते हैं, बिगाड़ना तो नहीं चाहते।" स्वामी हँसे, "एक महर्षि से प्रभावित होने में कोई दोष नहीं है। लोग तो साधारण-से ईसाई पादरियों से प्रभावित होकर

समाज-सुधार करने निकल पड़ते हैं और अंततः ईसाई हो जाते हैं।''

''तो आप आर्यसमाजी नहीं हैं और ठाकुर मुकुंदसिंह जैसे आर्यसमाजी के घर रह रहे हैं। लगता है, ये अभी तक आपके विचारों को परिवर्तित नहीं कर पाए। संभव है कि ये भी आपको सुधारने का प्रयत्न कर रहे हों।'' हरविलास ने परिहास की मुद्रा बनाई।

''मैं तो एक मुसलमान वकील के साथ रह रहा था।'' स्वामी हँसे, ''ये डर गए होंगे कि कहीं वह मुझे सुधार न ले और मैं मुसलमान न हो जाऊँ। या इनसे मेरा ऐसा पतन देखा नहीं गया होगा और ये मुझे यहाँ उठा लाए। संभव है कि इनके मित्र महाराज ने इनसे कहा हो कि मैं कहाँ पड़ा हूँ, ये मेरा उद्धार करें।''

''कौन महाराज ?''

''खेतड़ी के राजा अजितसिंह।''

''अरे ठहरो हरविलास !'' मुकुंदसिंह बोले, ''ऐसे ही स्वामी जी से मत उलझो। वे बहुत पहुँचे हुए संत हैं। जो इन्हें जानता है, वह इनके चरण धोकर पीने में अपना सौभाग्य मानता है। ये मेरे यहाँ अपनी चरणधूलि डालने और जूठन गिराने को सहमत हो गए, यह मेरा अपने किसी पिछले जन्म का पुण्य ही था। राजा अजितसिंह प्रतिदिन इनकी कृपा की कामना करते रहते हैं। तुम इनको कनवर्ट करने का प्रयत्न मत करो।''

हरविलास कुछ उलझ गए…संन्यासी स्वयं को आर्यसमाजी नहीं मान रहा था। मुकुंदसिंह उनके चरण धोकर पीने में सौभाग्य की बात कर रहे थे। संन्यासी खेतड़ी-नरेश अजितसिंह से भी परिचित लगता था।…और यह संन्यासी एक मुसलमान वकील के साथ रह रहा था…

''यद्यपि स्वामी जी अत्यंत गंभीर विचारक हैं, किंतु अनेक बार इनका परिहास भी बहुत घातक होता है…। इनकी विनोदी वृत्ति से सँभलकर रहना। ये तुम्हें बना भी रहे हो सकते हैं।…इनका कहा अभिधा में ही मत मान लेना।''

मुकुंदसिंह अभी और भी बहुत सारी चेतावनियाँ देना चाहते थे कि स्वामी ने कहा, ''अजमेर की गर्मी से भागकर आए हैं ?''

''नहीं, बाल-विवाह से भागकर आए हैं।'' उत्तर मुकुंदसिंह ने ही दिया।

स्वामी ने हरविलास की ओर देखा, ''इसका क्या अभिप्राय है महाशय ?''

''देखिए, राजस्थान में बाल-विवाह का प्रचलन है…''

''बाल-विवाह तो बंगाल में भी होते हैं।''

''मैं सोलह वर्ष का भी नहीं हुआ था कि मेरे माता-पिता ने मेरे विवाह की चर्चा चला दी और फिर उसके लिए प्रयत्न भी आरंभ कर दिया।'' हरविलास ने कहा, ''तब से अब तक मैं घर से भागा ही रहता हूँ कि कहीं वे मुझे पकड़कर विवाह के लिए बाध्य न कर दें।…आपको नहीं लगता स्वामी जी कि छोटी अवस्था में विवाह नहीं होना चाहिए ?''

''आप बाल-विवाह से भागे हुए हैं और मैं विवाह से ही भागा हुआ हूँ।'' स्वामी हँसे, ''मैं सदा आशंकित रहता हूँ कि…''

''कि कहीं कोई आपका विवाह न कर दे।'' हरविलास जोर से हँसा।

''नहीं, कि कहीं आप जैसे किसी प्रतिभाशाली व्यक्ति को विवाह कर संतान उत्पन्न करने और उसका पालन-पोषण करने में ही न जोत दिया जाए।''

"तो फिर हमारे धर्म में सुधार होना चाहिए न !" हरविलास को लगा कि उन्होंने अपना तर्क जीत लिया है।

"धर्म ने कभी कहा है कि प्रत्येक व्यक्ति का विवाह होना चाहिए और वह विवाह उसके बाल्यकाल में ही होना चाहिए ?" स्वामी ने उसकी ओर देखा।

"हरविलास ! फँस गए तुम !" मुकुंदसिंह हँसे।

"फँसने की क्या बात है ?" हरविलास ने विरोध किया, "हिंदुओं में बाल-विवाह नहीं होता क्या ?"

"विवाह का प्रचलन हिंदू समाज में है अथवा हिंदू धर्म में ?" स्वामी ने पूछा, "धर्म तो ब्रह्मचर्य पर बल देता है। पच्चीस वर्ष की अवस्था से पहले गृहस्थ आश्रम में प्रवेश करने की अनुमति कोई स्मृति नहीं देती। और स्मृति भी तो समाजशास्त्र ही है। समाज का विधान है। धर्म तो विवाह की बात करता ही नहीं। धर्म, पत्नी-प्राप्ति की नहीं, ईश्वर-प्राप्ति की बात करता है। अब आप सोच लें श्रीमान् हरविलास शारदा कि आप समाज-सुधार करना चाहते हैं या धर्म-सुधार ?"

हरविलास कुछ आवेश में आ गए, "चलिए, न सही बाल-विवाह। मूर्ति-पूजा को क्या कहेंगे आप ?"

"मूर्ति-पूजा को क्या कहूँगा, मूर्ति-पूजन ही कहूँगा। बहुत होगा तो प्रतिमा-पूजन कह लूँगा। अंग्रेजी में उसे कुछ लोग आयडल वर्शिप या आयकॉन वर्शिप भी कहते हैं।...आप उसे कुछ और कहते हैं क्या ?" स्वामी ने हरविलास की ओर देखा, "किंतु प्रश्न तो विवाह और बाल-विवाह का था। आप बाल-विवाह के भय से भागकर अजमेर से आबू पर्वत आए हैं और यहाँ उसकी चर्चा से भाग रहे हैं। आप इतना भागते क्यों हैं ?" स्वामी मुस्करा रहे थे, "थक जाइएगा।"

"मैं भाग नहीं रहा। अपनी बात तर्कपूर्ण ढंग से रखना चाह रहा हूँ।"

"तर्क की यह कौन-सी पद्धति है कि आपका तर्क नहीं चला तो आपने चर्चा का विषय ही बदल दिया ?" स्वामी अब भी हँस रहे थे, "विवाह से कूदकर आप मूर्ति-पूजा पर आ गए।"

हरविलास रुक गए...हाँ ! वे अपने आवेश में सुधार के एक विषय से दूसरे विषय पर कूद गए थे। उन्हें तो सुधार करना था, कोई शास्त्रार्थ तो करना नहीं था।...

इस बार मुकुंदसिंह कुछ नहीं बोले, वे हरविलास की ओर देखते रहे।

"विवाह ! हाँ, विवाह। मेरा विरोध विवाह से नहीं, बाल-विवाह से है। विवाह तो सबको करना ही होता है, पर उसके लिए एक अवस्था होती है।" हरविलास बोले, "छोटे-छोटे बच्चों का विवाह कर उनका विकास रोक दिया जाए, यह उचित तो नहीं है।"

"मैं आपसे सहमत हूँ कि विवाह बाल्यकाल में नहीं होना चाहिए; किंतु यह दोष समाज का है या धर्म का ?" स्वामी ने पूछा।

"समाज का।" हरविलास मान गए।

"तो आप धर्म को सुधारने क्यों चल दिए ? केवल इसलिए कि अंग्रेजों के राज्य में आपको हिंदू धर्म को गालियाँ देने की खुली छूट मिली हुई है ?" स्वामी बोले, "पहले आप अपने मस्तिष्क में स्पष्ट करें कि कौन-से दोष समाज के हैं और कौन-से धर्म के। समाज के दोषों के लिए, समाज की कुरीतियों के लिए, धर्म को अपराधी न ठहराएँ। ठीक है ?"

हरविलास ने सहमति में सिर हिला दिया।

"अब यह बताएँ कि आपकी इस मान्यता का आधार क्या है कि विवाह प्रत्येक व्यक्ति के लिए आवश्यक है ?" स्वामी ने पूछा, "मैंने विवाह नहीं किया। मेरे गुरुभाइयों में से अधिकांश ने विवाह नहीं किया है। तो क्या मैंने कोई दूषित कर्म किया है ? मैंने दूषित तो क्या, कर्म ही नहीं किया है। विवाह करना अपने आप में कर्म है। जो लोग विवाह करते हैं, वे बताएँ कि वे विवाह क्यों करते हैं ? विवाह क्यों आवश्यक है ? उन्हें विवाह की क्या आवश्यकता है ?"

"देखिए, विवाह के बिना मनुष्य अकेला होता है, अधूरा होता है। जीवविज्ञान इसको प्रमाणित करता है। स्त्री और पुरुष मिलकर एक पूरी इकाई बनाते हैं।" हरविलास ने कहा, "तभी उनकी संतान उत्पन्न होती है। संतान से ही सृष्टि आगे बढ़ती है। मैं समझता हूँ कि प्रकृति का मूल लक्ष्य अगली पीढ़ियों का जन्म है। उसी के लिए स्त्री-पुरुष में परस्पर आकर्षण के इतने बीज बोए गए हैं। काम-संबंधों में सुख की अनुभूति सँजोई गई है। संतान के प्रति इतना मोह कीलित किया गया है। यदि माता-पिता के मन में वात्सल्य का यह उत्स न होता तो संतान का जन्म और उसका पालन-पोषण संभव नहीं था, किंतु..."

"किंतु ?" मुकुंदसिंह ने चर्चा में जैसे हुँकारा भरा।

"किंतु यह सब बाल्यावस्था में नहीं होता। उसके लिए स्त्री और पुरुष-शरीरों का परिपक्व होना आवश्यक है। अतः विवाह की अवस्था निर्धारित होनी चाहिए। शरीर को विकसित होने का अवसर दिया जाना चाहिए। बाल-विवाह अनुचित है, अन्याय है।"

स्वामी ने हरविलास की बात पूरी शांति से सुनी, "तो आपका विचार है कि प्रकृति ने मनुष्य को यह शरीर और जीवन इसलिए दिया है कि वह संतान उत्पन्न कर उनका पालन-पोषण करे और उन्हें अगली पीढ़ी के रूप में संतान उत्पन्न करने के लिए छोड़ जाए ?"

"जी।"

"मनुष्य को यह जन्म इसलिए नहीं मिला कि वह अपना विकास करे ?"

"जीवविज्ञान की दृष्टि से मानव-शरीर सृष्टि में प्रकृति का सबसे विकसित यंत्र है।" हरविलास ने अपने सिद्धांत की स्थापना कुछ इस मुद्रा में की, जैसे वह संसार का अंतिम सत्य हो।

"जीवविज्ञान की दृष्टि से...।" स्वामी हँसे, "किंतु संसार में और भी बहुत सारे विज्ञान हैं। उनकी दृष्टि से देखें तो स्थिति कुछ बदलती लगेगी आपको।"

"जैसे ?" हरविलास ने चुनौती दी।

"यदि मानव-शरीर ही सृष्टि का सबसे विकसित यंत्र है, तो इसमें अहंकार क्यों है ?" स्वामी ने पूछा, "लोभ, मोह, काम, क्रोध क्यों है ? ईर्ष्या-द्वेष क्यों है ? घृणा और हिंसा क्यों है ?"

"क्योंकि ये सब प्रकृति के अंग हैं।" हरविलास ने कहा, "ये विशेषताएँ प्रत्येक जीव में पाई जाती हैं।"

"जीव में पाई जाती हैं, ईश्वर में तो नहीं !" स्वामी बोले, "जीव अधिक विकसित है या ईश्वर ?"

"ईश्वर।" हरविलास ने निर्द्वंद्व भाव से स्वीकार किया।

"तो जीव को विकसित होकर ईश्वर तक पहुँचना है या नहीं ? ईश्वर के समान बनना है या नहीं ?" स्वामी ने हरविलास पर एक प्रखर दृष्टि डाली; किंतु जब वे बोले तो उनका स्वर पूर्णतः शांत था, "हम मानते हैं कि आत्मा, परमात्मा का अंश है। उस दृष्टि से ये प्राकृतिक गुण ईश्वरीय

गुण नहीं हैं, वे त्रिगुणात्मक प्रकृति के गुण हैं। अतः माया के गुण हैं। इस तर्क से ये गुण, परमात्मा के अंश, आत्मा के भी अंग नहीं हैं। जीव को प्रकृति का नियंत्रण करना है। अतः जीव को इन गुणों पर विजय प्राप्त करनी है। उसे अपना विकास करना है। शरीर रहते हुए ही मन के इन दुर्गुणों से मुक्ति पानी है। स्वयं को स्वच्छ करना है। अपने स्वरूप को पहचानना है। अपने उस रूप को प्राप्त करना है, जो वस्तुतः ईश्वर का अंश है।''

''आप ठीक कह रहे हैं।'' हरविलास ने कहा, ''मैं आपसे पूर्णतः सहमत हूँ।''

ठाकुर मुकुंदसिंह ने अपने माथे पर हाथ मारा, ''तुम दो आत्मविरोधी विचारों से कैसे सहमत हो ?''

''क्या मतलब ?'' हरविलास समझ नहीं पा रहे थे।

''मतलब यह कि यह स्पष्ट होना चाहिए कि मनुष्य के जीवन का लक्ष्य आत्मविकास है अथवा संतान की उत्पत्ति ?'' स्वामी ने कहा।

''ये दोनों बातें एक साथ नहीं हो सकतीं क्या ?''

''नारी-पुरुष-संसर्ग से काम-सुख मिलता है। वह शारीरिक सुख और सुख की कामना जगाता है। मनुष्य के मन में उसके प्रति लोभ बढ़ता है। सुख नहीं मिलने पर क्रोध जागता है।'' स्वामी बोले, ''आप देख रहे हैं कि विवाह और संतान-जन्म का अर्थ है, काम-क्रोध-लोभ-मोह के जाल में और अधिक फँसते जाना। पहले हम अपने लिए यह सब चाहते हैं और फिर अपनी संतान के लिए, फिर उनकी संतान के लिए। इस प्रकार हम अपने विकास के लिए जिन प्राकृतिक गुणों को जीतना चाहते हैं, विवाह कर संतान उत्पन्न करने से वे ही गुण विकसित होते हैं और हम प्रकृति के बंधनों में और कठोरता से बँध जाते हैं। उसके और भी बद्ध दास बन जाते हैं। हम स्वयं ही अपने विकास के विरुद्ध काम करने लगते हैं। स्वयं को स्वच्छ करने के स्थान पर मल में और डूबते जाते हैं।'' स्वामी ने अपनी बात को रेखांकित किया, ''विवाह न तो मानव-जीवन का एकमात्र उद्देश्य हो सकता है, न उससे मनुष्य का विकास होता है। उससे माया का प्रसार होता है। वह तो माया का जाल और कसता है, मनुष्य की दासता को और कठोर तथा दीर्घकालीन बनाता है।''

हरविलास देख रहे थे कि स्वामी के तर्कों के सम्मुख उनकी एक नहीं चल पा रही थी। यह नहीं कि स्वामी के तर्क ही प्रबल थे। उनका अनुभव भी हरविलास से कहीं अधिक व्यापक था। हरविलास के पास तर्क की प्रखरता थी तो स्वामी के पास साधना का बल भी था। हरविलास जीवन को समतल से देख रहे थे और स्वामी जैसे किसी बहुत ऊँचे स्थान पर बैठे जीवन को उसकी समग्रता में देख रहे थे।...

''पर यदि कोई भी व्यक्ति विवाह नहीं करेगा, अगली पीढ़ी उत्पन्न नहीं होगी, तो सृष्टि आगे कैसे चलेगी ? वह तो हमारी इस पीढ़ी के साथ ही समाप्त हो जाएगी।'' हरविलास का स्वर अपनी पराजय में प्रखर हो गया था।

''इस सृष्टि को आपने प्रकट किया है क्या ? इसको आगे चलाना आपका काम है क्या ? आप बच्चे पैदा नहीं करेंगे तो सृष्टि नष्ट हो जाएगी ?'' स्वामी अत्यंत मधुर स्वर में बोले, जैसे किसी बच्चे को लाड़ लड़ा रहे हों, ''आप इस बात को भूल रहे हैं कि प्रजनन की प्रक्रिया में आप एक उपकरण मात्र हैं। आप किसी बड़े यंत्र में एक कील के समान हैं। विडंबना यह है कि कील स्वयं को न केवल संपूर्ण यंत्र मान बैठी है, वरन् उसे यह भ्रम भी हो गया है कि वह उस यंत्र को बनाने

वाली, चलाने वाली और उसकी स्वामी है।" स्वामी ने हरविलास की ओर देखा, "आपको नहीं लगता कि आपको उपकरण बनाकर कोई और शक्ति इस सृष्टि का चक्र चला रही है ?" वे कुछ रुके, "आपको लगता है कि आप विवाह नहीं करेंगे तो सृष्टि समाप्त हो जाएगी ? मैं आपसे कहना चाहता हूँ कि जो ईश्वर मनुष्य, अन्य जीव-जंतुओं और वनस्पति के माध्यम से प्रजनन का कार्य कर लेता है, इच्छा होने पर वह अन्य उपकरणों से भी वह कार्य कर लेगा। कुंती के पुत्रों की कथा हमको मालूम है। ईसा मसीह को उनके भक्त कुमारी मरियम का पुत्र मानते हैं। आपने देखा होगा कि एक वृक्ष के नीचे उसी प्रजाति के अन्य पौधे उग आते हैं। उसके लिए नर-मादा के जोड़े की आवश्यकता नहीं होती।" स्वामी हँसे, "किंतु आप धर्म-सुधार की बात कर रहे थे।"

"जी।" इस बार हरविलास सावधान थे। संन्यासी से तर्क करना है तो सावधान होकर करना होगा, "पूजा तो धार्मिक विषय है न ! तो मूर्ति-पूजा भी धर्म का ही विषय है। उसमें सुधार होना चाहिए या नहीं ?"

"किसमें ? धर्म में या मूर्ति-पूजा में ?"

"मूर्ति-पूजा में।" हरविलास ने कुछ आवेश में कहा, "उसमें सुधार होगा तो ही तो धर्म में सुधार हो पाएगा।"

"तो आप मूर्ति-पूजा में सुधार चाहते हैं !" स्वामी बोले, "कैसा सुधार ? मूर्तियाँ सुंदर हों ? उन्हें अच्छे वस्त्र पहनाए जाएँ ? उन्हें स्वच्छ स्थान पर रखा जाए ?"

"मेरा तात्पर्य यह नहीं है।" हरविलास ने कुछ जल्दी में कहा।

"तो क्या तात्पर्य है आपका ?"

"मैं मानता हूँ कि मूर्ति-पूजा अंधविश्वास है। वह एक कुरीति है।"

"ऐसा मानने का कोई कारण है क्या ?" स्वामी ने मधुर ढंग से पूछा।

"मूर्ति-पूजा से ईश्वर नहीं मिल सकता।"

"इस निष्कर्ष पर आप कैसे पहुँच गए ?" स्वामी ने पूछा, "आपने कितने काल तक मूर्ति-पूजा की कि आपको उसकी व्यर्थता का बोध हो गया ?"

"मैंने मूर्ति-पूजा नहीं की। मैं उसका विरोधी हूँ।" हरविलास का आवेश मुखर हो रहा था।

"आपने मूर्ति-पूजा नहीं की और आप इस निष्कर्ष पर पहुँच गए कि मूर्ति-पूजा से ईश्वर नहीं मिल सकता। यह तो वैसा ही है कि आप पानी में उतरे नहीं और आपने सिद्धांत बना लिया कि तैरना संभव नहीं है।" स्वामी शांत भाव से बैठे थे।

"आपको नहीं लगता कि मूर्ति-पूजा एक विकृति है और हमें उसका विरोध करना चाहिए ?" हरविलास ने कुछ खीजकर कहा।

"मुझे क्या लगता है, उसे रहने दीजिए।" स्वामी बोले, "प्रश्न यह है कि आप उसे विकृति क्यों मानते हैं ?"

"मूर्ति खाती नहीं, तो फिर उसे भोग लगाने का क्या लाभ ? यह पाखंड नहीं है क्या ?"

"ठाकुर को भोग लगाने वाला भक्त भी जानता है कि मूर्ति खाती नहीं है। और भगवान् को खिलाने वाला वह होता भी कौन है ! भगवान् ही उसके पालनकर्ता हैं। किंतु वह अपना भाव संप्रेषित करता है। जो कुछ प्रभु ने उसे प्रदान किया है, वह उसी में से भगवान् का भोग लगाकर अपनी कृतज्ञता जताता है, जिसे अंतर्यामी भगवान् ग्रहण करते हैं।" स्वामी बोले, "जैसे इन भौतिक

चक्षुओं से दिखाई न पड़ने वाला आपका प्रभु आपकी प्रार्थना या मुसलमानों की नमाज को ग्रहण करता है, वैसे ही वह भोग लगाने वाले अपने भक्त का भाव ग्रहण करता है।'' स्वामी शांत भाव से बैठे रहे, ''आपके पास क्या प्रमाण है कि आपकी प्रार्थना तो वह सुन लेता है, किंतु भोग लगाने वाले भक्त का भाव ग्रहण नहीं करता है ? आपकी प्रार्थना सुनी जाने की आपके पास कोई पावती आती है क्या ?''

हरविलास को कोई उत्तर नहीं सूझा तो उसने अपना उद्घोष उच्चरित कर दिया, ''मूर्ति-पूजा अंधविश्वास है।''

''उनकी श्रद्धा को आप अंधविश्वास कैसे कह सकते हैं ?'' स्वामी बोले, ''मूर्ति-पूजा के विरुद्ध आपकी यह धारणा आपका अंधविश्वास क्यों नहीं है ?''

''आप समझते क्यों नहीं कि मूर्ति पर कोई भी कीट-पतंग चढ़ सकता है। उसे गंदा कर सकता है। तो फिर मूर्ति को भगवान् मानकर उसकी पूजा कैसे की जा सकती है ?'' हरविलास ने कुछ झल्लाकर कहा।

''देखिए, इतना तो मूर्ति-पूजक भी जानते हैं कि मूर्ति उनके आराध्य का प्रतीक है, वह स्वयं भगवान् नहीं है। आप मुझे बताएँ कि किस धर्म, संप्रदाय या उपासना-पद्धति में प्रतीक नहीं हैं ? किस देश का झंडा नहीं होता ? कहाँ झंडे को सलामी नहीं दी जाती ?''

''तो मूर्ति एक प्रकार का झंडा है ?'' हरविलास जैसे स्वामी को चिढ़ा रहे थे।

''मूर्ति झंडा नहीं है, प्रतीक है, जो एक निराकार अस्तित्व, या भाव का प्रतिनिधित्व करती है। भक्त की साधना में बल हो तो वह उसी प्रतिमा में से भगवान् को प्रकट कर लेता है, जैसा मेरे गुरुदेव किया करते थे।'' स्वामी बोले, ''आप झंडे को सलामी देते हैं। उसका सम्मान करते हैं। कोई भी कीट-पतंग उस झंडे पर चढ़ सकता है। कोई भी कीट-पतंग किसी धार्मिक ग्रंथ पर चढ़कर उसे अपवित्र कर सकता है। कोई भी कीट-पतंग पूजास्थलों, पूजा-प्रतीकों और तीर्थस्थानों पर जाकर उन्हें अपवित्र कर सकता है। तो आप धर्मग्रंथों, पूजास्थलों, पूजा-प्रतीकों और तीर्थस्थानों को भी त्याग देंगे, या उन्हें अंधविश्वास में सम्मिलित कर देंगे ?''

''पर मूर्ति-पूजा से ईश्वर नहीं मिलता।'' हरविलास ने बलपूर्वक कहा।

''हाँ, आपकी मान्यता है कि मूर्ति-पूजा से ईश्वर नहीं मिलता।'' स्वामी हँस रहे थे, ''तो आप मानते हैं कि मूर्ति-पूजा के विरोध से ईश्वर मिल जाता है ? या फिर भी ईश्वर का भजन करना पड़ता है ?''

मुकुंदसिंह ठठाकर हँस पड़े, ''बताओ हरविलास ! मूर्ति-विरोध से ईश्वर मिलता है क्या ? मूर्ति-विरोध भी किसी प्रकार की उपासना है क्या ? आज तक इस विधि से किसी को ईश्वर मिला है क्या ? राजा राममोहन राय ने मूर्ति-पूजा का विरोध किया। अपने इस विरोध के कारण अपनी माँ को तीर्थयात्रा के लिए पैसे नहीं दिए। वे रोती रहीं और राममोहन अपनी जगह पर अडिग रहे। माँ को रुलाकर उन्हें ईश्वर मिल गया क्या ?'' मुकुंदसिंह रुके, ''यदि मूर्ति के विरोध से ईश्वर मिलता तो आज तक प्रत्येक मुसलमान को ईश्वर मिल चुका होता।''

''ठाकुर साहब, आप भी !'' हरविलास का मुख आश्चर्य से खुल गया, ''आर्यसमाज तो मूर्ति-पूजा का विरोध करता है।''

''ठीक कहते हो हरविलास !'' मुकुंदसिंह ने कहा, ''सत्यार्थप्रकाश में—'न तस्य प्रतिमा

अस्ति'—कहकर मूर्ति-पूजा का खंडन किया गया है। इस खंडन के द्वारा ही मूर्ति-पूजा का होना सिद्ध है; क्योंकि जो वस्तु होती है, उसी का खंडन किया जाता है।"

हरविलास चकित दृष्टि से मुकुंदसिंह की ओर देखता रहा और स्वामी मुकुंदसिंह के समर्थन में मौन रहे।

"हरविलास ! धर्म-सुधार के नाम पर हिंदुओं का सुधार हुआ या नहीं, मैं कह नहीं सकता; किंतु हिंदुओं का विभाजन अवश्य हो गया। उनमें हीनभावना अधिक गहरी जम गई। हर संप्रदाय तो उनके दोष गिना रहा था। उनमें नए-नए संप्रदाय बनते गए और वे एक-दूसरे से दूर होते गए।" मुकुंदसिंह कहते गए, "ब्रह्मसमाज भी तो हिंदुओं के सुधार के लिए ही उठा था और आज वे स्वयं को हिंदू ही नहीं मानते। ईसाइयों ने उन्हें बताया कि हिंदुओं में बहुत सारे दोष हैं और वे उनसे सहमत हो गए। वे हिंदुओं की तुलना में ईसाइयों के अधिक निकट हो गए। अंग्रेजों के प्रति उनके मन में अधिक सहानुभूति उत्पन्न हो गई। वे हिंदुओं के दोष और ईसाइयों के गुण बताते हैं। उससे हिंदुओं का सुधार होगा अथवा उनका नाश होगा ?"

हरविलास के पास इन तर्कों का उत्तर नहीं था, किंतु वे तत्काल अपना दृष्टिकोण बदलने को तत्पर नहीं थे।

"बात यह है मेरे मित्र !" अंततः स्वामी बोले, "आप मूर्ति-पूजा के रूप में सगुण साकार की पूजा नहीं करना चाहते, क्योंकि वह आपके स्वभाव, आपके तर्कों अथवा आपकी मानसिकता के अनुकूल नहीं है, तो आप ईश्वर के निर्गुण निराकार रूप की पूजा कीजिए। आपको अपने मार्ग से ईश्वर मिल जाएगा। किंतु यदि आप निर्गुण निराकार की उपासना न कर, मूर्ति-भंजन को ही अपनी उपासना मान लेंगे, तो आपको ईश्वर कभी नहीं मिलेगा; क्योंकि ईश्वर प्रेम से मिलते हैं, घृणा से नहीं। कोई भी संप्रदाय किसी भी पद्धति से उपासना करने को स्वतंत्र है, किंतु अन्य उपासना-पद्धतियों का विरोध करने, उन्हें भ्रांत और अंधविश्वास बताने, उनको नष्ट करने का प्रयत्न करने का नाम उपासना नहीं है। उससे ईश्वर कभी नहीं मिल सकता।" स्वामी ने रुककर हरविलास की ओर देखा, "इन विषयों पर तत्काल निर्णय नहीं करते। न तत्काल अपने सिद्धांत बदले जाते हैं। शांत मन से मनन करो। विरोधी पद्धतियों का मिलान करो। उनकी तुलना करो। दोनों ओर के सत्य को देखने का प्रयत्न करो।...और मेरे मित्र ! अपने विचारों की स्वतंत्रता की उड़ान में अपने देश और धर्म को मत भूल जाओ। यह भी सोचो, कहीं तुम अपने उन विचारों से देश का हित करने के स्थान पर उसका अहित तो नहीं कर रहे। आज स्थिति कुछ ऐसी है कि ईसाई और मुसलमान हमारे धर्म के दोष ढूँढ़ रहे हैं। वे उसके दोष बता रहे हैं। ऐसे में यदि हिंदुओं पर अपने धर्म को सुधारने का दौरा पड़ता है, तो सब ओर हिंदू धर्म की निंदा ही निंदा सुनाई पड़ेगी, जो हमारे लिए हितकर नहीं है। मैं यह नहीं कहता कि अपने दोष स्वीकार न किए जाएँ, उनका सुधार न किया जाए। मेरा तात्पर्य केवल इतना है कि हम यह विचार करें कि हम अपने धर्म को समझे बिना, उसका पर्याप्त ज्ञान पाए बिना कहीं विधर्मियों की आलोचना से विचलित होकर ही तो अपना सुधार करने नहीं निकल पड़े हैं ? ऐसा करने से हम सुधार के नाम पर अपने धर्म का इस्लामीकरण और ईसाईकरण तो कर सकते हैं, वास्तविक हिंदू धर्म के स्वरूप को निखार नहीं सकते।"

"आओ हरविलास ! बहुत डाँट खा चुके, अब थोड़ा खाना भी खा लो। भोजन प्रस्तुत है।" ठाकुर मुकुंदसिंह ने कहा, "भोजन के पश्चात् स्वामी जी तुम्हें एक बहुत सुंदर भजन भी सुनाएँगे।"

स्वामी हँसे, "यह क्या भोजन का शुल्क है ? मैं तो भिक्षुक हूँ। शुल्क चुकाए बिना भोजन करता हूँ। वह मेरी भिक्षा है।"

"आप जो चाहे कहें, मेरा दृष्टिकोण यह है कि हम आपके संगीत के याचक हैं। आप हमें एक भजन की भिक्षा दें।" मुकुंदसिंह ने कहा।

हरविलास विस्मित रह गए।...स्वामी का तर्क वे सुन चुके थे, क्या उनका संगीत भी इतनी ही दिव्य है ?...अद्‌भुत व्यक्ति है यह !

40

स्वामी का गायन सुनकर हरविलास को लगा कि वे किसी और लोक में आ गए हैं। वह लोक, जो न केवल संगीतमय है, वरन् परम सात्त्विक भी है। उस स्वर में ऐसा कुछ था कि उसके आसपास दूषित विचार ठहर ही नहीं सकते थे।...स्वामी से दूर होने का अर्थ था, उस संगीतमय और सात्त्विक लोक से वापस इस कठोर, क्रूर मर्त्यलोक में लौट आना।...हरविलास आज पहली बार समझ रहे थे कि सत्संग का अर्थ क्या होता है। उसका सुख क्या होता है।...

स्वामी ने सैर करने जाने की इच्छा प्रकट की, तो हरविलास भी उठ खड़े हुए, "स्वामी जी ! मैं भी साथ चलूँगा।"

"क्यों, आपको भी सैर का शौक है ?"

"नहीं, मुझे बातों का लोभ है।" हरविलास ने कहा, "मैं आपसे ढेर सारी बातें करना चाहता हूँ।"

"इतने वाचाल हैं आप !" स्वामी हँसे, "तो हमें किसी एकांत डगर पर चलना होगा, नहीं तो मेरे परिचय के बहुत सारे लोग साथ लग जाएँगे—कुछ बातों के लोभी, कुछ संगीत के प्रेमी।"

"आप चलते हुए भी गाते हैं क्या ?"

"चलते हुए भी गा लेता हूँ और गाने के लिए सड़क-किनारे बैठ भी जाता हूँ। यह तो साथ चलने वालों की श्रद्धा पर निर्भर है।" स्वामी बोले, "कई बार सड़क-किनारे गाते सुनकर लोग भिक्षास्वरूप कुछ डाल भी जाते हैं।"

"ऐसे तो हमारी बात नहीं हो सकेगी।"

"बातें तो होंगी, किंतु केवल आपसे बातें नहीं हो सकेंगी। वह तो सार्वजनिक सम्मेलन-सा हो जाता है।"

"आबू में आपके परिचितों की संख्या बहुत अधिक है क्या ?" हरविलास ने पूछा।

"प्रतिदिन कोई न कोई नया परिचय हो ही जाता है।" स्वामी हँसे, "जैसे आज आपसे हो गया।"

"यह परिचय तो नहीं है। यह तो गले पड़ना है।" हरविलास भी हँसे, "राहचलते लोग आपके गले पड़ जाते होंगे।"

"जो गले पड़ गया, वह गले का हार हो गया।" स्वामी बाहर निकल आए।

वे दोनों कुछ देर चुपचाप चलते रहे, जैसे पूरी गंभीरता से सैर कर रहे हों।...और फिर अचानक हरविलास बोले, "स्वामी जी ! मैं प्रायः सोचता हूँ कि हम हिंदुओं में इतने प्रकार के मतभेद हैं, मतभेद ही नहीं, विरोध भी हैं, तो फिर हम सब हिंदू कैसे हैं ?"

स्वामी हँस पड़े, "हिंदू तो हम इसलिए हैं, क्योंकि हमारे पश्चिम के पड़ोसी 'स' ध्वनि का उच्चारण नहीं कर सकते थे। वे सिंधु नदी को हिंदु कहते थे। परिणामतः वे सिंधु के पार रहने वाले सारे लोगों को हिंदू ही कहने लगे। मध्यकाल में हमने अपने लिए यह संज्ञा स्वीकार कर ली और हम भी स्वयं को हिंदू कहने लगे। वस्तुतः हिंदू का अर्थ है—सिंधु के इस तट पर बसने वाले सारे लोग, चाहे वे किसी भी धर्म और मत को मानने वाले हों। हम जो अपने आप को हिंदू कहते हैं, वस्तुतः वेदांती हैं, क्योंकि सारे हिंदू वेदों को मानते हैं। जिन मतभेदों और विरोधों की आपने चर्चा की है, उनके बावजूद वेद ही हमारा सामान्य आधार हैं।"

"वेदांती ! हाँ, नाम तो यह उचित ही है। सनातनधर्मी, आर्यसमाजी, ब्रह्मसमाजी—सब ही किसी न किसी रूप में वेदों को मानते हैं।" हरविलास ने कहा, "पर मैं प्रायः सोचता हूँ स्वामी जी कि क्या भिन्न धर्मग्रंथ होने से ही धर्म पृथक् हो जाते हैं ? आखिर उन ग्रंथों में बातें तो एकसमान ही कही गई हैं। और फिर सारे धर्मों में अपने-अपने ग्रंथ को ईश्वर द्वारा कहा गया, ईश्वर की ओर से आया हुआ, या ईश्वर द्वारा भेजा हुआ माना जाता है। किसी न किसी रूप में वे सारे ग्रंथ अपौरुषेय माने जाते हैं।"

स्वामी ने हरविलास की ओर देखा : प्रश्नकर्ता चकल्लस नहीं कर रहा था, वह वस्तुतः गंभीर था।

"दूसरे धर्मों के शास्त्रों की प्रामाणिकता के लिए कहा जाता है कि वे ईश्वररूपी व्यक्ति अथवा ईश्वर के किसी दूत या पैगंबर की वाणी हैं—अतः वे सत्य हैं। हिंदू वेदों की सत्यता के लिए प्रमाण प्रस्तुत नहीं करते। वे मानते हैं कि वेद स्वतःप्रमाण हैं।" स्वामी बोले, "अन्य धर्मों के ग्रंथ उस समय रचे गए, जब उनके पैगंबर धरती पर आए। उससे पहले उन ग्रंथों और उनमें अंकित वाणी का अस्तित्व नहीं था; किंतु हम मानते हैं कि वेद अनादि और अनंत हैं। वे ईश्वरीय ज्ञानराशि हैं। वेद न कभी लिखे गए, न सृष्ट हुए, वे अनादि काल से वर्तमान हैं। जैसे सृष्टि अनादि और अनंत है, वैसे ही ईश्वर का ज्ञान भी अनादि और अनंत है। यह ईश्वरीय ज्ञान ही वेद हैं।"

"पर वेदों की ऋचाओं के साथ विभिन्न ऋषियों के नाम संबद्ध हैं।" हरविलास ने कहा, "तो हम यह कैसे कह सकते हैं कि वे ऋचाएँ उन ऋषियों के भी पहले से थीं ?"

"कलकत्ता विश्वविद्यालय के किसी अंग्रेज प्रोफेसर ने ऐसा तर्क दिया था क्या ?" स्वामी हँसे।

"हाँ, वहाँ ऐसी बातें होती ही रहती थीं।"

"तो जाकर उनको बताइए कि न्यूटन का नाम गुरुत्वाकर्षण के सिद्धांत से चिपका हुआ है।" स्वामी ने कहा, "किंतु प्रकृति में गुरुत्वाकर्षण का सिद्धांत न्यूटन से पहले भी विद्यमान था।"

"हाँ, न्यूटन ने उसका आविष्कार किया था।" हरविलास ने कहा।

"हाँ, एकदम ठीक। आविष्कार उसके लिए एकदम उचित शब्द है। कोई वैज्ञानिक प्रकृति के नियमों का निर्माण नहीं करता। नियम तो पहले से ही वर्तमान है और प्रकृति उसके अनुसार अनादि काल से कार्य कर रही है। वैज्ञानिक उन नियमों का केवल आविष्कार करता है।" स्वामी बोले, "वेदांत

नामक ज्ञानराशि ऋषि नामक पुरुषों द्वारा आविष्कृत हुई।" स्वामी बोले, "ऋषि का अर्थ है मंत्रद्रष्टा। वह अध्यात्म क्षेत्र का वैज्ञानिक है। पहले ही से वर्तमान ज्ञान को उन्होंने प्रत्यक्ष किया। वह ज्ञान तथा भाव उनके अपने विचार का फल नहीं था।"

हरविलास अपने भीतर डूब गए।...स्वामी के शब्दों में या तो सर्वथा नवीन ज्ञान होता है, या फिर वे परिचित ज्ञान का भी अनुद्‌घाटित पक्ष प्रस्तुत कर देते हैं। वे जटिल दार्शनिक शब्दावली का प्रयोग नहीं करते। सामान्य शब्दावली में जीवन के सामान्य तथ्यों के समान अपनी बात कह देते हैं।...

"कहाँ खो गए हरविलास मोशाय ! जब कक्षा चल रही हो तो उसमें सोने अथवा अन्यमनस्क होने की अनुमति नहीं दी जाती।" स्वामी ने छेड़ा, "वेद नामक ज्ञानराशि दो भागों में विभक्त है—कर्मकांड तथा ज्ञानकांड। कर्मकांड हमारा संस्कार पक्ष है और ज्ञानकांड धर्म का आध्यात्मिक अंश है। उसका नाम वेदांत है—वेदों का अंतिम भाग, वेदों का चरम लक्ष्य। वे ही उपनिषद् हैं।"

"यह तो ठीक है स्वामी जी ! किंतु हमारी दैनंदिन पूजा में तो न कहीं ज्ञानकांड है, न उपनिषद्। वे कहाँ विलुप्त हो गए और यह पूजा कहाँ से आ गई ?" हरविलास ने कहा, "मुझे लगता है कि जब चर्चा होती है तो हम किसी और धर्म का वर्णन करते हैं और अपने व्यवहार में हम किसी और धर्म का पालन करते हैं। हम अपनी सुविधानुसार अनेक धर्मों को तो नहीं मानते ?"

हरविलास ने देखा, स्वामी नक्की झील की ओर मुड़ रहे थे।

"हम उस ओर न जाएँ तो ?" हरविलास ने टोका, "उधर आपके बहुत सारे परिचित मिल जाएँगे।"

स्वामी ने मार्ग बदल दिया।

"चलो, आज तुम्हें अपने एक और प्यारे से मिलवा लाएँ।...." स्वामी ने अपनी चर्चा जारी रखी, "अपनी दैनंदिन पूजा में जिन प्रतीकों का व्यवहार हिंदू लोग करते हैं, वे सब-के-सब वेदांत से आए हैं। वेदांत में उनका रूपक भाव से प्रयोग किया गया है। क्रमशः वे भाव जाति के मर्म स्थान में प्रवेश कर अंत में पूजा के प्रतीकों के रूप में हमारे दैनिक जीवन के अंग बन गए हैं।"

हरविलास के मन में इन प्रतीकों के विषय में अनेक जिज्ञासाएँ उठ रही थीं, किंतु धर्म-विधान के विषय में वर्षों से जमे अनेक प्रश्न भी आज जाग उठे थे।

"यदि वेदांत ही हिंदू धर्म का केंद्र है तो फिर स्मृतियाँ क्या हैं ? वे भी तो धर्मशास्त्र ही मानी जाती हैं।" हरविलास के स्वर में मात्र जिज्ञासा ही नहीं थी, एक प्रकार का तर्क भी था, "प्रत्येक युग के धर्मगुरु धर्म को कुछ परंपराएँ दे जाते हैं, उनका महत्त्व कम तो नहीं है।"

"वेदांत के पश्चात् स्मृतियाँ हैं न ! वे ऋषि-प्रणीत हैं, ऋषियों द्वारा रची गई हैं।" स्वामी ने कहा, "किंतु यदि स्मृतियों का कोई अंग वेदांत-विरोधी है, तो उसे त्यागना पड़ेगा। वेदांत शाश्वत है, स्मृतियाँ हर युग में बदलती आई हैं। उनकी रचना सदा युग के अनुकूल होती है।"

"वेदांत अपरिवर्तनीय है और स्मृतियाँ परिवर्तनशील ?" हरविलास ने कुछ आश्चर्य दिखाया, "पर धर्म तो कभी नहीं बदलता स्वामी जी ! उसे तो त्रिकाल में सत्य होना चाहिए। प्रकृति के नियम तो कभी नहीं बदलते, तो स्मृतियाँ...."

"वेदांत में धर्म के जिन मूल तत्त्वों की व्याख्या हुई है—वे अपरिवर्तनीय हैं, क्योंकि वे प्रकृति

के नियम हैं। वे मानव द्वारा निर्मित नहीं, मानव द्वारा आविष्कृत हैं। उन्हें कोई रचता नहीं। वे मनुष्य तथा प्रकृति संबंधी अपरिवर्तनीय तत्त्वों पर प्रतिष्ठित हैं।'' स्वामी ने कहा, ''स्मृतियाँ बदलेंगी, क्योंकि उनका संबंध मनुष्य के व्यवहार से है। कोई विशिष्ट विधि केवल समय-विशेष के लिए हितकर और उचित होती है, जैसे खाद्य-विशेष। परिधान-विशेष। नारी-पुरुष-संबंध। माता-पिता और संतान के संबंध।'' स्वामी ने हरविलास की ओर देखा, ''खाद्य की उपलब्धता और उसके प्रति रुचि परिवर्तनशील है। जब अन्न नहीं था तो मनुष्य मांस खाता था। अग्नि का ज्ञान न होने पर वह कच्चा मांस और कच्चा शाक खाता होगा। अन्न आया। अग्नि का ज्ञान हुआ। खाद्य की व्यवस्था बदल गई।''

''ये परिवर्तन स्मृतियों के आदेश की प्रतीक्षा में रुके तो नहीं रहे होंगे।'' हरविलास ने आपत्ति की।

''वैसे यह उदाहरण मात्र था हरविलास ! स्मृतियों का इतिहास नहीं था।'' स्वामी हँसे, ''किंतु यदि हम तुम्हारी आपत्ति के प्रकाश में कहें तो कहेंगे कि परिवर्तन पहले हो गए होंगे, स्मृतियों ने उसका अनुमोदन किया होगा।''

''स्वामी जी ! आपको नहीं लगता कि अनेक लोग धर्म के नियमों में परिवर्तन पसंद नहीं करते !''

''परिवर्तन की आवश्यकता हो तो समाज को अवश्य बदलना चाहिए, नहीं तो महापरिवर्तन की तैयारी होने लगती है।'' स्वामी बोले, ''पूर्वकाल में बहुपतित्व और बहुपत्नीत्व दोनों का ही प्रचलन रहा है। अब बहुपतित्व तो नहीं है, सभ्य समाज में बहुपत्नीत्व भी समाप्त होता जा रहा है। राजा दशरथ की तीन रानियाँ थीं, तो क्या ? स्वयं श्रीराम ने दूसरा विवाह नहीं किया। द्रौपदी के पाँच पति थे, किंतु अब किसी हिंदू स्त्री के दो पति भी नहीं होते।''

''अच्छा स्वामी जी !'' हरविलास ने कहा, ''आपने परिवर्तन का समर्थन किया तो मेरे ध्यान में आया कि कुछ धर्मग्रंथों ने माना है कि ईश्वर ने एक दिन में सृष्टि की रचना की और फिर वह सो गया। आज का विज्ञान इस प्रकार का सिद्धांत मानने से रहा। तो क्या उन धर्मग्रंथों को अपना मत बदल देना चाहिए अथवा वैज्ञानिकों को ही उनकी बात मान लेनी चाहिए ?''

स्वामी ने ठहाका लगाया और हरविलास की बाँह पकड़कर उन्हें एक नई पगडंडी की ओर मोड़ दिया, ''हम एकांत पगडंडी पर चलें तो बात हो पाएगी।''

''आप हँसे क्यों स्वामी जी !'' हरविलास नई पगडंडी पर मुड़ गए।

''मैं उन धर्मग्रंथों का संरक्षक नहीं हूँ, जिनके सिद्धांत की तुमने चर्चा की है, तो मैं उन ग्रंथों को परिवर्तित होने या न होने का आदेश या उपदेश कैसे दे सकता हूँ !'' स्वामी बोले, ''और न ही मैं कोई भौतिक विज्ञानशास्त्री हूँ कि विज्ञान पर कोई दबाव डाल सकूँ। मैं तो हिंदू शास्त्रों का एक अध्येयता हूँ। तुम्हारी जिज्ञासा-शांति के लिए बताने का प्रयत्न कर रहा हूँ कि वे शास्त्र क्या कहते हैं।''

''सृष्टि के विषय में हमारे शास्त्र क्या कहते हैं ?''

''सृष्टि, संसार, प्रकृति, माया—ये सब अनादि और अनंत हैं। यह जगत् किसी एक विशेष दिन रचा नहीं गया। ईश्वर ने किसी एक दिन सृष्टि की और उसके बाद सोने लगा, यह नहीं हो सकता। सर्जन की शक्ति निरंतर गतिशील है। ईश्वर अनंत काल से सृष्टि रच रहा है—वह कभी विश्राम नहीं करता। गीता में भगवान् ने कहा है :

'उत्सीदेयुरिमे लोका न कुर्यां कर्म चेदहम्।
संकरस्य च कर्ता स्यामुपहन्यामिमाः प्रजाः।।'

" 'यदि मैं एक क्षण के लिए भी विश्राम करूँ, तो यह जगत् नष्ट हो जाएगा।' "

"तो इसका अर्थ है कि ईश्वर कभी विश्राम नहीं करता !" हरविलास ने कहा, "इसीलिए सृष्टि कभी नष्ट नहीं होती !"

"बात केवल एक बार की नहीं है। हमारे यहाँ कल्प का नियम है और कल्पांत में प्रलय का भी सिद्धांत है।" स्वामी बोले, "सृष्टि के लिए अंग्रेजी में क्रिएशन शब्द का प्रयोग करते हैं; किंतु वस्तुतः वह प्रोजेक्शन है। क्रिएशन का अर्थ यदि शून्य में से संसार का उदय है, तो यह एक भयंकर और युक्तिविहीन मत है। सारी प्रकृति सदा विद्यमान रहती है। प्रलय के समय वह क्रमशः सूक्ष्म से सूक्ष्म होती जाती है और अंत में एकदम अव्यक्त हो जाती है। कुछ विश्राम के पश्चात् कोई उसे पुनः प्रक्षेपित करता है। तब पहले ही के समान समवाय, वैसा ही विकास, वैसे ही रूपों में प्रकाशन का क्रीड़ाक्रम चलता रहता है। अनंतकाल से वह प्रक्षेपण लहरों की चाल के सदृश एक बार सामने आ जाता है और फिर पीछे हट जाता है। देश, काल, निमित्त तथा अन्यान्य—सब कुछ इसी प्रकृति के अंतर्गत है। इसीलिए यह कहना कि सृष्टि का आदि है, सर्वथा निरर्थक है।"

"तो फिर यह सृष्टि किसने की ? कौन इसका प्रक्षेपण करता है ? कौन इसका स्रष्टा है ?" हरविलास ने कहा, "आखिर तो हम सदा उस स्रष्टा को ही स्मरण करते हैं।"

"ब्रह्म ने।" स्वामी ने कहा, "मैं भगवान्, ईश्वर या गॉड नहीं कह रहा। अंग्रेजी में 'ब्रह्म' का कोई पर्याय नहीं है। उसका अनुवाद मैं नहीं कर सकता। उसकी आवश्यकता भी नहीं है। ब्रह्म ही इस जगत् प्रपंच का सामान्य कारण है।"

"पर ब्रह्म क्या है ?" हरविलास बोले, "यदि उसका अनुवाद किसी और भाषा में नहीं हो सकता तो उसे ईश्वर और गॉड से भिन्न होना चाहिए।"

"वह नित्य, नित्यशुद्ध, नित्यबुद्ध, सर्वशक्तिमान, सर्वज्ञ, परम दयामय, सर्वव्यापी, निराकार और अखंड है। वही इस जगत् की सृष्टि करता है।" स्वामी जैसे आत्मलीन-से होते बोल रहे थे।

"यदि ब्रह्म संसार का नित्य स्रष्टा और विधाता है, वह नित्यबुद्ध, नित्यशुद्ध और दयामय है, तो संसार में इतना पक्षपात क्यों है ?" हरविलास जैसे किसी आवेश में बोल रहे थे, "एक मनुष्य जन्म से ही सुखी और दूसरा जन्म से ही दुखी है। एक धनी है तो दूसरा निर्धन। यह पक्षपात ही तो है। फिर यहाँ निष्ठुरता भी है। एक जीवन दूसरे की मृत्यु पर निर्भर करता है। एक प्राणी दूसरे के टुकड़े-टुकड़े कर डालता है। मनुष्य अपने ही भाई का गला दबाने का प्रयत्न करता है। यह प्रतिद्वंद्विता, निष्ठुरता, घोर अत्याचार और दिन-रात का रुदन और कराह—जिसे सुनकर कलेजा फट जाता है—यह हमारे संसार में ही तो है। यदि यही ईश्वर की सृष्टि है, तो वह ईश्वर घोर निष्ठुर है, संवेदनशून्य है, करुणा का उसमें नाम भी नहीं है। वह उस शैतान से भी गया-गुजरा है, जिसकी मनुष्य कल्पना कर सकता है।"

"वेदांत कहता है कि जगत् की इस प्रतिद्वंद्विता और पक्षपात के लिए ईश्वर तनिक भी दोषी नहीं है।" हरविलास के आवेश और भावुकता ने स्वामी को रंचमात्र भी प्रभावित नहीं किया था।

"तो फिर कौन दोषी है ?" लगा, हरविलास स्वामी का मार्ग रोककर उनके सामने खड़े हो जाएँगे।

"हम। स्वयं हमने इस वैषम्य की सृष्टि की है।" स्वामी भी उतने ही आवेश में बोले, "एक बादल सभी खेतों पर समान रूप से पानी बरसाता रहता है, पर जो खेत अच्छी तरह जोता गया है, वही इस वर्षा से लाभ उठाता है। जो खेत जोता नहीं गया, या जिसकी देख-रेख नहीं की गई, वह उस वर्षा से लाभ नहीं उठा सकता। इसमें बादल का दोष नहीं है। ईश्वर की कृपा नित्य और अपरिवर्तनीय है। वैषम्य का कारण हम स्वयं हैं।"

"लेकिन कोई जन्म से ही दुखी है और कोई जन्म से ही सुखी है—इसका कारण क्या हो सकता है ? जिस बच्चे का अभी-अभी जन्म हुआ है, उसने तो ऐसा कुछ नहीं किया, जिससे यह वैषम्य उत्पन्न हो !"

"इस जन्म में न सही, पूर्वजन्म में उन्होंने ऐसा कुछ अवश्य किया होगा।" स्वामी बोले, "यह वैषम्य पूर्वजन्म के कर्मों के कारण ही हुआ है।"

"जो हमें दिखाई नहीं देता, जिसका हमें कोई अनुभव नहीं है, जिसका कोई प्रमाण नहीं है—उसे हम कारण कैसे मान सकते हैं ?" हरविलास निषेध की मुद्रा में थे।

"तुम नहीं भी मानोगे, तो भी कारण वही रहेगा।" स्वामी हँसे।

"जीवन अभी आरंभ ही हुआ है स्वामी जी !..."

"नहीं, जीवन अभी आरंभ नहीं हुआ है। किसी भी मनुष्य का जीवन उसके इस जन्म से आरंभ नहीं होता।" स्वामी ने हरविलास की बात काट दी, "जीवन की उत्पत्ति शून्य से नहीं हुई है। वह संभव ही नहीं है। प्रत्येक वह वस्तु, जिसकी काल के अंतर्गत उत्पत्ति हुई है, काल में ही लीन होगी। यदि जीवन कल ही शुरू हुआ हो तो अगले दिन उसका अंत भी होगा। जीवन अनादि है। वह सदा से अवश्य रहा होगा। आधुनिक सभी विज्ञान इसका प्रमाण जुटाने में हमारी सहायता कर रहे हैं। वे जड़ जगत् की घटनाओं से हमारे शास्त्रों में लिखे हुए तत्त्वों की व्याख्या कर रहे हैं।" स्वामी ने उसकी ओर देखा, "हममें से प्रत्येक मनुष्य अनादि काल से अपने किए हुए कर्मों की समष्टि का फल है। बच्चा जब जन्म लेता है, वह उसी समय तत्काल प्रकृति के हाथ से निकलकर नहीं आता वरन् उस पर अनादि अतीत काल का बोझ होता है। भला हो चाहे बुरा, वह अपने पूर्वकृत कर्मों का फल भोगने आता है। उसी से इस वैषम्य की सृष्टि हुई है। यही कर्मविधान है।"

"तो हम कर्म करने को स्वतंत्र नहीं हैं ?" हरविलास ने कुछ इस ढंग से कहा, जैसे वह अभी स्वामी के विचारों से अपनी असहमति प्रकट कर देगा।

"हममें से प्रत्येक मनुष्य अपना-अपना अदृष्ट गढ़ रहा है। हम ही कार्य हैं और हम ही कारण। अतः हम स्वतंत्र हैं। यदि मैं दुखी हूँ तो यह मेरे अपने ही किए का फल है। इसी से पता चलता है कि यदि मैं चाहूँ तो सुखी रह सकता हूँ। यदि मैं अपवित्र हूँ तो वह भी मेरा अपना ही किया हुआ है। उसी से ज्ञात होता है कि यदि चाहूँ तो मैं पवित्र हो सकता हूँ। मनुष्य की इच्छाशक्ति किसी भी परिस्थिति के अधीन नहीं है। मनुष्य की प्रबल, विराट, अनंत इच्छाशक्ति के सामने सभी शक्तियाँ, यहाँ तक कि प्राकृत शक्तियाँ भी झुक जाएँगी, दब जाएँगी और इसकी गुलामी करेंगी। यही कर्मविधान का फल है।"

"जब हम पुनर्जन्म मानते हैं, तो उसका आधार हमारी आत्मा है ?" हरविलास ने स्वामी

की ओर देखा, "क्योंकि वह मरती नहीं।"

स्वामी ने स्वीकृति में सिर हिला दिया।

"किंतु हम यह भी मानते हैं कि आत्मा संसार से निस्पृह है। जब वह कुछ करती नहीं, तो पुनः जन्म लेकर कष्ट क्यों पाती है ?"

"तुम्हारी आत्मा माने तो कुछ देर यहाँ बैठ जाएँ।" स्वामी ने एक पत्थर की ओर संकेत किया, "बड़ा सुंदर स्थल है। यहाँ से सूर्यास्त भी बहुत अच्छा दिखाई देगा।"

हरविलास समझ रहे थे, स्वामी ने जानबूझकर इस समय आत्मा शब्द का इस प्रकार प्रयोग किया था। उन्होंने कुछ कहा नहीं, जाकर पत्थर पर स्वामी के निकट बैठ गए।

"आत्मा है क्या—माई सोल ?"

"ओह ! अंग्रेजी में जानना चाहते हो—उन लोगों की भाषा में, जो जानते ही नहीं कि आत्मा है क्या।" स्वामी हँस रहे थे।

"मैंने सुना है कि राजा अजितसिंह भी आपके साथ अंग्रेजी में चर्चा करते हैं।"

"ठीक सुना है।"

"क्यों ? वे हिंदी क्यों नहीं बोलते ? हिंदी बोलने से राजाओं की शान घटती है क्या ?"

"यह तो वे ही जानें।" स्वामी बोले, "वैसे उनकी शान ऐसी नहीं है, जो अंग्रेजी बोलने से कुछ बढ़ जाती हो। वे हिंदी बोलते हैं। अपने लोगों से हिंदी ही बोलते हैं। हिंदी में कविताएँ लिखते हैं और सुंदर कविताएँ लिखते हैं। जहाँ तक मैं समझता हूँ, उन्होंने कभी हिंदी पढ़ी नहीं। उनकी सारी शिक्षा अंग्रेजी में हुई। इसलिए हिंदी में गंभीर चर्चा करने में उन्हें कठिनाई होती है। विज्ञान संबंधी कोई बात तो वे हिंदी में कर ही नहीं सकते। अंग्रेजी में शिक्षा का यह दुष्परिणाम है। शिक्षा ने उनकी भाषा तो बदल दी है, किंतु उनकी आत्मा को नहीं बदल पाई।"

इस बार हरविलास हँसे, "स्वामी जी ! मुझे लगता है, राजा अजितसिंह आपको बहुत प्रिय हैं। आप उनका प्रत्येक अपराध क्षमा करने के लिए तैयार हैं। क्या आप जानते हैं कि वे मदिरा भी पीते हैं, उनके यहाँ मुजरा भी होता है, वे शिकार भी खेलते हैं ? राजा-रईसों का कौन-सा रोग उनमें नहीं है ?"

"ठीक कहते हो।" स्वामी शांत भाव से बोले, "तुमने उनका शरीर देखा है, उनकी आत्मा नहीं देखी। आत्मा की वैसी उदात्तता बड़े-बड़े महात्माओं में भी नहीं देखी जाती।" स्वामी क्षण-भर को मौन हो गए और फिर जैसे अपने आप से बोले, "समय-समय पर संसार में कुछ ऐसे लोग एक साथ जन्म लेते हैं, जिन्हें कोई एक सम्मिलित काम करना होता है। मैं और अजितसिंह ऐसी ही दो आत्माएँ हैं। हमारा जन्म एक-दूसरे की सहायता के लिए हुआ है। हम दोनों एक-दूसरे के पूरक और प्रपूरक हैं।"

हरविलास कुछ ऐसे स्तब्ध रह गए, जैसे उन्होंने कुछ ऐसा सुन और जान लिया हो, जिसका उन्हें अधिकार नहीं था। वे अनजाने ही स्वामी के निजी क्षेत्र में प्रवेश कर गए थे।...इच्छा तो हुई कि वे इसी विषय को आगे चलाएँ, किंतु साहस नहीं हुआ। अनजाने में एक झलक देख ली थी, अब वे सायास झाँकने का दुस्साहस कैसे करें !...

"आत्मा है क्या ?" हरविलास फिर से अपने प्रश्न पर लौट आए। वे समझ रहे थे कि यद्यपि बात काफी भटक चुकी थी, फिर भी स्वामी किसी न किसी रूप में 'आत्मा' शब्द को पकड़े हुए थे।

"हाँ, आत्मा !" स्वामी ने अस्ताचल की ओर जाते हुए सूर्य को देखा, "संस्कृत का शब्द 'आत्मा' और अंग्रेजी का 'सोल' दोनों पूर्णतः भिन्न अर्थ रखते हैं। हम जिसे मन कहते हैं, पश्चिम में लोग उसे सोल कहते हैं। हम मानते हैं कि मन चंचल और पूर्णतः सांसारिक होता है और आत्मा शांत और निस्पृह ही नहीं, संसार से पूर्णतः अनासक्त होती है। उन दोनों का स्वभाव पूर्णतः भिन्न ही नहीं, आत्मविरोधी होता है। पश्चिम वालों को प्रायः बीस वर्ष पूर्व संस्कृत के दर्शनशास्त्र से 'आत्मा' की सूचना मिली है। उसका ज्ञान हुआ या नहीं, कह नहीं सकता।"

"पर आत्मा है क्या ?"

"स्थूल शरीर के पीछे मन है; किंतु मन आत्मा नहीं है। मन हमारा सूक्ष्म शरीर है। वह सूक्ष्म तन्मात्राओं से बना हुआ है। यही मन विषयों का भोग करता है। यही मन जन्म और मृत्यु के चक्र में पड़ा हुआ है।" स्वामी बोले, "मन के पीछे आत्मा है—मनुष्य की यथार्थ सत्ता। आत्मा, इस स्थूल शरीर—तन और सूक्ष्म शरीर—मन, दोनों से ही पृथक् है। फिर भी आत्मा इस मन के साथ जन्म और मरण के चक्र में भटक रही है। जब समय आता है और उसे अपनी सर्वज्ञता और पूर्णता का भास होता है, तब भटकन समाप्त हो जाती है। जन्म और मृत्यु का चक्र रुक जाता है। आत्मा स्वतंत्र होकर चाहे तो अपने सूक्ष्म शरीर को रख सकती है और चाहे तो उसका त्याग कर चिर काल के लिए स्वाधीन और मुक्त होकर रह सकती है। जीवात्मा का लक्ष्य मुक्ति ही तो है।"

"आत्मा ने स्वयं को पा लिया और जीव की मुक्ति हो गई।" इस 'मुक्ति' से जैसे हरविलास को संतोष नहीं हुआ, "आप अच्छे और बुरे कर्मों को नहीं मानते ? स्वर्ग और नरक का कोई अस्तित्व नहीं है आपकी व्यवस्था में ? सारे धर्म भय और लोभ पर चलते हैं। वे लोगों को नरक से डराते हैं और स्वर्ग से लुभाते हैं।"

"हमारे धर्म में भी स्वर्ग और नरक हैं, किंतु वे चिरस्थायी नहीं हैं। स्वर्ग भी बृहत्तर पैमाने पर मर्त्यलोक की ही पुनरावृत्ति है। वहाँ सुख कुछ अधिक होगा, भोग कुछ अधिक होगा; किंतु उससे आत्मा का कल्याण नहीं होगा।" स्वामी बोले, "ऐसे स्वर्ग अनेक हैं। पृथ्वी पर जो लोग फल-प्राप्ति के लिए सत्कर्म करते हैं, वे मृत्यु के पश्चात् ऐसे ही किसी स्वर्ग में देवताओं के रूप में जन्म लेते हैं। यह देवत्व एक पद विशेष है। देवता भी किसी समय मनुष्य थे और अपने सत्कर्मों के कारण उन्हें देवत्व की प्राप्ति हुई। इंद्र आदि किसी देवता विशेष के नाम नहीं हैं। सहस्रों इंद्र होंगे। नहुष महान् राजा थे और उन्होंने मृत्यु के पश्चात् इंद्रत्व पाया था। इंद्रत्व केवल एक पद है। जिस प्रकार इस संसार में धन, मान और भोग अधिकांश लोगों को विभ्रम में डाल देते हैं, उसी प्रकार अनेक देवता भी मोहग्रस्त हो जाते हैं। अपने शुभ कर्मों का फल भोगकर वे पतित होते हैं और फिर मानव-शरीर धारण करते हैं। अतएव यह पृथ्वी कर्मभूमि है। इस पृथ्वी से ही हम मुक्ति-लाभ कर सकते हैं। अतः यह स्वर्ग भी इस योग्य नहीं है कि उसकी कामना की जाए।"

"तो अपनी आत्मा को जान लेना ही मानव-जन्म का ध्येय हुआ ?"

"हाँ।"

"आत्मा को जान लिया; किंतु हम ईश्वर को तो प्राप्त नहीं कर सके।" हरविलास ने कहा।

"बिना आत्मा को जाने हम ईश्वर का स्वरूप भी नहीं समझ सकते।" स्वामी ने कहा और उठ खड़े हुए, "सूर्यास्त हो गया। चलो, चलें।"

हरविलास का ध्यान ही इस ओर नहीं था कि सूर्यास्त हो गया है और झुटपुटा हो चला है।

अभी थोड़ी देर में अंधकार हो जाएगा। वे तो अपनी आत्मा का अंधकार दूर करने में जुटे हुए थे।

"उसे हम कैसे जानेंगे ?" हरविलास ने खड़े होते हुए कहा, "भौतिकविज्ञान तो उसका कोई प्रमाण देता नहीं।"

स्वामी चल पड़े, "जितना हम जड़ जगत् का अध्ययन करते हैं, उतने ही हम भौतिकवादी होते जाते हैं। जड़ जगत् को हम जितना नियंत्रित करना चाहते हैं, उतनी ही हमारी आध्यात्मिकता विलीन होती जाती है। अध्यात्म और ब्रह्मतत्त्व का ज्ञान पाने का मार्ग भौतिकविज्ञान के आँगन से होकर नहीं जाता।"

"वह किसके आँगन में से होकर जाता है—मंदिर के आँगन में से ?" स्वामी मुस्कराए। उनके चेहरे पर ऐसा भाव आया, जैसा उस वयस्क के चेहरे पर आता है, जिसे कोई बच्चा चिढ़ाने का प्रयत्न कर रहा हो।

"अपने अंदर, अपनी आत्मा के अंदर उसका अनुसंधान करना होगा।" स्वामी का स्वर कुछ स्वप्निल हो चला था, "बाह्य जगत् की घटनाएँ, उस सर्वातीत अनंत सत्ता के विषय में, हमें कुछ नहीं बतातीं। केवल अंतर्जगत् के अन्वेषण से ही उसका पता चल सकता है। अतः आत्मतत्त्व के अन्वेषण तथा उसके विश्लेषण द्वारा ही परमात्त्व तत्त्व का ज्ञान होना संभव है।"

"मैं तो अपनी आत्मा को नहीं जानता; किंतु जिन लोगों ने आत्मा की खोज की है, वे उसके विषय में क्या कहते हैं ?" हरविलास ने हँसकर कहा, "है न विचित्र बात ! आत्मा तो मेरी है, किंतु मैं उसके विषय में कुछ नहीं जानता।"

"अपने शरीर के विषय में ही क्या जानते हो ?" स्वामी ने उनकी ओर देखा, "नाड़ी तुम्हारी है, किंतु उसके विषय में वैद्य बताता है। रक्त तुम्हारा है, किंतु रक्तचाप के विषय में तुम्हें चिकित्सक ही बताता है। अपना हृदय देखा है कभी तुमने ? अपनी अंतड़ियों के विषय में कितना जानते हो ?"

"ठीक कह रहे हैं स्वामी जी ! मैंने तो इस प्रकार कभी सोचा ही नहीं था।" हरविलास ने कहा, "तो फिर जीवात्मा के विषय में ऋषि क्या कहते हैं ?"

"सभी जीवात्माएँ आदि-अंतरहित हैं और स्वरूपतः अविनाशी हैं। सब प्रकार की शक्ति, आनंद, पवित्रता, सर्वव्यापकता और सर्वज्ञता प्रत्येक आत्मा में अंतर्निहित है। प्रत्येक प्राणी में—चाहे वह कितना दुर्बल या दुष्ट, बड़ा या छोटा हो—वही सर्वव्यापी और सर्वज्ञ परमात्मा विराजमान है। अंतर आत्मा में नहीं, उसकी बाह्य अभिव्यक्ति में है। उसके आवरण में है। हम सबने भिन्न-भिन्न प्रकार के आवरण ओढ़ रखे हैं। मुझमें और एक छोटे से छोटे प्राणी में अंतर केवल बाह्य अभिव्यक्ति—शरीर—का है। तत्त्वतः वह और मैं एक ही हैं। उसकी और मेरी आत्मा एक ही है।" स्वामी तनिक रुके, "भारत द्वारा जगत् को दिया गया यही सबसे महान् सिद्धांत है।"

"क्यों, अन्य देश भी तो यही कहते हैं।" हरविलास के पैर को ठोकर लगी। स्वामी ने उन्हें सँभाला, नहीं तो संभव था कि वे गिर ही पड़ते।

"जैसे बिना देखे अँधेरे में पैर नहीं बढ़ाना चाहिए, वैसे ही बिना जाने ऐसा वक्तव्य नहीं देना चाहिए।" स्वामी हँसे, "अन्य देशों में मानवता की एकता का विचार सुनाई पड़ता है...."

"वही तो कह रहा था मैं।" हरविलास ने कहा।

"अन्य देशों में मानवता की एकता का विचार सुनाई पड़ता है।" स्वामी ने दोहराया, "किंतु

भारत ने समस्त चेतन सृष्टि में भ्रातृभाव का प्रचार किया है। सभी प्राणी, छोटे से छोटे जीव-जंतु भी, सभी हमारे शरीर हैं। हमारा शास्त्र कहता है—'एवं तु पंडितैर्ज्ञात्वा सर्वभूतमयं हरिम्।' " वे रुके, "संस्कृत समझते हो ?"

"पूरी तरह समझने का दावा नहीं है मुझे।"

"तो इस उक्ति का अनुवाद है—'इसी प्रकार पंडित लोग उस प्रभु को सर्वभूतमय जानकर सब प्राणियों की ईश्वर-बुद्धि से उपासना करें।' "

इस बार हरविलास ने कुछ नहीं कहा। वे मौन होकर कुछ सोचते रहे।

"क्या हुआ ?" स्वामी हँसे, "प्रश्न समाप्त हो गए या संध्या करने का समय हो गया ?"

"सोच रहा हूँ," हरविलास ने कहा, "यह आत्मा, जो परमात्मा का ही अंश है, जो सर्वज्ञ है, वह संसार में बद्ध किस प्रकार हो गई ?"

"शास्त्र इसका एक ही उत्तर देते हैं—अज्ञान के कारण।" स्वामी ने कहा, "अज्ञान ही इस बंधन का कारण है।"

"तो यह अज्ञान दूर कैसे होगा ?"

"ज्ञान से।"

"ज्ञान से ! किंतु ज्ञान प्राप्त कैसे हो ?"

स्वामी ने उनकी ओर देखा : निश्चित रूप से प्रश्न के रूप में पूछा गया यह वाक्य प्रश्न नहीं था। उसके माध्यम से हरविलास की निराशा झलक रही थी। शायद वे कहना चाह रहे थे कि ज्ञान प्राप्त करना संभव ही नहीं है।

इस बार स्वामी का स्वर गंभीर ही नहीं, पर्याप्त सघन भी था, "प्रेम और भक्ति से। ईश्वराराधन द्वारा। सारे जीवों को ईश्वर का मंदिर समझकर प्रेम करने से ज्ञान होता है। अनुराग की प्रबलता से ज्ञान का उदय होगा और अज्ञान दूर होगा। सब बंधन टूट जाएँगे और आत्मा को मुक्ति मिलेगी।..."

स्वामी सूचना नहीं दे रहे थे, मानो भक्ति का उत्सव मना रहे थे, "हमारे शास्त्रों में परमात्मा के दो रूप हैं—सगुण और निर्गुण। सगुण ईश्वर के रूप में वह सर्वव्यापी है। संसार की सृष्टि, स्थिति और प्रलय का कर्ता है। संसार का अनादि जनक और जननी है। उसके साथ हमारा नित्य भेद है और उसके संदर्भ में मुक्ति का अर्थ है—उसकी निकटता और उसके लोक की प्राप्ति।"

"ईश्वर के विषय में जितने गुणों की चर्चा की जाती है, उनसे तो वह सगुण ब्रह्म ही हो सकता है।" हरविलास कुछ परेशानी में बोले, "फिर निर्गुण ब्रह्म की कल्पना कैसे की जाए ?"

"सगुण ब्रह्म के ये सारे विशेषण निर्गुण ब्रह्म के संबंध में अनावश्यक और अतार्किक मानकर त्याग दिए गए हैं।"

"जैसे ?"

"वह निर्गुण और सर्वव्यापी पुरुष ज्ञानवान नहीं कहा जा सकता, क्योंकि ज्ञान मानव-मन का धर्म है। वह चिंतनशील नहीं कहा जा सकता, क्योंकि चिंतन असीम जीवों के ज्ञान-लाभ का उपाय मात्र है। वह विचारपरायण नहीं कहा जा सकता, क्योंकि विचार भी ससीम है और दुर्बलता का चिह्न मात्र है। वह सृष्टिकर्ता भी नहीं कहा जा सकता, क्योंकि सृष्टि वही करता है, जो बंधन में है। उसका बंधन ही क्या हो सकता है ? बिना किसी प्रयोजन के कोई काम नहीं करता। ब्रह्म को क्या प्रयोजन

हो सकता है ? सब लोग अपनी कामनापूर्ति के लिए काम करते हैं। ब्रह्म की क्या कामना है ?''

''तो फिर इसका समाधान क्या है ?''

''वेदों में उसके लिए 'सः' शब्द का प्रयोग नहीं किया गया है।'' स्वामी ने कहा, ''निर्गुण ब्रह्म के लिए 'तत्' शब्द का प्रयोग किया गया है।''

''इसमें क्या अंतर है ?'' हरविलास ने सहज भाव से पूछा।

'' 'सः' से वह व्यक्ति विशेष हो जाता है, अतः जीव-जगत् से पूर्णतः पृथक् हो जाता है। इसीलिए निर्गुणवाचक 'तत्' शब्द का प्रयोग किया गया है। इसी को अद्वैतवाद कहते हैं।''

''मैं समझा नहीं !'' हरविलास के मुख से अनायास ही निकल गया।

''भगवान् का धन्यवाद है कि कुछ तो ऐसा है, जो हरविलास शारदा को समझ में नहीं आता।'' स्वामी हँसे, ''वह सगुण है, तो हमसे भिन्न है, निर्गुण है तो हमसे अभिन्न है। हम उस निर्गुण से अभिन्न हैं। वह और हम एक हैं। प्रत्येक मनुष्य, उसी, सब प्राणियों के मूल कारणरूप निर्गुण पुरुष की अलग-अलग अभिव्यक्ति है।''

''तो उससे क्या अंतर पड़ता है ? हम उससे अभिन्न हैं तो ?''

''जब हम उस अनंत और निर्गुण पुरुष से स्वयं को पृथक् मानते हैं, तभी हमारे दुःख की उत्पत्ति होती है; और इस अनिर्वचनीय निर्गुण सत्ता के साथ अभेदज्ञान ही हमारी मुक्ति है। अब देखो, निर्गुण ब्रह्मवाद से कैसे हमारा आचरण बदलता है।'' स्वामी बोले, ''अति प्राचीन काल से ही प्रत्येक जाति में प्रचारित किया गया कि संपूर्ण मानव-जाति से प्रेम करो। मानव-मात्र को आत्मवत् प्रेम करना चाहिए।...'' स्वामी क्षण-भर रुके, ''हमने तो मनुष्य और इतर प्राणियों में भी कोई भेद नहीं रखा। भारत में सारे जीवों को आत्मवत् प्रेम करने का उपदेश दिया गया।...''

''किंतु अन्य प्राणियों को आत्मवत् प्रेम करने से क्या लाभ होगा ?''

''इसका भेद किसी ने नहीं बताया। एकमात्र ब्रह्मवाद ही इसका कारण बताने में समर्थ है।'' स्वामी बोले, ''यह लाभ तभी समझोगे, जब तुम संपूर्ण ब्रह्मांड की एकात्मता, विश्व की एकता और जीवन की अखंडता का अनुभव करोगे—जब तुम समझोगे कि दूसरे को प्रेम करना अपने आप को ही प्रेम करना है—दूसरे को हानि पहुँचाना स्वयं अपनी ही हानि करना है। तभी हम समझेंगे कि दूसरे का अहित करना क्यों अनुचित है। अतएव यह निर्गुण ब्रह्मवाद ही आचरणशास्त्र का मूल कारण माना जा सकता है।''

''पर स्वामी जी ! भक्त तो सगुण के भी हैं और निर्गुण के भी।'' हरविलास ने कहा, ''दोनों के अपने-अपने कुछ अनुभव भी होंगे ही। प्रभाव की दृष्टि से भी दोनों में कुछ भेद होगा...।''

''अद्वैतवाद का प्रसंग उठाते हुए उसमें सगुण ब्रह्म का प्रश्न भी आ जाता है। सगुण ब्रह्म को अद्वैतवाद ने पूर्णतः निष्कासित नहीं कर दिया है।'' स्वामी बोले, ''सगुण ब्रह्म पर विश्वास हो तो हृदय में कैसा अपूर्व प्रेम उमड़ता है—यह मैं जानता हूँ।...मैं अच्छी तरह समझता हूँ कि भिन्न-भिन्न समय की आवश्यकतानुसार मनुष्यों पर भक्ति की शक्ति और सामर्थ्य का कैसा प्रभाव पड़ा है।''

हरविलास की टकटकी बँध गई...किस विश्वास से कह रहे हैं स्वामी कि वे उस प्रेम को जानते हैं। कोई साधारण व्यक्ति ऐसी बात नहीं कह सकता। वे इस प्रकार कह रहे हैं, जैसे वे स्वयं उस अनुभव में से गुजरकर आए हैं।...

''...परंतु हमारे देश में अब रोने का समय नहीं है, कुछ वीरता की भी आवश्यकता है।

इस निर्गुण ब्रह्म पर विश्वास कर सब प्रकार के कुसंस्कारों से मुक्त हो, 'मैं ही वह निर्गुण ब्रह्म हूँ'—इस ज्ञान के सहारे अपने ही पैरों पर खड़े होने से, हृदय में कैसी अद्भुत शक्ति भर जाती है। और फिर भय ? मुझे किसका भय ? मैं प्रकृति के नियमों की भी परवाह नहीं करता। मृत्यु मेरे निकट उपहास है। मनुष्य तब अपनी उस आत्मा की महिमा में प्रतिष्ठित हो जाता है, जो असीम और अनंत है, अविनाशी है, जिसे कोई शस्त्र छेद नहीं सकता, आग जला नहीं सकती, पानी गला नहीं सकता, वायु उसे सोखकर निष्प्राण नहीं कर सकती—जो असीम है, जन्म-मृत्युरहित है तथा जिसकी महत्ता के सामने सूर्यचंद्रादि, यहाँ तक कि सारा ब्रह्मांड, सिंधु में बिंदु प्रतीत होने लगता है—जिसकी महत्ता के सामने देश और काल का महत्त्व भी लुप्त हो जाता है। हमें इसी महिमामयी आत्मा का विश्वास करना होगा, इसी इच्छा से शक्ति प्राप्त होगी। तुम स्वयं को जो कुछ मानोगे, वही हो जाओगे। यदि तुम स्वयं को दुर्बल मानोगे तो दुर्बल हो जाओगे। वीर्यवान मानोगे तो वीर्यवान हो जाओगे। यदि तुम स्वयं को अपवित्र समझोगे तो अपवित्र हो जाओगे। अपने को शुद्ध सोचोगे तो शुद्ध हो जाओगे। इससे हमको शिक्षा मिलती है कि हम अपने को दुर्बल न मानें, प्रत्युत स्वयं को वीर्यवान, सर्वशक्तिमान और सर्वज्ञ मानें। यह भाव चाहे अब तक हममें प्रकाशित न हुआ हो, परंतु वह हमारे भीतर है अवश्य। हमारे भीतर संपूर्ण ज्ञान, सारी शक्तियाँ, पूर्ण पवित्रता और स्वाधीनता के भाव विद्यमान हैं। फिर हम उन्हें जीवन में प्रकाशित क्यों नहीं कर सकते ? क्योंकि उन पर हमारा विश्वास नहीं है। यदि हम उन पर विश्वास कर सकें, तो उनका विकास होगा, अवश्य होगा। निर्गुण ब्रह्म से हमें यही शिक्षा मिलती है।...''

हरविलास ने आज तक ऐसा अद्भुत पुरुष नहीं देखा था। उनके सारे प्रश्न जैसे आँधी में तिनकों के समान उड़ गए थे।...वे जैसे पूर्णतः स्वामी की शरण में आ गए थे, ''तो हम क्या करें स्वामी जी !''

''उनके आरंभिक शैशव से ही शिशुओं को बलवान बनाओ। उन्हें दुर्बलता तथा बाहरी अनुष्ठानों की शिक्षा न दो। वे तेजस्वी हों, अपने पैरों पर खड़े हो सकें—साहसी, सर्वविजयी और सब कुछ सहने वाले हों; परंतु सबसे पहले उन्हें आत्मा की महिमा की शिक्षा मिलनी चाहिए। यह शिक्षा वेदांत में, केवल वेदांत में प्राप्त होगी।''

''और हमारी भक्ति और उपासना...?''

''वेदांत में अन्यान्य धर्मों की भक्ति, उपासना आदि भी यथेष्ट मात्रा में हैं; परंतु मैं जिस आत्मतत्त्व की बात कर रहा हूँ, वही जीवन है, शक्तिप्रद है और अपूर्व है। केवल वेदांत में ही ऐसा महान् तत्त्व है, जिससे सारे संसार के भाव जगत् में क्रांति होगी और भौतिक जगत् के ज्ञान के साथ धर्म का सामंजस्य स्थापित होगा।''

स्वामी एक भवन के सम्मुख खड़े हो गए। उन्होंने साँकल खटखटाई।

हरविलास को उनका इस प्रकार अकस्मात् ही एक मकान का द्वार खटखटाना अच्छा नहीं लग रहा था। उनकी चर्चा जैसे अभी आधे मार्ग में ही थी। अभी और बहुत कुछ पूछना और जानना था।...हरविलास ने दृष्टि उठाकर देखा : यह किशनगढ़ भवन था।...

कपाट खुले। सामने एक सेवक खड़ा था।

''अरे, स्वामी जी, आप !'' उसने चरण छुए और एक ओर हटकर उनके लिए भीतर आने का मार्ग बना दिया, ''वकील साहब आपकी चर्चा कर ही रहे थे।''

"तुम कैसे हो हरिसिंह ?" स्वामी ने कहा, "घर पर अब तुम्हारा पुत्र स्वस्थ है न ?"

"जी स्वामी जी ! आपकी कृपा है।"

"आओ हरविलास !" स्वामी ने कहा और आगे बढ़ गए।

सामने से फ़ैज़ अली अपनी शेरवानी के बटन बंद करते हुए दौड़ते आए।

"प्रणाम स्वामी जी ! प्रणाम। कहाँ गायब हो गए थे आप ? इतने दिनों से दर्शन ही नहीं हुए।"

"यहीं आपके आबू पर्वत में साकार से निराकार हो गया था।" स्वामी हँसे, "आपको अपने नए मित्र से मिलाऊँ।"

स्वामी ने परिचय कराया और वे लोग बैठ गए।

"वकील साहब ! मैं और हरविलास मार्ग में अद्वैत की चर्चा कर रहे थे।"

"मुझे तो स्वामी जी, आपका वह उद्यान वाला उदाहरण नहीं भूलता।"

"कौन-सा उदाहरण ?" हरविलास का मन जैसे खिल उठा...वे लोग यहाँ आ अवश्य बैठे थे, किंतु उनकी चर्चा अभी समाप्त नहीं हुई थी।

"एक-एक फूल, फूल होता है। एक जाति के फूलों के अनेक पौधे हों तो क्यारी होती है। और अनेक प्रकार के फूलों की क्यारियाँ ही नहीं, घास के मैदान भी हों तो उनका समूह उद्यान होता है।" फ़ैज़ अली ने कहा, "वैसे ही इस सृष्टि में जितने भी प्रकार के जीव-जंतु, वनस्पति, नदियाँ, पर्वत, झरने, समुद्र, आकाश—सबको मिला दिया जाए तो ब्रह्म होता है। वह कहीं पृथक् नहीं है, दूर नहीं है। हम सबके भीतर है। हम सब उसके भीतर हैं।"

"वकील साहब ! जब आप स्वामी जी को अपने घर ले आए थे, तो आपके मन में यह संशय नहीं जागा कि मुस्लिम समाज आपका विरोध करेगा ?" हरविलास ने पूछा, "या स्वामी जी आपको हिंदू बना लेंगे ?"

"जब आप किसी से प्रेम करते हैं तो आप उसका सामीप्य चाहते हैं, और कोई इच्छा आपके मन में नहीं होती।" फ़ैज़ अली बोले, "न किसी और की ओर ध्यान होता है कि कोई क्या कहेगा।"

"फिर भी कुछ तो सोचा ही होगा आपने ?"

"हाँ, सोचा तो था।" फ़ैज़ अली बोले, "इससे पहले कि मैं स्वामी जी को मुसलमान बना लूँ या वे मुझे हिंदू बना लें, कुछ बातें मेरी समझ में आ गई थीं। और स्वामी जी तो उनको पहले से ही समझते थे।"

"कौन-सी बातें ?" हरविलास की उत्सुकता जाग उठी। उन्हें लग रहा था कि कोई बहुत ही अद्भुत सत्य उनके सामने उद्घाटित होने वाला है।

"स्वामी जी ने मुझे समझा दिया था कि मैं चाहे हृदय से उनकी पूजा करूँ, किंतु मेरा हिंदू धर्म स्वीकार करना एकदम आवश्यक नहीं था।"

"क्यों ?"

"क्योंकि यह धारणा कि प्रत्येक व्यक्ति के लिए ईश्वर तक पहुँचने का एक ही मार्ग है—बहुत हानिकारक, निरर्थक और सर्वथा त्याज्य है। यदि संसार में हर एक मनुष्य का धार्मिक मत एक हो जाए और प्रत्येक व्यक्ति एक ही मार्ग का अवलंबन करने लगे, तो संसार के लिए वह अत्यंत

बुरा दिन होगा। तब तो सब धर्म और सारे विचार नष्ट हो जाएँगे। सब लोगों की स्वाधीन विचारशक्ति और वास्तविक विचारभाव नष्ट हो जाएँगे। वैभिन्न्य ही जीवन का मूल मंत्र है। यदि इसका अंत हो जाए तो सारी सृष्टि का लोप हो जाएगा। विचारों में जब तक यह भिन्नता रहेगी, तब तक हम जीवित रहेंगे।"

"किंतु संसार के विभिन्न मत-मतांतरों का प्रचार करने वाले यह मानते हैं कि उन्होंने सत्य को पा लिया है। अतः जिनसे वे प्रेम करते हैं, उन्हें भी वे उस सत्य का ज्ञान कराना चाहते हैं। आप नहीं मानते कि जिसे जो सत्य प्राप्त हुआ है, उसे उसका प्रचार करने का पूरा अधिकार है ?" हरविलास ने कहा।

"अपने सत्य का प्रचार करने का अधिकार सबको है; किंतु जब मैं किसी को कहते हुए सुनता हूँ कि 'केवल यही एकमात्र मार्ग है।' तो मुझे हँसी आ जाती है।" सहसा स्वामी का स्वर कुछ रोषपूर्ण हो गया, "धिक्कार है उनके प्रेम को, जो अपने भाइयों को, किसी अन्य मार्ग से ईश्वर की ओर जाते देख, उनका सत्यानाश करना चाहते हैं। उनके प्रेम का कोई अर्थ नहीं है। जब वे किसी को भिन्न मार्ग से ईश्वर तक जाते हुए नहीं देख सकते तो वे प्रेम का प्रचार किस मुँह से करते हैं ? यदि यह प्रेम है तो द्वेष क्या हुआ ? हमारा झगड़ा संसार के किसी भी धर्म से नहीं है, चाहे वह लोगों को ईसा की पूजा करने की शिक्षा दे, अथवा मुहम्मद की अथवा किसी और मसीहा की।"

"क्या हिंदू नहीं कहते कि तुम राम की पूजा करो ?…"

हरविलास की बात पूरी भी नहीं हुई थी कि स्वामी ने गर्जन किया, "हिंदू कहते हैं—प्यारे भाइयो ! मैं तुम्हारी सहायता करूँगा, परंतु तुम भी मुझे अपने मार्ग पर चलने दो। यही हमारा इष्ट है। तुम्हारा मार्ग बहुत अच्छा है, इसमें कोई संदेह नहीं; किंतु संभव है कि वह मेरे लिए घोर हानिकारक हो। डॉक्टरों का कोई उत्तम समूह भी मुझे नहीं बता सकता कि कौन-सा भोजन मेरे लिए अच्छा है, जितना कि मेरा अपना अनुभव मुझे बताता है। उसी प्रकार मैं अपने निजी अनुभव से जानता हूँ कि मेरे लिए कौन-सा मार्ग सर्वश्रेष्ठ है। यही लक्ष्य है। यही इष्ट है। और इसीलिए हम कहते हैं कि यदि मंदिर, प्रतीक या प्रतिमा के सहारे, तुम अपनी आत्मा में स्थित परमेश्वर को जान सको, तो उसके लिए हमारी ओर से बधाई। चाहो तो दो सौ मूर्तियाँ गढ़ो। यदि किसी नियम-अनुष्ठान द्वारा ईश्वर को प्राप्त कर सको, तो बिना विलंब उसका अनुष्ठान करो। चाहे जो क्रिया हो, चाहे जो अनुष्ठान हो, यदि वह तुम्हें ईश्वर के समीप ले जा रहा है, तो उसी को ग्रहण करो। जिस किसी मंदिर में जाने से तुम्हें ईश्वर-प्राप्ति में सहायता मिले, वहीं जाकर उपासना करो। परंतु उन मार्गों पर विवाद मत करो। जिस समय तुम विवाद करते हो, उस समय तुम ईश्वर की ओर नहीं, पशुत्व की ओर बढ़ते हो।" स्वामी ने मानो अपनी बात का निष्कर्ष प्रस्तुत किया, "हमारा धर्म किसी को अलग नहीं करता, वह सभी को समेट लेता है।"

"यही कारण है हरविलास जी कि मैं हिंदू नहीं हो पाया और न स्वामी को मुसलमान बना पाया।" फ़ैज़ अली ने धीरे से कहा, "मैं अल्लाह की इबादत करता हूँ, इसलिए मुसलमान हूँ; और स्वामी का मार्ग मेरे मार्ग से भिन्न है, फिर भी मैं उसे असत्य नहीं मानता, इसलिए हिंदू हूँ।…कुछ समझे आप ?"

हरविलास कुछ कह नहीं पाए…वे फ़ैज़ अली को क्या बताते कि वे क्या-क्या समझ गए थे।

41

नई कोठी में प्रवेश के संदर्भ में अग्निहोत्र कराया गया। इक्कीस ब्राह्मणों को भोजन कराया गया। उन्हें दक्षिणा में दो-दो पैसे देकर विदा किया गया।

अजितसिंह को चार बजे अवकाश मिला। वे हाथ-मुँह धोकर पाँच बजे क्लब चले गए। वहाँ बिलियर्ड्स खेलते रहे। आरिक्सन साहब से बात हो रही थी कि पिकॉक साहब ने हस्तक्षेप किया, ‘‘राजा साहब ! आज आपकी नई कोठी में पूजा-पाठ हुआ। आपने हमें निमंत्रित नहीं किया। हम देखना चाहते हैं कि आप पूजा कैसे करते हैं ?’’

‘‘पूजा तो आस्था का प्रश्न है पिकॉक साहब ! वह न देखने की चीज है, न दिखाने की।’’ अजितसिंह ने कहा, ‘‘आप संध्या-समय आइए। हमारी बिरादरी का भोज है। आकर उन्हें देखिए। वहीं आपको स्वामी जी से भी मिलाऊँगा।’’

‘‘हाँ, मैंने नाथ्या से सुना है कि इधर एक संन्यासी आपसे मिलने आता है। सुना है, वह अंग्रेजी भी बोलता है ?’’

‘‘हाँ, स्वामी जी को अंग्रेजी का अच्छा ज्ञान है।’’

‘‘वह अंग्रेजी बोलकर भीख माँगता है ?’’ पिकॉक साहब हँसे, ‘‘मैं देखना चाहूँगा कि वह अंग्रेजी में भीख कैसे माँगता है। मैंने आज तक किसी को अंग्रेजी भाषा में भीख माँगते नहीं सुना।’’

अजितसिंह का मुँह कड़वा हो गया। उन्होंने पिकॉक साहब को भोज में बुलाने का विचार स्थगित कर दिया। बोले, ‘‘वे अंग्रेजी बोलकर भीख नहीं माँगते, ज्ञान बाँटते हैं। आपने किसी को अंग्रेजी में ज्ञान बाँटते सुना है या नहीं ?’’

‘‘अंग्रेजी में तो ज्ञान ही ज्ञान है।’’ पिकॉक साहब ने हँसकर कहा, ‘‘इस देश का सौभाग्य है कि कुछ लोग यहाँ अंग्रेजी भी जानते हैं। किंतु कोई संन्यासी अंग्रेजी पढ़कर क्या करेगा ? उसे बाइबल तो पढ़ना नहीं है।’’

‘‘उन्होंने बाइबल भी पढ़ा है।’’ अजितसिंह बोले, ‘‘वैसे उन्होंने अंग्रेजी इसलिए नहीं पढ़ी कि अंग्रेजी से ज्ञान प्राप्त कर सकें···’’

‘‘तो क्यों पढ़ी अंग्रेजी ?’’

‘‘ताकि संस्कृत का ज्ञान अंग्रेजी में दे सकें।’’

‘‘इम्पॉसिबल।’’ पिकॉक साहब आगे बढ़ गए।

राजा समझ गए कि उनकी भी भोज में आने में कोई रुचि नहीं है।···और यदि वे वहाँ आ गए तो वहाँ कुछ न कुछ अशोभन घट जाएगा।

साढ़े आठ बजे अजितसिंह अपनी नई कोठी—खेतड़ी भवन—में लौट आए।

भोज का प्रबंध चल रहा था। थालियों के लिए एक सौ मेजें लगाई गई थीं। उनके चारों ओर बैठने के लिए कुर्सियाँ रखी गई थीं। कुर्सियों की भी समस्या थी। किसको कहाँ बैठाया जाए ? कोई किसी से कम नहीं था। किसको किसके साथ बैठाया जाए कि उनमें खटपट न हो।··· कोई पीकर चुप हो जाता था और कोई वाचाल। कोई पीकर सो जाता था और कोई कुश्ती लड़ने

लगता था। सबका सम्मान बना रहे और सब एक-दूसरे से प्रसन्न रहें—उसके लिए बहुत प्रयत्न करना पड़ा था।

स्वामी समय से आ गए। अजितसिंह ने आगे बढ़कर उनका स्वागत किया। उन्हें ले जाकर सारी कोठी दिखाई। विभिन्न अतिथियों से उनका परिचय कराया।

"स्वामी जी ! आप इस उपस्थित राज-समाज को उद्बोधन करेंगे ?"

"क्यों अपने उत्सव का रंग बिगाड़ना चाहते हैं राजन् ! आपके ये अतिथि किसी संन्यासी का उद्बोधन सुनने के लिए एकत्रित नहीं हुए हैं। उन्हें खाने-पीने दीजिए। परस्पर चर्चा करने दीजिए। मुझे भी देखने दीजिए कि मेरी उपस्थिति का किस पर क्या प्रभाव होता है।"

स्वामी जी एक ओर बैठ गए। उनके निकट ही चौबे जी के लिए स्थान बनाया गया था। उन्होंने सितार पर अपनी कला दिखानी आरंभ की।

सितार में स्वामी दिव्य संगीत का आनंद ले रहे थे, जैसे वे किसी मंदिर में बैठे हों। उनसे कुछ दूरी पर अपने पाँच साथियों के साथ बैठे ठाकुर फतहसिंह राठौड़, फिर ठाकुर मुकुंदसिंह चौहान और हरविलास शारदा, तब जामनगर के मानसिंह अपने एक मित्र के साथ बैठे थे। उनमें से अधिकांश मदिरा पी रहे थे। जैसे वे किसी मुजरे में आए हों। उनके लिए सितार मादक ध्वनियाँ उत्पन्न कर रहा था।

बारह बजे लोग खाने की मेज की ओर आए। कुर्सियों पर बैठकर भोजन किया। अजितसिंह भी मेज पर आ गए थे। उनके साथ मुकुंदसिंह चौहान, फतहसिंह राठौड़, मानसिंह, श्यामसिंह लाड़खानी, मोतीसिंह नाथावत, फतहसिंह हमराही, केसरजी हमराही, फतहसिंह बींजजी इत्यादि बैठे। उन लोगों के सेवक और सहायक उनकी देखभाल कर रहे थे। वे जानते थे कि उनके स्वामी कितने होश में हैं और उन्हें भोजन में क्या प्रिय है।

स्वामी पृथक् मेज पर बैठे। उनके ही समान एक और मेज पर बाबू नेकराम बैठे।

भोजन निर्विघ्न समाप्त हो गया। उसके पश्चात् किसी की रुचि ठहरने की नहीं थी। सेवक और कोचवान भी अपने स्वामियों को उनके ठिकानों पर पहुँचाकर अपने-अपने डेरे पर जाने को आतुर थे।

अपने अतिथियों को विधिवत् विदा कर राजा स्वामी जी के पास आ बैठे।

"आपने भोजन किया स्वामी जी ?"

"भोजन क्यों नहीं करूँगा ! मदिरा पी-पीकर उन ठाकुरों का पेट भरा हुआ था, मैं तो भूखा ही था। मुझे तो भोजन करना ही था।"

अजितसिंह मुस्कराए, "मैं जानता हूँ, उन ठाकुरों की खैर नहीं है। जब तक आपके सामने पी गई मदिरा उलटियाँ कर वे निकाल नहीं देंगे, तब तक सो नहीं पाएँगे।"

स्वामी ने राजा से नहीं पूछा कि उनके इस अनुमान का कारण क्या था। राजा अपनी मस्ती में थे। जाने वे आज से नई कोठी में आ जाने के कारण प्रसन्न थे, या भोज के निर्विघ्न समाप्त हो जाने के कारण। या किसी और कारण से···पर वे प्रसन्न थे।

"अभी सोना नहीं है राजन् ?" स्वामी ने पूछा।

"नहीं स्वामी जी ! आज आप हैं, मैं हूँ और इतनी अच्छी रात है। कुछ देर संगीत का आनंद लिया जाए।"

राजा ने संकेत किया। सेवक उनके लिए हार्मोनियम ले आए। राजा ने बजाना आरंभ किया और स्वामी की ओर देखा।

"बूझत स्याम कौन तू गोरी !
कहँ रहती, काकू तू बेटी, देखि नहीं कबहूँ ब्रज खोरी।
का करन हम ब्रज तन आवतीं, खेलति रहति आपनी पौरी।
सुनत रहत नंद ढोटा करत रहत माखन दधि चोरी।
तुम्हरो काह चोरि हम लैहें, आओ खेलें संग मिलि जोरी।
सूर स्याम के रसिक सिरोमनी बातैं भुरैइ राधिका भोरी।"

स्वामी ने सूरदास का पद पूरा किया और राजा की ओर देखा, "क्या बात है राजन् ! जब वे सारे राजा और ठाकुर यहाँ एकत्रित थे, तब वे मदिरा-पान करते रहे और चौबे जी का सितार सुनते रहे। हम तब उन्हें सूरदास का यह भजन क्यों नहीं सुना सके ?"

"मुझे लगता है स्वामी जी कि इस संपूर्ण राज-समाज का उचित शिक्षण ही नहीं हुआ है। इन्हें किसी ने मानवीय संस्कार देने का प्रयत्न नहीं किया। इन्हें केवल यह बताया गया कि वे अन्य लोगों से श्रेष्ठ हैं। संसार में भोग करने आए हैं। और वही वे कर रहे हैं।" राजा ने कहा।

"उचित शिक्षण तो किसी का भी नहीं हुआ है राजन् !" स्वामी का स्वर बहुत गंभीर था, "हमारे शासक हैं विदेशी। वे क्यों चाहेंगे कि इस देश के उपयुक्त कोई श्रेष्ठ शिक्षा-नीति विकसित की जाए और यह देश अपने पैरों पर उठकर खड़ा हो जाए और आदर्श जीवन जिए।"

"आप ठीक कह रहे हैं स्वामी जी ! पर मेरी चिंता कुछ और ही है। साधारण जन को उपयुक्त शिक्षा मिल जाए, तो भी क्या यह राज-समाज उसको स्वीकार करेगा ? वे सामान्य जन नहीं हैं। वे राजा हैं—और इसे भुलाने के लिए वे तैयार नहीं हैं।"

"जनक भी राजा ही थे। उनको देखो। वे एक हाथ में हल पकड़े, दूसरे से वेदों का अध्ययन कर रहे थे। यह है सूक्ष्म आध्यात्मिक ज्ञान और भौतिकविज्ञान का समन्वय। हमारे सारे प्राचीन ऋषि कृषक थे।" स्वामी बोले, "देखो, आज अमरीका अपनी कृषि का विकास कर विश्व की शक्ति बनता जा रहा है। मैं यह नहीं कहता कि हमें अपने देश के साधारण किसानों के समान अज्ञानी के रूप में खेती करनी चाहिए। हमें कृषि का विज्ञान सीखना चाहिए और उस ज्ञान का प्रयोग अपनी कृषि के विकास में करना चाहिए। हमें यह ज्ञान प्राप्त कर सुशिक्षित बुद्धिमान लोगों के समान व्यवहार करना चाहिए। किंतु होता क्या है ?" उन्होंने राजा की ओर देखा।

राजा ने कोई उत्तर नहीं दिया। वे चुपचाप स्वामी की ओर देखते रहे।

"गाँव का लड़का भी अंग्रेजी के दो अक्षर पढ़ लेता है तो नगर की ओर भागने लगता है।" स्वामी बोले, "गाँव में उनके पास चाहे कितनी भी भूमि क्यों न हो, वे उससे संतुष्ट नहीं होते। वे नागरिक जीवन के भोग भोगना चाहते हैं और नौकरी करना चाहते हैं।...यही कारण है कि अन्य जातियों के समान हिंदुओं का विकास नहीं हो पाया है। हमारी मृत्यु-दर काफी अधिक है। यदि यह ऐसी ही रही तो कुछ ही समय में हमारा राष्ट्र समाप्त हो जाएगा। कारण ? कारण यह है कि हमारा कृषि उत्पादन पर्याप्त नहीं है और उसकी ओर किसी का ध्यान नहीं है। नगरों की ओर पलायन बढ़ रहा है। कृषक-पुत्र थोड़ी-सी शिक्षा पाता है, अपना पुश्तैनी व्यवसाय छोड़कर नगर की ओर भागता

है और किसी अंग्रेज की नौकरी कर लेता है।"

"कृषि है गाँव में और शिक्षा है नगर में, तो कोई गाँव में क्यों रहे और कैसे रहे ?" अजितसिंह बोले।

"गाँव में रहने से जीवन लंबा होता है। वहाँ रोग का निशान भी नहीं है। यदि सुशिक्षित लोग जाकर ग्रामों में रहेंगे तो छोटे-छोटे गाँवों का भी विकास हो जाएगा। और यदि वैज्ञानिक ढंग से कृषि-कर्म किया जाएगा, तब उत्पादन कहीं अधिक बढ़ जाएगा। इस प्रकार कृषक भी अपने धर्म को समझेंगे। उनकी बौद्धिक क्षमताओं का विकास होगा। वे और अधिक तथा श्रेष्ठतर बातें सीखेंगे। और राष्ट्र अपने लिए हितकर लक्ष्यों की प्राप्ति कर लेगा।"

"वह हितकर लक्ष्य क्या है स्वामी जी ?" राजा ने पूछा।

"ऊँची और नीची जातियों में भाईचारा-समता का भाव।" स्वामी बोले, "यदि सुशिक्षित लोग जाकर गाँव में रहें, खेती करें, ग्रामीणों के साथ मिलें-जुलें, द्वेष छोड़कर उनके साथ आत्मीय व्यवहार करें, तो ग्रामीण भी उन्हें अपना मानने लगेंगे। उनके लिए अपने प्राण भी दे देने को प्रस्तुत हो जाएँगे।...और हमारे लिए आज और क्या आवश्यक है—जन-सामान्य की शिक्षा, दलितों और दमितों को उच्चतर सत्यों का ज्ञान, परस्पर प्रेम और सहानुभूति—वह सब भी सहज ही प्राप्त हो जाएगा।"

"यह कैसे होगा स्वामी जी !"

"ग्रामीण लोग सुशिक्षित लोगों की संगति के लिए आतुर हैं। प्रत्येक व्यक्ति ज्ञान का भूखा है।"

राजा उनकी ओर देखते रहे।

"समाज के प्रबुद्ध लोग प्रतिदिन कुछ ग्रामीणों को अपने घर बुलाएँ और कथाओं तथा बोधकथाओं के माध्यम से उन्हें शिक्षित करें।" स्वामी बोले, "इसे हम शिक्षा का राष्ट्रीय आंदोलन भी बना सकते हैं और उसके माध्यम से दस वर्षों में वह प्राप्त कर सकते हैं, जो हम वैसे शायद एक सहस्र वर्षों में भी प्राप्त न कर सकें।" स्वामी ने रुककर राजा की ओर देखा, "क्या आप खेतड़ी में इस आंदोलन को आरंभ कर सकते हैं ?"

"आपको हमारे साथ खेतड़ी चलकर रहना होगा।" राजा ने कहा, "अभी तो मुझे ही आपसे शिक्षा प्राप्त करनी है—सांसारिक भी और आध्यात्मिक भी। आप मुझे शिक्षित कर दें, मैं अपनी प्रजा को शिक्षित कर दूँगा।" राजा ने रुककर स्वामी की ओर देखा और आगे बढ़कर उनके चरण पकड़ लिए, "स्वामी जी ! आप मेरी प्रार्थना स्वीकार करें। मेरे साथ खेतड़ी चलें।"

स्वामी ने राजा के हाथों को अपने चरणों पर से हटा दिया, "यह आप क्या कर रहे हैं राजन् ! इससे राजा की मर्यादा का हनन होता है और राजकर्मचारियों की दृष्टि में आपका सम्मान कम होता है।"

"मुझे राजा बनकर क्या करना है, यदि मुझे इतनी भी स्वतंत्रता नहीं है कि मैं अपनी इच्छा से अपने गुरु के चरण छू सकूँ ?"

"पर मैं आपका गुरु कहाँ हूँ ?"

"आपने मुझे अपना शिष्य स्वीकार नहीं किया है, पर मैं तो कब से आपको अपना गुरु मान चुका हूँ। महाराज ! कुछ आत्मदर्शन का उपदेश दीजिए।"

स्वामी ने स्नेहपूर्वक उन्हें देखा और फिर जैसे एक आवेश में कहा, "राजन् ! आपको

आत्मदर्शन का नहीं, कर्मयोग का उपदेश ग्रहण करना होगा। आपको कर्म करना होगा, मन का दास बनकर नहीं, मन का स्वामी बनकर। संघर्ष, निरंतर संघर्ष ही क्षात्रधर्म है। निष्काम कर्म ही सुख का मूल मंत्र है। राजन् ! संघर्ष करो अपने मन से। संघर्ष करो अपनी प्रजा के सुख के लिए। क्षत्रिय का धर्म संघर्ष है, निरंतर संघर्ष। स्वीकार है ?"

"स्वीकार है गुरुदेव !"

स्वामी ने देखा : राजा के चेहरे पर उनका दृढ़ संकल्प प्रकट हो रहा था।

42

नारायणदत्त शास्त्री ने दृष्टि उठाकर ऊपर देखा तो उनका माथा ठनक गया...यह महाराज ने क्या किया !...

उन्हें प्रातः ही सूचना मिल गई थी कि राजा अजितसिंह खेतड़ी लौट आए हैं। यह भी ज्ञात हो गया था कि वे आबू पर्वत से अपने साथ एक संन्यासी को भी लाए हैं। उसे उन्होंने अपने राजमहल के सबसे ऊँचे चौबारे में ठहराया है।...उनका मन भीतर ही भीतर कुछ धसक गया था।...वे भी राजपंडित थे; और वर्षों से राजा जी का साथ था। अन्य अनेक विद्वान् भी महाराज के संपर्क में थे, किंतु उनमें से कोई कभी भी राजमहल में नहीं ठहराया गया था। वे सब राजा के कर्मचारी ही माने जाते थे, चाहे वे साधारण कर्मचारी हों अथवा राजसभा के सदस्य।...वे उनके अतिथि नहीं थे। वे राजा के परामर्शदाता थे, किंतु उनके गुरु नहीं थे। उनका भरण-पोषण भी राजा ही करते थे।... किंतु वे राजा से अपनी वृत्ति पाते थे और अपने-अपने घरों में अपने परिवारों के साथ रहते थे। वे राजवंश के साथ राजमहल में नहीं रहते थे। कभी-कभार कोई साधु-महात्मा ऐसा भी आ जाता था, जिसका सत्संग राजा को मुग्ध कर लेता था। ऐसे साधु अतिथिशाला में ठहराए जाते थे। उनमें से कभी भी कोई राजमहल में नहीं ठहराया गया था; और सर्वोच्च चौबारे में ठहराए जाने की तो कल्पना भी नहीं की जा सकती थी।

...तो इसका क्या अर्थ था ? राजा के लिए किसी भी विद्वान् और पंडित का वैसा महत्त्व नहीं था, जैसा इन संन्यासी का था। किसी से भी परामर्श किए बिना राजा ने उनको गुरुवत् मान लिया था। राजपंडित ने तो यह भी सुना था कि राजा ने संन्यासी से दीक्षा की प्रार्थना की थी। उन्होंने स्पष्ट शब्दों में कह दिया है कि संन्यासी उन्हें अपना शिष्य मानें न मानें, किंतु राजा ने उन्हें अपना गुरु मान लिया है।

इसका अर्थ हुआ कि राजा पूरी तरह से संन्यासी के चंगुल में थे।...राजपंडित ने यह भी सुना था कि राजा ने संन्यासी से उनकी चरण-सेवा की अनुमति माँगी है। संन्यासी ने ही उन्हें रोक रखा है, अन्यथा राजा तो पूर्णतः समर्पण कर ही चुके हैं।...

पर संन्यासी ने उन्हें क्यों रोक रखा है ? इसमें उनका क्या स्वार्थ है ? कौन संन्यासी नहीं चाहता कि राजा लोग उनके चरणों में माथा टेकें और उन्हें राजगुरु का सम्मान मिले। यह संन्यासी यदि रोक रहा है, तो अवश्य ही अपना महत्त्व जता रहा होगा। जतलाना चाहता होगा कि उसे राजा के आत्मसमर्पण का लोभ नहीं है।...

राजपंडित के मन में चिंताएँ ही चिंताएँ थीं—स्वयं अपने भविष्य को लेकर भी और राजवंश के भविष्य के विषय में भी। राजा इस प्रकार किसी के हाथ की कठपुतली बन जाएँगे, तो उसका प्रभाव सब पर ही पड़ेगा। वे संन्यास की ओर झुकेंगे तो राजकाज शिथिल हो जाएगा। राजा के हाथ से अधिकार निकलते जाएँगे। तब राजपंडित को कौन पूछेगा और मंत्रियों की चिंता कौन करेगा ?··· और कैसा है यह संन्यासी कि उसे न राजमहल की मर्यादा का ज्ञान है, न राजा के सम्मान की चिंता। राजा ने अपनी श्रद्धावश उसे राजमहल के सर्वोच्च चौबारे में ठहरा दिया, तो ठहरा दिया; किंतु संन्यासी को तो विचार होना चाहिए कि वह राजा की इस श्रद्धा का अपमान न करे···

अजितसिंह ने राजपंडित को प्रणाम किया और मुस्कराकर पूछा, "क्या बात है शास्त्री जी ! इतने दिनों के पश्चात् आपके दर्शन भी हुए तो इस चिंतित मुद्रा में। खेतड़ी से मेरी अनुपस्थिति में कोई आपको कष्ट देता रहा है क्या ?"

राजपंडित की मुद्रा चिंतित ही बनी रही, वे शिष्टाचारवश भी मुस्करा नहीं सके, "राजन् ! आपके आते ही कुछ ऐसा देखा है कि मन में राजवंश के अनिष्ट की चिंता व्याप गई।"

"ऐसा क्या हो गया महाराज !" राजा के चेहरे की मुस्कान मंद नहीं हुई, जैसे वे निश्चिंत हों कि राजवंश के अनिष्ट की कहीं कोई संभावना हो ही नहीं सकती।

"राजन् ! मैंने राजभवन के सर्वोच्च चौबारे पर संन्यासी का कौपीन सूखता देखा है।"

"हाँ, स्वामी जी वहाँ ठहरे हुए हैं। उन्हीं का होगा।"

"इसका अर्थ समझते हैं महाराज ?" राजपंडित का स्वर कुछ हिंस्र हो उठा।

"इसका अर्थ है कि स्वामी जी स्नान कर चुके हैं।" राजा अब भी मुस्करा रहे थे।

"नहीं, शास्त्र की चेतावनी है कि जहाँ संन्यासी का कौपीन सूखता है, वहाँ राजलक्ष्मी निवास नहीं करती। राजभवन भी मठ बन जाता है।" राजपंडित ने गंभीर स्वर में कहा, "महाराज ! मेरी बात मानें। उन्हें कहीं किसी भी अत्यंत श्रेष्ठ भवन में ठहरा दें। दस-बीस सेवक उनकी देखभाल के लिए नियुक्त कर दें।···किंतु संन्यासी को रात-दिन राजमहल में रखना अच्छा नहीं है।"

राजा गंभीर हो गए, "मुझे राजलक्ष्मी से कहीं अधिक यह कौपीन सुहाता है। मैं इस राजभवन को मठ देखना चाहता हूँ। यदि नर्तकियों के नूपुरों के स्थान पर यहाँ पवित्र मंत्रों का निनाद गूँजे तो यह राजभवन और भी सात्त्विक हो जाएगा। धन, संपत्ति और सांसारिक अधिकारों की छीन-झपट के द्वेषपूर्ण कोलाहल के स्थान पर संन्यासियों का तपस्यापूर्ण मौन मुखरित हो तो किसे अधिक शांति का अनुभव नहीं होगा !"

नारायणदास शास्त्री के लिए यह सब कुछ बहुत अनपेक्षित था। उनका मुँह खुला का खुला रह गया। वे तो समझ रहे थे कि उनकी चेतावनी से राजा पर गाज गिरेगी और वे तत्काल संन्यासी के ठहरने की व्यवस्था कहीं और कर देंगे।···

उन्हें इस बात का तो अनुमान था कि राजा की धर्म में रुचि है और उन्हें साधुओं की संगति प्रिय है, किंतु उन्होंने यह कभी सोचा ही नहीं था कि राजा स्वयं ही अपने और अपने परिवार के शत्रु हो जाएँगे। गीता में भगवान् ने सत्य ही कहा है कि हमारी आत्मा ही अपनी मित्र है और आत्मा ही अपनी शत्रु है। इस समय राजा की बुद्धि ऐसी थी कि वे स्वयं ही अपने शत्रु हो रहे थे। क्या यह इस नवागंतुक संन्यासी का ही प्रभाव था कि राजा अपना हित और अनहित देखने में असमर्थ

हो चुके थे ?...यदि यह उन संन्यासी का प्रभाव है तो यह शुभ नहीं है।...

वे कुछ सँभले तो बोले, "महाराज ! मुझे क्षमा करें, किंतु क्या आप जानते हैं कि आप क्या कह रहे हैं ? आपको राज से मोह नहीं तो न सही, किंतु राजपरिवार से तो स्नेह है। राजपरिवार में अन्य अनेक लोग हैं, जिन्हें राजलक्ष्मी की आवश्यकता है। राजकुमारी सूर्यकुमारी और चंद्रकुमारी का भविष्य भी खेतड़ी राज्य से बँधा हुआ है।...संन्यासी का जो कौपीन आपको अधिक सुहाता है, वह कोई भी, कभी भी बजाज अथवा दर्जी की दुकान से प्राप्त कर सकता है; किंतु रियासतों के मुकुट इस प्रकार सड़क पर पड़े नहीं मिलते।"

"आप ठीक कहते हैं पंडित जी ! भगवा वस्त्र आपको कहीं भी मिल जाएगा, किंतु संन्यासी का कौपीन सड़क पर पड़ा नहीं मिलता। उसके लिए लोग हिमालय पर जाकर वर्षों-वर्ष तपस्या करते हैं।" राजा ने राजपंडित की ओर देखा, "इस राजपूताने में ही इतनी रियासतें हैं, इतने राजा हैं, इतने राजवंश हैं, किंतु सारे राजपूताने में कहीं एक स्थान पर संन्यासी का कौपीन है ? चारों ओर भोग ही भोग है, कहीं त्याग का कण-भर भी दिखाई देता है आपको ?" राजा का आवेश कुछ शांत हुआ, "राज्य तो भगवान् की माया है। हमें संसार से बाँधने के लिए है। हमारी परीक्षा के लिए है। संन्यासी का कौपीन भगवान् की कृपा का प्रमाण है। राजा होना दुर्लभ नहीं है, संन्यासी होना दुर्लभ योग है।"

राजपंडित समझ गए कि राजा को इस विषय में समझाया नहीं जा सकता। उन्हें राज्य का मोह नहीं दिखाया जा सकता। किंतु संसार में और मोह भी हैं।

"यदि यह राजमहल मठ बन गया तो आपके राजकुँवर कहाँ रहेंगे ? कहाँ शासन करेंगे ? या वे भी भगवा धारण कर लेंगे ?"

राजा हँस पड़े, "शास्त्री जी ! अब तक तो आपने कहा है कि हमें एक युवराज की आवश्यकता है, क्योंकि हमारे पास राज्य है। अब आप कह रहे हैं कि जिस युवराज का अभी जन्म भी नहीं हुआ है, मुझे उसके लिए अपना राज्य सँभालकर रखना है। आप मुझे बताएँगे कि मुझे राज्य के लिए युवराज चाहिए या युवराज के लिए राज्य चाहिए ?"

"आपको एक-दूसरे के लिए दोनों की आवश्यकता है।"

"मुझे लगता है कि आप स्वयं ही मेरी समस्याओं का समाधान दे रहे हैं।"

"कैसे ?"

"मुझे अपने राज्य के लिए युवराज चाहिए।" राजा ने कहा, "यदि राज्य ही नहीं रहेगा, तो युवराज की आवश्यकता अपने आप ही समाप्त हो जाएगी। आप मुझे माया का विस्तार करने को कह रहे हैं और मैं उस माया को समेटना चाहता हूँ।"

राजपंडित को लगा कि वे जैसे आपे में नहीं हैं। राजा को समझ क्यों नहीं आ रहा कि वे अपने पैरों पर कुल्हाड़ी मार रहे हैं।...त्याग और संन्यास की बातें बहुत मोहक लगती हैं; किंतु अभाव का जीवन जीना कितना कठिन होता है, इसकी वे कल्पना भी नहीं कर सकते। सिर पर छत न हो और भोजन की नित्यप्रति चिंता करनी पड़े तो जीवन कैसा होता है—उसकी राजा जी कल्पना भी नहीं कर सकते।

स्वयं को संयत कर बोले, "राजन् ! राजपंडित का धर्म है कि वह राजा को उनका हित और अनहित बताए। पर यदि राजा के स्थान पर कोई संन्यासी आ बैठे अथवा राजा की आत्मा पर किसी संन्यासी का कब्जा हो जाए तो राजपंडित उन्हें क्या परामर्श दे सकता है !" वे कुछ रुककर

बोले, ''संन्यासी होना इतना ही सुखकर होता, जितना आप समझ रहे हैं, तो वह संन्यासी भी बंगाल से चलकर यहाँ खेतड़ी में आकर आपकी शरण नहीं खोजता। संन्यासी एक-एक पैसे के लिए दूसरों का मुँह जोहता है।''

''पंडित जी ! वे संन्यासी बंगाल से चलकर मेरी शरण में नहीं आए हैं। मैं ही उनके चरण पकड़कर उनसे निवेदन कर रहा हूँ कि वे मुझे अपनी शरण में ले लें।''

''तो राजन् ! आप समझ नहीं पा रहे हैं कि आप किस मायाजाल में फँस गए हैं।'' शास्त्री जी ने कहा, ''आप अपना और अपने परिवार का हित-अनहित नहीं देख पा रहे हैं।''

राजा हँस पड़े, ''वस्तुतः अब ही तो मैंने समझा है कि मैं किस मायाजाल में फँसा हुआ हूँ। अब, जब मेरी नींद खुल गई है और मैं बिस्तर से उठ जाना चाहता हूँ, आप सब मुझसे फिर से सो जाने का आग्रह कर रहे हैं !'' और सहसा राजा तड़पकर राजपंडित की ओर मुड़े, ''क्या आज तक मुझसे पहले कोई राजा संन्यासी नहीं हुए ? क्या महात्मा बुद्ध अपना राज्य नहीं छोड़ गए थे ? भर्तृहरि ने यह मार्ग नहीं अपनाया था ? श्रीराम क्या—चाहे चौदह वर्षों के लिए ही सही—वन नहीं गए थे ? आखिर आप इतने परेशान क्यों हैं ? केवल इसलिए कि आपने महल के ऊँचे चौबारे पर एक संन्यासी का कौपीन सूखता देख लिया है ?''

''महाराज ! बात यह नहीं है।'' राजपंडित बोले, ''जिस मार्ग पर आप बढ़ रहे हैं, वह अत्यंत कंटकाकीर्ण है।...''

''जानता हूँ शास्त्री जी !'' राजा बोले, ''आपने ही मेरे सामने चर्चा करते हुए अनेक बार कहा है कि हम यह शरीर नहीं हैं। सांसारिक संबंध भ्रममात्र हैं। वास्तविक संबंध तो ईश्वर से ही होता है।...आज जब आपकी ही बातों को मैं सत्य मानकर उन पर चलना चाह रहा हूँ तो आप मुझे उससे रोकना चाहते हैं। क्या है यह सब—मात्र चकल्लस ? वह अलौकिक ज्ञान क्या मात्र चर्चा के लिए है ? उस पर आचरण नहीं करना चाहिए ?''

''उस पर आचरण करने से संसार का सब कुछ छूट जाता है महाराज !''

''जो छूट जाता है, वह आपने देख लिया और जो प्राप्त होता है, वह आपने नहीं देखा।'' राजा का स्वर कुछ दृढ़ हुआ, ''मुझे वह व्यक्ति मिल गया है, जो इस ज्ञान को मात्र चकल्लस नहीं मानता, वह उसको अपने जीवन में उतार चुका है और संसार का त्याग कर जो पाया जा सकता है, उसे पा चुका है। अब आप मुझसे यह न कहें कि मैं आपके ज्ञान को सत्य मानूँ, किंतु उस पर आचरण न करूँ। मैं दोमुँहा झूठा जीवन नहीं जीना चाहता।''

राजपंडित उठ खड़े हुए, ''मेरा काम महाराज को समझाना था। अब कोई यह न कहे कि मैंने अपना कर्तव्य पूरा नहीं किया।''

43

9 अगस्त, 1891 !

अजितसिंह सात बजे उठे।...उन्हें लग रहा था कि खेतड़ी आकर कल रात वे पहली बार कुछ ठीक से सो पाए थे। पिछली दो रातें तो जैसे सोए बिना ही बीत गई थीं। छूटे हुए इतने काम

थे और मिलने वाले इतने लोग थे।

सलाम वालों की सलाम हुई। न किसी ने कोई विशेष शिकायत की और न ही कोई विशेष आग्रह हुआ। अजितसिंह समझ रहे थे कि लोग प्रतीक्षा में हैं कि राजा जी विश्राम कर यात्रा की थकान उतार लें। ऐसा न हो कि कोई निवेदन कर बैठे और राजा अपनी मानसिक परेशानी अथवा अपनी क्लांति में उस पर ठीक से विचार न कर पाएँ।...खेतड़ी में अभी गर्मी भी बहुत थी। वे तो यह मानकर आबू छोड़ आए थे कि सावन का महीना है, खेतड़ी में अच्छी वर्षा हो चुकी होगी और ऋतु सुहानी हो गई होगी। किंतु यहाँ वर्षा हो जाने पर भी अभी गर्मी का दंश मिटा नहीं था। ऋतु अनुकूल नहीं हुई थी। चारों ओर मेघों ने डेरा तो डाल रखा था, किंतु वे खुलकर बरस नहीं रहे थे। ऐसा लगता था कि खेतड़ी वाष्प की चादर में लिपटी हुई है। न हवा चलती थी, न मेघ बरसते थे। उमस के कारण गर्मी का कष्ट और बढ़ गया था।...आबू में थे तो लगता था कि वहाँ पर्वत वाली कोई बात नहीं थी, ठंड तो नाममात्र की भी नहीं थी; किंतु खेतड़ी लौटकर मालूम हो रहा था कि आबू वस्तुतः पर्वत था। वहाँ मौसम कितना अच्छा था।

तभी भोजन का थाल आ गया। राजा को ध्यान आया कि भोजन का समय हो गया है। उनके सेवक भूखे बैठे उनके भोजन कर लेने की प्रतीक्षा कर रहे होंगे। अभी खाने की इच्छा थी नहीं, किंतु बाहर मुसाहिब आ गए थे। उन्हें अधिक देर रोकना ठीक नहीं था और यदि उनसे पहले बात कर ली जाए तो महल में सबको भोजन के लिए रुकना पड़ेगा।

अजितसिंह ने अनमने ढंग से दो-चार कौर खाए और थाल खिसका दिया। अब वे मुसाहिबों से बात कर सकते थे और महल में जो कोई चाहे वह अपना भोजन कर सकता था।

उन्होंने मुसाहिबों को बुला लिया।

वे राजा के मुँहलगे मित्र थे। उन्हें कोई विशेष काम भी नहीं था। बस, अपनी उपस्थिति दर्ज कराने और अपना प्यार जताने आए थे। वे लोग लगातार यह शिकायत कर रहे थे कि राजा जी ने आबू में इतना समय क्यों लगा दिया। यहाँ उनके बिना किसी का मन ही नहीं लगता था। ...और अजितसिंह सोच रहे थे कि उन्होंने आबू से आने में इतनी जल्दी क्यों मचाई। वहाँ की अनुकूल ऋतु में वे स्वामी जी के साथ अपना समय बिताकर जो लाभ पा सकते थे, वह यहाँ के मुसाहिबों की संगति में कहाँ था।

"दरबार यहाँ थे नहीं, सो न तो दारू में मजा रह गया था, न शतरंज में और न ही टेनिस में।" सेढूसिंह बींजजी ने कहा।

"मैंने तो सुना है कि महाराज आजकल आध्यात्मिक सत्संग कुछ अधिक ही करने लगे हैं।" रामबकस मुलकपुरो ने कहा, "ऐसा न हो कि महाराज वन में आखेट के लिए जाएँ और बंदूक फेंककर वहाँ कुटिया बना लें।"

"तो उसमें महाराज को क्या असुविधा है !" कविराज बलदेव जी बोले, "वे वहाँ ध्यान कर सकते हैं। कविता कर सकते हैं। संगीत का आनंद ले सकते हैं। कठिनाई तो यहाँ आपको होगी, जब न दरबार में मन लगेगा और न महफिल में रस आएगा।"

"दरबार ! क्या यह सच है कि आप आबू पर्वत से अपने साथ नाहर की खाल भी लाए हैं और साथ-साथ एक संन्यासी भी ले आए हैं।" आसजी लाड़खानी ने परिहास किया।

"मेरा विचार है कि कोई व्यक्ति इसलिए परिहास का लक्ष्य नहीं हो सकता, क्योंकि वह

संन्यासी है। चर्चा चाहे कितनी भी विनोदपूर्ण और निर्दोष क्यों न हो।" अजितसिंह के स्वर की गंभीरता मुसाहिबों के मन में भय की रेखा खींच गई, जैसे आकाश पर मेघों के गर्भ में चपला ने अपनी दमक दिखाई हो।

"वे मेरे गुरु हैं। उनकी चर्चा उस रूप में नहीं होनी चाहिए, जैसे आप नटों अथवा नचैनियों की करते हैं।"

"नहीं महाराज ! वह तो…।" आसजी लाड़खानी अपना वाक्य पूरा नहीं कर पाए।

"अपने अनिष्ट के भय से नहीं, त्याग और ज्ञान के प्रति अपनी श्रद्धा के कारण हमें संन्यासी का सम्मान करना चाहिए।" अजितसिंह बोले, "और अभी आप लोग स्वामी जी को जानते नहीं हैं। मुझे लगता है कि वे जहाँ भी जाते हैं, वहाँ से अधर्म अपने आप ही भाग खड़ा होता है।"

"इसीलिए मुझे संन्यासियों से भय लगता है।" सेढ़ूसिंह बोले, "न हम उनकी पवित्रता ग्रहण कर पाते हैं और न अपने इस पापी चेहरे को उनके सामने प्रस्तुत करने का साहस कर पाते हैं। उनसे दूर रहना नहीं चाहते और निकट जाने का दुस्साहस कर नहीं पाते। इसीलिए जान साँसत में रहती है।"

"खैर, स्वामी जी से भयभीत होने की आवश्यकता नहीं है। वे वैसे परंपरागत संन्यासी नहीं हैं।" अजितसिंह बोले, "वे आवरण को नहीं, तत्त्व को देखते हैं। वे कहते हैं कि ईश्वर के निकट जाने के लिए मत नहीं, साधना महत्त्वपूर्ण है। सात्त्विक होना और सत्कर्म करना ही धर्म है, ईश्वर-ईश्वर रटना नहीं।"

"सुना है, अंग्रेजी भी बोलते हैं ?…"

"बोलते ही नहीं हैं, उन्हें अंग्रेजी और संस्कृत दोनों का ही अच्छा ज्ञान है।"

"किसी दिन हमें भी उनके दर्शन करने का अवसर दें महाराज !"

"वे खेतड़ी में ही हैं, जब चाहें उनसे समय लेकर उनके डेरे पर चले जाएँ।" अजितसिंह ने कहा।

ग्यारह बज रहे थे। मुसाहिब लोग सलाम कर चले गए।

राजा उनको विदा करके चुके ही थे कि उन्हें स्वामी जी के आने का समाचार मिला।

अजितसिंह ने उठकर उन्हें प्रणाम किया और अंग्रेजी में पूछा, "आप कैसे हैं महाराज ! खेतड़ी में आपको कोई कष्ट तो नहीं है ?"

"नहीं, कोई कष्ट नहीं है।" स्वामी ने भी अंग्रेजी में ही उत्तर दिया, "एक आपके अंग्रेजी बोलने के अभ्यास का कष्ट था, अब वह भी नहीं है।"

"अब वह भी नहीं है ?" अजितसिंह प्रसन्न हो गए, "कारण ?"

"अरे, यहाँ अपने मुसाहिबों और गोले-गोलियों के सामने आप हर समय एक संन्यासी की चिरौरी करते रहेंगे, तो उन लोगों को कैसा लगेगा ! अच्छा है कि अंग्रेजी में बातचीत हो, न वे कुछ समझें, न कुछ सोचें।"

"यह भी अच्छी रही।" अजितसिंह हँसे, "किंतु मेरे लिए तो एक नई चिंता आरंभ हो गई है।"

"क्या ?" स्वामी ने पूछा।

"राजा तो मैं वहाँ भी था, किंतु आबू मेरी रियासत नहीं है। वहाँ मैं कभी तो सामान्य आदमी भी हो सकता था। यहाँ उसका अवकाश ही नहीं है। प्रत्येक क्षण कोई न कोई स्मरण कराता रहता है कि मैं राजा हूँ और मेरा अहंकार फूलता रहता है।" अजितसिंह ने कहा, "मुझे ऐसा लगने लगा है स्वामी जी कि यहाँ आकर मेरी मनोभूमि ही बदल गई है। मेरा जो थोड़ा-सा भी आध्यात्मिक विकास हो रहा था, वह पूर्णतः थम गया है। शायद मैं पहले से भी कुछ नीचे ही आ गया हूँ। पतन का आरंभ है यह।"

स्वामी हँस पड़े, "यह अनुभूति ही कि आपकी मनोभूमि ऊँची नहीं उठ रही है, या आपकी मनोभूमि पहले की तुलना में नीचे आ रही है, बताती है कि आप अपनी मानसिक साधना में लगे हुए हैं।"

"वस्तुतः विलास में आकंठ डूबा मैं किसी प्रकार की तपस्या के योग्य ही नहीं हूँ !"

"नहीं, ऐसी कोई बात नहीं है।" स्वामी बोले, "मुझे तो लगता है कि खेतड़ी के प्रासाद विलास-भूमि होते हुए भी तपस्वी की कुटिया बनने का पूरा सामर्थ्य रखते हैं। थोड़ी-सी तपस्या मैं भी यहाँ करना चाहता हूँ। थोड़ा मनन, थोड़ा अध्ययन।"

अजितसिंह प्रसन्न हो उठे, "अपने इस सौभाग्य की मैं कल्पना भी नहीं कर सकता स्वामी जी ! किंतु आप कहते हैं तो यह सत्य ही होगा।"

स्वामी जी विदा हुए तो दो बज रहे थे। राजा भी विश्राम करने चले गए। वे तीन बजे उठे और हजामत बनवाई। हाथ-मुँह धोया और छतरी में आ विराजे।

चारों ओर मेघ घिरे हुए थे। लग रहा था कि अभी बरसा कि बरसा। कुछ-कुछ अंधकार-सा हो रहा था।...अजितसिंह को ऐसा मेघाछन्न आकाश बहुत आकृष्ट करता था। इच्छा होती थी कि वे इसी प्रकार छतरी में बैठे रहें और बाहर मेघ धारासार बरसते रहें। पास कहीं मंद संगीत चलता रहे और वे मेघों को देखते रहें। आकाश पर वे कैसे-कैसे चित्र बनाते हैं।...

मेघों ने एक भयंकर गर्जन किया और तभी जोर की छाँट आ गई। राजा को लगा, जैसे भगवान् ने उनकी इच्छा पूरी कर दी। आकाश पर चित्र बनाते-बिगाड़ते मेघ और धरती पर दूर तक बरसता और बहता जल। लगता था, जैसे आकाश से पानी नहीं बरस रहा, भगवत्कृपा ही बरस रही हो। स्वयं भगवान् ही स्वर्ग से. उतरकर पृथ्वी पर आ रहे हों।...अजितसिंह की आत्मा उस वर्षा में भीगती रही।

छाँट थमी तो वे बग्घी में सवार होकर अजित निवास पधारे। लॉन टेनिस का प्रबंध अजित निवास में ही था। टेनिस के शौकीन वहाँ नित्य ही आया करते थे। अजितसिंह की अनुपस्थिति में भी खेल चल ही रहा था, किंतु उनके आ जाने से जैसे पूरे वातावरण में प्राण आ गए। उत्साह बढ़ गया और खेल अधिक मनोरंजक हो गया।...दिन छिप गया। अब बैठकर दारू आरोगने का समय था।...

सात बजे वापस पधारकर राजा दीवानखाने की छत पर विराजमान हुए।

44

महीना सावन का था और ऋतु वर्षा की थी; किंतु कल रात से मेघों ने वर्षा नहीं, केवल गर्जना की थी। उमस फिर से बढ़ गई थी। वाष्प की ऊष्मा ग्रीष्म से भी अधिक तपाने लगी थी। वाष्प और वाष्प से छनकर आती धूप के कारण दिन-भर किसी के लिए भी बाहर निकलना कठिन था। सूर्य ढला तो कुछ राहत हुई। दिन-भर भीतर बंद रहने के कारण इस समय बाहर निकलकर खुली हवा में बैठने की तैयारी हुई।

राजा एक लंबी अनुपस्थिति के बाद खेतड़ी लौटे थे। उनके संबंधियों, अधिकारियों और कर्मचारियों को उनसे भेंट करनी थी। ऐसा कौन था, जो उन्हें प्रणाम करने और उनका कुशल समाचार जानने नहीं आएगा। गवाक्ष-दर्शन की परंपरा अब समाप्त हो गई थी; किंतु प्रजा राजा के दर्शन तो करेगी ही। समारोह तो होना ही था।

राजकर्मचारियों ने सफाई के पश्चात् बड़े समारोह से पानी का छिड़काव किया। वे वाष्प की ऊष्मा को कम नहीं कर सकते थे, किंतु सुगंधित गुलाबजल से कुछ क्षतिपूर्ति का प्रयत्न उन्होंने अवश्य किया था।...सहसा निःस्तब्धता में दरक पड़ी। हवा चल निकली और उसके सुगंधित मंद झकोरे पसीने से तर-बतर लोगों के शरीरों को कुछ सुख देने लगे।

अजितसिंह अपने सहचरों के साथ उद्यान भवन के खुले स्थान में बैठे थे। उनकी आँखें आकाश पर टँगी थीं, जैसे उस कालिमा की माया को चीरकर उसके पार कुछ देखना चाह रहे हों। एक ओर वे प्रकृति के सौंदर्य को पीकर तृप्त हो रहे थे और दूसरी ओर उस मायाविनी की माया से त्रस्त थे। उन्हें स्मरण हो आया...स्वामी प्रकृति को सदा माँ कहकर स्मरण करते थे। अपनी माँ के सौंदर्य को निहारकर वे प्रसन्न होंगे। कदाचित् संन्यासी अपनी माँ के रहस्यमय चरित्र को राजा से कहीं अधिक समझते हैं। तभी तो वे माँ को देखकर प्रसन्न हो जाते थे और कभी-कभी गुनगुनाने भी लगते थे। किंतु राजा तो सदा ही जैसे इस भेदभरी प्रकृति को देखकर अकेले पड़ जाते थे। वे एक अतृप्ति का, एक प्रकार के विरह का अनुभव करते थे। अपने संगी-साथी उन्हें अपरिचित-से लगने लगते थे। यह सारा लोक पराया लगने लगता था। जाने वे कहाँ से आए थे और उनका घर कहाँ था। उन्हें कहाँ लौटना था और कब लौटना था। यह शरीर जैसे कोई खोल था, जिसमें वे बंदी होकर रह गए थे। न वे स्वयं यह खोल थे और न ही इस खोल पर उनका कोई अधिकार था। वह उनकी इच्छाओं से सर्वथा बेगाना था। इस खोल पर उनका कोई नियंत्रण नहीं था। वह उन पर मढ़ अवश्य दिया गया था, किंतु था वह प्रकृति के नियमों का चाकर।...अजितसिंह कई बार सोचते थे...वे यह शरीर नहीं थे। इसकी धमनियों में जो रक्त प्रवाहित होता था, वे उसे नहीं जानते थे, उस पर उनका कोई नियंत्रण नहीं था। यह शरीर जिस मन के अनुकूल था, वह मन उनके विवेक की एक नहीं सुनता था। 'अष्टावक्र संहिता' में ठीक ही कहा गया था कि सारा संसार इस मन में बसता है और यह मन तुम्हारा नहीं है। मन अजितसिंह का नहीं था। इसलिए वह उनका हितैषी भी नहीं था। वह तो कोई उन्मत्त और उच्छृंखल अस्तित्व था, जो सांसारिक भोगों के उन्माद में खो जाना चाहता था। उसे न तो इस शरीर के सुख-दुःख से कुछ लेना-देना था। न इस आत्मा की पवित्रता और अपवित्रता के लिए वह चिंतित था। वह तो जैसे इस शरीर को, इस जीवन को, भ्रमित कर, इसे जलती आग में धकेल, ठहाके लगाकर हँसने की तैयारी में रहता था, जैसे कहना चाह रहा हो—देखो, मैंने कैसा छकाया।...

तो अजितसिंह कौन हैं ? यदि यह इस शरीर का नाम है, तो अजितसिंह यह शरीर नहीं हैं। यह शरीर तो जड़ प्रकृति है। उसी से बना है, उसी में विलीन हो जाता है।...प्रकृति सदा ही उन्हें उनका अधूरापन स्मरण करा देती थी। वे अपनी पूर्णता को खोजने लगते थे। ईशावास्योपनिषद् में लिखा है कि वह भी पूर्ण है और यह भी पूर्ण है। ब्रह्म भी पूर्ण है और जीव भी पूर्ण है। किंतु अजितसिंह स्वयं को अपूर्ण क्यों पाते हैं ? उनकी पूर्णता कहाँ खो गई है ?...अपूर्णता उनको सालने लगती है और वे अपनी पूर्णता को पाने के लिए तड़पने लगते हैं।...

"स्वामी जी कहाँ हैं ?" उन्होंने पूछा।

"कदाचित् अपने कक्ष में होंगे।" दीवान ने कहा।

"किसी को भेजिए दीवान जी ! जाकर देखे कि यदि वे ध्यान न कर रहे हों तो उनसे हमारा संदेश कहे कि बाहर प्रकृति बहुत मनोहर हो गई है। वे भी आएँ और थोड़ी देर हमें अपनी संगति का आनंद दें।"

आदेश पाकर सेवक स्वामी के कक्ष की ओर दौड़ गया।

अजितसिंह का मन जैसे संसार से उदासीन हो चुका था।...क्या पाने के लिए मनुष्य इस पृथ्वी पर आने को ललचाता है ? क्यों लालायित है वह इस नर देह को पाने को ? क्या रखा है इस रक्त और मांस की देह में ? इसकी उत्पत्ति के क्षण से ही इसके विनाश के तत्त्व इसमें निहित हैं। वनस्पति के समान इसका बीजवपन होता है। बीज अंकुरित होता है। पल्लवित और पुष्पित होता है और अपने नियत समय से वैसे ही मुरझा जाता है, जैसे कोई पौधा ऋतु बीत जाने पर मुरझा जाता है।...खेत में कुछ महीने लहराकर फसल की कटाई हो जाती है। प्रकृति भी मनुष्य की खेती करती है। समय से फसल उगती है, समय से हरी-भरी होती है और समय से पककर काट ली जाती है। तो क्यों लालायित है यह आत्मा खेत की फसल बनने को ?...

स्वामी जी को सेवक सादर लिवा लाया था।

...स्वामी स्वयं को अजितसिंह के समान अपूर्ण नहीं पाते थे। वे कदाचित् अपने सारे प्रश्नों के उत्तर पा चुके थे। अपने आत्म को खोज चुके थे, उसका साक्षात्कार कर चुके थे। वे जानते थे, वे पृथ्वी पर क्या करने आए हैं। वे उन सुखों में आसक्त नहीं थे, जिनके पीछे संसार पागल है।

"प्रकृति का आनंद ले रहे हैं राजन् !" स्वामी जी ने मुस्कराकर कहा।

"हम जैसे जो अपने भीतर आनंद पाने में असफल रहते हैं, वे बाहर प्रकृति में आनंद खोजने का प्रयत्न करते हैं महाराज !" अजितसिंह बोले।

स्वामी जी ने राजा पर एक गहरी दृष्टि डाली, "धन्य हैं वे लोग, जो भीतरी आनंद के अभाव में व्याकुलता का अनुभव करते हैं और उसे पाने के लिए पागल हो जाते हैं। वे ही लोग अपने लक्ष्य पर पहुँचेंगे। जो माया में लिप्त रहता है और आत्मिक आनंद के प्रति सजग नहीं है, वह न उसकी ओर बढ़ता है और न ही उसे प्राप्त करता है। राजन् ! आपकी व्याकुलता ही आपको अपने गंतव्य की ओर ले जाएगी। व्याकुलता सफलता की पहली सीढ़ी है।"

"स्वामी जी !" मुंशी जगमोहनलाल ने कहा, "हमारे महाराज अन्य राजाओं के समान अपने राज-पाट का सुख क्यों नहीं भोग पाते ? अन्य सारा राज-समाज सांसारिक भोगों में डूबा रहता है—आखेट करता है, सुरा-सेवन करता है, राग-रंग में डूबा रहता है। कभी ईश्वर को स्मरण नहीं करता और सदा सुखी रहता है।"

"वे सुखी नहीं हैं। नशे में हैं या स्वप्नावस्था में हैं।" स्वामी बोले, "चेतेंगे तो जानेंगे कि वे अब तक अपने लिए दुःख का सागर खोद रहे थे।"

"पर हमारे महाराज तो कुछ ऐसा खोज रहे हैं, जो दिखाई नहीं पड़ता।"

स्वामी हँसे, "मेरे गुरु कहा करते थे कि यह संसार माया की सृष्टि है। यहाँ जो है, वह दिखाई नहीं देता और जो दिखाई देता है, उसका वस्तुतः कोई अस्तित्व ही नहीं है।"

"इसका क्या अर्थ हुआ महाराज !"

"इसका अर्थ है कि जो सुख दिखाई पड़ रहा है, उसका कोई अस्तित्व नहीं है और जो वास्तविक सुख है, वह इन इंद्रियों से गोचर नहीं होता। वह इंद्रियों से अतीत अनुभव है—इंद्रियातीत।" स्वामी बोले, "महाराज अजितसिंह को इस प्रकट सुख की निरर्थकता और उस सूक्ष्म सुख की सार्थकता दिखाई देने लगी है। उनके भीतरी नेत्र उघड़ रहे हैं। वे सांसारिक भोगों के लिए नहीं, धर्म-कार्य से संसार में आए हैं।"

स्वामी जी ने अपनी आँखें बंद कीं और 'शिव-शिव' का उच्चारण किया। तभी कुछ हलचल हुई। स्वामी ने आँखें खोलीं। सामने से नर्तकियों का एक दल चला आ रहा था।

स्वामी ने अजितसिंह की ओर देखा, जैसे पूछ रहे हों, 'अध्यात्म-चर्चा के मध्य यह माया की शोभायात्रा कहाँ से आ गई ? क्या इसके लिए ही उन्हें यहाँ बुलाया गया था ?'

"स्वामी जी !" मुंशी जगमोहनलाल बोले, "ये नर्तकियाँ 'सलाम मालूम' करने के लिए उपस्थित हुई हैं। महाराज इतने दिनों के बाद लौटे हैं तो यह इनका भी राजकीय कर्तव्य है कि राजा के दर्शन करें।"

" 'सलाम मालूम' ! वह क्या है ?"

"राज्य के आश्रितों, सेवकों और किसी पद के प्रत्याशियों के लिए प्रातः एवं सायंकाल राजा जी की सेवा में अभिवादन करने के निमित्त उपस्थित होने का नियम है। इस अभिवादन का नाम ही 'सलाम मालूम' करना है। इससे महाराज को यह सूचना रहती है कि कौन उनकी सेवा में है और कौन उनकी सेवा में आने का इच्छुक है। किसको अभी आजीविका की आवश्यकता है। यह उनके आश्रितों की हाजिरी भी है और आजीविका के प्रत्याशियों द्वारा महाराज को अपनी आवश्यकता का स्मरण कराना भी।"

"यह दल अभिवादन कर चला जाएगा ?"

"यदि राजा किसी को कोई आदेश न दें तो न बरसने वाले मेघों के समान ये लोग लौट जाएँगे।"

स्वामी कुछ आश्वस्त दिखे।

नर्तकियों ने राजा का सामूहिक अभिवादन किया।...और तब उनमें से मैनाबाई आगे बढ़ आई। वह उनकी अगुआ नहीं लगती थी।...उसने हाथ जोड़कर अत्यंत विनीत भाव से प्रणाम किया। सिर झुकाए हुए ही मधुर स्वर में बोली, "महाराज की कृपापूर्ण अनुमति मिले तो मैं एक भजन सुनाना चाहती हूँ।"

स्वामी ने देखा : गायन की इच्छुक महिला में यौवनसुलभ चांचल्य नहीं था। न वह गणिकाओं के समान हेला का सहारा ले रही थी। वह प्रौढ़ और गंभीर दिखाई दे रही थी। राजा ने उसे गाने का आदेश नहीं दिया था। वह स्वयं ही गाने का प्रस्ताव कर रही थी। वह राजा और अन्य उपस्थित

लोगों को अपने रूप से नहीं रिझा सकती थी, अतः अपने संगीत से उन्हें लुभाना चाहती थी।...

स्वामी ने राजा की ओर देखा।

अजितसिंह स्वाभाविक रूप से मुस्करा रहे थे। उनके चेहरे पर अपरिचय का भाव नहीं था। वे शायद उस महिला को भली प्रकार पहचानते थे।

"अवश्य गाओ मैनाबाई !" उन्होंने कहा, "तुम्हारे मधुर कंठ का संगीत सुने काफी समय हो गया है।"

मैनाबाई बैठ गई, जैसे वह सलाम मालूम करने नहीं, गाने की पूरी तैयारी करके आई थी। वाद्य-यंत्र प्रस्तुत कर दिए गए। संगत करने वाले भी साथ आ बैठे। गाना आरंभ होने को ही था।...

स्वामी के मन में वितृष्णा जागी। वे संगीत के विरोधी नहीं थे, किंतु वे राजा और दरबारियों की संगति में एक वेश्या का मुजरा सुनने यहाँ नहीं आए थे।

स्वामी अपने स्थान पर लौट जाने के लिए उठ खड़े हुए।

मैनाबाई ने उनका उठना तत्काल लक्षित किया, जैसे वह पहले से ही उसके लिए आशंकित हो। उसने हाथ जोड़कर निवेदन किया, "स्वामी जी ! आप अवश्य विराजिए।"

स्वामी उसका तिरस्कार नहीं करना चाहते थे। वे असमंजस में खड़े के खड़े रह गए।

"महाराज ! मैं जानती हूँ कि गणिकाओं के मुजरे में संन्यासी नहीं बैठा करते।" उसने अपने जुड़े हाथों पर अपना माथा टेक दिया, "किंतु आपके बैठने से यह राजसभा मंदिर की मर्यादा पा जाएगी।" उसने स्वामी की ओर देखा, "आज मैं महाराज के लिए नहीं गा रही।..."

मुंशी जगमोहनलाल कुछ तन गए : यह मूर्ख गणिका खेतड़ी-नरेश का अपमान कर रही थी। राजा का अन्न खाती है और राजा के सामने बैठकर कह रही है कि वह राजा के लिए नहीं गा रही।...

"मैं भगवान् के लिए भी नहीं गाना चाहती। उनके लिए मैं अपने एकांत में गाती हूँ।" मैनाबाई ने निःशंक भाव से कहा, "आज मैं आपको ही एक भजन सुनाना चाहती हूँ। इस पतिता की यह प्रार्थना सुन लीजिए।" उसका स्वर कातर हो उठा था, "दीनबंधो ! आप तारनहार हैं। आपका स्नेह राजा तक ही क्यों सीमित रहे, प्रजा पर भी उसकी वर्षा होनी चाहिए। इस पापिष्ठा को निराश मत कीजिए।"

उसकी कातरता स्वामी जी के मन को छू गई।

स्वामी की दृष्टि राजा की ओर मुड़ी। राजा ने गणिका के आग्रह में अपनी अवहेलना नहीं मानी थी। उन्होंने अपनी ओर से भी अनुरोध किया, "स्वामी जी ! मैनाबाई का गायन सुनकर सभी प्रसन्न होते हैं। आप भी दया कर इसे सुन लीजिए। यह मुझ पर भी आपकी कृपा होगी। यह सांसारिक गीत नहीं सुनाएगी, कोई श्रेष्ठ भजन ही गाएगी।"

स्वामी मन ही मन हँसे। वे राजा को जिस रोग से मुक्त करना चाहते हैं, राजा उसी के कीटाणु तश्तरी में रखकर उन्हें परोस रहे थे।...अजितसिंह जानते हैं कि स्वामी संगीत के प्रेमी हैं। किंतु उनका संगीत वह पवित्र संगीत है, जो मनुष्य के मन को एकाग्र कर ईश्वर के निकट ले जाता है। वह समाधि तक पहुँचने का एक माध्यम है, भक्ति का ही एक मार्ग है।...और अजितसिंह उन्हें एक वेश्या के संगीत और मुजरे के दर्शक होने का आग्रह कर रहे हैं। पता नहीं वह स्त्री वेश्या है या नहीं। वह मात्र नर्तकी भी हो सकती है। केवल गायिका तो वह नहीं है। वह कलावती तो है...

और फिर राजाओं की सभा में गाने वाली गायिका किस क्षण कलाकार से वेश्या हो जाएगी, इसका किसी को क्या पता है ! धन की तृष्णा ने प्रायः कला को वेश्या बनाया है।...राजा अजितसिंह कुछ भी अशोभनीय न करें, तो भी क्या ? उनके किसी मुसाहिब को भा गई तो वह हाथ पकड़ उसे अपने साथ ले जाएगा और सीधे अपनी शैया पर पहुँचा देगा।...

पर स्वामी के सात्त्विक मन में यह प्रतिक्रिया टिकी नहीं।...उस स्त्री का भाग्य उसके प्रति कठोर रहा है...उन्होंने सोचा...उसको उसके कर्मों के लिए दंडित करने का काम ईश्वर का है, स्वामी का नहीं। स्वामी के मन में पापियों के लिए भी दया का भाव होना चाहिए। यदि कोई अपने पापों से ऊपर उठने के लिए सहारा माँगे तो स्वामी का धर्म है कि वे उसे सहारा दें...

स्वामी का उठकर जाना स्थगित हो गया। वे ठहर गए। गायिका की कातर प्रार्थना में उन्हें कुछ सात्त्विकता का आभास हुआ था। राजा के अनुरोध का भी कोई विशेष अर्थ होना चाहिए। राजा स्वामी को किसी गणिका का बाजारू गीत सुनवाने के लिए इस प्रकार का आग्रह नहीं करेंगे।...

वे बैठ तो गए, किंतु उनकी अन्यमनस्कता किसी से छिपी हुई नहीं थी। लग रहा था कि वे इस परिवेश से तटस्थ होकर अपने भीतर रमने का प्रयत्न कर रहे थे। वे ध्यान करने का प्रयत्न कर रहे थे।

मैनाबाई ने ताल और सुर के साथ सूरदास का पद आरंभ किया :

"हमरे प्रभु औगुन चित्त न धरो !"

स्वामी सजग हो उठे। वह पापिनी तो पहले ही अपने अवगुणों को स्वीकार कर रही है। पश्चात्ताप कर रही है। यह किसी गणिका द्वारा महफिल को रिझाने का प्रयत्न नहीं, एक भक्त का भगवान् के सम्मुख आत्मनिवेदन था :

"समदर्सी है नाम तिहारो, अब मोहि पार करो।
इक लोहा पूजा में राखत, इक घर बधिक परो।
सो दुविधा पारस नहीं जानत, कंचन करत खरो।"

स्वामी देख रहे थे, वह संगीत में पारंगत थी, उसका कंठ भी मधुर था; किंतु सबसे महत्वपूर्ण तो उसके शब्द थे, जो उसके हृदय की स्थिति प्रकट कर रहे थे। वे केवल गायिका के शब्द न होकर एक समर्पित भक्त की वाणी थी, जिसे अपने दोषों का पूर्ण ज्ञान था। वह उन्हें स्वीकार कर रही थी और प्रभु से विनती कर रही थी।...वह उन शब्दों का उच्चारण भर नहीं कर रही थी, उन शब्दों को जी रही थी :

"इक नदिया इक नार कहावत, मैलो हि नीर भरो,
जब दोऊ मिलि इक बरन भए, सुरसरि नाम परो।
यह माया भ्रमजाल निवारो, सूरदास सगरो,
अबकी बेर मोहि पार उतारो, नहिं प्रन जात टरो।।"

गायिका अपने संगीत में ही नहीं, अपने भावों में भी तन्मय थी। वह राजा के दरबार में नहीं बैठी थी, अपने आराध्य की सेवा में उपस्थित थी। सुनने वाले भी चित्रवत् हो गए थे। सभा पर एक विलक्षण विद्युत्-सी दौड़ गई थी। भक्त-हृदय के निवेदन का भाव स्वामी को भी छू गया।...वे इस स्त्री को गणिका मानकर उसके संगीत की उपेक्षा कर यहाँ से उठकर जा रहे थे...वह सचमुच

उन्हीं के माध्यम से भगवान् से निवेदन कर रही थी…

स्वामी का मन जैसे चौंक उठा…यह भजन कहीं स्वामी द्वारा किए गए उसके तिरस्कार का उत्तर तो नहीं ?…वह तो स्वामी के सम्मुख ही अपना हृदय उँडेल रही है।…ऐसा न भी कर रही हो, तो भी स्वामी के लिए उसका निवेदन विचारणीय है…

वे तो वेदांती हैं…अद्वैत वेदांत के अनुयायी। विश्वास करते हैं कि संसार में जो कुछ भी है, वह ईश्वर का ही प्रतिरूप है। ईश्वर के सिवाय यहाँ और कुछ है ही नहीं। वेदांती प्रत्येक जीव में स्वयं को और स्वयं में प्रत्येक जीव को देखता है। तो फिर वे इस गणिका में स्वयं को क्यों नहीं देख पाए ? गणिका के भीतर जो आत्मा है, वह भी तो परमात्मा का ही अंश है। वे स्वयं यह शरीर नहीं हैं, उनका वास्तविक स्वरूप यह नहीं है। वे आत्मा हैं, शुद्ध आत्मा—परमात्मा का अंश। तो यह गायिका भी तो वही है। स्वामी यदि यह शरीर नहीं हैं, तो वह गायिका कैसे शरीर मात्र हो सकती है ! वह भी तो आत्मा ही है। शुद्ध बुद्ध आत्मा। परमात्मा का अंश। कलेवर ही तो भिन्न है।…और वे उसे स्त्री मानकर उससे दूर हट रहे थे, क्योंकि संन्यासी ब्रह्मचारी होता है और ब्रह्मचारी को स्त्री के संपर्क में नहीं आना चाहिए।…वे उसे गणिका मानकर उसकी उपेक्षा कर रहे थे; पर वह गणिका नहीं है, वह तो उनकी गुरु है, जो उन्हें उपदेश दे रही है।…यदि वे पारस हैं तो उन्हें लोहे और लोहे में अंतर नहीं करना है, चाहे वह पूजा में रखा गया हो, चाहे किसी बधिक के घर में धरा हो, जहाँ उससे जीवों के शरीर काटने का काम लिया जा रहा हो। गंगा के पवित्र जल और नाले के गंदे पानी में क्या अंतर है, यही तो कि उस नाले का पानी मैला हो गया है। पर जब वह गंगा में मिल जाता है तो वह भी गंगा का ही अंश हो जाता है। गंगा हो जाता है। जीव ब्रह्म में मिल जाता है तो वह भी ब्रह्म हो जाता है। वरन् वह ब्रह्म ही है। जीव होने का तो भ्रम मात्र है। माया का चमत्कार है।…तो फिर यह गायिका…

ठीक कह रही है वह, 'हमरे प्रभु औगुन चित्त न धरो…समदर्सी है नाम तिहारो…'

स्वामी के मन में अहंकार कहाँ से आ गया ? वे स्वयं को उस गायिका से पृथक् और श्रेष्ठ कैसे मानने लगे ?…वे अपने भीतर न देखकर, बाहर, दूसरों के अवगुण देखने लगे।…आत्मा तो निर्लिंग होती है। आत्मा न स्त्री है, न पुरुष। उसका कोई शरीर नहीं है। शरीर तो प्रकृति द्वारा फैलाया गया मायाजाल है। वे शरीर के प्रति इतने सचेत कैसे हो गए ? बाहरी आवरण का भेद उन्हें किसी की आत्मा से पृथक् कैसे कर सकता है ?…ठीक कह रही है गायिका…समदर्सी है नाम तिहारो…

स्वामी को लगा, उनसे कोई अपराध हो गया है। अहंकार ने उन पर पूर्ण प्रभुत्व जमा लिया था, जिससे उनके मन में द्वैत भाव आ गया था। गायिका ने न्याय के लिए गुहार की है। उसे न्याय मिलना ही चाहिए। स्वामी को प्रायश्चित्त करना होगा।…

'इस पतिता समझी जाने वाली स्त्री ने एक भक्त का पद गाकर, सर्वं खल्विदम् ब्रह्म—के तत्त्व को हृदयंगम करा दिया है।' वे सोच रहे थे, 'मेरा संन्यास भी क्या संन्यास है ?…मैं संन्यासी हूँ और यह एक पतिता नारी है…यह ऊँच-नीच की भावना…यह भेद-बुद्धि आज भी दूर नहीं हुई ? भगवद्गीता में भगवान् ने कहा है—समदर्शी वह है, जो एक विद्वान् ब्राह्मण, एक चांडाल, एक हाथी और एक कुत्ते में भी अंतर न करे। और यहाँ वे एक भक्त हृदय को स्वयं से नीच समझ रहे हैं, क्योंकि वह एक राजसभा में गायन कर्म कर अपनी आजीविका पाती है।…संगीत की प्रतिभा भी तो उसे भगवान् ने ही दी होगी। यह मधुर कंठ भी तो उसे प्रभु की कृपा से ही मिला है, वरन् भगवान्

ही मधुर स्वर के रूप में प्रकट होते हैं। उसके संगीत का गुणग्राहक एक राजा निकला और वह उसके दरबार में गाती है, तो स्वामी ने उसे गणिका कैसे मान लिया ?…शिव ! शिव ! !…सब प्राणियों में ब्रह्मानुभूति बड़ा ही कठिन कार्य है।…चांडाल की बातें सुनकर शंकराचार्य के मन से भेद-बुद्धि तिरोहित हो गई थी।…स्वामी के मन से वही भेद-बुद्धि दूर करने के लिए भगवान् को इस रूप में आना पड़ा है ? भगवान् ने ही गायिका के माध्यम से उन्हें यह भजन सुनाया है ? यह गायिका तो उनके जीवन में उनकी गुरु बनकर आई है ?…

स्वामी अपने स्थान से उठकर उसके पास आए, "माता ! मैंने अपराध किया है, क्षमा करो। मैं तुम्हें घृणा की दृष्टि से देखकर यहाँ से उठ जाना चाहता था, किंतु तुम्हारा ज्ञानगर्भित भजन सुनकर मेरी आँखें खुल गई हैं। तुम मेरी ज्ञानदायिनी माता हो।"

गायिका ने अश्रुपूर्ण नेत्रों से स्वामी की ओर देखा। उसके अधरों पर मुस्कान थी। उसके चेहरे पर तृप्ति के भाव थे।…किंतु उसके कंठ से वाणी नहीं फूटी। भावातिरेक ने उसके कंठ को अवरुद्ध कर दिया था। बोलती तो कदाचित् उसके अश्रु उसके कपोलों तक बह आते…

"आज मैं समझ पाया हूँ माता कि नारी-पुरुष तो शरीर के आकार का नाम है। हम यह शरीर नहीं हैं।" स्वामी बोले, "आत्मा निर्लिंग होती है। वेदांत की दृष्टि में यह भेद कोई भेद नहीं है। यह विभाजन कोई विभाजन नहीं है। जो इस विभाजन को मानता है, वह आत्मा को नहीं, शरीर को देखता है।…मैंने तुम्हारे प्रति जो अपराध किया है, उसके लिए मुझे क्षमा करो…।"

मैनाबाई ने पल्लू से अपना मुँह ढककर सिसकी को वहीं रोक लिया और अपने दोनों हाथ जोड़कर मस्तक झुका दिया।

45

महारानी चंपावत कुँवरि का मन बहुत व्याकुल था। उन्हें लग रहा था कि अब निर्णय का समय आ गया था। यदि अब भी वे निष्क्रिय बैठी रहीं तो भविष्य में हथेलियाँ ही मलती रहेंगी। संकट को इस प्रकार मुँह बाए अपनी ओर बढ़ते देख चुप बैठे रहने का क्या अर्थ ?…ठीक है कि महाराज बुद्धिमान हैं, धर्मभीरु हैं, प्रजावत्सल हैं, सबका ध्यान रखने वाले हैं…किंतु क्या भूल उनसे नहीं हो सकती ? और जो कुछ वे सोचते हैं, वही क्या जीवन का अंतिम सत्य हो जाएगा ? वे जो कुछ सोचेंगे, अपने स्थान पर खड़े होकर सोचेंगे। अपने स्वभाव और अपनी आकांक्षाओं के अनुरूप सोचेंगे। वे चंपावत के स्थान पर बैठकर तो नहीं सोचेंगे। न उनकी इच्छाओं-आकांक्षाओं के अनुरूप सोचेंगे। आवश्यक तो नहीं कि व्यक्ति के हित में सारे परिवार का हित छिपा हो। कई बार व्यक्ति स्वयं को समाज से काटकर व्यक्तिगत रूप में भी सोचता है। हो सकता है कि वे कहें कि इसमें उनका पारमार्थिक हित है, किंतु उसे किसने देखा है ? यह ठीक है कि महारानी भी धर्म-कर्म के विरुद्ध नहीं हैं, किंतु धार्मिक होने का अर्थ मूर्ख होना तो नहीं होता। आँखें मूँदकर सब कुछ इस प्रकार दाँव पर नहीं लगाया जा सकता।…राजपंडित ने बहुत समय से उन्हें चेतावनी दे दी थी, नहीं तो संभवतः उन्हें पता ही तब लगता, जब चिड़ियाँ खेत चुग चुकी होतीं।…

कपाट खुले और अजितसिंह कक्ष में प्रविष्ट हुए।

रानी बड़े द्वंद्व में थीं : वे अपने पति से किस प्रकार का व्यवहार करें ? उनके प्रति प्रेम प्रकट कर अपनी बात मनवाने का प्रयत्न करें अथवा अपना रोष प्रकट करें ? यदि वे प्रेम प्रकट करती हैं तो राजा से शिकायत नहीं कर पाएँगी।...और यदि रोष प्रकट करती हैं तो संभव है, राजा उलटे पाँव लौट जाएँ और रात-भर कोई पुस्तक पढ़ते रहें।...या मदिरा की बोतल खोलकर बैठ जाएँ और स्वयं को भुलाने का प्रयत्न करते रहें। राजा भी विचित्र हैं। वे वेश्याओं के मुजरे में बैठे भी पी सकते हैं और मदिरापान कर प्रभु को भी स्मरण करने लगते हैं। वे मदिरा पीकर स्वयं को भूल जाते हैं, फिर वे किसी के भी हो सकते हैं—नर्तकी के भी और प्रभु के भी।...उनका क्या भरोसा है कि वे ऊपर के चौबारे में चले जाएँ और सोए हुए स्वामी के चरण चाँपते रहें।...गोलियों ने रानी को बताया था कि पिछली रात राजा स्वामी के कक्ष में पहुँचे थे और गोलियों को हटाकर स्वयं उनकी सेवा के लिए बैठ गए थे। उनकी आज्ञा के बावजूद गोलियाँ वहाँ से हटी नहीं थीं। उन्होंने ओट में से देखा था कि राजा ने स्वामी की चरण-सेवा आरंभ कर दी थी। उससे स्वामी की नींद उचट गई थी। वे चौंककर उठ बैठे थे और जब उनकी समझ में आया कि राजा उनके चरण दबा रहे थे, तो उन्होंने कहा कि राजा के लिए उचित नहीं है कि वे इस प्रकार उनकी चरण-सेवा करें। उससे राजा की मर्यादा भंग होती है।...किंतु राजा ने उनसे प्रार्थना की कि वे उनको चरण-सेवा का अवसर दें। यह राजा की तपस्या थी। वे अपने अहंकार को पूर्णतः गला देना चाहते थे।...और वह गुरु की चरण-सेवा से ही संभव था।...

स्वामी ने राजा को इसकी अनुमति नहीं दी। यह कहकर टाल दिया कि उन्हें रात को बहुत कम नींद आती है। ऐसे में यदि राजा उनकी चरण-सेवा करेंगे तो शायद वे सो ही न पाएँ। राजा उन्हें सोने दें। उन्हें ब्रह्ममुहूर्त में ही ध्यान के लिए बैठना है, वे उससे पहले पर्याप्त सो लेना चाहते हैं। और यदि राजा को किसी कारण से नींद नहीं आ रही, तो अच्छा हो कि वे स्वामी की चरण-सेवा करने के स्थान पर अपने कक्ष में जाकर ध्यान करने का प्रयत्न करें।...

जो राजा स्वयं ही अपना घरबार छोड़कर एक संन्यासी के चरण चाँपने का सुख प्राप्त करना चाहता हो, उसके प्रति रोष प्रकट कर रानी उसे अपने मायाजाल में कैसे बाँधेंगी ? उलटे उसे स्वयं से और भी दूर धकेल देंगी। उससे रानी का क्या हित होगा ?...रानी को चाहिए कि राजा को अपने निकट खींचें। उन्हें अपने मायापाश में बाँधने का प्रयत्न करें।...

रानी ने राजा के स्वागत के लिए अपनी भुजाएँ फैला दीं।

"मैं भी सोचता हूँ कि मैं कितना भाग्यशाली हूँ, जो तुम जैसी सुंदर और प्रेम करने वाली पत्नी मिली।" राजा उनके निकट आ गए।

रानी स्वयं को रोक नहीं पाईं। राजा के एक ही वाक्य ने उनका संयम तोड़ दिया, "पर मैं सोचती ही रह जाती हूँ कि मैं अपना भाग्य सराहूँ या उसका मातम करूँ।..."

राजा ने चकित होकर रानी की ओर देखा।

"एक रात तो मेरे पति मुझसे इतना प्रेम जताते हैं और दूसरी रात वे संन्यासी की चरण-सेवा करने उसके कक्ष में पहुँच जाते हैं।..."

राजा उनसे दूर हट गए।

"क्यों, बुरा लगा ?"

"सत्य में बुरा लगने की क्या बात है ?" राजा सहज भाव से बोले, "मैं तो यह सोच रहा

था कि मैं भी कैसा विचित्र जीव हूँ, जिसे एक क्षण तो यह संसार ब्रह्ममय दिखाई देता है और दूसरे ही क्षण वह नारीमय हो जाता है। मैं स्वामी जी के निकट जाता हूँ तो लगता है कि मोक्ष ही वास्तविक सुख है और आपके निकट आता हूँ तो लगता है कि आपसे बड़ा सुख और कोई है ही नहीं।''

''द्वंद्व में हैं ?'' रानी ने पूछा।

''नहीं, मोह में हूँ।'' राजा बोले, ''स्थिर नहीं रह पाता हूँ। सत्य का आभास है मुझे, किंतु उस पर टिक नहीं पाता हूँ। सत्य को प्राप्त करना चाहता हूँ, किंतु माया को छोड़ भी नहीं पाता हूँ। अभी शायद मेरा सांसारिक भोग पूरा नहीं हुआ।''

तो राजा कुछ छिपा नहीं रहे थे...रानी सोच रही थीं...वे अपने मन की स्थिति स्पष्ट रूप से स्वीकार कर रहे थे। उनके मन में किसी प्रकार का अपराध-बोध नहीं था।

''मैंने सुना है कि आपने स्वामी जी से प्रार्थना की है कि वे आपको दीक्षा प्रदान करें ?''

''सत्य सुना है आपने।'' राजा ने कहा, ''किंतु उन्होंने अभी अपनी स्वीकृति नहीं दी है।''

''तो आप उनको अपना गुरु बनाना चाहते हैं ?''

''बनाना क्या चाहता हूँ, उन्हें अपना गुरु मानता हूँ। वे मेरे गुरु हैं।''

''वे दीक्षा न दें, तो भी ?''

''हाँ, तो भी।'' राजा बोले, ''किसी को अपना गुरु मानने के लिए दीक्षा आवश्यक नहीं होती। द्रोणाचार्य ने एकलव्य को कोई दीक्षा नहीं दी थी।''

''वह किसी और युग की बात है।'' रानी बोलीं।

''हाँ, वह किसी और युग की बात है; किंतु आज भी तो हम श्रीकृष्ण को अपना परमगुरु मानते हैं। वे क्या हमें दीक्षा देने आए हैं या आएँगे ?''

''मानिए। आप उनको गुरु मानिए।'' रानी बोलीं, ''पर गुरु से दीक्षा के अतिरिक्त भी तो कुछ माँगा जा सकता है। आपको उसमें संकोच तो नहीं होगा ?''

''नहीं, गुरु से कुछ माँगने में संकोच कैसा ? शिष्य तो होता ही याचक है।''

''तो उनसे कहिए कि वे आपको एक पुत्र का वर दें। खेतड़ी को युवराज की आवश्यकता है।'' रानी बोलीं, ''आपकी दो-दो संतानें होने पर भी अभी खेतड़ी को युवराज की प्रतीक्षा है।''

राजा स्तब्ध रह गए : रानी क्या कह रही हैं !

''जो गुरु स्वयं संन्यासी हो, वह अपने शिष्यों को सांसारिकता में प्रवृत्त करेगा ? उनको माया में और गहरे बँधने का वर देगा ? मैं उनसे मोक्ष की प्रार्थना करूँगा या सांसारिक बंधनों की याचना करूँगा ?''

रानी उठकर बैठ गईं, ''जानती हूँ, आपको मोक्ष चाहिए—राज्य से, मुझसे, अपनी पुत्रियों से।...''

''जानती हैं, या मानती हैं ?''

''निश्चित रूप से जानती हूँ; इसीलिए एक राजकुमार माँग रही हूँ, ताकि जब आप हमारी भुजा छोड़ दें, तब कोई तो हो, हमें सहारा देने वाला, हमारी बाँह थामने वाला।''

राजा चुपचाप रानी को देखते रहे : रानी तो बहुत दूर तक सोच गई थीं। उन्होंने तो अभी ऐसा कोई निश्चय नहीं किया था।

''मोक्ष तो संसार से होता है रानी ! जन्म-मरण के चक्र से होता है।'' अंततः राजा बोले,

"अपनी पत्नी और संतान से मोक्ष किसने माँगा है ?"

"इतना तो मैं भी समझती हूँ राजन् कि पत्नी और संतान को त्यागे बिना संसार नहीं त्यागा जाता। संसार और है ही क्या ?" रानी का स्वर कुछ शांत हुआ, "मैं यह नहीं कह रही कि आप मुझसे पीछा छुड़ाने के प्रयत्न में हैं; किंतु जो प्रवृत्ति आपकी है, उसको देखकर कोई भी कह सकता है कि आप किसी भी समय संसार का त्याग कर संन्यासी हो जाने का निर्णय कर सकते हैं।" रानी ने उनको भरपूर दृष्टि से देखा, "मैं नहीं चाहती कि आप संन्यास ग्रहण करें। मैं चाहती हूँ कि आप सुख और सम्मान से अपने घर, अपने परिवार में रहें। अपनी प्रजा और अपनी संतान का पालन करें। समाज को न्याय दें। किंतु यदि आपने घर त्यागने का निर्णय कर ही लिया अथवा आपके गुरु ने आपको गृहत्याग का आदेश दे दिया, तो हम किसके सहारे जिएँगे ?…युवराज के बिना रियासत नहीं टिकेगी। या तो अंग्रेज ही इसको पचा जाएँगे अथवा नाते-रिश्तेदार इसे आपस में बाँट लेंगे। संभव है, जयपुर राज्य ही इसे अपने प्रबंध में ले ले। आखिर खेतड़ी जयपुर का ठिकाना ही तो है।…तो फिर खेतड़ी को युवराज चाहिए या नहीं ? वैसे तो प्रत्येक स्त्री को पति और पुत्र दोनों चाहिए, किंतु यदि पति उसको त्यागने का निर्णय कर ही ले, तो सहारे के लिए पुत्र तो होना ही चाहिए।"

राजा ने हँसने का प्रयत्न किया, "आपके मन में मेरे प्रति प्रेम कम, आशंकाएँ अधिक हैं—यह तो मैंने कभी जाना ही नहीं था।"

"प्रेम कम नहीं है महाराज !" रानी तड़पकर बोलीं, "प्रिय भाग न जाए, यह आशंका भी अपने आप में प्रेम का ही एक रूप है। आप मेरे साथ बँधकर रहें, तो भी हमें युवराज की आवश्यकता है। आप गृहस्थी से मुक्त होना चाहें, तो मैं आपके मार्ग की बाधा न बनूँ, उसके लिए भी आवश्यक है कि खेतड़ी का एक युवराज हो।"

"पर आपने यह सोच कैसे लिया कि मैं आपको असहाय, बेसहारा छोड़कर बिना किसी प्रबंध के तपस्या के लिए वन को चल दूँगा ?"

"क्योंकि यह जानती हूँ कि जिन्हें तपस्या का आदेश या आवेश होता है, वे स्वयं भी ईश्वर पर निर्भर होते हैं और शेष सबको भी ईश्वर के भरोसे ही छोड़ देते हैं।" रानी ने उनकी ओर देखा, "सारे जीवों के प्रति करुणा के अवतार महात्मा बुद्ध तक अपनी पत्नी को सोई छोड़कर तपस्या करने चले गए थे। जहाँ तक मैं जानती हूँ, आपके प्रार्थनीय गुरु भी अपनी माता और छोटे भाइयों को बिना किसी सहारे के, बिना किसी प्रकार के आर्थिक प्रबंध के, ईश्वर के सहारे छोड़कर घर से निकल पड़े थे। हमें यदि भाग्य ने आपके भरोसे रखा है, भगवान् ने आपकी रियासत से हमारे अन्न-जल का प्रबंध किया है, तो आपको अपनी रियासत और हमारी चिंता करनी चाहिए या नहीं ?"

"पर मैंने तो कभी गृहत्याग की बात सोची ही नहीं है। मेरे मन में तो कभी ऐसा कुछ आया ही नहीं।"

"ठीक है, किंतु ऐसी कोई प्रेरणा होने में वर्षों नहीं लगते। क्षण-भर में आदमी क्या से क्या हो जाता है।"

राजा कुछ क्षण मौन बैठे रहे और फिर सहसा बोले, "ठीक है रानी ! मैं आपको वचन देता हूँ कि यदि कभी ऐसा कोई अवसर आया, तो आप स्वयं को बेसहारा नहीं पाएँगी।"

रानी ने प्रसन्न होकर अपनी भुजाओं, अपने नयनों और अधरों के संकेतों से राजा को आमंत्रित किया, किंतु राजा ने जैसे यह सब देखा ही नहीं। वे उठकर कक्ष से बाहर चले गए।

ऊपर के तल पर चौबारे में बैठे राजा सोच रहे थे···वैसे तो पति-पत्नी में सात-सात जन्मों का संबंध माना जाता है, किंतु है तो वह संबंध सांसारिक ही। पत्नी कितनी भी सुशीला हो, किंतु होती है व्यापारी ही। वह अपनी मुस्कानों को भी यह सोचकर बेचती है कि उसका उसे क्या मोल लेना है। पति यदि किसी सुख की खोज में आया है, तो वह समय उससे भाव-तौल का सबसे अच्छा अवसर होता है। अपनी शर्तों पर उसे सुख दो। अपना भविष्य सुरक्षित कर लो। उससे वचन ले लो।···शायद कोई किसी से प्रेम नहीं करता। कोई त्याग नहीं करता। कोई किसी और के सुख के लिए नहीं जीता।···कैसी स्वार्थी सृष्टि बनाई है भगवान् ने भी।···और कहते हैं कि प्रत्येक जीव में उसी का अंश है। वह अंश कहीं दिखाई तो देता ही नहीं। यहाँ तो सब प्रकृति के ही अंश दिखाई देते हैं। उस प्रकृति के—जो स्वार्थी है, आत्मकेंद्रित है, ऐंद्रिय सुख की लोभी है।···वैसे रानी ठीक ही कह रही थीं कि युवराज न हो, तो अपने ही संबंधी रियासत के टुकड़े कर खा जाएँगे। यहाँ कोई किसी का नहीं है।···मतलब को गरजी जग सारो···

राजा के मन में ऐसी पीड़ा जागी कि वे हार्मोनियम लेकर बैठ गए :

"विन बिन मोहिकूँ कछु न सुहावै,
तरफत चित अति ही अकुलावै।
ए री ! सखी हमरे पीतम कौ,
जाय कोई यह बात सुनावै।
यह जीवन छीजत है छन-छन,
बीत गए पर फिर नहिं आवै।
बहुत काल बीते आवन के,
गिनत-गिनत जियरा घबरावै।
हाय, दई अँखियाँ तरसत हैं,
विरह विपत नित मोहि जरावै।
मरण न देत आस मिलिबे की,
जीवन छिन विन बिन नहिं भावै।
सुध-बुध सब ही भूल गई री।
यह दुःख तो अब सह्यौ न जावै।
मतलब को गरजी जग सारो,
अरजी मोर कौन सुनावै।
तन मन जीति रीति सब करिकै,
भजिहौं राम काम बनि आवै।
हे जगदीश ईश विश्वंभर,
तुम बिन यह दुःख कौन मिटावै।
करो कृपा करुणानिधि मो पै,
मिलै पिया जिय हरष न भावै।
ज्ञानी याही ज्ञान करि देखै,
रसिक याही रस पच्छ लगावै।

जोग भोग गति दोय एक करि,
सुमति अजित पद्द सहज बतावै।"

"स्वामी जी !" अजितसिंह ने हाथ जोड़कर निवेदन किया, "आपसे एक प्रार्थना है।"

स्वामी ने उनकी ओर देखा।

"मैं चाहता हूँ कि अब आप आजीवन खेतड़ी को ही अपना निवास बना लें और मेरे गुरु बनकर यहीं रहें। मुझे आजीवन आपके चरणों की सेवा करने का अवसर मिलता रहे।"

"राजन् ! संन्यासी को एक खूँटे से बाँधने का प्रयत्न कर रहे हैं !" स्वामी हलके से हँसे, "असंभव के पीछे भागने का क्या लाभ ?"

"संन्यासी भी तो किसी एक स्थान पर अपना आश्रम बनाकर रहते हैं।" अजितसिंह बोले, "इसमें ऐसा कुछ असंभव तो नहीं है।"

"आश्रम एकांत में होना चाहिए। किसी वन में, किसी नदी अथवा सागर के तट पर, किसी द्वीप में, जहाँ सामान्य लोगों का आवागमन न हो। संन्यासी राजमहलों में आश्रम नहीं बनाते।"

"राजमहलों में आश्रम नहीं बनते, किंतु राजमहल तो आश्रम बन सकते हैं।"

"वे आश्रम नहीं होते, किसी बनिए की दुकान हो सकती है। आश्रम का अर्थ है—साधनास्थली। साधना वहाँ नहीं हो सकती, जहाँ लोगों का अधिक आवागमन हो।...और राजमहल में लोगों का आवागमन रोक देना कोई न्याय नहीं है।" स्वामी बोले, "वैसे संन्यासी को कहीं भी उतने ही समय तक रुकना चाहिए, जितने समय तक वहाँ उसकी आवश्यकता है।" स्वामी का स्वर गंभीर हो गया, "धारा का धर्म है—बहना। रुकते ही वह जोहड़ बन जाएगी। खेतों और वनों को नहीं सींचेगी, भैंसों के नहाने के काम आएगी।"

"महाराज ! वह भी तो उपयोगी है। गाँव के लिए तो तालाब ही वरदान है।"

"तालाब एक गाँव का होता है और धारा सारे धराधाम की होती है।" स्वामी बोले, "धारा को तालाब बनाने का प्रयत्न मत करो राजन् ! तालाबों को धारा में बदलने के लिए श्रम करो।"

"तो स्वामी जी ! क्या यह संभव है कि जब आप यहाँ रुक न सकें, तो मैं भी आपके साथ चलूँ ? धाराएँ अपने तट पर आए कंकड़-पत्थर को बहाकर अपने साथ तो ले ही जाती हैं।"

"नहीं, आप मेरे साथ नहीं जाएँगे।" स्वामी का प्रखर स्वर गूँजा, "आप इस धारा के संपर्क में आने वाले कंकड़-पत्थर नहीं हैं, आप धारा का कगार कटने से रोकने वाले पर्वत हैं। आपको अपने स्थान पर रहना है और स्थिर रूप से रहना है, ताकि धारा अपने नियत मार्ग पर बह सके।" स्वामी ने रुककर एक गंभीर दृष्टि राजा पर डाली, "मैं केवल रूपक नहीं बाँध रहा हूँ। आपको एक यथार्थ सूचना दे रहा हूँ। आपका जन्म एक विशेष लक्ष्य के लिए है। आपको विश्व की कुछ महान् घटनाओं में सहयोगी की भूमिका निभानी है, इसलिए आप खेतड़ी में ही रहेंगे और अपने राज्य का त्याग भी नहीं करेंगे। आप जिस दायित्व को लेकर जन्मे हैं, उसके लिए अपने राज-धर्म का निर्वाह करते हुए जीवन-भर तपस्या करेंगे।"

"यह तपस्या है स्वामी जी !" राजा हँस पड़े, "यह भोग-विलास, ये वस्त्राभूषण, ये महल और हवेलियाँ—यह सब तपस्या है तो भोग क्या होता है ?"

स्वामी भी हँस पड़े, "यदि यह भोग-विलास है, यदि यह सुख का साधन है, तो आप इसके त्याग की चर्चा क्यों करते हैं ?"

"क्योंकि ये भोग मेरे लिए सुखकर नहीं हैं।" राजा का स्वर कुछ अवसादपूर्ण हो गया, "एक बच्चा जिस खेल को बहुत प्रसन्नता से खेलता है, किसी भी वयस्क के लिए वह खेल पीड़ादायक हो जाता है।"

"किंतु यदि उस वयस्क को कहा जाए कि बच्चे की माँ अभी किसी काम में लगी है, इसलिए बच्चे को बहलाए रखने के लिए दो घंटे उसके साथ वही खेल खेलते रहो—तो ?"

"तो अपना दायित्व समझते हुए, खेल में रुचि न होते हुए भी वह खेल खेलेगा।" राजा ने कहा।

और सहसा राजा के चेहरे का भाव बदल गया। उन्होंने एक नई-सी दृष्टि से स्वामी की ओर देखा, "आपका अभिप्राय है कि मुझे अपना कर्तव्य मानकर राजा बने रहने का यह खेल खेलना होगा ?"

"आप ठीक समझे।" स्वामी बोले, "आपको इस भूमिका का निर्वाह करना होगा, ताकि बच्चे की माँ अपना काम कर सके।"

राजा मौन बैठे स्वामी की ओर देखते रहे, जैसे उनके मन में कुछ रहस्य खुल रहे हों।...और सहसा वे कुछ चंचल हो उठे।

"तो महाराज ! यदि मुझे खेल ही खेलना है, तो उसे पूरी ईमानदारी से खेलना चाहिए। सारा साजो-सामान भी वैसा ही होना चाहिए।"

"हाँ राजन् ! जब हम बच्चे के साथ खेलते हैं और बच्चा सिंह का अभिनय करता हुआ हमें डराता है, तो यह जानते हुए भी कि वह सिंह नहीं है, हम भयभीत होने का अभिनय करते हैं। वैसे ही आप सत्य को जानते हुए भी राजा बने रहेंगे। राजा के समान अभिनय करेंगे और दूसरों को बाध्य करेंगे कि वे आपकी प्रजा का-सा व्यवहार करें।"

"आप जानते हैं स्वामी जी ! राजा बने रहने का अर्थ है, ठाकुरों के उस समाज का अंश होकर रहना, जिसमें दिन-रात विलास का खेल होता है। मांसाहार होता है, मदिरापान होता है, मुजरे होते हैं..."

"यद्यपि वे राजधर्म के अंग नहीं हैं, किंतु आज के राज-समाज का व्यवहार अवश्य है।..." स्वामी मुस्कराए, "मैं जानता हूँ कि आप संन्यासी होकर राज्य नहीं कर सकते। आपको भी राजा बनकर रहना होगा।"

"तो स्वामी जी ! महारानी की उत्कट अभिलाषा है कि वे इस बार खेतड़ी के युवराज को जन्म दें। कृपा कर उनकी आकांक्षा-पूर्ति का वर दें।" राजा स्वामी के सामने अपने घुटनों पर बैठ गए, "वे दो राजकुमारियों की जननी बन चुकी हैं। वे चाहती हैं कि इस बार पुत्र का जन्म हो जाए, ताकि वे खेतड़ी का ऋण उतारकर अपने दायित्व से मुक्त हो सकें।"

"यह क्या राजन् !" स्वामी मुस्कराए, "संन्यासी से मुक्ति की नहीं, बंधन की याचना कर रहे हैं !"

"जब खेल ही खेलना है महाराज ! तो मन लगाकर खेला जाए।" अजितसिंह भी मुस्करा रहे थे।

"मन लगाकर नहीं राजन् ! खेल को अनासक्त भाव से खेला जाए।" स्वामी मौन हो गए। उन्होंने अपनी आँखें बंद कर लीं। कुछ क्षणों में उनकी आँखें खुलीं, "मैं अपने गुरुदेव के नाम पर

आपको पुत्र-जन्म का आशीर्वाद दे रहा हूँ। भगवान् की इच्छा हुई तो इस बार आपको पुत्र-लाभ ही होगा।"

स्वामी ने राजा के सिर पर अपना हाथ रख दिया।

राजा ने स्वामी के चरण पकड़ लिए, "एक कृपा और करें महाराज !"

"उठिए !" स्वामी ने कहा, "अपने आसन पर बैठिए। अभी आपका कोई सेवक आ जाएगा। वह अपने राजा को इस प्रकार भिक्षुकों के चरण पकड़े देखेगा तो उसकी क्या प्रतिक्रिया होगी। अपने राजा को, जिसे वह अपना अन्नदाता मानता है, इस प्रकार याचक की स्थिति में देखकर उसके मन में बनी राजा की छवि टूट जाएगी।"

राजा उठकर अपने आसन पर बैठ गए, "महाराज ! आप खेतड़ी से जहाँ कहीं भी जाएँ, वहाँ हमारे प्रणामस्वरूप खेतड़ी राज्य की ओर से एक सौ रुपए प्रति मास की राशि स्वीकार करते रहें। अस्वीकार न करें महाराज !"

स्वामी जोर से हँस पड़े, "राजन् ! आपका कोई कर्मचारी किसी और रियासत से भी वेतन स्वीकार करने लगे तो आप उसके विषय में क्या सोचेंगे ?"

"कोई कर्मचारी दो राज्यों से वेतन नहीं पा सकता स्वामी जी ! यह नियम के विरुद्ध है। वह तत्काल ही राज्य की सेवा से निष्कासित कर दिया जाएगा।"

"तो राजन् ! हम संन्यासी भी जिस दरबार के कर्मचारी हैं, उसी से वेतन ले सकते हैं। कहीं और से वेतन लेते ही दरबार की चाकरी से निष्कासित कर दिए जाएँगे।"

"आप किसके चाकर हैं स्वामी जी ?" राजा ने कुछ आश्चर्य से पूछा।

"हम राम जी के दरबार के चाकर हैं राजन् ! किसी और के कोष से एक दमड़ी नहीं ले सकते। किसी और के अन्न का एक दाना खाते ही उलटी हो जाएगी। राम जी की चाकरी के नियम बहुत कठोर हैं।"

"पर मैं तो गुरु-दक्षिणा का संकल्प कर चुका महाराज !"

स्वामी मौन रहकर कुछ सोचते रहे।...राजा अपने संकल्प को टूटते देखना नहीं चाहते थे और स्वामी इस प्रकार की वृत्ति स्वीकार कर नहीं सकते थे।

"राजन् ! संन्यासी होने का अर्थ है पूर्णतः ईश्वर पर निर्भर होना। संन्यासी अपने लिए वेतन और वृत्तियाँ बाँधकर नहीं चलता।" स्वामी ने सस्नेह कहा, "आपकी यह गुरु-दक्षिणा कैसे स्वीकार कर सकता हूँ। मैं न आपके साथ धोखा कर सकता हूँ, न अपने साथ; और अपने प्रभु के साथ चतुराई करने की बात तो मैं अपने मन में ला ही नहीं सकता।..."

"तो स्वामी जी, इस समस्या का समाधान कैसे होगा ? मेरे मन में आया संकल्प अकारण नहीं हो सकता। इस ईश्वरीय प्रेरणा का भी तो कोई अर्थ होगा !"

दोनों मौन बैठे शून्य में ताकते रहे।

"क्या मैं यह वृत्ति आपके मठ के नाम कर दूँ ?"

"शिव ! शिव ! !" स्वामी बोले, "वैसे तो मैं आपके धन को सात्त्विक धन ही मानता हूँ, किंतु संन्यासियों के एक मठ को राजा से वृत्ति लेने का विधान नहीं है। वे गृहस्थ नहीं हैं कि राजा से मासिक वृत्ति स्वीकार कर सकें। दान आए तो प्रजा की ओर से ही आए।"

"तो महाराज ! मुझे अनुमति दें कि मैं यह धन आपकी माता के चरणों में भेंट कर सकूँ।

उनकी आय का भी तो कोई साधन नहीं है। आपकी नानी की भूमि बिक चुकी और वह धन भी अब तक व्यय हो चुका होगा। उनका भरण-पोषण कैसे होता होगा ? वे गृहस्थ हैं। वे तो राजकोश की वृत्ति को स्वीकार कर सकते हैं।"

स्वामी ने मुस्कराकर आकाश की ओर देखा, "मैंने ठाकुर से वर माँगा था कि मेरे परिवार के भरण-पोषण का कोई प्रबंध कर दें। उन्होंने कहा था कि मेरी माता और भाइयों को मोटे अन्न और मोटे वस्त्र की कभी कमी नहीं होगी।" वे मुस्कराए, "मैं नहीं जानता था कि वे उसका प्रबंध खेतड़ी के राजकोष से कर रहे हैं।" वे रुके, "तो ठाकुर की इच्छा पूरी हो। और राजन् ! आपका संकल्प भी पूरा हो। मैं तो वैसे ही उनकी कोई चिंता नहीं कर रहा था, आज से पूरी तरह निश्चिंत हुआ कि मेरी माता और मेरे भाइयों को किसी प्रकार की कोई कठिनाई नहीं होगी। ठाकुर आपको निमित्त बनाकर उनका भरण-पोषण करेंगे, तो फिर चिंता किस बात की ? आपको क्या बताऊँ, जिह्वा कितना भी कह ले कि हम ईश्वर के भरोसे पर जीते हैं; किंतु जब तक साधन दिखाई न पड़ें, चिंता होती ही है। आज आपके आश्वासन पर मैं पूरी तरह से निश्चिंत हुआ।" स्वामी ने आँखें बंद कर लीं, "शिव ! शिव !!"

46

भुवनेश्वरी ने उन नोटों को देखा, जो डाकिए ने अभी-अभी उनको पकड़ाए थे और फिर उससे पूछा, "किसने भेजे हैं इतने सारे रुपए ?"

डाकिए ने मनीऑर्डर फार्म का निचला भाग फाड़कर उनको पकड़ाया, "राजपूताने में कोई स्थान है खेतड़ी। वहीं के राजा ने भेजे हैं।"

"खेतड़ी के राजा ने ?" भुवनेश्वरी ने चकित भाव से पूछा।

पर डाकिया अपना झोला समेटकर चला गया था।

भुवनेश्वरी के साथ खड़े महेन्द्र ने माँ के हाथ से मनीऑर्डर का टुकड़ा पकड़ लिया, "मैं बताता हूँ माँ !"

वह डर रहा था कि कहीं अभी माँ कह देंगी कि वे तो इस राजा को जानती भी नहीं, तो उसके पैसे वे कैसे ले सकती हैं।...कहीं वे पैसे डाकिए को लौटा ही न दें।...वह अपनी माँ के स्वाभिमान से बहुत डरता था। स्वाभिमान के नाम पर वे जाने कैसे-कैसे कष्ट सहने को तैयार हो जाती थीं। महेन्द्र को अपने परिवार के आदर्शवाद से भय लगने लगा था।

महेन्द्र स्तब्ध-सी खड़ी अपनी माँ का हाथ पकड़कर उन्हें भीतर ले आया, "घर में पैसे एकदम खत्म हो गए हैं माँ ! नानी की जमीन भी बिक चुकी है। हमको पैसों की आवश्यकता तो है ही।"

भुवनेश्वरी अपनी अन्यमनस्कता से बाहर निकलीं। वे महेन्द्र की आशंकाओं और उसके लोभ को समझ रही थीं। यह कोई पहली घटना तो थी नहीं कि वे उसका अभिप्राय न समझतीं।...

"घर में पैसे समाप्त हो गए हैं, इसलिए मुझे यह भी नहीं पूछना चाहिए कि ये पैसे किसने भेजे हैं ? पैसे कोई भी भेजे, मुझे चुपचाप स्वीकार कर लेने चाहिए, चाहे वे भूल से ही मेरे हाथ में

आ गए हों ?''

''नहीं, मैं ऐसा कुछ नहीं कह रहा।'' महेन्द्र ने अपनी सफाई दी, ''केवल इतना ही कह रहा हूँ कि हमें पैसों की आवश्यकता है।''

''जानती हूँ कि तू इतना ही कह रहा है; किंतु क्या हमें यह भी जानने का प्रयत्न नहीं करना चाहिए कि वह व्यक्ति हमें पैसे क्यों भेज रहा है ?''

महेन्द्र ने कागज पर लिखा संदेश पढ़ा, ''माँ ! इसमें लिखा है कि राजा के आदेशानुसार आपके लिए राजकोष से सौ रुपए महीने के खर्च की व्यवस्था की गई है। यह राशि आपको प्रतिमास भेज दी जाएगी।''

भुवनेश्वरी ने देखा : महेन्द्र के चेहरे पर एक प्रकार का आनंद लहरा रहा था।

''पर यह तो नहीं लिखा कि राजा हमें यह राशि क्यों दे रहे हैं ? वे हमें नहीं जानते, हम उन्हें नहीं जानते। हम यह भी नहीं जानते कि यह खेतड़ी कहाँ है।'' भुवनेश्वरी ने कहा, ''किसी भूल से पैसे हमारे पास आ गए हैं। हम इन्हें खर्च कर दें। कल को पैसे लौटाने पड़ें, तो ? तब कहाँ से आएँगे पैसे ?''

''माँ ! तुम यह क्यों समझती हो कि तुमको जो पैसे मिलते हैं, वे तुम्हारे नहीं हैं ?'' महेन्द्र के स्वर में खीज के लक्षण थे।

''हमें नहीं लेने राजा-महाराजाओं के पैसे।'' छोटे भूपेन्द्र ने कहा, ''यह प्रजा का लूटा हुआ धन है।''

''तू चुप रह।'' भुवनेश्वरी ने उसे डाँटा और सहसा वे महेन्द्र की ओर मुड़ीं, ''तुझे पता है कि नरेन्द्र आजकल कहाँ है ? यह उसी का काम हो सकता है।''

महेन्द्र को माँ की यह कल्पना तनिक भी प्रिय नहीं लगी, ''तुम तो समझती हो, संसार में जो कुछ होता है, वह भैया के लिए ही होता है।''

''नहीं, उसके कारण नहीं है। तेरे कारण है। राजा को तू पसंद आ गया है। वे राजकुमारी का संबंध तुझसे करना चाहते हैं, इसलिए उन्होंने तेरे लिए महीना बाँध दिया है।...''

''नहीं, मेरा तात्पर्य यह नहीं था।'' महेन्द्र ने कहा, ''उन्हें हमारे लिए पैसे का प्रबंध करना होता, तो वे इस प्रकार हमें छोड़कर क्यों जाते ?''

''फिर वही पुराना राग अलापने लगा तू।'' भुवनेश्वरी बोलीं, ''ईश्वर स्वर्ग में बैठकर भी तेरा भरण-पोषण कर रहा है या नहीं ?''

''माँ ! मैं ईश्वर को नहीं मानता।'' भूपेन्द्र ने कहा।

''तेरी बात और है।'' भुवनेश्वरी खीजकर बोलीं, ''तूने तो अपने लिए स्वयं पृथ्वी बनाई है। स्वयं सूर्य का निर्माण किया है। तू स्वयं जल बरसाता है। स्वयं अन्न उपजाता है और स्वयं ही उसे खा जाता है। हमारी ही भूख है, जो तेरे उगाए अन्न से नहीं मिटती।''

भूपेन्द्र ने कोई उत्तर नहीं दिया। वह सोचता रह गया कि माँ उसकी बात से इस प्रकार रुष्ट क्यों हो जाती हैं ? ईश्वर के अस्तित्व का कोई प्रमाण तो है नहीं। तो फिर वे ईश्वर का इतना भरोसा कैसे करती हैं ? बिना प्रमाण के कोई ऐसा भरोसा कैसे कर सकता है ?

''महेन्द्र, जा ! तू मठ में जा।'' भुवनेश्वरी बोलीं, ''वहाँ शशि महाराज या जो कोई भी हो, उससे पता कर कि क्या नरेन्द्र खेतड़ी में है ?''

"उससे क्या फर्क पड़ता है माँ !" महेन्द्र ने कहा, "भैया वहाँ हैं तो क्या और नहीं हैं तो क्या ?"

"फर्क तुझे नहीं पड़ता, नरेन्द्र की माँ को पड़ता है। मुझे अपना पुत्र चाहिए, उसके पैसे नहीं। तुझे केवल उसके पैसे चाहिए, अपना भाई नहीं।" भुवनेश्वरी ने आदेश के स्वर में कहा, "मैं जानना चाहती हूँ कि ये पैसे किसने और क्यों भेजे हैं ? मैं जानना चाहती हूँ कि मेरा पुत्र कहाँ है और किस स्थिति में है ? मैं उसके स्वास्थ्य के विषय में जानना चाहती हूँ। मैं उसके कल्याण के लिए चिंतित हूँ।"

"और मठ के बाबा लोगों को कुछ भी ज्ञात नहीं हुआ तो ?" महेन्द्र ने आपत्ति की, "आप जानती हैं कि भैया उन्हें पत्र इत्यादि नहीं लिखते।"

"तो उनसे पूछना कि उन लोगों की गुरुमाँ कहाँ हैं ?" भुवनेश्वरी बोलीं, "उन्हें अवश्य ही मालूम होगा कि नरेन्द्र कहाँ है।"

"पर तुम जानती हो कि वे इस प्रकार का हस्तक्षेप नहीं करतीं।"

"जब उन्हें आवश्यकता होती है तो वे मास्टर मोशाय को मेरे पास भेज सकती हैं, तो मैं भी अपनी आवश्यकतानुसार उनसे संपर्क कर सकती हूँ।" वे रुकीं, "कब जाएगा तू ?"

"चला जाता हूँ।" महेन्द्र बाहर चला गया।

महेन्द्र संध्या-समय लौटा तो भुवनेश्वरी ने पूछा, "कहाँ था अब तक ? सारा दिन लगा आया।"

महेन्द्र को दूसरा वाक्य नहीं भाया। तुनककर बोला, "तुम तो समझती हो कि वहाँ लोग मेरी प्रतीक्षा में ही बैठे थे। मैं गया और उन्होंने मेरे प्रश्नों का उत्तर दे दिया।"

"ऐसा नहीं हुआ ?" भुवनेश्वरी ने पुत्र को शांत करने के लिए कुछ मुस्कराकर पूछा।

"एक तो वहाँ कोई होता नहीं। होता है तो मिलता नहीं। वह ध्यान में बैठा होता है।" महेन्द्र बोला, "जानती हो न, ध्यान में बैठा आदमी न किसी को देखता है, न किसी से मिलता है, न किसी के प्रश्न का उत्तर देता है।"

"जानती हूँ, जानती हूँ।" भुवनेश्वरी ने कहा, "कुछ पता लगा ?"

"हाँ, शशि महाराज मिले।" महेन्द्र ने बताया, "वे कह रहे थे कि भैया के गुरुभाई दिल्ली तक तो उनके साथ ही थे। वे उनको बताकर कि वे राजपूताना की ओर जा रहे हैं, दिल्ली से उनसे पृथक् हो गए।"

"फिर ?"

"पर वे राजपूताना में हैं, इसका समाचार मठ में है।"

"कैसे ?"

"मठ वालों को एक पत्र मिला था। उस पर भेजने वाले के हस्ताक्षर नहीं थे।" महेन्द्र ने बताया, "उसमें एक पता दिया गया था, जहाँ एक औषध भेजने की प्रार्थना की गई थी।"

"तो ?"

"वह पता राजपूताना का ही था और मठ वालों का विचार है कि हस्तलेख भैया का था।" महेन्द्र बोला, "वैसे भी जिस अधिकार से औषध भेजने के लिए कहा गया था, वह अधिकार भैया का ही था।"

"और कुछ पता नहीं लगा ?"

"लगा है न !" महेन्द्र ने कहा, "मास्टर मोशाय को राजपूताना से एक पत्र मिला है। भेजने वाले ने लिखा है कि वह किन्हीं स्वामी विविदिशानन्द के कहने पर एक चित्र उनको भेज रहा है। वह चित्र भैया का ही है। उसमें उन्होंने एक लंबा-सा चोगा पहन रखा है, जिसमें रूई भरी हुई है। वह राजपूताना का ही पहनावा है। उसे देखकर मठ वाले प्रसन्न हैं, क्योंकि उसमें भैया का स्वास्थ्य काफी अच्छा लग रहा है। उनका शरीर पहले से कुछ भर गया है।"

"यदि वह चित्र नरेन्द्र ने भिजवाया है तो मठ में न भेजकर मास्टर मोशाय को क्यों भिजवाया है ?" भुवनेश्वरी के मन में अनेक जिज्ञासाएँ थीं।

"मठ वालों का विचार है कि वह चित्र माँ शारदा के लिए भेजा गया है, इसीलिए मठ में न भेजकर मास्टर मोशाय को भेजा गया है।" महेन्द्र बोला, "वे सदा माँ के संपर्क में रहते हैं।"

"माँ इन दिनों कहाँ हैं ?"

"पहले तो उन्हें बेलुड़ के श्मशान घाट के पास घुसुड़ी नामक स्थान में किराए के एक मकान में ठहराया गया था।" महेन्द्र ने बताया, "भैया अपने जाने से पहले उनसे मिलने वहीं गए थे। वे कुछ दिन वहीं रहीं, किंतु फिर उन्हें खूनी पेचिश हो गई। अतः उन्हें गंगापार वराहनगर में सौरीन्द्रमोहन ठाकुर के किराए के मकान में रखकर उनकी चिकित्सा कराई गई। अब वे स्वस्थ हैं और बलराम बाबू के मकान में आ गई हैं।"

"तो उन्हें ज्ञात नहीं है कि नरेन्द्र कहाँ है ?"

"मैं उनसे मिला तो नहीं हूँ, किंतु मेरा विचार है कि भैया से उनका सीधा कोई संपर्क नहीं है। वैसे भी जब वे स्वयं इतनी अस्वस्थ रही हैं तो उन्हें किसी और का पता कैसे होगा।"

भुवनेश्वरी कुछ चिंतित हो गईं, "इन लड़कों के पास अपनी गुरुपत्नी की देखभाल के पर्याप्त साधन हैं क्या ?"

"मैं क्या जानूँ ! कुछ न कुछ तो वे लोग कर ही रहे हैं।" और सहसा महेन्द्र का स्वर उत्तेजित हो उठा, "अब यह मत समझ बैठना कि भैया यहाँ नहीं हैं, तो उनकी गुरुपत्नी की देखभाल तुम्हारा कर्तव्य हो गया है।..."

"कर्तव्य तो मेरा है कि मैं प्रत्येक असहाय की देखभाल करूँ।" भुवनेश्वरी बहुत शांत स्वर में बोलीं, "किंतु भगवान् ने उतना सामर्थ्य ही नहीं दिया।"

"जानता हूँ। जानता हूँ।" महेन्द्र ने कहा, "जब से डाकिए ने लाकर रुपए दिए हैं, तब से यही सोच रही हो कि किस-किसकी देखभाल तुम्हारा कर्तव्य हो गया है।"

"नहीं रे ! मैं ऐसा कुछ भी नहीं सोच रही।" भुवनेश्वरी बोलीं, "मैं तो सोच रही हूँ कि शारदा कितने बड़े मनुष्य की पत्नी है और कैसे-कैसे लड़के उसकी सेवा में लगे हैं, किंतु बेचारी कितने कष्ट का जीवन जी रही है। कितने पुत्र हैं उसके, किंतु क्या कर पा रहे हैं उसके लिए ?"

"उन्हें छोड़ो, अपनी चिंता करो।" महेन्द्र बोला, "यह तो सिद्ध ही समझो कि भैया राजपूताने में हैं, इसलिए खेतड़ी से रुपए उन्हीं के कारण आए हैं। अब कुछ ऐसा करो कि वे रुपए प्रतिमास आते रहें। ऐसा न हो कि भैया वहाँ से आगे चल पड़ें और रुपयों का आना बंद हो जाए।"

न चाहने पर भी भुवनेश्वरी के चेहरे पर वितृष्णा प्रकट हो ही गई।...यह महेन्द्र कितना आत्मकेंद्रित, लोभी और स्वार्थी है। इसका वश चले तो यह नरेन्द्र को खेतड़ी में ही किसी खूँटे से

बाँध दे, ताकि वहाँ से प्रतिमास सौ रुपए आते रहें।"'

"एक काम कर।" अंततः भुवनेश्वरी ने कहा, "खेतड़ी के राजा के नाम एक पत्र लिख और उनके प्रति कृतज्ञता ज्ञापित कर। उन्हें लिख कि हम उनके आभारी हैं कि उन्होंने हमें रुपए भेजे हैं, पर भेजने का कारण नहीं लिखा। कृपया लिखें कि इस कृपा का कारण क्या है ?"

"यह सब लिखने की क्या आवश्यकता है ?" महेन्द्र तमककर बोला, "रुपए भेजे हैं, इसलिए उनका धन्यवाद कर देता हूँ।"

"चल, वही कर दे।" भुवनेश्वरी रुकीं, "मठ में शशि को बताया था कि इस प्रकार रुपए आए हैं ?"

"ढिंढोरा पीटने की क्या आवश्यकता है !" महेन्द्र दूसरे कमरे में चला गया।

47

13 अगस्त, 1891 !

पौने आठ बजे सलामी वालों की सलामी हुई।

अजितसिंह ने उससे पहले ही स्वामी को बुला भेजा था। माइक्रोस्कोप विलायत से सुधरकर आ गया था। अजितसिंह चाहते थे कि किसी और के देखने से पहले स्वामी स्वयं उसका निरीक्षण कर लें।

स्वामी ने माइक्रोस्कोप पर से आँखें उठाईं, "मेरा विचार है कि अब यह ठीक काम कर रहा है। आप भी देख सकते हैं।"

अजितसिंह माइक्रोस्कोप के निकट जा बैठे। उन्होंने अपनी आँख शीशे पर लगाई और उसे देखते रहे।

"हाँ, अब ठीक है।" राजा ने स्वामी की ओर देखा, "स्वामी जी ! आप संन्यासी नहीं, वैज्ञानिक हैं। आपको तो किसी बड़ी वैज्ञानिक प्रयोगशाला का निदेशक होना चाहिए था।"

"संसार भी तो एक प्रयोगशाला ही है, जिसमें विज्ञान भी है और अध्यात्म भी। जड़ भी है और चेतन भी।" स्वामी बोले, "और मैं जाने कब से, संभव है कई जन्मों से, इसके निदेशक को खोज रहा हूँ।"

"उसको खोजना भी आप जैसे महारथियों का ही काम है। वह इतना सूक्ष्म है कि इस माइक्रोस्कोप में भी दिखाई नहीं देता। संभव है कि उसको देख पाने वाला कोई यंत्र आपके पास हो।" राजा बोले, "किंतु स्वामी जी ! इस माइक्रोस्कोप में दोष क्या था–यह तो पता ही नहीं चला।"

"वह भी इसके निर्माताओं से पूछ लेंगे।" स्वामी ने कहा, "अब आप रसायनशास्त्र का ठीक से अध्ययन कर सकेंगे। आपकी प्रयोगशाला स्थापित हो गई है। छोटी है, किंतु अपने आप में पूर्ण और आत्मनिर्भर है।'''और महल की छत पर लगे टेलिस्कोप से आप आकाश के तारे देख पाएँगे। खगोलशास्त्र समझ लेंगे तो फिर ज्योतिषशास्त्र का भी अध्ययन किया जा सकता है।"

"स्वामी जी ! आपका दृष्टिकोण इतना वैज्ञानिक है, फिर भी आप ज्योतिष पर विश्वास करते हैं !" सहसा शिक्षा विभाग के अध्यक्ष शंकरलाल शर्मा ने कहा।

स्वामी ने उनकी ओर देखा : लगा, यह व्यक्ति जाने कब से अपने मन में यह शिकायत लिए फिर रहा था, जो इस अवसर पर उसके मुख से फिसल गई थी। यह शिकायत केवल ज्योतिष के लिए नहीं हो सकती। यह व्यक्ति तो सारे अभौतिक सूक्ष्म विषयों का विरोधी हो सकता है।

"यह आपको किसने कह दिया कि ज्योतिष अवैज्ञानिक है ?" स्वामी की आँखों में तेज झलका।

शंकरलाल कुछ भीत-से हो गए : वे व्यर्थ ही बीच में टाँग अड़ा बैठे। वे अपने विभाग संबंधी कुछ आदेश लेने आए थे। वे लेते और अपनी राह पर चले जाते। राजा और उनके इस गुरु की बातों के बीच पड़ने की उनको क्या आवश्यकता थी ?...यह तो वे बैल को ही निमंत्रित कर बैठे कि वह उन्हें अपने सींगों पर उठाकर पटक दे।...

"मेरा तात्पर्य यह नहीं था।"

"और क्या तात्पर्य था आपका ?" स्वामी बोले, "भयभीत होकर चुप रह जाने की आवश्यकता नहीं है। निर्भय होकर अपना पक्ष प्रस्तुत कीजिए।"

"मैं सोचता हूँ कि पृथ्वी से इतनी दूरी पर स्थित उन विराट पिंडों का हम मनुष्यों के जीवन से क्या लेना-देना ! उन्हें क्या पड़ी है कि वे हमारे जीवन में हस्तक्षेप करें, या हमारी नियति का निर्माण करें ! और फिर वे कौन-से चेतन प्राणी हैं ! हैं तो जड़ पिंड ही।" शंकरलाल बोले, "ज्योतिष का कोई प्रमाण भी तो नहीं है। अंततः तो वह अंधविश्वास ही है, या कुछ अंधविश्वासी लोगों का व्यसन है।"

"प्रमाण खोजे बिना आपने पश्चिम के अंधानुकरण में कह दिया कि प्रमाण तो है नहीं। दोष तो प्रमाण का ही है कि वह आपके पास नहीं आया।" स्वामी हँस रहे थे, "ऐसे तो शर्मा जी ! संसार में किसी वैज्ञानिक तथ्य का भी प्रमाण नहीं था। वैज्ञानिकों ने बड़े परिश्रम से उन्हें खोजा है।" सहसा स्वामी रुके, "आपने खगोलशास्त्र पढ़ा है ?"

"नहीं।"

"ज्योतिष का अध्ययन किया है ?"

"नहीं।"

"तो आप उन लोगों में से हैं, जो अपने अज्ञान को संसार का सबसे बड़ा प्रमाण मानते हैं।" स्वामी बोले, "आपके पास आकाशगंगा का भी कोई प्रमाण नहीं है, इसलिए ब्रह्मांड में कोई आकाशगंगा भी नहीं होगी। शंकरलाल जी ! अंधविश्वासी आप हैं, या ज्योतिष का ज्ञान रखने वाले ?"

"क्षमा करें, मुझसे भूल हुई स्वामी जी !" शंकरलाल ने पल्ला झाड़ लेना चाहा।

"यह भूल नहीं है शर्मा जी !" स्वामी हँस पड़े, "यह मन में जमा हुआ विरोध है। और यह विरोध केवल ज्योतिष के प्रति नहीं, पूरे भारतीय ज्ञान के प्रति है।"

"नहीं, ऐसा कुछ नहीं है स्वामी जी ! भला मैं भारतीय ज्ञान का विरोध क्यों करूँगा ? अंग्रेज तो मैं हूँ नहीं।"

"यही तो अंग्रेजों का चमत्कार है कि हमारे ही मध्य में से कितने अंग्रेज बना डाले।" स्वामी बोले, "बल्कि यह तो उनसे भी पहले से चल रहा है। विदेशी आक्रमणकारी आए। वे यहाँ के राजा बन गए। उन्होंने आपसे आपकी भाषा छीन ली। भाषा छिनी तो उस भाषा में लिपिबद्ध आपका सारा ज्ञान भी आपसे छिन गया। उन्होंने फारसी और अरबी पढ़ानी आरंभ की। इस देश को लगा कि

सारा ज्ञान तो अरबी और फारसी में ही है। फिर अंग्रेज आए। उन्होंने आपको बताया कि सारा ज्ञान केवल अंग्रेजी में है। वही ज्ञान है। वही विज्ञान है। वही शास्त्र है। आपके पास या तो कुछ है ही नहीं, या फिर जो है, वह भ्रमित ज्ञान है, अंधविश्वास है। भारतीय जनमानस ने इन विचारों को स्वीकार कर लिया, तो फिर अंग्रेजों की क्या आवश्यकता थी ? भारत और भारतीय गौरव का विरोध करने वाले लोग भारत में ही बड़ी संख्या में उत्पन्न हो गए। आप भी अजाने में ही उसी विचारधारा के शिकार हो गए हैं शर्मा जी !"

"आप ठीक कह रहे हैं स्वामी जी ! संभवतः ऐसा ही हुआ है।" नारायणदास शास्त्री बोले, "जहाँ तक मेरा संबंध है, मेरा किसी भारतीय या पाश्चात्य विद्या से कोई विरोध नहीं है; किंतु मेरी भी एक समस्या है महाराज !"

"आपकी क्या समस्या है पंडित जी !"

"खेतड़ी-नरेश के लिए धरती और आकाश—दोनों के अध्ययन की तैयारी हो गई है।" शास्त्री जी बोले, "परंतु राजा जी के पास कीमियागर भी हैं और ज्योतिषी भी।…"

"महाराज के पास एक से बढ़कर एक रसोइए भी हैं।" स्वामी ने उनकी बात की दिशा भाँपते हुए कहा, "किंतु उन्होंने पाकशास्त्र का भी ज्ञान प्राप्त किया है।"

"वह उनका शौक है। पाकशास्त्र का ज्ञान प्राप्त कर वे महल की रसोई में भोजन नहीं पकाने लगेंगे। राजा लोग आखेट करते हैं, किंतु वे कसाई बनकर मांस नहीं बेचने लगते।…" वे कुछ रुके, "आप जिन विषयों की चर्चा कर रहे हैं, उनमें तो उन्हें स्वयं ही लगना पड़ेगा।" राजपंडित का स्वर कुछ तीखा था, "राजा के लिए यह सब पढ़ना आवश्यक है क्या ? राजा के सिर पर वैसे ही इतने काम होते हैं। उनका सबसे बड़ा कर्तव्य प्रजापालन है। वे ये सारे भौतिकविज्ञान ही पढ़ते रहेंगे तो प्रजा की ओर ध्यान कब देंगे ?"

"यह सब प्रजा के लिए ही है पंडित जी !" स्वामी ने कहा, "राजा को इन विषयों का ज्ञान नहीं होगा, तो वह प्रजा को इनका ज्ञान कैसे कराएगा ? राजा को सूचना होनी चाहिए कि आज के संसार में ज्ञान की दिशा क्या है। उन्हें बाहरी और भीतरी—दोनों संसारों को जानना है। भौतिक और आध्यात्मिक विज्ञानों में सामंजस्य स्थापित करना है। राजा अनपढ़ होगा तो प्रजा की शिक्षा का प्रबंध कैसे करेगा ?"

"बहुत अध्ययन किया है महाराज ने।" राजपंडित बोले, "संगीत का जितना ज्ञान उनको है, उतना कम ही लोगों को होता है। जैसी कविता वे कर लेते हैं, वैसी भारतवर्ष का कोई राजा नहीं कर सकता।…"

"शास्त्री जी !" अजितसिंह ने शांत स्वर में कहा, "स्वामी जी न मेरा अहित कर रहे हैं, न मेरी प्रजा का। वे चाहते हैं कि खेतड़ी के लोग उस नए विहान की ओर भी देखें, जो संसार पर उदित हो रहा है।"

"पर आपके पास और बहुत काम हैं महाराज !"

"वे काम भी प्रजा के लिए हैं और यह भी प्रजा के लिए ही है।" अजितसिंह ने कहा, "प्रजा सुशिक्षित नहीं होगी तो राजा को अपनी प्रजा के रूप में एक बर्बर जाति मिलेगी। इसलिए आवश्यक है कि राजा स्वयं भी शिक्षा ग्रहण करे और अपनी प्रजा को भी शिक्षित करे।"

"सत्य यह है पंडित जी ! अपनी निर्धन प्रजा की निर्धनता दूर करने का भी एक ही मार्ग

है कि उसे शिक्षित किया जाए।'' स्वामी बोले, ''उनके नष्टप्राय व्यक्तित्व को पुनः विकसित करने की आवश्यकता है। यह इतना बड़ा काम हमारे देश के निवासियों और हमारे राजा-महाराजाओं पर निर्भर करता है।...''

''स्वामी जी ! आपको शायद ज्ञात नहीं है कि हमारी यह प्रजा शिक्षित होना ही नहीं चाहती।'' शंकरलाल शर्मा ने पुनः साहस कर कहा, ''पाठशाला हो भी तो लोग उसमें आना नहीं चाहते।''

पर स्वामी उनसे सहमत नहीं हो पाए, ''समाज के सबल लोगों के अत्याचारों और विदेशी शक्तियों के दमन और शोषण के कारण वे शताब्दियों से कुचले जा रहे हैं। वे यह भी भूल गए हैं कि वे मनुष्य हैं और मनुष्यों के समान जीना उनका अधिकार है।'' स्वामी बोले, ''उन्हें उन्नत विचारों की आवश्यकता है। संसार में चारों ओर क्या हो रहा है, यह दिखाने के लिए उनकी आँखें खोलने की आवश्यकता है। इसके उपरांत अपनी मुक्ति का उपाय वे स्वयं कर लेंगे। प्रत्येक जाति, प्रत्येक स्त्री और पुरुष को अपनी मुक्ति का मार्ग स्वयं ढूँढ़ लेना चाहिए। उन्हें उच्च विचार प्रदान कीजिए, बस, केवल इतनी-सी सहायता की उन्हें आवश्यकता है। आगे सब कुछ स्वयं ही हो जाएगा। हम लोग केवल रासायनिक पदार्थों को एकत्रित कर दें, प्रकृति के नियमानुसार स्फटिक तो स्वयं ही तैयार हो जाते हैं। उन्हें विचार देना हमारा कर्तव्य है, शेष तो वे स्वयं ही कर लेंगे।''

''क्या हम प्रत्येक गाँव में एक विद्यालय नहीं खोल सकते ?'' राजा ने शंकरलाल की ओर देखा।

''महाराज ! वे पाठशालाओं में भी नहीं आते।'' शंकरलाल ने कुछ सकपकाकर कहा।

''मान लें कि श्रीमान् ने प्रत्येक ग्राम में एक-एक निःशुल्क पाठशाला खोल भी दी, परंतु उनसे कुछ उपकार न होगा। शर्मा जी ठीक ही कह रहे हैं कि हमारे ग्रामीण पाठशालाओं में नहीं आते।'' स्वामी ने कहा, ''भारतवर्ष में इतनी दरिद्रता है कि बालक पाठशालाओं में न जाकर, अपने माता-पिता के साथ खेतों में काम करेंगे अथवा अपनी आजीविका का कोई और उपाय करेंगे।...''

''तब ?'' राजा ने पूछा।

''यदि पर्वत मुहम्मद के पास नहीं आ सकता तो मुहम्मद को ही पर्वत के पास जाना पड़ेगा।'' स्वामी ने कहा।

''मैं समझा नहीं !'' राजपंडित बोले।

''दरिद्र बालक यदि शिक्षा के समीप नहीं आ सकते, तो शिक्षा को बालकों के पास जाना चाहिए।...'' स्वामी बोले।

''पर खेतड़ी राज्य के पास भी इतने साधन नहीं हैं कि एक-एक बालक को पढ़ाने के लिए अध्यापक को उसके पास खेत में भेजा जाए।'' इस बार शंकरलाल का स्वर कुछ अधिक प्रखर था।

''जानता हूँ।'' स्वामी बोले, ''भविष्य में संभव है कि कभी ऐसा समय भी आ सके, किंतु इस समय तो हमें दूसरे मार्ग ढूँढ़ने होंगे।''

''दूसरे मार्ग ?'' शंकरलाल जैसे स्वयं ही प्रश्नचिह्न बन गए थे।

''हमारे देश में सहस्रों स्वतंत्र विचारों वाले त्यागी संन्यासी रहते हैं, जो गाँव-गाँव जाकर भिक्षा के लिए धार्मिक शिक्षा देते रहते हैं।'' स्वामी ने कहा, ''यदि इनमें से कुछ लोग सांसारिक शिक्षा देने के लिए संगठित कर लिए जाएँ, तो वे गाँवों में द्वार-द्वार पर जाकर धर्म-प्रचार के साथ सांसारिक शिक्षा

भी दे सकेंगे।"

"यह कैसे संभव है स्वामी जी ?" राजा ने पूछा।

"मान लीजिए कि इनमें से दो संन्यासी संध्या-समय कैमरा, ग्लोब तथा मानचित्र लेकर किसी गाँव में चले जाएँ तो वे वहाँ के अशिक्षितों को गणित, ज्योतिष और भूगोल इत्यादि की बहुत-सी बातें बता सकते हैं।" स्वामी बोले, "भिन्न-भिन्न जातियों की कथा कहकर वे उन बेचारों को कानों द्वारा ही उतनी शिक्षा दे सकते हैं, जितनी कि वे आजीवन पुस्तकें पढ़कर भी प्राप्त नहीं कर सकते।"

"पर यह होगा कैसे ?" शंकरलाल बोले।

"इसके लिए संगठन की आवश्यकता है और संगठन के लिए द्रव्य अपेक्षित है।" स्वामी ने उत्तर दिया, "इस प्रकार का कार्य करने के लिए भारतवर्ष में बहुत लोग हैं, परंतु दुःख इस बात का है कि उनके पास धन नहीं है।"

"तो ?" राजा उनकी ओर बहुत ध्यान से देख रहे थे।

"किसी पहिए को चलाने में अवश्य ही बड़ी कठिनाई होती है, परंतु एक बार चला देने से ही वह अधिकाधिक तीव्र गति से घूमने लगता है।" स्वामी बोले, "आपके समान उन्नत विचारों वाले एक ही राजवंशी भारत को अपने पाँवों पर खड़ा करने के लिए बहुत कुछ सहायता कर सकते हैं और ऐसा नाम छोड़कर जा सकते हैं, जिसकी पूजा भविष्य की संतान करेगी।"

"स्वामी जी ! महाराज से आपकी जो अपेक्षाएँ हैं, मैं उनकी प्रशंसा करता हूँ; किंतु देश के प्रत्येक बालक का पढ़ना क्यों आवश्यक है…"

"बालक का ही नहीं, प्रत्येक बालिका का पढ़ना भी परमावश्यक है शास्त्री जी !" स्वामी बोले।

"वही तो पूछ रहा हूँ कि क्यों ? देश और राज्य का आवश्यक कामकाज करने के लिए जितने लोगों की आवश्यकता है, उतने लोगों को चुनकर उनकी शिक्षा का प्रबंध कर दिया जाए। शेष लोग… ।"

"नहीं शास्त्री जी ! संसार ज्यों-ज्यों आगे बढ़ रहा है, त्यों-त्यों जीवन-समस्या गहरी और व्यापक हो रही है। उस प्राचीन काल से ही, जबकि जगत् के अखंडत्व रूप वेदांती सत्य का प्रथम आविष्कार हुआ था, उन्नति के मूल मंत्रों तथा सारतत्त्वों का प्रचार होता आ रहा है। विश्व-ब्रह्मांड का एक परमाणु सारे संसार को अपने साथ घसीटे बिना तिल-भर भी नहीं हिल सकता। जब तक सारे संसार को साथ-साथ उन्नति के पथ पर आगे नहीं बढ़ाया जाएगा, तब तक संसार के किसी भी भाग में किसी भी प्रकार की उन्नति संभव नहीं है। दिन-प्रतिदिन यह भी स्पष्ट होता जा रहा है कि किसी प्रश्न की मीमांसा केवल जातीय, राष्ट्रीय या किन्हीं संकीर्ण भूमियों पर नहीं टिक सकती। प्रत्येक विषय तथा भाव को तब तक बढ़ाना चाहिए, जब तक उसमें सारा संसार न आ जाए। प्रत्येक आकांक्षा को तब तक विकसित क़रते रहना चाहिए, जब तक वह समस्त मनुष्य जाति को ही नहीं, वरन् समस्त प्राणिजगत् को आत्मसात् न कर ले। इसी से विदित होगा कि क्यों हमारा देश गत कई शताब्दियों से वैसा महान् नहीं रह गया है, जैसा वह प्राचीन काल में था। हम देखते हैं कि जिन कारणों से वह पतित हो गया है, उनमें से एक कारण है—दृष्टि की संकीर्णता तथा कार्यक्षेत्र का संकोच। हम कब तक इसी भूल को दोहराते जाएँगे ?"

"आप ठीक कहते हैं स्वामी जी !" राजपंडित ने कहा, "आपसे अधिक धर्म और राजधर्म

को और कौन जानता है। किंतु यदि सारी प्रजा और राजा पश्चिम से आए हुए विज्ञान को ही पढ़ेंगे तो संस्कृत का व्याकरण कौन पढ़ेगा ? खेतड़ी को किसी राजपंडित की आवश्यकता है क्या ?''

राजा स्तब्ध रह गए।...शास्त्री जी को शायद अपनी चिंता थी।...वे स्वामी के खेतड़ी आने के पहले दिन से ही आशंकित थे। उन्हें राजा की ओर से कोई आश्वासन चाहिए था...

स्वामी जोर से हँसे, ''अरे पंडित जी ! आप भी किसकी किसके साथ तुलना कर रहे हैं। आप राजपंडित इसलिए नहीं हैं कि साधारण ग्रामीण बालकों को संस्कृत का व्याकरण पढ़ाएँ। उनको पढ़ाने के लिए साधारण संन्यासी आएँगे या फिर साधारण अध्यापक नियुक्त किए जाएँगे। वे धर्म के साथ-साथ सांसारिक विद्याओं का ज्ञान भी प्राप्त करेंगे, ताकि अपनी आजीविका कमा सकें।''

''और मैं क्या करूँगा ?''

''आप मुझे अष्टाध्यायी और महाभाष्य का अध्ययन कराएँगे।''

नारायणदास निःस्पंद खड़े रह गए...स्वामी उनसे व्याकरण पढ़ेंगे ! आज तक तो उन्होंने पाठशाला के उच्चवर्गीय विद्यार्थियों को ही पढ़ाया था। या कभी-कभार कुछ पंडितों की शंकाओं का समाधान भी किया था। अब ये स्वामी... जिनकी विद्या और विद्वत्ता की धाक राजा पर भी थी।...राजा उनको अपना गुरु मानते थे। वे स्वामी कह रहे हैं कि वे उनसे व्याकरण पढ़ेंगे...नारायणदास को विश्वास नहीं हो रहा था।...विश्वास का अवकाश भी कहाँ था। यह तो बस बड़े लोगों का परिहास था...

''क्यों इस गरीब ब्राह्मण के साथ परिहास कर रहे हैं ?''

''यह परिहास नहीं है पंडित जी ! मैं सचमुच आज तक एक योग्य गुरु की खोज में था, जो मुझे अष्टाध्यायी पढ़ा सके।...''

''और वह योग्य गुरु आपको मुझमें मिला है ?'' नारायणदास हँस रहे थे, ''एक तो मैं यह ही नहीं मानता कि आपको अब कुछ अध्ययन करने की आवश्यकता है। आपका ज्ञान असाधारण है। आपकी प्रतिभा अलौकिक है। आपकी जिह्वा पर स्वयं माँ सरस्वती निवास करती हैं।'' पंडित जी ने अपने सूखते होंठों को जिह्वा से गीला किया, ''और फिर आपको संस्कृत बोलते मैंने सुना है। आपको व्याकरण पढ़ने की क्या आवश्यकता है ? व्याकरण तो आपकी वाणी का अनुगामी है।... आपको कहीं नौकरी तो करनी नहीं कि कोई प्रमाणपत्र चाहिए हो। आप जैसे प्रतिभाशाली और योग्य शिष्य...।''

''आपको अवश्य ही कोई भ्रम है पंडित जी ! शिष्य के रूप में मेरी अयोग्यता तो स्वतः प्रमाणित है...!''

नारायणदास ने कुछ कहना चाहा, किंतु स्वामी ने उन्हें रोक दिया, ''आप नहीं जानते। मैं आपको पिछली घटना सुनाता हूँ। अपनी असफलता की गाथा...''

सबकी टकटकी बँध गई।

''अलवर से मैं जयपुर आया था। जयपुर में दो सप्ताह तक था। भगवान् की कृपा से वहाँ भी एक विद्वान् वैयाकरण से भेंट हो गई...।''

''क्या नाम था उनका ?'' नारायणदास ने पूछा, ''मेरा विचार है कि मैं जयपुर के सारे वैयाकरणों को जानता हूँ।''

''नाम नहीं बताऊँगा।'' स्वामी बोले, ''मैंने उनके साथ अष्टाध्यायी का अध्ययन आरंभ

किया। पंडित जी ने पहले सूत्र का भाष्य किया। पंडित जी अत्यंत विद्वान् थे, किंतु उनकी विद्वत्ता मेरे सिर के ऊपर से जा रही थी। सूत्र का अर्थ मेरी समझ में नहीं आया। उन्होंने दूसरे दिन भी समझाया, किंतु मैं कोरे का कोरा ही रहा। उन्होंने तीन दिन तक उस सूत्र का अर्थ स्पष्ट करने का प्रयत्न किया, किंतु मैं वह अर्थ ग्रहण नहीं कर पाया। अतः चौथे दिन पंडित जी ने स्वयं ही कह दिया, 'स्वामी जी ! मैं समझता हूँ कि मेरे साथ अध्ययन करने पर आपको कोई विशेष लाभ नहीं हो रहा है। क्यों न हम इस अध्ययन को यहीं रोक दें।' मैं समझ गया कि मेरी अयोग्यता से पंडित जी ने हार मान ली है।''''तब से इसी कारण भयभीत रहता हूँ कि मेरी अयोग्यता मेरे अन्य गुरुओं पर भी प्रकट न हो जाए।''''''

''आपकी इस कथा से तो राजपंडित भयभीत हो जाएँगे।'' राजा हँसे।

''नहीं, मैं समझता हूँ कि मुझे पंडित जी जैसा अध्यापक जीवन-भर नहीं मिलेगा।'' स्वामी बोले, ''यदि इनके साथ अध्ययन कर भी कोई लाभ नहीं हुआ तो अपने भाग्य से हार मान लूँगा।''

48

अजितसिंह प्रातः सात बजे बुर्ज में आ बैठे। वहीं उन्हें डाक दिखाई गई। इसी बीच उन्होंने चुरुट उठाकर मुँह से लगा लिया। हुजूरी ने चुरुट जला दिया।

राजा ने डाक के कागज पूरे किए और साथ ही चुरुट भी एक ओर डाल दिया। उठकर हाथ-मुँह धोया और महल में आकर विराजमान हुए। तभी 'सलाम मालूम' करने वाले लोग आए। वे प्रणाम कर चले गए तो मुंशी जमीर अली आ गए। वे राजा के आदेश पर जयपुर से कुछ पुस्तकें लेकर आए थे। राजा ने पुस्तकें उलटीं, पलटीं और मुंशी की ओर देखा, ''मुंशी जी ! लगता है, अब पुस्तकों की खरीद बंद करनी होगी।''

''क्या हो गया महाराज ?'' मुंशी चकित थे, ''पुस्तकों से मन भर गया क्या ?''

''नहीं मुंशी जी ! पुस्तकों से मन भरने की बात नहीं है। अब इन पुस्तकों से कुछ मिलता नहीं है।'' राजा बोले, ''ढेर सारी पुस्तकें पढ़ जाओ, तो भी उतना नहीं मिलता, जितना स्वामी जी के चरणों में आधे घंटे बैठने से उपलब्ध होता है।''

''आप ठीक कहते हैं दरबार !'' मुंशी बोले, ''इन पुस्तकों के लेखक साधारण लोग हैं।'''' या बहुत-से बहुत कुछ गंभीर किस्म के किताबी कीड़े हैं।''''और स्वामी जी तो ज्ञानी हैं, महापुरुष हैं। वे अद्भुत व्यक्ति हैं।''

राजा कुछ देर मौन रहकर सोचते रहे। अंत में बोले, ''ठीक है, इन पुस्तकों को पुस्तकालय में रखवा दें। समय मिलते ही मैं इन्हें वहाँ से मँगवा लूँगा।''

मुंशी प्रणाम कर चले तो राजा ने पुकारा, ''मुंशी जी ! पता कीजिएगा कि स्वामी जी इस समय कहाँ हैं और क्या कर रहे हैं।''

''मुझे सूचना मिली थी दरबार कि वे प्रातः ही निकल गए हैं और डेरेदार को कह गए हैं कि वे दोपहर के भोजन के लिए नहीं लौटेंगे। उनकी प्रतीक्षा न की जाए।''

''आजकल स्वामी जी का पर्याप्त समय नगर में बीतने लगा है।'' राजा जैसे अपने आप

से बोले।

"हाँ सरकार ! वे प्रजा से मिलते रहते हैं। उनका सुख-दुःख बाँटते रहते हैं। मंदिरों में जाकर पंडित-पुजारियों से भी चर्चा करते हैं।..."

"और वे दोपहर का भोजन कहाँ करेंगे ?" राजा ने पूछा।

"शायद पंडित शंकरलाल शर्मा के घर। सुना है कि वे प्रायः वहाँ भोजन कर लेते हैं।"

अजितसिंह को स्वामी से पंडित शंकरलाल शर्मा का विवाद स्मरण हो आया।...लगता है कि उस विरोध और विवाद के पश्चात् अब पंडित जी भी स्वामी के श्रद्धालु भक्त हो गए हैं।...

"इसमें कोई बुराई नहीं; पर शंकरलाल जी के घर पूरी सुविधा तो है न ?"

"महाराज ! राजभवन जैसी बात तो कहीं भी नहीं हो सकती।" मुंशी ने मुस्कराने का प्रयत्न किया, "किंतु संन्यासी की मौज के आगे किसी की क्या चलती है।"

"ठीक है। मैं मुंशी जगमोहनलाल से कह दूँगा। वे देख लेंगे।" राजा बोले।

जमीर अली गए तो पंडित गोपीनाथ आ गए। उनकी अपनी कुछ व्यक्तिगत समस्याएँ थीं। वे चार मिनट में ही चले गए। शाह अर्जुनदास शोभालाल आए और सलाम कर लौट गए।

अजितसिंह ने स्नान के पश्चात् साधारण अग्निहोत्र किया। तब तक ठाकुर रामबकस आ गए।...

"महाराज अंग्रेजों की संगति में रहकर भी अग्निहोत्र करते हैं, यह प्रसन्नता का विषय है।" ठाकुर ने अपने राजा की प्रशंसा की।

"अंग्रेजों की संगति एक प्रकार की बाध्यता है। देश के शासकों की संगति से आप दूर रह ही कैसे सकते हैं !" अजितसिंह मुस्कराए, "पर उनकी संगति करते हैं तो कुछ नया सीखने को, अपनी परंपरागत पद्धति को भुलाने के लिए नहीं।"

"वह तो ठीक है महाराज ! पर मुझे तो लगता है कि लोगों ने उनसे सीखा कम है, अपना भुलाया अधिक है।"

"जिनकी बात आप कर रहे हैं, उनकी बड़ी भारी समस्या है।"

"क्या अन्नदाता !"

"हिंदू वे रहना नहीं चाहते और अंग्रेज वे हो नहीं पाएँगे। अपनी परंपरा वे छोड़ देंगे और अंग्रेजों की परंपरा की बेल उनके आँगन में फल नहीं पाएगी।"

ठाकुर रामबकस अपनी विनती कर चले गए तो राजा ने भोजन किया। विश्राम के लिए वे पलखा पर लेट गए।

उन्हें स्वामी का स्मरण हो आया। जाने इस समय कहाँ होंगे ? पंडित शंकरलाल को ज्योतिष पढ़ा रहे होंगे या राजपंडित नारायणदास से व्याकरण पढ़ रहे होंगे; या किसी साधारण मंदिर में बैठकर उसके पुरोहित को समझा रहे होंगे कि पुरोहित-कर्म करना है, तो उसे हिंदू शास्त्रों का कुछ अध्ययन तो कर ही लेना चाहिए।...

राजपंडित नारायणदास ने जिसे केवल परिहास समझा था, स्वामी ने उसे सत्य करके दिखा दिया था। उन्होंने शास्त्री जी के साथ अष्टाध्यायी का अध्ययन आरंभ कर दिया था। अजितसिंह को बताया गया था कि पहले ही दिन के अंत में राजपंडित ने स्वामी से कहा था, "स्वामी जी ! किसी

अध्यापक को अपने सौभाग्य से ही अपने किसी जन्म में आप जैसा विद्यार्थी मिलता होगा।...''

हुजूरी ने आकर गंगासहाय के आने का समाचार दिया।

''भेज दो।'' अजितसिंह उठकर बैठ गए।

गंगासहाय ने उपस्थित होकर हाथ-खर्च के हिसाब-किताब का निरीक्षण करवाया। उसमें लगभग एक घंटा लग गया।

''हिसाब तो ठीक है गंगासहाय !'' राजा ने कहा, ''किंतु खर्च अधिक है। तुम्हारा कर्तव्य केवल हिसाब-किताब रखना ही नहीं है, खर्च को भी हिसाब में रखना है। यह खर्च हिसाब से बाहर जा रहा है।''

''दरबार ठीक कहते हैं।'' गंगासहाय ने उत्तर दिया, ''किंतु महाराज ! मैं अपने अन्नदाता और उनके परिवार के खर्च में कटौती तो नहीं कर सकता न ! कृपणता राजपरिवार का नहीं, बनिए के घर का आभूषण है। भगवान् ने आपको दिया है तो खर्च करने के लिए ही न !''

''गंगासहाय ! पैसा तो भगवान् ने ही दिया है, किंतु सच पूछो तो राजा प्रजा के धन का भंडारी होता है। यह प्रजा का पैसा है, जिससे हम महल बनवाते हैं, दारू पीते हैं और बड़े-बड़े भोज करते हैं।'' अजितसिंह बोले, ''हाथ-खर्च का यह पैसा अपने पास न रखकर तुम्हारे पास क्यों रखवाया है, बता सकते हो ?''

गंगासहाय की समझ में नहीं आया कि राजा उससे क्या कहलवाना चाहते हैं। बोला, ''नहीं अन्नदाता ! शायद इसलिए कि मेरी नौकरी बनी रहे और मेरा परिवार भूखा न मरे।''

''पैसा मेरे हाथ में होगा तो मैं किसी के खर्च में कटौती नहीं कर सकता। तुम्हारे पास रख दिया है कि तुम उचित-अनुचित का विचार कर, नियम-कानून का हवाला देकर कह सको कि कहाँ पैसा खर्च नहीं होगा।''

''महाराज सत्य कहते हैं, पर अन्नदाता ! मैंने सुना है कि अलवर के महाराज मंगलसिंह की इच्छा को देखते हुए उनके विवाह पर अनर्गल ढंग से खर्च करने पर जब हाकिम जागीर हरबक्स फौजदार ने अधिकारियों को दंडित किया तो उनकी अपनी जान पर बन आई थी।...''

''मैंने भी सुना है।'' अजितसिंह बोले, ''किंतु तुम निश्चिंत रहो गंगासहाय, तुम कभी किसी कठिनाई में नहीं पड़ोगे, यह अजितसिंह का वचन है।''

तभी फिर से हुजूरी प्रकट हुआ।

राजा ने उसकी ओर देखा।

''महाराज ! स्वामी जी पधारे हैं।''

''भीतर ले आओ।'' राजा ने गंगासहाय की ओर देखा और सिर के संकेत से ही जाने की अनुमति दे दी।

स्वामी भीतर आ गए।

''कैसे हैं राजन् !'' स्वामी ने पूछा, ''कोई गोपनीय शासकीय कार्य तो नहीं हो रहा ?''

''नहीं। मैं तो एक दूसरा ही कार्य कर रहा था।''

''क्या ?''

''आपकी बाट जोह रहा था।'' राजा ने अपनी सारी अंग्रेजी भूलकर शुद्ध शेखावटी शैली

में कहा, "विराजिए।"

स्वामी बैठ गए।

"जाते हुए गंगासहाय मुझे प्रणाम करके गया है।" स्वामी बोले, "इसका अर्थ है कि पैसे का हिसाब-किताब हो रहा था।"

"हर ओर माया का ही साम्राज्य है महाराज ! आप आते हैं तो कुछ समय के लिए उससे मुक्ति मिलती है।"

राजा आकर स्वामी के सामने भूमि पर बैठ गए, "मेरे मन में आज प्रातः से ही एक प्रश्न घुमेरी बनकर घूम रहा है।"

"आप आसन ग्रहण करें तो चर्चा हो।"

राजा ने आसन ग्रहण किया।

"कहिए !"

"स्वामी जी ! हम कर्म-सिद्धांत को मानते हैं। हमें बताया गया है कि हम जो कुछ करते हैं, अपने उन्हीं कर्मों का फल भी पाते हैं।" राजा ने स्वामी की ओर देखा।

स्वामी ने सहमति में सिर हिला दिया।

"इसका अर्थ है कि हम कर्म करने को स्वतंत्र हैं और अच्छे कर्मों का फल सुखकर ही होता है।..."

"दोनों बातें सत्य हैं।" स्वामी बोले, "किंतु विचारणीय यह है कि हम सुख किसको कहते हैं ? एक पहलवान जब अखाड़े में अपना पसीना बहाता है, तो हमें वह सुखकर नहीं लगता; किंतु उसके शरीर को पुष्ट करने के लिए वह लाभकारी है। वैसे ही एक व्यक्ति एक समय में एक सेर रबड़ी खाता हो, तो हम उसे सुखी मानते हैं; किंतु वह रोगों को आमंत्रित करने की तैयारी है।"

"यह तो ठीक है स्वामी जी !" अजितसिंह ने कहा, "पर मैं...चलिए, आपकी ही बात करते हैं। आपका जन्म एक अच्छे घर में हुआ। वंश, धन, संपत्ति, विद्या तथा सम्मान की दृष्टि से आपका जन्म जहाँ हुआ, वह आपके सत्कर्मों का ही फल हो सकता है। ठीक है ?"

स्वामी कुछ बोले नहीं, चुपचाप बैठे राजा की ओर देखते रहे, वे क्या कहना चाहते थे ?

"आपका रूप, शारीरिक बल, बुद्धि, स्मरणशक्ति, संगीत इत्यादि की प्रतिभा...ये सब किसी दुष्कर्म का फल नहीं हो सकते। वे सब सत्कर्मों के ही परिणाम थे।..."

स्वामी ने फिर कोई उत्तर नहीं दिया।

"किंतु फिर अकस्मात् ही जीवन के कष्ट सामने आते हैं। पिता का देहांत, आय का बंद होना, सारी संपत्ति का दूसरों के हाथों में चला जाना, आपको नौकरी का न मिलना। मकान, अन्न और वस्त्र का कष्ट...यह सब तो सत्कर्मों का फल नहीं हो सकता। तो ऐसा क्या है कि आपके जीवन में एक सीमा तक सुख का भोग है और उसके पश्चात् जैसे वे सारे पुण्यकर्म समाप्त हो जाते हैं और संसार में कष्ट ही कष्ट रह जाते हैं। आपको नहीं लगता कि कर्म-सिद्धांत इसका कोई बोधगम्य स्पष्टीकरण नहीं देता ?"

स्वामी मुस्कराए, "मैंने अपने विषय में तो नहीं, किंतु संसार के अनेक धार्मिक और सात्विक पुरुषों के कष्टों के विषय में पवहारी बाबा से पूछा था। वे मुस्कराए थे, 'कष्ट क्या होता है भक्त ! ये सब तो मेरे प्रियतम के पास से आए हुए दूत हैं। यह उसका प्रेम है। आपको क्या उसके प्रेम

की पहचान नहीं है ? जिनसे रुष्ट होता है, उन्हें इतना सुख देता है कि वे उसे भूल जाते हैं।…' "

"कभी-कभी ऐसा ही लगता है।" अजितसिंह बोले, "किंतु तब कर्म-सिद्धांत का क्या अर्थ रह जाएगा ? ये दोनों आपको एक-दूसरे की विरोधी बातें नहीं लगतीं ? कर्म-सिद्धांत में हम स्वतंत्र हैं, किंतु प्रभु की कृपा में हम स्वतंत्र नहीं हैं। ऐसा क्यों है कि एक सीमा तक तो हमारा कर्म फल देता है और उसके पश्चात् प्रभु की कृपा फल देने लगती है और वह भी विपरीत फल ? जिससे रुष्ट होता है, उसे इतना सुख देता है।…"

"ठीक कह रहे हैं आप। ऊपरी तौर पर तो ऐसा ही लगता है; किंतु यह विरोध नहीं, विरोधाभास है।" स्वामी बोले, "यदि हम मानें कि मुझे अपने पूर्वकर्मों के फलस्वरूप जीवन में कुछ सांसारिक भोग मिले, तो यह भी मान लेना चाहिए कि वे कर्म ऐसे ही थे, जिनसे सांसारिक भोग मिल सकते थे; किंतु मेरे पुण्य का परिणाम तो यह था कि मुझे प्रभु की भक्ति मिली, सांसारिक भोगों के प्रति वैराग्य का भाव मिला। अब जब इस जीवन में मेरा कर्म आरंभ हुआ, तो मैंने प्रभु से उनकी भक्ति ही नहीं, उनके दर्शन माँगे, उनकी शरण माँगी, सांसारिकता से मुक्ति माँगी।…इस जन्म में मैं जो माँग रहा हूँ, वह सांसारिकता से कुछ उच्चतर है। उसके लिए मेरे मन से सांसारिकता का कर्दम तो उतारना ही पड़ेगा। जब मनुष्य नए वस्त्र पहनना चाहता है, तो उसे नहाना-धोना तो पड़ेगा ही। मैल उतारने के लिए साबुन इत्यादि भी लगाना पड़ेगा और फिर उसे भी धोना पड़ेगा। तो सांसारिकता का कर्दम तो उतरना ही था। इस कर्दम को न तो कोई स्वयं उतारता है, न अपनी इच्छा से उतरने देता है। वह तो प्रभु ही कर सकते हैं। जब वे उस कर्दम को हमारे मन, शरीर और आत्मा से धोते हैं, तो हम उसे समझ नहीं पाते। हमें वह प्रक्रिया कष्टकारक लगती है। संसार में उसी को कष्ट और दुःख कहते हैं। जब शरीर छोड़ना इतना यातनापूर्ण है तो माया का कटना तो त्वचा छीलने जैसा दुःखदायी हो जाएगा।"

अजितसिंह कुछ क्षणों तक चुपचाप बैठे रहे। फिर बोले, "मैं आपकी बात समझ रहा हूँ। किंतु यह प्रक्रिया कर्म-सिद्धांत के समान तर्कपूर्ण नहीं लगती।"

"तो आप इसे ऐसे समझें राजन् !" स्वामी बोले, "आत्मा अपने मूल स्वरूप में माया से मुक्त है। वह माया-क्षेत्र से ऊपर है, ब्रह्म के समकक्ष है, उसी का अंश है। उस समय वह प्रकृति के कार्य-कारण नियम से मुक्त है; किंतु किन्हीं अज्ञात कारणों से वह मोहग्रस्त हो जाती है, संसार में आकर भोग करना चाहती है। उसके लिए उसे प्रकृति की माया के क्षेत्र में प्रवेश करना पड़ता है। प्रकृति का क्षेत्र—उसकी माया का क्षेत्र—कार्य-कारण के क्रूर नियमों पर चलता है। जीव अपनी स्वतंत्रता छोड़कर प्रकृति की माया के नियमों का बंधन स्वीकार करता है। मुक्तावस्था से बद्धावस्था में आने की प्रक्रिया कष्टमयी है। ठीक है राजन् ?" स्वामी रुक गए।

अजितसिंह ने सहमति में सिर हिला दिया।

"अब जब बद्ध जीव ईश्वर को पाना चाहता है, मोक्ष चाहता है, तो विपरीत प्रक्रिया आरंभ होती है।" स्वामी बोले, "अब वह प्रकृति के माया-क्षेत्र से बाहर निकलना चाहता है। ऐसे समझ लीजिए कि माया-क्षेत्र एक बोतल है, जिसका मुँह काफी सँकरा है और उसमें से आना-जाना बहुत कष्टकर है। पहले जीव ने उस बोतल में प्रवेश करने के लिए कष्ट उठाया था; और जब तक वह बोतल में रहा, माया की सृष्टि में रहा, उसके सुखों का भोग करने की कामना पालता रहा, तब तक वह कार्य-कारण के नियमों का बंदी था। अब वह माया के शासन से बाहर जाना चाहता है। अपने

स्वरूप को पाना चाहता है। ईश्वर को पाना चाहता है। अर्थात् वह प्रकृति के क्षेत्र से बाहर निकलने का प्रयत्न कर रहा है। वह उस बोतल के सँकरे मुख को पार करने का प्रयत्न कर रहा है। यहाँ वह उस बोतल और बाहरी वायुमंडल के मध्य में है। पूरी तरह से प्रकृति की माया में बद्ध नहीं है। वह कार्य-कारण के शासन से मुक्त होने की प्रक्रिया में है। अतः उसके लिए वे ही नियम तो नहीं रह जाएँगे, जो बोतल के भीतर थे। वह दास से स्वामी बनने जा रहा है। तो ऐसे में इस यात्रा का कष्ट भी नहीं उठाएगा क्या ? कर्दम के खरोंचे जाने की पीड़ा भी उसे सहनी पड़ेगी ही। वह प्रभु की करुणामयी कृपा ही है, जो उस समय कष्ट के रूप में आई है।⋯"

स्वामी रुक गए। अजितसिंह कुछ नहीं बोले।

"विरोध दूर हुआ या नहीं ?"

"शायद मैं आपकी बात समझ रहा हूँ।"

"एक उदाहरण दीर्घायु और अल्पायु का है।" स्वामी ने कहा, "एक व्यक्ति की अल्पायु में अकालमृत्यु हो जाती है। सांसारिक दृष्टि से हम यही कहेंगे कि वह अभागा था, जीवन के सुख नहीं भोग पाया; किंतु पारमार्थिक दृष्टि से हम यह भी तो कह सकते हैं कि वह जीवन के सुख भोग गया। और अधिक जीवित रहता तो रोग-शोक भी आते, वृद्धावस्था भी आती, उसके कष्ट भी आते। वह उन सबसे बच गया।⋯अब सत्य क्या है ? यह इस पर निर्भर करता है कि हमारी दृष्टि कैसी है। मोहग्रस्त है तो उसे कष्ट मानेगी और मोह से मुक्त है तो उसे वह जाने वाले का सुख मानेगी।"

"क्या इसीलिए अनेक महान् व्यक्तियों ने अल्पायु पाई है ?" राजा ने उत्सुकता से स्वामी की ओर देखा।

"यह कहना कठिन है, क्योंकि राम, कृष्ण और बुद्ध ने पूर्णायु पाई है।"

"फिर भी !"

"मैं तो इतना ही कह सकता हूँ राजन् कि अल्पायु में संसार से जाना सदा केवल दुर्भाग्य ही नहीं होता। यह भी माना जा सकता है कि उस व्यक्ति के जीवन का लक्ष्य पूर्ण हो गया है, तो वह अनावश्यक होकर यहाँ क्यों अपना समय नष्ट करेगा। संभवतः किसी और जन्म में, किसी और लोक में कोई अधूरा कार्य पूर्णता प्राप्त करने के लिए उसकी प्रतीक्षा कर रहा हो।"

अजितसिंह कुछ नहीं बोले। वे स्वामी की ओर देखते रह गए।⋯उनके मन में जैसे प्रश्नों का बवंडर चल रहा था⋯कहीं स्वामी अपने विषय में कोई भविष्यवाणी तो नहीं कर रहे ?⋯

49

अजितसिंह प्रातः ही अजित निवास पधारे। सेवकों में खलबली मच गई। वे सब अपने-अपने काम पर सन्नद्ध होकर खड़े हो गए। राजा का आना कोई नई बात नहीं थी। वह उनका घर था, उन्हें वहाँ आना ही होता था, किंतु प्रायः वे संध्या-समय टेनिस खेलने आया करते थे। आज वे प्रातः ही आ गए थे। तो क्या आज महाराज प्रातः ही टेनिस खेलेंगे ?

अजितसिंह ने वस्त्र बदले और टेनिस कोर्ट में आ गए।

वहाँ नित्यप्रति आने वाले कुछ साधारण खिलाड़ी खेल रहे थे। उन्हें खेलने की मनाही नहीं

थी। वहाँ तो एक प्रकार से टेनिस क्लब बन चुका था। यदि कोर्ट केवल राजा के लिए सुरक्षित रखा जाता तो महीनों ऐसे भी आते, जब राजा टेनिस नहीं खेलते थे अथवा वे खेतड़ी से बाहर होते थे। नित्यप्रति खेलने वाले खिलाड़ियों के कारण ही वह कोर्ट खेलने योग्य बना रहता था।

अजितसिंह भी जानते थे कि केवल राजा-रईस लोगों के साथ खेलने के आग्रह में वे कभी टेनिस खेल ही नहीं पाएँगे। खेलने का मजा तो तब ही था, जब सामने वाला अच्छा खिलाड़ी हो। वह राजपरिवार का हो और उसे छिक्का उठाना ही न आता हो, तो उसके राजवंशी होने का क्या करेंगे अजितसिंह !···उन्होंने पहले भी कभी साधारण जन से इस प्रकार की दूरी नहीं रखी थी। वह उनके स्वभाव को रास ही नहीं आती थी।···जब से वे स्वामी के संपर्क में आए थे, तब से वे इस प्रकार के विभाजन को अपने से और भी दूर रखने का प्रयत्न कर रहे थे।···यह अपनी विशिष्टता नहीं, अहंकार था। ईश्वर के बनाए हुए मनुष्यों को किन्हीं भी तर्कों के आधार पर, स्वयं से हीन मान, उनका अपमान करना, वस्तुतः अपना ही अपमान करना था। अपने अहंकार को स्फीत कर, अपनी आत्मा को पतन की ओर उन्मुख करना था। स्वामी ने मैनाबाई से क्या कहा था, हम तत्त्व को नहीं देखते, आवरण को देखते हैं। तो सामान्य और विशिष्ट का यह विभाजन भी तो आवरण को देखने के कारण ही है। नहीं तो मनुष्य और मनुष्य में क्या भेद है ?···और यहाँ टेनिस कोर्ट में यदि विभाजन करना ही है, तो कुशल खिलाड़ी और अकुशल खिलाड़ी का भेद होना चाहिए, राजवंश और साधारण जन का नहीं।···

अजितसिंह उन खिलाड़ियों में से ही एक होकर खेलने लगे। उन्होंने देखा कि लॉग टेनिस की सुविधा होने के कारण और नियमित खेलने के कारण खेतड़ी में भी अनेक लोगों में टेनिस का शौक उत्पन्न हो गया था। वे लोग ठीक-ठाक खेलने भी लगे थे।···किंतु वे इस बात की उपेक्षा कैसे कर सकते थे कि टेनिस सर्वसाधारण का खेल नहीं था। जो लोग अपनी आजीविका से ही अवकाश नहीं पाते थे, जिनके बच्चे भी अपने माता-पिता के साथ आजीविका कमाने में लगे हुए थे, उनसे यह अपेक्षा कैसे की जा सकती थी कि वे टेनिस खेलने आएँगे ? जो लोग समय निकाल भी सकते थे, क्या उनके पास इस प्रकार के महँगे छिक्कों और गेंदों को खरीदने का सामर्थ्य था ? यदि वे यहाँ सर्वसाधारण के लिए इन छिक्कों और गेंदों की व्यवस्था कर भी दें, तो क्या वे आ सकेंगे ?···पर वे यह क्यों चाहते हैं कि अंग्रेजों का यह खेल यहाँ इतना लोकप्रिय हो जाए कि बच्चा-बच्चा उसे खेलने लगे ? वे अपने भारतीय खेलों को ही क्यों प्रोत्साहित नहीं करते, जो सर्वसाधारण अपने ग्रामों में अपने बल पर ही खेल सकता है ?···उन्हें इस विषय में सोचना चाहिए।

कुछ देर खेलकर अजितसिंह कोर्ट से बाहर आ गए। न केवल उनका शरीर खुल गया था, उनके संध्या-अग्निहोत्र का समय हो गया था। उन्होंने स्नान कर संध्या-अग्निहोत्र किया और आकर तालाब के किनारे बैठ गए।

राजपंडित नारायणदास शास्त्री यहाँ उनकी प्रतीक्षा कर रहे थे।

"कैसे हैं शास्त्री जी !" राजा ने पूछा।

"आपकी कृपा है राजन् !" वे बोले, "मैं एक प्रार्थना लेकर आपके पास आया हूँ।"

"आप आदेश करें शास्त्री जी ! राजपंडित प्रार्थना करते शोभा नहीं देते।"

"यह तो आपकी शालीनता है राजन् ! आपकी महानता है।" पंडित जी ने सुधारा, "मैं चाहता हूँ कि राजकीय पाठशाला में संस्कृत विभाग के ही अंतर्गत एक विशिष्ट व्याकरण अनुभाग

बनाया जाए, जिसमें संस्कृत का सामान्य अध्ययन करने के पश्चात् व्याकरण का विशेष अध्ययन करने की व्यवस्था हो।''

''तो इसमें कठिनाई ही क्या है ?'' राजा हँसे, ''आप आदेश जारी कर दें।''

''पर यह आदेश तो शंकरलाल शर्मा की ओर से आना चाहिए। वे राज्य की ओर से शिक्षा का प्रबंध करते हैं।''

''चलिए, उनकी ओर से आ जाएगा। मैं उनसे कह दूँगा। इसमें कठिनाई ही क्या है ?'' राजा बोले।

''मैं मुंशी जगमोहनलाल की डायरी में भी लिखवा दूँगा।''

''ठीक है, पर पंडित जी ! आपके साथ स्वामी जी भी अष्टाध्यायी पढ़ रहे थे, उसका क्या हुआ ?'' राजा ने पूछा, ''कहाँ तक पहुँचे हैं आप लोग ?''

शास्त्री जी जैसे किन्हीं स्मृतियों में खो गए। बोले, ''एक दिन मैंने पिछले दिन पढ़ाए गए एक लंबे पाठ पर स्वामी से प्रश्न पूछे। और मैं यह देखकर चकित रह गया कि स्वामी ने न केवल वह सब शब्दशः दोहरा दिया, जैसे वह सारा का सारा उन्हें कंठस्थ हो, वरन् उसके साथ-साथ अपनी टिप्पणियाँ भी जोड़ दीं, जो व्याकरण के किसी निष्णात पंडित द्वारा की गई समालोचना के समान थीं।''

''स्वामी जी की स्मरण-शक्ति भी अद्भुत है।'' राजा बोले।

''स्मरण-शक्ति ! राजन् ! उनका सब कुछ ही अद्भुत है।'' शास्त्री जी अभिभूत थे, ''कुछ दिनों के अध्ययन के पश्चात् मैंने अनुभव किया कि स्वामी जो प्रश्न पूछते हैं, उनका उत्तर मेरे पास नहीं है। अतः प्रश्नों का उत्तर भी स्वामी को स्वयं ही खोजना पड़ रहा है। यह स्थिति किसी भी अध्यापक के लिए बहुत अच्छी नहीं है। अंततः मुझे उनसे कहना पड़ा, 'स्वामी जी ! मैंने अपना सारा ज्ञान आपको दे दिया है और आप उसको हृदयस्थ भी कर चुके हैं। अब मेरे पास आपको देने के लिए और कुछ नहीं है।' ''

''तो क्या कहा स्वामी जी ने ?'' राजा की उत्सुकता काफी व्यग्र हो आई थी।

''स्वामी ने मुझे पूरे सम्मान के साथ प्रणाम किया। कहा, 'आपकी इस कृपा के लिए मैं आजीवन आपका ऋणी रहूँगा।' '' शास्त्री जी ने बताया, ''और सच मानिए, उस दिन से वे अनेक क्षेत्रों में मेरे गुरु हो गए हैं। मैं अपनी अनेक समस्याएँ लेकर उनके पास जाता हूँ और उनका समाधान उनसे पाता हूँ।''

''ऐसे व्यक्ति इतिहास में कभी-कभी ही पृथ्वी पर आते हैं पंडित जी !'' राजा बोले, ''आपको स्मरण है, मैंने आपसे कहा था, मुझे राजमहल से मठ अधिक प्रिय लगता है। स्वामी जी का साथ मिले तो मठ क्या, मैं वन में भी जा सकता हूँ।''

''आप ठीक कहते हैं राजन् ! वे अलौकिक पुरुष हैं। किंतु मुझे उनका इस प्रकार मुझसे पाणिनि की अष्टाध्यायी पढ़ना समझ नहीं आया।''

''एक संन्यासी के स्वाध्याय का क्या प्रयोजन हो सकता है शास्त्री जी ! किसी लौकिक लाभ के लिए तो उन्होंने यह अध्ययन किया नहीं होगा।'' राजा बोले, ''वे तो ज्ञान भी ज्ञान के लिए ही चाहते हैं। जैसे निष्काम कर्म होता है, वैसे ही निष्काम ज्ञान भी होता होगा। और हमारा तो सारा का सारा भारतीय ज्ञान ही अंत में अध्यात्म की ओर ले जाता है। उन्होंने अष्टाध्यायी का अध्ययन भी इसीलिए किया होगा कि भारतीय महाग्रंथों को समझने की पूरी क्षमता हो जाए और भारत के

महान् ज्ञान का विश्व के सम्मुख उद्घाटन करने के लिए अपने पास यथेष्ट ज्ञान-राशि संचित हो जाए।''

''संभव है राजन् कि यही बात हो।'' शास्त्री जी बोले, ''मैंने भी सोचा कि कोई अपनी आजीविका के लिए व्याकरण पढ़े न पढ़े, किंतु ज्ञान के लिए तो पढ़ ही सकता है। प्रत्येक विद्यार्थी स्वामी तो नहीं होता, किंतु बच्चों को पढ़ाने के लिए कुछ ज्ञान-व्यसनी अध्यापक हमारे पास हो जाएँगे।''

''ठीक है शास्त्री जी ! अच्छी योजना है।'' अजितसिंह बोले, ''मैं मान लूँगा कि स्वामी जी के खेतड़ी-आगमन की स्मृति में हमने व्याकरण का यह अनुभाग स्थापित किया है।''

''एक सहायक अध्यापक की नियुक्ति की भी आवश्यकता होगी।'' शास्त्री जी ने कुछ संकोच से कहा।

''नया अनुभाग बनेगा तो अध्यापक भी तो नया आएगा ही !'' राजा ने हँसकर उत्तर दिया।

संध्या-समय ऊपर की छतरी में राजा और स्वामी बैठे बातें कर रहे थे।

''आज प्रातः से मेरे मन में एक बात घूम रही है स्वामी जी !''

''यदि बात ही घूम रही है, तो व्यर्थ की ही बात होगी, किंतु उसके साथ सिर भी घूम रहा है तो बात में कुछ दम होना चाहिए।'' स्वामी हँसे।

''सिर भी घूम ही रहा है।'' राजा बोले, ''मुझे ऐसा लगता है कि आज मैंने अपने मन में छिपी ईर्ष्या को देखा है।''

''ईर्ष्या तो पहले से ही रही होगी, किंतु आपने उसे देखा आज है।'' स्वामी ने कहा।

''हाँ, यही कह रहा हूँ मैं। मैं समझता था कि मेरे मन में ईर्ष्या का भाव ही नहीं है, किंतु आज मैंने उसे अपने मन में साक्षात् देखा है।'' अजितसिंह बोले।

''किस रूप में देखा राजन् !''

''गवर्नर जनरल ने उन भारतीय नरेशों की सूची प्रकाशित की है, जिनका लंदन दरबार में इस वर्ष सम्मान किया जाएगा।...''

''और उसमें आपका नाम नहीं है ?'' स्वामी मुस्करा रहे थे।

''हाँ।''

''और आपको यह अच्छा नहीं लगा ?''

''जी।'' अजितसिंह बोले, ''न केवल मुझे यह अच्छा नहीं लगा, वरन् जिनके नाम उसमें आ गए हैं, उनके प्रति मन में विरोध भी जागा। यह ईर्ष्या ही तो है।''

''आपने ठीक पहचाना राजन् !'' स्वामी बोले, ''यह ईर्ष्या ही है। किंतु आपने यह भी देखा कि ईर्ष्या के मूल में क्या है ?''

''प्रच्छन्न कामना है।'' अजितसिंह बोले, ''मैं नहीं जानता था कि मेरे मन में लंदन दरबार में सम्मानित होने की प्रच्छन्न कामना है। वह पूरी नहीं हुई तो मुझे अच्छा नहीं लगा।''

''हाँ, यह कामना ही है।'' स्वामी ने कहा, ''कामना अद्भुत बहुरुपिया है। वह अनेक प्रकार के रूप बदलकर आती है। कई बार तो हम उसे पहचान भी नहीं पाते।...पर राजन् ! यदि आपका नाम भी सम्मान के लिए चुने गए लोगों में होता तो क्या आप प्रसन्न हो जाते ? तब अपने साथ

अन्य अनेक महत्त्वहीन लोगों के नाम देखकर क्या आपको रोष का अनुभव नहीं होता ?"

"संभव है कि वह भी होता। लगता कि मैं तो सम्मान योग्य हूँ, किंतु इन लोगों का सम्मान क्यों किया जा रहा है ? ये तो इस योग्य नहीं हैं।" अजितसिंह बोले, "संभव है कि यह भी लगता कि उन लोगों के साथ सम्मानित होने से मेरा महत्त्व कम हो रहा है।"

"देखा आपने ! यह अहंकार है।" स्वामी हँसे, "आप मान रहे होंगे कि आपको सांसारिक उपलब्धियों के प्रति मोह नहीं है। आप इस शरीर के लिए विलास नहीं चाहते, इसीलिए आपको और धन की लालसा नहीं है। आपको धन के प्रति मोह नहीं है, आप धन का त्याग भी कर सकते हैं। किंतु राजन् ! यह संसार तो नाम और रूप का है। आपने रूप के प्रति अपने मोह को पहचानकर उसे त्यागने का प्रयत्न किया; किंतु इस नाम के प्रति भी मोह होता है। आप इस नाम के लिए यश चाहते हैं, इसीलिए आपको लंदन दरबार का सम्मान भी चाहिए। नहीं मिलेगा तो आपको बुरा लगेगा। क्रोध आएगा। जिनको वह सम्मान मिलेगा, उनके प्रति आपके मन में द्वेष जन्मेगा।...."

"आप ठीक कहते हैं स्वामी जी !" राजा बोले, "इसके साथ-साथ मेरे मन में एक और बात आई है।"

स्वामी ने राजा की ओर देखा।

"जहाँ कहीं धन, सम्मान, यश, अधिकार और सत्ता की बात आती है, वहीं समर्थन और विरोध भी होता है।"

"हाँ-हाँ।"

"कुछ लोग मेरा विरोध करेंगे और कुछ मेरा समर्थन।" अजितसिंह बोले, "जो मेरा समर्थन करते हैं, मैं उनको अपना मित्र मानता हूँ और जो मेरा विरोध करते हैं, उनको मैं अपना शत्रु मानता हूँ।"

"हाँ।"

"किंतु सत्य तो यह है कि जो मेरा समर्थन कर रहे हैं, वे मुझे सांसारिक चक्रव्यूह में गहरे धकेल रहे हैं और जो मेरा विरोध कर रहे हैं, वे मुझे उन तत्त्वों से बचा रहे हैं, जिनसे मिलन के बाद मेरा पतन होता।" राजा ने स्वामी की ओर देखा, "तो तत्त्वतः तो वे मेरे मित्र हैं, जिन्हें मैं अपना विरोधी मानता हूँ; और जिन्हें मैं अपना मित्र मान रहा हूँ, वे वस्तुतः मेरा अहित कर रहे हैं।"

स्वामी हँस रहे थे, "यह है माया की सृष्टि। जो दिखाई देता है, वस्तुतः वह होता नहीं और जो होता है, वह हमें दिखाई नहीं देता। मुझे लगता है राजन् कि अब आपको माया की चादर में से भी बहुत कुछ दिखाई देने लगा है, किंतु...."

"किंतु क्या स्वामी जी ?"

"हम आपकी इस बात को पूर्णतः सत्य नहीं मान सकते।" स्वामी ने कहा, "राजन् ! एक व्यावहारिक सत्य होता है और दूसरा पारमार्थिक सत्य। व्यावहारिक सत्य यह है कि जो आपका विरोध कर रहे हैं, वे हैं तो आपके विरोधी ही; किंतु अपने अज्ञान में वे पारमार्थिक दृष्टि से आपका हित कर रहे हैं।" स्वामी ने रुककर एक गहरी दृष्टि से राजा को देखा, "वस्तुतः आपका हित वे नहीं कर रहे। वे तो अपने जानते आपकी क्षति ही कर रहे हैं; किंतु प्रभु उनके माध्यम से आपका हित साध रहे हैं।"

"और मेरे मित्र ? मेरे परिजन ? मेरे हितैषी ?"

"वे अपने जानते आपका हित साध रहे हैं। और यदि वे मोह में न पड़ें तो आपका हित ही साधेंगे।" स्वामी बोले, "किंतु यदि प्रभु की इच्छा कुछ और है, तो आपके मित्र, परिजन और हितैषी अपने मोह के कारण आपको सांसारिकता में अधिक से अधिक धँसाते चलेंगे।...जिसमें आपका पारमार्थिक हित नहीं है।"

"ओह !" राजा ने अपना सिर थाम लिया, "मनुष्य इस चक्रव्यूह से निकले भी तो कैसे ?"

"राजन् ! भगवान् कृष्ण ने गीता में कहा है कि मन को संयत कर योग की ओर बढ़ो। योग की चरम उपलब्धि ईश्वर की प्राप्ति है। तो योग ही आपको इस चक्रव्यूह से निकालेगा।"

"हाँ, मैंने भी पढ़ा है स्वामी जी !" राजा बोले, " किंतु मेरे मन में तो सदा अर्जुन का प्रश्न ही गूँजता रहता है :

योऽयं योगस्त्वया प्रोक्तः साम्येन मधुसूदन।
एतस्याहं न पश्यामि चंचलत्वात्स्थितिं स्थिराम्।।
चंचलं हि मनः कृष्ण प्रमाथि बलवद्दृढ़म्।
तस्याहं निग्रहं मन्ये वायोरिव सुदुष्करम्।।

" इस मन को कोई कैसे वश में कर सकता है स्वामी जी ? "

"ठीक कहा राजन् ! अर्जुन का प्रश्न स्मरण रखते हैं तो भगवान् का उत्तर भी तो ध्यान में रहना चाहिए। उन्होंने स्वीकार किया कि निःसंदेह मन चंचल है और बड़ी कठिनाई से वश में आने वाला है; किंतु अभ्यास और वैराग्य से वह वश में हो सकता है। उन्होंने यह भी कहा कि जिसका मन वश में नहीं है, उसको योग दुष्प्राप्य है।..."

"ठहरिए-ठहरिए स्वामी जी ! संयोग से यह चर्चा वहाँ पहुँच गई है, जहाँ पहले से एक प्रश्न मेरे मन में खूँटे के समान गड़ा है।" राजा ने कहा।

"कैसा प्रश्न ?"

"यदि मन को संयत किए बिना योग की उपलब्धि नहीं हो सकती, तो फिर यौगिक आसन और क्रियाएँ तथा यह ध्यान इत्यादि क्या करेगा ?" राजा बोले, "मुख्य बात तो मन का संयम है।"

"आपने ठीक कहा राजन् ! मुख्य बात तो मन का संयम ही है। वस्तुतः ये क्रियाएँ और आसन मन को संयत करने में सहायता करते हैं। पर यह सत्य है कि एक व्यक्ति दिन-भर यौगिक आसन और आँखमूँदू ध्यान करता रहे, किंतु मन को संयत करने का प्रयत्न न करे अथवा मन का संयम प्राप्त करने में सफल न हो, तो वह योगी नहीं हो सकता।" स्वामी रुके, "शायद इसी कारण से अनेक बार बहुत सारी यौगिक क्रियाएँ करने वाला व्यक्ति भी चारित्रिक पतन का शिकार हो जाता है।"

स्वामी एक वृक्ष के नीचे रुक गए।

धूप चढ़ आई थी और चलना बहुत थकान का काम हो गया था। ठहरना आवश्यक हो गया था। स्वयं को अनावश्यक रूप से थकाने का कोई लाभ नहीं था। थोड़ा विश्राम कर लें। धूप भी ढल जाए, तब वे पुनः यात्रा कर पाएँगे।

आसपास कोई घर दिखाई नहीं दे रहा था। छोटा-मोटा वन ही दीख रहा था। दूर-दूर तक वृक्ष और झाड़-झंखाड़ फैले हुए थे। वनस्पति तो बहुत थी, किंतु हरियाली उतनी नहीं थी। पथरीली

भूमि थी। आसपास कहीं कोई खेत नहीं था। कहीं कुछ वनचर रहते हों तो रहते हों। कृषक तो कहीं दिखाई नहीं देते थे।

आज जब खेतड़ी से चले थे तो यह नहीं सोचा था कि वे वन की ओर जा रहे हैं। न ही वे एकांत में तपस्या करने की सोचकर चले थे। सोचा था कि नगर बहुत देख लिया। अब नगर से दूर ग्रामीणों का जीवन देखेंगे। उनसे परिचय करेंगे। संभव हुआ तो उनके जीवन में धर्म को देखेंगे।''' पर वे तो जैसे एकदम बीहड़ वन में पहुँच गए थे। उन्होंने कल्पना भी नहीं की थी कि नगर से कुछ ही दूर जाकर जनसंख्या इस प्रकार विरल हो जाएगी।'''

वृक्ष के तने से टिककर स्वामी ने आँखें बंद कर लीं। वे जानते थे कि ऐसे वे एक-आध झपकी ले सकते हैं। पहले भी ऐसा हो चुका था। कई बार तो झपकी लंबी भी हो जाती थी।'''

पता ही नहीं चला कि कब उन्हें झपकी आ गई।'''सो ही गए होंगे। उसी निद्रा में लगा कि वे कोई स्वप्न देख रहे हैं।'''चार-पाँच स्त्री-पुरुष आकर उनके चरणों की वंदना कर रहे थे। वे चरण-स्पर्श नहीं कर रहे थे, भूमि छूकर ही उनको प्रणाम कर रहे थे।

"कोई पहुँचे हुए साधु लगते हैं, जो इस प्रकार वन में अकेले लेटे हैं। आसपास कोई चेला-चाँटा भी नहीं है। कोई तामझाम भी नहीं है।"

"सुना है, आजकल हमारे राजा अजितसिंह के पास कोई महान् संन्यासी टिके हुए हैं। वे अकेले भी घूमने-फिरने निकल जाते हैं। न राजा की चिंता करते हैं, न राजपुरुषों की'''प्रजा से बहुत प्रेम है उनको।"

"वे ही होंगे।"

स्वामी समझ गए : वे स्वप्न नहीं देख रहे थे। जिन्हें खोजते हुए स्वामी नगर से निकले थे, वे ही लोग उन्हें खोजते हुए उनके पास आ गए थे।

स्वामी उठ बैठे।

"प्रणाम महात्मा जी ! प्रणाम महात्मा जी !" शोर मच गया।

"आप लोग ?" स्वामी ने पूछा।

"हम नगर गए थे। कुछ सामान लाना था। बेटी का विवाह है।" एक प्रौढ़ ने कहा, "आपको देखा तो रुक गए।"

"आप वही हैं न, जो हमारे महाराजा के मित्र हैं ?"

"हाँ, वही हूँ।"

"तो इस प्रकार वन में बिना किसी रक्षक या सिपाही के ?"

"महाराज ! हमारा भविष्य बता दें।" एक महिला ने पुरुष की बात काट दी।

"मैं ज्योतिषी नहीं हूँ।"

"अंतर्यामी तो हैं !"

"अंतर्यामी तो परमात्मा हैं।"

"पर महाराज ! आशीर्वाद तो दे सकते हैं।" पहले प्रौढ़ ने सारा विवाद समाप्त कर दिया, "आशीर्वाद दें कि हमारी बिटिया अपनी ससुराल में सुखी रहे।"

"भगवान् आपकी पुत्री को सुखी रखें। वे सबकी पुत्रियों को सुखी रखें।" स्वामी ने हाथ उठाकर आशीर्वाद दिया।

"महाराज ! आप कब तक यहाँ विराजेंगे ?"

"जब तक थकान न मिटे...या जब तक धूप न ढले... ।"

"बस ?" उस व्यक्ति पर जैसे गाज गिरी, "इतने में तो हमारे गाँव का एक भी मानस यहाँ नहीं आ सकेगा।"

"महाराज ! दो-चार दिन रह जाते तो हम सब लोगों का भी कुछ भला हो जाता।" दूसरे व्यक्ति ने चिरौरी की।

"अरे, तो प्रणाम कर लो सब लोग।" प्रौढ़ ने ऊँचे स्वर में कहा, "चरण-रज ले लो। फिर जाने इस जन्म में यह अवसर आए न आए।"

स्वामी की चरण-रज लेने की होड़ मच गई। धक्का-मुक्का होने लगा। स्वामी शांतिपूर्वक उन्हें देख रहे थे, जैसे बच्चों का कोई खेल हो रहा हो।

तब तक पीछे से एक अन्य दल आ गया।

"क्या बात है भाया ?"

"स्वामी जी हैं। राजा जी के मित्र। सुस्ता रहे हैं। अभी उठकर चल देंगे।"

दूसरा दल भी ठहर गया।

"गाँव में सबको खबर कर दो महात्मा जी के विषय में।" किसी ने कहा।

"अरे, अपने ही गाँव में क्यों, बत्तीस गाँवों में डुगडुगी पिटवा दो कि सिद्ध महात्मा वन में धरती से प्रकट हुए हैं। जाने कब उठकर चल दें।"

"महाराज, मेरे सिर पर एक बार हाथ रख दें।" एक व्यक्ति ने अपना सिर उनके सामने धरती पर धर दिया।

"महाराज ! मेरा बच्चा अस्वस्थ है। दिन-प्रतिदिन दुबराता जा रहा है। कुछ खाता-पीता नहीं। ऐसे तो मर जाएगा।"

"उसे किसी चिकित्सक को दिखाओ।"

"किसी डागडर-वैद के वश का नहीं है महाराज ! सबको दिखा लिया।"

"जब उनके वश का नहीं है, तो मेरे वश का कैसे है ?"

"महाराज, एक चुटकी भभूत दे दें।"

"जब धूनी ही नहीं है, तो भभूत कैसे दे दें ?" स्वामी हँस रहे थे।

"तो महाराज, अपनी चरण-रज दे दें। घोलकर पिला दूँगा।" वह उनके चरणों से लिपट गया।

"चल, परे हट !" किसी ने उसे धकेल दिया, "ठकुराइन को जगह दे।"

ठकुराइन ने माथा टेका, "महाराज ! मेरी बहू की कोख नहीं खुलती। हमारा तो वंश ही समाप्त हो जाएगा।"

उसने बैठकर अपना आँचल फैलाया, "महाराज, आशीष दें। हमारे वंश की बेल आगे चले।"

"महाराज ! मेरे लाल पर मेरी सौतन ने टोना कर दिया है। उसकी काट कर दें महाराज !"

स्वामी देख रहे थे। सब भवसागर में गोते खाते लोग थे। दुखी थे। उनकी कामनाएँ उन्हें सूली पर टाँगे हुए थीं। उनके तन और मन को बींध रही थीं। रुद्धकामना, पीड़ित मन से वे संसार में भटक रहे थे। वे नहीं जानते थे कि वे लोग अपने भविष्य के लिए और अधिक बंधनों की सृष्टि

कर रहे थे। भव-बंधन से छूटने की बात उनके मन में नहीं आती थी।...धर्म का स्वरूप वे नहीं जानते थे। वे तो चाहते थे कि धर्म के नाम पर कोई अलौकिक शक्ति आकर उनकी मनोकामनाएँ पूरी कर दे।...अज्ञानी लोग...स्वयं धर्म पर चलना नहीं चाहते थे, धर्म को अपने कामनाओं-भरे कंटकाकीर्ण मार्ग पर ले चलना चाहते हैं।...

"अरे, भगवान् के नाम का कीर्तन करो।" किसी ने जोर से कहा, "साधु के दर्शन करो तो उसकी विधि भी सीखो।"

और उस व्यक्ति ने उच्च स्वर में आरंभ किया, "ॐ नमो भगवते वासुदेवाय !...जोर से बोलो...ॐ नमो भगवते वासुदेवाय !..."

स्वामी का मन भी कुछ शांत हुआ।

बड़ी देर से घूरेलाल वृक्षों के मध्य ढकी-छुपी अपनी झुग्गी के द्वार पर खड़ा यह सब देख रहा था।

उसकी इच्छा हुई कि वह जाए और स्वामी के चरणों में प्रणाम कर पूछ आए कि उन्हें किसी चीज की आवश्यकता तो नहीं है ? यदि वे चाहें तो उसकी कुटिया में थोड़ा आराम कर लें।...उसकी कुटिया में ?...वह मन ही मन हँसा...एक धर्मात्मा संन्यासी उस चमार की कुटिया में आकर विश्राम करेंगे ? वे उसके घर का पानी तक तो पिएँगे नहीं। पर उसमें उनका भी क्या दोष ? वह काम ही ऐसा करता है। मरे पशुओं का चर्म उतारता है वह। उसके हाथ का छुआ अन्न-जल कोई साधु कैसे ग्रहण कर सकता है ?

तीन दिन से वहाँ सैकड़ों लोग उनका आशीर्वाद पाने के लिए दिन-रात धाराप्रवाह उनके पास आते रहे। घूरेलाल अपने स्थान पर बैठा और कभी-कभी लेटा हुआ ऐंठता रहा। लोगों ने काम का यह कैसा असह्य बोझ डाल रखा था साधु पर ! सबको अपनी-अपनी पड़ी थी। किसी को तनिक भी चिंता थी कि उनकी क्या दशा है ? किसी ने भी पूछा कि उन्हें विश्राम चाहिए ? उन्हें भोजन चाहिए ? उन्होंने एक घूँट पानी भी पिया है ?...

रात को घूरेलाल को बहुत कम नींद आई। उसे लगा कि वह सारी रात उस साधु और उनके भक्तों के विषय में स्वप्न ही देखता रहा था।...नींद उचटी तो प्रभात का समय था। घूरेलाल की दृष्टि साधु को खोजने लगी।

इस समय भक्तों की भीड़ चली गई थी। वहाँ एकांत था। साधु भी वृक्ष का सहारा लेकर अधलेटे पड़े थे। पता नहीं सो गए थे, या अचेत थे, या निढाल हो गए थे। घूरेलाल को लगा, वह अब और नहीं रुक पाएगा। साधु चाहे बुरा मानें या भला, वह अब उनसे दूर नहीं रह सकता। वे चाहे उसे दुत्कार ही दें, वह उनके पास जाएगा।

वह अपना संकोच झाड़ और आत्मबल बटोर उनके पास आया।

"कैसे हैं महाराज ?" उसने उत्तर की प्रतीक्षा नहीं की। वह रुक गया तो साधु जाने क्या कह दें। वह लगातार बोलता ही चला गया, "आपका यह उपवास कब तक चलेगा ? भोजन कब करेंगे ?"

स्वामी ने अपनी क्लांत दृष्टि उसकी ओर उठाई।

"तीन दिन से देख रहा हूँ। भोजन तो भोजन, एक कसोरा पानी भी नहीं पिया आपने। ऐसे कैसे चलेगा ?" लगा, घूरेलाल पीड़ा से रो देगा।

स्वामी ने मुस्कराने का प्रयत्न किया, "तुम सत्य कह रहे हो पुत्र !"

"कह तो सत्य ही रहा हूँ।"

"क्या तुम मुझे थोड़ा भोजन दे सकते हो ?"

घूरेलाल का आवेश कम हुआ। चेहरा कुछ म्लान हो आया, "दे तो सकता हूँ, पर आप खा नहीं सकेंगे महाराज !"

स्वामी ने उसकी ओर देखा।

"जाति का चमार हूँ। मृत पशुओं का चर्म खींचना मेरा काम है। मेरे घर का भोजन कर सकेंगे ?"

"तुम देख रहे हो कि मैं भूख से मर रहा हूँ, फिर भी भोजन देना नहीं चाहते ?" स्वामी अब भी मुस्करा रहे थे।

"तो यह बात अपने भक्तों से क्यों नहीं कहते ? उन्हें तो उपदेश देते रहे, भजन सुनाते रहे, धर्म का ज्ञान देते रहे और भूख की शिकायत मुझसे कर रहे हो ? मरने की धमकी दे रहे हो ?" घूरेलाल ने अपना आत्मबल बटोरा, "यदि आज्ञा हो तो आटा, मसूर की दाल, नमक-मिर्च ले आता हूँ। अपने लिए दो रोटियाँ ठोक लो।"

"तुम अपने घर से कुछ चपातियाँ ला दो। मेरा भोजन हो जाएगा।" स्वामी बोले, "मैंने अग्नि न छूने का व्रत ले रखा है। स्वयं भोजन नहीं पका सकता।"

"किंतु महाराज ! मुर्दा मांस खींचने वाला चमार होकर यदि मैं अपने हाथ से पकाकर आपको भोजन कराऊँगा, तो मुझे नरक में भी स्थान नहीं मिलेगा।"

"और यदि तुम भोजन नहीं कराओगे और मैं भूखा मर जाऊँगा, तो तुम्हें स्वर्ग में स्थान मिल जाएगा ?"

"वह तो ठीक है महाराज ! किंतु यदि राजा जी को यह सूचना मिल गई कि मैंने अपने हाथ का पकाया भोजन आपको कराया है, तो राजा जी मेरी खाल खिंचवा लेंगे।"

"महाराज यह सुनकर प्रसन्न नहीं होंगे कि तुमने भूख से मरते एक व्यक्ति को अन्न और जल देकर उसे जीवनदान दिया ?"

"मैं क्या जानूँ महाराज कि राजा जी क्या करेंगे।" वह बोला, "आप मेरी बात मान लें। भोजन स्वयं पका लें।"

"तो फिर मुझे भूख से मर जाने दो।"

घूरेलाल के वक्ष पर जैसे वज्र का-सा आघात हुआ, "नहीं ! मैं ऐसा नहीं होने दूँगा।"

"चाहे राजा चमड़ी उधड़वा दें ?"

"हाँ ! चाहे राजा जी मेरी चमड़ी ही क्यों न उधेड़ दें।" वह बोला, "आप अनुमति दें तो मैं पास के गाँव से आपके किसी भक्त के घर से भोजन ला दूँ ?"

स्वामी की आँखों से प्रेम और कृतज्ञता के अश्रु टपक पड़े।

"तुम मेरे लिए उनसे भिक्षा माँगने जाओगे ? वे तुम्हें भिक्षा दे देंगे ? दुत्कारकर गाँव से बाहर नहीं निकाल देंगे ?"

"वे आपके भक्त हैं।"

"वे मेरे भक्त हैं, जिन्होंने तीन दिन और तीन रातों तक यह नहीं देखा कि मैंने कुछ खाया

नहीं है ? उन्होंने मुझे एक कसोरा जल पीने तक का अवकाश नहीं दिया। वे केवल अपने लिए, अपने बच्चों के लिए, अपने संबंधियों के लिए स्वास्थ्य, धन-संपत्ति और समृद्धि माँगते रहे। ऐसे स्वार्थी लोगों को तुम मेरा भक्त मानते हो ?"

"वे भक्त नहीं थे ? आपके लिए भक्ति नहीं थी उनके मन में ?"

"नहीं।"

"तो यहाँ जंगल में क्या करने आए थे ?"

"उनका अंधा स्वार्थ उन्हें मेरे पास लाया था। वे मेरे लिए नहीं, अपने लिए आए थे।"

"तो भक्त कौन है महाराज ?"

"तुम हो। तीन दिन तक मेरे पास नहीं आए, किंतु मेरे अन्न-जल और विश्राम की चिंता करते रहे। अपनी पीड़ा से नहीं, मेरी पीड़ा से तड़पते रहे।" स्वामी बोले, "क्या नाम है तुम्हारा ?"

"घूरेलाल।"

"घूरेलाल ! तुमने मेरी चिंता की, अपनी नहीं। तुम मेरी पीड़ा और मेरी असुविधा से दुखी होते रहे, अपने स्वार्थ के कारण नहीं। तुम वास्तविक भक्त हो।" स्वामी ने उसके सिर पर हाथ रखा, "जाओ, अपने घर से एक कसोरा पानी लाओ। फिर कुछ खाने के लिए ले आना पुत्र !"

50

स्वामी ने देखा : अजितसिंह बैठे थे। मुंशी जगमोहनलाल तथा कुछ अन्य अधिकारी खड़े थे। उनके सामने मेज पर विभिन्न प्रकार के वस्त्र रखे हुए थे; कुछ सफेद थे, कुछ हलके पीले; किंतु अधिकांश भगवे रंग में ही रँगे हुए थे।

"यह सब क्या है राजन् !" स्वामी हँसे, "वस्त्रों का बाजार लगा है।"

"जीणमाता की यात्रा की तैयारी हो रही है स्वामी जी !" राजा बोले।

"ये वस्त्र माता के मंदिर में चढ़ाए जाएँगे ?" स्वामी विस्मित थे।

"नहीं।" राजा ने हँसकर कहा, "यह यात्रा घोड़ों पर होगी न !"

"तो ये वस्त्र घोड़ों के लिए आए हैं ? वे पहनेंगे इन्हें ?" स्वामी किसी नटखट बालक के समान हँस रहे थे।

"नहीं स्वामी जी ! ये वस्त्र तो आपके लिए आए हैं।"

"क्यों ? मेरे पास तो अपने वस्त्र हैं।" स्वामी ने कहा।

"तो आप इन्हीं वस्त्रों में घुड़सवारी करेंगे ?"

"क्या हर्ज है ?" स्वामी बोले, "ऋषि अश्वारोहण करते होंगे तो राजसी वेशभूषा तो धारण नहीं करते होंगे।"

"उन्हें तो मैंने देखा नहीं है।" अजितसिंह बोले, "किंतु आप अपने इन कपड़ों में यात्रा नहीं करेंगे। पहली बात तो है, राजपुताने की गर्मी और सर्दी। सिर में हवा लग गई तो अस्वस्थ हो जाएँगे। इसलिए पगड़ी तो आप बाँध ही लीजिए। राजस्थान में साफा अनेक प्रकार से बाँधा जाता है। प्रत्येक राज्य और प्रत्येक क्षेत्र की अपनी शैली है। आप जैसा मन आए, वैसे बाँधिए; किंतु सिर

ढका हुआ होना चाहिए।...भगवान् न करे, किंतु यदि घोड़े से खिसक जाएँ तो गहरी चोट से बचने के लिए सिर पर साफा होना चाहिए।"

"ठीक है। पगड़ी बाँध लूँगा, किंतु यह कमरखी और अँगरखा इत्यादि नहीं।"

"प्रश्न कमरखी और अँगरखा का नहीं है। प्रश्न है, धोती और पाजामे का।" राजा बोले, "वैसे तो लोग लाँग वाली धोती भी इस प्रकार बाँध लेते हैं कि घुड़सवारी में किसी प्रकार की परेशानी नहीं होती; किंतु पाजामा उससे भी अधिक सुविधाजनक रहता है। आपने देखा ही होगा कि राजपूतों ने मध्यकाल में युद्ध की दृष्टि से पाजामा ही अंगीकार कर लिया था। आप भी अब राजस्थानी वेशभूषा में आ जाइए।"

"मैं संन्यासी हूँ भाई ! राजपूत सिपाही नहीं।"

"आप सफेद न पहनना चाहें तो भगवा धारण कीजिए; किंतु यह लपेटी हुई धोती और ऊपर से ओढ़ी हुई चादर नहीं चलेगी।"

"तो आप घुड़सवारी के नाम पर एक संन्यासी का वेश बदलना चाहते हैं !"

"स्वामी जी ! आप मुझसे कहीं अच्छी तरह समझते हैं कि वस्त्र किसी भी प्रदेश की जलवायु और काम की सुविधा के अनुसार पहने जाते हैं।" अजितसिंह बोले, "जो वस्त्र बंगाल की जलवायु के अनुकूल थे, वे राजस्थान में उपयुक्त वस्त्र नहीं माने जाएँगे। जो वस्त्र पैदल या रेलगाड़ी की यात्रा के उपयुक्त हैं, वे घुड़सवारी के लिए अनुकूल नहीं हो सकते।"

"तो आप क्या चाहते हैं ?"

"मन बदलने को नहीं कह रहा, वस्त्र बदलने का निवेदन कर रहा हूँ। वस्त्रों की रूढ़ि छोड़ दें। आवश्यकता के अनुसार परिधान धारण करें।" राजा ने हाथ जोड़कर कहा, "मरुभूमि और समुद्र की यात्राओं में न वस्त्र एक जैसे हो सकते हैं और न भोजन। मरुभूमि की यात्रा में मछली नहीं मिलती और समुद्र की यात्रा में दाल-बाटी के दर्शन नहीं होते। हमको समय और आवश्यकता के अनुसार स्वयं को बदलना पड़ता है स्वामी जी !"

स्वामी ने कुछ नहीं कहा। वे मौन बैठे रहे।

4 अक्तूबर, 1891 !

ब्रह्ममुहूर्त में ही जैसे सारा महल जाग गया था।

चार बजे तड़के ही स्वयं राजा अजितसिंह बाहर निकल आए थे। उन्होंने हाथ-मुँह धोया और पूछा, "स्वामी जी का क्या समाचार है ?"

"वे तो आ चुके हैं महाराज !" हुजूरी ने बताया।

"आ चुके हैं !" उनके स्वर में विस्मय था, "उन्हें कितने बजे जगाया गया ?"

"उन्होंने जगाने का आदेश नहीं दिया था महाराज !" हुजूरी बोला, "वे स्वयं ही तैयार होकर आ गए हैं।"

"कहाँ हैं ?"

"बाहर दरबार की प्रतीक्षा कर रहे हैं।"

"उन्हें दूध, चाय कुछ पूछा गया ?"

"हाँ महाराज ! स्वामी जी ने कुछ नहीं लिया। वे प्रातः इस समय कुछ नहीं लेते।"

"स्वामी जी को प्रातः जल्दी उठने का अभ्यास है।" अजितसिंह ने जैसे अपने आप से कहा।

उनके मन में चिंतन-प्रक्रिया चल पड़ी···तपस्वी लोग ब्रह्ममुहूर्त में उठते ही हैं। तभी तो वे दिन-भर में इतना काम कर सकते हैं।···अजितसिंह को प्रातः जल्दी उठने का अभ्यास कभी नहीं रहा। अपनी किशोरावस्था से ही, जब वे जयपुर महाराज के अभिभावकत्व में उनके साथ रह रहे थे, रात को देर तक जागने की आदत पड़ गई थी। तभी से प्रातः जल्दी उठना संभव ही नहीं रहा।···शायद इसीलिए वे कभी तपस्या नहीं कर पाए···

साढ़े चार बजे तक राजा प्रस्थान के लिए तैयार थे। स्वामी भी आ गए थे। राजा ने घोड़े पर सवार होने के लिए रकाब में पैर रखा तो उनका ध्यान स्वामी की ओर चला गया।···स्वामी ने पगड़ी भी बाँध ली थी और कमरखी भी पहन ली थी, किंतु···

"स्वामी जी ! घोड़े की सवारी कर सकेंगे ?"

स्वामी हँसे, "आपको पहले पूछना चाहिए था।"

अजितसिंह को अपनी भूल का अनुभव हुआ, "सत्य कह रहे हैं महाराज ! मेरा ध्यान ही उस ओर नहीं गया। मैंने मान लिया कि जैसे मैं घुड़सवारी का अभ्यस्त हूँ, वैसे ही सब होंगे। मैंने नहीं सोचा तो किसी और ने भी नहीं सोचा। यात्रा का यह कैसा प्रबंध है ?"

"सब ठीक प्रबंध है, आप चिंता न करें।" स्वामी बोले, "मुंशी जगमोहनलाल ने मुझसे पूछ लिया था कि मैं घोड़े पर यात्रा कर सकूँगा या नहीं।"

"यात्रा तो आप कर लेंगे, किंतु आपके लिए वह कष्टदायक होगा।" वे रुके, "आपके लिए बग्घी का प्रबंध किया जाए ?"

"नहीं-नहीं !" स्वामी बोले, "देखूँ तो सही कि मैं घुड़सवारी भूल तो नहीं गया हूँ। बहुत दिनों से ऐसा कोई अवसर ही नहीं आया।"

"आपको अच्छा अभ्यास तो है न ?" राजा कुछ आशंकित थे।

"अभ्यास तो अच्छा-खासा था।" स्वामी बोले, "बीच में एक अंतराल अवश्य आ गया है।"

"ठीक है। पर ये वस्त्र भी आपके लिए नए हैं। आपको इनका अभ्यास नहीं है। आप इनके साथ यात्रा कर पाएँगे न ?"

"आप देख लें राजन् ! यदि मुझे यात्रा के लिए असमर्थ पाएँ तो मार्ग से ही लौटा दें।"

स्वामी उचककर घोड़े पर बैठ गए और उन्होंने लगाम थाम ली।

"दो आगे और दो पीछे चलो।" अजितसिंह ने अपने सेवकों से कहा, "स्वामी जी को तनिक भी असुविधा में देखो तो थाम लेना।"

"आप चलें तो राजन् ! मुझे तनिक भी असुविधा नहीं होगी।" स्वामी उत्साह से बोले और उन्होंने घोड़े को एड़ लगा दी।

'मैंने यह सब पहले क्यों नहीं सोचा ?' राजा ने मन ही मन अपने आप को धिक्कारा।

वे लोग निरंतर चार घंटे तक चलते रहे। राजा का ध्यान स्वामी की ओर लगा हुआ था। वे किसी संकट में न हों। उन्हें कोई असुविधा न हो।···पर स्वामी अपनी घुड़सवारी में इतने लीन थे कि उन्हें

देखकर किसी प्रकार की असुविधा का अनुमान करना भी कठिन था।

साढ़े आठ बजे वे लोग गुढ़े पहुँचे। वहाँ पहले से ही धर्मशाला में ठहरने का प्रबंध था।

"क्या हम अपने गंतव्य तक आ पहुँचे ?" स्वामी ने पूछा।

"नहीं तो।" उनके साथ चलते हुए अश्वारोही ने बताया, "अभी तो हम गुढ़े पहुँचे हैं। यह हमारा पहला पड़ाव है।"

"हम यहाँ क्यों रुक गए ?" स्वामी ने अजितसिंह से पूछा।

"आपको विश्राम की आवश्यकता नहीं क्या ?" राजा ने कुछ चकित होकर पूछा, "हम चार घंटे से चल रहे हैं। घोड़े भी थक गए हैं।"

"फिर तो आराम आवश्यक है।" स्वामी बोले, "मैंने सोचा, कहीं आपका यह नियम न हो कि चार घंटे से अधिक चलना नहीं है।"

"नहीं, यह पड़ाव विश्राम के लिए है, किसी नियम के कारण नहीं।..." और सहसा अजितसिंह रुक गए, "महाराज ! नियम क्या है ? जो मेरे मन में आए, मैं उसकी घोषणा कर दूँ और वह नियम हो गया ?"

"क्या आप यह जानने के लिए गुढ़े तक आए हैं ?" स्वामी हँसे।

राजा को प्रसन्नता हुई कि प्रातः उठने और इस चार घंटे की यात्रा के बाद भी स्वामी थके नहीं थे। वे विनोद कर सकते थे। हँस सकते थे। इसका अर्थ है कि स्वामी उतने कोमल नहीं थे, जितना कि अजितसिंह ने उन्हें समझा था।

"आप साथ हों तो जो कुछ जाना जा सकता है, उसे जानने का प्रयत्न करता हूँ। आबू हो, खेतड़ी हो या फिर गुढ़े हो—उससे क्या फर्क पड़ता है। मैं आपका वही शिष्य अजितसिंह हूँ। सदा का जिज्ञासु।"

"तो राजन् ! नियम तो आप ही बनाते हैं।" स्वामी बोले, "आप मुझसे क्यों पूछ रहे हैं ?"

"क्यों, नियम तो ऋषि भी बनाते हैं।" अजितसिंह भी बच्चों की-सी हठ पर उतर आए, "सारी स्मृतियाँ ऋषियों ने लिखी हैं। विधान राजाओं ने भी बनाए हैं। समाज ने भी बनाए हैं, प्रकृति ने भी बनाए हैं। तो नियम क्या है ? किसी अधिकारी के कह देने मात्र से कोई नियम हो जाता है ?"

"नियम हमारे भीतर होता है। बाहर इसका कोई अस्तित्व नहीं है।" इस बार स्वामी ने टाला नहीं, "यह बुद्धि और अनुभव की प्रक्रिया है। मस्तिष्क ही इंद्रियों द्वारा प्राप्त ज्ञान का वर्गीकरण कर उसमें से नियम प्रतिपादित करता है। इससे भिन्न और पृथक् कोई नियम नहीं है। कई बार तो जिन्हें हम नियम कहते हैं, वे नियम होते ही नहीं।"

"इसका अर्थ है कि नियम तो पहले से प्रकृति में है। हम अपनी बुद्धि और इंद्रियों से उसकी जानकारी प्राप्त करते हैं।"

"हाँ, वैज्ञानिक कहते हैं कि यह सारा होमोजेनस सब्स्टेंस है और होमोजेनस वायबरेशन है।" स्वामी ने रुककर राजा की ओर देखा, "वस्तुतः आधुनिक विज्ञान सांख्य के सिद्धांतों की ही पुष्टि कर रहा है।..."

"तो ?..."

"तो राजन् ! नियम स्वयं भी चैतन्य है और निरपेक्ष चेतना में ही उत्पन्न होता है।" स्वामी ने कहा।

अजितसिंह को लगा कि जैसे उनके मन में प्रकाश भर आया हो। यही तो वे जानना चाहते थे। स्वामी ने ठीक कहा है—'नियम स्वयं भी चैतन्य है।' इसका अर्थ है, वह स्वयं अपने आप को लागू करता है। उसे लागू करने के लिए किसी अन्य सत्ता की आवश्यकता नहीं होती। हम जीवन के नियम को जाने बिना जिएँगे, तो भी सारा जीवन नियम के अनुसार ही चलेगा। जहाँ हम नियम का उल्लंघन करेंगे, नियम की अपनी सत्ता ही हमें रोक देगी। जब कभी जीवन में हम बार-बार असफल होते हैं, सब ओर से पराजित होकर अप्रसन्न रहते हैं, तो उसका अर्थ है कि हम नियम के अनुसार नहीं चल रहे। हम नियम नहीं जानते—यह कोई तर्क नहीं है। अपने अज्ञान के कारण हम नियमों को निरस्त नहीं कर सकते। नियम अपने स्थान पर है। हमें उसे खोज निकालना होगा। हमें उसके अनुसार चलना होगा, क्योंकि वही ईश्वर की इच्छा है, वही ईश्वर की आज्ञा है।...

घोड़े छोड़ दिए गए। पहाड़ की चोटी तक पहुँचने के लिए वे पैदल ही चले। अजितसिंह बार-बार स्वामी से पूछ रहे थे कि वे थक तो नहीं गए ? उनके लिए अधिक थकना अच्छा नहीं था। वे उतना ही चलें, जितना वे सुविधा से चल सकते हों।

"राजन् ! थोड़ी-सी तपस्या तो मैंने भी की है। पहाड़ों पर यात्राएँ भी की हैं। अभी भी कर लेता हूँ।" स्वामी हँसे, "वैसे भी संन्यासी घोड़ों और खच्चरों के भरोसे तीर्थयात्राएँ नहीं करते।"

"नहीं, थोड़ी धूप हो गई है न !" राजा बोले, "इस धूप में चलना कठिन होता है। पहाड़ पर चढ़ना तो और भी थका देता है।"

"समझ रहा हूँ कि आपने प्रातः साढ़े चार बजे ही यात्रा क्यों आरंभ कर दी थी, इसीलिए तो कि इस धूप में यात्रा न करनी पड़े।"

"जी। पर पहाड़ पर चढ़ना भी आवश्यक हो गया है। यदि इस समय हम गोसाईं जी के दर्शन नहीं करेंगे, तो तपती दोपहर में तो आ नहीं सकेंगे। धूप ढलने पर आएँगे तो फिर आज सिगनोर की यात्रा के लिए समय नहीं बचेगा। रात यहीं बितानी होगी।"

"समझ रहा हूँ।" स्वामी बोले, "आप चलें। मुझे कोई कष्ट नहीं है।"

पहाड़ की चोटी पर एक शिव मंदिर था। मंदिर के गर्भगृह में शिवलिंग स्थापित था और मंदिर के मुख्य आगार में आग की धूनी के निकट एक गोसाईं बैठे थे। राजा और उनके कर्मचारियों ने गोसाईं के चरण छुए और धूनी से भस्म लेकर अपना तिलक किया।

गोसाईं ने उचटती-सी दृष्टि से एक बार सबको देखा। राजा के साथ एक संन्यासी को देखकर उन्हें कोई विशेष प्रसन्नता नहीं हुई।

मुंशी जगमोहनलाल ने आगे बढ़कर राजा का परिचय दिया।

"क्यों आए हो राजन् !"

"आपके दर्शनों के लोभ में आए हैं स्वामी जी !"

"एक संन्यासी तो तुम्हारे साथ ही है, उसी के दर्शन कर लेते। दर्शन के योग्य भी है। ऐसी वेशभूषा में मैंने आज तक किसी संन्यासी को नहीं देखा।" गोसाईं बोले, "यहाँ तक आने का कष्ट क्यों किया ?"

"आपकी बहुत प्रशंसा सुनी थी कि आप बहुत कठोर तपस्या कर रहे हैं।"

"तो क्या देखने आए हैं कि सचमुच कठोर तपस्या कर रहा हूँ या नहीं ?"

"यह देखना मेरा काम नहीं है स्वामी जी !" राजा बोले, "जो आपको तपस्या का फल देगा, वह देख ही रहा होगा कि आप कैसी तपस्या कर रहे हैं। हम सांसारिक लोग किसी की परीक्षा नहीं करते। हम श्रद्धा का आधार लेकर चलते हैं।"

हुजूरी ने कुछ सामान लाकर गोसाईं के सामने रख दिया, "यह हमारे महाराज की ओर से आपकी भेंट के लिए है।"

"इस भेंट के बदले क्या राजा मेरे पुण्य का कुछ अंश चाहते हैं ?"

"नहीं गोसाईं जी !" इस बार स्वामी बोले, "राजा प्रजा का भंडारी होता है। उसका धर्म है अपनी प्रजा का पालन। आपकी तपस्या सुचारु रूप से चल सके, यह देखना राजा का काम है। महाराज अजितसिंह अपने क्षत्रिय धर्म का पालन कर रहे हैं। वे न तो आपके दर्शन किसी लोभवश करने आए हैं, न किसी फल की आशा में आपको भेंट कर रहे हैं।" स्वामी ने रुककर गोसाईं की ओर देखा, "आपसे निवेदन है कि अपने पुण्य की आप सावधान होकर रक्षा करें। ऐसा न हो कि तपस्या का अहंकार आपका पुण्य क्षीण कर दे।...और गोसाईं जी ! मैंने यह परिधान अश्वारोहण के लिए धारण किया है। धूनी के पास बैठने के लिए मैं भी ऐसे वस्त्र नहीं पहनता।"

गोसाईं ने ध्यान से स्वामी को देखा, "हाँ ! कुछ तो नया है तुममें। मैंने घुड़सवारी करने वाला संन्यासी ही नहीं देखा। जाओ, भगवान् तुम्हारा भला करें।"

11 अक्तूबर को वापस खेतड़ी पहुँचे।

स्वामी को लगा, उन्होंने पिछले कुछ दिनों में इस देश के विषय में बहुत कुछ जाना है। पहाड़ से उतरकर वे लोग सीकर की ओर चल पड़े थे। 6 अक्तूबर को रावराजा माधवसिंह–सीकर–के साथ जाकर छह बजे संध्या-समय जीण माता के दर्शन किए थे।...नवरात्र के दिन थे। वहाँ एक विराट मेला लगा था। स्वामी चकित थे कि नवरात्र के दिनों का कैसा महत्त्व है। बंगाल में उन दिनों दुर्गापूजा की ऐसी धूम रहती है। उत्तर भारत में अधिकांशतः सारा हिंदू समाज रामलीला में डूबा होता है। यहाँ दुर्गा माता का स्थान जीण माता ने ले रखा था। पूजा तो देवी की ही हो रही थी। नाम कोई भी हो। शायद यह ऋतु का महत्त्व था कि इन दिनों पूजा-पाठ के साथ-साथ जीवन का हास-विलास भी चलता था। मेले-ठेले। नए वस्त्र और आभूषण। यहाँ भी एक विराट मेला लगा था। दूर-दूर से लोग पैदल और बैलगाड़ियों पर आए हुए थे।

स्वामी जीण माता के दर्शन कर बहुत प्रभावित हुए। उन्होंने इस देवी और मंदिर के विषय में जिज्ञासा की।...पता चला कि जीण शब्द 'जयंती' का अपभ्रंश है। माता का वास्तविक नाम जयंती माता है। देवी अष्टभुजा हैं–दुर्गा का ही दूसरा रूप। स्वामी ने घूमकर सारा मंदिर अच्छी प्रकार देखा। मंदिर का सभामंडप प्राचीन था। वह दसवीं शताब्दी से पूर्व का ही रहा होगा। चौखट काफी पुरानी लग रही थी। ध्यान से देखने पर सभामंडप के स्तंभों के नीचे वाले भागों पर खुदे लेख दिखाई पड़ जाते थे। देवायतन के भीतरी भाग में दो दीपक–एक घी का और एक तेल का–अखंड रूप से जलते रहते हैं। इनका खर्च जयपुर दरबार से मिलता था। वहाँ माता के पुजारियों के सैकड़ों परिवार निवास करते थे। यही उनका व्यवसाय था और यही उनकी साधना थी। वे लोग स्वयं को पाराशर ब्राह्मण बताते थे। इनके साथ साँमरिया खेप का एक चौहाण भी माता जी के चढ़ावे का भागीदार था।

मंदिर रेवासा से दक्षिण, तीन कोस दूर, पहाड़ी के निचले भाग में स्थित था। झड़बेरियों के घने

जंगल थे। उन्हीं के बीच यात्रियों के ठहरने के लिए बहुत सारी तिबारियाँ और धर्मशालाएँ बनी हुई थीं।

स्वामी के मन में आया कि वे वहाँ रुककर कुछ काल साधना में बिताएँ, किंतु उनके साथ आए दोनों राजाओं का कार्यक्रम निश्चित था। न वे वहाँ रुक सकते थे और न ही स्वामी को छोड़कर जा सकते थे। स्वामी को उनके साथ लौटना ही पड़ा।...वे समझ रहे थे कि एक अज्ञात संन्यासी के रूप में देश-भ्रमण का कुछ और ही रूप होता है और राजाओं की सवारियों के साथ दर्शन करने आने की जहाँ कुछ सुविधाएँ हैं, वहाँ कुछ बाध्यताएँ भी होती हैं।

सीकर के रावराजा माधवसिंह स्वामी से इतने प्रभावित हुए कि वे उन्हें छोड़ना ही नहीं चाहते थे; किंतु अजितसिंह को खेतड़ी लौटना था। उन्हें दशहरा भी वहीं मनाना था। उनकी प्रजा उनकी प्रतीक्षा में थी और वे अपनी माता के श्राद्ध के संबंध में बड़ा भोज भी करना चाहते थे।...पर माधवसिंह भी ऐसे ही नहीं माने। स्वामी को उनको दीक्षा देनी ही पड़ी।

51

10 नवंबर, 1891, जयरामवाटी।

श्रीमाँ के नैहर में जगद्धात्री पूजा थी। पर सामग्री का प्रबंध कहाँ से हो ? माँ के पुत्रों को कलकत्ता में भी चिंता थी। कलकत्ता से स्वामी यशपारदानन्द पूजा की सामग्री लेकर जयरामवाटी के लिए चले। माँ के दर्शनों का यही उपयुक्त अवसर था। काली कृष्ण, गोलाप माँ, योगीन माँ आदि भी साथ लग लिए। फिर जाने साथ मिले, न मिले। कोई अवसर आए, न आए। माँ के नैहर की पूजा में सम्मिलित होने का पुण्य ही कुछ और था।

माँ ने देखा, कलकत्ता से उनके पुत्र आए हैं। पूजा की सारी सामग्री लाए हैं। अब उनके नैहर में किसी को चिंता नहीं करनी पड़ेगी। माँ के मन में अपने स्वामी के प्रति अभिमान जागा। वे उन्हें असहाय छोड़कर नहीं गए हैं। ऐसी अच्छी संतान देकर गए हैं, जिन्हें कलकत्ता में रहते हुए भी सदा माँ की चिंता रहती है।...श्रीमाँ फूली नहीं समाईं।

माँ का मन उमड़ पड़ा। उनके पुत्र यात्रा करके आए हैं। जाने मार्ग में कुछ खाया भी है या नहीं। माँ जानती हैं, वे लोग भूखे-प्यासे भी माँ की सेवा में लगे रहेंगे। यही तपस्या है उनकी। प्रेम ही तो पूजा है। वे श्रीमाँ से ऐसा प्रेम करते हैं, जैसा लोग अपनी जननी से भी नहीं करते।... माँ को निरंतर नरेन्द्र स्मरण हो आता है। मठ छोड़कर भ्रमण करने को निकला तो अपनी जननी के पास नहीं गया। आशीर्वाद लेने उनके पास आया, "आपके सिवाय मेरी कोई दूसरी माँ नहीं है।"

जाने आज कहाँ-कहाँ भटक रहा होगा।...कुछ खाने को मिलता भी होगा या भूखा ही सो रहता होगा। माँ उसकी तनिक भी देखभाल नहीं कर सकतीं, पर ठाकुर अवश्य ही उसका ध्यान रखते होंगे...ठाकुर के ये शिष्य जाने किस मिट्टी के बने हैं। असुविधाओं और कठिनाइयों से तनिक भी विचलित नहीं होते। तपस्या ने इन्हें ठोंक-बजाकर कठोर बना दिया है। पर माँ के लिए तो अभी वे बच्चे ही हैं। तपस्वी बच्चे। हठी बच्चे। सेवापरायण बच्चे। माँ को उनकी चिंता रहती है। ठाकुर ! अपने इन बच्चों के कष्ट उनकी इस माँ को दे दो। ये तो निरे बालक हैं। संसार का ताप कैसे सहेंगे ?... नरेन्द्र तो वैसे भी बहुत हठी है। ठाकुर ने उसे किसी बड़े काम के लिए गढ़ा है। कितना प्रेम करते

थे उससे। आरंभ में जब वह कुछ समय के लिए दक्षिणेश्वर नहीं आता था, तो कितने व्याकुल रहा करते थे। पीड़ा से कराहते थे। जब वह आ जाता था तो मिठाई से कैसे उसका सत्कार करते थे। उसे खिलाकर कैसी तृप्ति का अनुभव करते थे।...

पर कलकत्ता से आने वाले उनके ये पुत्र भूखे ही होंगे। खाया भी होगा तो जाने कैसा खाया होगा। यात्रा में भी कहीं अच्छा भोजन मिलता है ! गाँव-गँवई का मार्ग है। मार्ग में न कोई अच्छी बस्ती है, न कोई अच्छा हाट। तो अच्छा भोजन कहाँ से मिले ?...पुत्र तो माँ की सेवा करें और माँ उनके लिए कुछ भी न कर सकें। यह कैसी लीला है प्रभु तुम्हारी ?...

श्रीमाँ ने घर में उपलब्ध सामग्री इकट्ठी की। किसी को सहायता के लिए नहीं बुलाया। अपने हाथों से तरकारी काटकर, उसे पकाने के पश्चात्, उमड़ती आँखों से स्वयं उन्हें खिलाने उनके पास आ बैठीं; पर वयस्क पुत्रों को वे अपने हाथों से तो नहीं खिला सकती थीं। संकोच होता था। वे अपना संकोच छोड भी देतीं, तो क्या उनके पुत्र उनके हाथों से खा सकते ?

उनके असीम स्नेह को देखकर ही सबका हृदय पिघल गया। श्रीमाँ ने दल के सबसे छोटे तरुण तपस्वी काली कृष्ण को सारे पुत्रों का प्रतिनिधि मान उसकी ठुड्डी को अपनी अंगुलियों से छूकर अपनी अंगुलियों का चुंबन किया।

''भोजन आरंभ करो पुत्र !''

''आप कब खाएँगी माँ ?''

''तुम लोगों को खिलाकर।''

काली कृष्ण छोटा था। चुलबुला भी था। उसको वहाँ कोई रोक-टोक नहीं थी। गुरुजनों की सेवा-टहल भी कर लेता था और उनसे हास्य-विनोद में भी पीछे नहीं रहता था।

''हमें खिलाकर कैसे खाएँगी माँ ! हम कुछ शेष छोड़ेंगे तब न !''

''माँ अन्नपूर्णा का भंडार कभी खाली नहीं होता पुत्र !'' श्रीमाँ ने हँसकर कहा, ''और फिर पुत्र को तृप्त देखकर माँ का पेट तो अपने आप ही भर जाता है रे ! तूने पुरुष-शरीर पाया है, माँ के हृदय को कैसे समझेगा ?''

''सच बताओ माँ ! भोजन कम तो नहीं पड़ेगा ?''

''माँ पर विश्वास नहीं है तो ठाकुर पर तो श्रद्धा रख बेटा ! वे किसी को भूखा नहीं रखते।''

काली कृष्ण ने माँ के चरण पकड़ लिए, ''अपने इस पुत्र के परिहास को क्षमा करो माँ ! मेरे मन में कहीं कोई संशय नहीं है।''

''तो खा, अपने भाइयों को खिला।'' माँ ने कहा, ''सब खा लें तो हुक्के के लिए आग लेने भीतर आ जाना। संकोच मत करना। ठाकुर हुक्के के बिना भोजन को अपूर्ण ही मानते थे।''

भोजन आरंभ हुआ जानकर देशुहड़ा के हरिदास वैरागी ने चिकारा बजाकर गाना आरंभ किया :

''अरी उमा ! क्या ही आनंद की बात है। हे शिवानी ! मैं लोगों से क्या सुन रही हूँ ! सच बता, क्या काशी में तेरा ही नाम अन्नपूर्णा है ? ऐ अपर्णा ! जब मैंने तुझे शिव को सौंपा था, तब भोलानाथ मुट्ठी-भर भीख को तरसते थे। शुभंकरी ! आज मैं क्या आनंद की बात सुन रही हूँ—क्या तू विश्वेश्वर के बाएँ स्थित विश्वेश्वरी है ? मेरे उस दिगंबर को लोग पगला कहते थे, घर और बाहर न जाने कितने उलाहने उसके लिए मुझे सुनने पड़े। अब सुनते हैं कि दिगंबर के फाटक पर द्वारपाल

हैं। इंद्र, चंद्र, यम को भी उसके दर्शन नहीं मिलते। शिव हिमालय पर रहते थे। कभी-कभी भिक्षा से ही निर्वाह करते थे। अब तो वे कुबेर के धन से काशीनाथ हो गए हैं। क्या तेरे भाग्य से ही उसका भाग्य फिरा है ? ऐश्वर्य की वृद्धि हुई है, ऐसा तो जान ही पड़ता है; नहीं तो गौरी को इतना गर्व क्यों होता ? अपनी संतान को भी आँखों से नहीं देखती। राधिका का नाम सुनते ही मुँह फेर लेती है।''

कवयित्री 'राधिका' का उलाहना सुनकर श्रीमाँ की आँखों में अश्रु आ गए। सब कुछ सच कहा है उसने। भजन में मानो माँ के ही जीवन का अविकृत चित्र था। सबने उसे कितने मुग्ध भाव से सुना। सबने समझा। चतुर था वैरागी। उपयुक्त अवसर पर अनुकूल भजन गाया था उसने।''' भीतर से योगीन माँ और गोलाप माँ ने अपना अनुरोध संप्रेषित कर दिया। उनकी तृप्ति नहीं हुई थी। वे और सुनना चाहती थीं। दूसरा भजन नहीं—वही भजन, जिसमें माँ के जीवन को इस अलौकिक ढंग से गाया गया था।

भजन दुबारा गाया गया। सीधा लेकर वैरागी चला गया। सारा परिवेश ही जैसे स्तब्ध-मूक था। नानी ने ही मौन तोड़ा। बोलीं, ''सच है। उस समय मेरे जमाई को सभी पागल कहते और समझते थे। शारदा के भाग्य को धिक्कारते थे। मुझे भी कितनी बातें सुनाते थे। किस कुएँ में धकेल दिया था लड़की को।'''मैं दुःख के मारे मरी जाती थी। आज देखो, कितने कुलीन लड़के-लड़कियाँ देवी मानकर शारदा के चरण पूज रहे हैं। मुझे धिक्कारने वाले वे ही लोग आज शारदा की कृपा के भिक्षुक हैं।''

हुक्के की आग के लिए काली कृष्ण घर के भीतर आया।

श्रीमाँ ने उपले की आग भूमि पर रख दी, ''चिमटे से उठा लो पुत्र !''

काली कृष्ण ने चकित होकर माँ की ओर देखा, ''यह क्या माँ ! इसमें भी छूत लग जाएगी क्या ? अग्नि तो अपने आप में ही पवित्र है।''

माँ ने आँखों ही आँखों में उसे झिड़का, 'कैसी बातें करता है रे तू मूर्ख !'

बोलीं, ''कौन माँ अपनी संतान के हाथ में आग देती है। तेरे हाथ सदा शीतल रहें पुत्र !''

काली कृष्ण ने माँ का वात्सल्य देखा तो स्वयं को सँभाल नहीं सका। माँ के चरण छू लिए, ''मुझ अज्ञानी को क्षमा करना माँ !''

प्रथानुसार तीन दिन तक पूरे विधि-विधान से श्रीजगद्धात्री पूजा हुई। श्रीमाँ के लिए कामों का अंत नहीं था। व्यवस्था का ही बहुत काम था; और रसोई को वे किसी और के भरोसे छोड़ नहीं सकती थीं। वे स्वयं अपने हाथों से पकाकर अपने पुत्रों को खिलाना चाहती थीं। अष्टभुजा रूप धारण कर लेतीं, तो भी व्यस्तता तो रहनी ही थी।'''पूजा का अवसर था। भक्त भी आते थे और संबंधी भी। माँ के दर्शन करने आए भक्त माँ का प्रसाद पाए बिना तो नहीं जा सकते थे।'''सदा रसोई के सामान की व्यवस्था करनी थी। शाक-भाजी को धोना, छीलना, काटना और पकाना था। भात की भी कमी नहीं होनी चाहिए।'''श्रीमाँ को रसोई से ही अवकाश नहीं था। पूजा में भी वे पूरी तरह सम्मिलित नहीं हो सकतीं थीं। जिसके घर में पूजा हो, वह ही उसमें सम्मिलित न हो पाए, कैसी विचित्र बात थी !

''माँ ! आप पूजा में नहीं होतीं, तो पूजा का आनंद कैसे आए ?'' काली कृष्ण ने कहा।

''क्यों रे ! हम जहाँ-जहाँ माँ की पूजा करते हैं, क्या माँ अन्नपूर्णा वहीं बैठकर हमारे लिए

भोजन का प्रबंध करती हैं ? तूने कभी सोचा है ?"

"वे भी अपनी रसोई में बैठी शाक-भाजी और भात पकाती रहती हैं क्या ?" काली कृष्ण ने हँसकर कहा।

"नहीं, वे खेतों में हमारे लिए शस्य उगाती रहती हैं।" माँ बोलीं, "तुम्हारी पूजा ग्रहण करने के लिए पंडाल में खड़ी रहें तो सारे खेत सूख जाएँगे। सारे प्राणी भूखे मर जाएँगे।"

शारदानन्द स्तब्ध रह गए। कुछ नहीं बोले। उनको लगता रहा कि माँ अपने विषय में कोई न कोई संकेत देती ही रहती हैं। यह मात्र संयोग नहीं हो सकता कि बार-बार माँ अन्नपूर्णा चर्चा में आ जाती हैं। श्रीमाँ ने, माँ अन्नपूर्णा की ही भूमिका ग्रहण कर रखी है। वे सारे उपमान और उदाहरण भी उन्हीं के देती हैं। वे चर्चा के विषयों में भी रसोई से बाहर नहीं निकलतीं। क्या माँ ने इस जन्म में अन्नपूर्णा का ही रूप ग्रहण किया है ? ठाकुर के जीवनकाल में भी वे नेपथ्य में कहीं छिपी बैठी, दक्षिणेश्वर में आने वाले भक्तों के लिए, मंदिर की रसोई के अतिरिक्त व्यवस्था करती रहती थीं। किसको क्या विशेष चाहिए, यह वे ही जानती थीं और उसका प्रबंध उन्हीं के हाथों होता था। नाम-जप, ध्यान-धारणा, व्रत-उपवास इत्यादि की साधना तो उनकी चलती ही थी। लगता था, रसोई उनकी तपस्यास्थली थी। सबको उनकी आवश्यकतानुसार समय पर भोजन मिले।...क्या कर्म...निष्काम कर्म इसी रूप में तपस्या बन जाता है ? सेवा का यह रूप तो अद्भुत है। इसमें तपस्या भी है, सेवा भी है और वात्सल्य भी है।...श्रीमाँ मातृत्व के मर्म को कितनी भली प्रकार समझती हैं। किंतु माँ अन्नपूर्णा ने इस जन्म में कैसा अवतार लिया है कि वे साधारण जन के बर्तन भी माँजने बैठ जाती हैं, चूल्हा भी फूँकने लगती हैं, धुआँते चूल्हे के सामने बैठ आँसू बहाती हैं और फिर जो कुछ बन पाता है, वह परोस देती हैं। किंतु कितना सत्य कहा है माँ ने...भूखा तो कोई नहीं जाता अन्नपूर्णा के द्वार से। कैसा चमत्कार है !...पता नहीं कोई माँ की इस लीला को समझ भी रहा है या नहीं !

प्रतिदिन यही होता रहा।...केवल संध्या-आरती और मुख्य पूजा के समय माँ हाथ जोड़कर या तो जगदंबा के दर्शन कर लेती थीं या उन्हें चँवर डुलाती थीं। इससे अधिक के लिए समय ही नहीं होता था। तीन दिन तक दूर-दूर से आए हुए सभी जाति के लोगों ने तृप्ति से विविध प्रसाद पाया। दो रात्रि अभिनय भी हुआ।

किंतु इधर पूजा के तीन दिन पूरे हुए और उधर कलकत्ता से आए हुए यशपारदानन्द, शारदानन्द और काली कृष्ण मलेरिया की चपेट में आ गए। मच्छर बहुत थे। पूजा की धूमधाम में किसी का ध्यान ही उधर नहीं गया था। शरीर कुछ शिथिल भी लगा तो पूजा के आवेश में उसकी ओर ध्यान नहीं दिया। अब जब शरीर पूरी तरह टूटने लगा, तो ज्वर की अवहेलना नहीं की जा सकी। ज्वर की स्थिति में न तो यात्रा हो सकती थी और न विश्राम।

श्रीमाँ की चिंता की सीमा न रही। वे बार-बार यही कहतीं, "अरी माँ ! क्या होगा ? सब बच्चे पड़े-पड़े कष्ट पा रहे हैं।"

आगंतुकों की संख्या कम हो गई थी; किंतु कार्य में तो कोई कमी नहीं आई थी। भोजन भी बनता था और रोगियों के लिए पथ्य भी।

गाँव में उतना दूध नहीं था। एक प्रकार से दूध का अभाव ही था। निर्धन गाँव था। प्रत्येक कृषक के घर में पशु नहीं थे। किसी-किसी घर में कोई गाय-गोरू दिखाई देती थी—वह भी अधिक दूध देने वाली नहीं।...तब भी प्रबंध तो करना ही था। श्रीमाँ गाँव में घर-घर घूमकर पाव-आध पाव

जो कुछ भी पातीं, अपने पुत्रों के लिए ले आतीं और उसी से पथ्य की व्यवस्था करतीं।...इन सब कामों से अवकाश मिलता तो आकर दरवाजे के बाहर चुपचाप खड़ी हो रोगियों को देखतीं।

पुत्रों से माँ की चिंता देखी न गई। उन्होंने अन्न का पथ्य लेने का निश्चय किया। माँ को दूध बटोरने से तो अवकाश मिल जाएगा। शारदानन्द के मन में गंभीर क्लेश था। वे लोग माँ की सहायता के लिए उनके नैहर आए थे। इसलिए नहीं आए थे कि यहाँ खाट पकड़ लें और अकेली माँ दौड़-दौड़कर उनकी सेवा करती रहें और उनकी चिंता से विक्षिप्त हो जाएँ।...यहाँ अधिक दिन पड़े रहना उनका धर्म नहीं था। वे जितना समय भी यहाँ काटेंगे, माँ का कष्ट ही बढ़ाएँगे। जैसे भी हो, उन्हें शीघ्रातिशीघ्र कलकत्ता के लिए चल देना चाहिए।

किंतु श्रीमाँ उन्हें ऐसे ही कैसे जाने देतीं।

"हम यहाँ रहेंगे तो आपको कष्ट होगा माँ !" काली कृष्ण ने कहा।

"स्वयं को कष्ट से बचाने के लिए अपने ज्वर-पीड़ित बच्चों को घर से निकाल दूँ ?" माँ के स्वर में मंद-सा आवेश था, "कुछ दिन और रुक जाओ। कुछ और स्वस्थ होने पर और शरीर में कुछ बल आने पर जाना।"

शारदानन्द समझ रहे थे : उन लोगों के रहने से भी माँ को कष्ट होगा और इस प्रकार चले जाने पर भी। वे माँ को दुखी कर नहीं जाना चाहते थे।

"पर माँ ! ज्वर कब तक रहेगा, कौन जानता है ?"

"जीवन कब तक रहेगा, कौन जानता है ?" माँ बोलीं, "फिर भी लोग रहते ही हैं न !"

माँ के एक वाक्य ने पुत्रों को सर्वथा अवाक् कर दिया था। मूर्तिवत् खड़े रहे।

माँ का मन पिघला, "हम नहीं जानते, किंतु ठाकुर जानते हैं।"

"क्या ?"

"कि ज्वर कब तक रहेगा।"

"तो माँ, आप ही हमारे जाने की तिथि निश्चित कर दें।"

"ठीक है। भेज दूँगी। उचित समय पर भेज दूँगी।"

निश्चित दिन भोजनोपरांत बैलगाड़ियाँ आ गईं। कलकत्ता से आए सारे लोग प्रस्थान कर रहे थे। आज माँ ने उन्हें नहीं रोका था। उन्हें आशीर्वाद देकर वे घर के भीतर चली गई थीं।

भीतर क्या गईं, जाकर खिड़की से लगकर खड़ी हो उन्हें देखती रहीं। आँसू थे कि मान ही नहीं रहे थे। इन बरसती आँखों से कैसे तो वे पुत्रों को विदा करतीं और कैसे उनके पुत्र जा पाते। कैसा मोह है यह...ठाकुर भी तो नरेन्द्र से मिलने को रोया करते थे। इसे मोह कहेंगे क्या ?...

गोलाप माँ और योगीन माँ भी अपने अश्रु नहीं रोक सकीं। काली कृष्ण का बहुत मन था कि वह एक बार माँ के चरणों को पकड़ जी भरकर अपने आँसू उन पर ढाल पाता, पर माँ उन्हें विदा कर भीतर जा चुकी थीं और बैलगाड़ियाँ चलने को तैयार खड़ी थीं।

गाड़ी गाँव की सीमा पर पहुँची तो काली कृष्ण ने घूमकर देखा : श्रीमाँ तालपुकुर के पास खड़ी हो स्नेहपूर्ण नेत्रों से एकटक उनकी दिशा में ही देख रही थीं।...

52

हरविलास शारदा ने अपने घर का बाहरी द्वार खोला तो चकित रह गए : स्वामी उनके सामने खड़े थे।

"अरे आप ?" हरविलास ने उनके चरण छू लिए।

स्वामी ने उन्हें आशीर्वाद दिया और बोले, "मिस्टर हरविलास शारदा ! आप इतने विद्वान् होकर भी एक ऐसे संन्यासी के चरण छू रहे हैं, जो आर्यसमाजी नहीं है !"

"मैंने कौन किसी संन्यासी के चरण छुए हैं।" हरविलास ने हँसकर कहा, "मैंने तो वेदांत की चरण-वंदना की है। वेदों को तो आर्यसमाजी भी मानते हैं।"

उन्हें जल इत्यादि देकर हरविलास ने पूछा, "आप खेतड़ी से कब आए ?"

"बस, आ ही रहा हूँ।"

"संन्यासी के पास सामान तो होता नहीं कि कोई समझ सके कि आप चले ही आ रहे हैं।" हरविलास ने हँसकर स्वामी के आसपास देखा कि कहीं कोई सामान नाम की चीज है भी या नहीं, "लगता है कि अपना सामान किसी होटल अथवा धर्मशाला में रखकर नहा-धोकर आए हैं।"

"भगवान् की दया है कि तुमने यह नहीं कहा कि भोजन भी करके आए हैं।" स्वामी हँसे, "हरविलास ! मुझे भोजन करना है।"

"क्यों नहीं, क्यों नहीं।" हरविलास ने कहा, "आपको मेरा स्थान खोजने में कठिनाई तो नहीं हुई ?"

"तनिक भी नहीं।" स्वामी ने कहा, "अजमेर में प्रत्येक व्यक्ति मेयो कॉलेज को जानता है और मेयो कॉलेज में पहुँचकर हरविलास शारदा को खोजना कठिन काम नहीं है।"

"तो अब आप मेरे पास ही रहेंगे न ?"

"जब तक अजमेर में हूँ, तब तक तो यही सोचा है।" स्वामी बोले, "तुम्हारे यहाँ संन्यासियों को ठहराने पर कॉलेज की प्रबंध समिति आपत्ति तो नहीं करती ? सुना है कि यहाँ के नियम बहुत कठोर हैं।"

"हाँ, नियम तो कठोर हैं। प्रत्येक आने-जाने वाले का नाम-पता लिखा जाता है। यह कहने से काम नहीं चलता कि नाम में क्या रखा है या संन्यासी का नाम क्या।" और हरविलास ने पूरी गंभीरता से पूछा, "स्वामी जी ! संन्यासी होने से पहले आपका नाम क्या था ?"

"नरेन्द्रनाथ दत्त।" स्वामी ने सहज भाव से बता दिया, "अब यह मत पूछना कि आजकल क्या नाम है।"

"नहीं पूछता।" हरविलास ने पैंतरा बदला, "आप खेतड़ी में लंबे समय तक रुके रहे।"

"हाँ, काफी समय बिता आया।" स्वामी बोले, "इधर जीण माता के दर्शनों को चले गए। वहाँ से लौटे तो 12 अक्तूबर का दशहरा था। राजा नहीं चाहते थे कि मैं दशहरा उनसे विलग होकर कहीं और बिताऊँ। दशहरे के शुभ उपलक्ष्य में पूजा, सवारी, जुलूस तथा विराट् दरबार हुआ। लोगों को पुरस्कार और उपाधियाँ बाँटी गईं। फिर एक राजसी भोज हुआ। उसमें भी रुकना पड़ा। मुझे बड़ा आश्चर्य हुआ हरविलास ! अजितसिंह ने संध्या इत्यादि न करने वालों को एक अलग पंक्ति में बैठाकर भोजन कराया। मुझे लगा कि अजितसिंह इस विषय में पर्याप्त कठोर हैं।"

"पर दशहरा तो 12 अक्तूबर को ही हो गया।"

"हाँ, 21 अक्तूबर को माता साहब उदावत जी का श्राद्ध था।"

"कैसा रहा श्राद्ध ?"

"वह भी एक उत्सव ही था।" स्वामी बोले, "एक बजे श्राद्ध करा चुकने पर राजा ने भोजन किया। मुशर्रफ खाँ को बुलाया गया। उस सारे समय में वीणा बजती रही। चार बजे हाथ-मुँह धोकर राजा नीचे पधारे। चौतरे पर विराजे। नटों का तमाशा हुआ। उसे देखा। छह बजे उसके समाप्त होने के बाद हकीम जी के बाग तक टहलने गए। वापस लौटकर मेरे डेरे में पधारकर विराजे और रात के साढ़े दस बजे तक हम दोनों में चर्चा होती रही।"

"ऐसी गंभीर प्रकृति के होकर भी राजा अजितसिंह नटों का तमाशा देखते हैं ?" हरविलास चकित थे।

"मुझे नहीं लगता कि राजा की नटों के तमाशे में कोई रुचि है; किंतु वे अपनी प्रजा का उत्साह बढ़ाने के लिए उनकी कला में रुचि दर्शाते हैं।" स्वामी बोले, "वे प्रजावत्सल राजा हैं। प्रजापालन का दायित्व निभाते हैं।"

"स्वामी जी ! हमारे एक मित्र हैं—श्यामजी कृष्ण वर्मा। बहुत ही विद्वान् पुरुष हैं। आबू से लौटकर मैंने उनसे आपके विषय में चर्चा की थी। वे आपके ज्ञान, वाग्शक्ति तथा देशभक्ति की चर्चा से बहुत प्रभावित थे और आपसे मिलना चाहते थे, किंतु…"

"वे अजमेर में नहीं रहते क्या ?"

"नहीं, रहते तो अजमेर में ही हैं; किंतु इन दिनों बंबई गए हुए हैं। जानें कब लौटें।" हरविलास कुछ दुखी थे, "यदि आपने अपने आने की सूचना दी होती तो मैं उन्हें रोक लेता।"

"नाम तो बहुत सुंदर है—श्यामजी कृष्ण वर्मा।" स्वामी बोले, "वे श्याम भी हैं और कृष्ण भी। वे अजमेर में होते तो मैं उनसे अवश्य मिलता।…चलो, वे नहीं हैं, तुम तो हो। ख्वाजा मुइनुद्दीन चिश्ती की दरगाह तो है। अकबर के महल तो हैं।"

"होने को तो और भी बहुत कुछ है।"

"बताओ, क्या-क्या है ?"

"तारागढ़ की पहाड़ी पर गढ़ बिटली है। अढ़ाई दिन का झोंपड़ा नामक मसजिद है। अकबर और जहाँगीर द्वारा बनवाई गई मसजिदें हैं। शाहजहाँ का महल है। कहते हैं कि उसने अजमेर को अपना अस्थायी निवास ही बना लिया था। तारागढ़ की पहाड़ी पर उसने एक दुर्ग-प्रासाद बनवाया था। अजमेर के निकट ही अनासागर झील है। उसकी सुंदर पर्वतीय दृश्यावली पर मुग्ध होकर शाहजहाँ ने यहाँ संगमरमर के महल बनवाए थे।"

"हरविलास !" स्वामी ने टोक दिया, "संगमरमर के लिए कोई भारतीय शब्द भी तो होगा। पत्थर हमारा है और उसका नाम फारसी से आया हो, यह कैसे संभव है !"

"हम सब तो संगमरमर ही कहते हैं।" हरविलास ने कहा, "अंग्रेजी जानने वाले उसे मार्बल कह देते हैं।"

"अंग्रेजी वाले तो सर्वनाश ही कर रहे हैं। उनकी चले तो वे एक भी भारतीय शब्द कहीं न रहने दें। पर हम अपने शब्दों का इस प्रकार तिरस्कार क्यों कर रहे हैं ?" स्वामी बोले, "मुसलमानों के आने से पहले भी तो इस पत्थर का कोई नाम रहा होगा ? संस्कृत का एक शब्द 'राजाश्म' मेरे ध्यान में आ रहा है—अश्म का अर्थ समझते हो न ?"

"पत्थर।"

"तो राजश्म का अर्थ हुआ—पत्थरों का राजा। श्रेष्ठ पत्थर।…किंतु कोई स्थानीय राजस्थानी शब्द भी तो होगा। चाहे वह 'धौला बाटो' या 'धवल बाट' जैसा शब्द ही क्यों न हो। संगमरमर का अर्थ भी तो श्वेत पत्थर ही है।"

हरविलास चकित दृष्टि से स्वामी को देखते रहे, "आप भी चमत्कार हैं स्वामी जी ! मैं अजमेर में रहता हूँ, किंतु यह जिज्ञासा मेरे मन में कभी नहीं जन्मी और आप…"

"शब्दों पर विचार करना, उनके तल तक जाना, उनसे मैत्री करना, अपने और पराए शब्दों में भेद करना—मेरा स्वभाव है। अच्छा, अजमेर निवासी !" स्वामी हँस रहे थे, "यह बताओ कि इस नगर का नाम अजमेर कैसे पड़ा ? उसका क्या अर्थ है ?"

"नहीं जानता।" हरविलास ने तत्काल शस्त्र डाल दिए, "कभी सोचा ही नहीं। कहीं यह शब्द भी फारसी का ही तो नहीं है—अजमेर शरीफ ?"

"अरे नहीं !" स्वामी बोले, "राजा अजयदेव चौहान ने सन् ग्यारह सौ ईसवी में इसकी स्थापना की थी। संभव है कि पुष्कर और अनासागर झील के निकट होने के कारण अजयदेव ने अपनी राजधानी का नाम 'अजयमेर' रखा हो।"

"उसका क्या अर्थ है ?"

" 'मेर' या 'मीर' का अर्थ झील होता है।" स्वामी बोले, "जैसे 'कश्यपमीर' का अर्थ है, कश्यप की झील, जो आज कश्मीर है। 'अजयमेर' का अर्थ हुआ, 'अजयदेव की झील'। वही अजमेर बन गया है।"

स्वामी तीन दिन तक अजमेर में रहे। हरविलास ने यथासंभव उन्हें दर्शनीय स्थल दिखाए। वे अपना अधिक से अधिक समय स्वामी के साथ बिताना चाहते थे, किंतु एक कष्ट उन्हें निरंतर साल रहा था कि श्यामजी कृष्ण अजमेर में नहीं हैं। वे होते तो स्वामी को अधिक दिनों के लिए रोका जा सकता था, किंतु वे थे ही नहीं।

विदा होते हुए स्वामी ने कहा, "हरविलास ! तुमने ध्यान दिया कि इस बार हमने आर्य समाज और सनातन धर्म को लेकर कोई विवाद नहीं किया है।"

हरविलास कुछ संकुचित हो उठे, "आबू में जब मिला तो मैं आपकी विद्वत्ता के विषय में कुछ नहीं जानता था और स्वयं को प्रकांड पंडित और तार्किक मानता था, इसीलिए आपसे भिड़ता रहा। आज सोचता हूँ तो लज्जा का ही अनुभव करता हूँ।"

"अरे, लज्जा की कोई बात नहीं है मित्र ! प्रत्येक व्यक्ति के जीवन में किशोरावस्था होती है।" स्वामी ने कहा, "तुम तो एक अपरिचित संन्यासी से विवाद कर रहे थे, मैं तो अपने गुरु का तर्क नहीं मानता था और उनका विरोध करता रहता था। यह उनका प्रेम ही था, जिसने मुझे थामे रखा। कोई और होता तो मेरा त्याग कर मुझे दूर भगा चुका होता। मनुष्य अपनी ऐसी ही भूलों से सीखता है।"

स्वामी को अजमेर से विदा करने के दो ही दिन पश्चात् श्यामजी कृष्ण को अपने घर आया देख हरविलास ने अपना सिर पीट लिया।

"क्या हुआ तुम्हें ?" श्यामजी ने पूछा।

"अरे, आप अजमेर लौट भी आए ?"

"क्यों ? मुझे अजमेर नहीं लौटना चाहिए था ?" श्यामजी बोले, "अरे, अजमेर मेरा घर है भाई !"

"वह तो ठीक है, पर स्वामी तो ब्यावर चले गए। दो ही दिन तो हुए हैं।"

"कौन स्वामी ?"

हरविलास ने उन्हें स्वामी के विषय में बताया, "मुझे तनिक भी आभास होता कि आप इतनी जल्दी लौटने वाले हैं तो क्या मैं उन्हें दो दिन और नहीं रोक सकता था ?"

"पर मेरा उनसे मिलना इतना आवश्यक क्यों है ?" श्यामजी ने पूछा, "तुम कहीं मुझे भी भगवा पहनाने के चक्कर में तो नहीं हो ?"

"अरे नहीं महाराज ! भगवा क्या, मैं तो उनकी विद्वत्ता, ज्ञान और साधना को समझ पाने योग्य भी नहीं हूँ। आप होते तो उनसे चर्चा करते।..."

"किस विषय में ?"

"किसी भी विषय में।" हरविलास ने कुछ दीवानगी में कहा, "दो दिन से उनका गायन नहीं सुना तो जीवन कैसा रसहीन-सा लगने लगा है।"

"तुम उनका संगीत समझते हो ?"

"संगीत का शास्त्रीय पक्ष चाहे न समझूँ, किंतु उसका रस तो मुझे अंदर तक भिगो-भिगो जाता है।" हरविलास ने कहा, "उनसे चर्चा करने का सुख अनेक-अनेक जन्मों के पुण्य का प्रसाद होता है श्यामजी !"

"ऐसी बात है तो हम उन्हें फिर से अजमेर ले आते हैं।"

"ऐसा कैसे संभव है ?" हरविलास ने जैसे अपने आप से कहा, "ऐसे बीहड़ संन्यासी को पकड़ना क्या इतना सरल है ?"

"अरे, ब्यावर तक ही तो गए हैं न ?"

"यहाँ से तो ब्यावर ही गए थे। अब कहाँ हैं, भगवान् ही जाने। ब्यावर में भी आप उन्हें कहाँ खोजवाएँगे और यदि कहीं वे और आगे निकल गए हुए तो..."

"ब्यावर नगर है ही कितना बड़ा।"

"वे कौन-से अपना नामपट्ट लगाए बैठेंगे कि आप उन्हें खोज लेंगे। किसी मंदिर में ध्यान लगाए बैठे हों, या एकांत की खोज में किसी बीहड़ मार्ग पर निकल गए हों।" हरविलास ने कहा, "आबू में तो वे एक प्राकृत गुफा में बैठे तपस्या करते थे।"

"वहाँ भी तो उन्हें किसी ने खोज ही लिया था न ?"

हरविलास ने कुछ नहीं कहा।

"प्रयत्न करने में कोई हानि नहीं है हरविलास !"

श्यामजी वर्मा अगले ही दिन ब्यावर चले गए और एक दिन में स्वामी को लेकर अजमेर लौट आए। उन्होंने स्वामी को अपने ही बँगले में ठहराया। हरविलास श्यामजी की सफलता पर चकित रह गए। इसका अर्थ था कि श्यामजी विद्वान् ही नहीं, अपनी धुन के भी पक्के थे। हरविलास ने उनकी क्षमता

को काफी कम आँका था; और यही उन्होंने आरंभ में स्वामी जी के साथ भी किया था।

श्यामजी ने संध्या-समय हरविलास को अपने बँगले पर बुलाया था। हरविलास वहाँ पहुँचे तो देखा कि दोनों विद्वानों में धुआँधार चर्चा चल रही है।

स्वामी ने हरविलास को देखा तो अपनी चर्चा बीच में ही छोड़ दी, "अरे, तुम पहले ही अजमेर में दो दिन और रुकने को कह देते, तो क्या मैं मना कर देता ? व्यर्थ ही श्यामजी को ब्यावर तक दौड़ाया।"

"इन्होंने कौन मुझे बंबई से तार भिजवाया था कि ये आ रहे हैं। और न ही मैं कोई ज्योतिषी हूँ।"

"ज्योतिष जानते भी तो उस पर विश्वास नहीं करते।" श्यामजी हँसे, "कहते कि आर्यसमाज उस पर विश्वास नहीं करता।"

"मैं तो आया था कि स्वामी जी के कंठ की कोई मधुर तान सुनूँगा और आप लोगों ने इस प्रकार के कर्कश प्रहार आरंभ कर दिए।" हरविलास भी हँस रहे थे, "ऐसे में मेरे जीवन का तो सारा माधुर्य ही नष्ट हो जाएगा।"

"नहीं-नहीं ! माधुर्य नष्ट मत करो।" श्यामजी बोले, "स्वामी जी से संगीत-चर्चा सुनो।"

"ध्रुपद और खयाल आदि में विज्ञान है।" स्वामी ने कहा, "किंतु कीर्तन तथा ऐसी अन्य रचनाओं में ही सच्चा संगीत है—क्योंकि वहाँ भाव है। भाव ही आत्मा है।"

"पर भाव तो सामान्य लोकगीतों में भी है और कभी-कभी तो वह कलागीतों से भी कहीं अधिक होता है।" श्यामजी ने कहा।

"मेरा इससे कोई विरोध नहीं है। सामान्य लोगों के गीतों में कहीं अधिक संगीत है। हमें चाहिए कि हम उस कोश का संग्रह कर उसे सुरक्षित करें।" स्वामी बोले, "किंतु यदि ध्रुपद आदि के विज्ञान का कीर्तन के संगीत में प्रयोग किया जाए, तो उससे पूर्ण संगीत की निष्पत्ति होगी।"

"और भाषा के विषय में क्या सोचते हैं आप ? उसमें शास्त्रीयता और लोकतत्त्व का कितना अनुपात हो ?" श्यामजी ने पूछा।

"भाषा का रहस्य है सरलता।" स्वामी सहज भाव से बोले, "भाषा संबंधी मेरा आदर्श मेरे गुरुदेव की भाषा है, जो थी तो नितांत बोलचाल की भाषा, किंतु साथ ही अत्यधिक अभिव्यंजक भी। भाषा को अभीष्ट विचार को संप्रेषित करने में समर्थ होना चाहिए।"

"सत्य है; किंतु संप्रेषण-शक्ति प्राप्त करने के लिए भाषा को एक लंबी आयु चाहिए।" श्यामजी ने कहा, "कोई भी बोली तत्काल ही तो पूर्णता को प्राप्त नहीं हो सकती; और बिना पूर्णता को प्राप्त किए उसमें वह अभिव्यंजना-शक्ति कैसे आएगी ?"

"आपका विचार मुझे भी सहमत करता है।" स्वामी बोले, "कुछ लोगों ने बाँग्ला भाषा को थोड़े समय में पूर्णता तक पहुँचा देने का प्रयास किया है; किंतु मुझे लगता है कि वह प्रयास उसे शुष्क और लोचहीन बना देगा। बाँग्ला में क्रियापदों का अभाव-सा है। माइकल मधुसूदन दत्त ने अपनी कविता में इस दोष को दूर करने का प्रयास किया था।...."

"संस्कृत गद्य के विषय में आपका क्या विचार है ?"

"संस्कृत में सर्वोत्कृष्ट गद्य पतंजलि का महाभाष्य है। उसकी भाषा जीवनप्रद है।" स्वामी बोले, "वैसे हितोपदेश की भाषा भी बुरी नहीं, किंतु कादंबरी की भाषा को मैं ह्रास का उदाहरण मानता हूँ।"

"बाँग्ला क्या संस्कृत के आदर्श पर चलेगी ?" श्यामजी ने पूछा।

"बाँग्ला का आदर्श संस्कृत न होकर पालि भाषा होना चाहिए, क्योंकि बाँग्ला, पालि के ही अधिक अनुरूप है।"

"पारिभाषिक शब्दावली के लिए क्या करेंगे ?"

"उसके लिए तो संस्कृत अनिवार्य है।" स्वामी हँसे, "भाषा की संरचना के नियम अलग हैं और शब्द-भंडार की उपलब्धि पृथक् बात है। बाँग्ला में पारिभाषिक शब्दों को बनाने अथवा उनका अनुवाद करने में संस्कृत शब्दों का व्यवहार ही उचित है। कुछ नए शब्दों के गढ़ने का भी प्रयत्न होना चाहिए। इसके लिए यदि संस्कृत के कोश से पारिभाषिक शब्दों का संग्रह किया जाए, तो उससे बाँग्ला भाषा के निर्माण में बड़ी सहायता मिलेगी।" स्वामी रुके, "मैं मानता आया हूँ कि भाषा के मूल में भी उसे बोलने और बनाने वाली जाति की आत्मा होती है, जैसे कला के मूल में उस जाति के प्राण होते हैं, इसलिए उस पर पड़ने वाला विदेशी प्रभाव उसे विकृत कर देता है।"

"कला के मूल में कलाकार की आत्मा नहीं, जाति की आत्मा होती है ?" हरविलास ने कुछ चकित होकर कहा, "कुछ नई बात सुन रहा हूँ मैं।"

"अच्छा है, नई बात है।" श्यामजी बोले, "कुछ ध्यान से तो सुनोगे।"

"कला के मूल में व्यक्तित्व कलाकार का होता है, किंतु आत्मा तो उस जाति की ही होती है।" स्वामी ने कहा।

"कोई उदाहरण दे सकते हैं ?" हरविलास ने कहा।

"हाँ। देखो, यूनानी कला का रहस्य है, प्रकृति के सूक्ष्मतम ब्योरों तक का अनुकरण करना। पर भारतीय कला का आदर्श है, आदर्श की अभिव्यक्ति करना।" स्वामी बोले, "यूनानी चित्रकार की समस्त शक्ति कदाचित् मांस के एक टुकड़े को चित्रित करने में ही व्यय हो जाती है और वह उसमें इतना सफल होता है कि यदि कुत्ता उसे देख ले तो उसे सचमुच का मांस का टुकड़ा समझकर चखने के लिए दौड़ा आए।..."

"आप ठीक कह रहे हैं।"

"किंतु इस प्रकार प्रकृति के अनुकरण में क्या गौरव है ?" स्वामी के चेहरे पर वितृष्णा के भाव उभरे, "कुत्ते के सामने यथार्थ में मांस का टुकड़ा ही क्यों न डाल दिया जाए ?"

"और भारतीय कला ?" हरविलास की उत्सुकता जाग उठी थी।

"दूसरी ओर हमारा लक्ष्य है आदर्श—अतीन्द्रिय अवस्था—को अभिव्यक्ति देना।"

"पर अब भारतीय कलाकार भी तो आदर्शों से दूर भाग रहे हैं।" श्यामजी ने कहा, "उन्हें वह सब यथार्थ से दूर लगता है।"

"हाँ, आदर्श को चित्रित करने वाली वह भारतीय प्रवृत्ति अब भद्दे और कुरूप बिंबों के चित्रण करने में लगी है और भारतीय कला को विकृत कर रही है।" स्वामी बोले, "किंतु यह श्रेयस्कर तो नहीं है।"

"देखिए, झगड़ा तो यथार्थ और कल्पना का है।" श्यामजी ने कहा, "कला को पूर्णतः कल्पना के भरोसे तो नहीं छोड़ा जा सकता। कपोल काल्पनिक रचनाएँ दीर्घजीवी नहीं होतीं।"

"कला को लिली के समान होना चाहिए, जो कि पृथ्वी से उत्पन्न होती है।" स्वामी ने कहा, "उसी से अपना खाद्य ग्रहण करती है, उसके संस्पर्श में रहती है; किंतु फिर भी उससे ऊपर

ही उठी रहती है। कला का भी यथार्थ से संपर्क बना रहना चाहिए, क्योंकि यह संपर्क न रहने पर कला का अधःपतन हो जाता है। पर साथ ही कला का यथार्थ से कुछ उदात्त धरातल पर स्थित रहना भी आवश्यक है।''

''बहुत अच्छा उदाहरण है स्वामी जी !'' श्यामजी प्रसन्न होकर बोले, ''इससे सारी बात स्पष्ट हो जानी चाहिए।''

हरविलास इन दो विद्वानों की चर्चा में मूक श्रोता थे। वे स्वयं को इस चर्चा में कूद पड़ने और बराबर के भागीदार होने के अयोग्य पा रहे थे; किंतु कुछ छोटे-मोटे प्रश्न तो उनके मन में भी अंकुरित हो रहे थे और यही क्षण था कि जब उनका उत्तर भी मिल सकता था। अब चूके तो वे प्रश्न सदा के लिए प्रश्न ही बने रह जाएँगे।

''पर कला वस्तुतः है क्या ?'' वे रुक नहीं पाए, ''आकार की अभिव्यक्ति अथवा भाव की अभिव्यक्ति ?''

''कला सौंदर्य की अभिव्यक्ति है।'' स्वामी कुछ डपटकर बोले, ''इसमें आकार और भाव का विभाजन कैसा ? प्रत्येक वस्तु कलापूर्ण होनी चाहिए। जीवन में सब कुछ कलापूर्ण होना चाहिए। आपके कपड़े, आपके बर्तन, आपका सामान, आपका व्यवहार, आपका स्वभाव और आपका चिंतन। सब कुछ सुंदर होना चाहिए, इसलिए सब कुछ कलात्मक होना चाहिए। कुरूपता के लिए जीवन में कोई स्थान नहीं है। ब्रह्म परम सुंदर है। जगदंबा सौंदर्य की साक्षात् प्रतिमा हैं। वे कलारूपा हैं।''

''जीवन के प्रत्येक क्षेत्र में कला कैसे हो सकती है ?'' हरविलास कुछ उलझ गए, ''मकान बनाएँगे तो दीवारों में सौंदर्य कहाँ से आएगा ? दीवारों की कला का रूप क्या होगा ?''

''वास्तुकला अथवा वास्तुशिल्प तथा साधारण भवन में यही अंतर है।'' स्वामी बोले, ''वास्तुकला के माध्यम से मकान ही नहीं बनता, एक कलाकृति बनती है, एक भाव व्यक्त होता है, एक जीवनदर्शन आकार पाता है; जबकि दूसरी ओर शुष्क आर्थिक सिद्धांतों पर निर्मित एक भवन मात्र है। उसमें एक आश्रय के अतिरिक्त और कुछ नहीं है।''

''आखिर वह एक जड़ पदार्थ है।'' हरविलास ने कहा।

''जड़ पदार्थ का महत्त्व भावों को व्यक्त कर सकने की उसकी क्षमता पर ही निर्भर है।'' स्वामी ने कहा।

''हम कहते हैं न कि घर को देखकर उसके स्वामी के व्यक्तित्व का भान होता है।'' श्यामजी ने कहा, ''वह यही तो है। घर के रूप में स्वामी का व्यक्तित्व ही मूर्तिमंत होता है।''

''हमारे भगवान् श्री रामकृष्णदेव में कला की शक्ति का बड़ा उच्च विकास हुआ था।'' स्वामी कुछ आत्मलीन-से लगे, ''वे कहा करते थे कि बिना इस शक्ति के कोई भी व्यक्ति वस्तुतः आध्यात्मिक नहीं हो सकता।''

''इसका अर्थ हुआ कि कलाकार में अध्यात्म का तत्त्व पहले से ही विद्यमान होता है ?'' श्यामजी बोले।

''सत्य है। अध्यात्म तो सृष्टि के सूक्ष्म तत्त्व का प्रतिनिधि है। कला भी स्थूल से सूक्ष्म की ओर ले जाती है।'' स्वामी बोले, ''किंतु कला की नींव है वासना। यदि कलाकार नींव का होकर ही रह जाए, उस पर कला का भवन न उठा सके, तो वह आध्यात्मिक न होकर निकृष्ट कोटि का भोगी हो जाता है।''

"यह कैसा मायाजाल है स्वामी जी !"

"यह सारी सृष्टि ही माया का जाल है हरविलास !" स्वामी ने जोर का ठहाका लगाया।

अगले दिन संध्या-समय हरविलास शारदा श्यामजी के बँगले पर पहुँचे तो देखा कि वे स्वामी के साथ सैर करने जा रहे थे। हरविलास को आबू में स्वामी के साथ बिताई गई वे संध्याएँ स्मरण हो आईं, जब वे दोनों किसी भी ओर निकल जाते थे और चलते-चलते बातें करते जाते थे। स्वामी को चलते-चलते बोलने का इतना अभ्यास था कि उन्हें न चलने में बाधा होती थी और न बोलने में।

"साथ चल रहे हो ?" हरविलास को देखकर श्यामजी ने पूछा।

"और करने क्या आया हूँ।" हरविलास हँसे।

"नहीं, चाहो तो यहाँ बैठकर चाय-वाय पियो। सुख से कुछ समय बिताओ। टाँगें थकाने कहाँ जाओगे। हम अभी टहलकर आते हैं।" श्यामजी हँसे।

हरविलास को लगा, वे उसे चिढ़ा रहे हैं।

"मुझे इतना भयंकर स्वप्न मत दिखाइए।" हरविलास बैठे ही नहीं।

वे बाहर निकल आए।

"पहले हमें यह समझना होगा कि ऐसा कोई गुण नहीं है, जिस पर किसी एक जाति का एकाधिकार हो और कोई दूसरी जाति इच्छा करने पर भी उसे प्राप्त न कर सकती हो। किंतु जिस प्रकार व्यक्ति के चरित्र में किसी एक गुण की प्रधानता होती है, उसी प्रकार जाति के चरित्र की भी एक धुरी होती है।"

हरविलास समझ गए : उन दोनों में पहले से ही कोई चर्चा चल रही थी। जाने वे किस संवाद अथवा विवाद में उलझे हुए थे। स्वामी उससे इतने ग्रस्त लग रहे थे कि वे उसी संदर्भ में, उसी क्रम में अपनी बात कह रहे थे। वे कोई व्यतिक्रम नहीं चाहते थे।

"ठीक है।" श्यामजी बोले, "जातीय अस्मिता की बात मेरी समझ में आती है। हम उसी को उस जाति का केंद्रीय गुण भी मान सकते हैं।"

"हमारे देश में मोक्ष-प्राप्ति की इच्छा प्रधान है, पाश्चात्य देशों में धर्म की प्रधानता है।" स्वामी बोले।

हरविलास पूछना चाहते थे कि इन दोनों में कोई अंतर है क्या ? किंतु उन्होंने पूछा नहीं।

"हम मुक्ति चाहते हैं, वे धर्म चाहते हैं।" स्वामी ने कहा, "यहाँ धर्म शब्द का व्यवहार मीमांसकों के अर्थ में कर रहा हूँ।"

"समझ रहा हूँ।"

"पर धर्म क्या है ?" हरविलास ने पूछ ही लिया।

"धर्म वही है, जो इस लोक और परलोक में सुख-भोग की प्रवृत्ति दे।" स्वामी बोले, "धर्म क्रियामूलक होता है। वह मनुष्य को रात-दिन सुख के पीछे दौड़ाता है तथा सुख के लिए काम कराता है। वह रजोगुणी है।"

"मोक्ष सुख नहीं चाहता क्या ?"

"मोक्ष वह है, जो यह सिखाता है कि इस लोक का सुख भी दासता है और परलोक का सुख भी। न तो यह लोक ही प्रकृति के नियमों से मुक्त है और न परलोक ही।"

"पर लोक और परलोक में कुछ अंतर तो करना ही होगा।" श्यामजी ने कहा, "उन्हें हम समान धरातल पर तो नहीं रख सकते।"

"ठीक कह रहे हैं आप। लोक यदि लोहे की शृंखला है तो परलोक सोने की; किंतु हैं दोनों शृंखलाएँ ही। दोनों ही बाँधती हैं।" स्वामी बोले, "दूसरी बात यह है कि प्रत्येक सुख–चाहे वह लौकिक हो अथवा पारलौकिक–प्रकृति के अधीन है, उसके नियमों के अधीन है। अतः नाशवान है। वह शाश्वत नहीं है। नहीं हो सकता। अतएव सुख-प्राप्ति की नहीं, मुक्ति की ही चेष्टा करनी चाहिए। मनुष्य को प्रकृति के बंधनों से मुक्त होने का प्रयत्न करना चाहिए। काराओं को तोड़ना ही हमारा परम लक्ष्य है। दासत्व में रहना मनुष्य के जीवन का ध्येय नहीं है।"

"और यह मोक्ष-मार्ग केवल भारत में है।" श्यामजी ने कहा।

"हाँ, यह मोक्ष-मार्ग केवल भारत में है, अन्यत्र कहीं नहीं।" स्वामी बोले, "इसीलिए जो आपने सुना है कि मुक्त पुरुष केवल भारत में ही हैं, अन्यत्र नहीं–वह ठीक ही सुना है।"

"तो क्या मुक्ति पर भारत का विशेषाधिकार है ?"

"नहीं, यह भी सत्य है कि भविष्य में कभी दूसरे देशों में भी ऐसे लोग होंगे।" स्वामी कुछ रुके, "और हमारे लिए यह प्रसन्नता का विषय है।"

"स्वामी जी ! यहीं से मेरा संशय आरंभ हो जाता है।" श्यामजी ने कहा।

स्वामी ने अपनी आँखें उनकी ओर फेरीं।

"हमने सृष्टि का चरम सत्य पाया। उच्चतम आकांक्षा पाई। फिर भी आज हम इतने पतित क्यों हैं ?"

"धर्म के लोप के कारण।" स्वामी के स्वर में पीड़ा का चीत्कार था, "धर्म का लोप होने से भारत की अवनति हुई। अवनति नहीं, यह दुर्गति हुई।"

"धर्म तो हमारे यहाँ अब भी है।" हरविलास ने कहा, "किसी भी देश से अधिक है।"

"धर्म नहीं, धर्म की भ्रांति है।" स्वामी बोले, "एक समय ऐसा था जब भारत में धर्म और मोक्ष का सामंजस्य था। उस समय यहाँ मोक्षाकांक्षी व्यास, शुक तथा सनकादि के साथ-साथ धर्म के उपासक युधिष्ठिर, अर्जुन, दुर्योधन, भीष्म और कर्ण भी वर्तमान थे।..."

"आप दुर्योधन और कर्ण को धर्म के उपासक कह रहे हैं ?" हरविलास कुछ चकित थे।

"थे तो वे धर्म के ही उपासक, किंतु अधर्म के मार्ग पर चल पड़े थे।" श्यामजी ने कहा, "उन्हें वह मोड़ दिखाई नहीं दिया, जहाँ से उनका मार्ग अधर्म की ओर घूम गया था।"

हरविलास ने संपुष्टि के लिए स्वामी की ओर देखा : क्या वे भी इससे सहमत थे ?

स्वामी ने मुस्कराकर गर्दन हिला दी और बोले, "बुद्धदेव के बाद इस देश में धर्म की पूर्ण उपेक्षा हुई और मोक्ष-मार्ग ही प्रधान बन गया। कहना चाहिए कि केवल मोक्ष-मार्ग ही शेष रह गया। इसीलिए अग्निपुराण में रूपक की भाषा में कहा गया है कि जब गयासुर ने सभी को मोक्ष-मार्ग दिखाकर जगत् का ध्वंस करने का उपक्रम किया था, तब देवताओं ने आकर छल किया तथा उसे सदा के लिए शांत कर दिया। कुछ लोगों का विचार है कि संभवतः यहाँ भगवान् बुद्ध को ही गयासुर कहा गया है।"

"मैं कुछ भ्रमित हो गया हूँ।" हरविलास ने कहा, "मोक्ष हमारा चरम लक्ष्य भी है और वही हमारी दुर्गति का कारण भी ?"

"सच बात तो यह है कि देश की दुर्गति—जिसकी चर्चा हम यत्र-तत्र सुनते रहते हैं--का मूल कारण इसी धर्म का अभाव है।" स्वामी बोले, "यदि देश के सभी लोग मोक्ष धर्म का अनुशीलन करने लगें, तब तो बहुत ही अच्छा हो, किंतु वह होता नहीं।"

"क्यों ?"

"भोग न होने से त्याग नहीं होता। पहले भोग करो, फिर त्याग होगा।" स्वामी बोले, "हुआ क्या ? लोग त्यागी या संन्यासी तो हो नहीं पाए, अगृहस्थ हो गए। कर्म—जो उनका धर्म था--से विमुख हो गए। सारे के सारे लोग वस्त्रों से तो संन्यासी हो गए, किंतु उनका मन संन्यस्त हो नहीं सका। उसके लिए अपेक्षित तपस्या—कर्म-तपस्या—तो किसी ने की नहीं थी। वे न इधर के रहे, न उधर के।"

"पर भगवान् बुद्ध ने तो उन्हें मोक्ष-मार्ग ही दिखाया था। तो फिर यह उत्पात कैसे हो गया ?"

"जिस समय बौद्ध राज्य में एक-एक मठ में एक-एक लाख साधु हो गए थे, उस समय देश अपने सर्वनाश की ओर अग्रसर हो रहा था।" स्वामी कुछ आवेश में बोले, "बौद्ध, जैन, ईसाई, मुसलमान—सभी का यह भ्रम है कि सारे मनुष्यों के लिए एक ही कानून और एक ही नियम है।"

"ऐसा नहीं है क्या ?"

"यह एकदम गलत है। जाति और व्यक्ति के प्रकृति-भेद से, उसके स्वभाव और स्वधर्म से उसके शिक्षा-व्यवहार के नियम पृथक्-पृथक् हैं। बलपूर्वक उन्हें एक करने से क्या होगा ?" स्वामी बोले, "बौद्ध कहते हैं कि मोक्ष के सदृश और क्या है ? सब मनुष्य मुक्ति-प्राप्ति की चेष्टा करें। ऐसा कभी हो सकता है ?"

"क्यों नहीं हो सकता ?"

"हिंदू शास्त्र कहते हैं—तुम गृहस्थ हो, तुम्हारे लिए वे सब बातें आवश्यक नहीं हैं, जो मोक्षार्थी के लिए आवश्यक हैं। तुम अपने धर्म का आचरण करो।" स्वामी जैसे अपने आप से बातें करने लगे थे, "पहले मोक्षार्थी होने की योग्यता प्राप्त करो। एक हाथ भी लाँघ नहीं सकते और लंका लाँघ जाना चाहते हो ! क्या यह उचित है ? दो मनुष्यों का पेट भर नहीं सकते, दो लोगों के साथ सहमत होकर, अपने स्वार्थ का दमन कर, प्रभु की सृष्टि के लिए कोई कल्याणकारी काम कर नहीं सकते, पर मोक्ष लेने दौड़ पड़े हो !…"

हरविलास को लग रहा था, उनके सामने ज्ञान का एक नया संसार खुल रहा था।…

"हिंदू शास्त्र कहते हैं कि धर्म की अपेक्षा मोक्ष बहुत बड़ा है, किंतु पहले धर्म करना होगा। बौद्धों ने इसी स्थान पर भ्रम में पड़कर अनेक उत्पात खड़े कर दिए।" स्वामी धाराप्रवाह बोल रहे थे, "अहिंसा ठीक है, निश्चय ही बड़ी बात है। कहने में बात तो अच्छी है, किंतु शास्त्र कहते हैं कि तुम गृहस्थ हो, तुम्हारे गाल पर यदि कोई एक थप्पड़ मारे और यदि तुम उसका जवाब दस थप्पड़ों से न दो, तो तुम पाप करते हो। आततायिनमायान्तम् इत्यादि।…"

"यह क्या है ?" हरविलास ने पूछा।

"मनु ने कहा है," श्यामजी ने उत्तर दिया, "गुरुं वा बालवृद्धौ वा ब्राह्मणं वा बहुश्रुतम्। आततायिनमायान्तं हन्यादेवाविचारयन्।।"

"हत्या करने के लिए कोई आए, तो ऐसा ब्रह्म-वध भी पाप नहीं है—ऐसा मनुस्मृति में लिखा है।" स्वामी ने कहा, "यही सत्य है, इसे भुलाना नहीं चाहिए। वीरभोग्या वसुंधरा—वीर्य प्रकाशित करो,

साम-दाम-दंड-भेद की नीति को प्रकाशित करो, पृथ्वी का भोग करो, तब तुम धार्मिक होगे। गाली-गलौज सहकर, चुपचाप सिर झुकाकर घृणित जीवन बिताने से यहाँ भी नरक भोगना होगा और परलोक में भी। यही शास्त्र का मत है। सबसे महत्त्व की बात है कि स्वधर्म का अनुसरण करो, जैसा कि भगवान् कृष्ण ने कहा है।''

''और विश्व को एक कुटुंब मानना। सबसे बंधुत्व स्थापित करना''' ।'' हरविलास ने कहा।

''अन्याय मत करो, अत्याचार मत करो, यथासाध्य परोपकार करो। किंतु गृहस्थ के लिए अन्याय सहना पाप है। प्रतिकार उसका धर्म है। अन्याय का प्रतिशोध तत्काल लेना होगा।'' स्वामी बोले, ''बड़े उत्साह के साथ अर्थोपार्जन कर स्त्री तथा परिवार के दस प्राणियों का पालन करना होगा, दस कल्याणकारी काम करने होंगे। समाज के हित में त्याग करना होगा। ऐसा न कर सकने पर तुम मनुष्य किस बात के ? जब तुम आदर्श गृहस्थ ही नहीं प्रमाणित हो सके तो फिर मोक्ष की चर्चा ही व्यर्थ है।''

''पर हम तो कर्म-संन्यास को आदर्श मानते रहे।'' श्यामजी ने कहा।

''तभी तो भगवान् कृष्ण ने कर्म-संन्यास और कर्मयोग में अंतर किया।'' स्वामी ने कहा, ''मैं पहले ही कह चुका हूँ कि धर्म कार्यमूलक है। धार्मिक व्यक्ति का लक्षण है, सदा कर्मशीलता। अनेक मीमांसकों का मत है कि वेद के जिस प्रसंग में कार्य करने के लिए नहीं कहा गया है, वह प्रसंग वेद का अंग ही नहीं है : आम्नायस्य क्रियार्थत्वात् आनर्थक्यम् अतदर्थानाम्।''

''क्या भक्ति से संसार में सब कुछ ठीक नहीं हो सकता ?'' हरविलास बोले, ''हमें तो यही बताया गया कि मध्यकाल में भक्त कवियों ने अपनी भक्ति से अपने धर्म और देश की रक्षा कर ली।''

''उनसे विरोध नहीं है मेरा।'' स्वामी ने उत्तर दिया, '' 'ॐकार का ध्यान करने से सब कामों की सिद्धि होती है। हरिनाम का जप करने से सब पापों का नाश होता है। शरणागत हो जाने पर सब वस्तुओं की प्राप्ति होती है।' शास्त्र की ये सारी अच्छी बातें सच्ची अवश्य हैं, किंतु देखा जाता है कि लाखों मनुष्य ॐकार का जप करते हैं, हरिनाम लेने में पागल हो जाते हैं, रात-दिन 'प्रभु जो करे' कहते रहते हैं; पर उन्हें मिलता क्या है ?'' स्वामी ने रुककर हरविलास की ओर देखा, ''तब खोज करनी होगी कि किसका जप यथार्थ है ? किसके मुख में हरिनाम वज्रवत् अमोघ है ? कौन सचमुच भगवान् की शरण में जा सकता है ? इन सारे प्रश्नों का उत्तर है : वही, जिसने कर्म द्वारा अपनी चित्त-शुद्धि कर ली है, अर्थात् जो धार्मिक है।''

''तो धार्मिक वही है, जो कर्म करता है ?''

''प्रत्येक जीव शक्ति-प्रकाश का एक केंद्र है। पूर्व कर्मफल से जो शक्ति संचित हुई है, उसी को लेकर हम लोग जन्मे हैं। जब तक वह शक्ति कार्यरूप में प्रकाशित नहीं होती, तब तक कहो तो कौन स्थिर रहेगा, कौन भोग का नाश करेगा ? तब दुःख-भोग की अपेक्षा सुख-भोग अच्छा नहीं ? कुकर्म की अपेक्षा क्या सुकर्म अच्छा नहीं ?''

''बड़ा विभ्रम है।'' हरविलास ने पुनः कहा, ''समझ में नहीं आता कि क्या करना चाहिए और क्या नहीं करना चाहिए।''

''क्या करना चाहिए ?'' स्वामी जैसे कुछ उद्दीप्त हो उठे, ''मुक्ति के इच्छुक का कर्तव्य कुछ और है और धर्म चाहने वाले का कुछ और। गीता का उपदेश देने वाले भगवान् ने इसे बड़ी अच्छी तरह समझाया है। इसी महासत्य पर हिंदुओं का स्व-धर्म और जाति-धर्म आदि निर्भर है।''

श्यामजी ने भी कुछ चौंककर स्वामी की ओर देखा।

" 'अद्वेष्टा सर्वभूतानांमैत्रः करुण एव च।' इत्यादि भगवद्वाक्य मुमुक्षुओं के लिए हैं और 'क्लैव्यं मा स्म गमः पार्थ।' एवं 'तस्मात्त्वमुत्तिष्ठ यशो लभस्व।' इत्यादि धर्म-प्राप्ति का मार्ग हैं। भगवान् ने सब कुछ स्पष्ट कर दिया है। इसमें विभ्रम कहाँ है ?"

"मोक्ष और धर्म को इस प्रकार पृथक् कर तो मैंने भी कभी नहीं देखा।" श्यामजी बोले, "इतनी बार गीता पढ़ी, किंतु यह भेद आपने ही समझाया स्वामी जी !"

पर स्वामी का ध्यान उस ओर नहीं था। वे मानो अपने प्रवाह में थे, "कर्म करने से उसमें कोई न कोई दोष रह ही जाएगा। धरती जोती जाएगी तो उसमें कुछ कृमि-कीट मरेंगे ही। तो यह पाप हुआ। काम करने पर कुछ न कुछ पाप तो होगा ही। तो क्या उपवास की अपेक्षा आधा पेट खाना अच्छा नहीं है ? कुछ भी न करने की अपेक्षा, कर्महीन जड़ पदार्थ हो जाने की अपेक्षा, कर्म करना अच्छा नहीं है, भले ही उस कर्म में अच्छाई और बुराई का मिश्रण ही क्यों न हो ?" स्वामी ने जैसे आत्मलीनता से उबरकर अपने साथ चल रहे श्यामजी और हरविलास को देखा, "गाय झूठ नहीं बोलती, दीवार चोरी नहीं करती; पर फिर भी वे गाय और दीवार ही रह जाती हैं। मनुष्य चोरी करता है, झूठ बोलता है, फिर भी वह देवता हो जाता है।"

"बात तो आप ठीक ही कह रहे हैं स्वामी जी ! किंतु सत्त्व गुण की प्रधानता होने से भी तो मनुष्य का कर्म सीमित हो जाता है···।"

"सत्त्व गुण की प्रधानता से मनुष्य निष्क्रिय हो जाता है तथा परम ध्यानावस्था को प्राप्त होता है। रजोगुण की प्रधानता से वह अच्छे-बुरे काम करता है। तमोगुण की प्रधानता से वह पुनः निष्क्रिय और जड़ हो जाता है।" स्वामी बोले, "इसका निर्णय कैसे होगा कि सतोगुण की प्रधानता हुई है या तमोगुण की ? सुख-दुःख से परे हम क्रियाहीन शांत, सात्त्विक अवस्था में हैं, अथवा शक्ति के अभाव से प्राणहीन, जड़वत् क्रियाहीन, महातामसिक अवस्था में पड़े हुए, धीरे-धीरे चुपचाप सड़ रहे हैं ? इस प्रश्न का उत्तर दो और अपने मन से पूछो।"

"यही तो मैं कह रहा हूँ···।" हरविलास ने कुछ कहना चाहा।

"इसका उत्तर क्या होगा ? बस, फलेन परिचीयते।" स्वामी बोले, "सत्त्व की प्रधानता में मनुष्य निष्क्रिय होता है, शांत होता है, पर वह निष्क्रियता महाशक्ति के केंद्रीभूत होने से होती है। वह शांति महावीर्य की जननी है। उस महापुरुष को फिर हम लोगों के समान हाथ-पैर डुलाकर काम नहीं करना पड़ता। केवल इच्छा होने से ही सारे कार्य सुपूर्ण रूप से संपन्न हो जाते हैं। वह पुरुष सत्त्व गुण-प्रधान ब्राह्मण है, सबका पूज्य है। 'मेरी पूजा करो' ऐसा कहते हुए क्या उसे द्वार-द्वार घूमना पड़ता है ? जगदंबा अपने हाथ से उसके ललाट पर लिख देती हैं कि इस महापुरुष की सब लोग पूजा करो। और जगत् नतशिर होकर उसे मान लेता है। वही व्यक्ति सचमुच मनुष्य है : 'अद्वेष्टा सर्वभूतानां मैत्रः करुण एव च।' और वे जो नाक-भौं सिकोड़कर पिनपिनाते-किटकिटाते हुए बातें करते हैं, सात दिन के उपासे गिरगिट की तरह, जिनकी म्यूँ-म्यूँ आवाज होती है, जो फटे-पुराने चिथड़े की तरह हैं, जो सौ-सौ जूते खाने पर भी सिर नहीं उठाते, उन्हीं में निम्नतम श्रेणी का तमोगुण प्रकाशित होता है। यही मृत्यु का चिह्न है। वह सत्त्व गुण नहीं, सड़ी दुर्गंध है। अर्जुन भी इस अवस्था को प्राप्त हो रहे थे। इसीलिए तो भगवान् ने इतने विस्तृत रूप से गीता का उपदेश दिया।" स्वामी ने श्याम जी की ओर देखा, "ध्यान दीजिए, देखिए, भगवान् के श्रीमुख से पहली बात कौन-सी निकली : 'क्लैव्यं

मा स्म गमः पार्थ नैतत्त्वयुपपद्यते।' और अंत में 'तस्मात्त्वमुतिष्ठ यशो लभस्व।' "

"पर हमें यह भी तो सिखाया जाता है कि लड़ाई-झगड़ा मत करो। सबसे मिल-जुलकर रहो। बंधुत्व और मेल-मिलाप बड़ी चीज है।" हरविलास ने कहा, "ऐसे में युद्ध के लिए प्रेरित करना""

"ऐसे आदर्शों के मोहजाल में फँसकर हम लोग तामसिक लोगों का अनुसरण कर रहे हैं। पिछले हजार वर्षों से सारा देश हरिनाम की ध्वनि से नभोमंडल को परिपूर्ण कर रहा है, पर परमात्मा उस ओर कान ही नहीं देता। वह सुने भी क्यों ? मूर्खों की बात मनुष्य ही नहीं सुनता, वह तो भगवान् है। अब गीता में कहे हुए भगवान् के वाक्यों को सुनना ही कर्तव्य है : 'क्लैव्यं मा स्म गमः पार्थ' और 'तस्मात्त्वमुतिष्ठ यशो लभस्व।' "

"यह आचरण क्या हमारे अपने धर्म के विरुद्ध नहीं हो जाएगा ?"

"यूरोपवासियों के देवता ईसा उपदेश देते हैं कि किसी से वैर मत करो। यदि कोई तुम्हारे बाएँ गाल पर चपत मारे, तो उसके सामने दाहिना गाल भी घुमा दो। सारे कामकाज छोड़कर परलोक में जाने को तैयार हो जाओ, क्योंकि संसार दो-चार दिनों में ही नष्ट हो जाएगा।" स्वामी बोले, "और हमारे इष्टदेव ने उपदेश दिया है कि खूब उत्साह से काम करो, शत्रु का नाश करो और संसार का भोग करो। किंतु सब उलटा-पुलटा हो गया है। यूरोपवासियों ने ईसा की बात नहीं मानी। वे सदा महारजोगुणी, महाकार्यशील होकर बहुत उत्साह से देश-देशांतरों के भोग और सुख का आनंद लूटते हैं और हम लोग गठरी-मोठरी बाँधकर एक कोने में बैठकर रात-दिन मृत्यु का आह्वान करते हैं और गाते हैं : 'नलिनीदलगतजलमतितरलं तद्वज्जीवितमतिशयचपलम्।' अर्थात् 'कमल के पत्ते पर पड़ा हुआ जल जितना तरल है, हमारा जीवन भी उतना ही चपल है।' यम के भय से हमारी धमनियों का रक्त ठंडा पड़ जाता है और सारा शरीर काँपने लगता है। इसी से यम भी हमसे क्रुद्ध हो गए हैं और उन्होंने संसार-भर के रोगों को हमारे देश में नियुक्त कर दिया है।" स्वामी का आवेग जैसे थम ही नहीं रहा था, "गीता का उपदेश किसने सुना ? यूरोपवासियों ने ! ईसा की इच्छा के अनुसार कौन काम करता है ? श्रीकृष्ण के वंशज !"

"पर मोक्ष का मार्ग भी तो गीता ने ही दिखाया है।" श्यामजी बोले।

"इसे अच्छी तरह समझना होगा।" स्वामी बोले, "मोक्ष-मार्ग का सर्वप्रथम उपदेश तो वेदों ने ही दिया था। उसके बाद चाहे बुद्ध को लें, चाहे ईसा को—सभी ने इस विचार को वेदों से ही ग्रहण किया। वे संन्यासी थे, अतः उनका कोई शत्रु नहीं था और वे सबसे प्रेम करते थे : 'अद्वेष्टा सर्वभूतानां मैत्रः करुण एव च।' यह उन लोगों के लिए अच्छी बात थी।" स्वामी पुनः कुछ उत्तेजित हो उठे, "किंतु बलपूर्वक सारी दुनिया को उस मोक्ष-मार्ग की ओर खींच ले जाने की चेष्टा किसलिए ? क्या घिसने-रगड़ने से सुंदरता और धरने-पकड़ने से कभी प्रेम होता है ? जो मनुष्य मोक्ष नहीं चाहता, पाने के योग्य भी नहीं है, उसके लिए कहो तो बुद्ध या ईसा ने क्या उपदेश दिया है ?—कुछ भी नहीं। या तो तुम्हें मोक्ष मिलेगा या फिर तुम्हारा सत्यानाश होगा—बस, ये ही दो मार्ग हैं। मोक्ष के अतिरिक्त और सारी चेष्टाओं के मार्ग बंद हैं। इस संसार का थोड़ा आनंद लेने के लिए तुम्हारे पास कोई मार्ग ही नहीं है और पग-पग पर आपद-विपद है।" स्वामी रुके, "केवल वैदिक धर्म में ही धर्म, अर्थ, काम और मोक्ष—इन चार वर्णों के साधन का उपाय है। बुद्ध ने हमारा सर्वनाश किया और ईसा ने रोम और ग्रीस का। इसके बाद भाग्यवश यूरोपवासी प्रोटेस्टेंट हो गए। उन लोगों ने ईसा के धर्म को छोड़ दिया और एक गंभीर साँस लेकर संतोष प्रकट किया। भारत में कुमारिल ने कर्म मार्ग चलाया।

शंकर और रामानुज ने चारों वर्णों के समन्वय स्वरूप सनातन वैदिक धर्म का फिर प्रवर्तन किया। इस प्रकार देश के बचने का उपाय हुआ। परंतु भारत में तीस करोड़ लोग हैं। क्या तीस करोड़ लोगों को एक दिन में बोध हो सकता है ?"

"तो क्या आप बौद्ध धर्म और वैदिक धर्म के उद्देश्य पृथक्-पृथक् मानते हैं ?" श्यामजी ने कुछ चिंता से पूछा।

"बौद्ध धर्म और वैदिक धर्म का उद्देश्य एक ही है, पर बौद्ध धर्म के उपाय ठीक नहीं हैं।" स्वामी बोले, "यदि उपाय ठीक होते तो हमारा यह सर्वनाश कैसे होता ?"

स्वामी ने आकाश की ओर देखा, "शिव ! शिव !!"

53

स्वामी को लगा कि अंततः वे अपने लक्ष्य पर पहुँच गए हैं। यह स्थान नगर के एक कोने में था और यहाँ भीड़-भड़क्का तो एकदम नहीं था।

उनके सामने एक बड़ा भवन था। भवन के चारों ओर पर्याप्त खुला मैदान था। शायद यह मठ ही था। बाहर एक बड़ा-सा फाटक था और वहाँ एक दरबान भी बैठा था।…

स्वामी को कुछ आश्चर्य हुआ : मठ के द्वार पर दरबान ?…यह भी कोई राजप्रासाद अथवा शासकीय कार्यालय है, जहाँ आने-जाने वालों को रोका-टोका जाए; या उनसे पूछ-पड़ताल की जाए ? मठ तो एक सार्वजनिक स्थान है, जहाँ किसी भी आने-जाने वाले को किसी प्रकार की कोई मनाही नहीं होनी चाहिए।…हाँ ! एकांत-साधना करने वाले तपस्वियों को विघ्न-बाधाओं से बचाना होता है, किंतु उसके लिए सैनिकों, सिपाहियों, संतरियों और दरबानों की आवश्यकता नहीं होती।

स्वामी ने दरबान के निकट जाकर पूछा, "यह कोई मठ है बाबा ?"

"हाँ, मठ है।" दरबान कुछ गुजराती उच्चारण में बोला, "यहाँ साधु रहते हैं। पूजा-अर्चना करते हैं। तपस्या करते हैं।…"

"जो रहते हैं, वे ही रह सकते हैं या कोई और भी रह सकता है ?" स्वामी ने और भी विनम्र होकर पूछा, "यह साधुबासा है क्या ?"

"मठ है। कोई भी साधु रह सकता है।" दरबान ने उत्तर दिया, "यह साधुओं के रहने का ही स्थान है।"

"मुझे यहाँ आश्रय मिल सकता है क्या ?" स्वामी ने उसकी ओर देखा, "मैं कुछ दिन लींबड़ी में टिकना चाहता हूँ।"

दरबान ने जैसे पहली बार स्वामी को ध्यान से देखा, "बड़े महाराज की अनुमति के बिना नहीं रह सकते। उनकी अनुमति हो जाए तो आप भी रह सकते हैं।"

"उनसे भेंट हो सकती है क्या ?"

"चलो, मैं ले चलता हूँ।" दरबान ने स्वामी के प्रवेश के लिए फाटक खोल दिया।

दरबान उन्हें जिस कक्ष के द्वार तक लाया, वह मठ का कार्यालय जैसा लगता था। वहाँ तीन-चार संन्यासी बैठे किसी विषय पर विचार कर रहे थे।

"कैसे आए ?" एक ने दरबान से पूछा।

"एक साधु आए हैं, वे आश्रय चाहते हैं।" दरबान ने स्वामी को भीतर आने का संकेत किया।

साधुओं ने स्वामी का स्वागत किया, "आइए महाराज ! कहाँ से पधारे हैं ?"

स्वामी बैठ गए, "परिव्राजक हूँ। देश का भ्रमण कर रहा हूँ। राजस्थान का भ्रमण कर इस ओर आया हूँ। पिछले कुछ दिनों से लींबड़ी में हूँ।…"

"कहाँ टिके हैं ?" एक संन्यासी ने पूछा।

"करतल भिक्षा, तरुतल वासा। कभी किसी वृक्ष के नीचे, कभी किसी दुकान के सामने।"

"व्यर्थ इतना कष्ट पाया आपने।" दूसरे संन्यासी ने बड़े मधुर ढंग से मुस्कराकर कहा, "सीधे यहीं आ गए होते। बहुत स्थान है हमारे मठ में।"

"और हमारे हृदय में भी।" तीसरे ने कहा, "आप बड़े महाराज से मिलेंगे तो आपका मन प्रसन्न हो जाएगा। वे तो प्रेम के अवतार ही हैं। चलिए, विलंब से आए, किंतु आ तो गए। आपका स्वागत है। आप इसे अपना ही स्थान समझें।"

"जब तक रहना चाहें, आराम से रहिए।" पहले संन्यासी ने कहा।

"इस समय मैं बहुत थका हुआ हूँ।" स्वामी बोले।

"जा रे !" एक संन्यासी ने दरबान से कहा, "महाराज को ऊपर कोने वाला कमरा खोल दे। और देख, इन्हें किसी प्रकार का कोई कष्ट न हो।"

"जाइए। विश्राम कीजिए। जब मन हो, स्नान-ध्यान कर लें।" दूसरे संन्यासी ने कहा, "भोजन के समय तक थकान न मिटे, तो भोजन अपने कमरे में ही मँगवा लें।"

स्वामी लंबे और अनवरत भ्रमण से इतने थक चुके थे कि उन्हें यह ठिकाना स्वर्गीय वरदान-सा लगा। उन्होंने हाथ जोड़कर उन संन्यासियों के प्रति अपना आभार व्यक्त किया और दरबान के साथ जाने को उठ खड़े हुए।

कमरा अच्छा, खुला और हवादार था। कमरे के सामने बरामदा और उसके आगे खुला मैदान था। मैदान में छोटी किंतु सुंदर वाटिका थी। फूलों की क्यारियों की अच्छी देखभाल हुई थी। ऊपर खुला आकाश था। रात को तारों का निरीक्षण हो सकता था। दाहिनी दीवार में एक बड़ी खिड़की थी, जिसमें से पीपल का एक बड़ा-सा वृक्ष कमरे के भीतर झाँक रहा था। उसकी शाखाएँ इतनी पास आ गई थीं कि स्वामी ने कल्पना की कि यदि उस पर गिलहरियाँ होंगी, तो वे सुविधा से कूदकर कमरे में आ सकती थीं।…

स्वामी को वह स्थान इतना संतोषजनक लगा कि उनकी क्लांति काफी हद तक दूर हो गई। उन्होंने तत्काल ही लींबड़ी में देर तक ठहरने की योजना बना डाली।…साधना के लिए इससे अच्छा स्थान और क्या हो सकता है ?

किंतु कमरा धूल-धक्कड़ से अटा पड़ा था। लगता था, बहुत दिनों से न तो उसकी सफाई हुई थी और न ही कोई वहाँ ठहरा था।

"इसकी सफाई…" स्वामी ने दरबान की ओर देखा, "अच्छा, एक झाड़ू मिल जाएगी ?"

"वह सब हो जाएगा।…" दरबान ने कहा और बाहर चला गया।

स्वामी समझ नहीं पाए कि उसके 'वह सब हो जाएगा' का अर्थ क्या था ? उन्हें प्रतीक्षा करनी चाहिए कि कोई आएगा अथवा स्वयं कोई प्रबंध करना चाहिए···कमरे की जो स्थिति थी, उसमें न वे अपना कंबल बिछा सकते थे, न वहाँ कहीं बैठ सकते थे।···

वे खड़े सोच ही रहे थे कि एक युवा आकर उनके सामने खड़ा हो गया। उसके हाथ में झाड़ू थी। इसका अर्थ था कि वह सफाई करने के विचार से आया था।···

"तुम यहाँ के कर्मचारी हो भाई ?" स्वामी ने पूछा।

"नहीं। यह कोई कार्यालय है क्या ?" वह हँसा, "मठ है। मठ में साधु हो सकते हैं। भक्त हो सकते हैं। कर्मचारी क्या ? मैं तो साधुओं की सेवा करने के लिए आता हूँ।"

"क्यों करते हो साधुओं की सेवा ?" स्वामी ने चुहल की।

"युधिष्ठिर के राजसूय में श्रीकृष्ण ने साधुओं की जूठी पत्तलें क्यों उठाई थीं ?" युवक ने पलटकर प्रश्न किया।

"श्रीकृष्ण संसार को समझा रहे थे कि सेवा से अपने अहंकार का विगलन होता है।"

"वे समझा रहे थे। मैं समझा नहीं रहा। मैं अपने अहंकार को गला रहा हूँ।" युवक हँसकर बोला, "···संभव है कि सत्संगति से कोई लाभ हो जाए।"

"क्या नाम है तुम्हारा ?"

"नंदू। नंदलाल।···आप जो भी चाहें।"

वह झाड़ू करने में जुट गया। झाड़ू कर उसने थोड़ी झाड़-पोंछ कर दी।

"आप अपना कंबल बिछा सकते हैं। मैं आपके लिए जल लेकर आता हूँ।"

स्वामी अपनी चीजें लगा रहे थे कि वह जल लेकर आ गया।

"महाराज ! आपकी पत्नी का देहांत हो गया या वह आपको छोड़कर चली गई ?"

स्वामी को विस्मय हुआ, किंतु वे समझ गए कि साधारण व्यक्ति संन्यासी को देखकर यही समझता है कि पत्नी के वियोग ने ही उसे संन्यासी बना दिया है। बोले, "मेरा विवाह ही नहीं हुआ नंदू !"

"तो क्या संपत्ति लुट गई या व्यापार में घाटा हो गया ?"

"संपत्ति थी ही नहीं और व्यापार कभी किया नहीं।"

"तो फिर संन्यासी हो जाने का कारण ?" नंदू बोला, "देखने में तो भले-चंगे लगते हैं।"

स्वामी मुस्कराए, "भला-चंगा ही हूँ।"

"तो फिर यह संन्यास ?" उसने पूछा।

"कुछ छिन जाने अथवा समाज के अस्वीकार के कारण ही तो कोई संन्यासी नहीं होता।···"

"तो ?"

"जिसका तिरस्कार संसार करता है, वह संन्यासी नहीं बनता, भिखारी चाहे बन जाए। संन्यासी वह बनता है, जो संसार का तिरस्कार कर सकता है, जिसके सामने स्वयं संसार भिखारी बन जाता है।"

नंदू ने कुछ चौंककर स्वामी की ओर देखा। शायद उसके लिए यह समाधान सर्वथा अजाना था। कुछ सोचकर धीरे से बोला, "तो संसार का तिरस्कार करके ही क्या होगा ?"

स्वामी ने थोड़ी देर उसकी ओर देखा, फिर अपने साफ-सुथरे हो आए कमरे की ओर।

बोले, ''हमने इस कमरे में पड़ी धूल-मिट्टी का तिरस्कार क्यों किया ?''

''ताकि यह कमरा साफ हो सके।''

''अर्थात् गंदगी का तिरस्कार किया कि सफाई पा सकें। मल का तिरस्कार किया कि शुचिता पा सकें।''

''हाँ।''

''वैसे ही ऐश्वर्य का तिरस्कार किया जाता है, ताकि ईश्वर को पा सकें।'' स्वामी बोले, ''संसार का तिरस्कार किया जाता है, ताकि अध्यात्म पा सकें। माया का तिरस्कार किया जाता है, ताकि ब्रह्म को पा सकें।''

नंदू चकित दृष्टि से स्वामी को देखता रहा। यह सब कुछ उसको बहुत नया लग रहा था।

''तुम किस लोभ में संतों की सेवा कर रहे हो नंदू ? अपना अहंकार गलाकर क्या पाओगे ?''

''मैं ? अभी कुछ स्पष्ट नहीं है महाराज ! मैं तो यह भी नहीं जानता कि अहंकार गलाया ही क्यों जाता है। वह तो आपने श्रीकृष्ण का उदाहरण दे दिया, तो मैंने भी कह दिया कि मैं अपना अहंकार गला रहा हूँ।''

''कुछ तो सोचकर ही यहाँ आए होगे ?''

''मैं तो इतना ही जानता हूँ कि यह मुझे अच्छा लगता है।'' नंदू कुछ रुका, ''कभी-कभी कोई सात्त्विक पुरुष मिल जाता है, तो उसकी संगति से मन शांत और पवित्र हो जाता है।...पर यदि आप बुरा न मानें तो कहूँ कि मुझे सारे साधु अच्छे नहीं लगते।''

''नहीं, बुरा क्यों मानूँगा !'' स्वामी बोले, ''पर मैं तुमसे सहमत नहीं हूँ कि सारे साधु अच्छे नहीं होते।''

''मेरा तो यही अनुभव है।''

''अनुभव नहीं, भ्रम है।'' स्वामी का स्वर कुछ दृढ़ हो आया, ''जो अच्छा होगा, साधु तो उसे ही कहेंगे। तुम प्रत्येक भगवाधारी को साधु कहते रहे। सारे भगवाधारी साधु नहीं होते। साधु का लक्षण भगवा वस्त्र नहीं, निर्मल हृदय है।''

नंदू स्वामी की ओर चुपचाप देखता रहा और फिर जैसे मुँह का घूँट निगलकर बोला, ''अब समझ में आया कि भूल कहाँ थी।'' उसे सहज होने में अधिक समय नहीं लगा। बोला, ''आप मुझे बताएँ कि आप किस लक्ष्य से तपस्या कर रहे हैं ?''

''बताया तो कि हम संसार का तिरस्कार क्यों करते हैं।''

''आपने अभी जो कुछ बताया, वह सब त्याग की चर्चा है। प्राप्ति की चर्चा उसमें कहीं नहीं है।'' नंदू बोला।

''हमने कहा कि हमने गंदगी का त्याग किया ताकि हम स्वच्छता पा सकें। ठीक है ?''

''ठीक है।''

''तुमने इस कमरे की गंदगी बाहर निकाली। अब बताओ, तुमने क्या प्राप्त किया ? जो पाया हो, उसे हाथ में उठाकर मुझे दिखाओ।''

नंदू कुछ झेंपा, ''हाथ में उठाकर तो नहीं दिखा सकता, किंतु देखिए तो, यह कमरा कितना अच्छा लग रहा है। गंदे कमरे में तो आप बैठ भी नहीं सकते थे।''

''वैसे ही हृदय की निर्मलता और सात्त्विकता को हाथ में उठाकर नहीं दिखाया जा सकता

कि मैंने यह प्राप्त किया है। कमरा साफ हो गया तो मैं इसमें बैठ सकता हूँ, रह सकता हूँ। तुम इसमें रह सकते हो। वैसे ही एक बार मनुष्य का हृदय स्वच्छ हो जाए तो उसमें भगवान् बैठ सकते हैं। मैं उसी के लिए पसीना बहा रहा हूँ।'' स्वामी ने रुककर उसकी ओर देखा, ''जो मुक्ति के लिए तपस्या करते हैं, वे प्राप्ति की चर्चा नहीं करते।''

''मैं समझा नहीं !'' नंदू ने कहा।

''इसमें न समझने जैसा क्या है ?''

''मैं भोजन करने जाता हूँ और देखता हूँ कि मेरे हाथ गंदे हैं। मैं गंदे हाथों से भोजन नहीं कर सकता। मैं समझ जाता हूँ कि जब तक मेरे हाथ गंदे रहेंगे, मैं भोजन की प्राप्ति नहीं कर सकता। मैं हाथों का मल त्यागता हूँ, तो मुझे भोजन मिलता है। मैं कमरे का मल निकालता हूँ, तो मुझे कमरा मिलता है। गंदा होगा, तो वह कमरा होकर भी मेरे लिए नहीं है। आप बताएँ कि संसार को त्यागने से क्या मिलता है ?''

''मैं समझ गया।'' स्वामी हँसे, ''देखो नंदू, भौतिक संसार स्थूल पदार्थों से बना है, जो हमें अपनी ज्ञानेन्द्रियों से दिखाई देता है। तुम जिस प्राप्ति की बात कर रहे हो, वह उस स्थूल संसार में से ही है। यदि मैं कहूँ कि संसार त्यागने से ईश्वर मिलता है, तो तुम कहोगे कि मैं तुम्हें ईश्वर दिखाऊँ। यह भी पूछ सकते हो कि ईश्वर मिलने से लाभ क्या होगा ?''

''आप ठीक कह रहे हैं।'' नंदू बोला, ''मैं तो इसी रूप में सोच पाता हूँ।''

''देखो, संसार में जो कुछ भी हमें दिखाई देता है, वह सब माया का बंधन है।'' स्वामी बोले, ''उनमें से किसी भी पदार्थ का लोभ किया जाए, वह हमको कामना या कर्म के बंधन में बाँधेगा। हमें इन बंधनों से छूटना है, इसलिए त्याग ही करना होगा। हमें स्वतंत्रता चाहिए, तो हम बंधनों को तोड़ने का ही प्रयत्न करेंगे। बंधन टूट गए तो स्वतंत्रता तो स्वयं ही मिल जाएगी।'' स्वामी ने रुककर उसकी ओर देखा, उसकी आँखों में ज्ञान की चमक नहीं थी।

''देखो !'' स्वामी पुनः बोले, ''यदि एक व्यक्ति एक कमरे में बंद हो, उस कमरे में संसार की सारी सुख-सुविधाएँ वर्तमान हों, किंतु उस व्यक्ति के हाथ-पैर बंधे हों, तो वह क्या करना चाहेगा ?''

''बंधनों को तोड़ना चाहेगा। अपने शरीर से लिपटी रस्सियों को तोड़ना चाहेगा।''

''क्यों ?''

''ताकि वह वहाँ वर्तमान सुख-सुविधाओं से वंचित न रह जाए। वह उनको प्राप्त कर सके।'' नंदू बोला।

''अब एक अन्य व्यक्ति का उदाहरण लो।'' स्वामी बोले, ''वह व्यक्ति कमरे में नहीं, खुले आकाश के नीचे है। उस दृष्टि से वह बंदी नहीं, मुक्त है। किंतु उसके हाथ-पैर बँधे हुए हैं। उसे रस्सियों से नहीं, साँपों से बाँधा गया है। या यह कहो कि साँपों ने उसे बाँध रखा है। ऐसे में वह व्यक्ति क्या मुक्त होना चाहेगा ? अपने बंधन तोड़ना चाहेगा ?''

''अवश्य। कौन बँधा रहना चाहेगा और साँपों से बँधे रहने का तो कोई अर्थ ही नहीं है।''

''रस्सियों से मुक्त होकर उसे क्या मिलेगा ?'' स्वामी ने जैसे उसका पाठ दुहराया।

''स्वतंत्रता।''

''क्या तुम स्वतंत्रता की प्राप्ति को दिखा सकते हो ?''

''नहीं, पर मैं उसकी प्रसन्नता का अनुभव कर सकता हूँ।''

"और साँपों से मुक्त होने का प्रयत्न करोगे ?"

"साँपों से मुक्त होना तो बहुत ही आवश्यक है।" वह बोला, "साँप मेरे रक्त में विष उँडेल रहे हैं। वे मुझे दंश की पीड़ा दे रहे हैं।"

"उनसे मुक्त होकर तुम्हें क्या प्राप्त होगा ?"

"पीड़ा से मुक्ति। स्वतंत्रता।"

"हमारे मनीषियों ने अपनी साधना से यह आविष्कार किया है कि सारी सृष्टि माया का निर्माण है। मनुष्य को माया ने जकड़ रखा है। वे माया की रस्सियाँ भी हैं और माया के सर्प भी। यदि हम उन सर्पों से मुक्त होंगे, तो हम पीड़ा से मुक्त होंगे। सांसारिक दुःखों से मुक्त होंगे। यदि हम माया के रज्जु से मुक्त होंगे, तो आत्मा की स्वतंत्रता पाएँगे। अपने वास्तविक स्वरूप को पाएँगे, जो ईश्वर का अंश है। हम मूलतः कुछ और हैं और भ्रमवश स्वयं को कुछ और समझ रहे हैं और इस मोह के कारण भ्रमित होकर भटकते फिर रहे हैं।"

स्वामी ने पुनः नंदू की ओर देखा : लगा, बात फिर उसकी समझ से बाहर हो गई है।

"आपको कोई ऐसी अलौकिक शक्ति नहीं चाहिए, जो आपको अपार धन दे सके ?" नंदू ने पूछा।

"नहीं, धन बंधन है।"

"आपको कोई ऐसी अलौकिक शक्ति नहीं चाहिए, जो आपको ऐसी भौतिक शक्ति दे, जिससे आप अपनी इच्छा मात्र से किसी का भी नाश कर सकें ?"

"नहीं। शक्ति अहंकार को जन्म देगी और अहंकार हमें बाँधकर जन्म-जन्मांतरों के लिए. इस संसार में डाल देगा।"

"आपको कोई ऐसी शक्ति नहीं चाहिए, जिससे आप किसी को मोहित कर उससे अपनी इच्छाएँ पूरी करवा लें ? संसार की सुंदरतम स्त्रियाँ मुग्ध होकर अपने आप को आपके चरणों में डाल दें, आपके वश में हो जाएँ ?"

"नहीं, नारी तो माँ स्वरूपा है। मैंने तो स्वयं को माँ के चरणों में डाल रखा है। मैं माँ के वश में हूँ।"

"आपको मांस और मदिरा का स्वाद भी नहीं चाहिए ?"

"मुझे भोजन चाहिए, स्वाद नहीं।"

नंदू जैसे थक गया।

"पाने के लिए प्रयत्न करना पड़ता है महाराज ! त्याग के लिए क्या प्रयत्न करना !" नंदू बोला, "जो कुछ आपके पास है, उसमें से जिसे चाहें, जब चाहें, त्याग दें।"

स्वामी हँसे, "त्यागकर दिखाओ।"

"क्या त्यागूँ, बोलिए !"

"तुम्हारी जेब में कितने पैसे हैं ?"

नंदू कुछ सकपकाया। फिर जैसे साहस कर बोला, "संयोग से इस समय मेरी जेब में दो सौ रुपए हैं। मेरे महीने-भर के वेतन से कुछ अधिक ही हैं। उनका दान चाहिए आपको ? त्याग और दान की महिमा सुनाकर आप मेरी जेब खाली करना चाहते हैं ?"

"नहीं-नहीं ! मुझे क्या करना है रुपयों का !" स्वामी हँसे, "तुम उनका त्याग कर

दिखाओ। राहचलते किसी भिखारी को दे आओ। न हो तो इसी मठ के कोश में डाल आओ।"

नंदू के चेहरे पर अनिच्छा जागी, "मेरे घर का महीना कैसे चलेगा ?"

"महीना तो वैसे ही चलेगा, जैसे तुम चलाओगे।" स्वामी बोले, "अर्थ यह है कि तुम त्याग नहीं सकते। पर तुम तो कहते थे कि जब चाहो त्याग दो।"

"हाँ, जब चाहे त्याग दो; पर मैं त्यागना चाहता ही नहीं।"

"सत्य बोल रहे हो।" स्वामी बोले, "मुझे प्रसन्नता है कि तुम सत्य बोल पा रहे हो। एकदम सत्य। मैं भी तुम्हें यही समझाना चाहता था। त्यागना चाहो तो त्याग सकते हो, किंतु त्याग की इच्छा जगाना बहुत कठिन है। वही वैराग्य है। वस्तुतः हममें त्याग की इच्छा नहीं, ग्रहण की वासना है। उससे मुक्त होने के लिए व्यक्ति को कठोर तपस्या करनी पड़ती है। तुम यह समझो कि हमारा मन इन कामनाओं को बुनकर ही बनाया गया है। हमने ये कामनाएँ अपने साथ नहीं चिपकाई हैं, जिन्हें हम जब चाहें निकालकर फेंक दें। ये कामनाएँ हमसे चिपकी हैं, जैसे सर्प हमसे चिपक जाते हैं। उनकी इच्छा हमें छोड़ने की नहीं है। द्वंद्व उनकी और हमारी इच्छा में है। संघर्ष भी उन दोनों का ही है। वे कामनाएँ जोंक के समान हैं। उन्हें स्वयं से दूर करने का प्रयत्न करोगे, तो रक्त निकल आएगा, मांस छिल जाएगा, किंतु वे तुम्हें नहीं छोड़ेंगी। मैं उसी कामना से मुक्त होने का मार्ग खोज रहा हूँ। मैं अपनी उस स्वतंत्रता को खोज रहा हूँ, जिसमें कामनाएँ मुझ पर शासन न कर सकें।"

"पर आपको नहीं लगता कि हमें उन कामनाओं में सुख भी मिलता है ?"

"सर्प के विष में थोड़ा नशा भी होता है।" स्वामी बोले, "हम उसी के अभ्यस्त हो जाते हैं। जैसा कि प्रत्येक नशे के साथ होता है, हम नशे की लत में उस विष को भी पीते रहते हैं।"

नंदू चुपचाप बैठा रहा, जैसे स्वामी की बात को पचाने का प्रयत्न कर रहा हो। फिर धीरे से बोला, "मैं कल फिर आऊँगा। आ सकता हूँ ?"

"क्यों नहीं आ सकते ? संन्यासी के द्वार पर न साँकल होती हैं, न दरबान।"

नंदू चला गया।

स्वामी अधलेटे-से हो गए। जिस जीव की आँखें बीस गज दूर तक ही देख पाती हों, उसे चालीस गज दूर बैठा पक्षी दिखाने का क्या लाभ ? पर नंदू उन बीस गजों से आगे देखना चाहता है। शायद उसे कुछ आभास हो, किंतु वह देख नहीं पाता।...पर वह क्या पूछ रहा था : उन्हें धन चाहिए, शक्ति चाहिए, मदिरा और मांस चाहिए, स्त्री चाहिए ?...इनमें से कुछ नहीं चाहिए तो फिर क्या चाहिए ? व्यक्ति को कुछ तो चाहिए ही। कामनाविहीन मनुष्य कहाँ खोजा जाए ? सात्त्विक हो, राजसिक हो, तामसिक हो...होगी तो कामना ही। मनुष्य कामनाओं का ही तो पुतला है।...पर यहाँ मठ में आकर, इन साधुओं के बीच रहकर भी उसने अभी यह नहीं जाना कि सारा संघर्ष कामनाओं को त्यागने का है। मनुष्य की आत्मा को बाँधे, उसे ढके, छिपाए बैठे उन सर्प-बिच्छुओं को स्वयं से दूर करना है, अथवा स्वयं उनसे दूर चले जाना है ? इस मठ ने उस पर उस प्रकार का कोई प्रभाव नहीं डाला है।...क्या उसकी अध्यात्म की यात्रा अभी आरंभ नहीं हुई ?...

नंदू से हटकर स्वामी का ध्यान अपनी यात्रा पर चला गया।...

श्यामजी कृष्ण के साथ दो सप्ताह बिताकर वे अजमेर से अहमदाबाद चले आए थे।...

साबरमती के तट पर बसा अहमदाबाद 1411 ई० में अहमदशाह बहमनी ने बसाया था। उसने इसकी नींव हिंदू नगर असावल या आशापल्ली पर रखी थी। इससे पहले गुजरात की राजधानी अन्हलवाड़ा या पाटन और उससे भी पहले वलभि में थी। जैन स्तोत्र तीर्थमाला चैत्य में संभवतः अहमदाबाद को ही करणावती कहा गया है···वेदे श्रीकरणावती शिवपुरे नागद्रहे नाणके···1273 ई० से 1700 ई० तक अहमदाबाद की समृद्धि गुजरात की राजधानी के रूप में बढ़ी-चढ़ी रही। 1615 ई० में सर टामस रो ने अहमदाबाद को तत्कालीन लंदन के बराबर बड़ा नगर बताया था। 1638 ई० में एक यूरोपी पर्यटक ने अहमदाबाद के विषय में लिखा था कि संसार की कोई जाति या एशिया की कोई वस्तु ऐसी नहीं है, जो अहमदाबाद में दिखाई न पड़े। ऐसा विराट और वैभवशाली था अहमदाबाद।···आश्चर्य नहीं कि शाहजहाँ ने मुमताज से विवाह के पश्चात् अपने जीवन के कई सुखद वर्ष यहीं बिताए थे। अहमदाबाद की तत्कालीन समृद्धि का कारण इसका सूरत आदि बड़ी बंदरगाहों के पृष्ठ प्रदेश में स्थित होना था। इसीलिए इसे गुजरात की राजधानी बनाया गया था।···

गुजरात के सुलतानों के बनवाए हुए अनेक भवन आज भी वर्तमान हैं, जो हिंदू तथा मुस्लिम वास्तुकला के समन्वय के सुंदर उदाहरण हैं।···स्वामी ने सोचा···गुजरात में इस समन्वित शैली की नींव डालने वाला सुलतान अहमदशाह ही था। इन भवनों में पत्थर की जाली और नक्काशी का काम सराहनीय है। यहाँ के स्मारकों में जामा मसजिद मुख्य है। इसे 1424 में बनवाया गया था। स्वामी उसे देखने गए थे। उसमें 260 स्तंभ थे। स्वामी उसे घूम-घूमकर देख रहे थे। ऐतिहासिक भवन देखते ही स्वामी जैसे इतिहास के उसी काल में पहुँच जाते थे। सारा इतिहास उनके सामने मांसल रूप में प्रकट हो जाता था। उसे इस प्रकार जीवंत रूप में देखना स्वामी को जैसे मतवाला बना देता था···

"क्या है ? क्या कर रहे हो यहाँ ?"

स्वामी ने स्तंभ से अपनी दृष्टि हटाकर उस व्यक्ति की ओर देखा : वह दाढ़ी वाला एक ऐसा आदमी था, जिसने मूँछें साफ कर रखी थीं। टखनों से ऊँचा पाजामा और लंबा कुर्ता पहन रखा था। सिर पर एक सफेद टोपी थी।

स्वामी उसकी ओर देखते रह गए—क्या जानना चाहता है वह ?

"मैंने पूछा, यहाँ क्या कर रहे हो ?" उस व्यक्ति ने पुनः कहा।

"यहाँ लोग क्या करने आते हैं ?" स्वामी ने भी प्रश्न किया।

"यहाँ लोग इबादत करने आते हैं, तमाशा करने नहीं।" वह कुछ रोष में बोला।

"मैं भी तमाशा करने नहीं आया।" स्वामी बोले, "लगता है, तुम कुछ तमाशा करना चाहते हो।"

"तुम काफिर हो···"

"काफिर नहीं, हिंदू हूँ।"

"एक ही बात है।" वह व्यक्ति बोला।

"तो तुम न यह जानते हो कि काफिर किसे कहते हैं और न ही यह जानते हो कि हिंदू क्या होता है।"

"हिंदुओं का भगवा चोला पहनकर मसजिद में आ गए और अब मुझे ही समझा रहे हो कि हिंदू क्या होता है !" उस व्यक्ति का स्वर कुछ ऊँचा हो गया।

"चोला तो वह है, जो भगवान् ने पहनाकर संसार में भेजा है। तुम्हें शायद उसमें भी आपत्ति

होगी।" स्वामी बोले, "मैं मसजिद देखने आया हूँ, इसलिए इन स्तंभों को देख रहा हूँ। तुम इबादत करने आए हो, पर मुझे देख रहे हो। अपना काम क्यों नहीं करते ?"

"मेरा काम तुम जैसों को सबक सिखाना भी है।" वह व्यक्ति स्वामी की ओर बढ़ा।

तब तक कुछ और लोग भी वहाँ एकत्रित हो गए थे।

"क्या बात है स्वामी जी !" एक ने पूछा।

"बात तो ये ही बताएँगे।" स्वामी बोले, "मेरी समझ में तो इतना ही आया है कि मसजिद के भीतर ये भगवा वस्त्र देखकर भड़कते हैं।"

"यह बैल का गुण इनमें कहाँ से आ गया?" भीड़ में से किसी ने कहा।

"अल्लाह के बंदे !" दूसरे व्यक्ति ने कहा, "या तो तुम लिखकर बाहर लगा दो कि मसजिद में दाखिल होने के लिए कैसा लिबास होना चाहिए, या फिर अपना और हमारा तमाशा बनाना छोड़ो।"

पहला व्यक्ति आगबबूला हो रहा था, पर इतनी बात उसकी समझ में भी आ रही थी कि वहाँ एकत्रित लोग उसका समर्थन नहीं कर रहे हैं।

"तो तुम साधारण कपड़ों में नहीं आ सकते थे, जो यह पहन आए ?" पहले व्यक्ति ने किसी प्रकार स्वयं को संयत कर स्वामी से कहा।

"मेरे पास ये ही कपड़े हैं। मैं भवनों के अनुसार अपना वेश नहीं बदलता।" स्वामी हँसकर बोले, "अल्लाह तक पहुँचना है तो अपना मन बदलो, वस्त्रों से कुछ नहीं होगा। अल्लाह मियाँ दर्जी नहीं हैं कि वस्त्रों को देखकर व्यक्ति को भक्ति देते हों।"

स्वामी वहाँ से चले आए।

रानी सिप्रि की मसजिद पचास फुट लंबी और बीस फुट चौड़ी थी। छोटी थी, किंतु सुंदर थी। संभवतः वह सामान्य जन के लिए नहीं थी। वह सीमित उपयोग के लिए ही रही होगी।...सीदी सैयद की मसजिद पत्थर की जालियों से सज्जित खिड़कियों के लिए प्रख्यात थी। वे सुंदर जालियाँ ही कदाचित् मसजिद को आवासीय भवनों से पृथक् करती थीं।

मार्ग में चलते हुए अहमदाबाद में समृद्धि की विपुलता तो दिखाई देती थी, किंतु धूल भी बहुत उड़ रही थी।...स्वामी को ध्यान आया कि इसी धूल से व्याकुल होकर जहाँगीर ने अहमदाबाद का नाम 'गर्दाबाद' रख दिया था।...

धूल का एक ही समाधान था कि वे पानी की ओर चलें।...बनातनगर के दक्षिण फाटक—राजपुर—से पौन मील पर कांकरिया झील थी, जिसे सन् 1451 ई० में सुलतान कुतुबुद्दीन ने बनवाया था।

झील से स्वामी लौटे तो नगर में एक द्वार पर खड़े हो गए।

उन्होंने फाटक के साथ लगी पट्टिका पर लिखा नाम पढ़ लिया था—लालशंकर त्रिवेदी, सब-जज।

जज साहब अभी कचहरी गए नहीं थे। जाने की तैयारी थी। कोचवान बग्घी लिए खड़ा था।

स्वामी भी एक ओर होकर शांत भाव से खड़े हो गए। कोचवान ने उनकी ओर देखा, किंतु न उसने कुछ कहा, न स्वामी ही कुछ बोले।

त्रिवेदी जी बाहर निकले। उन्होंने देखा कि एक भगवाधारी फाटक पर खड़ा है। किसी से

कुछ कह नहीं रहा। न माँग रहा है, न पुकार लगा रहा है।···उनके मन में खीज जन्मी। प्रातः ही एक भिखारी द्वार पर आया खड़ा है और यह साईस का बच्चा इतना निकम्मा है कि उसने अभी तक उसे यहाँ से हटाया भी नहीं है। शायद भिक्षुक के खड़े रहने का उस पर कोई प्रभाव नहीं पड़ता, किंतु त्रिवेदी जी को लगता है कि भिक्षुक उनकी छाती पर खड़ा है।···सारे विरोध के बावजूद उन्हें लगा कि भिक्षुक का चेहरा काफी संभ्रांत-सा लग रहा है।

"क्या चाहिए ?" उन्होंने कुछ ऊँची आवाज में पूछा।

"भिक्षा के लिए खड़ा हूँ।" स्वामी के स्वर में अपार धैर्य था।

"ऐसे कह रहे हो, जैसे ड्यूटी पर खड़े हो।"

"शिव ! शिव ! ! ड्यूटी पर ही खड़ा हूँ प्रियजन !" स्वामी ने कहा।

त्रिवेदी जी उसके संबोधन से चौंके, किंतु उस प्रभाव को झटकते हुए बोले, "भीख माँगना ड्यूटी है तुम्हारी ?" उनके स्वर में रोष खनकने लगा था।

"नहीं, ड्यूटी तो प्रभु का नाम जपना और उसके दासों की सेवा करना है, किंतु···।"

"किंतु क्या ?" लालशंकर कुतूहलवश रुक गए।

"किंतु प्रभु ने इस शरीर में पेट नामक एक यंत्र भी लगा दिया है। उसकी चक्की चलाए रखने के लिए अन्न चाहिए। अतः भिक्षा भी एक प्रकार की ड्यूटी हो जाती है। हम तो प्रभु के सेवक हैं, उसकी आज्ञा का पालन कर रहे हैं।"

त्रिवेदी जी खीज तो गए, किंतु उनके ध्यान में आए बिना न रहा कि भिक्षुक गूँगा नहीं है, तर्क कर सकता है। उसके पास शब्दों का कोई अभाव नहीं है।

"नाऊ बेग्गर्स विल बी आवर रिलीजस लीडर्स !" लालशंकर अपने अधरों में बुदबुदाए और बग्घी में बैठ गए।

"रिच विल लीड यू टू रिचेस। ओनली बेग्गर्स कैन लीड यू टू गॉड।"

कोचवान को चलने का आदेश देता त्रिवेदी जी का स्वर कंठ में ही जम गया।···उन्होंने जो कुछ कहा था, अपने आप से ही कहा था। जो कुछ कहा था, वह गुजराती में नहीं, अंग्रेजी में कहा था और इतने मंद स्वर में कहा था कि उनका कोचवान भी उसे न सुन सके··· किंतु इस संन्यासी ने न केवल वह सब सुन लिया था, वरन् समझ भी लिया था और उसका कितना संतुलित उत्तर दिया था···'ओनली बेग्गर्स कैन लीड यू टू गॉड।'

उसके कान बहुत तेज थे। दूर तक सुन सकता था···और उसे अंग्रेजी भी आती थी।··· वे चकित थे···उनके द्वार पर भिक्षा की प्रतीक्षा में खड़ा यह भिक्षुक इतनी अंग्रेजी जानता था, जितनी उनके कार्यालय में काम करने वाले बाबू भी नहीं जानते थे।

"आपको अंग्रेजी आती है ?" उनका स्वर सम्मानजनक हो गया और वे संन्यासी के निकट आ गए।

"थोड़ी-बहुत। मैंने कलकत्ता विश्वविद्यालय में शिक्षा पाई है।"

"तो फिर भिक्षा क्यों माँग रहे हैं ?"

"अंग्रेजी जानने वालों को भिक्षा नहीं माँगनी चाहिए ?" स्वामी मुस्करा रहे थे।

"मेरा अभिप्राय यह है कि उन्हें भिक्षा माँगने की आवश्यकता नहीं होती।"

"तो इंग्लैंड और अमरीका में लोग अंग्रेजी में भिक्षा क्यों माँगते हैं ?" स्वामी बोले, "त्रिवेदी

जी ! संन्यासी भिक्षा इसलिए नहीं माँगता कि वह अपनी आजीविका कमा नहीं सकता। वह तो इसलिए माँगता है, क्योंकि वह ईश्वर-निर्भर है। उसका भोजन गृहस्थ के घर से नहीं, ईश्वर के घर से आता है।''

लालशंकर चौंके···वह उनका नाम ले रहा था···

''आपको मेरा नाम कहाँ से मालूम हुआ ? आप क्या कपाल की रेखाएँ पढ़ना जानते हैं ?''

''नहीं,'' स्वामी हँसे, ''फाटक पर लगी पट्टिका पर से नाम पढ़ना जानता हूँ।''

''ओह !'' लालशंकर कुछ सहज हुए।

···संन्यासी पाखंडी नहीं था, नहीं तो वह मान जाता कि वह कपाल की रेखाएँ पढ़ना जानता है।

''पर यदि भिक्षा ही माँगनी है, तो आपकी शिक्षा किस काम की ?''

''जज साहब !'' स्वामी हँसे, ''एक शिक्षा होती है ब्राह्मण की, जो ज्ञान प्राप्त करने के लिए होती है। एक शिक्षा होती है बनिए की, जो धनार्जन के लिए होती है। मैंने शिक्षा का व्यापारीकरण नहीं किया है।''

लालशंकर कुछ सोचने लगे थे।

''मेरे साथ आइए।'' वे घर के अंदर की ओर मुड़े।

''आप मुझे आने के लिए कह रहे हैं ?'' स्वामी ने पूछा।

''हाँ, आइए। मैं आपके ठहरने की व्यवस्था कर दूँ।''

''पर मैं तो केवल एक मुट्ठी भिक्षा के लिए खड़ा था।''

''जानता हूँ।'' लालशंकर बोले, ''अहमदाबाद में आपके पास कोई आश्रय है ? ठहरने का कोई स्थान ?''

''हाँ।''

''कहाँ ?''

''प्रभु ने बहुत पेड़ उगाए हैं, अहमदाबाद की सड़कों पर। मैं किसी भी वृक्ष की शरण में रह सकता हूँ।''

''ओह !'' लालशंकर हँसे, ''आपको वृक्ष के नीचे सोने की आवश्यकता नहीं है। मैं नौकर से कह देता हूँ। वह आपके लिए उचित व्यवस्था कर देगा। आप विश्राम करें। मैं भोजन के समय आपसे मिलूँगा।''

''आप अपने मकान में एक अपरिचित भिक्षुक को ठहराएँगे ?''

''एक गेस्टरूम है। प्रायः सरकारी लोग आते रहते हैं।''

''पर मैं सरकारी आदमी नहीं हूँ।'' स्वामी बोले, ''आप किसी भ्रम में तो मेरे लिए यह प्रबंध नहीं कर रहे ?''

''नहीं, आप बड़े सरकार की ओर से आए हैं।'' लालशंकर ने अपना हाथ आकाश की ओर उठा दिया।

भोजन के समय जज साहब घर लौटे।

''आपके भोजन के लिए कैसी व्यवस्था हो ?'' उन्होंने पूछा, ''बैठने की व्यवस्था ? बर्तनों की व्यवस्था ?''

"मैं कहीं भी बैठकर, किन्हीं भी बर्तनों में भोजन कर सकता हूँ।" स्वामी बोले, "संन्यासी मुक्त होता है, वह रूढ़ियों का बंदी नहीं होता।"

"आप मेरे साथ मेज पर बैठकर चीनी मिट्टी के बर्तनों में भोजन कर लेंगे ?"

"यदि आपको कोई असुविधा नहीं है तो मुझे कोई आपत्ति नहीं है।" स्वामी बोले, "यह निर्णय तो आपका रहेगा।"

"आप पहले ऐसे संन्यासी हैं"""।"

लालशंकर कुछ कहते-कहते रह गए, किंतु स्वामी उनका अभिप्राय समझ चुके थे। स्वामी ने कुछ नहीं कहा।

"आपको 'स्वामी जी' कहना उचित रहेगा ?"

"यह तो आपकी इच्छा पर है, वैसे हमारे समाज में भगवा वस्त्र देखकर लोग स्वामी जी ही कहते हैं।"

"अच्छा ! एक बात और।" लालशंकर बोले, "आप भोजन के समय मौन तो नहीं रहते ? बातें करते हैं न ?"

"शायद सबसे अधिक बातें भोजन के समय ही करता हूँ।"

लालशंकर ने सुख की साँस ली। उनके चेहरे का तनाव ढीला पड़ गया। शांत स्वर में बोले, "मेरी एक जिज्ञासा है स्वामी जी !"

स्वामी ने कुछ नहीं कहा, केवल उनकी ओर देखा।

"हमारा धर्म हो या कोई और धर्म, वे सब बहुत अच्छी-अच्छी बातें करते हैं।" लालशंकर बोले, "पर वे अच्छी बातें संसार में दिखाई नहीं पड़तीं। हम अपनी आँखों से देखे गए स्थूल सत्य को स्वीकार न कर, एक अनदेखे अस्तित्व ईश्वर को खोजने क्यों चल पड़ते हैं ?"

"वैज्ञानिक किसी पदार्थ को उसके प्रकट रूप में स्वीकार न कर उसे माइक्रोस्कोप में देखने का प्रयत्न क्यों करता है ?" स्वामी ने प्रतिप्रश्न किया, "क्यों वह उसे विभिन्न घोलों में घोलकर उसकी परख करता है, क्यों वह उसे तपाकर देखता है, अन्य पदार्थों से मिलाकर देखता है ?"

"प्रकट स्वरूप उसका वास्तविक स्वरूप नहीं है।" लालशंकर बोले, "वह उसके वास्तविक रूप को खोजने का प्रयत्न करता है।"

"आपने अपने प्रश्न का उत्तर स्वयं ही दे दिया।" स्वामी बोले, "अध्यात्म भी यह मानता है कि संसार का प्रकट रूप उसका वास्तविक रूप नहीं है। हम उसके वास्तविक रूप को खोजने का प्रयत्न करते हैं। जैसे सामान्य नागरिक जल को जल मानकर संतुष्ट रहता है, उसमें से ऑक्सीजन और हाइड्रोजन को नहीं खोजता, वैसे ही सामान्य मनुष्य संसार को संसार के रूप में ही स्वीकार करता है, उसके पीछे छिपे ब्रह्म को खोजने नहीं जाता। जैसे वैज्ञानिक पदार्थ को उसके मूल रूप में जानना चाहता है, वैसे ही अध्यात्म संसार को उसके मूल रूप में जानना चाहता है। साधक एक प्रकार से अध्यात्म के क्षेत्र का वैज्ञानिक है।"

"पर उसको खोजने की आवश्यकता क्या है ?" लालशंकर बोले, "मैं अपनी बात स्पष्ट कर दूँ।""" वे रुके, "कुछ लोग यह मानते हैं कि संसार में अनेक प्रकार के भोग और सुख हैं। तो फिर हमें ऐसे ईश्वर की आवश्यकता ही क्या है, जो हमें ये सारे भोग छोड़ देने को कहता है ? उस ईश्वर को लेकर हम क्या करेंगे ?"

"मैं समझता हूँ कि जो लोग इस संसार और इसके सुखों से संतुष्ट हैं, प्रसन्न हैं, उन्हें ईश्वर की आवश्यकता वस्तुतः नहीं है।" स्वामी बोले, "मैं तो यहाँ तक मानने को प्रस्तुत हूँ कि कुछ लोग ईश्वर के निकट जाने से इसलिए डरते हैं कि ईश्वर के निकट जाने के प्रयत्न में उनका सारा सुख, आराम, भोग, धन-संपत्ति—सब कुछ छिन जाएगा। अतः वे ईश्वर से दूर भागते हैं। ईश्वर की कामना वह ही करता है, जो सारे सांसारिक सुखों के होते हुए भी सुखी नहीं है। वह ऐंद्रिय सुख की वास्तविकता को जान गया है।"

"ऐंद्रिय सुख की वास्तविकता क्या है स्वामी जी ?"

"यदि किसी से पूछा जाए कि वह किसलिए जीता है, तो उत्तर मिलेगा—इंद्रियों के सुख, धन-दौलत और ऐहिक पदार्थों के भोग के लिए। यदि उसे बताया जाए कि इनसे परे भी कोई वस्तु है, तो वह उसकी कल्पना भी नहीं करता। न ही कर सकता। भावी जीवन के विषय में भी उसकी यही कामना है कि यह सुख-भोग सतत बना रहे।" स्वामी मुस्कराए, "उसे बड़ा दुःख इस बात का है कि इसी लोक में वह सदा इस इंद्रिय सुख-भोग में नहीं रह सकता और उसे यह लोक छोड़कर जाना पड़ेगा। पर वह मानता है कि चाहे जिस प्रकार भी हो, वह एक ऐसे स्थान में जाएगा, जहाँ उसे यही इंद्रिय सुख पुनः प्राप्त होगा। वहाँ उसे ये ही सब इंद्रियाँ प्राप्त होंगी, ये ही सब सुख-भोग मिलेंगे; पर वहाँ ये सब चीजें उच्च श्रेणी की होंगी और अधिक मात्रा में मिलेंगी। वह ईश्वर की पूजा करता भी है, तो इसलिए करता है कि ईश्वर उसके इस उद्देश्य की पूर्ति का साधन है। उसके जीवन का लक्ष्य है—इंद्रिय सुख-भोग; और वह समझता है कि ईश्वर ही उसे अत्यधिक दीर्घ काल तक ये सुख-भोग दे सकता है। इसी लोभ से वह ईश्वर की उपासना करता है।"

"तो इसमें अनुचित क्या है ?" लालशंकर ने पूछा।

"अनुचित ! अरे, यह तो मूर्खता है।" स्वामी बोले, "यदि सुख ईश्वर से ही मिलता है, तो सुख से प्रेम न कर हम ईश्वर से ही प्रेम क्यों नहीं करते ?"

स्वामी ने देखा, लालशंकर कुछ सोच में पड़ गए थे।

"इंद्रिय विषय-भोग की मात्रा जितनी ही कम हो, मनुष्य का जीवन उतना ही उच्चतर होता है।" स्वामी बोले, "जब कुत्ता भोजन करता है तो उसे देखिए, भोजन करने में वैसा आनंद मनुष्य को कभी प्राप्त नहीं होता। शूकर की ओर देखिए, खाते-खाते कैसी हर्ष-ध्वनि करता है। वही उसका स्वर्ग है। यदि उसके सामने स्वर्ग के देवदूतों का अधिपति भी उतर आए तो शूकर उसकी ओर देखेगा भी नहीं। उसका सारा सुख खाने में है। ऐसा कोई मनुष्य उत्पन्न नहीं हुआ, जिसे भोजन करने में उतना आनंद आता हो। निम्न श्रेणी के प्राणियों की श्रवणशक्ति और दृष्टि के विषय में सोचिए। उनकी समस्त इंद्रियाँ उच्च स्तर तक विकसित होती हैं। उनके इंद्रिय सुख की मात्रा असीम होती है। वे इस इंद्रिय सुख-भोग से पागल हो उठते हैं। इसी प्रकार मनुष्य भी जितनी नीची श्रेणी में होगा, उसे इंद्रिय विषयों में उतना ही सुख मिलेगा। मनुष्य जैसे-जैसे उन्नति करता है, विवेक और प्रेम उसके जीवन के आदर्श बनते जाते हैं। उसके विवेक और प्रेम का जैसे-जैसे विकास होता है, वैसे-वैसे ही उसकी इंद्रियों के विषयों में आनंद अनुभव करने की शक्ति क्षीण होती जाती है।"

"पर स्वर्ग की कल्पना तो इन सुखों के आधार पर ही है।" लालशंकर बोले।

स्वामी हँसे, "जब मनुष्य यह कहता है कि मैं ऐसी जगह पर जाना चाहता हूँ, जहाँ इंद्रियों के सुखोपभोग और भी अधिक होंगे, तब वह यह नहीं समझता कि वह क्या माँग रहा है। उसे तो

वह पशु-स्तर तक पतित होने पर ही प्राप्त कर सकता है।…"

लालशंकर के चेहरे पर एक अद्भुत उल्लास झलका, "स्वामी जी ! आप कल्पना भी नहीं कर सकते कि आपने मेरी कितनी बड़ी समस्या का समाधान कर दिया है।"

स्वामी हँसे, "आपकी समस्या का समाधान हो गया तो मेरी भिक्षा का औचित्य भी सिद्ध हो गया।"

स्वामी ने पूछा नहीं था, किंतु लालशंकर उन्हें अपनी समस्या के विषय में जानकारी देना चाहते थे।

"मैं कितनी ही बार सोचता था कि यदि हमें यह बताया जा रहा है कि हमारी आत्मा अपनी कामनाओं के अनुसार ही नया शरीर धारण करती है, तो कोई मनुष्य से पशु होना क्यों चाहेगा?" वे बोले, "आज मेरी समझ में आया कि किन-किन सुखों के लिए मनुष्य कामना करता है। उन सुखों के लिए वह उन्हीं के अनुकूल इंद्रियाँ प्राप्त करता है और उन इंद्रियों के अनुकूल ही वह शरीर प्राप्त करता है। और इस प्रकार वह उस शरीर के सुख और दुःख भोगता है।"

अहमदाबाद से स्वामी काठियावाड़ क्षेत्र में वधवान की ओर चले थे। लालशंकर की तनिक भी इच्छा नहीं थी कि वे उनका घर अथवा अहमदाबाद छोड़ें, पर स्वामी सदा के लिए उनके साथ तो नहीं रह सकते थे। यह तो स्वामी भी समझ रहे थे कि लालशंकर के मन में अध्यात्म और ईश्वर संबंधी असंख्य जिज्ञासाएँ थीं। जब तक स्वामी वहाँ रहे, वे उनसे निरंतर चर्चा करते रहे। किंतु ऐसी जिज्ञासाएँ तो सहस्रों लोगों के मन में थीं। स्वामी स्वयं को केवल लालशंकर के लिए ही आरक्षित कैसे कर देते ! जज साहब को यह भी चिंता थी कि स्वामी कहाँ जाएँगे, कहाँ रहेंगे, कहाँ खाएँगे ? स्वामी ने उन्हें बहुत समझाया था कि वे पहली बार घर से बाहर नहीं निकल रहे हैं। वे तो परिव्राजक हैं। उनका जीवन ही ईश्वर की खोज में इस प्रकार भटकना है।…

जब स्वामी किसी प्रकार नहीं माने तो लालशंकर ने उन्हें लींबड़ी जाने का परामर्श दिया। बोले, "मैंने सुना है कि वहाँ के राजकुमार ठाकुर जसवंतसिंह अत्यंत धार्मिक पुरुष हैं। वे आपको अवश्य ही आश्रय देंगे।"

"आप उन्हें जानते हैं क्या ?" स्वामी ने पूछा।

"नहीं। मैं उन्हें व्यक्तिगत रूप से नहीं जानता, न ही वे मुझे जानते हैं; किंतु मैंने कई लोगों से उनकी प्रशंसा सुनी है।"

"ठीक है। आवश्यकता होने पर चला जाऊँगा।…"

वधवान में स्वामी को रणिकदेवी के मंदिर ने बहुत आकृष्ट किया। मंदिर बहुत सुंदर था, किंतु उससे अधिक आकर्षक उसका इतिहास था।…

रणिकदेवी का जन्म जूनागढ़ में हुआ था। उसके सौंदर्य की चर्चा गुर्जर प्रदेश के सारे राजपरिवारों में हो रही थी। उस समय पाटण का राजा सिद्ध था। सिद्धराज से रणिकदेवी की सगाई हो गई थी।…पर जूनागढ़ का राजा तो राखेंगड़ था। रणिकदेवी उसकी प्रजा थी। उस पर राजा का पूरा अधिकार था। अपने ही राज्य में बसने वाली ऐसी सुंदरी से वह प्रेम क्यों न करता। वह रणिकदेवी से प्रेम करता था और उसे प्राप्त करना चाहता था। वह कैसे सहन करता कि पाटण से आकर सिद्धराज

रणिकदेवी को ब्याहकर ले जाए और जूनागढ़ का राजा खड़ा मुँह ताकता रहे। प्रश्न प्रेम का ही नहीं था, अहंकार का भी था। स्पर्धा का भी था।...राखेंगड़ ने रणिकदेवी और उसके घरवालों की अनुमति की प्रतीक्षा नहीं की। इच्छा राजा की चलेगी, कन्या अथवा उसके अभिभावकों की नहीं। उन्होंने अपने राजा को छोड़कर उसकी सगाई किसी और राजा से करने की मूर्खता क्यों की थी। उसका दंड तो उन्हें भुगतना ही था।...राखेंगड़ ने रणिकदेवी का अपहरण किया और उसे अपने महलों में ले आया। वहाँ उसे रोकने वाला कोई नहीं था। उसने रणिकदेवी से विवाह कर लिया और उसका पति बन गया।

सिद्धराज को इस घटना की सूचना मिली तो वह रुक नहीं सका। वह किसी प्रकार भी स्वीकार नहीं कर सकता था कि जो होना था, वह हो चुका : रणिकदेवी उसके भाग्य में नहीं थी। वह अब राखेंगड़ की पत्नी थी। उस विवाहिता की कामना उचित नहीं थी। अब उससे उसका विवाह नहीं हो सकता था। परनारी में ऐसी आसक्ति धर्मसंगत नहीं थी।...सिद्धराज के मन में धर्म नहीं, अपनी कामना थी।...वह तो जानता था कि उसके प्रेम का अपमान हुआ था। उसकी वाग्दत्ता का अपहरण हुआ था। उसकी शक्ति और वीरता को क्रूरतापूर्वक पैरों तले रौंदा गया था। पूरे पाटण राज्य की नाक कट गई थी।...सेना सज गई और जूनागढ़ पर आक्रमण कर दिया गया।...

अपने सैनिकों के बल पर अपने ही राज्य में बसने वाले एक निरीह परिवार की लड़की का अपहरण एक बात थी और पाटण की सेना से लड़ना दूसरी। सिद्धराज साधारण योद्धा नहीं था और इस समय तो वह अपमान की आग में जल रहा था। कामना की सूली पर टँगा हुआ कराह रहा था। उस घायल बाघ से लड़ पाना राखेंगड़ के लिए संभव नहीं था।...राखेंगड़ लड़ा, किंतु पराजित हुआ और अंततः मारा गया।...

रणिकदेवी के लिए विचित्र स्थिति थी। उसने किसी समय सिद्धराज से प्रेम किया था। वह उसकी प्रेमिका भी थी और वाग्दत्ता भी। किंतु इस समय वह राखेंगड़ की पत्नी थी। वह उसका सुहाग था। अब उसका जीवन और उसका धर्म अपने पति के साथ था। वह नहीं चाहती थी कि उसका प्रेमी पराजित होकर मृत्यु के मुँह में जाए; किंतु वह अपने पति की मृत्यु की कामना भी कैसे कर सकती थी।...

उसे अपने पति की पराजय और उसकी मृत्यु की सूचना मिली। उसे सिद्धराज का संदेश भी मिला कि चाहे अब वह राखेंगड़ की पत्नी थी, किंतु सिद्धराज के मन में उसके लिए उतना ही प्रेम था, जितना कभी उसकी वाग्दत्ता होते समय था। वरन् विरह के ताप ने उसे और भी बढ़ा दिया था।...उसने उसकी कामना कभी नहीं छोड़ी थी। वह अब भी उससे प्रेम करता था और विवाह करने को तैयार था। वह आ रहा था। वह उसे पाटण की पटरानी बनाएगा।...

रणिकदेवी को अपने पूर्व प्रेमी का यह संदेश तनिक भी अच्छा नहीं लगा। वह अपना पूर्व जीवन भुला चुकी थी। वह अब न सिद्धराज की वाग्दत्ता थी, न उसकी प्रेमिका। वह राखेंगड़ की विधवा थी। पुनर्विवाह अथवा किसी परपुरुष के संग की कल्पना भी उसके लिए पाप की खान थी। वह जानती थी कि सिद्धराज कितनी उमंग से आ रहा था, किंतु वह क्या कर सकती थी।...किसी समय राखेंगड़ ने उसे उसकी इच्छा के विरुद्ध प्राप्त किया था। किंतु उसमें केवल रणिकदेवी की इच्छा का विरोध था। यदि सिद्धराज उसे प्राप्त करता था तो इसमें उसकी इच्छा का ही नहीं, धर्म का भी विरोध था। इससे तो उसका सतीत्व नष्ट हो जाएगा। वह धर्म की दृष्टि में अपराधिनी हो जाएगी।...

रणिकदेवी ने अपने धर्म की रक्षा के लिए अपने पति के शव के साथ चितारोहण किया

और सती हो गई।

सिद्धराज को युद्ध में तो जय मिल गई, किंतु रणिकदेवी की भस्म ही मिल पाई।...उसकी समझ में नहीं आ रहा था कि रणिकदेवी ने यह क्या किया। वह उसकी प्रेमिका और वाग्दत्ता थी। राखेंगड़ ने बलात् उसका अपहरण कर उसे अपनी पत्नी बनाया था। अब जब सिद्धराज आ गया था और उसने राखेंगड़ का वध कर दिया था तो रणिकदेवी ने अपने प्राण क्यों दे दिए ? उस राक्षस के लिए, जो उसका अपहरण कर लाया था और जिसने उसकी और उसके अभिभावकों की इच्छा के विरुद्ध उससे विवाह किया था !...

पर सिद्धराज को रणिकदेवी के चरित्र की आभा भी दिखाई पड़ रही थी।...उसने पतिव्रत धर्म की पराकाष्ठा का दर्शन कराया था। वह प्रेमिका थी या नहीं, किंतु वह सती थी। उसने परपुरुष को अपना स्पर्श भी नहीं करने दिया था।...उसने प्रेम से ऊपर धर्म को रखा था।...उसने सुखभोगमय अधर्मपूर्ण जीवन व्यतीत करने के स्थान पर धर्मपूर्ण मृत्यु को अधिक श्रेयस्कर माना था।...अब वह सिद्धराज के लिए प्रेम की नहीं, श्रद्धा और भक्ति की पात्र थी।...

सिद्धराज ने रणिकदेवी की चिता के स्थान पर ही यह मंदिर बनवा दिया और लोकमन में रणिकदेवी को देवत्व प्रदान किया।...

स्वामी बहुत देर तक उस मंदिर को देखते और इस कथा पर विचार करते रहे थे। कैसे लौकिक सुखों के मध्य में से अलौकिक भाव उभरता है। कैसे संसार में से ही अपने त्याग और धर्मबुद्धि से देवत्व उत्पन्न होता है।...तपस्या और त्याग के कैसे-कैसे रूप होते हैं संसार में...

54

संध्या-समय से ही गतिविधि कुछ बढ़ गई थी। ऊपर के तल वाला बड़ा कक्ष सावधानीपूर्वक साफ किया गया। उसमें पोंछा लगाकर उसे फूलों से सुवासित किया गया।...स्वामी ने यह सब देखा था, किंतु उस ओर अधिक ध्यान देना उन्होंने उचित नहीं समझा। होगा कुछ...कोई पूजा होगी...कोई आयोजन होगा...कोई समारोह होगा...। यह स्वामी का मठ नहीं था कि सब कुछ उनकी अनुमति से ही हो, अथवा सारी गतिविधि की उन्हें पूर्वसूचना हो।...

साँझ ढली तो अनेक लोगों के स्वरों से स्वामी ने अनुमान लगाया कि बहुत सारे लोगों का आगमन हुआ है। उस कमरे में आज भोजन इत्यादि का प्रबंध भी लगता था। बर्तनों के टकराने, खनखनाने की ध्वनियाँ और सामान ढोकर लाने वालों के स्वर...

"क्या बात है ?" स्वामी ने नंदू से पूछ ही लिया, "आज कोई विशेष अनुष्ठान है ?"

नंदू ने उनकी ओर देखा, "आपको निमंत्रण नहीं मिला ?"

"नहीं तो।" स्वामी बोले, "कोई पूजा है ?"

"पूजा नहीं, उत्सव है। पवित्र आत्माओं का समारोह।" नंदू ने कहा और चला गया।

स्वामी को लगा कि नंदू के स्वर में उत्सव तो दूर, उत्साह भी नहीं था। तनिक भी प्रसन्न नहीं था। उसने कहा तो था कि समारोह था, किंतु उसके स्वर में तनिक भी प्रशंसा का भाव नहीं

था।···इसका अर्थ था कि जो कुछ भी हो रहा था, वह नंदू को प्रिय नहीं था।

अंधकार हो जाने के पश्चात् उस कमरे के कपाट बंद हो गए।···कई बार ध्यान करने के लिए भी कपाट बंद कर लिए जाते थे; किंतु उस कमरे में से तो स्वामी को कुछ विचित्र स्वर सुनाई दे रहे थे। उन स्वरों में अनेक स्वर स्त्रियों के भी थे।···प्रायः नीचे मैदान अथवा वाटिका में काम करते हुए श्रमिकों के स्वर उनके कमरे तक आ जाते थे। उनमें भी स्त्रियों के स्वर होते थे।···किंतु ये स्वर उनसे भिन्न थे। ये स्वर तो किसी उत्सव में एकत्रित हुए स्त्री-पुरुषों के प्रसन्न और अराजक स्वर जैसे थे। हँसने-खिलखिलाने और आनंद के चीत्कार और सीत्कार···और ये स्वर उसी बड़े कक्ष में से आ रहे थे।···यह कमरा बंद क्यों था ? ध्यान के लिए शांत वातावरण प्राप्त करने के लिए कपाट बंद किए जाएँ तो ऐसे स्वर तो कभी नहीं आते थे।···

मठ में स्त्रियों का होना अपने आप में ही विचित्र था।···मंदिर की बात और होती है। लोग वहाँ प्रतिमा-दर्शन के लिए भी आते हैं और भजन-कीर्तन के लिए भी। किसी साधु-संत के दर्शनों अथवा उनका प्रवचन सुनने के लिए भी स्त्रियाँ आ जाया करती हैं।···किंतु यह तो पुरुष संन्यासियों के रहने का मठ था। यहाँ स्त्रियों का क्या काम ? और यदि किसी कारण से स्त्रियाँ आई भी थीं, तो कमरे के कपाट बंद क्यों थे ?

स्वामी ने ध्यान दिया। अब वे स्वर अराजक नहीं थे। वे लोग एक स्वर में अनुशासित ढंग से श्लोक-पाठ कर रहे थे :

पंचतत्वं खपुष्पंच पूजयेत् कुलयोषितम्।
वामाचारो भवेत्तत्र वामो भूत्वा यजेत पराम्।।

स्वामी के मन में जैसे धमाका हुआ : ये कहीं पंचमकार का सेवन करने वाले वामाचारी साधक तो नहीं हैं ?···तभी उन्होंने सुना :

मद्यैर्मांसैस्तथा मत्स्यैर्मुद्रया मैथुनैरपि

स्वामी का मन उड़ता हुआ अतीत में चला गया। एक बार उन्होंने ठाकुर से इस वाममार्गी साधना की चर्चा की थी, तो ठाकुर ने हँसकर कहा था, 'जब किसी के घर में जाने का सीधा मार्ग हो तो व्यक्ति शौचालय से प्रवेश क्यों करे ? प्रभु के निकट जाना है, तो बैठक के मार्ग से जाओ, शौचालय के मार्ग से क्यों जाना चाहते हो ?'···ये कौन लोग हैं, जो वामाचारी तांत्रिक साधना कर रहे हैं ? क्या मठ के बड़े महाराज को ज्ञात है कि उनके मठ में वामाचारी साधना हो रही है ?

सहसा स्वामी ने अपना ही विरोध किया।···यह कैसे संभव है कि बड़े महाराज यह न जानते हों ? यह भी तो संभव है कि सब कुछ उनकी ही अनुमति से हो रहा हो, या यह भी संभव है कि वे स्वयं भी इसमें सम्मिलित हों···

तो स्वामी अनजाने ही उन लोगों के मठ में आ गए हैं, जो कामोपासक हैं। यौन-सुख के साधक हैं। पता नहीं, किस-किस प्रकार की बीभत्स उपासनाएँ करते होंगे। अपनी वासनाओं को उपासना का नाम देते होंगे। अपनी कामुकता को पूजा कहते होंगे। भोग को तपस्या मानते होंगे।··· तभी तो नंदू उनसे बार-बार पूछ रहा था कि वे क्या पाने के लिए तपस्या कर रहे हैं ?···

विभिन्न स्त्री-पुरुष भैरवीचक्र में बैठकर इस प्रकार के श्लोकों का उच्चारण करते होंगे :

प्रवृत्ते भैरवीचक्रे सर्वे वर्णा द्विजातयः

भैरवीचक्र में बैठकर सारे ही लोग द्विज हो जाते हैं। द्विज होने में तो कोई हर्ज नहीं है, किंतु यदि उसका लक्ष्य मात्र इतना हो कि इस सूत्र से विभिन्न वर्णों की स्त्रियों का भोग किया जा सके, तो वह समाज के उद्धार के लिए नहीं है।...

यह वे कहाँ आ गए ?...

स्वामी का मन विचलित हो उठा। ऐसे स्थान पर तो एक क्षण रुकना भी पाप है।...उनका मन हुआ कि वे तत्काल उठकर बड़े महाराज के पास जाएँ। उन्हें बताएँ कि उनके मठ में क्या-क्या हो रहा है।...पर इस समय रात को...संभव है, बड़े महाराज से मिलना संभव न हो। वे सो रहे हों...विश्राम कर रहे हों...ध्यान कर रहे हों...

महाराज से मिलना उतना आवश्यक नहीं था। उनके मठ में उनकी नाक के नीचे क्या हो रहा है, यह बताना स्वामी का काम नहीं था।...किंतु इस अपवित्र स्थान से परे, कहीं बहुत दूर चले जाना स्वामी का धर्म था।...

वे उठे। अपना कंबल लपेटा और कमंडल उठा लिया।...

उस बड़े कक्ष में अब भी हड़बौंग मचा हुआ था। लगता था, जैसे स्वामी नरक की सीमा पर खड़े, नरक से आने वाले चीत्कारों को सुन रहे हैं।...जिन स्वरों को सुनकर स्वामी के कान असह्य पीड़ा पा रहे थे और आत्मा जैसे रक्त के अश्रु रो रही थी, वह उन लोगों की साधना थी। आनंद था उनका।...वे उसके माध्यम से ही ईश्वर तक पहुँचने की कल्पना करते थे।...ईश्वर तक पहुँचना ही किसे था। यह उन्माद ही उनका सुख था। कदाचित् यही उनके जीवन का लक्ष्य था। यह उनकी साधना नहीं, साध्य था, उपलब्धि थी। शरीर के माध्यम से इंद्रियों का यह बीभत्स सुख...इसे सुख ही कहेंगे वे...यही लक्ष्य था उनकी तपस्या का। इसी के लिए उन्होंने अपना घर-बार और परिवार छोड़ा था।...स्वामी की इच्छा हुई कि वे अपने दंड से कपाट पीटना आरंभ कर दें और जैसे ही कपाट खुलें, वे उन लोगों को इतना पीटें, इतना पीटें कि उनके भगवे वस्त्र उनके शरीर से उतर जाएँ। वे संन्यास को कलंकित कर रहे थे। गेरुए वस्त्रों को अपवित्र कर रहे थे।...पर स्वामी क्या उतारेंगे ? इस समय तो उनके तन पर वैसे ही कोई वस्त्र नहीं होगा। वे लोग वस्तुतः नंगा नाच कर रहे थे।...

स्वामी बरामदे के अंत तक आए, किंतु सीढ़ियों तक नहीं पहुँच सके।...वहाँ सीखचों वाले दरवाजे पर ताला लटक रहा था। रात का समय था। दरबान ताला लगाकर सोने चला गया होगा अथवा बाहर के फाटक पर बैठा होगा। इस समय उसे पुकारना अथवा चिल्लाना उचित होगा क्या ? स्वामी तो चुपचाप वहाँ से निकल जाना चाहते थे। वे मठ के अंतेवासियों में से किसी का चेहरा भी नहीं देखना चाहते थे।...पर वह संभव नहीं लग रहा था। उन्हें सूर्योदय की प्रतीक्षा करनी ही होगी। कल प्रातः की उपासना भी यहीं, इसी अपवित्र मठ में करनी होगी।...

स्वामी अपने कमरे में लौट आए, किंतु उसके पश्चात् उन्हें नींद नहीं आई। पहले तो ध्यान करने का विचार आया, किंतु फिर वे गुरु के नाम का जप करने बैठ गए।

स्वामी सारी रात जप करते रहे। सूर्य की पहली किरण के साथ वे अपने कमरे से निकल आए। वह बड़ा कक्ष अब भी बंद था; किंतु अब वहाँ किसी प्रकार का कोलाहल भी नहीं था। संभवतः वे लोग बुरी तरह थककर सोए होंगे। संभव है, मादक पदार्थों का सेवन कर अचेत पड़े हों। मादकता ढलेगी तो ही चेतना का उदय होगा। जाने वे लोग कब जागेंगे ! कब उनकी मोह-निद्रा टूटेगी !...

स्वामी सीढ़ियों तक पहुँचे। फाटक का ताला तो नहीं खुला था, किंतु दरबान वहीं बैठा था।

"ताला खोलो भाई !"

"ताला खोलकर क्या होगा ?" दरबान बोला, "आपको बाहर से जो कुछ चाहिए, आज्ञा करें, मैं यहीं ला दूँगा।"

"मुझे बाहर से कुछ नहीं चाहिए।" स्वामी बोले, "मैं स्वयं बाहर जाना चाहता हूँ।"

"पर क्यों ?" दरबान ने कुछ अधिकार से पूछा।

"क्योंकि मैं अब यहाँ और रहना नहीं चाहता।" स्वामी बोले, "मैं यह मठ छोड़ना चाहता हूँ।"

"बड़े महाराज से पूछ लिया क्या ?"

"इसमें बड़े महाराज से पूछने की क्या आवश्यकता है ?" स्वामी ने कुछ चकित स्वर में पूछा, "मैं यहाँ नहीं रहना चाहता तो वे बलात् रोक लेंगे क्या ?"

"हमें यह आदेश है कि आपको उनसे पूछे बिना बाहर न जाने दिया जाए।" दरबान कुछ रुखाई से बोला।

"तो क्या मैं उनका बंदी हूँ ?"

"आप जो भी समझें।" दरबान ने मुँह फेर लिया।

स्वामी अपने कमरे में लौट आए।

उनकी समझ में नहीं आ रहा था कि यह सब क्या हो रहा है ? उनको इस प्रकार रोके जाने का क्या अर्थ ? स्थान देने के लिए तो मठाधीश की आज्ञा की आवश्यकता होती है, किंतु मठ छोड़ने के लिए इस प्रकार का कोई बंधन नहीं है। कहीं दरबान को कोई भ्रम तो नहीं हुआ ?...आखिर वे लोग स्वामी को क्यों रोकना चाहेंगे ? यदि वे उनको उनकी इच्छा के विरुद्ध अपने संप्रदाय में दीक्षित करना चाहेंगे, तो उसका उनको क्या लाभ होगा ? और फिर क्या किसी को उसकी इच्छा के विरुद्ध किसी दूसरी उपासना-पद्धति में दीक्षित किया जा सकता है ? किसी पर किसी विशेष प्रकार का सामाजिक जीवन लादना तो फिर भी किसी सीमा तक संभव है, किंतु किसी पर किसी विशेष प्रकार का आध्यात्मिक जीवन कैसे लादा जा सकता है ? और फिर यह तो कोई आध्यात्मिक जीवन भी नहीं है। यह तो पाशविक भोग है। उस भोग में उन्हें सम्मिलित कर लेने से मठ को क्या लाभ होगा ?...अवश्य ही दरबान को किसी प्रकार का भ्रम ही हुआ है।...चाहे भ्रम ही हो, किंतु अब वे बड़े महाराज से पूछे बिना यह मठ छोड़ नहीं सकेंगे और यहाँ रहना उनके वश का नहीं है।...

स्वामी ने अपने आप को शांत किया। उद्विग्न होने का कोई लाभ नहीं था। जब प्रतीक्षा ही करनी थी तो वे अपनी दिनचर्या तो पूरी कर ही सकते थे।...

कारागार में उपासना ? पर वे कारागार में तो नहीं थे और न ही किसी के बंदी थे।... अपनी इच्छा से भी तो वे एकांत में चले जाते हैं। स्वयं को किसी गुफा में बंद कर लेते हैं।...हाँ। किंतु यहाँ वे अपनी इच्छा के विरुद्ध बंद कर दिए गए थे। चाहे वे स्वयं को बंदी न मानें, किंतु वे एक प्रकार के अवरोध में तो थे ही। और वह अवरोध भी कितना अपवित्र था...

स्वामी ने ध्यान पूरा किया ही था कि उन्हें लगा, कोई उनके द्वार पर खड़ा है।

"द्वार पर जो भी हों, भीतर आ जाएँ।" स्वामी ने कहा, "कपाट बंद नहीं हैं। भिड़े हुए हैं।"

कपाट खुले और दो भगवाधारी भीतर आए। स्वामी ने पहचाना : ये उनमें से ही थे, जो

उन्हें पहले ही दिन कार्यालय में मिले थे। उनसे भोजन के समय पर भी भेंट हो जाया करती थी। एक का नाम अवधूतानन्द था और दूसरे का सुखानन्द। वे प्रायः एक साथ ही दिखाई पड़ते थे।''' स्वामी का अनुमान था कि उनके पास मठ के अनेक दायित्व और अधिकार थे। बड़े महाराज तक सबकी पहुँच नहीं थी। प्रायः काम इन ही लोगों के माध्यम से हो जाया करते थे।

"पधारिए।" स्वामी ने कहा।

"नहीं ! बैठेंगे नहीं।" अवधूतानन्द ने कहा, "बड़े महाराज ने आपको स्मरण किया है।"

"क्या बात है," स्वामी ने मुस्कराने का प्रयत्न किया, "प्रभु को स्मरण न कर वे मुझे स्मरण कर रहे हैं ?"

दोनों अवधूतों के चेहरों का भाव कुछ विकृत हो गया।

"उन्होंने आपको बुलाया है।"

"उनके दर्शन कब हो सकेंगे ?"

"वे आपकी प्रतीक्षा ही कर रहे हैं।" सुखानन्द ने कहा, "दरबान ने बताया कि आप मठ त्यागना चाहते हैं।"

"उसने ठीक ही बताया है।" स्वामी बोले।

"कारण जान सकता हूँ ?" सुखानन्द ने पूछा।

"मैं तो परिव्राजक हूँ। एक स्थान पर टिकना मेरा धर्म ही नहीं है।" स्वामी बोले, "क्या मैं जान सकता हूँ कि मुझ पर यह प्रतिबंध क्यों है ?"

"कल की साधना में आपको आमंत्रित नहीं किया, शायद आप उसी से रुष्ट हैं। सुख से वंचित होना किसे अच्छा लगेगा ? वह भी ऐसा अलौकिक सुख !" अवधूतानन्द ने कहा, "किंतु वह कोई अंतिम अनुष्ठान तो नहीं था। शीघ्र ही पुनः साधु-समागम होगा। आप उसमें सम्मिलित हो सकते हैं। आप चाहेंगे तो हम आपको मुख्य उपासक बना देंगे।"

स्वामी उठ खड़े हुए, "मैं बड़े महाराज के दर्शन कर आऊँ।"

"अवश्य जाइए।" सुखानन्द ने कहा, "किंतु हमारी शिकायत मत कीजिएगा। हम अपनी भूल का परिमार्जन शीघ्र ही कर देंगे।"

स्वामी ने कुछ नहीं कहा। वे बाहर की ओर चल पड़े। दोनों अवधूत उनके साथ-साथ चल रहे थे। स्वामी जानते थे कि यदि वे उनका घेरा तोड़कर भागने का प्रयत्न करेंगे, तो वे लोग उन्हें बलात् रोकेंगे और संभव है कि सहायता के लिए दरबान को भी पुकारें।'''एक बार तो स्वामी के मन में आया कि वे उन दोनों को एक धक्का दें और भाग जाएँ। वे उसमें सक्षम थे। ये दोनों अवधूत उन्हें रोक नहीं पाएँगे। बल-प्रयोग का अवसर आए, तो भी स्वामी ऐसे-ऐसे कइयों से निबट सकते हैं।''' किंतु अगले ही क्षण उन्होंने यह विचार त्याग दिया। यह धक्का-मुक्की, यह मार-पीट, यह भाग-दौड़, हिंसा और विरोध'''ये सब साधु को शोभा नहीं देते'''उन्हें कोई और मार्ग अपनाना होगा। किंतु पहले वे यह तो जान लें कि बड़े महाराज क्या कहते हैं'''वैसे ही मुक्ति मिल रही हो, तो दंगा करने की आवश्यकता ही क्या है'''

बड़े महाराज अपने कक्ष में अकेले ही बैठे थे। उन्होंने संकेत से साथ आए दोनों अवधूतों को बाहर भेज दिया।

"बैठो प्रियदर्शन !" उन्होंने बहुत मधुर ढंग से कहा।

तो वे स्वामी से रुष्ट नहीं थे।

स्वामी कहना चाहते थे कि उनका नाम प्रियदर्शन नहीं था, किंतु मौन रहे। बड़े महाराज ने संज्ञा से नहीं, विशेषण से उन्हें पुकारा था।

स्वामी बैठ गए।

"आपको यहाँ कोई कष्ट है ?"

"शारीरिक कष्ट तो कोई नहीं है महाराज !"

"तो फिर मठ क्यों त्यागना चाहते हैं—द्वार-द्वार भिक्षा माँगने के लिए और वृक्षों के नीचे सोने के लिए ?"

"संन्यासी का यह आदर्श तो शंकराचार्य ने बहुत पहले ही घोषित कर दिया था—'करतल भिक्षा, तरुतल वासा'।" स्वामी बोले, "कष्टों से भयभीत होकर तो कोई संन्यासी नहीं हो सकता।"

"जब बैठे-बैठाए खाने को अच्छा मिलता हो, रहने को छत, पहनने को स्वच्छ वस्त्र मिलते हों; जीवन की सुविधाएँ ही नहीं, सारे सुख-भोग भी मिलते हों, तो भटकना आवश्यक है क्या ?" बड़े महाराज ने बड़ी लुभावनी शैली में कहा।

"यह सब तो मैं अपने गृहस्थ जीवन में भी प्राप्त कर सकता था।" स्वामी बोले, "फिर संन्यास ग्रहण करने का क्या लाभ ?"

"तपस्या शक्ति के लिए होती है। गृहस्थ जीवन में हम न अलौकिक शक्तियाँ प्राप्त कर सकते हैं, न अलौकिक सुख।"

"इसका क्या प्रमाण है कि अलौकिक शक्तियाँ मिलेंगी ही ?" स्वामी जान रहे थे कि अब वे जिज्ञासा नहीं कर रहे, बड़े महाराज से विवाद कर रहे थे।

"शक्ति मिलती है। शक्ति के साथ सुख मिलता है। ऐसा अलौकिक सुख आज तक किस गृहस्थ को मिला है, जो सुख हम संन्यासी यहाँ भोगते हैं ?" बड़े महाराज के नेत्र आरक्त हो गए, "पाँच-पाँच योगिनियाँ और एक-एक योगी। उनका शक्ति-संगम...पुरुष के तन में स्वयं ईश्वर को जगा देती हैं वे योगिनियाँ...कैसा अद्भुत स्वर्गीय सुख होता है...आकंठ अमृत में तैरते हैं हम।"

"न यह अलौकिक है और न स्वर्गीय।" स्वामी कुछ कठोर स्वर में बोले, "जिसने आध्यात्मिक आनंद का कण मात्र भी अनुभूत किया है, वह जानता है कि यह मात्र ऐंद्रिय सुख है। इंद्रियों का पाशविक सुख। उससे साधक के भीतर कोई शक्ति नहीं जागती, कोई ईश्वर नहीं जागता, मात्र उसके पौरुष का हनन होता है। मादक पदार्थों से संचित ऊर्जा का एक साथ क्षरण होता है। मनुष्य अधिक से अधिक अभद्र होता जाता है और अंततः पशु हो जाता है।"

"तो सुख किसमें है—इंद्रियों के दमन में ? प्रकृति-प्रदत्त सुख के नकार में ?" बड़े महाराज कुछ रुष्ट हो गए थे, "मैं तुमसे सहमत नहीं हूँ। हमारी साधना पंचमकार ही है। हमारा दृढ़ विश्वास है कि इस साधना में सुख भी है और शक्ति भी। उसके लिए न तो हमें तुमको कोई प्रमाण देना है और न तुमसे कोई विवाद करना है।"

"तो फिर आप मुझसे क्या चाहते हैं ?"

"तुम आकर्षक व्यक्तित्व के साधु हो। योगिनियाँ तुम्हें देखकर मतवाली हो जाएँगी। उनके भीतर वह रस जागेगा, जो आज तक कोई योगी नहीं जगा सका।"

स्वामी ने कुछ नहीं कहा।

"तुमने वर्षों तक ब्रह्मचर्य का पालन किया है। किया है न ?"

"जी।" स्वामी ने कहा।

"भाग्य से तुम अब हमारे पास आ गए हो। इसमें भी प्रकृति का कोई संकेत ही समझो।"

"मैं समझा नहीं !"

"तुमने संचय ही संचय किया है। उसका कभी व्यय नहीं किया। इस अर्जन का तुम्हें कभी विसर्जन करना भी नहीं है। यह तुम्हारे किसी काम का नहीं है। कृपण का धन नष्ट ही होता है। इसलिए...।"

स्वामी ने बड़े महाराज की ओर देखा।

"इसलिए अब तुम्हें अपने इस दीर्घकालीन संचय का लाभ हमें देना चाहिए।"

"कैसा लाभ चाहते हैं आप ?"

"हम एक विशेष प्रकार की साधना के लिए तुम्हारा ब्रह्मचर्य खंडित करेंगे और उससे अपने लिए कुछ अलौकिक शक्तियाँ प्राप्त करेंगे।" बड़े महाराज पूर्णतः आश्वस्त थे।

स्वामी हिल गए; किंतु यह न तो परेशानी प्रकट करने का समय था, न विरोध करने का।

"ब्रह्मचर्य मेरा खंडित होगा और शक्ति आपको प्राप्त होगी, यह बात मेरी समझ में नहीं आती।" स्वामी ने कहा।

"तुम्हारा समझना तनिक भी आवश्यक नहीं है।" बड़े महाराज बोले।

"और यदि मैं सहमत न होऊँ तो ?"

"तुम्हारी सहमति हमारे लिए आवश्यक नहीं है।" बड़े महाराज बोले, "हमारी साधनाएँ हमारे संकल्प से होती हैं।"

"मैं विरोध करूँ तो ?"

"यह तुम्हारे लिए संभव नहीं है।" बड़े महाराज मुस्कराए, "तुम हमारे अधिकार में हो। तुम पर हमारा नियंत्रण है। समझ लो कि तुम हमारे अवरोध में हो। आवश्यक होने पर हम बलप्रयोग भी कर सकते हैं।"

स्वामी ने अपना धैर्य बनाए रखा और दिखाया कि वे तनिक भी विचलित नहीं हैं।

अवधूतानन्द और सुखानन्द उन्हें उनके कमरे तक छोड़ गए।

स्वामी शांत भाव से बैठे सोचते रहे। जाने यह प्रभु की कैसी लीला थी ? क्या चाहते थे वे ? यह तो निश्चित ही था कि यह पंचमकारी तांत्रिक साधना ईश्वर की इच्छा नहीं थी और इसीलिए उन्हें विश्वास था कि कोई स्वामी को इसके लिए बाध्य नहीं कर सकता।...तो फिर वे क्या करें ?

वे देख रहे थे कि उनके कमरे का द्वार भी खुला ही था और सीढ़ियों के साथ का सीखचों वाला फाटक भी बंद नहीं था। प्रकटतः न तो उन्हें बंदी किया गया था और न ही किसी प्रकार का पहरा लगाया गया था, किंतु वे जानते थे कि उन पर पहरा था। यदि वे वहाँ से निकलने का प्रयत्न करेंगे, तो वह अलक्ष्य पहरा प्रकट हो जाएगा।...स्वामी बड़े द्वंद्व में थे। वे स्वयं किसी प्रकार का प्रतिकार करना नहीं चाहते थे, तो उन्हें बाहर से सहायता मिलनी चाहिए थी। पर वह सहायता कहाँ से आएगी ? उनका कोई गुरुभाई, कोई परिचित नहीं जानता था कि वे यहाँ हैं और बंदी की स्थिति

में हैं। तो सहायता कहाँ से आएगी ? न वे बाहर निकल सकते थे और न ही पुलिस इत्यादि तक पहुँच सकते थे···

संध्या-समय नंदू आया।

"स्वामी जी ! कोई सेवा हो तो बताइए।"

"क्या सेवा करोगे नंदू !" स्वामी हँस पड़े, "यहाँ तो बड़े महाराज तक हर प्रकार की सेवा करने को प्रस्तुत हैं।"

"वैसी सेवा का सामर्थ्य तो मुझमें नहीं है स्वामी जी ! वे तो धरती पर स्वर्ग उतार लाने का दावा करते हैं।"

"वह स्वर्ग मुझे नहीं चाहिए।"

"मैंने तो पहले ही आपसे पूछा था कि आप क्या पाने के लिए तपस्या कर रहे हैं।" नंदू बोला, "कुछ चाय-वाय ला दूँ ?"

"नहीं, चाय नहीं चाहिए।" स्वामी ने कहा, "नंदू ! तुम्हें मठ के बाहर-भीतर आने-जाने में कोई रोक-टोक तो नहीं है ?"

"नहीं, मुझे तो कभी किसी ने नहीं रोका।" नंदू बोला, "जो सेवा महाराज कहते हैं, वह कर देता हूँ। कभी-कभी उनके पास बैठकर कुछ चर्चा भी कर लेता हूँ।"

"क्या चर्चा करते हो ?"

"पूछता रहता हूँ, कुछ न कुछ। जैसे आपसे पूछता हूँ।" नंदू बोला, "किंतु बड़े महाराज की चर्चा में रुचि नहीं है। वे कहते हैं, गुरु की आज्ञा मानो और साधना करो।"

"साधना !···" स्वामी मुस्कराकर रह गए।

"अच्छा नंदू ! लींबड़ी में सबसे साधु पुरुष कौन है ?" सहसा स्वामी ने पूछा, "यदि कभी···भगवान् न करें···यदि कभी तुम पर कोई संकट आ पड़े और तुम्हें लगे कि तुम्हें कहीं से भी न्याय नहीं मिल रहा, तो तुम किसके पास जाओगे ?"

"हमारा क्या है स्वामी जी ! हमें कहीं से भी न्याय नहीं मिलेगा। जो कुछ मिलता है, ईश्वर से ही मिलता है।"

"तुम दृढ़ आस्तिक हो।" स्वामी बोले, "भगवान् की कृपा है कि तुम्हारा यह विश्वास आज तक बना हुआ है कि जो कुछ मिलता है, ईश्वर से ही मिलता है। फिर भी···।"

"स्वामी जी ! मेरे साथ कभी ऐसा हुआ तो नहीं है।" नंदू बोला, "पर लोगों से सुना है कि लींबड़ी के महाराज-कुमार ठाकुर जसवंतसिंह बहुत धार्मिक और दयालु व्यक्ति हैं।"

स्वामी को लगा, यह नाम परिचित है। हाँ, अहमदाबाद में सब-जज लालशंकर ने भी ठाकुर जसवंतसिंह का ही नाम लिया था।···यह तो बहुत ही शुभ लक्षण हैं। ठाकुर साहब धार्मिक भी हैं, न्यायी भी हैं और लींबड़ी के महाराज-कुमार भी हैं।···

"यदि आवश्यकता पड़े तो तुम उनके पास जा सकते हो ?"

नंदू हँसा, "जा तो सकता हूँ, किंतु पहुँच पाऊँगा या नहीं, कह नहीं सकता।"

"क्यों ?"

"बड़े लोगों की बड़ी बातें। पता नहीं, मार्ग में कितने पहरेदार होंगे।"

"अरे भाई ! पहरेदारों ने रोका तो नहीं जा पाओगे, नहीं रोका तो पहुँच जाओगे।"

"पर मुझे वहाँ जाना ही क्यों है ?"

"मेरा एक काम है।" स्वामी बोले, "मेरा एक संदेश उन तक पहुँचा दो।"

"संदेश !" नंदू कुछ चकित था, "आप उन्हें जानते हैं क्या ?"

"नहीं, मैं नहीं जानता; किंतु मैं एक संकट में हूँ।"

"आप संकट में हैं ?" नंदू चकित था।

"नंदू ! तुम्हें एक गोपनीय बात बता रहा हूँ।" स्वामी बोले, "तुम्हारे इस मठ के बड़े महाराज ने मुझे बंदी कर लिया है...।"

"बंदी ?"

"बंदी मत कहो।" स्वामी बोले, "बस, वे मुझे यहाँ से बाहर नहीं जाने दे रहे और मैं यहाँ रहना नहीं चाहता।"

"तो ?"

"मैं यहाँ से निकलने के लिए ठाकुर जसवंतसिंह की सहायता चाहता हूँ।"

"क्यों ? क्या यह काम थानेदार नहीं कर सकता ?"

"शायद नहीं।" स्वामी बोले, "संभव है, वह बड़े महाराज की इच्छा का विरोध न करना चाहे। तुम मेरी सेवा करना चाहते हो न ? तुम मेरा संदेश ठाकुर साहब तक पहुँचा दो।"

"पत्र ले जाना होगा ?"

"हाँ।"

"तो दीजिए। मैं प्रयत्न करता हूँ।"

"पहले कहीं से कागज और कलम का प्रबंध करो।" स्वामी बोले।

"मठ के कार्यालय से माँग लाऊँ ?"

"नहीं।" स्वामी बोले, "उससे उनको संदेह हो जाएगा।"

"तो बाहर जाकर बाजार से लाऊँ ?"

स्वामी सोच रहे थे। एक-एक क्षण उनके लिए मूल्यवान था। उन्हें भय था कि बड़े महाराज किसी समय भी अपनी योजना को कार्यान्वित कर सकते हैं। यदि नंदू बाहर गया और उसे लौटने में विलंब हो गया, या मठ वालों ने स्वामी को ही किसी और स्थान पर बंद कर दिया, या नंदू को उनसे मिलने नहीं दिया गया, तो ?

"नहीं नंदू ! मुझे इन षड्यंत्रकारियों का तनिक भी भरोसा नहीं है। मैं चाहता हूँ कि जितनी जल्दी हो सके, तुम मेरा संदेश लेकर निकल जाओ। एक बार यहाँ से निकल जाने के पश्चात् जाने तुमको ये फिर प्रवेश करने भी दें या न दें। मुझसे मिलने दें, न दें।"

"अच्छा, मैं आपके लिए चाय ही लाता हूँ।"

जब तक स्वामी कुछ समझते या कहते, नंदू वहाँ से जा चुका था। जाने वह क्या सोचकर गया था और चाय पर उसका इतना बल क्यों था।...

स्वामी सिवाय प्रतीक्षा के और कर ही क्या सकते थे !

नंदू लौटा तो उसके हाथ में चाय का प्याला था। स्वामी ने उसकी ओर देखा।

"चाय लाया हूँ।" नंदू बोला, "चाहें तो पी लें, चाहें तो फेंक दें।"

"फिर ?"

"कोयले का एक टुकड़ा भी लाया हूँ।" नंदू ने अपनी जेब से कोयले का टुकड़ा निकाला, "जो लिखना हो, इस प्याले पर लिख दें। मैं उसे ठाकुर साहब को दे आऊँगा।"

स्वामी नंदू की समझदारी पर मुग्ध हो गए। किंतु वे समझ रहे थे, प्याले पर कोई पत्र नहीं लिखा जा सकता था। दो-चार शब्द ही लिखे जा सकते थे।...

"पर बाहर जाते हुए उन्होंने तुम्हारे हाथ में प्याला देखकर रोक लिया तो ?"

"प्याला तोड़ दीजिए। कहूँगा, फेंकने जा रहा हूँ।"

स्वामी ने क्षण-भर सोचा : शायद नंदू की योजना ही ठीक थी।...

उन्होंने प्याला नंदू की ओर बढ़ाया, "लो, चाय फेंक दो और प्याला तोड़ दो। पर ऐसे मत तोड़ना कि चूर-चूर हो जाए और कुछ लिखने के योग्य ही न रहे।"

नंदू प्याला तोड़कर लाया तो स्वामी ने देखा कि उसने उसके दो टुकड़े नहीं किए थे। बस, उसका हत्था ही तोड़ दिया था।

स्वामी ने प्याला ले लिया। कोयले का टुकड़ा पहले से ही उनके हाथ में था। वे प्याले का निरीक्षण करते रहे...किस ओर लिखें और क्या लिखें ?...अंततः उन्होंने लिखा, "मुझे मुक्त कराएँ।"...इससे अधिक लिखने का स्थान ही नहीं था।

"लो नंदू, अब मेरी लाज तुम्हारे हाथ में है।" स्वामी ने प्याला उसकी ओर बढ़ा दिया, "यदि प्याला मठ वालों के हाथ में पड़ गया तो हम दोनों की ही कुशल नहीं है। यदि ठाकुर साहब तक पहुँच सको, तो भी इस पर लिखा हुआ कुछ नहीं कह पाएगा। मेरी स्थिति के विषय में तुम्हें ही सब कुछ बताना पड़ेगा।"

नंदू ने उनके चरण छुए और चल पड़ा।

"नंदू !" स्वामी ने उसे रोका, "यदि प्याला मठ के किसी व्यक्ति के हाथ पड़ गया और उसने संदेश पढ़ लिया तो उसे क्या उत्तर दोगे ?"

"उसमें क्या है !" नंदू हँसा, "कहूँगा कि यह तो ईश्वर से प्रार्थना है। किसे संसार से मुक्ति नहीं चाहिए...।" वह रुका नहीं।

55

ठाकुर जसवंतसिंह के सिपाही अभी-अभी स्वामी को मठ से छुड़ाकर राजप्रासाद में ले आए थे। उन्होंने स्वामी को सीधे ठाकुर साहब के सामने ही उपस्थित किया था। उन्हें ऐसा ही आदेश दिया गया था। ठाकुर ने स्वामी पर एक भरपूर दृष्टि डाली और जैसे अभ्यासवश ही हाथ जोड़कर प्रणाम किया।

स्वामी ने उनकी ओर देखा। वे कर्मठ पुरुष लगते थे। बताया गया था कि वे लींबड़ी के युवराज हैं। महाराज वृद्ध होंगे, इसलिए युवराज ही राजकाज देख रहे होंगे।

स्वामी ने आशीर्वाद की मुद्रा में अपना दाहिना हाथ उठा दिया।

"आसन ग्रहण करें स्वामी जी !" ठाकुर साहब ने कहा और अपने सिपाहियों की ओर

देखा, "कोई कठिनाई तो नहीं हुई ? कोई विरोध ? प्रतिरोध ?"

"नहीं कुँवर साहब ! कुछ भी नहीं हुआ।" एक सिपाही ने बताया, "हमने फाटक पर से दरबान को बाँध लिया और स्वामी जी के कमरे पर पहुँच गए। वहाँ से स्वामी जी को साथ लिया। दरबान को फाटक पर छोड़ा और कहा कि वह अपने बड़े महाराज को बता दे कि युवराज के आदेश से हम स्वामी जी को अपने साथ ले जा रहे हैं। उन्हें कुछ कहना हो तो महाराज की सेवा में उपस्थित हों।"

"अच्छा हुआ कि कोई खून-खराबा नहीं हुआ।" युवराज बोले, "अच्छा, तुम लोग जाओ।"

युवराज बैठ गए, "स्वामी जी ! आपके विषय में आपके उस भक्त ने मुझे बहुत कुछ बताया है। नहीं तो वह टूटा प्याला तो कुछ भी नहीं कह पाता। वह व्यक्ति बहुत समझदार है।"

"जी।"

"शायद आप भी उसे अधिक नहीं जानते।" युवराज बोले, "वह अपनी आध्यात्मिक जिज्ञासाओं के चलते बहुत दिनों से उस मठ में जा रहा है और सदा निराश हुआ है। मुझे मालूम नहीं कि आप मठ से कितने रुष्ट हैं; किंतु वह तो उस मठ को नष्ट करवा देना चाहता था। वह तो चाहता था कि मैं मठ के प्रत्येक संन्यासी को बंदी कर लूँ।"

"तो क्या आपके लिए भी ऐसे प्रयोगों को रोकना संभव नहीं है ?" स्वामी ने कहा, "वे धर्म के लिए ही नहीं, आपकी प्रजा के लिए भी बहुत घातक हैं। जाने कितने लोग धर्म के नाम पर वहाँ जाकर अपने चरित्र ही भ्रष्ट नहीं कर रहे, अपनी आत्मा का भी नाश कर रहे हैं।"

"आप मुझसे अधिक ही जानते हैं स्वामी जी कि धर्म के नाम पर संसार में कितने ही प्रकार के अनर्थकारी प्रयोग होते हैं। अपनी प्रजा की भावनाओं का ध्यान कर शासन उनमें तब तक हस्तक्षेप नहीं करता, जब तक वे सार्वजनिक रूप से कोई अपराध नहीं करते।" युवराज बोले, "नंदू से आपकी स्थिति के विषय में सुनकर मैंने अपने सिपाही भेजे थे। यदि वे आपको न छोड़ते और सिपाहियों का प्रतिरोध करते, तो संभवतः हम आपको बंदी बनाए रखने के आरोप में उनको कोई दंड दे सकते।"

"पर वहाँ व्यभिचार हो रहा है।"

"वहाँ जो भी लोग जाते हैं, वे अपनी इच्छा से जाते हैं। स्त्रियाँ हों या पुरुष—उनमें से कभी किसी ने शिकायत नहीं की है।" युवराज बोले, "मेरी दृष्टि बहुत दिनों से उस मठ पर है, इसीलिए नंदू के आते ही मैं सिपाही भेज सका; किंतु अभी तक ऐसा कोई कारण नहीं मिला है कि वहाँ के बड़े महाराज को किसी आपराधिक कांड में लिप्त प्रमाणित किया जा सके।"

"उसका भी कोई विशेष लाभ नहीं है। वस्तुतः हमें अपनी जनता को ही अधिक जागरूक बनाना होगा। उन्हें बताना होगा कि धर्म वस्तुतः क्या है। सामान्यतः लोग किसी चमत्कार के लोभ में ऐसे तांत्रिकों के पास जा फँसते हैं।" स्वामी बोले, "नंदू कहाँ है ?"

"वह मुझे सूचना देकर लौट गया था। कह गया था कि वह आपसे मिलने आएगा।" युवराज बोले, "वह थोड़ा भयभीत भी था कि मठ वाले बड़े महाराज कहीं अपनी तांत्रिक शक्तियों से आपका और उसका कोई अहित ही न कर दें।"

"भोला मानुस है।" स्वामी गुजराती शैली में बोले, "मुझे मुक्त कराने की सारी योजना तो उसकी ही थी।" स्वामी रुके, "वैसे आपको तो मठ की ओर से किसी तांत्रिक-प्रहार की आशंका नहीं है न ?"

युवराज हँस पड़े, "ऐसा सोचने लगें तो फिर हम किसी को दंडित ही न कर सकें। हम

तो यह मानकर चलते हैं कि ईश्वर से बड़ी कोई शक्ति नहीं है और ईश्वर ने ही हमें दुष्ट-दलन का कार्य सौंपा है। यही क्षत्रिय का धर्म है। ऐसा ही ईश्वरीय आदेश है। यदि मठ के तांत्रिक बाधा पहुँचाते तो मेरे सिपाही उनको बाँध भी सकते थे और उनका वध भी कर सकते थे।''

''मैं ईश्वर से आपके लिए प्रार्थना करूँगा।'' स्वामी उठ खड़े हुए, ''अच्छा ! अनुमति हो तो मैं चलूँ ?''

''वैसे तो आप संन्यासी हैं। निरंतर भ्रमण करते हैं। जाने कैसे-कैसे स्थानों पर ठहरते होंगे; किंतु एक बात मैं आपसे कहना चाहता हूँ।''

स्वामी ने उनकी ओर देखा।

''बिना देखे-भाले, बिना सोचे-समझे ऐसे ही किसी डेरे पर मत ठहर जाया कीजिए। संसार में जितना धर्म है, उससे कहीं अधिक अधर्म भी है। साधना के नाम पर पाप भी बहुत है।''

''अब तक ऐसा कोई अनुभव नहीं हुआ था, इसलिए नहीं जानता था।'' स्वामी बोले, ''अब ऐसा नहीं होगा।''

''भगवान् आपकी सहायता करें।''

''तो अनुमति है ?'' स्वामी ने पूछा।

''कहाँ जाएँगे ?'' युवराज ने कुछ असमंजस में पूछा, ''कोई निश्चित ठिकाना है या फिर ऐसे ही किसी दुष्ट तंत्र में फँस जाएँगे ?''

''नहीं ! साधु का निश्चित ठिकाना कैसा ?'' स्वामी हँसे, ''पर आप चिंता न करें। अब भूल नहीं होगी।''

''एक बात कहूँ ?''

''कहिए।''

''यदि मैं आपके ठहरने का प्रबंध यहीं कर दूँ तो आपको कोई आपत्ति है ?'' युवराज बोले, ''आप जितने दिन लींबड़ी में हैं, हमारे अतिथि होकर रहिए। हमें प्रसन्नता होगी।''

''पर आप मुझे इतना महत्त्व क्यों दे रहे हैं ?''

''मेरी भी कुछ जिज्ञासाएँ हैं और आपका वह भक्त नंदू आपके विषय में कुछ ऐसा कह गया है कि मेरा मन होता है कि कुछ समय मैं भी आपका सत्संग करूँ।'' युवराज मुस्कराए, ''निश्चिंत रहें, आपको असुविधा नहीं होगी।''

''साधु को सुविधा क्या और असुविधा क्या। जैसी आपकी इच्छा।'' स्वामी बोले, ''किंतु इतना तो आप जानते ही होंगे कि संन्यासी को दिन का अधिकांश समय एकांत में बिताना होता है। हम राजपुरुषों के समान व्यस्त जीवन नहीं जी सकते। कई बार तो मैं सोचता हूँ कि यदि मुझे राजपुरुषों के समान हर क्षण लोगों की भीड़ से घिरा रहना पड़े तो मेरा दम घुटने लगेगा।''

''और राजपुरुषों को न घेरा जाए तो वे समझेंगे कि उनकी उपेक्षा हो रही है।'' ठाकुर साहब ने द्वार की ओर देखा, ''कौन है ?''

हुजूरी भीतर आया, ''जी युवराज !''

''ठाकुरद्वारे के साथ वाला कक्ष स्वामी जी के लिए तैयार करवा दो।'' युवराज बोले, ''और स्वामी जी का यह सामान वहीं रखवा दो।''

हुजूरी चला गया तो युवराज बोले, ''स्वामी जी ! यदि आप थके हुए न हों तो मेरा एक

छोटा-सा प्रश्न है।''

''कहिए !''

''भगवान् कृष्ण ने हमें कर्म-सिद्धांत सिखाया है।'' ठाकुर साहब बोले, ''वेद भी मानते हैं कि जीव को उसके कर्मों का फल मिलता है।''

''जी।''

''बात यह है कि मेरे एक मित्र ने मुझसे यह प्रश्न पूछा था। मैं उनके प्रश्न का कोई उत्तर नहीं दे सका, इसीलिए आपसे जानना चाहता हूँ।''

''पूछिए।''

ठाकुर साहब की आँखों में एक बार संकोच जागा, ''यह मत समझिएगा कि भगवान् कृष्ण में मेरी आस्था नहीं है, या मैं कर्म-सिद्धांत का विरोधी हूँ। मैं तो यह प्रश्न जिज्ञासावश कर रहा हूँ।''

''आप निस्संकोच पूछिए।''

''दुर्योधन ने आजीवन पाप किए। साधु पुरुषों को पीड़ित और प्रताड़ित किया, पर उसको उसके कर्मों का क्या फल मिला ? क्या दंड मिला उसे ?'' ठाकुर साहब का स्वर आवेश में कुछ ऊँचा उठ गया, ''अंत समय में भीम ने युद्ध में उसकी जंघा तोड़ दी। दो-चार दिन तड़पा होगा और फिर मर गया होगा। चील-कौवों और गिद्धों ने उसका जीवित मांस खाया होगा। अनेक वर्षों के पाप का दंड केवल दो-चार दिनों का कष्ट ? यह तो कोई न्याय नहीं लगता !''

''आपका प्रश्न ठीक है। अनेक लोगों के मन में इस प्रकार की जिज्ञासाएँ उठती हैं। वे अपने प्रश्नों के समाधान ढूँढ़ते हैं। पर उन्हें अपने प्रश्नों के उत्तर नहीं मिलते तो वे कर्म-सिद्धांत की सत्यता पर ही प्रश्नचिह्न लगा देते हैं।''

''पर हमें प्रश्नों के उत्तर क्यों नहीं मिलते ?''

''क्योंकि हम उस कर्म-सिद्धांत को नहीं समझते, जो हमें कृष्ण ने बताया है। हम कर्म-सिद्धांत का वह रूप अपने मन में लिए बैठे हैं, जिसका निर्माण हमारी बुद्धि ने किया है।'' स्वामी बोले, ''हम प्रकृति की कार्य-पद्धति को नहीं जानते। हम उसे उसी दृष्टि से देखते हैं, जिससे हम मानव का कार्य-व्यापार देखते हैं। यदि हम पक्षियों की भाषा को अपने शब्दकोश के माध्यम से समझना चाहें, तो कैसे समझ सकते हैं ?''

ठाकुर साहब स्वामी की ओर देखते रहे।

''आप कर्म का सत्कर्म और दुष्कर्म जैसा विभाजन न करें। न ही उनके परिणाम को पुरस्कार और दंड के रूप में देखें।'' स्वामी ने कहा, ''उसे केवल क्रिया और प्रतिक्रिया के रूप में देखें। भगवान् ने कहा है कि मैं कुछ भी नहीं करता। प्रकृति के तीनों गुण परस्पर व्यवहार कर रहे हैं। जो भी क्रिया हम करते हैं, उसकी प्रतिक्रिया भी प्रकृति के नियमों और गुणों के स्वभाव के अनुसार तत्काल घटित हो जाती है। उसमें निमिष-भर का भी विलंब नहीं होता; किंतु वह प्रक्रिया इतनी सूक्ष्म है कि हमें अपने इन स्थूल नेत्रों से दिखाई नहीं पड़ती। परिणामतः अनेक बार हमारे मन में यह संदेह उठता है कि किसी को सत्कर्म का पुरस्कार नहीं मिला और किसी को दुष्कर्म का दंड नहीं मिला। वस्तुतः प्रकृति की बुनावट बहुत महीन है, अत्यंत सूक्ष्म।''

''पर इसका प्रमाण हमें कैसे मिलेगा स्वामी जी !''

''प्रमाण दो प्रकार के हैं। एक है इंद्रियातीत दृष्टि। समाधि में इंद्रियों के पार जाकर हम

सृष्टि के अनेक रहस्यों को समझते हैं।" स्वामी बोले, "और दूसरा है–जब हम स्थूल तथ्यों को देखकर अपने अनुमानाश्रित तर्क से उसे समझने का प्रयत्न करते हैं।"

"कैसे ?"

"पहला सिद्धांत तो हम यह ध्यान में रखें कि हम अपनी ज्ञानेंद्रियों और अपनी बुद्धि से केवल इस जन्म को जान पाते हैं–जन्म से मृत्यु तक। अनेक बार तो प्रौढ़ावस्था तक आते-आते हम अपने शैशव की घटनाओं को भी भूल जाते हैं। वृद्धावस्था तक जाते-जाते इस जीवन के अधिकांश तथ्य हम भूल चुके होते हैं। पर प्रकृति की स्मरण-शक्ति इतनी अल्पकालिक नहीं होती। न ही उसके लिए जीवन एक ही जन्म में समाप्त होता है। हम अपने जन्म के समय जो कुछ लेकर आते हैं–अपना वंश, घर, परिवार, समाज, अपने शरीर का रंग-रूप, अपनी बौद्धिक और शारीरिक क्षमताएँ, अपने संस्कार और अपना स्वभाव–यह सब कुछ हमारे अब तक के पूर्वजन्मों का परिणाम नहीं तो और क्या है ? उसके लिए और कोई तर्क नहीं दिया जा सकता।"

"अनुमानाश्रित तर्क तो यही हो सकता है।" ठाकुर साहब बोले, "किंतु मनुष्य अपने अनुभव के बिना उसे सत्य न माने तो ?"

"प्रकृति को मनुष्य के किसी प्रमाण-पत्र की आवश्यकता नहीं है। मनुष्य का अज्ञान उसके अपने लिए हानिकारक है। प्रकृति का उससे कुछ नहीं बनता-बिगड़ता।" स्वामी हँसे।

"तो साधारण मनुष्य क्या करे ? अंधविश्वास में घिरता जाए ?"

"नहीं। अपनी बुद्धि से काम ले। अपना अनुभव विस्तृत करे। जिस प्रकार विज्ञान के क्षेत्र में स्वयं अनुभव किए बिना वैज्ञानिकों की बात का विश्वास करता है, उसी प्रकार अध्यात्म के क्षेत्र में भी आप्त पुरुषों और आप्त ग्रंथों का विश्वास करे।"

"यहीं से तो अंधविश्वास का जन्म होता है। विज्ञान इसको नहीं मानेगा। विज्ञान एक नए प्रकार का अंधविश्वास है।" स्वामी बोले, "उसकी भी सीमा है। आपका अज्ञान किसी का अस्तित्व समाप्त नहीं कर सकता। जिन बातों, व्यक्तियों, स्थानों और घटनाओं को मैं नहीं जानता, वे हैं ही नहीं, यह कोई तर्क नहीं है। कोलंबस के पहले भी अमरीका था। बात तो तथ्यों को खोज निकालने की है।"

"चलिए, मैं आपको अध्यात्म का वैज्ञानिक मानता हूँ। आप मुझे कुछ तो आभास दें कि प्रकृति किस प्रकार कार्य करती है ?" ठाकुर साहब बोले।

"कल्पना कीजिए कि आप अपनी कमीज सिलवाने के लिए एक सफेद कपड़ा बाजार से लाए। आपको घर की झाड़-पोंछ के लिए एक कपड़े की आवश्यकता पड़ी। आपको कोई मैला कपड़ा दिखाई नहीं पड़ा। आपने सोचा कि कमीज तो अभी सिली नहीं है, इसी कपड़े से झाड़-पोंछ कर लेता हूँ। फिर धोकर इसकी कमीज सिलवा लूँगा। आपने उससे घर की झाड़-पोंछ कर डाली। वह कपड़ा मैला हो गया। आपने उसे रगड़-रगड़कर धोया, किंतु वह पहले जैसा साफ और सफेद नहीं हुआ। आपने उसे फिर से धोया। इस बार लगा कि वह उतना गंदा नहीं है। आपने कमीज सिलवा ली। पहनी तो लगा कि वह कपड़ा जितना सफेद आप चाहते थे, उतना सफेद नहीं हुआ। वह कमीज पहनकर किसी समारोह में नहीं जाया जा सकता। आपने वह कमीज घर में पहनने की ठानी। दो-चार बार घर में पहनी और आपको लगा कि वह और भी गंदी हो गई है। वह आपके पहनने योग्य नहीं रही। आपने वह कमीज अपने रसोइए को दे दी। रसोइए ने उसे पहनकर रसोई बनाई। उस पर कुछ

घी गिर गया। कुछ हल्दी लग गई। उसने वह कमीज मैली मानकर किसी मिस्तरी को दे दी। मिस्तरी उसे पहनकर कल-पुर्जे ठीक करने लगा। उस पर कालिख पुतती चली गई। अंततः वह कपड़ा इतना काला हो गया कि उसे धोना बेकार माना गया और उसके टुकड़े-टुकड़े कर उसे मल साफ करने के लिए लगा दिया गया।···" स्वामी रुक गए।

ठाकुर साहब अब भी उनकी ओर देख रहे थे।

"ऐसा होता है या नहीं ?"

"होता है।"

"तो आप मान लीजिए कि वह सफेद कपड़ा आपकी आत्मा है—अपने शुद्ध रूप में। निर्मल, स्वच्छ और सात्त्विक। आप अपने कर्मों से उसे मैला करते चलते हैं। उसकी मैल के ही अनुसार, उसे ठाकुर साहब का, घरेलू नौकर का, रसोइए का, मिस्तरी का···तन मिलता है। कहीं किसी को कोई दंड नहीं दिया गया। कहीं किसी को कोई पुरस्कार नहीं दिया गया। किंतु कर्मों के अनुसार फल तो मिलता ही चला गया। आत्मा पर मैल का कवच चढ़ता गया। मैल की परत घनी से घनी, मोटी से मोटी और कठोर से कठोरतर होती गई। अब आप सोचें कि अंततः उस मैल को उस आत्मा पर से हटना तो है ही, किंतु उसके लिए उस जीवात्मा को कितना प्रयत्न करना पड़ेगा ? स्वयं को कितना घिसना पड़ेगा ? घिसना ही क्यों, छीलना भी पड़ सकता है। उसके लिए उसे कितने जन्म लेने पड़ेंगे ? और वे सारे जन्म मनुष्य के ही तो नहीं होंगे। वे निम्नतर जीवों के भी हो सकते हैं।"

"यह तो ऐसा ही है स्वामी जी ! जैसे एक व्यक्ति थोड़ा झूठ बोलता है। वह थोड़ा झूठा होता है। वह देखता है कि कोई उसे दंडित नहीं कर रहा। वह अधिक से अधिक झूठ बोलता चलता है और अंततः झूठ बोलना उसका रोग हो जाता है।"

"ऐसा ही समझ लीजिए।"

"पर हम तो मानते हैं," ठाकुर साहब बोले, "आत्मा निर्मल, सात्त्विक और स्वच्छ है। वह परमात्मा का ही अंश है। वरन् वह स्वयं ब्रह्म ही है।"

"जी, यही मानते हैं।"

"तो फिर इस कपड़े को मैला कौन करता है ?"

"यह पहली बार कब और कैसे आरंभ हुआ, यह मैं भी आपको नहीं बता सकता।" स्वामी बोले, "किंतु आत्मा के साथ मन जुड़ गया। वह मन ही कामना करता है। वही इच्छाएँ करता है। वही मुग्ध और लुब्ध होता है। वही सुख और दुःख का अनुभव करता है। आत्मा उसी के साथ लगी-लगी जन्म-जन्मांतरों में घूमती फिरती है।"

"ओह !"

"आपने मुंडकोपनिषद् का वह मंत्र सुना होगा :

द्वा सुपर्णा सयुजा सखाया समानं वृक्षं परिषस्वजाते।
तयोरन्यः पिप्पलं स्वाद्वत्त्यनश्नन्नन्यो अभिचाकशीति।।"

"इसका क्या अर्थ हुआ ?"

"जिस प्रकार गीता में जगत् का अश्वत्थ वृक्ष के रूप में वर्णन किया गया है, उसी प्रकार इस मंत्र में शरीर को पीपल के वृक्ष और जीवात्मा तथा परमात्मा को पक्षियों के रूप में चित्रित किया

गया है। यह शरीर मानो एक वृक्ष है। ईश्वर और जीव—ये सदा साथ रहने वाले दो मित्र पक्षी हैं। ये इस शरीररूपी वृक्ष में एक साथ ही हृदयरूपी कोटर में निवास करते हैं। इन दोनों में एक, अर्थात् जीवात्मा, तो वृक्ष के फलरूपी अपने कर्मफलों को आसक्ति एवं द्वेषपूर्वक भोगता है और दूसरा—परमात्मा, उन फलों से किसी प्रकार का कोई संबंध न रखकर द्रष्टा रूप में केवल देखता रहता है।''

ठाकुर साहब कुछ नहीं बोले, बैठे कुछ सोचते रहे।

संध्या-समय ठाकुर साहब अपने कुछ मित्रों के साथ स्वामी के कक्ष में पधारे।

''स्वामी जी ! मैं फिर अपना एक प्रश्न लेकर आपको कष्ट देने आया हूँ।''

स्वामी मुस्कराए, ''मैं प्रश्नों का उत्तर ही तो दे सकता हूँ ठाकुर साहब ! और किसी भी प्रकार से मैं आपकी कोई सेवा नहीं कर सकता। आप निस्संकोच पूछें।''

ठाकुर साहब ने अपने मित्रों की ओर देखा, ''वस्तुतः हम सबमें एक विवाद कई दिनों से चल रहा है।''

स्वामी ने उत्सुक दृष्टि से उनकी ओर देखा।

''आज वह विवाद कुछ गहरा ही नहीं गया, एक संकट बनकर हमारे सामने आया है।''

''क्या बात है ठाकुर साहब ?''

इस बार ठाकुर साहब नहीं, उनके एक मित्र बोले, ''स्वामी जी ! मेरा पुत्र एक अन्य जाति की लड़की से विवाह कर लाया है। उसकी हठ को मानकर हमने विवाह तो कर दिया, किंतु अब मेरी पत्नी उस लड़की को अपनी रसोई में प्रवेश नहीं करने दे रही। वह उसके हाथ का पकाया नहीं खाएगी और बहू इस बात पर अड़ी है कि यदि उसे अछूत माना जाएगा, तो वह इस घर में नहीं रहेगी। बहू जाएगी तो बेटा भी हाथ से जाएगा। अब समस्या यह है कि हम बेटे का त्याग करें या अपने धर्म का ?''

''हिंदुओं में खान-पान का बहुत झंझट है। छुआछूत है।'' ठाकुर साहब बोले, ''यह पंडित जी के घर की समस्या तो है ही; किंतु क्या आपको नहीं लगता कि सारे जीवों में ईश्वर को देखने और सबसे प्रेम करने के सिद्धांत इस छुआछूत के विरुद्ध पड़ते हैं ? आध्यात्मिक साधना से खान-पान की शुद्धता का इतना संबंध नहीं हो सकता।''

''आपने बहुत ठीक बात पकड़ी है। प्रेम भी करो और छुआछूत भी बरतो—दोनों बातें एक साथ नहीं चल सकतीं। वह लड़की आपकी बहू भी हो और आपके परिवार का अंग भी न हो, दोनों बातें तो नहीं हो सकतीं।'' स्वामी बोले।

''यही तो समस्या है स्वामी जी ! हमारे धर्म में यह भेदभाव कहाँ से आ गया ?''

''हमारे यहाँ एक शब्द है—'आहार'। हमारे आचार्यों ने उसकी व्याख्या विभिन्न प्रकार से की है।'' स्वामी बोले, '' 'आहार' की व्याख्या संबंधी मतभेद से उत्पन्न हुई समस्या सामाजिक रीति-रिवाज के रूप में हमारे सामने आई है।''

''इसे जरा स्पष्ट कर कहें स्वामी जी !''

''देखिए, संस्कृत भाषा में 'आहार' शब्द जिस धातु से बना है, उसका अर्थ है—'एकत्र करना'। अतः आहार का अर्थ हुआ, जो कुछ एकत्र किया गया। रामानुजाचार्य ने इसका अर्थ किया, 'खाद्य से शरीर ने जो कुछ एकत्र किया।' अतः खान-पान पर बहुत बल आ पड़ा। किसके धन से

अन्न खरीदा गया ? किसने उसे पकाया ? किसने परोसा ? आदि। प्रभाव तो इसका भी पड़ता ही है; किंतु वह आरंभिक स्थिति है। विशेष रूप से किसके धन से अन्न प्राप्त किया गया। आपको स्मरण होगा, भगवान् कृष्ण ने दुर्योधन का अन्न इसी तर्क से नहीं खाया था कि वह पाप द्वारा अर्जित धन से प्राप्त किया गया अन्न था।...''

''जी।''

''किंतु शंकराचार्य का रामानुजाचार्य से थोड़ा मतभेद है। वे कहते हैं कि 'जब आहार शुद्ध है, तब मन शुद्ध रहता है।' तो फिर किसका आहरण करें ? क्या संचित करें ? शंकराचार्य कहते हैं कि ईश्वर के अतिरिक्त अन्य किसी भी वस्तु पर हमारी आसक्ति न हो। सब कुछ देखो, सब कुछ करो,पर आसक्त मत होओ। ज्यों ही आत्यंतिक आसक्ति आई, समझो कि मनुष्य स्वयं को खो बैठा।...''

''स्वामी जी ! हम खान-पान की चर्चा कर रहे थे।...''

स्वामी मुस्कराए, ''मैं आहार की चर्चा कर रहा हूँ। और आहार का अर्थ है–संचय। हम किस-किसका संचय करें ? ठीक है ?''

ठाकुर साहब ने कुछ संयत ढंग से अपना सिर हिला दिया।

''शंकराचार्य कहते हैं कि मनुष्य जब कहीं आसक्त हो जाता है, तो वह अपना स्वामी नहीं रह जाता, दास बन जाता है। यदि किसी स्त्री की आसक्ति किसी पुरुष में हो जाती है, तो वह उस पुरुष की दासी बन जाती है।'' स्वामी ने रुककर ठाकुर साहब की ओर देखा, ''दास बनने में कोई लाभ नहीं है। किसी मनुष्य का दास बनने की अपेक्षा और बहुत सारी अच्छी बातें इस संसार में हैं।''

''तो हम किसी से प्रेम न करें ?''

''प्रेम सबसे करो, सबकी भलाई करो; किंतु किसी के दास मत बनो।'' स्वामी बोले, ''दास बनने से एक तो हमारा व्यक्तिगत अधःपतन हो जाता है और दूसरे, इससे हम अत्यंत स्वार्थी बन जाते हैं।''

''स्वार्थ में क्या बुराई है ?'' ठाकुर साहब के एक साथी ने कहा, ''सारा संसार ही स्वार्थी है।''

''संसार स्वार्थी है, यह कोई अच्छी बात तो नहीं है। इसी के कारण संसार में सारे उत्पात होते हैं।'' स्वामी हँसे, ''इस दोष के कारण हम अपनों को लाभ पहुँचाने के लिए परायों को हानि पहुँचाते हैं। संसार में अधिकांश दुष्कर्म कतिपय व्यक्तियों के प्रति आसक्ति के कारण ही किए जाते हैं। केवल सत्कर्मों के प्रति आसक्ति को छोड़कर हमें सभी प्रकार की आसक्तियों का त्याग करना चाहिए और सबसे समान रूप से प्रेम करना चाहिए।''

''तो सारे झगड़े की जड़ आसक्ति ही है !''

''आप ऐसा कह सकते हैं।'' स्वामी बोले, ''आसक्ति की पुत्री है–ईर्ष्या। आप लींबड़ी के युवराज हैं, यह जानकर मेरे हृदय में ईर्ष्या की अग्नि भड़कने लगती है। मेरी छाती पर साँप लोटने लगते हैं–मैं युवराज क्यों न हुआ !'' स्वामी ने रुककर ठाकुर साहब की ओर देखा, ''आप मुझे कष्ट नहीं दे रहे, न लींबड़ी राज्य मुझे कष्ट दे रहा है। मुझे तड़पाने वाली मेरी ईर्ष्या तो मेरे मन में है। मैं दूसरों में दोष देख रहा हूँ। दूसरों को अपना शत्रु और विरोधी मान रहा हूँ। और सत्य यह है कि मेरी शत्रु है, मेरे मन में बसी हुई ईर्ष्या। वह मुझे तड़पा रही है। खाने की इच्छा नहीं होती। रात को

नींद नहीं आती। हाय ! आप युवराज क्यों हुए ?···मैं अपने शत्रु को पहचान नहीं पा रही हूँ। अपने शत्रु को अपनी छाती में पाल रहा हूँ और बाहर अपने शत्रुओं को मारने के लिए लाठी घुमा रहा हूँ।''

''यह तो विचित्र बात है और कितनी सत्य !'' ठाकुर साहब बोले, ''आज तक मेरा ध्यान इस ओर क्यों नहीं गया ?''

''हम अपनी बात से भटक न जाएँ, इसलिए लौटकर शंकराचार्य की बात पर आते हैं।'' स्वामी बोले, ''इंद्रिय भोग के किसी पदार्थ को पाने के लिए ईर्ष्या नहीं करनी चाहिए। यह ईर्ष्या ही सारे अनर्थों का मूल है और साथ ही अत्यंत दुर्दमनीय भी।···''

''अनेक लोगों से अकारण विरोध इस ईर्ष्या के कारण ही हो जाता है।'' युवराज बोले।

''जी। यही मोह है। शत्रु कोई है और हम शत्रु किसी और को मानते रहते हैं।'' स्वामी बोले, ''हम सदा एक वस्तु को अन्य वस्तु समझ बैठते हैं और उसी गलत भावना से काम करते हैं। फलस्वरूप हम अपने ऊपर विपत्ति लाते हैं।···'' स्वामी रुके। उनके मन का आनंद जैसे उनके चेहरे पर आ गया, ''जनक ने अष्टावक्र से पूछा, 'मुक्ति कैसे मिलेगी?' अष्टावक्र ने कहा, 'मुक्तिमिच्छसि चेत्तात विषयान् विषवत्त्यज। क्षमार्जवदयातोषसत्यं पीयूषवद्भज।।' यदि मुक्ति चाहिए तो विषयों को विष के समान त्याग दे और क्षमा, आर्जव, दया, संतोष तथा सत्य को खोज।···''

''हम भ्रम की बात कर रहे थे स्वामी जी !''

''मैं भी भ्रम की ही बात कर रहा हूँ ठाकुर साहब !'' स्वामी बोले, ''भ्रम के वशीभूत होकर ही हम अनिष्ट को इष्ट समझकर ग्रहण करते हैं। जो हमारी नाड़ियों में क्षण-भर के लिए गुदगुदी पैदा कर दे, उसे ही हम परम श्रेयस मान बैठते हैं और उसमें डूब जाते हैं। इसीलिए अष्टावक्र कहते हैं कि विषयों को बिष के समान समझ और उन्हें त्याग दे। वे हमारे इष्ट नहीं हैं। बहुत विलंब के बाद हम अनुभव करते हैं कि जिस विषय को हम अपना इष्ट मानकर गले से लगाए हुए थे, वह तो भारी क्षति पहुँचा गया।''

''आप ठीक कह रहे हैं स्वामी जी !'' ठाकुर साहब कुछ अधिक ही गंभीर हो गए थे।

''प्रतिदिन हम वैसी ही भूल करते हैं और प्रायः जीवन-भर इसी भूल में पड़े रहते हैं।'' स्वामी बोले, ''जब इंद्रियाँ अनासक्त भाव से ईर्ष्या और मोहरहित होकर इस संसार में कार्य करती हैं, तब उस कार्य अथवा उस संस्कार को हम शुद्ध आहार कहते हैं।''

''ओह ! आहार का अर्थ यह है !···''

''जब आहार शुद्ध है, तब मन अनासक्त और ईर्ष्या-मोह से रहित होकर, पदार्थों को ग्रहण करने और उन पर विचार करने में समर्थ हो सकता है।'' स्वामी बोले, ''तब मन शुद्ध हो जाता है और ऐसे मन में ईश्वर की सतत स्मृति जाग्रत रहती है।''

''पंडित जी !'' ठाकुर साहब अपने मित्र से बोले, ''बहू का कोई दोष नहीं है। अपनी पत्नी को ही समझाइए कि वे रूढ़ियों के प्रति अपनी यह आसक्ति छोड़ें। जो बहू बनकर आपके घर में आ गई है, वह आपके परिवार का अंश ही है और आपके परिवार को आगे भी वही बढ़ाएगी। कल आपकी पत्नी अपने पोते और पोती के साथ भी ऐसा भेदभाव करेगी क्या ?''

स्वामी जी कुछ नहीं बोले। बैठे मुस्कराते रहे।

56

स्वामी के पास प्रायः प्रतिदिन अनेक स्थानीय पंडित आने लगे थे। कभी अकेले-दुकेले और कभी समूहबद्ध होकर। वे संस्कृत-वार्तालाप में पारंगत लगते थे। स्वामी को भी यह अवसर संस्कृत-संवाद के अपने अभ्यास के लिए बहुत लाभदायक प्रतीत हो रहा था।...दो-चार ही दिनों में उनकी समझ में आ गया कि वे पंडित संस्कृत बोलते तो हैं, किंतु वह मात्र अपने अभ्यास अथवा निष्ठा के कारण ही नहीं—उसमें बार-बार स्वामी की परीक्षा लेने की इच्छा भी सम्मिलित होती थी। आते तो वे किसी न किसी जिज्ञासा के समाधान का बहाना लेकर ही थे।...किंतु स्वामी भी समझते थे कि उन सारी वार्ताओं में जिज्ञासा कम और प्रतिस्पर्धा ही अधिक थी। कहीं-कहीं ईर्ष्या भी दिखाई पड़ जाती थी। ठाकुर साहब के स्वामी के प्रति आदर ने पंडितों की ईर्ष्या को भड़का दिया था।

संयोग ही था कि उन्हीं दिनों जगन्नाथपुरी के गोवर्धन मठ के शंकराचार्य भी लींबड़ी में ही थे। वे संध्या-समय होने वाले इन संवादों में दो-तीन दिन उपस्थित भी रहे।

उस दिन लींबड़ी के पंडित हिंदुओं के संस्कारों की समस्या लेकर स्वामी के पास आए थे। हिंदुओं में अपने उन संस्कारों के प्रति बढ़ती हुई उदासीनता से वे चिंतित थे। वे जानना चाहते थे कि अपने प्रभाव से समाज को उन संस्कारों के प्रति निष्ठावान बनाया जाए या संस्कारों को आज की परिस्थितियों में अनावश्यक मानकर सदा के लिए त्याग दिया जाए ?

स्वामी कुछ देर मौन बैठे उनकी ओर देखते रहे। फिर जैसे बादल के समान फट पड़े, "आपने कभी विचार किया है कि जिस प्रदेश में इस प्रकार भीषण अकाल की परिस्थितियाँ हों, जहाँ अपना पेट भरने के लिए लोग चोरी, डकैती और हत्याओं पर उतर आए हों—वहाँ वे संस्कारों की सोचेंगे या अपनी आजीविका की ? हम उन्हें यज्ञोपवीत धारण न करने पर समाज से निष्कासित करने की धमकी दें, तो वे मानेंगे कि पुरोहित समाज अपनी आजीविका के लिए उनका पेट काटने पर उतारू है। आप समझते हैं कि उसके पश्चात् संस्कारों के प्रति वे कुछ अधिक आकृष्ट हो सकेंगे ?"

"तो हम अपनी आँखों के सामने अपने धर्म को नष्ट होता हुआ चुपचाप देखते रहें ?"

"नहीं, चुपचाप क्यों देखते रहें ?" स्वामी बोले, "हम विचार करें कि संस्कार और धर्म पर्याय हैं क्या ? पहले मनुष्य के प्राण बचाने हैं या उसके संस्कार ?"

"उसके प्राण बचाने के लिए तो हम कुछ कर नहीं सकते।"

"कर क्यों नहीं सकते ? जो कर सकते हैं, वह करने की तो आप सोचते नहीं।" स्वामी बोले, "हम अपने पास से भूखे को अन्न दे सकते हैं तो दें। अपने पास से नहीं दे सकते तो अपने यजमानों को प्रेरित करें कि वे अकालपीड़ित लोगों की सहायता करें। अकाल सदा के लिए नहीं आया है। वह चला जाएगा तो हम अपने भंडार भरने की बात भी सोच सकते हैं और संस्कारहीन लोगों को संस्कार देने की भी।" स्वामी ने उन लोगों को देखा, "धर्म कोई जड़ पदार्थ नहीं है, न ही वह कोई रूढ़ि है। न वह कोई तलवार है, जो निर्बल और असहाय लोगों की गर्दन काटने का माध्यम हो। वह मनुष्य को श्रेष्ठ मनुष्य बनाने का साधन है। बच्चा अस्वस्थ है। दो-एक दिन उसकी माँ उसे नहीं भी नहलाती तो वह बच्चा उसकी संतान नहीं रहता क्या ? और जब वह स्वस्थ हो जाता है तो वह उसे नहला-धुलाकर पहले के ही समान साफ-सुथरा नहीं बना देती क्या ?"

"तो हम क्या करें ?"

"कर सकें तो अपने घर से उन्हें अन्न दें, अपने खर्च पर उनका यज्ञोपवीत करवाएँ।" स्वामी बोले, "न कर सकें तो उनकी स्थिति सुधरने की प्रतीक्षा करें।"

शंकराचार्य सारा समय साक्षी बने बैठे रहे। वे कुछ नहीं बोले। पंडितों के विदा हो जाने पर उन्होंने प्रशंसा-भरी दृष्टि से स्वामी को देखा, "तुम्हारे जैसे युवा संन्यासी की विद्वत्ता, समझ और संवेदना का विस्तार ही नहीं, तुम्हारी मौलिक धर्म-दृष्टि और समाज का नेतृत्व करने की क्षमता देखकर मैं चकित हूँ वत्स ! भगवान् तुम्हें अपने अभियान में सफल करें। मुझे लगता है कि तुम हिंदुओं का उद्धार करने के लिए ही आए हो। स्वस्ति पुत्र ! स्वस्ति !!"

ठाकुर साहब आए और देर तक स्वामी से बातें करते रहे। विदा होने के लिए उठे ही थे कि उन्हें कुछ स्मरण हो आया। जाते-जाते रुक गए।

"स्वामी जी ! बहुत दिनों से एक विचार अपने मन में पाल रहा हूँ।" वे पुनः बैठ गए।

"तो अब तक कहा क्यों नहीं ?"

"कभी दूसरी बातों के मोह में, कभी उचित अवसर न मानकर, कभी किसी और कारण से।"

"अब कहिए !"

"मैंने शायद कभी आपसे चर्चा की हो कि मैं इंग्लैंड और अमरीका की यात्रा कर आया हूँ।"

"नहीं। आपने आज तक तो नहीं कहा।"

"कभी प्रसंग नहीं आया होगा।" ठाकुर साहब बोले, "मैंने पाया कि वे लोग हमारे धर्म के विषय में कुछ नहीं जानते; किंतु जानने को उत्सुक हैं।"

"मैं तो कभी गया नहीं ठाकुर साहब ! इसलिए कह नहीं सकता कि उत्सुक हैं या नहीं।"

"नहीं। वे उत्सुक हैं, किंतु आज तक उन्हें बताने वाला कोई उपयुक्त व्यक्ति ही नहीं मिला।" ठाकुर साहब बोले, "यदि कभी आप वहाँ जाकर हिंदुओं के विषय में उन्हें जानकारी दें तो मुझे लगता है कि आपके विचारों का बहुत स्वागत होगा। वे खुले मन के लोग हैं। वे आपके विचारों का…।"

"ये मेरे विचार नहीं हैं ठाकुर साहब ! ये तो भारतीय ऋषियों के विचार हैं। उन्होंने इन विचारों का आविष्कार किया है। उन्होंने इन सत्यों का दर्शन किया है। मैं तो केवल उनके विचारों को आप लोगों के सामने कह भर देता हूँ।"

"मैं आपकी बात मान लेता हूँ कि यह भारतीय मनीषा का चिंतन है।" ठाकुर साहब बोले, "किंतु इसका मूल्य यहाँ कोई नहीं समझता। जहाँ लोगों को अपना पेट भरने की पड़ी हो, जहाँ वे पारस्परिक ईर्ष्या से दग्ध हो रहे हों, जहाँ वैभव के लोभ में लोग अपनी माँ को हाट में बेचने को तत्पर हों, वहाँ वे वेदांत का महत्त्व क्या समझेंगे ? मेरी मानिए, आप अमरीका और इंग्लैंड जाइए।…" ठाकुर साहब कुछ देर रुके, "मैं इतने दिनों से देख रहा हूँ, आपकी प्रतिभा अप्रतिम है। आपका अंग्रेजी का ज्ञान इतना विस्तृत और समर्थ है कि आप उन लोगों को उनकी भाषा में समझा सकेंगे और उनका ज्ञान विस्तृत कर सकेंगे।"

स्वामी चुपचाप बैठे कुछ सोचते रहे।

"क्या आप मुझसे सहमत नहीं हैं ?"

"नहीं, ऐसी बात नहीं है; किंतु मैं केवल उनके ज्ञानवर्धन के लिए वहाँ नहीं जाना चाहता। यह मेरा दायित्व नहीं है।"

"तो ?"

"क्या आपने कभी ध्यान नहीं दिया कि हिंदुओं पर, उनके धर्म पर, उनकी संस्कृति और सभ्यता पर, उनकी जीवन-शैली पर, उनके महापुरुषों पर जितना कीचड़ उछाला गया है, वह सब अमरीका और इंग्लैंड के लोगों द्वारा ही उछाला गया है।...उसके पीछे उनका अज्ञान भी है और द्वेष भी।"

"आप ठीक कह रहे हैं।"

"मैं उसका प्रतिकार करना चाहता हूँ।" स्वामी बोले, "यदि हो सके तो मैं अपनी माता के मुख पर बलात् पोती गई यह कालिमा धो देना चाहता हूँ और अपनी माता का उज्ज्वल मुख संसार के लोगों को दिखा देना चाहता हूँ। वे देखें कि मेरी माता कितनी निर्मल और उज्ज्वल है। वे देखें कि वह कितनी सुंदर और दिव्य है। वह चिथड़ों में लिपटी, मलिन, रोगी और चीत्कार करते हुए बच्चों से घिरी हुई हेय अबला नहीं है।" स्वामी के मुख पर जैसे तेज बरसने लगा, "वह सृष्टि-भर के सौंदर्य का समुच्चय स्वयं श्री—लक्ष्मी—है, वह अबला नहीं, संसार-भर को शक्ति प्रदान करने वाली, संपूर्ण शक्ति की स्वामिनी, सिंहवाहिनी माँ दुर्गा है। वह ज्ञानशून्य, तमसावृत्त, मूढ़ मानवी नहीं, कमल पर बैठी वीणा का संगीत बरसाती, निर्मल ज्ञान की देवी माँ सरस्वती है। ऐसी है मेरी माँ ! मैं चाहता हूँ कि संसार मेरी माँ के वास्तविक रूप को देखे।"

"स्वामी जी !" ठाकुर साहब जैसे स्वामी की गरिमा से बाध्य होकर उनके सम्मान में अपने स्थान से उठकर खड़े हो गए।

"यह तो मैंने कभी सोचा ही नहीं था।" वे बोले, "मैं तो एक अच्छे किंतु साधारण कार्य के लिए आपको अमरीका जाने का परामर्श दे रहा था; किंतु आपके पास तो एक महान् लक्ष्य है। मैंने पहले कभी नहीं देखा कि आध्यात्मिक साधना करने वाला संन्यासी राष्ट्र-प्रेम से इस प्रकार ओतप्रोत हो और अपने राष्ट्रीय अपमान से इस प्रकार पीड़ित हो।"

स्वामी ने कुछ नहीं कहा। वे मौन बैठे रहे।

"तो आप कब जाएँगे ?" ठाकुर साहब ने पूछा।

"जब माँ की आज्ञा होगी।" स्वामी का स्वर एकदम शांत था।

"जाएँगे तो ?"

"माँ की आज्ञा होगी तो अवश्य जाऊँगा।"

"अपनी इच्छा से कभी नहीं जाएँगे ?" ठाकुर साहब के स्वर में कुछ आग्रह था।

"मेरी क्या इच्छा !" स्वामी विह्वल स्वर में बोले, "संसार क्या मेरी इच्छा से चलता है ?"

"संसार नहीं, किंतु आप तो अपनी इच्छा से चल सकते हैं।" ठाकुर साहब बोले।

"भ्रम है ठाकुर साहब ! भ्रम है।" स्वामी जैसे आकाश को चीरकर उसके पार देख रहे थे, "जितनी जल्दी इस भ्रम से मुक्त हो सकें, हो जाएँ। यह माँ की सृष्टि है। यहाँ उसकी इच्छा ही चलती है। यह सब उसकी ही लीला है।"

ठाकुर साहब ने फिर कभी स्वामी से आग्रह नहीं किया। वे उनके उस रहस्यवाद को नहीं समझते थे, किंतु मान गए कि स्वामी को उनकी माँ ही चला रही हैं। इसीलिए जब स्वामी लींबड़ी छोड़ जूनागढ़ जाने को प्रस्तुत हुए तो ठाकुर साहब ने उन्हें रोकने का प्रयत्न नहीं किया।

"मैं जानता हूँ कि संन्यासी अपने भ्रमण के लिए योजनाएँ नहीं बनाता, न ही उसके लिए पूर्वप्रबंध करता है।" ठाकुर साहब बोले, "किंतु मैं सांसारिक आदमी हूँ।"

"आपके मन में क्या है ठाकुर साहब ?" स्वामी मुस्कराए।

"अपने कुछ मित्रों के नाम आपको परिचयात्मक पत्र देना चाहता हूँ, ताकि यदि आवश्यकता पड़े तो आप उनका आश्रय पा सकें।" ठाकुर साहब बोले, "आपको कोई आपत्ति तो नहीं है ?"

"नहीं, आपत्ति क्यों होगी ? आप जो कुछ कर रहे हैं, अपने स्नेह के कारण, मेरी सुविधा के लिए कर रहे हैं।"

"मैं नहीं चाहता कि आप जहाँ-तहाँ रुकें और संकट में पड़ें।" ठाकुर साहब बोले, "लींबड़ी में तो वह कामोपासक तांत्रिकों का मठ था, किंतु इस समय यह सारा क्षेत्र अकाल के गर्भ से उत्पन्न डाकुओं का मठ बना हुआ है। आप कहीं भी संकट में पड़ सकते हैं। वैसे मैं जानता हूँ कि आपकी रक्षक स्वयं माँ जगदंबा हैं, किंतु मैं अपना मानवीय प्रयत्न भी छोड़ना नहीं चाहता।"

"माँ भी आप जैसे मनुष्यों के माध्यम से ही अपना काम करती हैं।" स्वामी शांत स्वर में बोले, "इस समय उन्होंने आपका शरीर धारण कर रखा है।"

"अपनी कुशलता का संदेश भेजते रहिएगा।"

"प्रयत्न करूँगा कि आपको चिंता में न डालूँ।" स्वामी हँस रहे थे।

57

जूनागढ़ पहुँचकर स्वामी दिन-भर तो नगर-भ्रमण करते रहे। जो कुछ महत्त्वपूर्ण लगा, उसे देखते-निरखते रहे; किंतु संध्या घनी होने से पहले ही वे रियासत के दीवान हरिदास बिहारीदास देसाई के निवास पर जा पहुँचे। नौकर के माध्यम से भीतर संदेश भिजवाया।

नौकर भीतर गया तो स्वामी ने अपनी जेब में से दीवान जी के नाम लिखा गया ठाकुर जसवंतसिंह का पत्र निकालकर हाथ में तैयार रखा। उन्हें यह पत्र ही आश्रय दिलाएगा।...

इस बार भीतर से बाहर आते हुए दो व्यक्तियों के स्वर सुनाई दिए।

"तुम उन्हें भीतर क्यों नहीं ले आए ?" पहला स्वर कह रहा था।

"एक अपरिचित साधु को मैं घर के भीतर कैसे ले आता अन्नदाता !" नौकर का स्वर सुनाई दिया।

बाहर खड़े दरबान ने कपाट खोल दिए।

नौकर के साथ एक प्रौढ़-से सौम्य व्यक्ति खड़े थे। संभवतः वे ही दीवान हरिदास बिहारीदास देसाई थे। पर वे स्वयं क्यों चले आए ?

"प्रणाम स्वामी जी !" दीवान जी ने कहा, "पधारिए, मैं तो पिछले सप्ताह से ही आपकी प्रतीक्षा कर रहा हूँ।"

"आप मुझे जानते हैं ?"

"कुछ जानता हूँ, कुछ जानना चाहता हूँ।" दीवान जी उनको मार्ग देने के लिए एक ओर हटते हुए बोले, "आप भीतर तो आएँ। बाहर क्यों खड़े हैं ?"

"पर आप मुझे कैसे जानते हैं ?"

"लींबड़ी के ठाकुर जसवंतसिंह ने आपके विषय में लिखा था।"

स्वामी के लिए और कुछ पूछना आवश्यक नहीं रह गया था। उन्होंने हाथ में पकड़ा ठाकुर साहब का पत्र अपनी जेब में डाल लिया।…माँ की यही इच्छा थी कि अब वे न वृक्ष तले सोएँ और न ही तांत्रिकों के फंदे में फँसें।

उन्हें आसन देकर दीवान जी स्वयं अपने हाथों से उनके लिए पीने का जल लाए। नौकरों को आदेश दिया कि स्वामी जी के लिए तैयार किया गया कमरा झाड़-पोंछ दिया जाए और आवश्यकता की सारी चीजें वहाँ पहुँचा दी जाएँ।

स्वामी को उनकी सारी चेष्टाओं में पुत्र का सत्कार करने को आतुर एक वात्सल्यमयी माता दिखाई दे रही थी।

"आप बहुत थके हुए तो नहीं हैं ?"

"थका होता भी तो आपका यह सारा स्नेह देखकर पुनः स्फूर्ति का अनुभव करने लगता। वैसे कोई विशेष थका हुआ नहीं हूँ।"

"मैं पूछना चाहता था कि आप इतने दिन कहाँ खो गए ? ठाकुर साहब का पत्र आए तो कुछ दिन हो गए।"

"दीवान जी ! परिव्राजक न तो डाकगाड़ी में चलता है और न उसकी कोई गाड़ी सीधी चलती है।" स्वामी हँसे, "जल्दी तो वह करे, जिसे कहीं पहुँचना हो। संन्यासी को कहीं पहुँचना नहीं है। उसका गंतव्य तो ईश्वर है। और आप जानते हैं कि ईश्वर सब कहीं विद्यमान है।"

"फिर भी ?"

"लींबड़ी से यहाँ आने से पहले मैं भावनगर और सीहोर की यात्रा भी कर आया।" स्वामी बोले, "उन नगरों को यह नहीं लगना चाहिए कि उनकी उपेक्षा हुई है। आखिर वे भी तो भगवान् की बनाई हुई धरती के ही अंश हैं।"

"आप ठीक कहते हैं स्वामी जी ! आपकी दृष्टि अत्यंत विराट् है। मैं तो धैर्यशून्य-सा संकीर्ण दृष्टि का व्यक्ति हूँ। मुझे जूनागढ़ के बाहर के नगर नहीं दीखे। मैं कुछ अधिक ही अधीर हो उठा था।" दीवान जी बोले, "आप संध्या-वंदन इत्यादि भोजन से पहले करेंगे या भोजन के पश्चात् ?"

"आप भोजन का समय बता दीजिए, शेष की व्यवस्था मैं कर लूँगा।" स्वामी की मुस्कान बहुत आकर्षक हो गई थी।

दीवान जी स्वामी से मिलने आए। वे अकेले नहीं थे। उनके साथ रियासत के अनेक उच्चाधिकारी भी थे।

"स्वामी जी ! आपके पास समय हो तो हम आपके साथ कुछ चर्चा करना चाहते हैं।" दीवान जी ने कहा।

स्वामी हँसे, "मेरा तो काम ही चर्चा करना है। उसके लिए आपके पास अवकाश होना चाहिए।"

"इसीलिए दिन का काम निपटाकर संध्या-समय आए हैं।" दीवान जी बोले, "स्वामी जी ! हमारे मित्रों में कुछ विवाद हुआ है। उसी संदर्भ में हम आपके विचार भी जानना चाहते हैं। मामला धर्म का नहीं, इतिहास का है।"

"अच्छा ! तो मामला पंचायत का है।" स्वामी हँसे, "कहिए ?"

"हम स्वयं को आर्य मानते हैं।"

स्वामी ने उनकी ओर देखा-भर।

"और अंग्रेज कहते हैं कि आर्य लोग बाहर से इस देश में आए थे और यहाँ के लोगों को दास बनाकर यहाँ बस गए थे। इससे वे प्रमाणित करना चाहते हैं कि यह देश हमारा नहीं है। हम भी उतने ही विदेशी हैं, जितने वे हैं।" दीवान जी बोले, "आप इसे कहाँ तक सत्य मानते हैं ?"

"यूरोपीय विद्वानों का यह कहना कि आर्य लोग कहीं से घूमते-घामते आकर, भारत में बसी आदिम जातियों को मार-काटकर, उनकी भूमि छीनकर यहाँ बस गए—मूढ़ता की पराकाष्ठा है।" स्वामी कुछ आवेश में बोले, "आश्चर्य की बात तो यह है कि हमारे तथाकथित भारतीय विद्वान् भी उनके ही स्वर में स्वर मिला रहे हैं। और फिर ये सारी धूर्ततापूर्ण असत्य बातें हमारे बच्चों को पढ़ाई जाती हैं। घोर अन्याय है यह।"

"तो आप क्या कहते हैं ?"

"मैं स्वयं अल्पज्ञ हूँ। मैं विद्वत्ता का दावा नहीं करता, किंतु मानता हूँ कि हमें अपनी पुस्तकों को पढ़कर इस समस्या का समाधान करना चाहिए।" स्वामी बोले, "अब तक का इतिहास विदेशियों ने लिखा है। हमें अपना गौरवपूर्ण इतिहास स्वयं लिखना चाहिए।"

"पर यूरोपीय विद्वान् ऐसी झूठी बातों का प्रचार क्यों कर रहे हैं ?" दीवान जी ने पूछा, "वे विद्वान् हैं तो उन्हें ज्ञान का प्रचार करना चाहिए, मिथ्यावाद का नहीं।"

"यूरोपीय जातियों को जब-जब और जहाँ-जहाँ अवसर मिला, उन लोगों ने वहाँ के आदिम निवासियों का सर्वनाश कर दिया—नरसंहार। और फिर उस भूमि पर स्वयं आनंद से रहने लगे। इसीलिए वे प्रमाणित करना चाहते हैं कि आर्यों ने भी वैसा ही किया है। इतना ही नहीं, इस सिद्धांत से उन्हें भारत पर राज्य करने का नैतिक अधिकार भी मिल जाता है।" स्वामी ने कुछ उग्र होकर कहा, "ये बुभुक्षित पश्चिमी जातियाँ, सदा ही अन्न-अन्न चिल्लाती हुई, 'किसको लूटें ?', 'किसको मारें ?', 'किसको काटें ?' की योजनाएँ बनाती हुई, पृथ्वी-तल पर घूमती रहती हैं। इसीलिए वे लोग कहते हैं कि आर्यों ने भी वैसा ही किया। किंतु इस धारणा का उनके पास कोई आधार नहीं है। कोई प्रमाण नहीं है। निराधार बकवास है यह।"

"पर हमारे पास भी तो कोई प्रमाण नहीं है कि आर्य भारत के ही निवासी थे।" दीवान जी के कार्यालय-प्रबंधक पंड्या ने कहा।

"यदि आर्य बाहर से आए होते तो अपनी मातृभूमि की प्रशंसा में उन्होंने सहस्रों सूक्त रचे होते। अंग्रेज अमरीका में गए तो उन्होंने नए स्थानों पर अपने पुराने नगरों के नामों के ही नगर बसाए। वहाँ न्यू इंग्लैंड भी है, न्यूयार्क भी, न्यू जर्सी भी।" स्वामी बोले, "किस वेद, सूक्त अथवा कहीं भी और आर्यों ने अपनी पुरानी भूमि को स्मरण किया है ? इस बात का प्रमाण कहाँ है कि उन्होंने यहाँ की आदिम जातियों को मार-काटकर यहाँ निवास किया ? इस मूढ़ता का क्या उपचार है ?"

"आपने स्वयं कहा कि आप अल्पज्ञ हैं। वैसे भी आपका क्षेत्र इतिहास नहीं, धर्म है। तो

फिर आप ऐसा दावा कैसे कर सकते हैं ?'' हरीश भाई का स्वर दंभ से गँधा रहा था।

''कहा कि अल्पज्ञ हूँ; किंतु इतना अल्पज्ञ भी नहीं हूँ, जितना आप मान बैठे हैं।'' स्वामी बोले, ''हम ज्ञान को क्षेत्रों में बाँटकर नहीं चलते। आपने कैसे मान लिया कि मैंने इतिहास पढ़ा ही नहीं है !''

''चलिए, छोड़िए इतिहास को।'' हरीश भाई कुछ इठलाकर बोले, ''कुछ लोग मानते हैं कि रामायण की कथा इस तथ्य का प्रमाण है।''

''ये हरीश भाई हैं।'' दीवान जी ने उनका परिचय दिया, ''रियासत के ऐतिहासिक संग्रहालय के प्रबंधक हैं। अभी कुछ दिन पहले ही विलायत से अध्ययन कर लौटे हैं। अतः इतिहास के अधिकारी विद्वान् हैं।''

स्वामी मुस्कराए, ''कहना चाहिए कि ये उस इतिहास के विद्वान् हैं, जो अंग्रेज हमें पढ़ाना चाहते हैं।''

''मुझे छोड़िए, आप अपनी बात कहिए।'' हरीश भाई ने कहा, ''रामायण के विषय में क्या कहना है आपको ?''

''इन मूर्खताओं का अब मैं क्या उत्तर दूँ !'' स्वामी निरुपाय-से हो गए लग रहे थे; किंतु क्षण-भर में ही वे ओज से प्रदीप्त हो उठे, ''रामायण पढ़ी भी है आपने या आपके उन विद्वानों ने ? व्यर्थ ही रामायण को इस पाप का भागी बना रहे हैं।'' वे क्षण-भर थमे और झंझावात के-से स्वर में बोले, ''रामायण में से क्या समझा आपने ? यह समझा आपने कि श्रीराम ने दक्षिण की आदिम जातियों को जय कर उन सबको यमलोक पहुँचा दिया था ? अयोध्या से अपने संबंधियों को ले जाकर लंका में बसा दिया था ? उसका नाम न्यू अयोध्या रख दिया था ?'' स्वामी ने सीधे हरीश भाई की आँखों में देखा, ''यह सत्य है कि श्रीराम सभ्य जातियों के राजा थे; किंतु उनका युद्ध किसके साथ था ? लंका के राजा रावण के साथ। रामायण पढ़कर देखिए तो आप जान पाएँगे कि सभ्यता की दृष्टि से लंका, अयोध्या से अधिक विकसित थी। राक्षसों के पास कवचरक्षित रथ थे। सशस्त्र और सुशिक्षित सेनाएँ थीं। वे सागर पार कर सकते थे, आकाशमार्ग से आ-जा सकते थे। उनके पास अपार धन-संपत्ति थी। वह सोने की लंका थी। दशरथ भी रावण का नाम सुनकर भय से पीले पड़ गए थे।...वे राक्षस ही थे, जो स्थान-स्थान पर दुर्बल राज्यों और जातियों को मार रहे थे। उनकी भूमि छीन रहे थे। उनको दास बना रहे थे। उन्हें हाट में बेच रहे थे। उनके मांस का व्यापार कर रहे थे। उनको मारकर खा रहे थे। उनको बौद्धिक नेतृत्व देने का प्रयत्न करने वाले ऋषियों को मारकर उनकी हड्डियों का ढेर लगा रहे थे, ऋषि शरभंग के द्वार पर।...''

''पर वानर तो सभ्य नहीं थे !'' हरीश भाई ने तर्क किया।

''तो राम ने कौन-सा गुह अथवा बाली का राज्य छीन लिया ?'' स्वामी बोले, ''उन्होंने तो लंका का राज्य भी विभीषण को दे दिया। युद्ध को जीतने के पश्चात् वानर सेना तो लंका में प्र भी नहीं हुई। तो फिर किसको मारा राम और उनकी वानर सेना ने ? केवल उन लोगों को जो शस्त्रबद्ध होकर युद्धक्षेत्र में लड़ने आए थे।'' और सहसा स्वामी का स्वर कुछ और तीखा हो गया, ''आप रावण का पक्ष लेकर अपने सिद्धांत गढ़ रहे हैं। जानते भी हैं आप कि रावण कौन था ? क्या वह लंका की आदिम जाति का था ? वह पुलस्त्य ऋषि का पौत्र और विश्रवा ऋषि का पुत्र था। वह लंका का निवासी नहीं था। उसने लंका कुबेर से छीनी थी। वह तो स्वयं बाहर का व्यक्ति था, जो अपने

राक्षसी सैन्य के बल पर लंका के मूल निवासियों पर शासन कर रहा था।...और वानरों की बात कर रहे हैं आप ?"

"जी।" हरीश भाई के स्वर में चुनौती थी।

"वानर राम के मित्र थे। राम ने उनकी राक्षसों से ही नहीं, बाली जैसे दुष्ट राजा से भी रक्षा की थी।"

"बाली दुष्ट कैसे था ? उसे अपनी जाति का राजा होने का अधिकार था।" हरीश भाई ने कहा।

"अधिकार तो था ही।" स्वामी बोले, "वह उनका राजा था भी। तो उसने सुग्रीव के वध का प्रयत्न क्यों किया ? उसे घर से निष्कासित क्यों किया ? उसकी पत्नी का अपहरण कर उसके साथ अत्याचार क्यों किया ?"

"वह तो दो भाइयों का झगड़ा था।"

"नहीं। वह नीति का झगड़ा था। नहीं तो तारा का भाई तार सुग्रीव का साथ क्यों देता ? हनुमान जैसा ज्ञानी, बलशाली और तेजस्वी पुरुष सुग्रीव के साथ वन-वन क्यों मारा फिरता ? अंगद, सुग्रीव और राम का अनुचर क्यों बनता ?" स्वामी बोले, "बाली विलासी, मद्यप और व्यभिचारी था। वह रावण का मित्र था। तो वह न्यायप्रिय राजा कैसे हो सकता था ? इसीलिए उसकी सहायता नहीं ली राम ने। सुग्रीव से मित्रता की। सुग्रीव के सारे कष्ट दूर किए और फिर उससे सीता की खोज के लिए सहायता माँगी।"

"आखिर वानरों ने ही उनका युद्ध लड़ा न !" हरीश भाई का स्वर अब भी वक्र ही था।

"वह तो स्पष्ट ही है।" इस बार स्वामी मुस्करा रहे थे, "किंतु राम वानरों से नहीं लड़े। या तो वानरों ने राम का युद्ध लड़ा, या फिर राम ने वानरों का युद्ध लड़ा।" स्वामी ने हरीश भाई की ओर देखा, "राम ने बाली को मारा, वानरों को नहीं; और उनका राज्य भी सुग्रीव को दिया। राम ने राक्षसों की सेना का नाश किया, लंकावासियों का नहीं; और लंका का राज्य भी उन्होंने विभीषण को दे दिया। अब बताओ हरीश भाई कि आर्यों ने किन आदिम जातियों को मारकर उनकी भूमि छीनी ?"

"मैंने तो यही पढ़ा है।" हरीश भाई अब भी अपने ज्ञान पर अडिग थे, "और आपका भी तो अनुमान ही है। आपके पास कौन-सा कोई ऐतिहासिक या पुरातात्त्विक प्रमाण है ?"

"पढ़ा तो था। पढ़ने में कोई हानि भी नहीं है; किंतु भगवान् ने जो बुद्धि आपको दी है, उसका प्रयोग कर पढ़े को समझने का भी तो प्रयत्न करें। जो कुछ अंग्रेजों ने पढ़ा दिया, उसी को तोते के समान रटने और दासों के समान मान लेने से तो आप भारतमाता की सेवा नहीं कर पाएँगे।" स्वामी बोले, "और जहाँ तक ऐतिहासिक और पुरातात्त्विक प्रमाणों की बात है—आपने अयोध्या की खुदाई कर ली क्या ? आपने पंचवटी और किष्किंधा के महल खोज निकाले ? आपने जनकपुर के ढूहों को उलट-पलट लिया क्या ? आपने लंका में जाकर पड़ताल कर ली क्या ? शूर्पणखा और मंदोदरी से भेंट कर आए आप ? हरीश भाई ! अपनी देसी खोपड़ी में विदेशी फसल उगाने का कोई लाभ नहीं है। न ही हमको अपनी बुद्धि उनको पट्टे पर दे देनी चाहिए।"

"स्वामी जी ! स्वामी जी !" दीवान जी कुछ आतुरता से बोले, "आर्यों की बात तो हुई किंतु इन यूरोपीय जातियों का इतिहास क्या है ? ये कहाँ से आईं, जो हम पर इस प्रकार के आरोप लगा रही हैं ?"

स्वामी समझ रहे थे कि हरीश भाई का यह विवाद दीवान जी को विचलित कर रहा था।...पर कोई न कोई ऐसा कारण था कि वे हरीश भाई को अधिकारपूर्वक रोक नहीं सकते थे। अतः वे उस विषय को टालना चाहते थे।

"वह यूरोप का इतिहास है, रामायण की पोथी नहीं है।" हरीश भाई ने पुनः कहा।

"हाँ। छोड़िए पोथी को। इतिहास की बात करें।" स्वामी मुस्कराए, "जंबूद्वीप की सारी सभ्यता का उद्‌भव समतल भूमि में, बड़ी-बड़ी नदियों—यांगटिसीक्यांग, गंगा, सिंधु और युफ्रेटीज—के किनारे हुआ। इसका आधार है—कृषि। और ये सारी सभ्यताएँ देवप्रधान हैं। यूरोप की सभ्यता का उद्‌गम या तो पहाड़ हैं अथवा समुद्रमय देश। इसका आधार हैं—चोर और डाकू। अतः उनमें आसुरी भाव ही अधिक है।...कहीं भूल कर जाऊँ तो टोक दीजिएगा हरीश भाई !" स्वामी बोले, "उपलब्ध इतिहास से ज्ञात होता है कि जंबूद्वीप के मध्य भाग और अरब की मरुभूमि में असुरों का प्रधान अड्डा था। इन स्थानों में एकत्रित होकर असुरों की संतान—चरवाहों और शिकारियों—ने सभ्य देवताओं का पीछा कर, उन्हें खदेड़कर सारी दुनिया में फैल जाने को बाध्य किया। यूरोप खंड के आदिम निवासियों की एक विशेष जाति अवश्य पहले से ही थी। पर्वत की गुफाओं में इस जाति का निवास था। इस जाति के जो लोग अधिक बुद्धिमान थे, वे थोड़े जल वाले तालाबों में मचान बाँधकर उन्हीं पर रहते और घर-द्वार का निर्माण करते थे। वे लोग अपने सारे काम चकमक पत्थर से बने तीर, भाले, चाकू, कुल्हाड़ी आदि से चलाते थे।"

"उनका एशिया या भारत से कोई संपर्क नहीं था ?" पंड्या ने पूछा।

"उस समय तक तो नहीं था; किंतु क्रमशः जंबूद्वीप का नरस्रोत यूरोप पर गिरने लगा।" स्वामी बोले, "कहीं-कहीं अपेक्षाकृत सभ्य जातियों का उदय हुआ। रूस देश की किसी-किसी जाति की भाषा भारत की दक्षिणी भाषा से मिलती है, किंतु ये जातियाँ बहुत दिनों तक बर्बर, हिंस्र और नृशंस अवस्था में रहीं। एशिया माइनर का एक सभ्य दल समीपवर्ती द्वीपों में जा पहुँचा। उसने यूरोप के निकटवर्ती स्थानों पर अपना अधिकार जमा लिया और अपनी बुद्धि तथा प्राचीन मिस्र की सहायता से एक अपूर्व सभ्यता की सृष्टि की। उन लोगों को हम यवन कहते हैं और यूरोप उन्हें ग्रीक कहता है।" स्वामी रुके, "उसके बाद इटली में रोमन नामक एक और बर्बर जाति ने इट्रस्कन नामक एक सभ्य जाति को पराजित किया और उसकी विद्या-बुद्धि को अपनाकर अपनी सभ्यता का विकास किया। क्रमशः रोमन लोगों का चारों ओर अधिकार हो गया। यूरोप खंड के दक्षिण और पश्चिम भाग के समस्त असभ्य लोग उनकी प्रजा बने। केवल उत्तरी भाग में जंगली बर्बर जातियाँ ही स्वाधीन रहीं। काल के प्रभाव से रोमन लोग ऐश्वर्य और विलासिता से दुर्बल होने लगे...।"

"ऐश्वर्य से भी कोई दुर्बल होता है क्या ?" मेहता जी ने पूछा।

मेहता से स्वामी पहले भी मिल चुके थे। दीवान जी प्रायः अपने संदेश उनके माध्यम से ही भेजते थे। वे निरीह-से सरल व्यक्ति थे।

"ऐश्वर्य ऐसा महारोग है मेहता जी, जो दीमक के समान बड़े-बड़े साम्राज्यों को चाट जाता है।" स्वामी बोले, "वही रोम के साथ भी हुआ। उसी समय जंबूद्वीप की असुर सेना ने यूरोप पर चढ़ाई की। असुरों की मार खाकर उत्तर की बर्बर जातियाँ रोमन साम्राज्य पर टूट पड़ीं। रोम का नाश हो गया। अब उन्हीं असुरों की ताड़ना से यूरोप की बर्बर जातियाँ तथा नष्ट होने से बचे हुए रोमन और ग्रीक लोगों ने मिलकर एक अभिनव जाति की सृष्टि की। इसी समय यहूदी लोग, रोम द्वारा विजित

तथा विताड़ित यूरोप में फैल गए। साथ ही उनका नवीन ईसाई धर्म भी यूरोप में प्रसारित हो गया। वे सब विभिन्न जातियाँ, संप्रदाय, विचार और नाना प्रकार के आसुरी पदार्थ महामाया की कड़ाही में रात-दिन की लड़ाई तथा मारकाट की आग के द्वारा गलकर परस्पर घुल-मिल गए। इससे नई यूरोपीय जातियों की सृष्टि हुई।'' स्वामी ने रुककर हरीश भाई की ओर देखा, वे खिड़की से बाहर की ओर देख रहे थे। स्पष्ट था कि वे जता देना चाहते थे कि स्वामी की चर्चा में उनकी कोई रुचि नहीं है।

''हिंदुओं का-सा काला रंग, उत्तरी देशों का दूध के समान श्वेत वर्ण, काले, भूरे तथा सफेद केश, काली, भूरी, नीली आँखें तथा चीनियों के समान चपटे मुँह, इन सब आकृतियों से युक्त बर्बर, अति बर्बर यूरोपीय जातियों की उत्पत्ति हो गई। कुछ दिनों तक वे आपस में ही मार-काट करते रहे। उत्तर के डाकू अवसर मिलते ही अपने से सभ्य लोगों का नाश करने लगे। बीच में ईसाई धर्म के दो गुरु—इटली के पोप तथा पश्चिम में कुस्तुन्तुनिया नगर के पेट्रियार्क—इस पशुप्राय बर्बर जाति और उसके राजा-रानी पर शासन करने लगे।...''

''तब मुसलमानों की क्या स्थिति थी ?'' पंड्या ने पूछा।

''इस ओर अरब की मरुभूमि में इस्लाम की उत्पत्ति हुई। जंगली, पशुतुल्य अरबों ने एक महापुरुष की प्रेरणा से, अदम्य तेज और अनाहत बल के साथ पृथ्वी पर आघात किया। पश्चिम-पूर्व के दो प्रांतों से उस तरंग ने यूरोप में प्रवेश किया। उसी प्रवाह में भारत और प्राचीन ग्रीक की विद्या-बुद्धि यूरोप में प्रवेश करने लगी।'' स्वामी बोले, ''जंबूद्वीप के मध्य भाग में 'सेलमूल तातार' नाम की एक असुर जाति ने इस्लाम अंगीकार किया। उसने एशिया माइनर आदि स्थानों पर कब्जा कर लिया। भारत को जीतने की अनेक बार चेष्टा करने पर भी अरब लोग सफल न हो सके। अरब-अभ्युदय सारी पृथ्वी को जीतकर भी भारत के सामने कुंठित हो गया। इन लोगों ने एक बार सिंधु देश पर आक्रमण किया था, पर उसे जीतकर भी अपने अधीन रख नहीं पाए। इसके बाद फिर उन लोगों ने कोई प्रयत्न नहीं किया।''

''पर भारत को मुसलमानों ने जीता तो।'' हरीश भाई के स्वर में अप्रसन्नता और स्वामी का विरोध था। स्पष्टतः उन्हें मुसलमानों की असफलता संबंधी सूचना अच्छी नहीं लग रही थी।

स्वामी मुस्कराए, ''यह तो मैंने कहा ही नहीं कि मुसलमानों ने भारत पर विजय प्राप्त नहीं की।''

''अभी तो कहा आपने।'' हरीश भाई कुछ उग्र हो उठे।

दीवान जी ने विचलित होकर हरीश भाई की ओर देखा। वे उन्हें टोकना चाहते थे, किंतु स्वामी के चेहरे की शांति देखकर मौन रह गए।

''मैंने कहा, अरब-अभ्युदय सारे संसार को जीतकर भी भारत से कुंठित हो गया।'' स्वामी बोले, ''वह अरब-मुसलमानों के विषय में कहा गया, सारी मुसलिम जातियों के विषय में नहीं।''

''तो ?''

''कई शताब्दियों के पश्चात् जब तुर्क आदि जातियाँ बौद्ध धर्म छोड़कर मुसलमान हो गईं, तब तुर्कों ने हिंदुओं और ईरानियों को दास बना लिया। भारत को जीतने वाले मुसलमान विजेताओं में एक दल भी अरब या ईरानी नहीं है। सभी तुर्क या तातार हैं। कुतुबुद्दीन से लेकर मुगल बादशाहों तक सब तातार लोग ही थे। अर्थात् जिस जाति के तिब्बती हैं, उसी जाति के। अंतर इतना ही है कि वे मुसलमान हो गए और हिंदू तथा ईरानी रक्त के मिश्रण से उनकी संतान के चेहरे चपटे नहीं

रहे। किंतु यह है वही प्राचीन असुर वंश। आज भी गंधार, ईरान, अरब और कुस्तुन्तुनिया के सिंहासन पर बैठकर वे असुर तातार ही राज्य कर रहे हैं। गांधार, पारसी और अरब उनकी गुलामी करते हैं। विराट् चीनी साम्राज्य भी उसी तातार मांचु के पैरों-तले दबा था। मांचु ने अपना धर्म नहीं छोड़ा। वह मुसलमान नहीं बना। वह महा लामा का शिष्य था। यह असुर जाति कभी भी विद्या-बुद्धि की चर्चा नहीं करती। केवल लड़ाई लड़ना ही जानती है। उस रक्त के सम्मिश्रण बिना वीर प्रकृति का होना कठिन है। उत्तरी यूरोप, विशेषकर रूसियों में उसी तातार रक्त के कारण, प्रबल वीर प्रकृति है। रूसियों में तीन-चौथाई तातार रक्त है। देवों और असुरों का युद्ध अभी भी बहुत दिनों तक चलता रहेगा।''

''स्वामी जी ! ईसाई और मुसलमान दोनों ही सैन्य बल से बढ़े।'' दीवान जी ने कहा, ''उनके भी तो परस्पर युद्ध हुए होंगे ?''

''हुए, निरंतर हुए और शताब्दियों तक हुए। तातारों ने खलीफा का सिंहासन छीन लिया। ईसाइयों के महातीर्थ येरुशलम इत्यादि स्थानों पर कब्जा कर ईसाइयों की तीर्थयात्रा बंद कर दी और अनेक ईसाइयों को मार डाला।'' स्वामी ने कहा, ''ईसाई धर्म के पोप क्रोध से मतवाले हो गए। सारा यूरोप उनका शिष्य था। उन्होंने राजाओं और प्रजा को उकसाया। झुंड के झुंड यूरोपीय बर्बर येरुशलम के उद्धार के लिए एशिया माइनर की ओर चल पड़े। कितने तो आपस में ही लड़ मरे। कितने रोग से मर गए। शेष को मुसलमान मारने लगे। अपनी पराजय से वे घोर बर्बर और भी उन्मादी हो उठे। मुसलमान जितनों को मारते थे, वे उतने ही और आ जाते थे। वे नितांत बर्बर और क्रूर थे। अपने ही दल को लूट लेते थे। भूख में भोजन न मिलने पर, पहले उन्होंने अपने पशुओं को खाया और फिर मुसलमानों को पकड़कर खाना आरंभ कर दिया। यह बात आज भी प्रसिद्ध है कि अंग्रेजों का राजा रिचर्ड मुसलमानों के मांस से बहुत प्रसन्न होता था।''

''यहाँ तक ?'' दीवान जी चकित रह गए, ''इसका परिणाम तो बहुत भयंकर हुआ होगा ?''

''वे येरुशलम पर अधिकार तो न कर सके, किंतु अपने से सभ्य जातियों के संपर्क से यूरोप कुछ सभ्य होने लगा। वहाँ के चमड़ा पहनने वाले, पशु-मांस खाने वाले बर्बर और असभ्य अंग्रेज, फ्रांसीसी, जर्मन आदि एशिया की सभ्यता सीखने लगे। इटली आदि में भारत के नागा साधुओं के समान जो धर्मयोद्धा थे, वे दर्शनशास्त्र पढ़ने लगे। ईसाइयों का नागादल, जिसे वे 'नाइट टेंपलर्स' कहते हैं, कट्टर अद्वैतवादी बन गया। वे लोग ईसाइयों का उपहास करने लगे। उनके पास धन भी बहुत एकत्रित हो गया था। उस समय पोप की आज्ञा से, धर्म-रक्षा के बहाने, यूरोप के राजाओं ने उन बेचारों को मारकर उनका धन छीन लिया।'' स्वामी रुके, ''इधर मूर नामक एक मुसलमान जाति ने स्पेन में एक अत्यंत सभ्य राज्य की स्थापना की और वहाँ अनेक प्रकार की विद्याओं की चर्चा आरंभ कर दी। फलतः पहले-पहल यूरोप में विश्वविद्यालय की स्थापना हुई। इटली, फ्रांस और इंग्लैंड के विद्यार्थी वहाँ पढ़ने आने लगे। राजा और राजकुमार युद्ध-विद्या, आचार, शिष्टाचार, सभ्यता आदि सीखने के लिए वहाँ आने लगे। तब उन्होंने वास्तुशिल्प भी सीखा। घर-द्वार, महल-मंदिर नए ढंग से बनाने का ज्ञान प्राप्त किया।''

''स्वामी जी ! मुझे तो लगता है कि संसार का क्या, मनुष्य मात्र का इतिहास बस रक्तपात, मारकाट और स्वार्थलोलुपता का ही इतिहास है।'' पंड्या ने कहा, ''कहीं निर्माण और भाईचारे की भी कथा है ?''

''महामाया ने मानव जाति को इसी प्रकार आगे बढ़ाया है; किंतु विभिन्न जातियों के

दृष्टिकोण में अंतर है।'' स्वामी बोले, ''यूरोप की जातियों में अपने से अवनत जाति के विकास का तत्त्व नहीं है। उन्हें जहाँ अपने से दुर्बल जातियाँ मिलीं, उन्होंने उनका सर्वनाश कर दिया। उन्हें पूर्णतः समाप्त कर दिया और उनकी भूमि पर स्वयं बस गए। अमरीका का क्या इतिहास है ? आस्ट्रेलिया, न्यूजीलैंड, प्रशांत महासागर के द्वीपसमूह और अफ्रीका का क्या इतिहास है ? वहाँ निवास करने वाली आदिम जातियाँ आज कहाँ हैं ? उन्हें संपूर्णतः समाप्त कर दिया गया है। उनका वन्य पशुओं के समान आखेट किया गया। घेरकर मार डाला गया उन्हें। जहाँ यूरोप की शक्ति काम नहीं कर सकी, वहीं अन्य जातियाँ बची हैं।'' स्वामी ने रुककर अपने श्रोताओं की ओर देखा, ''भारत में ऐसा कभी नहीं हुआ। आर्य लोग क्रूर और नृशंस नहीं, बड़े दयालु थे। उनके समुद्रवत् विशाल हृदय थे। दैवी प्रतिभा से संपन्न उनके मस्तिष्क में कभी पाशव वृत्तियाँ नहीं बसीं। मुझे अपने स्वदेशी मूढ़ों से पूछना है कि यदि आर्य लोगों ने भी बाहर से आकर यहाँ की आदिम जातियों को मारकर यहाँ वास किया होता तो यहाँ वर्णाश्रम की सृष्टि कैसे होती ?''

''वर्णाश्रम-व्यवस्था का इससे क्या संबंध है ?'' हरीश भाई ने जैसे तड़पकर पूछा।

''यूरोप का उद्देश्य है, सबका नाश कर स्वयं को बचाए रखना।'' स्वामी बोले, ''आर्यों का उद्देश्य था—सबको अपने समान सभ्य बनाना या अपने से भी अधिक विकसित होने का अवसर देना। यूरोप की सभ्यता का साधन है—तलवार। आर्यों की सभ्यता का उपाय है—वर्ण विभाग। शिक्षा और अधिकार के तारतम्य के अनुसार सभ्यता सीखने की सीढ़ी थी—वर्ण-व्यवस्था। यूरोप में बलवानों की जय और निर्बलों की मृत्यु होती है। भारत में प्रत्येक सामाजिक नियम निर्बलों की रक्षा के लिए ही बनाया गया है।''

''पर विज्ञान का विकास तो यूरोप के ईसाइयों ने ही किया है न !'' हरीश भाई ने इस प्रकार कहा, जैसे तोप का गोला दागा हो और अब उसके सम्मुख कोई नहीं बच सकता था। उनके चेहरे पर गर्व का भाव अत्यंत स्पष्ट था।

स्वामी क्षण-भर हरीश भाई को कुछ विस्मय से देखते रहे और फिर जैसे प्रकृतिस्थ हो गए, ''मुसलमानों की पहली तीन शताब्दियों के ओज तथा उनकी सभ्यता के विस्तार के साथ ईसाई धर्म की पहली तीन शताब्दियों की तुलना करो। पहली तीन शताब्दियों में ईसाई धर्म संसार को अपना परिचय ही न दे सका और जिस समय कांस्टेंटाइन की तलवार ने उसे शासन का अधिकारपूर्ण स्थान दिया, तब से भी ईसाई धर्म ने आध्यात्मिक या सांसारिक सभ्यता के विस्तार में किस समय क्या सहायता की है ?''

''क्यों ? सारा आधुनिक विज्ञान तो यूरोप की ही देन है।'' हरीश भाई का स्वर इस बार उद्दंडता लिए हुए था।

उस उद्दंडता से स्वामी के स्वर का ओज और भी पुष्ट हुआ, ''जिन यूरोपीय पंडितों ने पहले-पहल यह सिद्ध किया कि पृथ्वी घूमती है, ईसाई धर्म ने उनको क्या पुरस्कार दिया ? किस समय किस वैज्ञानिक का ईसाई धर्म ने समर्थन किया ? क्या ईसाई धर्म का साहित्य सामाजिक, संवैधानिक नियमों, वैज्ञानिक ज्ञान, शिल्प अथवा व्यवसाय कौशल के अभाव को पूरा कर सकेगा ? आज तक ईसाई धर्म धार्मिक ग्रंथों के अतिरिक्त अन्य विषयों की पुस्तकों के प्रचार की आज्ञा नहीं देता। जिस मनुष्य का विद्या या विज्ञान से संबंध है, क्या वह निष्कपट रूप से ईसाई बना रह सकता है ? ईसाइयों के नवव्यवस्थान में प्रत्यक्ष अथवा अप्रत्यक्ष रूप से किसी भी विज्ञान अथवा शिल्प की

प्रशंसा नहीं है। किंतु ऐसा कोई विज्ञान अथवा शिल्प नहीं है, जो प्रत्यक्ष या अप्रत्यक्ष रूप से कुरान शरीफ या हदीस में अनेक वाक्यों से अनुमोदित या उत्साहित न किया गया हो। यूरोप के सर्वप्रथम मनीषी वाल्टेयर, डार्विन, बुकनर, फ्लापमारियन, विक्टर ह्यूगो आदि पुरुषों की वर्तमान ईसाई धर्म द्वारा निंदा की गई और उन्हें अभिशाप दिया गया। सभी धर्मों की उन्नति के बाधक और साधक कारणों की यदि परीक्षा की जाए, तो स्पष्ट होगा कि इस्लाम जिस स्थान पर गया, वहाँ के आदिम निवासियों की उसने रक्षा की है। वे जातियाँ अभी भी वहाँ वर्तमान हैं। ईसाई धर्म कहाँ ऐसा दिखा सका ? स्पेन के अरब, आस्ट्रेलिया और अमरीका के आदिम निवासी अब कहाँ हैं ? यूरोप के ईसाइयों ने यहूदियों की क्या दशा की ? एक दान प्रणाली को छोड़कर यूरोप की कोई भी कार्य-पद्धति ईसाई धर्मग्रंथ से अनुमोदित नहीं है, वरन् उसके विरुद्ध ही है। यूरोप में जो और जैसी भी उन्नति हुई है, वह सब ईसाई धर्म के विरुद्ध विद्रोह के द्वारा। आज यूरोप में यदि ईसाई धर्म की शक्ति प्रबल होती, तो यह शक्ति पाश्चर और कॉक जैसे वैज्ञानिकों को पशुओं के समान भून डालती और डार्विन के शिष्यों को फाँसी पर लटका देती। वर्तमान यूरोप में ईसाई धर्म और सभ्यता दो अलग चीजें हैं। वहाँ सभ्यता इस समय अपने पुराने शत्रु ईसाई धर्म के नाश के लिए, पादरियों को मार भगाने और उनके हाथों से विद्यालय तथा धर्मार्थ चिकित्सालयों को छीन लेने के लिए कटिबद्ध हो गई है। यदि मूर्ख किसानों का दल न होता तो ईसाई धर्म अपने घृणित जीवन को एक क्षण भी कायम न रख सकता और स्वयं समूल उखाड़ फेंका जाता, क्योंकि दरिद्र नगरवासी इस समय भी ईसाई धर्म के प्रकट शत्रु हैं।''

स्वामी मौन हो गए।

''आपका बहुत-बहुत धन्यवाद। आपने हमें इतिहास का नया ज्ञान दिया।'' हरीश भाई उठ खड़े हुए।

स्वामी ने उनकी ओर देखा : वह व्यक्ति ईर्ष्या की अग्नि में जल रहा था और स्वामी के प्रति कृतज्ञता का कोई भाव, न उसके मन में था और न उसके चेहरे पर। स्वामी समझ रहे थे कि आज रात वह व्यक्ति द्वेष के सरोवर में तैरता रहेगा और सो नहीं पाएगा।

पंड्या ने झुककर स्वामी के चरण छुए, ''स्वामी जी ! यदि आप दो-चार दिन मेरे घर को भी धन्य कर सकें तो मेरा परलोक सुधर जाएगा।''

''आऊँगा-आऊँगा।'' स्वामी ने कहा।

दीवान जी खड़े रहे। सब लोग निकल गए तो वे बोले, ''स्वामी जी ! हमारी ओर से अपना मन मैला नहीं कीजिएगा। हरीश भाई अंग्रेज अधिकारियों द्वारा नवाब साहब के पास विद्वानों के विद्वान् के रूप में भेजे गए हैं।''

''आप चिंता न करें दीवान जी !'' स्वामी बोले, ''संन्यासी को माता के बनाए सब प्रकार के जीव देखने पड़ते हैं। जाने भगवती की यह क्या लीला है कि भारतमाता ने स्वयं ही ऐसी संतानों को जन्म दिया है, जो उसका रक्त पी जाना चाहते हैं।''

58

स्वामी बड़ी देर तक निष्प्रयोजन भटकते रहे।...

वे स्वयं नहीं समझ पा रहे थे कि वे किसी स्थान पर टिक क्यों नहीं पा रहे ? कहीं भी उनका मन रम क्यों नहीं रहा ? वे किसकी खोज में आए हैं ? क्या खोज रहे हैं वे ? वह चीज यहीं है—आसपास—पर वे उसको देख नहीं पा रहे हैं। वे उसके अस्तित्व का आभास तो पा रहे हैं, किंतु उसे अपनी आँखों से देख नहीं पा रहे। क्या है वह ? क्या ? क्या ?...

जूनागढ़ के मंदिर, खँडहर, गढ़ी (उपरकोट) कुएँ, खपड़खोड़िया गुफाएँ—सब कुछ बहुत आकर्षक था। उन सबका महत्त्व पर्यटक के लिए भी था, तीर्थयात्री के लिए भी और परिव्राजक के लिए भी। स्वामी के लिए तो अशोक का शिलालेख भी किसी से कम महत्त्वपूर्ण नहीं था। इतिहास सदा से उनकी दुर्बलता रहा है। इतिहास जाने बिना कोई अपनी परंपरा को कैसे जान सकता है ? परंपरा को नहीं जानेगा तो अपनी जातीय अस्मिता की पहचान कैसे होगी ? पहचान ही नहीं होगी, तो गौरव का अनुभव कैसे करेगा ? और फिर गिरनार पर्वत वहाँ से दूर ही कितना था।...

स्वामी जानते थे कि दीवान जी को भनक भी मिल गई कि वे गिरनार जाना चाहते हैं तो वे तत्काल घोड़ों या घोड़ागाड़ी का प्रबंध कर देंगे। किंतु स्वामी यह मार्ग अपने पाँवों से चलकर जाना चाहते थे। जब तक पैदल न चलें, वहाँ की प्रकृति का सौंदर्य कैसे देखेंगे ? यह दो मील की दूरी भी संन्यासी क्या सवारी पर तय करेगा ?...

सहसा उनके पग रुक गए। उनके मस्तिष्क में एक विचार कौंधा था।...यह स्थान सनातनधर्मियों, बौद्धों और जैनों का तीर्थस्थान था। आसपास छोटी-बड़ी दस पहाड़ियाँ थीं। वे दस सहस्र सीढ़ियाँ चढ़कर ऊपर आए थे।...अन्य लोग भी इतनी ही सीढ़ियाँ चढ़कर ऊपर आते हैं।...यहाँ समय-समय पर अनेक तपस्वी और साधक आए होंगे। उन्होंने समय-समय पर यहाँ कठोर तपस्या की होगी।... तपस्या के बिना कोई स्थान तीर्थस्थल बन ही कैसे सकता है !...वह तपस्या का आकर्षण ही था, जो स्वामी को भटका रहा था।...यह तपस्या-भूमि थी। यहाँ अवश्य ही ऐसे एकांत स्थल होने चाहिए, जहाँ साधारण पर्यटक न आते हों। साधारण तीर्थयात्री जहाँ पहुँचने का साहस न करते हों...

स्वामी की दृष्टि कुछ ढूहों और फिर कुछ गुफाओं पर पड़ी। कभी न कभी इन गुफाओं का प्रयोग तपस्वियों के रहने के लिए अवश्य हुआ था। गुफाएँ अपने मुख से मानव-स्पर्श की कथा कह रही थीं।...पर स्वामी को ऐसी गुफाएँ नहीं चाहिए थीं।...वे और आगे, अधिक दुर्गम स्थान की ओर बढ़ गए।

अब गुफाओं के समूह नहीं थे, किंतु गुफाएँ अब भी थीं। वे प्रायः प्रकृति द्वारा ही निर्मित थीं, किंतु मानव के हाथों ने उसे कुछ न कुछ सँवारा अवश्य था। मनुष्य गुफाएँ बनाता नहीं, या तो ढाहता है, या फिर उन्हें सँवारता है।

स्वामी को एक चोटी पर एक अकेली गुफा मिल गई।...यहाँ तक शायद ही कोई आता हो। पर्यटक तो नहीं ही आते होंगे। कौन एक साधारण, छोटी-सी गुफा को देखने के लिए अपने प्राणों को जोखिम में डालेगा।...और कोई दृढ़संकल्प पर्यटक यहाँ तक आ भी गया, तो नीचे से यहाँ तक आते-आते उसे दोपहर हो जाएगी। संध्या से पहले नीचे पहुँचने के लिए उसे शीघ्र ही भागना भी

पड़ेगा। निश्चित रूप से यह दुर्गम ही नहीं, एकांत स्थान भी था।···

स्वामी के भीतर से जैसे कोई उन्हें धक्के देने लगा···'यही ठीक स्थान है। बैठो। बैठो। यहाँ बैठो।···बहुत भटक चुके। अब कुछ दिन यहाँ बैठो। ध्यान करो।'···

स्वामी गुफा के बाहर निकले तो देखकर चकित रह गए।···एक व्यक्ति वहाँ बैठा था और जैसे उनके गुफा से बाहर निकलने की राह देख रहा था। उन्हें देखते ही बड़ी श्रद्धापूर्वक उठ खड़ा हुआ और उनके चरण-स्पर्श कर, हाथ जोड़, प्रणाम की मुद्रा में खड़ा का खड़ा रह गया।

निश्चित रूप से वह साधारण यात्री नहीं था। नहीं तो प्रणाम कर लौट जाता।

स्वामी ने हाथ उठाकर आशीर्वाद दिया, "शिव ! शिव !! कैसे आए पुत्र ?"

"स्वामी जी ! मेरा नाम हँसमुख देसाई है। मुझे जूनागढ़ के दीवान साहब ने भेजा है।" वह बोला।

स्वामी कुछ चकित हुए, "उन्होंने यहाँ तक भी मेरी खोज-खबर रखी है !"

स्वामी की आँखों के सामने दीवान साहब का वात्सल्यमय चेहरा उभर आया।···

"उन्हें आपकी बहुत चिंता है।" हँसमुख बोला, "उन्होंने कहा है कि मैं इधर-उधर से पूछ-पड़ताल करके नहीं, आपको देखकर, आपसे मिलकर, आपका हाल-चाल पूछकर ही लौटूँ।"

"इसके लिए तुम्हें भी ये दस सहस्र सीढ़ियाँ चढ़नी पड़ी होंगी ?"

"जी, चढ़े बिना ऊँचाई कहाँ मिलती है ! चढ़कर ही आप तक आ सकता था।"

"बात तो तुमने बड़े तत्त्व की कही है—चढ़े बिना ऊँचाई कहाँ मिलती है !" स्वामी प्रशंसा के भाव से बोले, "चढ़ने की कठिनाई भी देखी होगी ?"

"जी, मैं पहले भी यहाँ आ चुका हूँ।" हँसमुख बोला, "मैं इन पहाड़ियों से परिचित हूँ। परिचित न होता तो आप तक पहुँच भी नहीं सकता।"

"जब उतरोगे भी।"

"उतरूँगा नहीं तो दीवान जी तक कैसे पहुँचूँगा।"

"और अपने घर भी कैसे पहुँचोगे ?"

"जी।"

"तो तुमने देखा हँसमुख कि यहाँ से उतरना बहुत कठिन है; किंतु चढ़ना उससे भी अधिक कठिन है।"

"जी।"

"संसार में सब कहीं यही क्रम है, पुत्र !" स्वामी बोले, "उत्थान कठिन है और पतन दुर्भाग्यपूर्ण। अतः कठिन हो न हो, पतन भी कम दुखद नहीं है।"

"जी, आपने तो दो वाक्यों में मुझे संसार की गति ही समझा दी।" हँसमुख हँसा, "दीवान जी जानना चाहते हैं कि आप पूर्णतः स्वस्थ हैं न ?"

"उनसे कहना, उन्होंने बड़ी कृपा की कि मेरे स्वास्थ्य के विषय में जानने के लिए एक व्यक्ति को भेज दिया। यह उनका वात्सल्य है। तुम स्वयं देख सकते हो हँसमुख कि मैं यहाँ सुख से हूँ।"

"आप सुख से हैं ?"

हँसमुख ने देखा, स्वामी के चेहरे पर आनंद का भाव था।...किंतु इस गुफा में बिना किसी सुविधा के कोई व्यक्ति सुखी रह कैसे सकता है ? सुख होता क्या है ?...

"दीवान जी ने पूछा है कि आपको किसी वस्तु की आवश्यकता हो ?..."

"उनसे कहना, उनकी कृपा से मुझे यहाँ किसी भी वस्तु की आवश्यकता नहीं है।"

"आपको किसी भी वस्तु की आवश्यकता नहीं है ? पर आपके पास तो यहाँ कुछ भी नहीं है..."

"तो यहाँ क्या घोड़ागाड़ी होनी चाहिए ?" और सहसा स्वामी एकदम गंभीर हो गए, "हँसमुख ! शायद तुम्हें ज्ञात हो कि कुछ स्थितियाँ ऐसी होती हैं, जहाँ मनुष्य आवश्यकताओं से ऊपर उठ जाता है। मैं यहाँ ऐसी ही स्थिति में हूँ। यदि तुम उस स्थिति की कल्पना नहीं कर सकते तो मेरी बात का विश्वास करो। मुझे यहाँ किसी भी वस्तु की आवश्यकता नहीं है। कामना न हो तो आवश्यकता भी नहीं होती।" स्वामी रुके, "दीवान जी से कहना कि मैं कुछ ही दिनों में उनके दर्शन करूँगा।"

हँसमुख कुछ मौन खड़ा रहा।

"क्या बात है ?"

"मैं अपने साथ कुछ सामान लाया हूँ।"

"सामान ? कैसा सामान ?"

"थोड़ा दूध। चाय की पत्ती। दीवान जी ने कहा, प्रातः आपको चाय नहीं मिलती होगी।"

स्वामी हँस पड़े, "कृष्ण द्वारकाधीश हो गए और यशोदा सोचती ही रहीं कि उनके कन्हैया को मक्खन-रोटी कौन देता होगा ? विचित्र है यह वात्सल्य का भाव भी।"

हँसमुख कुछ समझा, कुछ नहीं समझा। बोला, "कहाँ रख दूँ ? आपकी गुफा में ? बाहर तो कौए खा जाएँगे।"

"संचय कौवों के भय से नहीं, अपनी कामना के कारण होता है। नहीं, यहाँ रखने की आवश्यकता नहीं है।" स्वामी हँसे, "मुझे ध्यान में चाय की तलब नहीं होती।" वे रुके, "अब लाए ही हो तो मार्ग में जो याचक मिले उसे दे देना। समझ लेना, मैंने पी ली। प्रत्येक कंठ से कृष्ण ही चाय पी रहे हैं।"

"जी, वे तो दूध पीते थे। उस समय चाय कहाँ थी ?" हँसमुख कुछ समझ नहीं पाया था।

"ठीक कहते हो; किंतु कृष्ण तो आज भी हैं। हम सबके मुख से वे ही तो खा-पी रहे हैं।"

"मैं समझा नहीं !"

"तीर्थस्थल है, यहाँ जितने दाता आते हैं, उनसे अधिक भिक्षुक भी होते हैं। दान कर अपने बोझ से मुक्त हो जाओ पुत्र !"

"दीवान जी ने कुछ फल भी भेजे हैं।" हँसमुख ने कहा, "उन्हें रखने में तो कोई आपत्ति नहीं है ? चाय की तलब न लगती हो, किंतु पेट की भूख तो सताती ही होगी ?"

"अब तुम कहोगे कि गेहूँ की बोरी भी लाए हो...! हमारे दीवान जी जैसा वात्सल्य-भरा हृदय भी किसका होगा !" स्वामी ने ठहाका लगाया, "तपस्वी को भूख की चिंता सताती तो महात्मा बुद्ध यशोधरा को सोती छोड़कर नहीं जाते, उसे नींद से उठाकर कहते, मार्ग के लिए कुछ भोजन तैयार कर दो।...दीवान जी से कहना, बुद्ध तपस्या के लिए जाते हुए गेहूँ की बोरी लेकर नहीं चले थे।"

हँसमुख संकुचित हो उठा, "गेहूँ तो नहीं, किंतु कुछ कपड़े लाया हूँ···ओढ़न, बिछावन, बिस्तर···।"

"हँसमुख ! जो कुछ भी लाए हो, लौटाकर ले जाओ। लौटाकर न ले जाना चाहो तो मार्ग में भिक्षुकों में बाँट दो।"

"दीवान जी को अच्छा नहीं लगेगा।"

"जानता हूँ; किंतु उन्हें मेरे प्रति अपने इस मोह से मुक्त होना ही होगा। नहीं तो मैं उनके मोह में फँस जाऊँगा।" स्वामी बोले, "मोह कष्ट को जन्म देता है; और संन्यासी के प्रति मोह तो सिवाय कष्ट के और कुछ दे ही नहीं सकता।···और हँसमुख !···"

"जी स्वामी जी !"

"संन्यासी के मन में मोह जाग जाए तो वह उसका सर्वनाश करके ही छोड़ता है। मैं समझता हूँ कि दीवान जी मेरा सर्वनाश करना नहीं चाहेंगे।"

हँसमुख स्वामी की बात सुनता जा रहा था, उनकी किसी बात का विरोध भी नहीं कर रहा था; किंतु जिस लक्ष्य से वह आया था, उससे तनिक भी विचलित नहीं हो रहा था।

"यदि आप अपनी गुफा में कुछ नहीं रखना चाहते तो मैं इन वस्तुओं को निकट ही कहीं रख देता हूँ। समय-समय पर आवश्यकता के अनुसार आपकी सेवा करता रहूँगा।···"

स्वामी ने प्रयत्नपूर्वक स्वयं को संयत किया। कहीं उनका रोष प्रकट ही न हो जाए, "मेरा विचार है कि अब तुम अपनी इस सारी संपत्ति के साथ यहाँ से चले ही जाओ।" उनका स्वर कुछ कठोर हो गया, "इसे मेरा आदेश समझो।"

किंतु हँसमुख अपने स्थान पर खड़ा रहा।

"अब क्या है ?" स्वामी ने पूछा।

"दीवान जी ने पूछा है कि आपको नीचे उतरने के लिए किसी प्रकार की सवारी की आवश्यकता होगी···वे कोई व्यवस्था करें ?"

"नहीं, मुझे नीचे उतरने की कोई जल्दी नहीं है; और जब उतरना होगा, सवारी की आवश्यकता नहीं होगी।" स्वामी हँस पड़े, "इस स्थान से पैदल नीचे उतरना ही सर्वाधिक सुरक्षित है। तुम जाओ। दीवान जी को सब प्रकार से मेरी ओर से आश्वस्त कर देना।···और हाँ, सँभलकर नीचे उतरना।"

हँसमुख ने उनके चरण छुए और जाने के लिए मुड़ा।

स्वामी खड़े उसे देखते रहे। उसके शिथिल पाँव बता रहे थे कि वह बहुत भारी मन से लौट रहा है।···स्वामी के मन में कहीं से राजा दशरथ का मंत्री सुमंत्र आ बैठा। वन जाते हुए अपने पुत्रों और पुत्रवधू के लिए दशरथ ने उसे रथ और स्वर्णाभूषण देकर भेजा था। दशरथ जानते थे कि राम कुछ नहीं लेंगे; किंतु सीता, स्त्री होते हुए, आभूषणों का मोह छोड़ पाएँगी, इसकी उन्होंने कल्पना भी नहीं की होगी। इसीलिए आभूषण भेजे भी होंगे।···सुमंत्र भी ऐसे ही वन से निराश लौटा होगा, जैसे हँसमुख लौट रहा है। सुमंत्र से राम के अयोध्या न लौटने का समाचार पाकर दशरथ ने प्राण त्याग दिए थे।···हँसमुख से स्वामी का समाचार पाकर दीवान जी का मन जाने कैसा हो जाएगा। अपनी कल्पना में दीवान जी का उदास चेहरा देखना स्वामी को अच्छा नहीं लग रहा था; किंतु कोई विकल्प भी तो नहीं था। वे दीवान जी के मोह को बढ़ाना नहीं चाहते थे।···

गिरनार से वापस जूनागढ़ लौटकर स्वामी दीवान जी से मिलने गए।

दीवान जी को जैसे कोई खोई हुई निधि मिल गई।

"बहुत तपस्या कर आए।" दीवान जी बोले, "मेरा विचार है कि अब आपको कुछ दिन शांति से जूनागढ़ में रहना चाहिए।"

स्वामी हँसे, "आराम और तपस्या का परस्पर कोई मेल नहीं है दीवान जी !" स्वामी बोले, "मुझे लगता है कि एक ही स्थान पर टिके रहने का मेरे पास न तो कोई कारण है और न ही समय। शायद आप नहीं जानते कि काम कितना बड़ा है और मेरे पास समय कितना कम है।"

दीवान जी विस्मित भाव से उन्हें देखते रहे।

"आप मुझसे सहमत नहीं हैं ?"

"नहीं। मैं यह जानता ही नहीं हूँ कि आपका काम क्या है ?" दीवान जी बोले, "संन्यासी का जो काम होना चाहिए, वह तो आप कर ही रहे हैं।...और समय ! समय के विषय में कोई कह ही क्या सकता है ?"

"आप ठीक कह रहे हैं; किंतु संन्यासी को एक स्थान पर टिके रहना वर्जित है। उसे चलते ही रहना चाहिए। चरैवेति-चरैवेति...।"

"तो आप जूनागढ़ में टिकना नहीं चाहते ?"

"जूनागढ़ तो मेरे घर जैसा हो गया है।" स्वामी बोले, "जहाँ कहीं जाता हूँ, दो-चार दिनों में लौटकर फिर से जूनागढ़ आ जाता हूँ।"

"तो अब आप कहाँ जाना चाहते हैं ?"

"सोचता हूँ, भुज का चक्कर भी लगा लिया जाए। कैसा रहेगा ?"

"ठीक है। जाइए। भुज भी हो आइए।" दीवान जी बोले, "किंतु मैं आपको वैसे ही नहीं जाने दूँगा। मैं आपको भुज के दीवान के नाम पत्र देता हूँ। आप भुज के दीवान जी के अतिथि रहेंगे। वहाँ, जहाँ कहीं भी भ्रमण के लिए जाना हो, वे व्यवस्था कर देंगे।"

"मैं कैसा संन्यासी हूँ दीवान जी ! जो सदा राजाओं और मंत्रियों का ही अतिथि रहता हूँ।" स्वामी हँस रहे थे।

"नहीं, कभी-कभी आप तांत्रिक साधुओं के भी अतिथि बन जाते हैं।" दीवान जी भी हँसे, "आप जानते हैं न कि लींबड़ी के ठाकुर जसवंतसिंह जी ने आपके विषय में क्या लिखा था ?"

"क्या लिखा था ?"

"उन्होंने लिखा था कि यह वह हीरा है, जो अपना मूल्य काँच से भी कम आँकता है, इसलिए कभी-कभी कीचड़ में भी जा गिरता है। और कीचड़ को हीरे और काँच की परख नहीं होती। हमें कीचड़ से इसकी रक्षा करनी है। यह कभी आपकी दृष्टि से ओझल न हो पाए।"

दीवान जी स्वामी की ओर देखते रहे।

स्वामी हँसे, "मैं नहीं जानता था कि ठाकुर साहब मुझसे इतना प्रेम करते हैं।"

"आप यह भी नहीं जानते होंगे कि मैं आपसे कितना प्रेम करता हूँ।"

"जानता हूँ। आप मुझसे उससे भी अधिक प्रेम करते हैं, जितना दशरथ भगवान् राम से करते थे।" स्वामी बोले, "किंतु उस प्रेम के कष्ट को भी समझते हैं न आप ? मैं वनवासी नहीं हूँ, किंतु संन्यासी अवश्य हूँ। और अपने व्रत से डिगना मेरे लिए संभव नहीं है। मेरे गुरु ने कहा

था, जब तक मैं माँ का काम नहीं कर लूँगा, किसी प्रकार के सुख की आकांक्षा नहीं करूँगा—यहाँ तक कि तपस्या के सुख की भी नहीं।"

दीवान जी मौन हो गए। फिर धीरे से बोले, "मैं नहीं जानता कि तपस्या का सुख क्या होता है। न ही मैं यह कह सकता हूँ कि आप अपने गुरु के आदेश को भूल जाएँ। बस, इतना कहना चाहता हूँ कि आप पर इस देश के प्रत्येक नागरिक का अधिकार है, सबको आपकी आवश्यकता है। इसलिए आप स्वयं को अनावश्यक कष्ट में न डालें। संकट का काम तो एकदम न करें। आप जानते हैं कि कच्छ के अकालग्रस्त क्षेत्रों में पाँच-पाँच रुपए के लिए लोगों के प्राण हर लेने वाले दस्यु उन्मुक्त घूम रहे हैं।"

"जानता हूँ।"

"तो फिर ?"

स्वामी बड़े मधुर ढंग से मुस्कराए, "आप मानते हैं न कि ईश्वर का अस्तित्व है ? ईश्वर है ?"

"मानता हूँ।"

"आप यह भी मानते हैं कि संसार उसी का बनाया हुआ है ?"

"मानता हूँ।"

"आप यह भी मानते हैं कि जीवन और मृत्यु केवल ईश्वर के नियंत्रण में है ? प्राण उसी ने दिए हैं और वही उसे ले सकता है ?"

"जी हाँ।"

"तो जब संसार उसका है, नियंत्रण उसका है, निर्णय उसके हैं, तो हम क्या स्वयं को उसके भरोसे छोड़ नहीं सकते ?"

"आप कहते तो ठीक हैं स्वामी जी ! किंतु हम आप जैसा दृढ़ विश्वास और आस्था कहाँ से लाएँ ?"

59

स्वामी भुज के दीवान के सामने खड़े थे।

दीवान ने अपने हाथों में पकड़ा पत्र पढ़कर स्वामी को भरपूर दृष्टि से देखा। उनके व्यक्तित्व का आकलन किया और सहसा उनका ध्यान इस ओर गया कि स्वामी तब से खड़े ही हैं।

"अरे ! आप खड़े क्यों हैं ?"

"क्योंकि अभी तक आपने मुझे बैठने को नहीं कहा है।" स्वामी मुस्करा रहे थे।

"मुझसे भूल हुई। आप आसन ग्रहण करें।" दीवान उठ खड़े हुए, "वस्तुतः मैं अपनी इस जिज्ञासा में खो गया था कि एक साधु में ऐसा क्या है कि जूनागढ़ के दीवान उसे इस प्रकार मेरे पास भेज रहे हैं, जैसे वह उनका अपना ही पुत्र हो। प्रायः संन्यासियों से हमारे इस प्रकार के पारिवारिक संबंध नहीं होते।"

"आपकी जिज्ञासा का समाधान हुआ ?"

"अभी तक तो नहीं।" दीवान बोले, "सिवाय इसके कि आपका व्यक्तित्व बहुत आकर्षक है। देखने वाले पर अच्छा प्रभाव पड़ता है।"

"नहीं। आपकी जिज्ञासा का समाधान मेरे व्यक्तित्व में नहीं, जूनागढ़ के दीवान हरिदास जी के व्यक्तित्व में है।"

"वह कैसे ?" दीवान चकित थे।

"उनका हृदय वात्सल्य से भरा हुआ है। वे मेरे जैसे किसी अपरिचित को भी पुत्र का-सा स्नेह दे सकते हैं।"

"मैं आपकी बात मान लेता हूँ कि आपमें कोई विशेषता नहीं है। जो कुछ है वह हरिदास भाई में ही है।" दीवान हँसे, "मैं आपके रहने का प्रबंध कर देता हूँ। किंतु एक प्रश्न आपसे पूछना चाहता हूँ।"

"पूछिए।" स्वामी ने कहा।

"आप मुझे आत्मा, प्रकृति और ईश्वर का संबंध समझा सकते हैं ? इसने मुझे बहुत भरमाया है।"

"आप समझना चाहें तो समझाने का प्रयत्न अवश्य कर सकता हूँ।" स्वामी बोले।

"तो प्रयत्न करें।"

स्वामी ने जैसे स्वयं को एकाग्र किया, "वेदांत दर्शन के अनुसार, मनुष्य को तीन तत्त्वों से बना हुआ कह सकते हैं। उसका बाह्यतम अंग शरीर है, अर्थात् मनुष्य का स्थूल रूप, जिसमें आँख, कान, नाक आदि संवेदन के साधन हैं।"

दीवान उनकी ओर ध्यान से देख रहे थे।

"यह आँख भी दृष्टि का कारण नहीं है। यह केवल यंत्र-भर है। इसके पीछे इंद्रिय है। अवयवों को संस्कृत में 'इंद्रिय' कहते हैं।..."

"जानता हूँ।"

"यदि आँखों को नियंत्रित करने वाला केंद्र नष्ट हो जाए तो आँखें देख नहीं सकेंगी। यही बात हमारी सारी इंद्रियों के विषय में सत्य है। इंद्रियाँ जब तक मन से संलग्न न हों, तब तक वे कुछ नहीं कर सकतीं।..."

"वैसे यह अध्यात्म नहीं, वैद्यक की बातें लगती हैं। फिर भी आपके पास इसका क्या प्रमाण है ?" दीवान ने पूछा।

"हम किसी चिंतन में तल्लीन होते हैं तो हमें घड़ी की टन-टन भी सुनाई नहीं पड़ती। कान अपने स्थान पर हैं। तरंगों का उनमें प्रवेश भी हुआ, वे मस्तिष्क की ओर परिचालित भी हुईं, फिर भी हमने नहीं सुना; क्योंकि हमारी इंद्रिय के साथ हमारा मन संयुक्त नहीं था। बाह्य वस्तुओं की प्रतिमाएँ इंद्रियों पर पड़ती हैं और जब इंद्रियों से मन जुड़ जाता है, तब वह उन प्रतिमाओं को ग्रहण करता है। और वह, जो उसे रूप-रंग प्रदान करता है, उसे अहंता अथवा 'मैं' कहते हैं।" स्वामी रुके। उनका स्वर कुछ वक्र हुआ, "वैसे सत्य एक ही होता है। वैद्यक का सत्य और अध्यात्म का सत्य पृथक् कैसे हो सकता है ?"

दीवान जी अपनी भूल समझ रहे थे। बोले, "इस बात को कुछ स्पष्ट करेंगे ?"

लगा, जैसे स्वामी का प्रवाह कुछ भंग हुआ। किंतु वे मुसकराए, "एक उदाहरण लें। मैं

किसी कार्य में व्यस्त हूँ और एक मच्छर मेरी अंगुली में काट रहा है। मैं उसका अनुभव नहीं करता हूँ, क्योंकि मेरा मन कहीं और व्यस्त है। बाद में, जब मेरा मन इंद्रियों द्वारा प्रेषित प्रतिमाओं से संयुक्त हो जाता है, तब प्रतिक्रिया होती है। इस प्रतिक्रियास्वरूप मैं मच्छर की उपस्थिति के प्रति सचेत हो जाता हूँ। इसी प्रकार केवल मन का इंद्रियों से संयुक्त हो जाना ही पर्याप्त नहीं है, इच्छा के रूप में प्रतिक्रिया का होना भी आवश्यक है। वह शक्ति, जहाँ से प्रतिक्रिया उत्पन्न होती है, जो ज्ञान और निश्चय करने की शक्ति है, उसे बुद्धि कहते हैं। प्रथम बाह्य साधन, फिर इंद्रिय और फिर मन का इंद्रिय से संयुक्त होना और उसके पश्चात् बुद्धि की प्रतिक्रिया अत्यावश्यक है। जब ये सारी शर्तें पूरी हो जाती हैं, तब 'मैं' और बाह्य वस्तु का विचार तत्काल स्फुरित होता है। तभी प्रत्यक्ष, प्रत्यय और ज्ञान की निष्पत्ति होती है।''

''तो कर्मेंद्रिय का क्या महत्त्व है ?''

''कर्मेंद्रिय तो साधन मात्र है, शरीर का अवयव है और उसके पीछे ज्ञानेंद्रिय है, जो उससे सूक्ष्मतर है। तब क्रमशः मन, बुद्धि और अहंकार हैं। वह अहंकार कहता है, मैं देखता हूँ, मैं सुनता हूँ। यह संपूर्ण क्रिया जिन शक्तियों द्वारा परिचालित होती है, उन्हें हम जीवनी शक्तियाँ कह सकते हैं। संस्कृत में उन्हें हम 'प्राण' कहते हैं।''

''स्वामी जी !'' दीवान ने पहली बार उन्हें कुछ सम्मानजनक ढंग से पुकारा, ''थोड़ा रुकें।''

स्वामी ने उनकी ओर देखा।

''मैं चाहता हूँ कि मैं महाराज से आपका परिचय करा दूँ।'' दीवान ने कहा, ''इस विषय में महाराज की भी बहुत रुचि है। यह अवसर उन्हें फिर कभी नहीं मिलेगा।''

दीवान उठ खड़े हुए, ''आइए।''

स्वामी दीवान के पीछे-पीछे चले। दीवान ने उन्हें बाहर रुकने को कहा और स्वयं भीतर चले गए।

कुछ ही क्षणों में वे लौटे और स्वामी को भीतर ले जाते हुए बोले, ''महाराज अपने दरबारियों के संग बैठे हैं। आप चर्चा करेंगे तो कुछ दरबारी आपका विरोध भी कर सकते हैं।''

''क्यों ?''

''ताकि वे सिद्ध कर सकें कि वे आपसे बड़े विद्वान् हैं।'' दीवान बोले, ''आप बुरा तो नहीं मानेंगे ?''

''बुरा क्या मानना !'' स्वामी बोले, ''यहाँ हर कोई स्वयं को दूसरों से बड़ा दिखाने का प्रयत्न करता रहता है। यही अहंकार है। अहंकार न हो तो संसार कैसे चलेगा ?''

''अपना कहा स्मरण रखिएगा।''

वे लोग एक बड़े कक्ष में प्रविष्ट हुए। महाराज कुछ लोगों के साथ बैठे हुए कोई चर्चा कर रहे थे।

राजा ने खड़े होकर स्वामी को प्रणाम किया। स्वामी ने आशीर्वाद दिया।

''विराजिए।'' राजा ने कहा और अपने निकट बैठने का संकेत किया।

स्वामी के बैठ जाने पर राजा ने कहा, ''दीवान जी कह रहे थे कि वे आपसे बहुत रोचक और ज्ञानवर्द्धक चर्चा कर रहे थे। उनकी इच्छा है कि हम सब भी आपके विचारों को सुनकर उससे लाभान्वित हों।''

"प्रभु की कृपा है कि वह चर्चा के लिए सज्जनों को भेजता है।" स्वामी बोले, "तो हम अपनी चर्चा आगे बढ़ाएँ ?"

दीवान, राजा और उनके दरबारी स्वामी की ओर उत्सुकता से देख रहे थे।

"मनुष्य का रूप, यह शरीर, संस्कृत में 'स्थूल शरीर' कहलाता है। इसके पीछे इंद्रियों से प्रारंभ होकर मन, बुद्धि तथा अहंकार का क्रम है। ये सब तथा प्राण मिलकर 'सूक्ष्म शरीर' कहलाते हैं।...."

"इसका क्या प्रमाण है कि सूक्ष्म शरीर भी होता है ?" एक दरबारी ने कुछ उग्र भाव से पूछा।

"ये शक्तियाँ अत्यंत सूक्ष्म तत्त्वों से निर्मित हैं। इतने सूक्ष्म कि स्थूल शरीर पर लगने वाला बड़े से बड़ा आघात भी इन्हें नष्ट नहीं कर सकता। शरीर पर पड़ने वाली किसी भी भयंकर चोट के बाद भी सूक्ष्म शरीर जीवित रहता है।"

"यह तो कोई प्रमाण न हुआ।" वही दरबारी बोला।

स्वामी ने राजा की ओर देखा।

"पहले वह तो सुन लो, जो स्वामी जी बता रहे हैं।" राजा ने दरबारी से कहा, "आप कहिए स्वामी जी ! हम प्रमाण बाद में खोज लेंगे।"

"स्थूल शरीर, स्थूल तत्त्वों से बना हुआ है, इसलिए वह सदा नूतन और परिवर्तित होता रहता है। किंतु मन, बुद्धि और अहंकार आदि अभ्यंतर इंद्रियाँ सूक्ष्मतम तत्त्वों से निर्मित हैं। इतने सूक्ष्म कि वे युग-युग तक चलते रहते हैं। वे इतने सूक्ष्म हैं कि कोई भी वस्तु उनका प्रतिरोध नहीं कर सकती। वे किसी भी अवरोध को पार कर सकते हैं।"

"अद्भुत !" राजा ने कहा।

"क्या ?" स्वामी ने पूछा।

"यह सूक्ष्म शरीर।"

"हाँ, तो यह स्थूल शरीर बुद्धिशून्य है। सूक्ष्म शरीर का एक भाग मन, दूसरा बुद्धि तथा तीसरा अहंकार कहा जाता है, पर एक ही दृष्टि में हमें विदित हो जाता है कि इनमें से किसी को भी ज्ञाता नहीं कहा जा सकता।"

"मन और बुद्धि भी ज्ञाता नहीं हैं ?"

"नहीं, इनमें से कोई भी प्रत्यक्षकर्ता, साक्षी, कार्य का भोक्ता अथवा क्रिया को देखने वाला नहीं है।" स्वामी बोले, "मन की ये समस्त गतियाँ—बुद्धि अथवा अहंकार—अवश्य ही किसी दूसरे के लिए हैं। सूक्ष्म भौतिक द्रव्यों से निर्मित होने के कारण ये स्वयं प्रकाशक नहीं हो सकते। उनका प्रकाशक तत्त्व उन्हीं में अंतर्निहित नहीं हो सकता।"

राजा ने यह नहीं कहा कि बात उनके मन में स्पष्ट नहीं हो रही। कहा, "कोई उदाहरण दें स्वामी जी !"

"इस मेज की अभिव्यक्ति किसी भौतिक वस्तु के कारण नहीं हो सकती।" स्वामी ने कहा, "उसके पीछे कोई और है, जो वास्तविक प्रकाशक, वास्तविक दर्शक और वास्तविक भोक्ता है।"

"यह क्या होता है ?" एक अन्य दरबारी ने कहा।

"किसी ने मेज के विषय में सोचा होगा, किसी ने पेड़ खोजा होगा, लकड़ी चीरी होगी,

किसी ने उसे मेज का आकार दिया होगा। कोई उस मेज को देख रहा है, कोई उसका प्रयोग कर रहा है।'' स्वामी ने कहा, ''यही बात मनुष्यरूपी शरीर के लिए भी सत्य है। जिसने मनुष्य शरीर के लिए यह सब किया है, उस शक्ति को संस्कृत में 'आत्मा' कहते हैं—मनुष्य की आत्मा, मनुष्य का वास्तविक 'स्व'। वस्तुओं की वास्तविक दर्शक यही आत्मा है।''

''और बाकी ?'' दरबारी का मुख खुला हुआ था।

''बाह्य साधन तथा इंद्रियाँ प्रभावों को ग्रहण करती हैं, उन्हें मन तक पहुँचाती हैं, मन उन्हें बुद्धि तक ले जाता है, बुद्धि उन्हें दर्पण की भाँति प्रतिबिंबित करती है; और इन सबकी आधार है—आत्मा, जो उनकी देखभाल करती है तथा अपनी आज्ञाएँ और निर्देश प्रदान करती है। वह इन सभी यंत्रों की शासक है। घर की स्वामिनी तथा सिंहासनारूढ़ रानी है।'' स्वामी ने उनकी ओर देखा, ''अहंकार, बुद्धि और चिंतन की शक्तियाँ, इंद्रियाँ, उनके यंत्र, शरीर और ये सब—आत्मा की आज्ञा का पालन करते हैं। इन सबको प्रकाशित करने वाली आत्मा ही है।''

स्वामी रुक गए। श्रोताओं की ओर से कोई प्रतिक्रिया नहीं हुई। वे सब तल्लीन होकर उनकी बात सुन रहे थे।

''जो कुछ इस विश्व के एक छोटे-से अंश के विषय में सत्य है, वही संपूर्ण विश्व के विषय में भी सत्य होना चाहिए।'' स्वामी पुनः बोले, ''यदि समानरूपता विश्व का नियम है, तो विश्व का प्रत्येक अंश उसी योजना के अनुसार बना हुआ होना चाहिए। इसलिए हमारा यह सोचना स्वाभाविक है कि विश्व कहे जाने वाले इस स्थूल भौतिक रूप के पीछे एक सूक्ष्मतर तत्त्वों का विश्व अवश्य होगा, जिसे हम विचार कहते हैं। उसके पीछे एक आत्मा होगी, जो इस समस्त विचार को संभव बनाती है, जो आज्ञा देती है और जो इस विश्व की सिंहासनारूढ़ रानी है। वह आत्मा, जो प्रत्येक मन और शरीर के पीछे है, 'प्रत्यगात्मा' अथवा व्यक्तिगत आत्मा कही जाती है, और जो आत्मा विश्व के पीछे, उसकी पथ-प्रदर्शक, नियंत्रक और उसकी शासक है, वह ईश्वर है।''

''इन बातों के लिए आपको कोई प्रमाण चाहिए मेहता जी ?'' राजा ने उस दरबारी से पूछा।

''नहीं। ये सब तो अनुमान मात्र हैं। सारी विश्व-व्यवस्था को समझने के लिए एक काल्पनिक चित्र।'' मेहता जी हँसे, ''इनके लिए क्या प्रमाण माँगना !''

''न ये अनुमान हैं, न काल्पनिक चित्र।'' स्वामी का स्वर कुछ प्रखर हुआ, ''स्थूल शरीर के अंगों के विषय में यह सब आपको कोई चिकित्सक भी बता देगा। वह मन की क्रियाओं और प्रभावों को भी बता देगा; किंतु उसकी सूक्ष्मता के कारण आपको दिखा नहीं सकेगा।''

''उसे आप दिखा देंगे ?'' दरबारी ने उन्हें चिढ़ाया।

''आप देखना चाहेंगे तो दिखा दूँगा।'' स्वामी ने शांत स्वर से कहा, ''पहले वह समझिए, जो समझा रहा हूँ।''

''हाँ, कहिए स्वामी जी !'' राजा ने कहा।

''जहाँ मनुष्य की इंद्रियाँ और उसके यंत्र रुक जाते हैं, वहाँ से योग का क्षेत्र आरंभ होता है।'' स्वामी बोले, ''यदि आप शास्त्र के बताए हुए मार्ग पर चलें, उतनी साधना करने को तैयार हों तो जो कुछ मैंने कहा है, वह सब आप अपनी आँखों से नहीं, अपनी आत्मा से देख सकेंगे।''

स्वामी की आँखों में विश्वास की एक ऐसी ज्योति थी, जिसे चुनौती देना संभव नहीं था। फिर भी राजा ने कहा, ''पर स्वामी जी ! कोई भौतिकशास्त्र तो साधना करने की शर्त नहीं लगाता।''

"क्यों ? पहली कक्षा से बी०एस-सी०, एम०एस-सी० और फिर शोध, क्या यह सब साधना नहीं है ?" स्वामी हँस पड़े, "चलिए, आप साधना न करें। आप योग का बी०ए०, एम०ए० कर लें।"

"सत्य कह रहे हैं स्वामी जी !" दीवान ने कहा।

"मैं एक संग्रहालय में गया था। वहाँ रखी हुई एक वस्तु के विषय में बताया गया कि वह दो सहस्र वर्ष पुरानी है।" स्वामी बोले, "मैंने पूछा, 'आप कैसे जानते हैं कि यह दो सहस्र वर्ष पुरानी है ?' तो उन सज्जन ने कहा, 'यह जानने के लिए मैंने बीस वर्ष अध्ययन किया है। आप करें तो आप भी जान जाएँगे।' "

"स्वामी जी ठीक कह रहे हैं।" राजा ने ठहाका लगाया, "पर स्वामी जी ! मेरे मन में एक प्रश्न है कि यह सब कुछ, यह सारा सामान, पदार्थ, मैटीरियल...या आप इसे जो भी नाम दें, जिससे इस विश्व का निर्माण हुआ—यह सब आया कहाँ से ? कैसे बना ? किसने बनाया ? किससे बनाया ?"

स्वामी हँसे, "आने का क्या अर्थ है ? यदि यह अर्थ है कि शून्य से किसी वस्तु की उत्पत्ति हो सकती है, तो यह असंभव है। यह सारी सृष्टि, यह समस्त अभिव्यक्ति शून्य से प्रकट नहीं हो सकती। कारण के बिना कार्य नहीं हो सकता। कार्य, कारण के पुनरुत्पादन के सिवाय और कुछ नहीं है।" वे रुके, "यहाँ यह शीशे का गिलास है। मान लीजिए, इसके हम टुकड़े-टुकड़े कर डालें, इसे पीस दें और रासायनिक पदार्थों की सहायता से इसको प्रायः नष्ट कर डालें। इससे क्या यह नष्ट हो जाएगा ? शून्य में वापस चला जाएगा ?"

"नहीं होगा क्या ?" मेहता ने पूछा।

"आकार नष्ट हो जाएगा, किंतु जिन परमाणुओं से यह निर्मित है, वे परमाणु नष्ट नहीं होंगे। वे हमारी ज्ञानेंद्रियों के क्षेत्र से परे चले जाएँगे, परंतु उनका अस्तित्व बना रहेगा। और उसी चूरे से दूसरे गिलास का निर्माण पूर्णतः संभव है। यदि यह बात एक दृष्टांत में सत्य है, तो वह सर्वत्र सत्य होगी। न कोई वस्तु शून्य से बनती है, न कोई वस्तु शून्य में विलीन हो सकती है। वह सूक्ष्म से सूक्ष्म और स्थूल से स्थूल रूप ग्रहण कर सकती है। वर्षा की बूँद समुद्र से निकलकर वाष्प के रूप में ऊपर उठती है और वायु द्वारा पर्वतों की ओर प्रेरित होती है। वहाँ वह पुनः जल में बदल जाती है और सहस्रों मील बहकर पुनः अपने जनक समुद्र में मिल जाती है। बीज वृक्ष से उत्पन्न होता है। वृक्ष मर जाता है और बीज छोड़ जाता है। वह बीज पुनः वृक्ष में परिणत होता है, जिसका पुनः बीज के रूप में अंत होता है; और यही क्रम चलता है। एक पक्षी का दृष्टांत लें, कैसे वह अंडे से निकलता है, एक सुंदर पक्षी बनता है, अपना जीवन पूरा करता है और अंत में मर जाता है। वह भविष्य के लिए कुछ अंडे छोड़ जाता है। यही बात पशुओं के विषय में सत्य है और यही मनुष्यों के लिए भी।" स्वामी रुके, "लगता है कि प्रत्येक वस्तु कुछ बीजों से, कुछ प्रारंभिक तत्त्वों से अथवा कुछ सूक्ष्म रूपों से उत्पन्न होती है और जैसे-जैसे वह विकसित होती है, स्थूलतर होती जाती है। अपने स्थूलतम रूप को प्राप्त कर वह पुनः अपने सूक्ष्म रूप को प्राप्त कर शांत हो जाती है।"

"तो ?"

"समस्त विश्व इसी क्रम से चल रहा है। एक ऐसा भी समय आता है, जब यह संपूर्ण विश्व गलकर सूक्ष्म हो जाता है। अंत में मानो पूर्णतया विलुप्त ही हो जाता है, किंतु अत्यंत सूक्ष्म भौतिक पदार्थ के रूप में विद्यमान रहता है। आधुनिक विज्ञान और गणित ज्योतिष..." वे रुके, "जिसे आप खगोल विद्या भी कह सकते हैं, से हमें विदित होता है कि यह पृथ्वी शीतल होती जा रही है

और कालांतर में अत्यंत शीतल हो जाएगी। तब यह खंड-खंड होकर अत्यंत सूक्ष्म होती हुई पुनः आकाश के रूप में परिवर्तित हो जाएगी। किंतु उस सामग्री के निमित्त, जिससे दूसरी पृथ्वी प्रक्षिप्त होगी, परमाणु विद्यमान रहेंगे। यह प्रक्षिप्त पृथ्वी भी विलुप्त होगी और फिर दूसरी आविर्भूत होगी। इस प्रकार यह जगत् अपने मूल कारणों में प्रत्यावर्तन करेगा और उसकी सामग्री संघटित होकर अवरोह, आरोह करती, विभिन्न आकार ग्रहण करती, लहरों के समान बनती-बिगड़ती रहेगी। कारण में बदलकर लौट जाने और फिर पुनः बाहर निकल आने की प्रक्रिया को संस्कृत में क्रमशः 'संकोच' और 'विकास' कहते हैं। इसका अर्थ है सिकुड़ना और फैलना। इस प्रकार समस्त विश्व संकुचित होता और फिर प्रसार प्राप्त करता है। आधुनिक विज्ञान के अधिक मान्य शब्दों का प्रयोग करें, तो हम कह सकते हैं कि वह अंतर्भूत और बहिर्भूत—सन्निहित और विकसित होता है। विकास के विषय में हम जानते हैं कि किस प्रकार सभी आकार निम्नतर आकारों से विकसित होते हैं और धीरे-धीरे अधिकाधिक विकसित होते रहते हैं। यह ठीक है, किंतु प्रत्येक विकास के पहले अंतर्भाव का होना आवश्यक है। हमें यह ज्ञात है कि जगत् में उपलब्ध ऊर्जा का पूर्ण योग सदैव समान रहता है और भौतिक पदार्थ अविनाशी हैं। आप किसी भी प्रकार भौतिक पदार्थ का एक परमाणु भी घटा-बढ़ा नहीं सकते। न ही आप एक फुट-पाउंड ऊर्जा कम कर सकते हैं और न जोड़ सकते हैं। संपूर्ण योग सदैव वही रहेगा। संकोच और विकास के कारण केवल अभिव्यक्ति में अंतर रहेगा। इसलिए यह प्रस्तुत चक्र अपने पूर्वगामी चक्र के अंतर्भाव या संकोचन से प्रसूत विकास का चक्र है। और यह चक्र पुनः अंतर्भूत या संकुचित होगा। सूक्ष्म से सूक्ष्मतर होता जाएगा और उससे फिर दूसरे चक्र का उद्गम होगा। समस्त विश्व इसी क्रम से चल रहा है। सृष्टि का अर्थ यह नहीं है कि अभाव से भाव की रचना हुई है। अधिक उपयुक्त शब्द का व्यवहार करें, तो हम कहेंगे कि अभिव्यक्ति हो रही है और ईश्वर विश्व को अभिव्यक्त करने वाला है। यह विश्व मानो उसका निःश्वास है, जो उसी में समाहित हो जाता है और जिसे वह फिर बाहर निकाल देता है। वेदों में एक अत्यंत सुंदर उपमा दी गई है।...."

"क्या ?" राजा के मुख से अनायास ही निकल गया।

"यह अनादि पुरुष निःश्वास के रूप में इस विश्व को प्रकट करता है और श्वास के रूप में अपने भीतर अंतर्निहित करता है। उसी प्रकार, जिस प्रकार हम धूलि के एक छोटे-से कण को साँस द्वारा निकालते और साँस में पुनः भीतर ले जाते हैं।"

"यह सब तो ठीक है, किंतु प्रश्न है कि प्रथम चक्र में इसका क्या रूप था ?" दीवान जी अपनी उत्सुकता रोक नहीं पाए।

"प्रथम चक्र से क्या आशय है ? वह तो था ही नहीं।" स्वामी बोले, "यदि आप काल का आरंभ बता सकते हैं, तो समय की समस्त अवधारणा ही ध्वस्त हो जाती है। उस सीमा पर विचार करने का प्रयत्न करें, जहाँ काल का आरंभ हुआ, तो उस सीमा के परे के काल पर विचार करना पड़ेगा।" स्वामी रुके, "जहाँ देश आरंभ होता है, उस पर विचार करें, तो उसके परे के देश के विषय में भी सोचना पड़ेगा।" स्वामी जैसे निष्कर्ष के रूप में बोले, "देश और काल अनंत हैं। अतः न तो उनका आदि है, न उनका अंत।"

"आप समझते हैं कि यह कोई बहुत अच्छी धारणा है ?" मेहता ने मुँह बनाकर कहा।

"उस धारणा से कहीं अच्छी है कि ईश्वर ने पाँच मिनट में विश्व की रचना की और फिर सो गए। तब से आज तक सो ही रहे हैं।" स्वामी का तेजस्वी स्वर गूँजा, "दूसरी ओर यह धारणा

अनंत स्रष्टा के रूप में हमें ईश्वर प्रदान करती है। लहरों का एक क्रम है। वे उठती हैं, गिरती हैं और ईश्वर इस अनंत प्रक्रिया का संचालक है। जिस प्रकार विश्व अनादि और अनंत है, उसी प्रकार ईश्वर भी अनादि और अनंत है। ऐसा होना अनिवार्य है; क्योंकि यदि हम कहें कि किसी समय सूक्ष्म अथवा स्थूल–किसी भी रूप में–सृष्टि नहीं थी, तो हमें यह भी कहना पड़ेगा कि तब ईश्वर भी नहीं था; क्योंकि हम ईश्वर को साक्षी और विश्व के द्रष्टा के रूप में समझते हैं। जब विश्व नहीं था, तब वह भी नहीं था।''

''ऐसा क्यों ?'' राजा ने पूछा।

''क्योंकि एक प्रत्यय के बाद दूसरा प्रत्यय आता है। कार्य के विचार से हम कारण के विचार तक पहुँचते हैं; और यदि कार्य नहीं होगा, तो कारण भी नहीं होगा।'' स्वामी बोले, ''इससे यह स्वाभाविक निष्कर्ष निकलता है कि जिस कारण से विश्व शाश्वत है, उसी कारण से ईश्वर भी शाश्वत है।''

''और आत्मा भी शाश्वत है ?'' सहसा राजा ने पूछा।

''हाँ राजन् !''

''क्यों ?''

''पहली बात तो यह कि वह पदार्थ नहीं है। वह स्थूल शरीर भी नहीं है, न वह सूक्ष्म शरीर है, जिसे मन अथवा विचार कहा गया है। न तो यह भौतिक शरीर है और न यह ईसाई मत में प्रतिपादित सूक्ष्म शरीर है। स्थूल शरीर और सूक्ष्म शरीर परिवर्तनशील हैं। स्थूल शरीर तो प्रायः प्रत्येक मिनट बदलने वाला है और एक निश्चित समय के पश्चात् उसकी मृत्यु भी हो जाती है, किंतु सूक्ष्म शरीर सुदीर्घ काल तक बना रहता है–जब तक कि हम जन्म-मरण के चक्र से मुक्त नहीं हो जाते। आत्मा के मुक्त हो जाने का अर्थ ही है कि सूक्ष्म शरीर उससे विलग हो गया है। मनुष्य का स्थूल शरीर तो उसकी प्रत्येक मृत्यु के साथ विघटित होता रहता है, किंतु जब व्यक्ति मुक्त हो जाता है, तब उसका सूक्ष्म शरीर भी विघटित हो जाता है।''

''और आत्मा ?'' दीवान जी ने पूछा।

''आत्मा किसी प्रकार के परमाणुओं से निर्मित न होने के कारण निश्चय ही अविनाशी है।''

''जो कुछ मैं समझ पाया हूँ, उससे तो कुछ भी नश्वर नहीं है। तो फिर विनाश क्या है ?'' राजा ने कहा।

''जिन उपादानों से किसी वस्तु का निर्माण होता है, उन उपादानों का उच्छेदन ही विनाश है। यदि यह गिलास चूर-चूर हो जाए तो इसके उपादान विघटित हो जाएँगे और वही गिलास का नाश होगा। अणुओं का विघटन ही हमारी दृष्टि में विनाश है।'' स्वामी बोले, ''इससे यह स्वाभाविक निष्कर्ष निकलता है कि जो वस्तु परमाणुओं से निर्मित नहीं हुई है, वह नष्ट नहीं की जा सकती, वह कभी विघटित नहीं हो सकती। आत्मा का निर्माण भौतिक तत्त्वों से नहीं हुआ है। यह एक अविभाज्य इकाई है। इसलिए यह अनिवार्यतः अविनाशी है। इसी कारण से इसका अनादि और अनंत होना भी स्वाभाविक ही है।''

''तो ये तो एक से अधिक सत्ताएँ हो गईं।'' राजा ने कहा, ''परमात्मा, आत्मा, विश्व, प्रकृति···।''

''हाँ, तीन सत्ताएँ हैं।'' स्वामी ने कहा, ''प्रकृति, जो अनादि और अनंत है, किंतु उसके अंतर्गत विभिन्न प्रकार के परिवर्तन हो रहे हैं। यह उस नदी के समान है, जो सहस्रों वर्षों तक समुद्र

में निरंतर प्रवाहित होती रहती है। नदी सदा वही रहती है, किंतु वह प्रत्येक क्षण परिवर्तित हुआ करती है। जल-कण प्रत्येक क्षण अपनी स्थिति बदलते रहते हैं।'' स्वामी कुछ रुककर बोले, ''दूसरी सत्ता ईश्वर है, जो अपरिवर्तनशील और सर्वनियंता है। तीसरी सत्ता आत्मा है, जो ईश्वर के ही समान अपरिवर्तनशील और शाश्वत है, किंतु नियंता के अधीन है। एक स्वामी है, दूसरा सेवक और तीसरी प्रकृति है।''

''तो स्वामी जी ! यह कैसे कहा जाता है कि ईश्वर स्वयं ही प्रकृति बन जाता है ? उन दोनों में कोई भेद नहीं है ?'' राजा ने आपत्ति की।

''विश्व की सृष्टि, स्थिति और प्रलय का कारण ईश्वर ही है। कार्य की निष्पत्ति के लिए कारण का विद्यमान होना अनिवार्य है।'' स्वामी बोले, ''केवल इतना ही नहीं, यह भी सत्य है कि कारण भी कार्य बन जाता है।''

''कोई उदाहरण दें स्वामी जी !'' दीवान जी ने बड़ी शालीनता से कहा, ''ऐसे समझना कुछ भारी पड़ रहा है।''

''शीशे की उत्पत्ति कुछ भौतिक पदार्थों एवं शिल्पकार के द्वारा प्रयुक्त कुछ शक्तियों के संयोग से होती है।'' स्वामी बोले, ''शीशे में उन पदार्थों और शक्तियों का योग है। जिन शक्तियों का प्रयोग हुआ है, वे ही उस पदार्थ को जोड़े रखने का कारण बन जाती हैं। जैसे ही वह शक्ति हट जाती है, शीशा टूटकर चूर-चूर हो जाता है। पदार्थ शीशे में पूर्णतः विद्यमान हैं, किंतु शक्ति के हट जाने से उनका रूप परिवर्तित हो जाता है। यहाँ कारण ने कार्य का रूप धारण किया है।''

''कारण ही कार्य के रूप में अभिव्यक्त होता है। इसका यह अर्थ है—यदि ईश्वर सृष्टि का कारण है और सृष्टि कार्य है, तो ईश्वर ही सृष्टि बन गया है।'' राजा ने कहा।

'' भगवान् कृष्ण ने गीता में कहा है :

ममैवांशो जीवलोके जीवभूतः सनातनः।
मनःषष्ठानीन्द्रियाणि प्रकृतिस्थानि कर्षति।।

'' यदि आत्माएँ कार्य और ईश्वर कारण है, तो ईश्वर ही आत्माएँ बन गया है। आत्मारूपी ईश्वर का अंश ही जीवलोक में जाकर जीव हुआ है और उसने प्रकृति में स्थित मन तथा पाँचों इंद्रियों को आकृष्ट किया है। '' स्वामी बोले, ''अतः प्रत्येक आत्मा ईश्वर का अंश है। जिस प्रकार एक अग्निपिंड से अनेक स्फुलिंग उद्भूत होते हैं, उसी प्रकार अनंत सत्ता में से आत्माओं का यह समस्त विश्व प्रादुर्भूत हुआ है।''

''क्या इतना जान लेना ही धर्म का ज्ञान है स्वामी जी ?'' राजा ने पूछा, ''और क्या सारे धर्म इसको मानते हैं ?''

''हमने देखा, एक तो अनंत ईश्वर है और दूसरी अनंत प्रकृति तथा अनंत संख्याओं वाली अनंत आत्माएँ हैं।'' स्वामी बोले, ''यह जान लेना धर्म-ज्ञान की पहली सीढ़ी है। इसे द्वैतवाद कहते हैं—अर्थात् वह अवस्था, जिसमें मनुष्य, स्वयं और ईश्वर को शाश्वत रूप से पृथक् मानता है। इसमे ईश्वर, मनुष्य और प्रकृति तीनों पृथक् सत्ताएँ हैं। फिर द्वैतवाद यह भी मानता है कि प्रत्येक वस्तु में द्रष्टा और दृश्य एक-दूसरे के विपरीत होते हैं। जब मनुष्य प्रकृति को देखता है, तो वह द्रष्टा है और प्रकृति दृश्य है। वह द्रष्टा और दृश्य के बीच द्वैत रखता है। यह साधारण धर्म के प्रति पहला दृष्टिकोण है।''

''और इसके पश्चात् ?'' राजा ने पूछा।

''दूसरा पग है, जब मनुष्य यह समझ लेता है कि ईश्वर विश्व का कारण है और विश्व उसका कार्य, तो ईश्वर स्वयं ही विश्व और आत्माएँ बन गया है और मनुष्य उस संपूर्ण ईश्वर का अंश मात्र है। हम लोग छोटे-मोटे जीव हैं, उस अग्निपिंड के स्फुलिंग मात्र हैं और समस्त सृष्टि ईश्वर की साक्षात् अभिव्यक्ति है। यह दूसरी सीढ़ी है।'' स्वामी बोले, ''संस्कृत में इसे 'विशिष्टाद्वैतवाद' कहते हैं। जिस प्रकार हमारा यह शरीर हमारी आत्मा के आवरण का कार्य करता है और आत्मा इस शरीर में और इसके माध्यम से स्थित है, उसी प्रकार अनंत आत्माओं का यह विश्व एवं प्रकृति ही मानो ईश्वर का शरीर है। ईश्वर इस विश्वरूपी नर—वैश्वानर—के भीतर स्थित है। जब अंतर्भाव का समय आता है, ब्रह्मांड सूक्ष्म से सूक्ष्म होता चला जाता है, फिर भी वह ईश्वर का शरीर बना रहता है। जब स्थूल अभिव्यक्ति होती है, तब भी यह सृष्टि ईश्वर के शरीर के रूप में बनी रहती है। जिस प्रकार मनुष्य की आत्मा, मनुष्य के शरीर और मन की आत्मा है, उसी प्रकार ईश्वर हमारी आत्माओं की आत्मा है। आप लोगों ने इस उक्ति को प्रत्येक धर्म में सुना होगा, 'हमारी आत्माओं की आत्मा।' इसका आशय यही है। मानो वह उनमें रमता है, उन्हें निर्देश देता है और उन सबका शासक है। द्वैतवाद के अनुसार, हम सब ईश्वर और प्रकृति से शाश्वत रूप से पृथक् व्यक्ति हैं। विशिष्टाद्वैत के अनुसार, हम व्यक्ति हैं, किंतु ईश्वर के साथ हैं। हम सब उसी में हैं। हम सब उसी के अंश हैं। हम सब एक हैं। फिर भी मनुष्य और मनुष्य में, मनुष्य और ईश्वर में एक कठोर वैयक्तिकता है, जो पृथक् है और पृथक् नहीं भी है।'' स्वामी ने उन सबकी ओर देखा, ''अब इससे एक सूक्ष्मतर प्रश्न उठता है : क्या अनंत के अंश हो सकते हैं ? अनंत के अंशों से क्या तात्पर्य है ? यदि आप इस पर विचार करें तो देखेंगे कि यह असंभव है। अनंत के अंश नहीं हो सकते, वह हमेशा अनंत ही रहता है; और दो अनंत भी नहीं हो सकते। यदि उसके अंश किए जा सकते हैं, तो प्रत्येक अंश अनंत ही होगा। यदि ऐसा मान भी लें, तो वे एक-दूसरे को असीम कर देंगे और दोनों में से एक भी असीम नहीं रहेगा। अनंत केवल एक और अविभाज्य ही हो सकता है। इस प्रकार निष्कर्ष यह निकलता है कि अनंत एक है, अनेक नहीं। और वही एक अनंत आत्मा, पृथक् आत्माओं के रूप में प्रतीत होने वाले असंख्य दर्पणों में प्रतिबिंबित हो रही है। यह वही अनंत आत्मा है, जो विश्व का आधार है, जिसे हम ईश्वर कहते हैं। वही अनंत आत्मा मनुष्य के मन का आधार भी है, जिसे हम जीवात्मा कहते हैं।''

स्वामी रुक गए।

राजा उनसे बहुत प्रभावित और उनके ज्ञान से चकित लग रहे थे। कोई और कुछ कहता, उससे पहले ही वे बोले, ''स्वामी जी ! जिस प्रकार अनेक पुस्तकों को पढ़कर सिर भन्ना जाता है, वैसे ही आपका प्रवचन सुनकर मेरा सिर चकरा गया है। इस सारी प्रतिभा का उपयोग आप किस रूप में करेंगे ?''

''जैसे प्रभु करवाएँ।'' स्वामी ने आकाश की ओर देखा, ''शिव ! शिव !!''

राजा बोले, ''प्रभु की तो प्रभु ही जानें, मुझे लगता है कि आप तब तक चैन से नहीं बैठेंगे, जब तक संसार में कोई अद्‌भुत चमत्कारी कार्य नहीं कर लेंगे।''

60

स्वामी निकटवर्ती स्थानों में तीर्थयात्राएँ करते रहे थे। उन्हें लगता था कि ये तीर्थ भारत के वास्तविक लघु रूप थे। किसी भी तीर्थ में संपूर्ण भारत के दर्शन हो जाते थे। देश के कोने-कोने से तीर्थयात्री आते थे। अपने साथ अपनी वेशभूषा, खानपान, परंपराएँ, लोकाचार और मान्यताएँ लाते थे। श्रद्धा के तो वे आगार ही थे। उनके पास ज्ञान हो न हो, भक्ति हो न हो, कर्म हो न हो, पर वे श्रद्धा के पर्वत उठाए चल रहे थे। अपने इन देशवासियों को देखकर कभी स्वामी को गर्व होता और कभी उन पर दया आती। कभी लगता कि इनसे कुछ सीखें और कभी लगता कि इनके लिए कुछ करें।···उनसे मिलना एक प्रकार से शास्त्र को फिर से पढ़ने जैसा था।···वे धर्म के अनेक अनजाने पक्षों को उद्‌घाटित कर जाते थे।

संन्यासियों के तो झुंड के झुंड ही मिलते थे। उनकी साधनाएँ अनेक बार स्वामी को उनकी सनक ही प्रतीत होती थीं। वे धर्म को कम, धर्म के आडंबर को अधिक जानते थे। कभी किसी ने उन्हें ढंग से धर्म का अर्थ नहीं समझाया था। उनकी उचित शिक्षा-दीक्षा नहीं हुई थी। तपस्या का दंभ उनमें था। जिस अहंकार से संन्यासी को लड़ना चाहिए, उसी अहंकार का वे पोषण कर रहे थे। बेचारे समझ नहीं पा रहे थे कि जिस समाज की उन्हें सेवा करनी चाहिए, वे उसी पर बोझ बनकर उसे पीड़ित कर रहे थे।···और संन्यास से उनकी अपेक्षा भी कुछ अधिक नहीं थी। कोई चमत्कारी शक्ति, कोई सिद्धि मिल जाए, वे लोगों को प्रभावित कर सकें, उनका महत्त्व कुछ बढ़ जाए, वे जन सामान्य द्वारा महान् मानकर पूजे जाएँ, तो उनका लक्ष्य पूरा हो जाता था।···शास्त्र को वे नहीं जानते थे। कुछ सुनी-सुनाई मान्यताओं पर अपने धर्म की भित्ति खड़ी कर वे अपना भिक्षाशास्त्र विकसित करते जा रहे थे। कोई धनी दाता मिल जाता तो उनका लोभ पल्लवित होने लगता और चाटुकारिता प्रकट हो जाती।···स्वामी देख रहे थे कि देश को दिशा देने वाला स्वयं ही दिग्भ्रमित था।···

भुज से स्वामी पुनः जूनागढ़ लौटे। दीवान जी उन्हें देखकर बहुत प्रसन्न हुए। किंतु उनकी प्रसन्नता क्षण-भर में ही चिंता से ग्रस्त हो उठी, "स्वामी जी ! आप बहुत निर्बल हो गए हैं और मुझे तो अत्यंत क्लांत भी लग रहे हैं।"

स्वामी ने जोर का ठहाका लगाया, "आज तक किसी पिता को अपना बालक हृष्ट-पुष्ट भी दिखाई दिया है ? मुझे क्या हुआ है दीवान जी !"

"आपने इस यात्रा में अपनी देखभाल नहीं की है।" दीवान जी बोले।

"अपनी देखभाल तो सब ही कर रहे हैं, मुझे चिंता है कि इस पीड़ित मानवता की देखभाल कौन करेगा ?" स्वामी बोले।

"जानता हूँ।" दीवान जी ने कहा, "पर आप स्वयं ही अस्वस्थ हो गए, तो पीड़ित मानवता की चिंता कैसे कर लेंगे ? पहले अपना शरीर देखिए। उसके सामर्थ्य को बनाए रखिए। ऐसा न हो कि इस पीड़ित भक्त को आपकी देखभाल करनी पड़े।" वे रुके, "आजकल चारों ओर जिस प्रकार अकाल की छाया मँडरा रही है और लोग जिस प्रकार लोभी हो रहे हैं, इन परिस्थितियों में बाहर आपको खाने-पीने को कुछ अच्छा मिल भी तो नहीं सकता। मेरा विचार है कि इस बार आप यात्रा पर जाएँ तो अपने साथ कुछ सामग्री और एक रसोइया भी लेते जाएँ। एक वैद्य तो साथ होना ही चाहिए।"

"तब तो औषधालय भी साथ ले जाना पड़ेगा।" स्वामी हँस पड़े, "आप चिंता न करें दीवान जी ! आपकी छत्रच्छाया में कुछ दिन यहाँ विश्राम करूँगा तो फिर से पहले जैसा मोटा हो जाऊँगा।"

"ठीक है, तो आप कुछ दिन यहाँ विश्राम करें।"

संध्या-समय दीवान जी अपने कुछ अधिकारियों के साथ स्वामी से मिलने आए।

"मैंने सुना है स्वामी जी कि आप भुज में कच्छ के राजा और दीवान के साथ अधिकांशतः सांसारिक विषयों पर चर्चा करते रहे हैं।" दीवान जी ने कहा।

"हाँ। चारों ओर अकाल पड़ा है तो कृषि के संबंध में चर्चा होनी ही थी।" स्वामी हँसे, "आपको इसमें कुछ आश्चर्य हुआ ?"

"उसके लिए कृषि पंडित हैं।" दीवान जी बोले, "उद्योग-व्यापार और अर्थ-क्षेत्र की चिंताएँ करने वाले अर्थशास्त्री हैं। यदि साधु-संन्यासी भी वे ही काम करने लगेंगे, तो फिर ईश्वर की चिंता कौन करेगा ?"

स्वामी हँसे, "आपने ठीक ही कहा दीवान जी ! यदि संन्यासी भी संसार की चिंता करने लगेंगे, तो गृहस्थ और संन्यासी में अंतर ही क्या रह जाएगा !"

"यही कह रहा हूँ मैं।"

"मैं संसार की चिंता नहीं कर रहा दीवान जी !" स्वामी बोले, "मैं तो अपने प्रभु का ही चिंतन कर रहा हूँ। बस, अंतर इतना ही है कि अपने मन में बैठे प्रभु के संकेत पर बाह्य संसार में प्रभु के साक्षात् रूपों की भी चिंता कर रहा हूँ। उन्हें कष्ट में नहीं देख सकता।"

"मैं समझा नहीं !"

"आप जानते हैं कि कारण ही कार्य के रूप में अभिव्यक्त होता है। इसका यह अर्थ है—यदि ईश्वर सृष्टि का कारण है तो सृष्टि कार्य है। ईश्वर ही सृष्टि बन गया है।"

"तो ?"

"आप जानते हैं कि पिंड और ब्रह्मांड के रूप में कोई अंतर नहीं है। जो कुछ लघु धरातल पर सत्य है, वही विराट् धरातल पर भी सत्य है। जिस प्रकार हमारी आत्मा को हमारे शरीर ने लपेट रखा है, वैसे ही चैतन्यरूपी शिव, पार्वतीरूपी प्रकृति से आवृत्त हैं। यह सारा विश्व उस ब्रह्म का शरीर है। इस शरीर की सेवा ईश्वर की ही सेवा है।"

"शरीर की सेवा···।" दीवान जी ने अपनी बात अधूरी छोड़ दी।

"प्रातः ही आप मुझे अपने शरीर की देखभाल का परामर्श दे रहे थे।" स्वामी हँसे, "और यह तो उस परम ब्रह्म का शरीर है, इसकी उपेक्षा हम कैसे कर सकते हैं !"

"तो फिर एक अर्थशास्त्री और योगी में क्या अंतर होगा ?"

"अर्थशास्त्री को केवल अर्थ की चेतना है। उसे ब्रह्म की चेतना नहीं है। उसे उसकी चिंता भी नहीं है। वह संसार का जीव है, संसार को संसार के रूप में ही जानता है। उसके पीछे के ईश्वर को नहीं जानता। वह मनुष्य के विषय में सोच रहा है। वह मनुष्यों को एक-दूसरे से भिन्न मानता है। इसीलिए कुछ मनुष्य उसके अपने हैं, कुछ पराए हैं। वह कुछ का हित चाहता है और कुछ के हित-अहित की उसे कोई चिंता नहीं है। वह मानवता के कल्याण के विषय में नहीं, अपने स्वार्थ के

विषय में सोच रहा है।" स्वामी बोले, "योगी ब्रह्म को जानता है। वह मनुष्य की नहीं, ब्रह्म के विभिन्न रूपों की चिंता कर रहा है। उनकी सेवा कर रहा है। उसके आसपास जो पीड़ित जनता है, वे सब ब्रह्म के ही विभिन्न रूप हैं। उनकी चिंता भी ब्रह्म की ही चिंता है। मेरे मन में यह बात बहुत प्रबलता से घर कर चुकी है कि ईश्वर के इन रूपों को कष्ट से छुटकारा पाना है, तो उन्हें शिक्षा की ओर बढ़ना होगा। शिक्षा के बिना वे अपनी समस्याओं का समाधान नहीं कर पाएँगे। अतः हमें अपनी एक सशक्त शिक्षा पद्धति का विकास करना होगा।"

"आपके मन में शिक्षा का कोई विशेष स्वरूप है स्वामी जी ?"

"हमें गुरुगृहवास और उस जैसी अन्य शिक्षा-प्रणालियों को पुनः जीवित करना होगा। आज हमें आवश्यकता है वेदांतयुक्त पाश्चात्य विज्ञान की। ब्रह्मचर्य के आदर्श और श्रद्धा तथा आत्मविश्वास की। दूसरी बात, जिसकी आवश्यकता है, वह है उस शिक्षा-पद्धति के निर्मूलन की, जो मार-मारकर गधों को घोड़ा बनाना चाहती है।"

"मैं समझा नहीं !" दीवान जी के कार्यालयाध्यक्ष पंड्या ने पूछा।

"सत्य यह है कि कोई किसी को कुछ नहीं सिखा सकता। जो शिक्षक यह समझता है कि वह किसी को कुछ सिखा रहा है, वह सारा गुड़ गोबर कर देता है। वेदांत का सिद्धांत है कि मनुष्य के अंतर में ज्ञान का समस्त भंडार निहित है–एक अबोध शिशु में भी–केवल उसको जाग्रत कर देने की आवश्यकता है। और यही आचार्य का काम है। हमें बच्चों के लिए बस इतना ही करना है कि वे अपने हाथ-पैर, आँख-कान का समुचित उपयोग करना-भर सीख लें; और फिर सब सरल है। पर इस सबका मूल है धर्म–वही मुख्य है। धर्म तो भात के समान है, शेष सब वस्तुएँ कढ़ी और चटनी जैसी हैं। केवल कढ़ी और चटनी खाने से अपथ्य हो जाता है। और केवल भात खाने से भी। हमारे शिक्षाशास्त्री बच्चों को केवल तोता बना रहे हैं और रटा-रटाकर उनके मस्तिष्क में कई विषय ठूँसते जा रहे हैं। भारत के हित में है कि यह शिक्षा अलभ्य हो जाए।"

"उससे हमें क्या लाभ होगा ?"

"यह उच्च शिक्षा बंद हो जाएगी तो देश को कुछ साँस लेने का, विचार करने का समय तो मिलेगा। ग्रेजुएट बनने की यह अंधी दौड़ तो थमेगी।" स्वामी का स्वर कुछ उत्तेजित हो उठा, "इस शिक्षा से हमारे बालक सीखते क्या हैं–बस, यही तो कि हमारा धर्म, आचार-विचार और रीति-रिवाज सब निकृष्ट कोटि का है और पश्चिम की सारी बातें अत्यंत श्रेष्ठ हैं।...ऐसी अकल्याणकारी उच्च शिक्षा के रहने और न रहने से क्या बनता-बिगड़ता है ? इस उच्च शिक्षा को प्राप्त कर नौकरी के लिए कार्यालयों की धूल फाँकने से कहीं अच्छा है कि वे लोग थोड़ी यांत्रिक शिक्षा प्राप्त करें, जिससे काम-धंधे में लगकर अपना पेट पाल सकें।"

"स्वामी जी ! क्या हम मानें कि मारवाड़ी और गुजराती व्यापारी अधिक समझदार हैं, जो नौकरी नहीं करते और किसी न किसी काम-धंधे में लग जाते हैं ?"

"नहीं, वे देश को रसातल में ले जा रहे हैं।" स्वामी कुछ उग्र होकर बोले, "वे अपने स्वार्थ को भी नहीं समझते। उनसे वे लोग कहीं अच्छे हैं, जिनका ध्यान कल-कारखानों से वस्तुओं के निर्माण का है। मारवाड़ी अपने व्यापार में जो पैसा लगाते हैं और जिससे उनको कुछ थोड़ा-बहुत लाभ भी होता है, उससे तो वे अधिकांशतः विदेशियों की ही जेबें भरते हैं। वही पैसा यदि वे कल-कारखाने खोलने में लगाएँ, तो देश की भी भलाई होगी और उनका लाभ भी बढ़ेगा।"

"पर महाराज ! यदि उच्च शिक्षा बंद हो जाएगी, तो लोग फिर पहले जैसे मूर्ख हो जाएँगे।"

स्वामी जैसे बिफर उठे, "क्या कभी सिंह भी सियार बन सकता है ? क्या यह संभव है कि सृष्टि के आदिकाल से जिस देश की संतान अखिल विश्व को शिक्षा देती आ रही है, वह केवल इसलिए मूर्ख बन जाएगी कि अंग्रेजी उच्च शिक्षा बंद हो जाएगी।"

"पर आप सोचिए स्वामी जी कि अंग्रेजों के आने से पूर्व हमारे देशवासी क्या थे और अब क्या हो गए हैं ?"

"भौतिक शास्त्रों का अध्ययन और दैनिक उपयोग की वस्तुओं का यंत्रों द्वारा उत्पादन--क्या यही उच्च शिक्षा का अर्थ है ? उच्च शिक्षा का उद्देश्य है--जीवन की समस्याओं को सुलझाना--और आधुनिक सभ्य संसार आज भी इन्हीं समस्याओं का गहन चिंतन कर रहा है, किंतु हमारे देश में सहस्रों वर्ष पूर्व ही ये गुत्थियाँ सुलझा ली गई हैं।"

"पर स्वामी जी ! वेदांत भी लुप्तप्राय हो रहा है।"

"काल के प्रवाह में कभी-कभी ऐसा भास होता है कि वेदांत का महान् प्रकाश अब बुझा, अब बुझा।...और जब ऐसी स्थिति आती है तो भगवान् मानव-देह धारण कर पृथ्वी पर आते हैं और फिर धर्म में पुनः एक ऐसी शक्ति का संचार हो जाता है कि वह पुनः एक-आध युग तक अदम्य उत्साह के साथ आगे बढ़ जाता है। आज वही शक्ति और उत्साह उसमें फिर से आ गए हैं।"

स्वामी की आँखों में ऐसा प्रकाश था कि दीवान जी और उनके साथी स्तब्ध-से बैठे रह गए।...क्या वे लोग स्वयं अपनी आँखों से धर्म के उसी नवीन रूप को नहीं देख रहे थे ?...

स्वामी प्रभास क्षेत्र की ओर चल पड़े थे। पहले वेरावल पहुँचे। वेरावल प्राचीन बंदरगाह है। किसी समय यहीं से यह देश अत्यंत समृद्ध व्यापार करता था।...पाटण में सोमनाथ अपने विराट ध्वंसावशेषों में बिखरा पड़ा था। यह भारत का गौरव और स्वाभिमान था।...स्वामी भूल नहीं सकते कि उसी गौरव और स्वाभिमान को नष्ट करने के लिए इसे तीन बार तोड़ा गया। पर जब-जब स्वाभिमान जागा, तब-तब इसका पुनर्निर्माण किया गया।...तीन ही बार इसका पुनर्निर्माण हुआ। इतिहास बताता है कि विदेशी विधर्मियों द्वारा ध्वस्त किए जाने से पहले दस सहस्र ग्रामों की जागीर इस मंदिर के नाम थी और तीन सौ संगीतज्ञ मंदिर की सेवा में नियुक्त थे।

स्वामी उस महान् और विराट् ध्वंसावशेष के निकट एक पत्थर पर बैठ गए। उनके शरीर में जैसे रोमांच हो रहा था।...यहाँ आसपास की मीलों तक की मिट्टी इस देश के लिए पवित्र और श्रद्धा की भाजन थी।...यह वह स्थान है, जहाँ श्रीकृष्ण ने अनेक लीलाएँ की थीं। यहीं कहीं आसपास सागर में अपने साथियों के साथ उन्होंने कितनी ही बार स्नान किया होगा। वे अर्जुन और अपनी रानियों के साथ भी यहाँ आए थे। उन्होंने राग-रंग में सारा दिन व्यतीत किया होगा।...क्या स्थान है यह, जहाँ स्वयं श्रीकृष्ण ने अपने दिव्य शरीर से नृत्य किया था। अर्जुन भी उनके साथ थे...और यहाँ निकट ही वह स्थान भी होगा, जहाँ यादवों ने एकत्रित होकर एक-दूसरे का वध किया था। यहाँ मदांध यादवों का रक्त बहा होगा।...

श्रीकृष्ण की दिव्य इच्छा से वह महान् राज्य धूल में मिल गया था। यह जानकर कि उनके लौटने का समय आ गया है, कृष्ण एक प्राचीन विराट् वृक्ष के नीचे ध्यान की मुद्रा में बैठ गए और व्याध के बाण के लक्ष्य बने।

स्वामी ने सोमनाथ के प्राचीन मंदिर, सूर्य मंदिर और इंदौर की रानी अहल्याबाई द्वारा निर्मित नए मंदिर के दर्शन किए। प्रभास के निकट सरस्वती, हिरण्या और कपिला नदियों के संगम में स्नान किया।

जूनागढ़ से तीसरी बार विदा होकर स्वामी दीवान पंडित शंकर पांडुरंग के नाम एक परिचय-पत्र लेकर पोरबंदर गए। पोरबंदर के राजा अभी वयस्क नहीं हुए थे, अतः राजकाज शंकर पांडुरंग ही देखते थे। उन्होंने स्वामी का भव्य स्वागत किया।

स्वामी को भोजेश्वर कोठी में ठहराया गया। उनका कमरा भवन के उत्तर-पश्चिम के कोने में था। मुख्य सीढ़ियों से दाएँ मुड़ने पर उन तक पहुँचा जा सकता था। शंकर पांडुरंग संस्कृत के विद्वान् थे और अवसर मिलने पर संस्कृत बोलने का प्रयत्न करते थे। स्वामी अधिकांशतः संस्कृतनिष्ठ हिंदी में ही चर्चा करते थे। कुछ लोग मान लेते थे कि वे हिंदी में संस्कृत और बाँग्ला के शब्द बोल रहे हैं।

स्वामी की इच्छा देखकर शंकर पांडुरंग ने संस्कृत पाठशाला के छात्रों को उनसे मिलाने के लिए बुलाया।

स्वामी ने देखा : वे सब पाठशाला में पढ़ने वाले साधारण बालक थे। कुछ डरे-सहमे भी थे कि दीवान जी के अतिथि से मिलने जा रहे हैं, जो बहुत विद्वान् भी हैं।

"पोरबंदर का पुराना नाम क्या है ?" स्वामी ने पूछा।

"सुदामापुरी।"

"सुदामा कौन थे ?"

"श्रीकृष्ण के मित्र।"

"यहाँ उनका कोई मंदिर है ?"

"एक है न !"

"तुमने देखा है ?"

सब चुप।

"क्यों नहीं देखा ?" स्वामी ने पूछा।

"उसे क्या देखना।" एक बालक बोला, "वह तो सदा से यहीं है।"

"और यहीं रहेगा भी।" स्वामी बोले, "कहीं नहीं जाएगा।"

स्वामी उस लड़के के निकट आ गए, "क्या नाम है तुम्हारा ?"

"गोविंद।"

"गोविंद ! तुम केवल नई वस्तुएँ देखते हो ? जो सदा से यहीं हैं, उन्हें नहीं देखते ?"

गोविंद चुप रहा।

"क्या पढ़ रहे हो ?"

"संस्कृत।"

"क्यों पढ़ रहे हो ? वह तो सदा से यहीं है !"

"पर वह तो हमारी भाषा है।" गोविंद तमककर बोला, "उसे तो पढ़ना ही चाहिए।"

"तो पुत्र ! यह तुम्हारी मातृभूमि है, उसे भी देखना चाहिए।" स्वामी बोले, "सुदामा तुम्हारी मातृभूमि में उत्पन्न ऐसे सपूत हैं, जो श्रीकृष्ण के मित्र थे। तो उनका मंदिर भी देखना चाहिए। लोग

इतनी दूर-दूर से आते हैं…।"

"मैं भी संस्कृत पढ़ने इतनी दूर गया था।" गोविंद पुनः अपना बचाव करता हुआ बोला।

"कहाँ गए थे ?"

"मैंने बनारस जाकर सामवेद का अध्ययन किया है। मैंने छह शास्त्र पढ़े हैं।"

"तो और आगे अध्ययन क्यों नहीं किया ?" स्वामी ने पूछा, "वापस क्यों चले आए ?"

"मुझे करेलू हो गया था, अतः लौटना पड़ा।" गोविंद ने बहुत दीन भाव से कहा।

स्वामी ने इतनी जोर का ठहाका लगाया कि सारा परिवेश काँप गया।

गोविंद चकित—यह क्या हो गया ?

"करेला तो सब्जी है। थोड़ा कड़वा अवश्य होता है, किंतु न तो वह किसी को हो जाता है और न ही उसके कारण कोई वाराणसी का त्याग करता है।" स्वामी बोले।

"पर मुझे करेलू हो गया था।" गोविंद ने सच्चे मन से बताया।

"पुत्र ! जो रोग तुम्हें हुआ था, वह हैजा था, जिसे अंग्रेजी में कॉलेरा कहते हैं।" स्वामी बोले, "अच्छा ! कुछ अच्छे श्लोक सुनाओ।"

गोविंद ने कुछ श्लोक सुनाए।

स्वामी ने रेवाशंकर से पूछा, "तुम क्या पढ़ रहे हो ?"

"पंचतंत्र और ईसप की नीतिकथाएँ।"

"तो तुम पूर्व और पश्चिम को एक साथ पढ़ रहे हो !" स्वामी हँसे, "सुनाओ, कुछ छंद सुनाओ।"

रेवाशंकर ने कुछ छंद सुनाए। स्वामी प्रसन्न हुए और उन्होंने उन बच्चों को आशीर्वाद दिया।

"अब इन बच्चों को विदा कीजिए।" पंडित पांडुरंग ने कहा, "आइए, कुछ दूर तक टहल आएँ।"

वे सायं की सैर के लिए निकल पड़े। दीवान जी भोजेश्वर की मरुभूमि में सैर करने जाया करते थे। आज भी वे उसी ओर चल पड़े। स्वामी के हाथ में उनका दंड था और दीवान जी के पास उनका भाला।

कुछ दूर चलकर पांडुरंग ने कहा, "स्वामी जी ! शायद आपका ध्यान इस ओर गया हो कि मैं इन दिनों वेदों का अनुवाद कर रहा हूँ।"

"जानता हूँ पंडित जी कि आप वेदों के विद्वान् हैं और आजकल उनमें काफी गंभीर रूप से डूबे हुए हैं।"

"मैं अपने ज्ञान और विद्वत्ता की बात नहीं कर रहा हूँ।" पांडुरंग कुछ संकोचपूर्वक बोले, "वस्तुतः मैं आपकी विद्वत्ता से इतना प्रभावित हुआ हूँ कि चाहता हूँ कि आप मेरे अनुवाद-कार्य में मेरा मार्गदर्शन करें।"

"नहीं कर सकता।" स्वामी ने अत्यंत सपाट वाणी में कहा।

पांडुरंग ने चकित होकर उनकी ओर देखा : कोई इतनी निर्ममता से किसी को मना कैसे कर सकता है ?

"मैं आपकी सहायता कर सकता हूँ, मार्गदर्शन कैसे कर सकता हूँ !" स्वामी ने कहा।

पांडुरंग को लगा, उनकी रुकी हुई श्वास-निःश्वास-प्रक्रिया जैसे फिर से चल पड़ी थी। ठीक

ही कह रहे थे स्वामी। काम वे कर रहे थे, तो दूसरा व्यक्ति उनकी आवश्यकता के अनुसार सहायता ही कर सकता था। कोई उनका मार्गदर्शन कैसे कर सकता था !

"मैं वेदों का अनुवाद कर रहा हूँ।" पांडुरंग बोले, "मैं चाहता हूँ कि मैं उनका हिंदी और गुजराती रूप प्रस्तुत करूँ। आपका ज्ञान मेरा सहायक हो तो उसमें कुछ आभा उत्पन्न हो सकेगी।"

"जब तक मैं पोरबंदर में हूँ, तब तक जो कुछ हो सकेगा, अवश्य करूँगा।" स्वामी बोले, "उसमें मेरा ही स्वार्थ है पंडित जी !"

"आपका क्या स्वार्थ है ?"

"उससे मेरे ज्ञान में भी कुछ निखार आएगा। मेरा अध्ययन विस्तृत और गंभीर होगा।" वे रुके, "यदि आप अनुमति दें तो मैं अपना पाणिनि के महाभाष्य का अध्ययन भी पूरा कर लूँ। उसमें आप मेरे सहायक होंगे।"

"मेरा अहोभाग्य।" पांडुरंग ने कहा।

अगली संध्या वे दोनों अपनी दिनचर्या के रूप में उसी मार्ग पर सैर के लिए निकले।

चलते-चलते सहसा पांडुरंग बोले, "स्वामी जी ! एक बात कहूँ ?"

स्वामी को लगा कि अवश्य ही कोई नई बात है, नहीं तो पांडुरंग उनसे इस प्रकार अनुमति नहीं माँगते।

"ऐसी क्या बात है पंडित जी ! जो इस प्रकार समारोह से कही जा रही है ?"

"स्वामी जी ! आपका संस्कृत का अध्ययन हो गया। अंग्रेजी आपको पर्याप्त आती है। आप अब थोड़ा फ्रांसीसी का भी अभ्यास करें।" शंकर पांडुरंग ने कहा।

स्वामी कुछ चकित हुए : उन्हें विदेश जाने का परामर्श तो आज तक अनेक लोगों ने दिया था, किंतु यह फ्रांसीसी सीखने का परामर्श तो पहली बार उनके सामने आया है।

"उसका क्या होगा पंडित जी ?"

"यह भाषा आपके लिए बहुत उपयोगी होगी स्वामी जी।" शंकर पांडुरंग ने कहा, "आपसे छिपा नहीं है कि यदि आधा संसार अंग्रेजी में काम करता है तो शेष आधे संसार की भाषा फ्रांसीसी है।"

"तो मुझे कौन-सा सारे संसार में डोलना है।" स्वामी हँस पड़े।

"इस देश में रहकर आप बहुत कुछ नहीं कर सकेंगे। यहाँ बहुत कम लोग आपका महत्त्व समझ सकेंगे। आपको तो यूरोप और अमरीका जाना चाहिए, जहाँ लोग आपको और आपके महत्त्व को समझ सकें। आप अपने सनातन धर्म का प्रचार कर पाश्चात्य संस्कृति के विषय में भी संसार को बहुत कुछ नया समझा सकते हैं।"

"किंतु आपने मुझे फ्रांसीसी पढ़ने का परामर्श दिया है।"

"मेरा विचार है कि जब आप लंदन जाएँ तो पेरिस भी अवश्य जाएँ।" पांडुरंग बोले, "नए विचारों का जैसा स्वागत पेरिस में होता है, वैसा संसार में और कहीं नहीं होता। इस संदर्भ में वे अंग्रेजों की तुलना में कहीं अधिक उदार हैं।"

"आप ठीक कह रहे हैं।" स्वामी बोले, "किंतु आपको नहीं लगता कि विदेश में प्रचार से अधिक महत्त्वपूर्ण है—अपने देश का आध्यात्मिक उत्थान ?"

"उसके लिए यहाँ बहुत लोग प्रयत्न कर रहे हैं।" पांडुरंग बोले।

"देख रहा हूँ।" स्वामी बोले, "अपने देश को जकड़ने वाली रूढ़ियों को देख रहा हूँ। नागों के समान उन्होंने इस देश को अपनी कुंडली में बाँध रखा है। उनके रहते आध्यात्मिक विकास कैसे होगा ?"

"पर लोग उन रूढ़ियों को तोड़ भी तो रहे हैं।" पांडुरंग बोले।

स्वामी ने निःश्वास छोड़ा। उनका स्वर अवसादपूर्ण था, "आपको नहीं लगता पंडित जी कि उन रूढ़ियों की अपनी सीमाएँ हैं और रूढ़ियाँ तोड़ने का प्रयत्न करने वाले समाज-सुधारकों की अपनी !"

"लगा तो मुझे भी है। बात कुछ ऐसी ही है।"

"सब ओर तुच्छ ईर्ष्याएँ हैं, स्वार्थ हैं, वैर, विरोध और शत्रुताएँ हैं। सामंजस्य का सर्वथा अभाव है।" स्वामी बोले, "भारत में सर्वश्रेष्ठ होने की योग्यता है, जगत्‌गुरु बनने की क्षमता है। हमारा देश संसार का कीर्तिस्तंभ है।...किंतु हमारे ये तथाकथित नेता, ये मूर्ख और स्वार्थी नेता अपनी प्राचीन संस्कृति का वैभव नष्ट करने पर तुले हुए हैं। ये लोग उन सुधारों का प्रचार कर रहे हैं, जिससे उनकी जय-जयकार हो, किंतु देश का गौरव नष्ट हो जाए। ये अपनी संस्कृति और उसके गुणों को समझे बिना उसमें सुधार का दुस्साहस कर रहे हैं। हिंदुओं का आध्यात्मिक विकास न कर हिंदू धर्म को सामी मतों के साँचे में ढालने को ही अपना गौरव समझ रहे हैं। जो आदर्श कभी अपने जीवन में अवतरित नहीं कर पाए, उनका प्रचार कर रहे हैं। पश्चिमी सभ्यता की चमक-दमक और अल्पकालिक शक्ति से अंधे होकर अपने जातीय अनुभव को उठाकर समुद्र में फेंक देने को तुले हुए हैं।"

"तो ? मेरा अभिप्राय है कि आप क्या सोच रहे हैं ?"

"नई प्रकार की व्यवस्था का समय आ गया है। मैं भारतीय राजाओं, राजकुमारों और उनके दीवानों तथा मंत्रियों को अपना संदेश दे रहा हूँ।" स्वामी बोले, "किंतु लगता है कि वे भी इस बात को तब समझेंगे, जब पश्चिम उसे समझ और मान लेगा।"

"इसीलिए मैं भी कह रहा हूँ कि आप यूरोप और अमरीका का भ्रमण करें।" पांडुरंग बोले, "पश्चिम को समझाएँ, ताकि वहाँ के लोग भारत का आकलन कुछ ढंग से कर सकें। वे पहले समझें तो सही कि सनातन धर्म है क्या।"

"मेरा विचार है कि आप ठीक कह रहे हैं पंडित जी !" स्वामी बोले, "मैं वेदों का जितना अध्ययन और ऋषियों की वाणी पर जितना विचार करता हूँ, उतनी ही मेरी धारणा पुष्ट होती जाती है कि भारत वस्तुतः सारे धर्मों की जननी, अध्यात्म का मूल उत्स और सभ्यता का पालना था।"

"यही...यही कहना चाह रहा हूँ मैं।" पांडुरंग उत्साह से बोले।

जाने क्यों स्वामी को लग रहा था कि संभवतः यह उनके भविष्य के लिए कोई नया संकेत था।

स्वामी एक विचित्र प्रकार की व्याकुलता का अनुभव कर रहे थे। बार-बार गुरु के शब्द कानों में गूँजते थे कि वे संसार में क्रांतिकारी परिवर्तन करने की शक्ति लेकर आए हैं। उनके मन में अपने देश के लिए कुछ कर गुजरने की विकट व्याकुलता थी।...इस देश को उठकर खड़ा होना होगा।...

स्वामी प्रासाद के ऊपर वाले छज्जे पर टहल रहे थे। सहसा उनकी दृष्टि महल की ओर आने वाले मार्ग पर पड़ी...साधुओं का एक दल प्रासाद की ओर आ रहा था। दो-चार साधु नहीं थे, एक भरा-पूरा

बड़ा दल था। स्वामी के मन में कबीर की पंक्तियाँ गूँजने लगीं :

सिंहन के लंहड़े नहीं, हंसन की नहीं पांत।
लालन की नहीं बोरियाँ, साधु न चले जमात।।

…पर ये साधु तो समूह में ही चल रहे थे। और एक-दो भी नहीं थे, यह तो पूरी सेना ही थी।…और यह क्या ? उनके आगे-आगे, उनके नेता के समान यह कौन चल रहा था…यह तो उनका अपना सारदाप्रसन्न मित्र था…स्वामी त्रिगुणातीतानन्द। स्वामी के मन में प्रसन्नता का ज्वार उठा। बहुत दिनों के पश्चात् दिखाई दिया था सारदा…उन्हें त्रिगुणातीतानन्द के इस क्षेत्र में होने की कोई सूचना नहीं थी। यह अकस्मात् ही यहाँ कैसे आ गया ? या फिर ठाकुर ने उसे कृपापूर्वक भेज दिया ?…किंतु त्रिगुणातीतानन्द के साथ उनका कोई गुरुभाई नहीं था। उन्होंने अपने गुरुभाइयों को छोड़कर कोई नया दल संगठित कर लिया था क्या ?…स्वामी की स्मृति में त्रिगुणातीतानन्द के विषय में अनेक घटनाएँ ऊब-चूब करने लगीं।…

सारदाप्रसन्न जब विद्यालय में थे तो उनकी एक अत्यंत प्रिय सोने की घड़ी चोरी हो गई थी। उनको लगा था कि सोने की घड़ी चोरी नहीं हुई, उनका सोने का संसार ही लुट गया था। वे अत्यंत दुखी थे। दुःख से पीड़ित अपने उस छात्र को मास्टर मोशाय—महेन्द्रनाथ गुप्त—दो महीने तक देखते रहे। फिर और कोई मार्ग न देखकर वे उन्हें दक्षिणेश्वर में ठाकुर के पास ले आए थे। ठाकुर के प्रेम ने सारदा को कुछ ऐसा बाँधा कि वह अपना दुःख भूलकर ठाकुर के मोह में वहाँ आने-जाने लगा। किंतु उसके पिता पहले दिन से ही अपने पुत्र के साधु-संग के विरुद्ध थे। इतने विरुद्ध थे कि जिस दिन ठाकुर ने देह त्यागी, उस दिन सारदा के पिता ने हँसते हुए कहा था, 'मैंने कालीघाट में जाकर जाप किया था, तभी तो ऐसा हुआ।' फिर भी वे अपने पुत्र को ठाकुर के निकट जाने से रोक नहीं पाए। ठाकुर उसके पिता का यह विरोध जानते थे, इसलिए चाहते थे कि सारदा समय से घर लौट जाया करे। उसे देर न हो, इसलिए ठाकुर ने माँ से कह रखा था कि वे उसके लौटने के लिए घोड़ागाड़ी के किराए के लिए पैसे दे दिया करें। इससे पहले कि सारदा माँ से किराया माँगे, वे उतने पैसे दरवाजे पर रख दिया करती थीं।

जिस दिन सारदा ने घर छोड़ा, वह काशीपुर के उद्यान में ठाकुर के पास आया था। उन्हें प्रणाम कर, बिना कुछ बताए ही उनका आशीर्वाद लेकर वह पैदल ही पुरी की ओर चल पड़ा था। पुरी जाते समय काशीपुर में तारक ने उसके हाथ में पाँच रुपए रख दिए थे। सारदा कष्ट सहता रहा किंतु उसने उन पाँच रुपयों में से एक पैसे का भी उपयोग नहीं किया।

वराहनगर मठ से शरत् (शारदानन्द), तारक (शिवानन्द) और सारदा (त्रिगुणातीतानन्द) पैदल ही नवद्वीप की यात्रा के लिए निकले। चलते-चलते जब सूर्य सिर पर आ गया तो शरत् और तारक एक उद्यान के सम्मुख विश्राम करने के लिए ठहर गए। सारदा कहीं दिखाई नहीं दे रहा था। किंतु शरत् चिंतित नहीं थे। आ जाएगा। यहीं कहीं होगा। थोड़ी देर में सारदा उसी उद्यान में से निकलकर बाहर आया।

कोई कुछ पूछे, उससे पहले ही बोला, "दोपहर हो गई है न, इसीलिए स्नान करके जलपान कर लिया।"

"जलपान ?" दोनों साथी चकित थे।

"उद्यान के तालाब में स्नान कर मैंने सोचा, पेट की खराई कैसे दूर करूँ ? नरम-नरम दूर्वा दिखाई पड़ी। उसी को खाकर पानी पी लिया।"

त्रिगुणातीतानन्द का खान-पान कुछ ऐसा ही विचित्र था।

एक बार उन्हें पेट के रोग से कष्ट पाते देख ब्रह्मानंद ने उन्हें डॉ० विपिन घोष के पास भेज दिया था। डॉक्टर भक्त-मन के व्यक्ति थे। साधु को अपने घर आया देख पूछा, 'क्या खाएँगे ?'

त्रिगुणातीतानन्द ने उत्तर दिया, 'रसगुल्ले।'

डॉक्टर ने अपनी भक्ति के हाथों बाध्य होकर दो रुपए के रसगुल्ले मँगाकर थाल में सजा त्रिगुणातीतानन्द के सामने प्रस्तुत कर दिए। त्रिगुणातीतानन्द ने चुपचाप सारे रसगुल्ले खा लिए। तब डॉक्टर ने पूछा कि कैसे आना हुआ तो उन्होंने बताया कि वे पेट के रोग से कष्ट पा रहे हैं।

डॉक्टर ने कुछ रुष्ट होकर पूछा, 'उदररोग था तो इतने रसगुल्ले क्यों खाए ?'

त्रिगुणातीतानन्द ने अविचलित भाव से उत्तर दिया, 'जब आपने दिए तो खाता नहीं तो क्या करता ?'

तीर्थ-दर्शन और सेवा-कार्य आदि के समय त्रिगुणातीतानन्द भिक्षा में प्राप्त अन्न का ही भोजन करते थे। फिर जहाँ संभव होता, काफी परिमाण में खा लेते। वे विनोद में ही परोसने वाले का सारा खाद्य पदार्थ समाप्त कर दर्शकों को स्तंभित कर देते थे।...एक बार जयरामवाटी से लौटते हुए, एक छोटे-से भोजनालय में जाकर, त्रिगुणातीतानन्द ने भोजनालय के स्वामी को बताया कि वे दूसरों की अपेक्षा कुछ अधिक खाते हैं, अतः उन्हें भोजन परोसने में कंजूसी न की जाए। इसके लिए वे पहले से ही नियत मूल्य से अधिक पैसे देने को प्रस्तुत हैं। स्वामी धर्मभीरु था। साधु से क्या भाव-तौल करता। उन्हें खाने के लिए बैठा दिया। त्रिगुणातीतानन्द भूखे थे, अतः खाते चले गए। भोजनालय का छोटा-सा भंडार खाली हो चला। परंतु साधु को मना कैसे किया जाता !

अंत में जब वे अधिक पैसे देने लगे, तो स्वामी ने अस्वीकार कर कहा, 'आपसे कुछ अधिक पैसे ले भी लूँगा तो साधु का आतिथ्य न करने के पाप का भागी बनूँगा और पूरे भोजन का मूल्य तब भी चुकता नहीं हो पाएगा। आप तो बस आशीर्वाद ही दीजिए।'

एक बार वे माँ को जयरामवाटी पहुँचाने जा रहे थे। माँ बैलगाड़ी में बैठी थीं और वे पैदल चल रहे थे। रात के समय बैलगाड़ी एक बड़े गढ़े के निकट आ पहुँची। संभावना थी कि या तो गाड़ी उलट जाएगी या फिर ऐसा हिचकोला खाएगी कि माँ की नींद टूट जाएगी।

त्रिगुणातीतानन्द स्वयं जाकर गढ़े में लेट गए और गाड़ी वाले को आदेश दिया कि गाड़ी उनके शरीर पर से गुजार दे। इसी बीच माँ की नींद खुल गई। उन्हें स्थिति का पता चला तो उन्होंने त्रिगुणातीतानन्द को डाँटा।

ऐसे ही एक बार उन्हें माँ के लिए बाजार से तीखी मिर्च लाने के लिए कहा गया। वे बागबाजार से मिर्चें चखते हुए बड़ा बाजार तक चले गए। वहाँ तीखी मिर्च पाकर खरीद लाए। परिणाम यह हुआ कि उनकी जीभ सूज गई और उसका उपचार करना पड़ा।...

स्वामी कुछ क्षण तो त्रिगुणातीतानन्द संबंधी स्मृतियों का आनंद लेते रहे, किंतु फिर कुछ क्षुब्ध भी हुए...उनके ये गुरुभाई उनका पीछा करना क्यों नहीं छोड़ते ?

पहचान को विस्मृत कर वे उदासीनता का कवच ओढ़े सहज भाव से त्रिगुणातीतानन्द की

अगवानी करने नीचे आए।

त्रिगुणातीतानन्द ने इस अप्रत्याशित रूप में स्वामी को अपने सामने खड़ा पाया तो उनका हृदय आह्लाद से जैसे पिघल गया। वे अभी सोच भी नहीं पाए थे कि वे अपने प्रियतम गुरुभाई और अपने नेता से क्या कहें कि स्वामी ने कठोर स्वर में कहा, ''संसार में परिभ्रमण के लिए और कोई क्षेत्र नहीं है क्या ? मेरा पीछा क्यों कर रहे हो ? अपने पैरों से अपनी राह नहीं चल सकते ? ईश्वर को क्यों नहीं खोजते, सदा मुझे ही खोजते रहते हो !''

त्रिगुणातीतानन्द हक्के-बक्के रह गए। उन्हें लगा, उनकी जिह्वा पर जैसे शब्द नहीं आ रहे, आँखों में अश्रु आ रहे हैं। उन्हें क्या पता था कि उनके प्रिय गुरुभाई को उनसे मिलकर इतनी हताशा होगी।'''

''पर मैं आपका पीछा नहीं कर रहा।'' त्रिगुणातीतानन्द ने बड़ी कठिनाई से रुद्ध कंठ से कहा, ''मैं तो यह भी नहीं जानता था कि आप इन दिनों पोरबंदर में हैं।''

''पता नहीं था तो यहाँ क्या करने आए हो ?'' स्वामी बोले, ''मुझसे मिलने नहीं आए ?''

''नहीं।''

''तो ?''

''मैं पोरबंदर पहुँचा तो हाटकेश्वर मंदिर के दर्शन करने गया। वहाँ हिंगलज की यात्रा के लिए निकले संन्यासियों का एक बड़ा दल डेरा डाले पड़ा था।''

''डेरा डाले क्यों पड़ा था ? यात्रा क्यों नहीं कर रहा था ?''

''उन्होंने बताया कि वे अब तक पैदल यात्रा कर रहे थे, किंतु अब वे अत्यधिक थक चुके थे। उनके पैरों में छाले पड़ चुके थे। आगे मीलों की कमरतोड़ यात्रा उनकी राह तक रही थी। अब वे पैदल यात्रा नहीं कर सकते थे। उनके पैरों के छाले उन्हें अनुमति नहीं देते थे कि वे तपती मरुभूमि में पैदल यात्रा करें। अतः उन्होंने योजना बनाई थी कि वे पोरबंदर से स्टीमर पर कराची चले जाएँ और वहाँ से ऊँट पर हिंगलज तक की यात्रा करें।''

''तो उसमें क्या बाधा थी ?''

''उनके पास स्टीमर के टिकट और ऊँट के किराए के लिए पैसे नहीं थे, अतः किसी दानी की प्रतीक्षा कर रहे थे।''

''तो तुमने कहा कि तुम वह दानी हो ?''

''नहीं।'' त्रिगुणातीतानन्द ने स्वामी को कुछ रुष्ट दृष्टि से देखा, ''उन्हें किसी प्रकार यह ज्ञात हो गया कि मैं बंगाली हूँ।''

''तो ? बंगाली क्या सोने की खान होता है ?'' स्वामी अब भी कठोर ही बने हुए थे।

''नहीं, उन्हें यह सूचना थी कि एक विद्वान् बंगाली साधु पोरबंदर के महाराज के अतिथि हैं।''

''मैं महाराज का अतिथि नहीं हूँ।''

''जानता हूँ; किंतु वे लोग यह भी जानते थे कि महाराज अभी वयस्क नहीं हैं। राज्य का नियंत्रण दीवान जी के हाथों में हैं; और वे बंगाली संन्यासी दीवान के ही अतिथि हैं।''

''तो उससे क्या ?''

''उनका विचार था कि दीवान, हिंगलज तक की यात्रा का व्यय देने के इच्छुक न हों तो

ये संन्यासी उनसे उसका प्रबंध करवा सकते हैं।"

"तो तुमने बताया ही क्यों कि तुम बंगाली हो ?" स्वामी बोले, "केवल हिंदू बने रहना पर्याप्त नहीं था क्या ?"

"कहीं किसी का बंगाली होना भी गुप्त रह सकता है ?" त्रिगुणातीतानन्द भी रोषपूर्वक बोले, "दो शब्द मुँह से निकलते हैं कि सामने खड़ा व्यक्ति जान जाता है कि मैं बंगाली हूँ।"

"तो तुमने वचन दे दिया कि तुम यह काम करवा दोगे ?"

"नहीं।" त्रिगुणातीतानन्द रुआँसे हो गए, "यह उनका विचार था कि बंगाली होने के नाते मैं उन बंगाली संन्यासी को इस काम के लिए तैयार कर सकूँगा।"

"तो तुम उनके नेता बन बैठे ?"

"मैं नेता कैसे बन जाता, जबकि मैं जानता भी नहीं था कि वे बंगाली संन्यासी आप ही हैं।" त्रिगुणातीतानन्द बोले, "वे चाहते थे कि मैं अकेला आऊँ; किंतु मैंने यह स्वीकार नहीं किया। मैं केवल उनके साथ आया हूँ। आपसे भेंट हो गई, यह सुख की बात है; किंतु हम तो राजप्रासाद से कुछ दान पा जाने के लोभ में ही आए हैं।"

"दान क्या राजप्रासाद में ही मिलता है ? नगरवासी नहीं दिखाई दिए तुम्हें ?"

त्रिगुणातीतानन्द ने स्वयं को संयत किया, "जितने धन की आवश्यकता है, वह साधारण नगरवासियों के वश का नहीं है। आप स्वयं बात न करना चाहें तो ऐसी व्यवस्था करवा दीजिए कि हम राजा या दीवान से बात कर सकें।"

"सच बताना।" स्वामी का स्वर अब भी पर्याप्त शुष्क था, "मेरे विषय में कुछ भी ज्ञात नहीं था ?"

"नहीं।" और सहसा त्रिगुणातीतानन्द का स्वर बदल गया, "अब आप बताएँ, हम राजा या दीवान के सामने यह प्रस्ताव रखें या लौट जाएँ ?" वे क्षण-भर रुके, "आपका आदेश हो तो इन लोगों को यहीं छोड़कर मैं अकेला लौट जाऊँ ? हिंगलज तक की यात्रा करनी भी हो तो इनके साथ न जाकर अकेला ही वह तीर्थ करूँ ?"

स्वामी का स्वर पहली बार कुछ कोमल हुआ, "नहीं सारदा ! इस धन का प्रबंध तो हो जाएगा।" वे निमिष-भर रुके और उनका स्वर फिर से आदेशात्मक हो गया, "किंतु अब मेरे पीछे मत आना।"

61

द्वारका की भूमि पर पाँव रखते ही जैसे श्रीकृष्ण की स्मृतियों से स्वामी का मन परिपूर्ण हो गया।... यह वह स्थान था, जहाँ व्यूह बाँधकर श्रीकृष्ण ने धर्म की रक्षा की थी। यहाँ न कालयवन जैसा राक्षस उनका कुछ बिगाड़ सकता था, न जरासंध जैसा दैत्य। जरासंध के सारे अधर्मी और पापी मांडलिक राजा उनका कोई अहित नहीं कर सके। यही श्रीकृष्ण की द्वारका थी, जिसमें यादव देवताओं के समान निर्भीक होकर वैभवपूर्ण जीवन व्यतीत कर रहे थे। यहीं उनका कोट था, मंदिर थे। अग्निशालाएँ थीं। आश्रम थे। इन्हीं आश्रमों में घूम-घूमकर कृष्ण ने उपनिषदों पर चर्चाएँ की होंगी। उन्हें मथकर उनका नवनीत निकाला था। गीता का साक्षात्कार किया था।...यहीं वह रैवतक पर्वत था, जहाँ के मेले जैसे

परिवेश में अर्जुन को सुभद्रा की पहली झलक मिली थी। कृष्ण ने उन दोनों का परिचय कराया था और फिर अर्जुन को सुभद्रा के हरण का परामर्श दिया था।...पर हरण क्यों ? क्यों नहीं उन्होंने वसुदेव से बात की ? कहा तो था कि वे वसुदेव से बात करेंगे। क्यों नहीं देवकी को समझाया ? उन्होंने क्यों नहीं स्वयं ही सुभद्रा का विवाह अर्जुन से करवाया ?...अर्जुन उनकी बुआ का पुत्र था। वसुदेव की बहन का पुत्र। सुदर्शन था। बुद्धिमान था। वीर था। और क्या चाहिए था वसुदेव को अपने जामाता के रूप में ?...पर नहीं ! बलराम तो सुभद्रा के लिए दुर्योधन का चयन कर चुके थे। बलराम के सामने शायद वसुदेव भी असमर्थ थे। तभी तो महाभारत के युद्ध में यादव खुलकर पांडवों के पक्ष से कौरवों के विरुद्ध नहीं लड़ सके। बलराम स्वयं तीर्थयात्रा के नाम पर युद्धक्षेत्र से दूर चले गए। कृष्ण के पुत्रों को भी अपने साथ ले गए, ताकि वे अपने पिता की सहायता न कर सकें...और स्वयं कृष्ण को भी निःशस्त्र कर गए।...ऐसे में कृष्ण सुभद्रा का विवाह अर्जुन से करने का प्रस्ताव करते तो कौन मानता उसे ? तब तक शायद यादव अत्यंत समृद्ध क्षत्रिय बन चुके थे। एक धनाढ्य राज्य के स्वामी। उनका राज्य धन-धान्य से परिपूर्ण था। सागर-तट के कारण संसार-भर से व्यापार की सुविधा थी। द्वारका की भूमि में उपज भी अच्छी होती थी। गोधन का पालन-पोषण उनका व्यवसाय भी था और व्यसन भी। कृष्ण निरंतर उसका महत्त्व उन्हें समझा रहे थे। गाय पूजनीय थी। वह हमारी माता थी। यादवों के पास धन-बल भी था और अध्यात्म-बल भी। सामरिक शक्ति भी थी और धार्मिक शक्ति भी। वे जंबूद्वीप में सबसे शक्तिशाली शासक थे।...और पांडवों के पास तब तक क्या था ? इंद्रप्रस्थ—कौरवों की प्राचीन उजड़ी हुई राजधानी, जिसमें एक प्रासाद भी कदाचित् रहने योग्य नहीं था।...निर्धन-से राजा थे युधिष्ठिर। अर्जुन से सुभद्रा का विवाह करने से यादवों के सम्मान में कोई वृद्धि नहीं होती। उनका बल नहीं बढ़ता।...दुर्योधन हस्तिनापुर का राजा था। कौरवों के पूरे वैभव का स्वामी। पूर्वजों के जीते हुए पूरे राज्य का शासक। बलराम ने सुभद्रा के वर के रूप में उसका चयन कर लिया था।...धर्म के स्थान पर धन को चुना होगा बलराम ने। ऐश्वर्य पाकर तब तक यादव ईश्वर को भूलने लगे होंगे।...किंतु कृष्ण अपनी प्रिय भगिनी का विवाह दुर्योधन जैसे पापी से कैसे कर देते !...तभी तो उन्होंने न केवल अर्जुन को सुभद्रा के हरण का परामर्श दिया, वरन् उस कार्य के लिए अपना युद्धक रथ भी उसे सौंप दिया।

...किंतु उस दिव्य वैभव का, उस अलौकिक महानता का अब एक कण भी वहाँ शेष नहीं था। सारी पृथ्वी के राजाओं का नियंत्रण करने वाले उन श्रीकृष्ण के नगर द्वारका पर अब समुद्र उफन-उफनकर गर्जन कर रहा था, जैसे भारत पर समुद्र-पार से आए हुए गोरे मदांध होकर शासन कर रहे थे। स्वामी, उस सागर को, उसके गर्जन-तर्जन को, उसकी विराट लहरों को देखते रहे और उनके मन में यातना के झंझावात उठते रहे। अंग्रेजों का साम्राज्य भी इसी समुद्र के समान विस्तृत और विराट् था। वे भी इस देश का दलन उसी प्रकार कर रहे थे, जैसे सागर ने द्वारका को उदरस्थ कर लिया था। कहते हैं, अंग्रेजों के शासन में कभी सूर्यास्त नहीं होता। आज यहाँ सागर-तट पर बैठकर कोई कृष्ण की द्वारका की छाया भी नहीं देख सकता। आज उसकी कल्पना भी नहीं की जा सकती, तो कोई कैसे जान सकता है कि अब भारत की जो मलिन मूर्ति दिखाई पड़ रही है, वह उस महान् गौरव का ध्वंसावशेष मात्र भी नहीं है। वह भव्य नाटक तो कब का समाप्त हो चुका। जो सामने है वह तो उस दिव्य नाटक का उजड़ा मंच मात्र है, जिसकी यवनिकाएँ विदेशी चुरा ले गए हैं। जिसके स्तंभ शताब्दियों तक विदेशी प्रहारों को झेलकर जीर्ण होकर गिर चुके हैं। जिसके काष्ठ देशी और विदेशी

मूर्खों ने ईंधन के समान अपने चूल्हों में जला डाले हैं।···

उनकी टाँगें स्वयं को सीधा नहीं रख सकीं। वे सागर-तट पर बैठ गए। उनके मन में तीव्र और व्यग्र उत्कंठा थी।···क्या है उनके भारत का भविष्य ? क्या यह इसी प्रकार विदेशियों के चरणों की ठोकरें खाता रहेगा ? उनका दास बना रहेगा ? अज्ञानी और तुच्छ बने रहना ही इसका भाग्य है क्या ? क्या यह देवभूमि राक्षसों के पदों तले इसी प्रकार कुचली जाती रहेगी ?···कहाँ हैं वे कृष्ण और अर्जुन, जो सुभद्रा को अधर्मी दुर्योधन से बचा लें ? जो उजड़े सागर-तट को समृद्ध और आकर्षक द्वारका में बदल दें। हमारी पवित्र भूमि पर आक्रमण करने वाले आततताइयों के दाँत खट्टे कर सकें। इंद्रप्रस्थ को लीलने के लिए बढ़ते आते, खांडववन को जलाकर, उसमें छिपे अपने शत्रुओं को भस्म कर सकें। खांडव जैसे वन को भी भव्य इंद्रप्रस्थ में बदल दें।···

यह देश ऐसा ही तो नहीं रहेगा। इसे ऐसा नहीं रहना है। यह विश्वगुरु था और इसे विश्वगुरु बनना है। पर स्वामी की इच्छा मात्र से तो ऐसा नहीं होगा। सारे देश को उठना होगा। उठ खड़ा होना होगा। कौन उठाएगा इसे ?···ईश्वर की विचित्र लीला है। हीरा तो यहाँ धूल-धूसरित स्थिति में पड़ा है और काँच सारे संसार पर राज्य कर रहा है। जिसे यह ज्ञात नहीं है कि ज्ञान क्या है, वह संसार-भर को ज्ञान का दान करने के दंभ में अकड़ा बैठा है। और भारत जैसा देश दीन-हीन अवस्था में किसी विधवा की लुटी माँग के समान निष्प्राण हुआ पड़ा है।···ऐसा ही देखा होगा इसे शंकराचार्य ने···ऐसा ही देखा होगा गुरु गोविंदसिंह ने।···तभी तो उन्होंने इसे झँझोड़कर जगाया। पर अब ?···

वे जैसे किसी स्वप्न से उठकर शंकराचार्य द्वारा स्थापित 'शारदा मठ' की ओर चल पड़े।··· 'शारदा मठ' के नाम से उन्हें माँ शारदा का स्मरण हो आया। वे उनको वचन देकर आए थे कि वे कुछ बनकर ही लौटेंगे। प्रश्न उनके कुछ बनने का था अथवा इस देश को सँवारने का ? इसे दलदल से निकालकर उसे बताने का था कि यह देश क्या था, क्या हो गया है और क्या हो सकता है।···

'शारदा मठ' के महंत ने सम्मानपूर्वक उनका स्वागत किया और ठहरने के लिए मठ का सबसे सुविधाजनक कक्ष खुलवा दिया। उनकी आवश्यकताओं के विषय में पूछा और उनका सत्कार करने के प्रबंध के आदेश दिए।···स्वामी समझ गए कि उनकी कीर्ति उनसे आगे-आगे चल रही थी।···

"स्वामी जी ! यहाँ धर्म का बहुत काम हो रहा है।" महंत ने कहा, "हमारा प्रयत्न है कि धन की व्यवस्था हो जाए, तो हम मठ को आदि शंकराचार्य के गौरव के अनुकूल बना दें।"

"आप निर्माण की बात सोच रहे हैं, यह अच्छी बात है।" स्वामी बोले, "किंतु जहाँ चारों ओर भुखमरी हो, अकाल पड़ा हो, लोग रुपए-दो रुपए के लिए एक-दूसरे के प्राण ले रहे हों, शिक्षा नाम मात्र की भी न हो, लोग अपने प्राचीन ज्ञान को भूलकर या तो निरक्षर हो गए हों, या भ्रष्ट विदेशी ज्ञान के पीछे हाथ धोकर पड़े हों, वहाँ भव्य मठों की नहीं, भव्य पुरुषों की आवश्यकता है।"

महंत के मुँह का स्वाद जैसे कसैला हो गया। बोले, "हम तो सोच रहे थे कि आपके माध्यम से हमें कुछ धन एकत्रित करने में सहायता मिलेगी।"

स्वामी को लगा कि उनका यह सारा सत्कार उनकी तपस्या, ज्ञान या प्रतिभा के लिए नहीं, धन-संचय की संभावना से हुआ है। मठ में भी लोभ···

"आपने धन-संचय के लिए मुझे ही क्यों चुना ?"

"आप इन दिनों अपना अधिकांश समय राजाओं और उनके दीवानों के प्रासादों में ही

व्यतीत कर रहे हैं। आप उनके साथ उठते-बैठते हैं। उनके साथ खाते-पीते हैं। उनके साथ घूमने-फिरने जाते हैं। आपको उनसे दान की बात करने में तनिक भी असुविधा नहीं होगी। यदि आप इस प्रकार का कोई धर्म-कार्य नहीं करेंगे, तो फिर संन्यासी को राजप्रासादों में रहने का क्या अधिकार है ?"

स्वामी चुपचाप महंत को देखते रहे। फिर धीरे से बोले, "आपने अपने स्थान से सोचा है; और ठीक ही सोचा है। इतनी कृपा तो की है कि यह नहीं सोचा कि मैं अपने विलास के लिए राजाओं के साथ समय व्यतीत करता हूँ और उनसे धन ऐंठता रहता हूँ।...पर क्या आपने ध्यान दिया कि एक दिन मैं किसी राजकुमार के उद्यान में टहलता अथवा उसकी बग्घी में उसके साथ यात्रा करता दिखाई देता हूँ और दूसरे दिन अपने किसी निर्धन भक्त के पास जाने के लिए धूल-भरी सड़क पर अकेला पैदल चलता दिखाई पड़ता हूँ ?"

महंत कुछ हतप्रभ हो उठे। रुद्ध कंठ से बोले, "यह बात भी मेरी समझ में नहीं आती।" वे रुके और सर्वथा निरीह स्वर में बोले, "स्वामी जी ! मेरी बात को किसी प्रकार का आरोप अथवा लांछन न मानकर मात्र मेरी जिज्ञासा मानें। संन्यासी होकर आप राजाओं का संग क्यों कर रहे हैं ?"

स्वामी ने महंत की ओर देखा : उन्हें उसकी आँखों में कपट दिखाई नहीं दिया। वह सचमुच ही एक जिज्ञासा के फंदे में फँसा हुआ था।

"मेरा लक्ष्य राजाओं-महाराजाओं तथा राजकुमारों को प्रभावित करना है। मैं उनका ध्यान धर्म की ओर आकृष्ट कर, उन्हें उनके कर्तव्यों की ओर मोड़ना चाहता हूँ। उन्हें स्मरण कराना चाहता हूँ कि वे राज्य के स्वामी नहीं, प्रबंधक मात्र हैं। उनका काम प्रजा का पालन करना और उसके हित में राज्य का संचालन करना है।"

"प्रजा को जगाने के स्थान पर आप राजाओं को चेताना चाहते हैं ! क्यों ?"

"प्रजा को भी जगाना है; किंतु उसे जगाने के साधन भी तो जुटाने हैं।" स्वामी बोले, "प्रजा का आज का हित ही नहीं, उसका भावी विकास भी इन राजाओं पर ही निर्भर करता है। वे ही प्रजा के लिए सुधारों का आरंभ कर सकते हैं। शिक्षा का विकास कर सकते हैं। अपने-अपने राज्यों में धर्मार्थ संस्थाएँ स्थापित कर सकते हैं। यदि लाखों लोगों के इन भाग्यविधाताओं का मन जीता जा सके और उन्हें प्रजा के हित में लगाया जा सके, तो इस देश का रूप ही बदल जाएगा। एक राजा को प्रभावित कर मैं सहस्रों लोगों का भला कर सकता हूँ।"

महंत ने उनकी ओर देखा, "मैं आपसे सहमत हूँ। समाज के शीर्षस्थ लोग सामाजिक हित में जुट जाएँ तो परिवर्तन शीघ्र होगा; किंतु आप समझते हैं कि वे अपना विलास छोड़कर प्रजा के हित में लगेंगे ?"

"प्रयत्न करना हमारा काम है, शेष तो प्रभु की इच्छा से ही होगा।" स्वामी बोले, "वैसे मैं राजाओं और दीवानों से निराश नहीं हूँ।"

महंत मौन बैठे कुछ सोचते रहे। फिर वे उठे और द्वार की ओर बढ़ चले, "भगवान् आप की कामना पूर्ण करें; पर आप सावधान भी रहें, लोग आपके ध्येय पर संदेह कर आपको लांछित भी कर सकते हैं।"

महंत चले गए।

यादवों के उस ध्वस्त नगर के खँडहरों पर, मठ के उस एकांत कक्ष में बैठकर स्वामी चिंतन

करते रहे। मनन करते रहे।...क्या होगा इस देश का ?...प्रतिभा का अभाव नहीं है यहाँ। बुद्धि और परंपरागत ज्ञान भी बहुत है। तपस्वी भी मिल जाएँगे।...सहस्रों मीलों तक फैला सागर-तट है। असंख्य पर्वतश्रेणियाँ हैं। नदियों की मालाएँ भारतमाता के गले में झूलती हैं। खेतों में आज चाहे राख उड़ रही हो, किंतु ये ही खेत सोना भी उगलते हैं। हमारी धरती रत्नगर्भा है। क्या नहीं है हमारे पास ? बस, एक बार इस देश के चेत जाने की आवश्यकता है। स्वार्थ से पीछा छूटे। ईर्ष्या-द्वेष नष्ट हों। कुछ कर गुजरने की इच्छा जागे। क्या नहीं कर सकता यह देश...

स्वामी को लगा कि उनके सामने भारतमाता की एक मूर्ति उभरी है। मूर्ति मिट्टी की बनी हुई है। उसके चेहरे पर व्यग्रता है। वह विचलित है। वह कसमसा रही है। स्वयं को झँझोड़कर जगा रही है।...मूर्ति में सचमुच का स्पंदन होता है और उसके शरीर की ऊपरी पर्तों में दरक पड़ जाती है।...मिट्टी की पर्तें उतरने लगती हैं और उसके भीतर से माँ की स्वर्ण प्रतिमा प्रकट होती है–आभामयी, तेजस्विनी और करुणामयी।...यह था भारत के देदीप्यमान भविष्य का स्वरूप। भारतमाता मिट्टी की नहीं, स्वर्ण की प्रतिमा थी। कालांतर में उस पर मिट्टी की परत जम गई थी।...पर मिट्टी के उस लेप को साफ ही तो करना था। भारतमाता की मूर्ति को गढ़ना नहीं था, उसे केवल प्रकट भर कर देना था...

62

अखंडानन्द ने नर्मदा और सागर के पवित्र संगम में स्नान किया और निकट के एक गाँव में चले गए। वे पहले ही मकान के द्वार पर रुक गए। द्वार के कपाट खुले थे। विस्तृत आँगन दिखाई पड़ रहा था, किंतु कोई प्राणी सामने नहीं था। उन्होंने पुकारा, "नमोनारायणः !"

एक कोठरी में से एक युवती निकली और आकर जैसे कपाट छेककर खड़ी हो गई, "क्या है ?"

अखंडानन्द को उसके चेहरे पर एक भी कोमल भाव दिखाई नहीं दिया, जैसे किसी से लड़कर आई हो।

"माँ !..."

"मैं तुम्हें माँ दिखाई देती हूँ ?" युवती ने उन्हें डपट दिया।

अखंडानन्द की समझ में नहीं आया कि वे क्या कहें। वे उसे कैसे समझाएँ कि वे उसे अवस्था के कारण नहीं, नारी के प्रति सम्मान के कारण माता कह रहे हैं...

तभी दूसरी कोठरी से एक वृद्धा प्रकट हुई। वह बाहर के द्वार तक आई। उसका चेहरा कुछ आशंकित लग रहा था। उसने युवती की ओर देखकर मामला भाँपना चाहा। युवती ने कुछ नहीं कहा। वह पलटकर घर के भीतर चली गई।

"आइए महाराज !"

अखंडानन्द को कुछ आश्चर्य हुआ। संन्यासी को सब स्थानों पर दुत्कारा तो नहीं जाता था, किंतु इस प्रकार का स्नेहिल स्वागत भी नहीं होता था।

"माँ ! दूर से आया हूँ। तीर्थों की इस भूमि में कुछ दिन रुकना चाहता हूँ। कहीं शरण मिल सकेगी ? कोई मंदिर ? कोई साधुबासा ?"

वृद्धा ने शालीन स्वर में कहा, "शरण की क्या बात है महाराज ! और घर होते हुए आप मंदिर में क्यों जाएँगे ! आइए, हमारे घर को पवित्र कीजिए।"

कुछ विस्मित अखंडानन्द ने घर में प्रवेश किया। स्पष्ट था कि यह कृषक-परिवार था। युवती और वृद्धा के दृष्टिकोण में अंतर था। सब कहीं होता है।...घर संपन्न लगता था। खुले बड़े आँगन में चारों ओर कोठरियाँ बनी हुई थीं।

वृद्धा ने पुकारकर अपने पुत्र को बुलाया, "साधु महाराज आए हैं। कोने वाला बड़ा कमरा खोल दे।"

अखंडानन्द ने देखा : अच्छा बड़ा कमरा था।

"आप विश्राम करें महाराज ! मैं भोजन का प्रबंध करती हूँ।" वृद्धा ने कहा, "आप स्नान-ध्यान तो कर चुके हैं न ?"

"हाँ माता ! नर्मदा के पवित्र जल में स्नान किया है। ध्यान भी हो चुका।"

"भूखे होंगे ?"

"हाँ, भूख तो सबको लगती है—संन्यासी को भी।" अखंडानन्द ने कहा, "किंतु यदि भोजन की सुविधा न हो तो आप कष्ट न करें।"

"गृहस्थ की रसोई में भोजन की सुविधा क्यों नहीं होगी !" वृद्धा ने कहा, "मैं नहीं जानती कि मेरी बहू ने आपसे क्या कहा है; किंतु उसकी किसी बात का बुरा नहीं मानिएगा। उसका मन इन दिनों कुछ दुखा हुआ है।"

वृद्धा चली गई।

भोजन तैयार ही था। कुछ ही क्षणों में बहू भोजन का थाल लेकर आ गई, किंतु अब उसके चेहरे पर किसी प्रकार की उपेक्षा नहीं थी। लगता था, सारी उपेक्षा धो-पोंछकर आई है।

पीछे-पीछे सास भी आ गई। निश्चित रूप से वह इस काम के लिए बहू पर निर्भर रहना नहीं चाहती थी। उसने निकट बैठकर भोजन करवाया। जो-जो चीज कम लगी, उसके लिए बहू को पुकारकर कहा।

अखंडानन्द का भोजन हो गया।

सारा परिवार कहीं जाने को तैयार था। अखंडानन्द कुछ विचलित हुए। यह कैसा आश्रय मिला है उनको ? ये लोग तो कहीं जा रहे हैं। तो फिर वे उन्हें भी जाने को कहेंगे ? अपना घर उनके भरोसे तो नहीं छोड़ जाएँगे ! न ही अखंडानन्द उनके घर की रखवाली करने आए हैं।

"अच्छा महाराज ! दोपहर को आपके दर्शन करेंगे।" वृद्धा ने कहा।

"आप लोग कहीं जा रहे हैं ?"

"खेतों में जा रहे हैं, काम करने।"

"और आपका घर ?"

"घर तो यहीं रहेगा।" बेटा बोला, "वह खेत में काम करने नहीं जाता।"

"कभी नहीं जाता।" बहू ने जैसे अपने पिछले व्यवहार की क्षतिपूर्ति के लिए चुहल की। वह अपनी सास के सामने प्रमाणित कर देना चाहती थी कि उसके मन में कोई विरोधी भाव नहीं था, "खेत के नाम से ही घबरा जाता है।"

"चुप !" वृद्धा ने अपने बेटे और बहू को डाँटा, "साधु-संतों से मसखरी नहीं करते।"

वह अखंडानन्द की ओर मुड़ी, "आप आराम से रहें महाराज ! आपको कोई कष्ट नहीं होगा। हम दोपहर तक लौट आएँगे।"

वे चले गए। अखंडानन्द को उनका एक अपरिचित व्यक्ति में यह अद्‌भुत विश्वास देखकर सुखद आश्चर्य हुआ।

उनके जाने के पश्चात् अखंडानन्द से न तो भगवान् का चिंतन हुआ, न वे स्वामी के विषय में ही कुछ सोच सके। उनके मन में यह कृषक-परिवार ही घूम रहा था। इस अविश्वास और संदेह के संसार में कैसे ये लोग दूर प्रदेश से आए एक सर्वथा अपरिचित व्यक्ति पर इतना भरोसा कर सके कि सारा का सारा घर उसके हवाले कर गए। यदि इस समय अखंडानन्द के स्थान पर कोई चोर-चकार होता तो वह सब कुछ समेटकर चलता बनता।···अखंडानन्द के मन में बार-बार आ रहा था कि यह मनुष्य के मन में बैठा भगवान् ही है, जो इस प्रकार भरोसा कर सकता है। उन्हें भगवान् के दर्शन करने के लिए कहीं और जाने की क्या आवश्यकता है ? ये सब सरल और निर्मल मन वाले लोग ही तो उस प्रभु के प्रतिबिंब हैं।···

दोपहर तक वे खेतों से लौट आए।

अखंडानन्द से रहा नहीं गया। बोले, "माँ ! आप लोगों को मुझमें कितना विश्वास है। यह अद्‌भुत है। ऐसा तो मैंने कहीं नहीं देखा।"

"किंतु गृहस्थ का यह धर्म है पुत्र !"

अखंडानन्द का ध्यान इस ओर गया कि इस बार वृद्धा ने उन्हें 'स्वामी जी' अथवा 'महाराज' कहकर संबोधित नहीं किया था। वह उन्हें उनकी अवस्था के अनुसार 'पुत्र' कह रही थी।

"किंतु संन्यासी को परखना भी तो चाहिए।" अखंडानन्द बोले, "हमारे गुरु कहा करते थे, 'साधु को परखो—दिन में परखो, रात में परखो।' "

"हम तो संन्यासी के वेश को ही सम्मान देते हैं। आगे संन्यासी अपनी जाने। हम अपना धर्म निभा रहे हैं, संन्यासी को अपने धर्म का निर्वाह करना चाहिए।"

"यदि संन्यासी के वेश में कोई चोर होता, तो वह सब कुछ समेटकर ले जाता।" अखंडानन्द हँसे।

"तो ले जाता।" वृद्धा मौन हो गई।

"अभी थोड़े दिन पहले ही हमारे यहाँ एक साधु ठहरे थे। अंततः वे दुष्ट ही निकले।" बहू से कहे बिना रहा नहीं गया, "मेरे सारे गहने समेटकर ले गए।"

"हाँ, ले गए।" वृद्धा ने कहा, "किंतु किसी एक दुष्ट के कारण हम अपना धर्म तो नहीं छोड़ सकते न। ऐसे लोगों को भगवान् हमारे पास प्रलोभन के रूप में भेजते हैं।"

"कैसा प्रलोभन ?" अखंडानन्द चकित थे।

"वे देखना चाहते हैं कि पापियों का उदाहरण हम पर क्या प्रभाव डालता है—हम भी अपना धर्म छोड़ देते हैं क्या।"

अखंडानन्द चकित रह गए।···वे लोग ठगे जा चुके हैं, फिर भी धर्म पर इतनी आस्था···

"माता ! आपने साधु और बिच्छू की कथा सुनी है न ?"

"कौन-सी कथा ?" बहू ने रुचि दिखाई।

"एक साधु नदी में नहा रहा था। उसी में एक बिच्छू डूब रहा था। साधु ने उसे अपने

हाथ पर उठाकर किनारे पर रखना चाहा। बिच्छू ने अपने स्वभावानुसार तत्काल साधु को डंक मार दिया। साधु का हाथ काँप गया। बिच्छू फिर से पानी में गिर गया। साधु ने उसे पुनः उठाकर किनारे पर रख दिया। एक व्यक्ति जो यह सब देख रहा था, उसने हैरान होकर पूछा, 'वह आपको डंक मार रहा है और आप उसके प्राणों की रक्षा कर रहे हैं ?' 'हाँ,' साधु ने कहा, 'वह अपने धर्म का निर्वाह कर रहा है और मैं अपने धर्म को निभा रहा हूँ।' "

"आपने ठीक कहा।" वृद्धा ने तत्काल अखंडानन्द का समर्थन कर दिया, "बहू परेशान है कि इसके गहने चले गए। गहनों का क्या है, एक बार चले गए तो फिर आ जाएँगे। धर्म गया तो वह फिर कैसे लौटेगा !···" निमिष-भर रुककर वृद्धा बोली, "अब हमारे घर में ऐसा है भी क्या कि कोई ले जाएगा !"

"क्यों ? बर्तन-भाँडे तो हैं।" पुत्र ने कहा, "चारों ओर ऐसा अकाल पड़ा है कि एक कटोरी के लिए भी कोई किसी की हत्या कर सकता है।"

"तो ले जाए बर्तन-भाँडे भी।" वृद्धा ने कहा, "हम मिट्टी के बर्तनों में खा लेंगे और मान लेंगे कि उसे बर्तनों की हमसे अधिक आवश्यकता थी।" उसका स्वर कुछ प्रखर हुआ, "क्या भूख से मरते मनुष्य के प्राण बचाने के लिए हम अपने पीतल के दो-चार बर्तनों का भी त्याग नहीं कर सकते ?"

"और यदि उस चोर को पकड़कर पुलिस आपके पास ले आए, तो आप क्या करेंगी माता ?" अखंडानन्द ने पूछा।

"कह दूँगी कि उसे वे बर्तन मैंने दिए हैं।"

अखंडानन्द स्तब्ध रह गए। उन्हें फ्रांसीसी उपन्यासकार विक्टर ह्यूगो के उपन्यास 'ला मिज़रेबल' का पादरी स्मरण हो आया। जिस व्यक्ति पर दया कर उसने उसे आश्रय दिया था, वही व्यक्ति रात को अवसर पाकर उसके चाँदी के बर्तन चोरी कर भाग गया। पुलिस उसे पकड़ लाई। किंतु पादरी को उस व्यक्ति की आँखों में ऐसी पीड़ा दिखाई दी कि न केवल पादरी ने यह कह दिया कि वे बर्तन स्वयं उसने ही उस व्यक्ति को दिए हैं, वरन् शेष बचे चाँदी के शमादान इत्यादि भी यह कहकर उसे दे दिए कि उसकी आवश्यकता पादरी की आवश्यकता से बड़ी थी।···वह पादरी था। तपस्वी था। धर्म को जानता था। धर्म के मार्ग का यात्री था···किंतु यह वृद्धा तो साधारण कृषक बालिका थी।···

"आप ही संन्यासी का ऐसा सम्मान करती हैं या सब लोग··· ?"

"संन्यासी सम्मान के योग्य ही होता है। उसने धर्म के लिए संसार का त्याग किया है। हम सब तो केवल अपना पेट पाल रहे हैं।" वृद्धा ने बहू के कुछ कहने से पहले ही अपना वक्तव्य दे दिया, "मैं संसार-भर की बात नहीं जानती, किंतु यहाँ तो हम सब लोग ही साधु-संन्यासी का बहुत आदर करते हैं। जहाँ तक हो सके, उनकी सेवा करना चाहते हैं। संन्यासी का धर्म त्याग है, तो गृहस्थ का धर्म सत्कार और अतिथि की सेवा है।···"

अखंडानन्द मौन रह गए।

खाड़ी से अखंडानन्द वापस बड़ोदरा आ गए और वहाँ से अहमदाबाद।

वे वधवान जंक्शन पर उतरे। भोजन ! इस समय भोजन मिल जाए तो अच्छा रहे। विलंब

हो गया, तो शायद भोजन न ही मिले।

अखंडानन्द को रेलवे वालों की वर्दी में एक व्यक्ति दिखाई दिया।

"सुनिए !"

वह व्यक्ति रुक गया।

"मेरे पास पैसे नहीं हैं। इस समय कहीं भोजन की व्यवस्था हो सकती है ?"

उस व्यक्ति ने अखंडानन्द को ध्यान से देखा। बोला, "आइए।"

वह उन्हें अपने कमरे में ले गया। कमरे में प्रवेश करते हुए अखंडानन्द ने देखा, वह स्टेशन मास्टर का कमरा था।

"आप ?" अखंडानन्द ने पूछा।

"मैं यहाँ का स्टेशन मास्टर हूँ।"

"आप सभी संन्यासियों की सेवा इसी प्रकार करते हैं ?"

"नहीं।"

"तो मेरे साथ... ?"

स्टेशन मास्टर हँसे, "मेरे एक मित्र हैं—जेतलसर के स्टेशन मास्टर। जेतलसर, जूनागढ़ से पोरबंदर-भावनगर जाने के रास्ते में पड़ता है।"

"जानता हूँ।" अखंडानन्द बोले।

" पिछले दिनों वे जेतलसर में एक संन्यासी से मिले थे। अपनी श्रद्धा के कारण उन्होंने संन्यासी का आतिथ्य किया, पर रात हो चुकी थी। स्टेशन पर कुछ भी उपलब्ध नहीं था। वे उन्हें अपने घर ले गए। भोजन कराया और उनसे बातें करने लगे। संन्यासी की बातें ऐसी थीं कि स्टेशन मास्टर रात-भर उनकी बातें सुनते रहे। दूसरे दिन जब संन्यासी विदा होने लगे, तो स्टेशन मास्टर ने कहा, 'स्वामी जी ! मेरी एक बात मानेंगे ?'

" संन्यासी हँस पड़े, 'मानने योग्य होगी तो अवश्य मानूँगा।'

" 'आप महापुरुष हैं। इस धरती पर आप जैसे महापुरुष बहुत कम होते हैं। आपकी विद्वत्ता, निष्ठा और त्याग इस देश को बदल सकते हैं; किंतु...'

" 'किंतु क्या ?' स्वामी जी पुनः हँसे।

" दोनों हाथ जोड़कर स्टेशन मास्टर ने कहा, 'किंतु इस देश में परिभ्रमण का कोई फल नहीं होगा। एक बार आपको अमरीका जाना चाहिए, फिर इंग्लैंड और फ्रांस। वहाँ का समाज आपका सम्मान करेगा, अनुसरण करने लगेगा। तब इन भारतवासियों को भी आपकी सही पहचान होगी।' "

अखंडानन्द के मन में किसी मंदिर के घंटे बजने लगे। वे संन्यासी उनके गुरुभाई ही हो सकते हैं। नरेन्द्रनाथ दत्त। वे ही होंगे। वैसा और है ही कौन संसार में।

"उन संन्यासी का नाम बता सकते हैं आप ?"

"नाम की बड़ी समस्या है।" स्टेशन मास्टर बोले, "वे नाम के लिए बहुत स्पष्ट नहीं थे। कहते थे, संन्यासी के नाम का क्या है—चिन्मयानन्द हो, विविदिशानन्द हो, नित्यानन्द हो, चिदानन्द हो...नाम में क्या है ?"

"विविदिशानन्द..." अखंडानन्द निश्चित हो गए कि वे नरेन्द्र ही थे।

"वे आजकल कहाँ हैं, आप जानते हैं ?"

"यह तो नहीं जानता कि वे कहाँ हैं, किंतु सुना है कि एक विद्वान् साधु जूनागढ़ में रह रहे हैं। मेरा विचार है कि ये वही जेतलसर वाले साधु होंगे। वैसे ही विद्वान् बताए जाते हैं और उसी प्रकार धाराप्रवाह संस्कृत और अंग्रेजी बोलते हैं।"

अखंडानन्द जूनागढ़ जा पहुँचे।

सड़क पर जो पहला मंदिर मिला, उसी में प्रवेश कर गए। पुजारी से पूछा, "जूनागढ़ में एक विद्वान् बंगाली संन्यासी आए हुए हैं। बता सकते हैं, वे कहाँ ठहरे हैं ?"

पुजारी ने उनकी ओर देखा, "आप भी बंगाली ही लगते हैं ?"

"जी। मैं उनका गुरुभाई हूँ।"

"जहाँ तक मैं जानता हूँ, वे साधु तो पोरबंदर से होकर द्वारका की ओर चले गए हैं।" पुजारी ने बताया, "आजकल उनकी बड़ी प्रसिद्धि है।"

अखंडानन्द जूनागढ़ में रुककर क्या करते। वे प्रभास की ओर चल पड़े। प्रभास से स्टीमर लेकर वे द्वारका गए। द्वारका में 'शारदा मठ' से पता चला कि स्वामी तो बेटद्वारका चले गए हैं।

अखंडानन्द ने रात द्वारका में बिताई और अगले दिन बेटद्वारका चले गए। वहाँ पता चला कि कच्छ के राजा के निमंत्रण पर स्वामी मांडवी चले गए हैं।

स्वामी का पीछा करते हुए, और एक प्रकार की लुक्काछिपी खेलते हुए वे चले जा रहे थे। उन्हें लग रहा था कि इन बाधाओं के कारण स्वामी से मिलने की उनकी इच्छा और भी उत्कट होती जा रही थी।...उनके मन में कुछ ऐसी धुन समा गई थी कि उन तीर्थों में पवित्र स्थलों के दर्शन भी नहीं कर पा रहे थे। वे रुकते तो स्वामी और भी दूर होते जाते।

मांडवी पहुँचकर वे मार्ग के किनारे चाय की एक दुकान पर रुके, "यहाँ कोई मंदिर है भाई ?"

दुकानदार कुछ कहता, उससे पहले ही चाय पीता हुआ एक ग्राहक बोला, "मंदिर का क्या करोगे साधु महाराज ! पूजा करनी है क्या ?"

"आश्रय चाहिए।" अखंडानन्द बोले, "स्थान मिल जाए तो थोड़ा स्नान-ध्यान हो जाएगा।"

"अरे, कैसे संन्यासी हो तुम !" वह हँसा, "अभी तक मंदिरों में ही रहते हो !"

"तो और कहाँ रहूँ ?"

"यहाँ एक संन्यासी आया हुआ है। उसने राजा को पटा लिया है। राजपुरुषों के साथ उनकी बग्घी में नारायण सरोवर गया है। तुम भी कोई चमत्कार दिखाओ।..."

अखंडानन्द के कान खड़े हो गए।...तो नरेन्द्रनाथ नारायण सरोवर चले गए हैं।

"नारायण सरोवर कितनी दूर है यहाँ से ?"

"क्यों ?" वह व्यक्ति हँसा, "उसी बग्घी में जाना है क्या ?"

अखंडानन्द समझ गए : वह व्यक्ति संन्यासियों से चिढ़ा हुआ मालूम होता था।

"नारायण सरोवर यहाँ से अस्सी मील दूर है महाराज !" दुकानदार ने बताया, "रास्ता अच्छा नहीं है। वे संन्यासी तो बग्घी में गए हैं। उनके साथ राजपुरुष और सशस्त्र रक्षक हैं।"

अखंडानन्द उसका अभिप्राय समझ रहे थे। वह उनको इस मार्ग पर यात्रा करने से मना

कर रहा था। किंतु वे कैसे रुक जाते। स्वामी के इतने निकट आकर उनका रुक जाना संभव नहीं था।···वहाँ कोई सवारी भी नहीं थी। होती भी तो उनके पास किराए के लिए पैसे नहीं थे।

अखंडानन्द संन्यासी की मौज में आ गए। संन्यासी सवारियों पर निर्भर नहीं रहते। उसे अपने पगों की सहायता है और ईश्वर का भरोसा है।

अखंडानन्द पैदल चल पड़े। अपनी धुन में वे बिना इधर-उधर देखे, बिना किसी से कुछ पूछे चलते चले गए। कुछ दूरी पर मकान दिखे तो उन्हें स्मरण हो आया कि उन्हें प्यास लगी है। वे एक द्वार पर रुक गए।

"बड़ी प्यास लगी है भाई।"

गृहस्थ ने पानी पिलाया, "कहाँ से आ रहे हैं महाराज ?"

"यात्रा तो लंबी है, किंतु इस समय मांडवी से आ रहा हूँ। कितना चल आया हूँ ?"

"आठ मील।" गृहस्थ ने बताया, "कहाँ जा रहे हैं ?"

"नारायण सरोवर।"

"जिस मार्ग पर आप जा रहे हैं, वह बहुत बीहड़ है और मार्ग में डाकुओं का बहुत भय है।" गृहस्थ ने कहा, "चारों ओर अराजकता है। दिन-दहाड़े लोग लूटे और मारे जा रहे हैं।"

"किंतु मेरे पास तो एक कौड़ी भी नहीं है।" अखंडानन्द निर्भीक स्वर में बोले, "मेरा वे क्या लूट लेंगे ?"

"प्राण तो हैं न !" गृहस्थ बोला, "आप ऐसे न जाएँ। मेरा पुत्र आपके साथ जाएगा। अगले ग्राम तक पहुँचा देगा और कोई संकट होगा तो आपको चेता देगा।" अखंडानन्द ने स्वीकार कर लिया।

मार्ग में अखंडानन्द ने लड़के से कहा, " 'मेरे पास जो कुछ है, ले लो, किंतु मेरी हत्या मत करो।' को कच्छी में क्या कहेंगे ?"

"मेरे गानो, मेरे गानो, मोके मार जो मू।"

अखंडानन्द ने उन शब्दों को भली प्रकार स्मरण कर लिया। मन में आया···क्यों इतना भयभीत हूँ मैं ? मुझे ईश्वर पर तनिक भी विश्वास नहीं है क्या ? मैं इतना संकट झेलकर स्वामी के पीछे जा रहा हूँ। क्या मैं उनसे मिलने से पहले ही डाकुओं के हाथों मारा जाऊँगा ?···ईश्वर इतना अन्यायी नहीं हो सकता।···और वे स्वयं ही मन ही मन हँस पड़े···इतना अन्यायी नहीं, तो कितना अन्यायी हो सकता है ? क्या ईश्वर भी अन्यायी हो सकता है ? तो फिर इस सृष्टि में न्यायी कौन है ?···देखें, हरि इच्छा क्या है ?

लड़के ने उन्हें अगले गाँव में पहुँचा दिया और स्वयं लौट गया।

आगे जाने के लिए यदि अखंडानन्द किसी मार्गदर्शक अथवा सहयात्री की प्रतीक्षा करते तो बहुत विलंब हो जाता।···जाने स्वामी किस ओर निकल जाते।···अखंडानन्द अकेले ही चल पड़े।··· एक स्थान पर पूछने पर ज्ञात हुआ कि वे पचास मील पार कर चुके हैं।···अभी तक कोई दुर्घटना नहीं घटी थी। हरि बड़े कृपालु हैं।···अब नारायण सरोवर केवल तीस मील दूर रह गया था। मार्ग के अधिकांश गाँव सूने पड़े थे। मनुष्य तो क्या कोई पशु भी कठिनाई से ही दिखाई पड़ता था।··· चारों ओर अकाल का भयावहपन दिखाई देता था। भोजन की खोज में लोग गाँव छोड़-छोड़कर चले गए थे।

कुछ दूर और चलकर वे वहाँ पहुँचे जहाँ नारायण सरोवर जाने वाली सड़क मुख्य मार्ग से

पृथक् हो जाती थी। यहाँ एक छोटी-सी बस्ती अब भी थी। कुछ स्थानीय लोग थे। कुछ दुकानदार थे। कुछ यात्री भी थे।...

अखंडानन्द रात-भर के लिए रुक गए।

प्रातः मार्ग के लिए पूछा तो पता चला कि एक पगडंडी, जिस पर कुछ दूर जाकर एक गाँव पड़ता था, कुछ सुरक्षित थी। गाड़ियों के आने-जाने वाली सड़क अभी चौदह मील और थी, किंतु वह पूर्णतः सुनसान थी। वहाँ कोई आता-जाता नहीं था। उस पर यात्रा अधिक संकटपूर्ण थी।...

'पर स्वामी को तो गाड़ी में ही आना था। वे पगडंडी से कैसे आ सकते थे ! वे तो गाड़ियों वाली सड़क से ही लौटेंगे।' अखंडानन्द ने सोचा, 'यदि मैं पगडंडी से गया तो संभवतः हम फिर एक-दूसरे से मिले बिना ही दो विरोधी दिशाओं में चले जाएँगे।...मुझे सड़क से जाने का जोखिम उठाना ही पड़ेगा।'

अखंडानन्द वहाँ से चलने लगे तो एक स्थानीय तीर्थयात्री भी उनके साथ हो लिया।

"तुम मेरे साथ सड़क से क्यों जा रहे हो ?" अखंडानन्द ने पूछा, "मेरी तो मजबूरी है।"

"मेरी भी मजबूरी है।" वह बोला, "सड़क पर आप तो साथ हैं। पगडंडी पर तो कोई भी नहीं है।"

"तो चलो। जो होगा, देखा जाएगा।"

उन दो लोगों को इस प्रकार संकटपूर्ण यात्रा करते देख एक दुकानदार को कुछ सहानुभूति हो आई। बोला, "स्वामी जी ! आपके मार्ग में कोई बस्ती या गाँव नहीं पड़ेगा। दोपहर के लगभग आप एक तालाब के पास पहुँचेंगे। वहाँ स्नान कर लीजिएगा और ये चाशनी वाले छौंके चावल खा लीजिएगा। जय श्रीकृष्ण !"

"जय श्रीकृष्ण !" अखंडानन्द चल पड़े।

दोपहर के लगभग वे एक छोटे-से तालाब के पास पहुँचे। आसपास कोई नहीं था। एकदम सन्नाटा था। जंगल में भी प्रकृति की कुछ ध्वनियाँ होती हैं, किंतु वहाँ तो एक स्वर भी नहीं था।

साथ आए तीर्थयात्री ने अपने झोले में से आटा, नमक और पान निकाले। सूखा गोबर एकत्रित किया और आग जला ली। कुछ चपातियाँ बनाईं। जाने कहाँ से कुछ बकरियाँ चरती हुई उधर आ निकलीं। शायद मनुष्य की उपस्थिति या भोजन की गंध उन्हें खींच लाई थी।

सहयात्री ने उन बकरियों में से कुछ को कौशलपूर्वक पकड़कर थोड़ा दूध भी प्राप्त कर लिया। बैठकर भोजन किया और आगे बढ़ गए।

संध्या हो रही थी। सूर्य काफी नीचे तक आ गया था। अखंडानन्द देख रहे थे कि कुछ दूरी पर लोगों का एक झुंड उनके पीछे-पीछे आ रहा था। वे कभी दिखाई पड़ते थे और कभी आँखों से ओझल हो जाते थे। सहयात्री के भी कान खड़े हो गए थे।...अखंडानन्द को संकट का आभास हुआ। पहले तो मन में आया कि अपने उस सहयात्री को कहें कि वह भाग जाए; किंतु वह भागकर जाएगा भी कहाँ ?...ठीक है, जैसी ईश्वर की इच्छा। देखें हरि क्या चाहते हैं।...

पीछा करने वाले वे लोग रास्ता काटकर उनके मार्ग पर सामने आ खड़े हुए। अखंडानन्द उनका अभिप्राय समझ रहे थे; किंतु समझने का लाभ क्या था ? वे कुछ नहीं कर सकते थे। पूरी तरह विवश थे।

अब प्रतीक्षा का भी कोई लाभ नहीं था। उन्होंने अपना साहस संचित किया और अपने सहयात्री को वहीं खड़ा छोड़ भागकर आगे चले गए। सामने खड़े डाकू से पूछा, "नारायण सरोवर यहाँ से कितनी दूर है ?"

जिस व्यक्ति ने उनका मार्ग रोक रखा था, वही बोला, "छह मील। पर वह तब है, जब हम तुम्हें यहाँ से जाने दें।"

अखंडानन्द कुछ कहने ही जा रहे थे कि एक डाकू ने उन्हें गर्दन से पकड़ लिया।

यद्यपि अब तक की सारी बात टूटी-फूटी हिंदी में हो रही थी, किंतु अब अखंडानन्द कच्छी में बोले, "मेरे गानो, मेरे गानो, मोके मार जो मू।"

उनकी बात का कोई उत्तर नहीं दिया गया। किसी ने उनकी पीठ पर एक के बाद एक लाठी के दो प्रहार किए। उन्हें विशेष कष्ट नहीं हुआ। उन्होंने रूई-भरा कोट पहन रखा था। वे जब चोट से भूमि पर नहीं गिरे तो उन्हें धक्का देकर भूमि पर गिरा दिया गया। उन्होंने देखा, डाकुओं के हाथों में नंगी तलवारें थीं।

एक वृद्ध-से दिखने वाले व्यक्ति ने कड़कते स्वर में उन्हें आदेश दिया, "अपने कपड़े उतारो।"

अखंडानन्द नहीं जानते थे कि वह कौन-सी बोली थी, किंतु उसका अभिप्राय वे समझ रहे थे।

उन्होंने कौपीन के ऊपर के सारे वस्त्र उतार दिए। डाकुओं ने उनके उतारे हुए कपड़ों की पूरी छानबीन की।

अब तक सहयात्री भी आ पहुँचा था। उसने डाकुओं के हाथों में नंगी तलवारें देखीं तो भय से काँपने लगा, "हाय ! मैं मारा गया।"

वह काँपता हुआ भूमि पर गिर पड़ा।

अखंडानन्द अब तक कच्छी बोली की चिंता भूल चुके थे। हिंदी में ही बोले, "इसे छोड़ दो। यह तो निर्धन तीर्थयात्री है। दया करो। इसे मत मारो।"

"क्यों ?"

"इसके पास कुछ नहीं है।" अखंडानन्द ने अपने सहयात्री से कहा, "तुम्हारे पास जो कुछ भी है, निकालकर इनको दे दो। मैं जैसे भी होगा, तुम्हारी भरपाई कर दूँगा।"

किंतु अखंडानन्द की बात का सहयात्री पर तनिक भी प्रभाव नहीं हुआ। वह उसी प्रकार निष्क्रिय पड़ा रहा। शायद वह अचेत हो चुका था।

डाकुओं को विश्वास हो गया कि संन्यासी के पास कुछ नहीं था। उनको मारने-पीटने का भी कोई लाभ नहीं था। उन्होंने निश्चय किया कि वे उनके हाथ उनकी पीठ पर बाँधकर या तो यहीं छोड़ दें अथवा अपने साथ हाँककर ले जाएँ। साथ ले जाने का भी कोई विशेष लाभ दिखाई नहीं पड़ रहा था।...और दूसरी ओर अखंडानन्द अपने हाथ बँधवाने को तैयार नहीं थे।

"हाथ नहीं बँधवाओगे तो हम तुम्हारे प्राण ले लेंगे।" डाकू सरदार ने तलवार उठाई।

"जो मन में आए करो, किंतु मैं अपने हाथ पीठ पीछे नहीं बँधवाऊँगा।"

जो डाकू उनके हाथ बाँधने का प्रयत्न कर रहा था, वह जैसे अपना धैर्य खो बैठा। उसने रस्सी पटक दी, "यह तो नहीं बँधता।"

"मरने दो इसे यहीं। चलो।" सरदार ने कहा।

वे जाने के लिए मुड़े।

"सुनो भाइयो !" अखंडानन्द ने पुकारा, "ये ऊनी वस्त्र ले लो। तुम्हारे काम आएँगे।"

"क्यों दे रहे हो ?" एक डाकू ने मुड़कर पूछा।

"तुम लोग निर्धन हो। शीतकाल में तुम्हें इनकी आवश्यकता होगी।" अखंडानन्द के ध्यान में जैसे वह कृषक वृद्धा साकार हो उठी थी।

वह डाकू खड़ा उन्हें देखता रहा और फिर धीरे-धीरे उनके निकट आया। अखंडानन्द विस्मयविमूढ़ खड़े थे। वे नहीं जानते थे कि वह क्या करने वाला है।

डाकू उनके सम्मुख खड़ा उनको देखता रहा और फिर सहसा झुककर उसने उनके चरणों की धूल लेकर अपने माथे पर लगा ली, "हम पर दया करें महाराज ! अपने वस्त्र पहन लें।"

अब तक उनका नेता भी लौट आया था।

"हम तुम्हें छोड़ रहे हैं, किंतु इस घटना की किसी से चर्चा भी मत करना। चुप रहना एकदम।" उसने अपने होंठों पर अंगुली रख ली।

अखंडानन्द को अपने सहयात्री का ध्यान आया। वे उसकी ओर मुड़े। जब तक वे उसको लेकर व्यस्त रहे, तब तक डाकू कहीं विलीन हो गए।

सहयात्री भी कुछ चेता। अखंडानन्द ने उसे बताया कि डाकू चले गए हैं और अब कोई संकट नहीं है।

वे लोग पुनः चल पड़े। गोधूलि के समय वे लोग नारायण सरोवर पहुँचे।

वहाँ न कोई सवारी दिखाई दे रही थी और न ही किसी प्रकार की कोई चहल-पहल थी।

मठ में जाकर पता किया तो ज्ञात हुआ, 'राजपुरुषों के साथ एक संन्यासी आए तो थे, किंतु वे लोग तो आशापुरी चले गए हैं।'

हताशा का ऐसा आघात हुआ कि अखंडानन्द को लगा कि वे ध्वस्त होकर बिखर ही जाएँगे।...बहुत हो चुका।...दिन-भर पैदल चलने की थकान और ऊपर से प्राण हरने जैसी उत्तेजक घटनाएँ।...उन्हें लगा कि उन्हें ज्वर भी हो गया है। ज्वर में रात के इस समय नारायण सरोवर में स्नान करना उचित नहीं था।...

मठ के महंत ने उन्हें देखा। सहयात्री से सारा समाचार पाया तो बोला, "आपको नया जीवन मिला है स्वामी जी ! निर्धनता ने ही आपकी रक्षा कर ली। आपके पास पाँच रुपए भी होते तो डाकुओं ने आपके प्राण ले लिए होते। कुछ ही दिन हुए, उसी स्थान पर लुटेरों ने एक व्यक्ति की तीस रुपयों के लिए हत्या कर दी थी। यहाँ इस प्रकार यात्रा नहीं करनी चाहिए। किसी ने आपको रोका नहीं ?"

"रोका तो बहुत लोगों ने, किंतु मुझे अपने गुरुभाई से मिलना ही है—जैसे भी हो।"

"प्राण चले जाएँ, तो भी ?"

"हाँ। प्राण देकर भी।"

"पर आपको तो ज्वर भी है। ऐसे में यात्रा कैसे करेंगे ?" महंत ने कहा, "और फिर रात में डाकुओं का भय है और दिन में प्रखर धूप होगी। आप देख ही चुके हैं।"

अखंडानन्द ने उसकी ओर देखा, "जाना तो है ही।"

महंत कुछ सोचता रहा। शायद वह उनके महत्त्व के विषय में सोच रहा था। वे उस संन्यासी

के गुरुभाई थे, जो राजा का अतिथि था और राजपुरुषों के साथ यात्रा कर रहा था।

अंततः महंत ने कहा, "ठीक है। एक खच्चर की व्यवस्था कर देता हूँ। एक सिपाही भी साथ ले लीजिए। आपको अगले पड़ाव तक छोड़ आएगा।"

अखंडानन्द को लग रहा था जैसे अब वे स्वामी के बहुत निकट हैं। किसी भी क्षण वे स्वामी के सम्मुख जा खड़े हो सकते हैं। वे तनिक भी समय नहीं खोना चाहते थे। उससे स्वामी उनसे दूर हो सकते थे।...उनकी व्यग्रता बढ़ती जा रही थी। शरीर बुरी तरह टूट रहा था, किंतु स्वामी से मिलने की कल्पना ही इतनी मादक थी कि वे अपनी थकान, शरीर पर पड़ी मार और परिणामतः हो आया ज्वर—सब कुछ भूल गए।

वे रात को ही आशापुरी के लिए चल पड़े। खच्चर से यात्रा में सुविधा हो गई थी। साथ में सिपाही भी था। किंतु सिपाही से अधिक बल तो उन्हें ठाकुर का था। ठाकुर ही उनकी रक्षा कर रहे थे।...

मार्ग में कोटीश्वर महादेव के दर्शन किए और शीघ्र ही आशापुरी पहुँच गए। मंदिर में ही ज्ञात हो गया कि स्वामी इस समय मांडवी में हैं। मांडवी...सौ मील और आगे। सारा मरुक्षेत्र...पर अब उनको यात्रा की विधि ज्ञात हो गई थी। रुकने का अथवा यात्रा स्थगित करने का कोई कारण नहीं था। साधुओं के प्रति अपनी श्रद्धा के कारण प्रत्येक गाँव वाले उनके लिए खच्चर और एक रक्षक का प्रबंध कर देते थे और वे आगे बढ़ जाते थे।...दिन में यात्रा संभव नहीं थी। प्रचंडता से तपते सूर्य के ताप से वहाँ वायु भी अग्नि के समान दहकने लगती थी। उसे सह पाना उनके शरीर के लिए संभव नहीं था।...वे चंद्रमा के प्रकाश में रात को ही यात्रा कर सकते थे।...

यह सारा मार्ग डाकुओं और लुटेरों से भरा पड़ा था। एक रात जब अखंडानन्द और उनका रक्षक दोनों ही एक समतल क्षेत्र में विश्राम कर रहे थे, सहसा सिपाही चौंककर उठ बैठा और आसपास ध्यान से देखने लगा, जैसे किसी को खोज रहा हो।

"क्या हुआ ?" अखंडानन्द ने पूछा।

"अभी-अभी एक व्यक्ति उस वृक्ष की ओट में छिप गया है।" वह बोला, "किंतु भय का कोई कारण नहीं है।"

"भय का कारण क्यों नहीं है ?"

"अरे स्वामी जी ! मैं भी तो वही हूँ, जो वह है।"

"इसका क्या अर्थ हुआ ? वह दस्यु है और तुम सिपाही हो। वह लोगों को लूटता है और तुम उनकी रक्षा करते हो।"

"हाँ, पर सिपाही के रूप में जो वेतन मुझे मिलता है, वह इतना कम है कि उससे मेरा घर चल नहीं सकता।" वह बोला, "इसीलिए अवसर देखकर मैं भी उनके गिरोह में जा मिलता हूँ। जो थोड़ी ऊपर की कमाई हो जाती है, उसे छोड़ना बुद्धिमानी तो नहीं है न।"

तो अब तक वे एक सिपाही के साथ नहीं, डाकू के साथ ही यात्रा कर रहे थे। यहाँ तो डाकू और सिपाही का भेद ही मिट गया था।...उनकी रक्षा करने के लिए सिपाही के वेश में आया डाकू जानता था कि उनके पास एक फूटी कौड़ी नहीं है। किराया देने के लिए भी नहीं। खच्चर और सिपाही का खर्च भी ग्रामवासी दे रहे हैं। नहीं तो शायद अब तक वह अखंडानन्द की हत्या कर उनका सब कुछ लूटकर जा चुका होता। अखंडानन्द को लगा कि इतनी सारी यातनाएँ झेलने पर भी शायद

वे स्वामी से कभी मिल नहीं पाएँगे और अंततः इसी खुले मरुक्षेत्र में डाकुओं के हाथों उनकी मृत्यु हो जाएगी।...

उन्होंने कुछ नहीं कहा। मन उद्विग्न होता रहा। जिसके भरोसे वे लुटेरों से अपनी रक्षा का विश्वास किए चल रहे थे, वह स्वयं भी एक डाकू था। वह उनकी रक्षा क्या करेगा ? यदि इस समय लुटेरे आ जाएँ, तो संभव है कि वह उनसे जा मिले।...

सारी रात उद्विग्नता में बीती, किंतु कोई दुर्घटना नहीं घटी। भोर होने को थी कि वे गाँव की चौपाल में जा पहुँचे। गाँव वालों ने उनका स्वागत किया और भोजन आदि की व्यवस्था कर दी।

अंततः अखंडानन्द सारी मरुभूमि पार कर गए। प्रायः घोड़े या खच्चर पर और कभी-कभी ऊँट की पीठ पर। बिना सोए अनेक रातों की यात्रा के पश्चात् वे मांडवी पहुँचे।

नगर में जो पहला सिपाही दिखाई दिया, उन्होंने उससे पूछा, "राजा जी का निवास कहाँ है ?"

"क्यों ?" सिपाही हँसा, "राजा जी से क्या काम है ? उन्हें आशीर्वाद देना है ?"

"नहीं, मेरे एक गुरुभाई उनके अतिथि हैं।" अखंडानन्द ने बताया।

"आपके गुरुभाई और राजा के अतिथि ?"

"हाँ भाई ! वे अत्यंत विद्वान् हैं। बंगाली संन्यासी हैं। अंग्रेजी और संस्कृत के भी पंडित हैं।"

"ओह !" सिपाही की मुद्रा कुछ बदली, "तो आप उन स्वामी जी की बात पूछ रहे हैं। वे हैं तो मांडवी में ही, किंतु राजा के घर नहीं, भाटिया के घर ठहरे हैं।"

"भाटिया कौन ?"

"व्यापारी। धनी व्यापारी।" सिपाही बोला, "मार्ग बताऊँ ?"

अखंडानन्द ने मार्ग समझ लिया।...अपना गंतव्य सामने देख वे रुक नहीं सके। शीघ्रातिशीघ्र वे भाटिया के घर जा पहुँचे।

कपाट खुले थे। कमरे में सामने स्वामी बैठे थे। उनके चेहरे का तेज जैसे सारे कमरे को उद्भासित कर रहा था।...

स्वामी ने इस प्रकार अपने सामने अखंडानन्द को खड़े देखा तो वे भी जैसे खिल उठे, "अरे गैंजेस, तुम ! तुम यहाँ कैसे आ गए ?"

"मैं तो जयपुर से ही आपके पीछे लगा हूँ।"

"जयपुर से ?" स्वामी चकित रह गए, "बड़ी दूर तक पीछा किया तुमने मेरा। मार्ग में कहीं कोई दुर्घटना तो नहीं हुई ?"

अखंडानन्द ने डाकुओं के विषय में बताया।

"इतना संकट झेलना क्या समझदारी है ?" स्वामी ने कुछ रोष जताया, "खच्चर और सिपाही क्यों नहीं माँगा ?"

"बाद में वही किया; और देखकर आश्चर्य हुआ कि लोग साधुओं के प्रति अपनी श्रद्धा के कारण इस प्रकार की व्यवस्था कर देते हैं।"

"हाँ। इस प्रदेश में हमारे बंगाल की तुलना में साधुओं के प्रति श्रद्धा का भाव बहुत अधिक है।" स्वामी बोले, "कारण जानते हो ?"

"यहाँ के लोगों की धर्म में अधिक आस्था है।"

"नहीं।" स्वामी बोले, "यहाँ साधु वेशधारियों ने उतने पाप नहीं किए हैं।"

और फिर स्वामी ने गृहस्वामी की ओर मुड़कर उनसे अखंडानन्द का परिचय कराया, "अब आपको मेरे साथ इनके रहने का भी प्रबंध करना पड़ेगा।"

"मेरा सौभाग्य।" भाटिया बोले, "ऐसा दायित्व तो किसी को अपने पुण्यों से ही मिलता है।"

कुशल समाचार पूछने के पश्चात् स्वामी ने अपनी विनोद-भरी बातों से अखंडानन्द की सारी क्लांति हर ली। उन्होंने एक सिरे से जैसे ठाकुर के साथ व्यतीत किए हुए दिनों का पुण्य स्मरण किया।

"तुम्हें स्मरण है गंगा ! हम लोग मेरठ में पृथक् हुए थे ?"

"स्मरण है।" अखंडानन्द बोले, "और हम सबका विचार था कि आपके इस प्रकार अकेले यात्रा करने की इच्छा के पीछे कोई न कोई लक्ष्य अवश्य है।"

"इतना समझते हो न !" स्वामी ने कहा, "अब तुम इतनी कठिनाई से, इतने संकट झेलकर मेरे पास आए हो, तो मेरा मन यह कहने को नहीं होता कि तुम जाओ और मुझे अकेला रहने दो। किंतु मेरे सामने एक लक्ष्य है और यदि तुम मेरे साथ रहोगे तो मेरा वह लक्ष्य पूरा नहीं हो पाएगा।"

"जानता हूँ।" अखंडानन्द ने कहा, "किंतु स्मरण कीजिए, आपको कलकत्ता से विदा करते हुए माँ ने कहा था, 'मैं अपना सर्वस्व तुम्हारे हाथों में सौंप रही हूँ गंगाधर ! ध्यान रखना, नरेन्द्र को किसी प्रकार का कोई कष्ट न हो।' "

"सब कुछ स्मरण है मुझे।" स्वामी ने कहा, "किंतु यदि तुम्हारे साथ रहने से ही मुझे कष्ट हो तो ?"

अखंडानन्द पर जैसे गाज गिरी। वे कल्पना भी नहीं कर सकते थे कि स्वामी उनसे ऐसी बात भी कह सकते हैं।

"मेरे साथ रहने से आपको कष्ट होगा ?"

"सुनो। रुष्ट मत होना, किंतु सत्य यही है कि अब मैं एकदम ही बिगड़ैल और नकारा हो चुका हूँ। किसी के किसी काम का नहीं रहा। मेरा पीछा छोड़ दो।"

"आप बिगड़ैल ही नहीं, चरित्रहीन भी हो चुके हों तो क्या ?...मुझे आपसे प्रेम है।..."

"और मेरा लक्ष्य ? मेरा गंतव्य ?"

अखंडानन्द कुछ नर्म पड़े, "इतना तो मैं भी समझता हूँ कि आपके निकट रहने के मेरे लोभ से आपको असुविधा होगी। आप मन ही मन इस समय आशंकित होंगे कि मैं आपके साथ चिपक गया और आपको छोड़कर जाने को सहमत न हुआ तो... ।"

"देखो गंगा ! मेरी बात का बुरा न मानना और न ही इसे अपनी उपेक्षा समझना। अपने गुरुभाइयों के प्रति मेरे स्नेह में कहीं कोई कमी नहीं आई है। तुम लोगों से दूर रहकर उसमें वृद्धि ही हुई है। तुम भूले नहीं हो कि माँ ने मुझे तुम्हें सौंपा था और मैं यह नहीं भूला हूँ कि तुम सबको ठाकुर मुझे सौंपकर गए थे।...पर वे ही मुझ पर माँ का कार्य भी डाल गए थे। यदि तुममें से कोई भी मेरे साथ रहेगा तो मैं अपनी योजनाएँ पूरी नहीं कर पाऊँगा। तो फिर माँ का कार्य कैसे होगा ?... बस, यही मान लो कि मैं तुम लोगों के काम का नहीं रहा। मेरा विचार त्याग दो। मेरे प्रति अपना मोह कम करो।"

अखंडानन्द हँसे, "क्या हुआ, यदि आप हमारे काम के नहीं रहे। मैंने कहा न कि मैं आपसे प्रेम करता हूँ और उस प्रेम का आपके चरित्र से कुछ भी लेना-देना नहीं है। वह आपसे कोई अपेक्षा नहीं करता। कुछ नहीं माँगता। बस, आपसे प्रेम करता है। किंतु मेरा प्रेम आपके मार्ग की बाधा नहीं बनेगा। प्रेम बाँधता नहीं है। बाँधता तो मोह है। मैं आपसे मिलने के लिए अत्यंत व्याकुल था और अब मेरी वह इच्छा पूरी हो गई है। आप अपने मार्ग पर अपनी इच्छानुसार अकेले जा सकते हैं।"

अपने कोमल मृदु स्वभाव के मित्र अखंडानन्द के मुख से यह सुनकर स्वामी विस्मित हुए। बोले, "तुमसे मुझे यही आशा थी गंगा ! अब मैं तुम्हें बता सकता हूँ कि मैं कल ही भुज जा रहा हूँ।"

इस आकस्मिक सूचना से अखंडानन्द जैसे स्तब्ध रह गए। उनके मुख से अनायास ही निकल गया, "और मैं ?"

"तुम एक दिन यहाँ और रुक जाओ। बहुत यात्रा की है तुमने।" स्वामी बोले, "तुम्हें कुछ विश्राम करना चाहिए। भाटिया तुम्हारी पूरी देखभाल करेंगे। परसों तुम भी चल पड़ना और मेरे पास भुज आ जाना। मैं अपना पता छोड़ जाऊँगा।"

"आपको असुविधा तो नहीं होगी ?"

"नहीं।"

भुज पहुँचने पर अखंडानन्द ने पाया कि स्वामी तनिक भी उद्विग्न नहीं थे। वे जैसे एक प्रकार से उनकी प्रतीक्षा ही कर रहे थे। उन्हें उनकी संगति से किसी प्रकार के विघ्न का आभास नहीं हो रहा था।

किंतु साथ ही साथ स्वामी ने कह दिया, "हम यहाँ अधिक दिन नहीं रहेंगे।"

अखंडानन्द का ध्यान इस ओर गया कि वे यह नहीं कह रहे कि वे अखंडानन्द के साथ नहीं रहेंगे। वे कह रहे थे कि वे दोनों ही भुज में अधिक नहीं रुकेंगे।

"कारण ?"

"जिस रूप में राजा हमारा सत्कार कर रहे हैं, वह लोगों की आँखों में किरकिरी के समान चुभ रहा है। हमें कल ही यहाँ से चल पड़ना चाहिए।"

विचित्र बात थी...अखंडानन्द सोच रहे थे।...राजा सत्कार न करते तो वे लोग अपमानित, उपेक्षित होकर भुज में रह सकते थे; किंतु सत्कार हो रहा है तो वहाँ रहना उचित नहीं है। निश्चित रूप से स्वामी नहीं चाहते थे कि वे लोगों में विलासी और चाटुकार साधुओं के रूप में प्रसिद्धि पाएँ। सामाजिक मान्यता की अवहेलना वे नहीं करना चाहते थे। वे निर्लोभ थे, तो चाहते थे कि जन सामान्य भी उन्हें उसी रूप में जाने।

"जैसा आप उचित समझें।" अखंडानन्द ने कहा, "मुझे तो आपका संग मात्र चाहिए—जितना संभव हो। राजप्रासाद हो या राह-किनारे का वृक्ष, संन्यासी को कोई अंतर नहीं पड़ता।"

स्वामी उनके साथ भुज में दो दिन रहे और यह कहकर चले गए कि अखंडानन्द दो दिन पश्चात् उनसे मांडवी में मिलें।...अखंडानन्द के मन में भिन्न-भिन्न प्रकार के विचार आ रहे थे। स्वामी ने अभी तक उन्हें अलग हो जाने के लिए नहीं कहा था। संभव है कि वे ऐसी कठोर बात केवल इसीलिए न कह पा रहे हों कि अखंडानन्द ने बहुत परिश्रम कर उन्हें खोजा था। किंतु वे टिककर उनके साथ रह भी नहीं रहे थे। एक या दो दिन साथ रहते और चल पड़ते। उन्होंने यह भी नहीं कहा था कि अब

अखंडानन्द उनके पीछे न आएँ। किंतु वे लोग एक साथ यात्रा क्यों नहीं कर सकते ?…अखंडानन्द का साहस नहीं हुआ कि वे पूछें।

मांडवी में स्वामी ने पुनः उनका स्वागत किया। इस बार स्वामी उनके साथ पंद्रह दिन रहे। वे उनके पुराने गुरुभाई जैसे ही थे। वैसे ही मित्र, वैसे ही स्नेह करने वाले बड़े भाई। उसी प्रकार के मार्गदर्शक। वे उसी प्रकार परिहास कर सकते थे। उसी प्रकार गंभीर से गंभीर चर्चा कर सकते थे।

"आपका मठ से कोई संपर्क है क्या ?"

"इस समय उसकी आवश्यकता नहीं है।" स्वामी बोले, "आवश्यकता होने पर फिर सब को बाँधकर एक स्थान पर एकत्रित कर दूँगा।"

"पर आपको अपना समाचार तो देते रहना चाहिए।"

"क्या करेंगे वे मेरे समाचार का ?"

"वे अपना समाचार देंगे। आपको आपके परिवार का समाचार देंगे।"

स्वामी ने उन्हें गंभीर दृष्टि से देखा, "मैंने घर-परिवार इसलिए छोड़ा था क्या कि सारे संसार में घूमकर उनके समाचार बटोरता रहूँ अथवा उसकी प्रतीक्षा करता रहूँ ?"

"नहीं, पर…।"

"उनको प्रभु के भरोसे छोड़ दिया है तो फिर उनका बोझ अपने कंधे पर उठाने का क्या अर्थ ?…और मठ का समाचार…ठाकुर जो समाचार जब देना चाहते हैं, भेज ही देते हैं।"

अखंडानन्द चुप रह गए।

कोई अज्ञात सूक्ष्म शक्ति अखंडानन्द को बाध्य कर रही थी कि वे स्वामी का पीछा करें और स्वामी के अनुभवों का प्रत्यक्ष ज्ञान प्राप्त करें। वह कोई साधारण शक्ति नहीं थी, जिसने उन्हें इतने लंबे समय तक–दिनोदिन ही नहीं, महीनों-महीने–सारे संकटों और बाधाओं में ही नहीं, मृत्यु के जबड़ों में भी स्वामी की ओर धकेला था और अंततः भारत के इस पश्चिमी तट के अंतिम छोर पर स्वामी से ला मिलाया था।

दक्षिणेश्वर के दिनों में एक दिन अखंडानन्द ने अपने गुरु श्री रामकृष्ण परमहंसदेव के मुख से एक दिव्य संदेश सुना था, 'मनुष्य के प्रति केवल करुणा ही नहीं, वरन् मनुष्य में विद्यमान ईश्वर की सेवा।' स्वामी ने उन शब्दों का गंभीर अर्थ समझा था और कहा था, 'यदि ईश्वर की इच्छा और कृपा हुई तो मैं एक दिन इस संदेश को सारे विश्व को सुनाऊँगा। सारे विश्व को--विद्वानों और निरक्षरों को, धनी और कंगालों को, ब्राह्मण और चांडालों को।'

अखंडानन्द ने मांडवी में जिस क्षण स्वामी को देखा था, उसी क्षण उन्हें समझ में आ गया था कि जिस काम का वचन स्वामी ने दिया था, उस कार्य के होने की शुभ घड़ी आ गई है। उन्होंने स्वामी में एक असाधारण और अप्रतिहत दिव्य शक्ति के दर्शन किए। उनका हृदय आह्लाद से भर उठा।

मांडवी से स्वामी पोरबंदर गए।

पाँच-छह दिनों के पश्चात् अखंडानन्द भी पोरबंदर आ गए और पुनः स्वामी से जा मिले। मांडवी, पोरबंदर और भुज के दिनों में स्वामी ने उनसे अपने देश की दुर्दशा और उसके भविष्य की बहुत चर्चा की। ऐसा लगता था कि वे अपने देश की दुर्दशा को क्षण-भर के लिए भी झेल नहीं पा

रहे हैं और पीड़ा की उस अग्नि में निरंतर जल रहे हैं। अखंडानन्द ने यहीं अनुभव किया कि ठाकुर ने जिस मानव-सेवा की कल्पना की थी और जिसे स्वामी ने विकसित किया था, उसका रूप क्या था।"

63

अभेदानन्द पोरबंदर के एक मार्ग से जा रहे थे कि उन्हें संस्कृत पाठशाला का भवन दिखाई दे गया। उन्हें लगा, यह अच्छा स्थान हो सकता है। जाकर प्रबंधक से पूछा, "साधु के लिए कोई आश्रय है ?"

"संस्कृत का ज्ञान है साधु महाराज ?" प्रबंधक ने संस्कृत में पूछा।

"इतना तो है कि आपकी बात का उत्तर संस्कृत में दे सकूँ।" अभेदानन्द ने कहा।

प्रबंधक चमत्कृत हो उठा।

"स्वागतम् ! स्वागतम् ! उपविषतु !"

उसने तत्काल दीवान शंकर पांडुरंग के घर संदेश भिजवाया कि संस्कृत बोलने वाला एक साधु आया है और आश्रय माँग रहा है।

संदेशवाहक ही पांडुरंग का उत्तर भी ले आया, "उन्हें तत्काल भेजिए।"

"आपके आश्रय की व्यवस्था हो गई।"

"आपकी पाठशाला में ?"

"नहीं, दीवान जी के घर पर।"

"कौन दीवान जी ?"

"पोरबंदर राज्य के दीवान पंडित शंकर पांडुरंग के घर पर।" प्रबंधक ने बताया, "वे सज्जन ही नहीं, आध्यात्मिक पुरुष हैं। विद्वान् हैं। संस्कृत के तो पंडित ही हैं। पंडितों का बहुत सम्मान करते हैं। आपको किसी प्रकार का कष्ट नहीं होगा।"

"साधु को तो न सम्मान चाहिए, न आराम।" अभेदानन्द हँसकर बोले, "साधु को तो बस आश्रय चाहिए।"

पंडित शंकर पांडुरंग ने अभेदानन्द का स्वागत अपने द्वार पर ही किया। भीतर ले जाते हुए यह सूचना भी दे दी कि कुछ दिन हुए पोरबंदर में एक अति विद्वान् बंगाली संन्यासी आए थे।

अभेदानन्द चौंके, "वे किस नाम से जाने जाते थे ?"

"अपना नाम सच्चिदानन्द बताया करते थे।" शंकर पांडुरंग बोले, "साथ ही कहा करते थे, 'मेरा ही क्या, सबका नाम सच्चिदानन्द है। हमारा स्वरूप सत्, चित् और आनंद का है। हम सब ही सच्चिदानन्द हैं।' "

अभेदानन्द के मन में खटका लग गया, हो न हो, ये नरेन्द्रनाथ ही हो सकते हैं। वे कहीं विविदिशानन्द होते हैं, कहीं सच्चिदानन्द, कहीं कुछ और"

"वे अंग्रेजी बोलते थे ?"

"अंग्रेजी का उनका ज्ञान यहाँ चर्चा का विषय था।" पांडुरंग ने कहा, "किसी-किसी

अंग्रेजी-प्रेमी को चुप कराने के लिए ऐसी धाराप्रवाह अंग्रेजी बोलते थे कि सामने वाले की सारी अंग्रेजी बह जाती थी। वैसे हम लोगों से तो वे हिंदी में अथवा गुजराती मिश्रित हिंदी में ही चर्चा करते थे। संस्कृत में भी संवाद हो जाता था।''

''उनके रंग-रूप के विषय में कुछ बता सकते हैं ? चेहरा-मोहरा कैसा था ?''

''बहुत लंबे नहीं थे। रंग गोरा था। शरीर कुछ भरा हुआ था और वैसी आँखें तो मैंने आज तक किसी की देखी ही नहीं हैं।''

अभेदानन्द को विश्वास हो गया कि ये नरेन्द्रनाथ ही हैं। दूसरा कोई हो ही नहीं सकता।

शंकर पांडुरंग अथर्ववेद पर अपनी एक कृति तैयार कर रहे थे। अभेदानन्द के वेदों संबंधी ज्ञान को देखकर उनका लोभ जाग उठा। निवेदन किया कि अभेदानन्द कुछ समय के लिए उनके घर पर रुक जाएँ।

अभेदानन्द का मन नरेन्द्रनाथ से भेंट के लिए लालायित था। पांडुरंग का निमंत्रण स्वीकार कर लिया। संभव है, यही नरेन्द्रनाथ से मिलने का बहाना बन जाए। पांडुरंग अपने काम में व्यस्त थे। उनका मन उसमें रमा हुआ था। वे समय पाते ही अभेदानन्द के सामने कोई न कोई समस्या रख देते। चर्चा से उन्हें लाभ हो रहा था। अभेदानन्द के मन में अपना विषय पर्याप्त स्पष्ट था। उनकी बुद्धि प्रखर थी और वे तर्क समझते भी थे, तर्क करना जानते भी थे। कई नए अर्थ, भाव और विचार पांडुरंग के सामने खुल रहे थे। अपने विचारों की पुष्टि भर हो जाना भी उनके लिए पर्याप्त महत्त्वपूर्ण था।

तीसरे दिन अभेदानन्द ने जाने की अनुमति माँगी।

''अभी आप और रुकते। शायद आपके गुरुभाई आ जाएँ।''

''उसी लोभ में दो दिन रुका रहा।'' अभेदानन्द हँसे, ''किंतु लगता है कि आपके घर पर उनसे मेरा मिलना नहीं बदा है।''

''आप रुकते तो मेरे काम में कुछ सहायता हो जाती।''

''मेरे जाने से भी आपका काम नहीं रुकेगा।'' अभेदानन्द बोले, ''मैं न आया होता, तो भी तो आप अपना काम कर ही रहे थे। मेरा अपने गुरुभाई को खोजना आवश्यक है। और रुकना संभव नहीं है।''

पांडुरंग जितना आग्रह कर सकते थे, कर चुके; किंतु अभेदानन्द नहीं माने। वे वहाँ व्यर्थ बैठे रहना नहीं चाहते थे। उनका मन कहता था कि नरेन्द्रनाथ यहीं कहीं आसपास ही हैं। किंतु पांडुरंग के घर बैठे शास्त्रों पर चर्चा करते रहने से तो नरेन्द्रनाथ नहीं मिल जाएँगे।...

उन्होंने पांडुरंग से विदा ली और जूनागढ़ की ओर चल पड़े।

जूनागढ़ पहुँचकर उन्हें ज्ञात हुआ कि कुछ दिनों से नवाब के निजी सचिव सूर्यराम मनसुखराम त्रिपाठी के घर एक विद्वान् बंगाली संन्यासी ठहरे हुए हैं। वे उच्च अंग्रेजी शिक्षा प्राप्त हैं। नाम पूछने पर पता चला कि वे सच्चिदानन्द हैं।...अभेदानन्द को और किसी प्रमाण की आवश्यकता नहीं हुई। अपने विश्वास को सत्य मानकर वे आत्मबल से भरे हुए पूछते-पूछते सूर्यराम मनसुखराम त्रिपाठी के घर जा पहुँचे।

उन्हें घर में प्रवेश करते ही स्वामी के दर्शन हो गए। स्वामी बाहरी बरामदे में ही बैठे थे।

स्वामी ने अभेदानन्द को इस प्रकार अप्रत्याशित रूप से अपने सामने उपस्थित पाया तो प्रसन्नता के मारे उठ खड़े हुए।

अभेदानन्द अपने अश्रु रोक नहीं पाए। कितने लंबे अंतराल के पश्चात् आज वे स्वामी को अपने सामने देख रहे थे।

"मैं और पंडित जी अभी-अभी अद्वैत की ही चर्चा कर रहे थे।" स्वामी ने कहा, "और पंडित जी ! ये मेरे गुरुभाई हैं अभेदानन्द। हम इन्हें इनके संन्यास-पूर्व नाम से भी बुला लिया करते हैं—काली।"

पंडित सूर्यराम मनसुखराम त्रिपाठी अभेदानन्द का स्वागत करने के लिए उठ खड़े हुए। उन्होंने हाथ जोड़कर नवागंतुक संन्यासी को प्रणाम किया, "आसन ग्रहण करें स्वामी जी !"

अभेदानन्द बैठ गए तो स्वामी ने कहा, "ये मेरे आध्यात्मिक भाई हैं और अभेदानन्द नाम से ही स्पष्ट है कि इनका मूल क्षेत्र अद्वैत है। अब ये आपके साथ शास्त्रों की चर्चा करेंगे।"

अभेदानन्द चकित रह गए। वे थके हुए थे और अभी आए ही थे। स्वामी ने यह भी नहीं पूछा कि कहाँ से आ रहे हैं ? कब से चले हुए हैं ? कब से कुछ खाया है, या नहीं खाया है ?... और एक लंबी अवधि के पश्चात् मिलने पर भी कोई बात न कर सीधे शास्त्रार्थ के लिए बैठा दिया।

पर स्वामी उनके नेता थे। ठाकुर ने उन सब गुरुभाइयों को स्वामी के हाथों में ही सौंपा था और आदेश दिया था कि वे लोग स्वामी की आज्ञा का पालन करें।...

त्रिपाठी जी ने संस्कृत में जिज्ञासा की और अभेदानन्द ने संस्कृत में ही उत्तर देना आरंभ किया। त्रिपाठी जी पूर्व पक्ष प्रस्तुत कर रहे थे और अभेदानन्द उसका उत्तर दे रहे थे।

सहसा अभेदानन्द की आँखें स्वामी की ओर उठ गईं। वे उनकी चर्चा को बहुत ध्यान से सुन रहे थे। उनके चेहरे की प्रसन्नता प्रकट कर रही थी कि वे अभेदानन्द के उत्तरों से पूर्णतः संतुष्ट ही नहीं थे, वरन् फूले नहीं समा रहे थे। वे अपने गुरुभाई की योग्यता पर उसी प्रकार गर्व और सफलता का अनुभव कर रहे थे, जैसे कोई पिता अपने पुत्र की असाधारण क्षमताओं को देखकर गर्व से भर उठता है।

त्रिपाठी जी ने अत्यंत विनीत भाव से अभेदानन्द को विश्राम करने को कहा। उनके लिए एक कमरे की व्यवस्था कर दी गई। उन्होंने घर के भीतर कहलवा दिया कि अभेदानन्द भी दोपहर का भोजन उनके साथ ही करेंगे।...

अभेदानन्द की समझ में अब आ रहा था कि स्वामी ने उनके आने पर क्यों न तो उन्हें विश्राम करने दिया था, न उनकी भूख-प्यास के विषय में चिंता की थी। क्यों घर में पग धरते ही उन्हें सीधे त्रिपाठी जी से शास्त्रार्थ के लिए बैठा दिया था।...यदि वे तब कहकर अभेदानन्द के लिए भोजन-पानी और विश्राम माँगते तो शायद उनका आना त्रिपाठी जी को बोझ लगता और वे मानते कि स्वामी उन पर अपने गुरुभाई को आरोपित कर रहे हैं। एक और अतिथि का बोझ उन पर डाल रहे हैं। वह स्वामी की इच्छा होती; किंतु उस थोड़े-से शास्त्रार्थ के पश्चात् अब वे त्रिपाठी जी की इच्छा से उनके घर में थे। उनके उस घर में आश्रय लेने का आग्रह स्वयं गृहस्वामी का था।... अभेदानन्द चकित रह गए, स्वामी किस ढंग से कितनी दूर तक सोच लेते हैं। दूसरा व्यक्ति तो उनका व्यवहार समझ ही नहीं पाता।...

अभेदानन्द को लगा कि उन्हें शायद भोजन से पहले ही झपकी आ गई थी। स्वामी तक पहुँचने की आतुरता में उन्होंने अपनी शारीरिक थकान के विषय में कुछ सोचा ही नहीं था। उस थकान ने ही कदाचित् उन्हें भूखे ही सुला दिया था। भोजन के लिए उन्हें जगाया न जाता तो कदाचित् वे सोते ही रहते।...वैसे संन्यासी के लिए इस प्रकार भूखे सो जाना कोई बड़ी बात नहीं थी। संन्यासी की परीक्षा भी तो होती है। अनेक बार भोजन नहीं मिलता या पर्याप्त भोजन नहीं मिलता, तब भी तो संन्यासी सोता ही है।...

भोजन के पश्चात् अभेदानन्द और स्वामी अकेले थे। त्रिपाठी जी ने कदाचित् यह मानकर दोनों गुरुभाइयों को अकेला छोड़ दिया था कि वे लोग अपने मन की बातें कर लें अथवा भोजन के पश्चात् विश्राम कर लें। वे जान गए थे कि स्वामी को भी भोजन के पश्चात् एक झपकी बहुत प्रिय लगती है।...

"तुमने मठ कब छोड़ा काली ?" स्वामी ने पूछा, "मठ का कोई समाचार है क्या ?"

अभेदानन्द के मन में मठ और अपने सारे गुरुभाई घूम गए। उनकी आँखों में अश्रु आ गए।...

"क्या बात है काली ?" स्वामी ने कहा, "तुम इतने भावुक तो कभी नहीं थे कि अपने मठ को स्मरण कर इस प्रकार आँखें भर लाते।"

"नहीं, ऐसी तो कोई बात नहीं।" अभेदानन्द ने अपने अश्रु पोंछ लिए, "काशी-प्रवास से जब मैं वराहनगर मठ में लौटा तो मुझे सूचना मिली कि आप अज्ञात परिव्राजक के रूप में अज्ञात स्थानों के भ्रमण पर गए हुए हैं और कोई नहीं जानता है कि आप कहाँ हैं।"

"मैं तो जानता हूँ कि मैं कहाँ हूँ।" स्वामी हँसे, "मठ में कौन-कौन था ?"

"काशी में मिली सूचनाओं के अनुसार, शशि, तारक दादा और कुछ और लोग मठ में थे। शशि तो कहीं जाता ही नहीं। न कभी गया, न शायद कहीं जाएगा। वे लोग अपनी दैनंदिन पूजा, उपासना, तपस्या और श्री श्री ठाकुर की वस्तुओं की देखभाल कर रहे थे।" अभेदानन्द बोले, "मुझे उन लोगों से मिले हुए बहुत दिन हो गए थे। मन में एक व्यग्रता जागी और मैं उनसे मिलने के लिए पैदल ही कलकत्ता की ओर चल पड़ा।"

"पैदल ?"

"हाँ, पैसे तो थे नहीं। दिन-भर चलता था और भोजन के समय दो या तीन घरों से मधुकरी कर जो कुछ मिलता था, उसी से संतुष्ट होकर आगे चल पड़ता था।"

"और रात्रि-विश्राम ?"

"ग्रीष्म में वृक्षों से अच्छा आश्रयस्थल और कौन-सा हो सकता है !" अभेदानन्द ने हँसकर कहा, "और उनकी न भारत में कमी है, न वृक्षों को कोई आपत्ति है।"

"बिना पैसे के गंगा कैसे पार की ?"

"एक नाविक से प्रार्थना की। उसने बाली से गंगा पार कराने की भिक्षा दी। मैं मठ में पहुँच गया।"

"वहाँ कौन मिला ?"

"सबसे पहले तो शशि ही मिला। मुझे इस प्रकार अकस्मात् अपने सामने देखकर वह मुझसे लिपट गया। हम दोनों की ही आँखों में अश्रु आ गए। थोड़ी देर तक हममें से कोई भी कुछ नहीं

बोला। कुछ देर बाद शशि ने स्वयं को संयत किया और पूछा, 'इतने दिनों तक कहाँ थे तुम ?', 'तीर्थयात्रा पर था।' मैंने कहा। शशि कुछ उदास होकर बोला, 'किंतु मैं कहीं नहीं गया। ठाकुर को छोड़कर कैसे जा सकता हूँ ! पूजा, आरती और श्री श्री ठाकुर की सेवा छोड़कर मैं कैसे कहीं जा सकता हूँ !', 'शशि !' मैंने कहा, 'तुम हम सबमें से सर्वाधिक सौभाग्यशाली हो। तुम पर ठाकुर की असीम कृपा है, जो वे केवल तुमसे सेवा ले रहे हैं।' हमारे वार्तालाप के स्वर सुनकर निरंजन और तारक दादा भी आ गए। वे भी मुझसे मिलकर बहुत प्रसन्न हुए। अपने गुरुभाइयों से मिलकर मेरे मस्तिष्क में वे दिन घूमने लगे, जो हमने ठाकुर की छत्रच्छाया में एक साथ बिताए थे। कैसे सुखद दिन थे वे भी। मेरी आँखों से जाने कितने अश्रु बह गए।"

"मठ की क्या स्थिति थी ?"

"स्थिति तो कुछ ठीक नहीं थी। समय-समय पर भक्त लोग जो कुछ दान कर जाते थे अथवा चढ़ावा चढ़ा जाते थे, उससे लाटू, शशि, शरत्, निरंजन, तारक दादा तथा दो-एक और लोगों का भोजन ही किसी प्रकार निपटता था। वे भरपेट खाते थे या नहीं, कह नहीं सकता; किंतु उसे उनका भोजन ही कहा जाता था। शशि तो आत्मविस्मृति की स्थिति में दिन-रात ठाकुर की देखभाल में लगा रहता था। ठाकुर की सेवा ही उसकी दैनिक पूजा, मनन और ध्यान—सब कुछ था। निरंजन और तारक दादा कभी-कभी अपने भक्तों और कलकत्ता के कुछ अन्य लोगों के घरों में भिक्षाटन के लिए जाते थे।"

स्वामी ने एक गहरा निःश्वास छोड़ा, किंतु कुछ कहा नहीं।

"मैं उन लोगों के साथ मठ में रहने लगा। अपराह्न अथवा संध्या-समय जब कुछ भक्त लोग सत्संग की इच्छा से आते थे, मैं उनके साथ शास्त्र संबंधी चर्चा करता था। उनकी समस्याओं का समाधान होता था और मुझे अच्छा लगता था। शेष समय ध्यान, प्रार्थना और स्वाध्याय में बीत जाता था।" अभेदानन्द रुक गए।

"तो ?" स्वामी ने पूछा।

"एक दिन शशि मेरे पास आया। उसका चेहरा उदास था। वह जैसे कुछ कहना चाहता था, किंतु कह नहीं रहा था। मैंने पूछा, 'क्या बात है शशि !', 'एक गोपनीय सूचना है। सूचना आप से संबंधित है; किंतु अच्छी नहीं है।' उसने कहा, 'एक मन होता है कि ऐसी सूचनाओं पर कान ही क्यों धरूँ। दूसरा मन होता है कि सूचना आपसे संबंधित है, उसे आपसे छिपाना नहीं चाहिए।' "

"ऐसी क्या सूचना थी ?" स्वामी की जिज्ञासा भी जाग उठी।

"मैंने उत्सुकता दिखाई तो उसने एकांत में बड़े गोपनीय ढंग से बताया कि मेरे एक गुरुभाई मुझसे विशेष रूप से रुष्ट हैं।"

"क्यों ?" स्वामी चकित थे।

"मैंने भी उससे कारण पूछा। उसने बताया कि मेरे उस गुरुभाई को मेरे स्वाध्याय, शास्त्र-मनन और आगंतुकों से इस प्रकार शास्त्र-चर्चा पर आपत्ति है।…"

"पर क्यों ? ये सब तो धर्म के ही अंग हैं।" स्वामी ने कहा, "जब मैं वहाँ था, तो मैं भी तो यही सब किया करता था।"

"मैंने कारण पूछा तो शशि ने बताया कि मेरे वे गुरुभाई मानते हैं कि हमारे गुरु ने हमें साधना का मार्ग दिखाया है, अध्ययन का नहीं। हमारा काम तपस्या करना है, व्यर्थ का वितंडावाद

करना नहीं।'' अभेदानन्द ने कहा, ''यही कारण है कि ठाकुर पुस्तकीय ज्ञान पर बहुत बल नहीं देते थे। वे धर्म के अध्ययन पर नहीं, उसके साक्षात्कार पर बल देते थे।''

''यह सत्य है, किंतु अध्ययन के विरोधी वे नहीं थे। मुझे तो उन्होंने ही सबसे पहले अष्टावक्रसंहिता पढ़ने को दी थी।'' स्वामी बोले, ''हमारे गुरु ने यह कब कहा कि कौन-सा मार्ग सत्य है और कौन-सा असत्य है। उन्होंने तो कहा, सारे मार्ग ईश्वर तक पहुँचाते हैं।''

''मैंने न शशि से तर्क-वितर्क किया, न अपने उस गुरुभाई से। इस सूचना से तो मैं दुखी ही हुआ था; किंतु दूसरी सूचना से तो मैं हतप्रभ ही रह गया।'' अभेदानन्द की आँखों में पुनः पानी की झलक दिखाई पड़ी।

''दूसरी सूचना क्या थी ?'' स्वामी ने पूछा।

अभेदानन्द ने स्पष्ट लक्ष्य किया कि स्वामी ने उस गुरुभाई का नाम जानने की कोई उत्सुकता नहीं दिखाई थी।...अभेदानन्द की जिह्वा पर आया हुआ वह नाम कंठ से ही वापस लौट गया। नाम बताकर वे अपनी पीड़ा नहीं कहेंगे, अपने एक गुरुभाई की चुगली नहीं करेंगे। उससे वे स्वामी की ही नहीं, अपनी भी दृष्टि में गिर जाएँगे। नहीं, वे ऐसी क्षुद्रता दिखाकर स्वामी को कष्ट नहीं देंगे।...स्वामी उनका कष्ट तो जानना चाहते थे, उसे दूर भी करना चाहते थे; किंतु किसी का विरोध अथवा निंदा करने में उनकी कोई रुचि नहीं थी। वे मठ में दो विरोधी दल बनाकर किसी एक का साथ देने की नीति नहीं अपनाना चाहते थे। यह ही उचित भी था।...स्वामी अपने गुरुभाइयों में से एक-एक को अच्छी तरह जानते थे। उनके स्वभाव को ही नहीं, उनके मन और आत्मा को भी पहचानते थे। यह भी तो संभव था कि बिना नाम पूछे ही वे समझ गए हों कि उनमें से किसका इस प्रकार का चिंतन हो सकता है। किंतु अपने मुख से वे भी उसका नाम नहीं लेना चाहते थे। वे इस विरोध को सैद्धांतिक मतभेद तक ही सीमित रखना चाहते थे। इसे व्यक्तिगत विरोध बनाकर न अपने गुरुभाइयों के संबंध बिगाड़ना चाहते थे, न उनके गुट बनाना चाहते थे और न ही मठ का वातावरण विषाक्त करना चाहते थे।...

''शशि ने बताया कि मेरे वे ही गुरुभाई योजना बना रहे हैं कि गुरु-विरोध का आरोप लगाकर मुझे सदा के लिए मठ से निष्कासित कर दिया जाए। ऐसे में मुझे रामकृष्ण परमहंसदेव की संतान भी नहीं माना जाएगा।''

अभेदानन्द ने स्वामी की ओर देखा। स्वामी चिंतामग्न मौन बैठे रहे।

''मैंने निरंजन से भी इस संदर्भ में बात की।'' अभेदानन्द पुनः बोले, ''उसने भी रुद्ध कंठ और भारी मन से स्वीकार किया कि हाँ, मठ में ऐसी कुछ चर्चा चल तो रही है। किंतु विस्तार से वह भी बात नहीं करना चाहता था। उसकी पीड़ा भी मैं समझ रहा था। इस दुर्भाग्यपूर्ण स्थिति से कोई भी प्रसन्न नहीं था। कोई किसी का पक्ष नहीं लेना चाहता था, कोई किसी का विरोध नहीं करना चाहता था। कोई ठाकुर के मठ में विष-बीज बोना नहीं चाहता था।...''

स्वामी ने फिर भी कुछ नहीं कहा, जैसे वे केवल सुनना और सोचना ही चाहते थे।

''मेरे मन में आया कि इस मतभेद को मिटाने के लिए मैं सीधे अपने उस गुरुभाई से ही चर्चा क्यों न करूँ। नहीं तो सबके बीच चर्चा हो। मठ में एक संवाद हो। शास्त्रार्थ हो। संभव हो तो शास्त्र के आधार पर ही निर्णय किया जाए कि मेरा आचरण ठीक था अथवा उसमें दोष था।...''

''तो क्यों सीधे-सीधे उनसे चर्चा नहीं की ?'' स्वामी ने सहसा पूछा।

"ऐसे में मुझे उन्हें यह भी बताना पड़ता कि यह सूचना मुझे शशि ने दी है और निरंजन ने भी उसकी पुष्टि की है। संभव है कि उनके मन में उन दोनों के प्रति भी विरोध और वैमनस्य जागता। बात बढ़ जाती।" अभेदानन्द ने कहा, "इसी प्रकार के अनेक छोटे-बड़े द्वंद्वों के चलते मैं उनसे बात करने का साहस नहीं जुटा पाया। मन ही मन रामकृष्णदेव से प्रार्थना करता रहा कि वे मुझे मार्ग सुझाएँ और इस झंझट को दूर करें।"

"उन्होंने मार्ग सुझाया ?" स्वामी ने पूछा।

" कह नहीं सकता; किंतु मेरे मन में आया कि मैं उस स्थान पर नहीं रह सकता, जहाँ मेरे कारण किसी को उद्विग्नता का अनुभव हो। जाने क्यों और कैसे मेरे मन में गीता का वह श्लोक बार- बार गूँजने लगा : 'स्थितप्रज्ञ वह है, जो न किसी के कारण उद्विग्न होता है और न उसके कारण कोई उद्विग्न होता है।'

यस्मान्नोद्विजते लोको लोकान्नोद्विजते च यः।
हर्षामर्षभयोद्वेगैर्मुक्तो यः स च मे प्रियः।।

" मैं नहीं चाहता था कि मैं मठ में रहूँ और मेरे कारण मेरे किसी गुरुभाई को असुविधा हो। मेरे कारण किसी के मन में उद्विग्नता जागे और विरोध में वृद्धि हो। अंततः मैंने निर्णय किया कि मठ में रहकर वहाँ क्लेश उत्पन्न करने के स्थान पर मेरा मठ को त्याग देना ही उचित है। मैंने शशि और निरंजन को अपने संकल्प के विषय में बता दिया। उन्होंने मेरा समर्थन नहीं किया। कहा कि अच्छा हो कि श्री श्री ठाकुर को अपना आश्रय मानते हुए मैं उन लोगों के साथ मठ में ही रहूँ। मठ का तिरस्कार ठीक नहीं होगा। मेरे संकल्प के विषय में जानकर लाटू ने भी बार-बार मुझसे रुक जाने की प्रार्थना की, किंतु मैंने उससे भी यही कहा, 'भाई ! मैं नहीं चाहता कि मेरे कारण मेरे किसी भी गुरुभाई को कोई असुविधा हो और फिर इस समय नरेन्द्रनाथ भी मठ में नहीं हैं, जो हमें इस संकट से उबार लेते। इन परिस्थितियों में मेरा यहाँ से चला जाना ही उचित है।' लाटू की आँखों में आँसू आ गए। उसे देखकर मुझे बहुत पीड़ा हुई। मैंने कभी नहीं जाना था कि उसके मन में मेरे प्रति इतना प्रेम है। "

"उसके मन में सबके प्रति प्रेम है। वह ठाकुर की अद्‌भुत सृष्टि है। इसीलिए वह अद्‌भुतानन्द है।" स्वामी बोले, "तो तुमको उसका स्नेह भी नहीं बाँध पाया ?"

"मैं क्या कर सकता था, स्थितियाँ ही ऐसी थीं।" अभेदानन्द बोले, "वैसे भी संन्यासी अपने अधिकारों के लिए आग्रह नहीं करता। उसे वह ईश्वर पर छोड़ देता है। मैं यह संकल्प कर वहाँ से चला आया कि मैं अब कभी लौटकर वराहनगर मठ में नहीं आऊँगा।"

"तो तुमको शशि, निरंजन और लाटू—किसी का भी परामर्श नहीं जँचा ?"

"नहीं। परामर्श तो उनका उचित ही था, किंतु मुझे अपने ही मठ से निकाले जाने के षड्‌यंत्र की कल्पना मात्र से···" अभेदानन्द ने स्वामी की ओर देखा, "क्षमा कीजिएगा, मैं उसे षड्‌यंत्र कह रहा हूँ।···उसकी कल्पना मात्र से मेरी आँखों में अश्रु आ जाते थे। मन एकदम खिन्न हो जाता था। मुझे यह सोचकर ही अच्छा नहीं लगता था कि मेरे वहाँ रहने से मेरे किसी गुरुभाई को असुविधा हो रही है। मेरे कारण किसी का मन कलुषित हो रहा है।···" अभेदानन्द रुके, "मुझे एक घटना स्मरण हो आई है।"

"कौन-सी घटना ?" स्वामी ने पूछा।

"मैं एक बार रेलगाड़ी में यात्रा कर रहा था, आगरा के आसपास। आधी रात को टुंडला से एक पैसेंजर गाड़ी पकड़ी। जिस डब्बे में प्रवेश किया, वह संयोग से एकदम खाली था। रात का समय था। सोचा, मैं भी थोड़ा सो सकूँगा। दोनों दरवाजों से दूर डब्बे के मध्य में एक शायिका चुन कर मैं लेट गया।...तब ध्यान गया कि उस स्थान पर मैं अकेला नहीं था, दो यात्री और भी थे। अँधेरे में उनके विषय में कुछ पता नहीं लगा था।...थोड़ी ही देर में एक स्त्री का फुसफुसाता-सा स्वर सुनाई दिया, 'सारी गाड़ी खाली पड़ी है, फिर भी यह मुआ यहीं आ मरा। किसी दूसरे की असुविधा का तो किसी को ध्यान ही नहीं है।' " अभेदानन्द ने स्वामी की ओर देखा, "पहली प्रतिक्रिया तो यह हुई कि कहूँ, यह सरकारी रेलगाड़ी है, उनके बाप की संपत्ति नहीं है और न ही यह उनका शयनकक्ष है कि उन्हें पूर्ण एकांत उपलब्ध हो; किंतु..."

"किंतु ?" स्वामी पूछ रहे थे।

"किंतु दूसरे ही क्षण ध्यान आया कि प्रश्न यह नहीं है कि गाड़ी किसकी है। प्रश्न यह भी नहीं है कि उसमें किसको क्या अधिकार प्राप्त हैं। बात तो केवल इतनी-सी है कि उन्हें मेरी उपस्थिति मात्र से असुविधा हो रही थी। उन्हें अपने शयनकक्ष का-सा एकांत मिला हुआ था और मैंने आकर संभवतः उनकी क्रीड़ा में विघ्न उपस्थित कर दिया था। मैं उनका सुख छीन रहा था।...मैं उसी क्षण डब्बे से उतर आया और दूसरे डब्बे में चला गया।"

"तो तुम्हें लगता है कि तुम्हारे वे गुरुभाई दंपती हैं और हमारा मठ उन दंपती का रेलगाड़ी का एकांत डब्बा।" स्वामी बोले, "तुम समझते हो कि तुम्हारे वहाँ से चले जाने से उन दंपती को अपनी प्रेमलीला रचाने में सुविधा हो जाएगी ?"

"हाँ।"

"अनुचित उपमा है यह।" स्वामी बोले, "मठ किसी के विलास के लिए नहीं बनाया गया है। हम सब वहाँ इसलिए तपस्या कर रहे हैं कि अपने मन में बसे प्राकृतिक गुणों को नियंत्रित कर पाएँ। तुम वहाँ से चले आए, क्योंकि तुम अपनी उद्विग्नता को संयत नहीं कर पाए। तुम वहाँ रहते तो तुम्हारे उन गुरुभाई को अपनी उद्विग्नता को संयत करने का अवसर मिलता। अब उन्हें वह अवसर नहीं मिलेगा, वरन् उनके अहंकार में वृद्धि होगी।"

"कैसे ?"

"ठाकुर का संदेश क्या था ? वही तो जो शिवमहिम्नस्तोत्रम् में है : 'जैसे विभिन्न नदियाँ भिन्न-भिन्न स्रोतों से निकलकर समुद्र में मिल जाती हैं, उसी प्रकार हे प्रभु ! भिन्न-भिन्न रुचि के अनुसार विभिन्न टेढ़े-मेढ़े अथवा सीधे रास्ते से जाने वाले लोग अंत में तुझमें ही आकर मिल जाते हैं।' गीता में कृष्ण ने क्या कहा, 'ये यथा माँ प्रपद्यंते तांस्तथैव भजाम्यहम्। मम वतर्मानुवर्तन्ते मनुष्याः पार्थ सर्वशः।।' ऐसे में वे कैसे कह सकते हैं कि तुम्हारा शास्त्रों में रुचि का होना गुरु की आज्ञा के विरुद्ध है। तुमने मठ छोड़कर उनकी एक अनुचित धारणा को पुष्ट करने में सहायता की।"

अभेदानन्द के पास स्वामी की बात का कोई उत्तर नहीं था। वे मौन बैठे सोचते रहे : उन्होंने अपनी सद्भावना में जो काम किया, क्या वह सचमुच उचित नहीं था ?...

"काली ! तुम छुपकर मठ से निकले या उन सबके सामने मठ का त्याग किया ?"

"मैंने मन ही मन संकल्प किया कि मैं अगले दिन मठ त्याग दूँगा।" अभेदानन्द ने कहा,

"अगले दिन प्रातः ही मैंने देखा कि आकाश मेघाच्छन्न था। बादल थोड़ी-थोड़ी देर में गरज रहे थे। वर्षा भी आरंभ हो गई। मैं चुपचाप मठ में बने मंदिर में गया। श्री श्री ठाकुर को साष्टांग प्रणाम किया। चुपके से बाहर निकला और गंगा की ओर चल पड़ा। खराब मौसम होने के कारण गंगा में न तो अधिक नौकाएँ थीं और न ही बहुत सारे यात्री थे। नाविक ऐसे मौसम में नौका चलाना नहीं चाहते, जब ऊपर से पानी बरस रहा हो और नीचे से पानी की विराट् लहरें नौका को लीलने को तड़प रही हों। पर मैंने बहुत आवश्यक कार्य बताकर एक नाविक को तैयार कर ही लिया। गंगा पार कर मैं बाली स्टेशन की ओर गया। पर स्टेशन का क्या लाभ ? मेरे पास एक भी पैसा नहीं था और गेरुए वस्त्र की ओट में मैं बिना टिकट रेलगाड़ी में यात्रा करना नहीं चाहता था।...अतः स्टेशन से बाहर निकल आया। मैंने पैदल यात्रा करने का निश्चय किया। किंतु मेरे पैरों में जूते नहीं थे। तो क्या हुआ...मैंने सोचा—जब भगवान् राम वनवास के लिए गए थे, तो उन्होंने कौन से जूते पहन रखे थे। संन्यासी तो नंगे पाँव ही चलता है। मैं ग्रांड ट्रंक रोड पर चल पड़ा।"

"यहाँ कैसे पहुँचे ?"

"पोरबंदर में पंडित शंकर पांडुरंग से कुछ ऐसा आभास मिला कि आप यहीं कहीं आसपास ही हैं। मेरा मन आपको मिलने को मचल उठा। बस, ठाकुर की कृपा थी कि आप तक पहुँच गया।"

"अब क्या सोचा है ?" स्वामी का स्वर अत्यंत गंभीर था।

"जैसा आप आदेश करें।"

स्वामी ने एक भरपूर दृष्टि अभेदानन्द पर डाली और ऊर्जस्वित स्वर में कहा, "तुम श्री रामकृष्ण की संतान हो। मठ तुम्हारे लिए ही है। यदि तुम मठ में नहीं रहोगे, तो फिर मठ बना ही किसके लिए है ?"

अभेदानन्द की आँखों में अश्रु आ गए। स्वामी ने उन्हें दोनों कंधों से पकड़ा और अपने वक्ष से लगा लिया।

उस क्षण से ही अभेदानन्द का संसार बदल गया। नरेन्द्रनाथ का वह प्रेम क्या कभी भुलाया जा सकता है ! अभेदानन्द के शरीर में नई स्फूर्ति आ गई और हृदय में जैसे नए रक्त का संचार हो गया।...उन्हें अब किसकी चिंता थी ! ठाकुर के वास्तविक उत्तराधिकारी नरेन्द्रनाथ उन्हें अपने कंठ से लगाकर सांत्वना दे रहे थे। उनके किसी गुरुभाई को उनके कारण कोई असुविधा हुई हो तो हुई हो, किंतु नरेन्द्रनाथ को असुविधा नहीं हुई थी। उनके शब्दों पर ध्यान दिया जाए, तो स्पष्ट है कि वे उनको मठ में लौट जाने का आदेश दे रहे थे। वे कह रहे हैं कि मठ में वे नहीं रहेंगे तो कौन रहेगा ? वे ही रहेंगे। श्री श्री ठाकुर की छाया में वे ही रहेंगे। मठ को अपना घर मानकर पूरे अधिकार से रहेंगे।...

"ठीक है, मैं मठ में लौट जाऊँगा।" अंततः अभेदानन्द ने कहा।

लगा, स्वामी के वक्ष पर से कोई पहाड़ हट गया हो। वे प्रसन्न दिखाई पड़ रहे थे।

और सहसा स्वामी ने विषय बदल दिया, "तुम यहाँ भी नंगे पाँव यात्रा कर रहे हो ?"

"हाँ।"

"हमारे देश के कुछ भागों में नंगे पाँव यात्रा करना सुविधाजनक है, किंतु कुछ प्रदेशों में नंगे पाँव यात्रा आपत्तिजनक ही नहीं, विपत्तिजनक भी है।" स्वामी बोले, "मरुभूमि और दलदल में नंगे पैर यात्रा करना हानिकारक है। यदि तुम मेरा यह परामर्श नहीं मानोगे तो बाद में जब कष्ट पाओगे

तो बहुत पछताओगे।"

अभेदानन्द चुपचाप बैठे सोचते रहे।

"एक बात और कहता हूँ काली !"

अभेदानन्द ने उनकी ओर देखा।

"संभव है, निकट भविष्य में हम मिलें या न मिलें, किंतु मेरा लक्ष्य मुझे अकेले यात्रा करने के लिए बाध्य कर रहा है। "

"मुझे कुछ ऐसा आभास हुआ है।" अभेदानन्द ने कहा, "इसीलिए मैं पूछना चाह रहा था कि आप अपने मठ में कब लौटेंगे ?"

स्वामी ने ऊपर की ओर देखा, "शिव ! शिव !! अपना मठ !" उनकी दृष्टि अभेदानन्द पर टिक गई, "अपना मठ वह स्थान है, जहाँ हमारी साधना का अंकुर फूटा था। अब वह वृक्ष बढ़कर बहुत फैल गया है। सारा देश अपना मठ है। हमारी कर्मभूमि सारा देश है। जब तक इसका भविष्य नहीं सुधर जाता, तब तक मठ में लौटने का कोई अर्थ नहीं है। हमें भारतमाता का यही रूप नहीं रहने देना है। इसे सँवारना है, चाहे उसके लिए हमें संसार के दूसरे छोर तक जाना पड़े।"

"अपनी साधना को छोड़कर कुछ और करना चाहते हैं ?"

"नहीं। साधना ही करनी है, किंतु उसके रूप को समझना है। वर्तमान बहुत निराशाजनक है, किंतु भविष्य वैसा नहीं रहेगा।" स्वामी बोले, "किंतु उस भविष्य को प्राप्त करने के लिए कुछ करना होगा।...इसीलिए कहता हूँ कि मेरा पीछा मत करना।"

"योजना क्या है ?"

"वह तो ठाकुर ही जानें; किंतु मेरे मन में भारत के देदीप्यमान भविष्य का एक चित्र है।"

"कैसा चित्र ?"

"अभी कुछ कह नहीं सकता।"

स्वामी शून्य में घूर रहे थे और उनकी आँखों में वह स्वप्न था, जो उन्होंने प्रभास में देखा था...भारतमाता की मूर्ति। मिट्टी की मूर्ति। चेहरे पर व्यग्रता। विचलित मन। शरीर में कसमसाहट। स्वयं को झँझोड़कर जगा रही हैं भारतमाता।...मूर्ति में सचमुच का स्पंदन होता है और उसके शरीर की ऊपरी परतों में दरक पड़ जाती है।...मिट्टी की परतें उतरने लगती हैं और उसके भीतर से माँ की स्वर्ण की प्रतिमा प्रकट होती है—आभामयी, तेजस्विनी और करुणामयी।...भारतमाता मिट्टी से नहीं, स्वर्ण से निर्मित थीं। कालांतर में उस पर मिट्टी की परत जम गई है।...पर मिट्टी के उस लेप को साफ ही तो करना था। भारतमाता की मूर्ति को गढ़ना नहीं था, उसे केवल प्रकट भर कर देना था...

(31.1. 2003)

□□